LE RETOUR DU PHŒNIX

C. J. CHERRYH

Frères de la terre	
Les oubliés de Gehenna	
Port éternité	
Le voyageur de la nuit	
Les flots sans rivage	
Soleil mort	
Hestia	*J'ai lu* 1183/**3**
Chasseurs de mondes	*J'ai lu* 1280/**4**
Les adieux du soleil	*J'ai lu* 1354/**3**
Les seigneurs de l'hydre	*J'ai lu* 1420/**4**
Chanur	*J'ai lu* 1475/**4**
L'opéra de l'espace	*J'ai lu* 1563/**3**
La pierre de rêve	*J'ai lu* 1738/**3**
L'épopée de Chanur	*J'ai lu* 2104/**4**
La vengeance de Chanur	*J'ai lu* 2289/**4**
L'œuf du coucou	*J'ai lu* 2307/**3**
Le retour de Chanur	*J'ai lu* 2609/**7**
Les légions de l'enfer	*J'ai lu* 2814/**5**
Cyteen-1	*J'ai lu* 2935/**6**
Cyteen-2	*J'ai lu* 2936/**6**
Forteresse des étoiles	*J'ai lu* 3330/**7**
Temps fort	*J'ai lu* 3417/**7**
Les portes d'Ivrel	*J'ai lu* 3631/**4**
L'héritage de Chanur	*J'ai lu* 3648/**8**
Le puits de Shiuan	*J'ai lu* 3688/**5**
Les feux d'Azeroth	*J'ai lu* 3800/**4**
La porte de l'exil	*J'ai lu* 3871/**8**
Les chants du néant	*J'ai lu* 4155/**7**
Lois & Clark	*J'ai lu* 4456/**5**
Les étalombres	*J'ai lu* 4613/**9**
Le paidhi	*J'ai lu* 4999/**8**
Le retour du Phœnix	*J'ai lu* 5171/**9**

C. J. CHERRYH

LE RETOUR DU PHŒNIX

TRADUIT DE L'AMÉRICAIN
PAR IAWA TATE

ÉDITIONS J'AI LU

Collection créée et dirigée
par Jacques SADOUL

Pour Jane

Titre original:

INVADER
Daw Books, Inc., N. Y.

1

L'avion amorça le virage à la verticale, signalant, sans erreur possible, la descente escarpée vers l'aéroport de Shejidan, piste nord. Cette arrivée, Bren la reconnaissait entre toutes, même les yeux fermés, dans l'état de somnolence où l'avait plongé une dose massive d'antalgiques. Son dernier regard à travers le hublot lui avait montré, entre les nuages clairsemés, le détroit de Mospheira. Son verre avait disparu. Le plateau, devant lui, avait été relevé.

Fracture de l'épaule, plusieurs côtes cassées et d'innombrables contusions: les chirurgiens avaient accompli des miracles en si peu de temps.

Le matin même, si toutefois il n'avait pas complètement perdu la notion du temps, le jeune homme s'était éveillé pour trouver à son chevet, non point Barb ou sa mère, mais un représentant des Affaires étrangères, si bavard que sa mémoire n'avait pas retenu la moitié des choses entendues... Il avait été question d'une convocation urgente du aiji. Sa présence était sollicitée à Shejidan où menaçait d'éclater une nouvelle crise ministérielle alors qu'il avait fait de son mieux pour juguler la précédente, dans l'espoir que les événements lui accorderaient un répit suffisant pour prolonger sa convalescence au-delà de quelques jours. Bon prince, Tabini lui avait donné la permission de s'absenter. Va, rentre chez toi. Dans ton état, tu as besoin des soins de médecins humains.

L'escalade de la situation en avait décidé autrement, sans aucun doute. L'orage qui couvait au-dessus de leurs têtes menaçait d'éclater. Non que le fonctionnaire des Affaires étrangères eût été en mesure de lui fournir des détails au sujet de la tension naissante sur le continent. Bren n'avait d'ailleurs posé aucune question, sachant qu'il n'obtiendrait que des réponses évasives. Rien d'étonnant à cela : les relations entre le gouvernement de Mospheira et l'Association Occidentale n'avaient jamais atteint un tel degré de franchise dès lors qu'il s'agissait de problèmes intérieurs.

En réalité, nul message ne s'échangeait entre les deux administrations dont Bren Cameron ne fût l'interprète au sens littéral du terme, et l'intermédiaire. Il s'était posé la question de savoir qui avait été chargé de transmettre le souhait de le voir reprendre son poste au plus vite. De toute évidence, le messager avait su convaincre les autorités de Mospheira que, de son retour dans les heures suivantes, dépendait le dénouement du nouveau conflit.

L'hôtesse s'avança, souriante, et se pencha.

— Monsieur Cameron, permettez-moi…

Comme elle faisait mine de vouloir boucler sa ceinture de sécurité, il insista pour s'en charger lui-même. Il avait la poitrine étroitement bandée, un plâtre lui prenait tout le bras jusqu'à la clavicule. Cette demi-cuirasse entravait gravement sa liberté de mouvement, mais du moins avait-on laissé libres les doigts de sa main droite dont il conservait une utilisation presque normale. Le paidhi n'avait besoin de personne pour boucler sa ceinture.

Shejidan, il fallait l'espérer, avait reçu son message en temps utile et le palais aurait dépêché quelqu'un à l'aéroport pour l'accueillir. Plusieurs navettes quotidiennes assuraient la liaison entre Mospheira et le continent, des avions de transport, uniquement. Le petit jet, utilisé le plus souvent pour l'acheminement dans les meilleurs délais de médicaments ou d'équipements médicaux sophistiqués, disposait de deux sièges, d'une cave et d'un four à micro-ondes. Destiné à l'usage exclusif d'un seul et unique passager, le paidhi-aiji Bren Cameron dont il assurait les déplacements entre les deux rives, ce vol mobilisait les services de deux hôtesses à temps partiel.

Objet de soins attentifs et d'une étroite surveillance, le paidhi ne se contentait pas d'assumer la tâche d'interprète officiel. Il lui appartenait aussi de suivre, et au besoin d'orienter, les progrès de la recherche scientifique en fonction des besoins incessants d'une économie en plein développement. Sa position d'observateur privilégié lui assurait le rôle délicat d'un médiateur entre Shejidan, la capitale des atevi, et la communauté humaine, quatre millions d'âmes regroupées sur l'île de Mospheira.

Sortie du train d'atterrissage.

Au-dehors, tout était gris et mouillé, un brouillard impitoyable, inattendu en cette saison.

Le crachin crépitait contre les vitres. Choc des roues contre la piste, l'appareil enregistra une série de légères secousses au gré des cahots. Le flamboiement d'un éclair alluma sur l'aile une vive blancheur. Une même brume spongieuse, traversée de fugitives lumières qui passaient à travers les hachures serrées de la pluie, l'avait accueilli à son arrivée à Malguri, forteresse perdue de l'arrière-pays, deux semaines auparavant. Deux semaines, autant dire deux siècles. En un laps de temps si court, la face du monde avait changé.

Un vaisseau humain s'était placé en orbite autour de la planète, et la fragile coexistence pacifique colmatée au fil du temps par la peur, la convoitise, la résignation, menaçait de s'effondrer. Les atevi n'avaient-ils pas quelques raisons de penser que ce vaisseau surgi du passé était accueilli avec soulagement par Mospheira où l'on attendait son retour en secret, depuis presque deux siècles ?

Abandonnés sur une terre inconnue où vivait une population innombrable d'humeur hautaine et compliquée, les humains avaient bientôt mis à profit l'espace de décision et de liberté concédé aux termes du Traité de paix. Les habitants de Mospheira n'avaient pas à se plaindre, ils connaissaient les effets d'une grande prospérité matérielle et d'une relative sécurité. Ils envisageaient l'avenir avec confiance, du moins jusqu'à l'apparition du vaisseau, un fantôme de mauvais augure venu les troubler dans leur asile confortable, même si certains applaudissaient à ce retour. Dès cet instant, tous les hommes et toutes les femmes étaient entrés dans l'ère du doute. Répandus sur leur continent démesuré, les atevi éprouvaient une angoisse semblable : voilà qu'ils avaient en face d'eux une entité humaine bicéphale, alors que le dialogue avec les exclus de Mospheira avait été si lent à s'établir et que le cours plus paisible et profitable des relations bilatérales, amorcées quelques années auparavant, commençait seulement à préfigurer une véritable reconnaissance.

Exigence somme toute légitime que celle du aiji de Shejidan, maître de l'Association Occidentale dont l'île de Mospheira était une province, soucieux de connaître le contenu des messages qui s'échangeaient entre le vaisseau et le gouvernement insulaire.

Le paidhi lui-même eût été bien aise d'avoir été mis dans le secret. Entre la Guilde des Pilotes, là-haut, et le président de Mospheira, quel projet, quel complot se tramait ? Quel événement avait précipité le retour de l'interprète à Shejidan quand son état nécessitait plusieurs jours d'hospitalisation ? N'ayant reçu aucune instruction de la part du haut fonctionnaire qui avait occupé quelque temps le siège placé à son chevet, il en était réduit à des conjectures. A sa décharge, le patient qu'il était alors devait confesser n'avoir entendu qu'une partie des choses dites, dont il n'avait ensuite retenu que des bribes. Toutefois, sa longue expérience des atevi le laissait sans illusions sur les risques personnellement encourus si la situation entre les deux communautés se détériorait inexorablement, pour telle ou telle raison. Il ne ferait pas bon pour un être humain de se trouver de ce côté-ci du détroit de Mospheira.

Allumée par une succession de malentendus, de malveillances réciproques, la sanglante Guerre de l'Arrivée n'était pas si lointaine. Un seul paidhi avait-il la capacité d'éviter un nouveau dérapage, étant entendu que l'absence de directive de la part de ses supérieurs équivalait à un blanc-seing ? Depuis la création de ce poste, tous ceux qui l'avaient occupé savaient que l'avenir de l'humanité, à Mospheira, sur cette planète par conséquent, à l'intérieur de ce système solaire dont elle était le seul monde habitable, ne dépendait pas entièrement de leur capacité d'initiative ou de leur savoir-faire diplomatique. Par contre, il ne faisait aucun doute qu'en se livrant à quelque maladresse, ils pouvaient faire un mal considérable.

Si la puissante Association Occidentale se lézardait, Tabini-aiji, le seul véritable interlocuteur auquel Mospheira pût s'adresser en ayant quelque chance d'être entendu, sentirait son pouvoir vaciller et devrait s'y cramponner bec et ongles. Que l'autorité vînt à lui manquer et c'en serait fini de l'intégrité de l'Association. Elle se fragmenterait et tout le système partirait à vau-l'eau. Les atevi découpaient leur territoire en provinces administratives, mais celles-ci avaient des frontières imaginaires, sans cesse en mouvement. Les pointillés tracés sur une carte n'avaient pour eux aucun fondement rationnel ou logique, si ce n'était qu'ils symbolisaient une zone approximative où les intéressés pratiquaient le chevauchement entre différentes possessions, cultures, allégeances envers d'autres associations, autant de structures éparpillées, résolument brouillées avec la géographie.

Un exemple significatif illustrait une évidence confirmée par tous les aspects de la vie sociale, professionnelle, privée, à savoir qu'il n'existait nulle société au sens humain du terme ailleurs qu'à Mospheira. Si d'aventure s'effondrait l'édifice du pouvoir ateva tel qu'il s'était constitué après deux siècles d'un essor industriel soutenu, favorisant le regroupement au sein d'une fédération d'innombrables associations mineures qui n'en conservaient pas moins, de manière opaque, un certain degré d'autonomie, le paidhi ne pourrait s'en prendre qu'à lui-même.

L'appareil creva le front nuageux. Le ruissellement de la pluie fragmentait le panorama urbain brusquement révélé : profil bas de ses bâtiments que dominaient quelques rares cheminées d'usines, congrégation serrée des toits de tuiles accrochés aux flancs des collines, suivant une stricte géométrie qui obéissait à des lois harmoniques immédiatement perceptibles aux yeux des seuls atevi.

L'aile s'inclina, les panneaux se déployèrent tandis qu'entrait dans le champ de vision du passager l'architecture colossale du complexe gouvernemental perché sur le plus haut sommet, à la lisière de Shejidan. Le Bu-javid, résidence du aiji, prise d'assaut par les établissements hôteliers de toutes catégories qui s'étageaient le long des versants.

Cette hôtellerie pléthorique, aux abords du palais, prouvait s'il en était besoin que la démocratie ateva n'était pas un vain mot. Outre les audiences ordinaires qui voyaient converger sur la capitale, venus de tous les horizons du territoire contrôlé par l'Association, les édiles, les acteurs petits ou grands de la vie économique, les simples particuliers, tous porteurs de requêtes, de pétitions, les situations de crise justifiaient la tenue de grands rassemblements. Pendant la session parlementaire, les membres élus du hasdrawad, la Chambre basse, s'installaient dans les palaces en compagnie de leurs conseillers et de l'indispensable équipe de sécurité tandis que certains représentants du tashrid, la Chambre seigneuriale, nobliaux de fraîche date, dépourvus de la parentèle aristocratique susceptible de les accueillir entre les murs du palais lui-même, devaient se contenter des auberges bon marché reléguées au pied des versants, dans la société moins prestigieuse des commerçants, artisans, numérologistes et représentants de la presse.

Avec cette épée de Damoclès suspendue au-dessus du monde, il y avait fort à parier que tous les établissements affichaient complet et qu'il devait être impossible de trouver une place dans un restaurant, fût-ce la plus humble gargote. Quant aux galeries publiques du Bu-javid, elles devaient être prises d'assaut par la meute babillarde et querelleuse des mathématiciens au-dessus de tout soupçon, adorateurs des nombres, théoriciens experts en fumisteries et autres vaticinateurs. Chez les atevi, en effet, les nombres étaient l'instrument de la vérité absolue, seuls capables de remporter une infaillible victoire sur les énigmes de l'univers. Tantôt favorables et tantôt funestes, les nombres représentaient un pouvoir contre lequel il était vain de s'insurger lorsqu'ils avaient décidé de la non-viabilité d'un projet. Mille combinaisons différentes permettaient à chacun d'établir son « chiffre d'or » pour toutes les grandes occasions, calculs infinis, d'une exquise complexité, auxquels les atevi s'adonnaient avec ferveur.

Rude concurrence que devait affronter la raison si elle voulait aider les atevi à progresser sur la voie de la modernité, l'objectif que s'était assigné le paidhi.

Il contempla le défilé des entrepôts, mirés dans l'eau croupie des mares. Reflets troubles, criblés par la pluie. La zone industrielle, mitoyenne de l'aéroport, ne cessait de s'étendre, à commencer par l'ensemble impressionnant des Entreprises Aqidan

— Tuyauterie et Installations — récemment ouvertes et qu'il n'avait pas eu l'occasion de visiter. Il salua avec un sentiment de secrète satisfaction l'apparition des Manufactures minières de l'Ouest dont la tour orgueilleuse lui apparaissait à chacun de ses retours comme un jalon familier. Je suis chez moi, songea-t-il, laissant son regard glisser le long des toits du Centre aérospatial de Patanandi. De ce côté-ci du détroit, Bren Cameron se sentait chez lui. Contre toute attente, au fil des ans, Shejidan était devenu un refuge.

Pour la première fois, un séjour à Mospheira s'achevait sans qu'il eût rencontré sa mère. Elle n'était pas venue lui rendre visite à l'hôpital. C'était juste s'il avait eu le temps de passer trois coups de fil avant d'être à demi terrassé par les calmants. Puis les gens du laboratoire s'étaient emparés de lui : prélèvements, analyses, un bilan complet. Il se remémorait avec précision sa brève conversation téléphonique avec Mme Cameron. Je suis à l'hôpital, avait-il annoncé, je passe la matinée au bloc opératoire. Comme il se devait en pareilles circonstances, il avait donné le change, atténué la gravité de son état, pour conclure qu'elle n'avait pas besoin de se déplacer. Il lui suffirait d'appeler le service des urgences pour avoir de ses nouvelles. Sa mère, semblait-il, l'avait pris au mot, et privé de sa sollicitude à un moment de sa vie où il en éprouvait le besoin secret. Quel bizarre réflexe de pudeur l'avait amené à mentir ?

Un second appel, longue distance, celui-ci, lui avait permis d'entendre la voix de Toby, le frère généraliste, installé avec sa famille sur la côte septentrionale de l'île. « Tout va bien ? Me voilà rassuré, mais je n'étais pas inquiet », avait déclaré le cadet en substance. « Heureux que tu sois de retour parmi nous alors que nous entrons dans une période de turbulences. » Toby ne souhaitait pas en savoir plus ; d'ailleurs le paidhi était tenu à la plus grande réserve, même avec les membres de sa famille, pour tout ce qui concernait les relations entre Mospheira et le continent.

Barb, enfin. Son téléphone était sur répondeur. Il avait laissé un message d'une désinvolture pleine de tact, estimait-il. « Ma belle, ne crois pas la moitié de ce que racontent les bulletins d'information, je suis en pleine forme. J'aurais plaisir à te voir. A bon entendeur, le temps nous est compté. »

Barb, cela ne faisait pour lui aucun doute, viendrait lui rendre visite ne serait-ce que pour compter ses points de suture, apposer son paraphe sur le plâtre et le brocarder sur sa « momification ». Au lieu de quoi, à son réveil, il avait rencontré, fixé sur lui, le regard ferme et courtois d'un fonctionnaire des Affaires étrangères. La voix calme, posée, avait demandé comment il se sentait, ajoutant :

— Vous avez toute notre confiance. Tâchez de ne pas la décevoir.

— Merci.

Que dire d'autre ? Merci pour les fleurs ?

A travers les zébrures de la pluie, le ciel plombé vint buter contre le cube du terminal, verre et béton, structure moderne, fonctionnelle, d'une navrante banalité. On se serait cru dans n'importe quel aéroport international d'une grande cité de Mospheira.

Pendant qu'il était cloué sur son lit de douleur, à l'hôpital, les agents du service de Sécurité avaient subtilisé son ordinateur. Avec la complicité des Affaires étrangères, dont il dépendait. Sans doute avaient-ils exploré tous ses fichiers, projets de rapports à soumettre aux différentes commissions des assemblées atevi, brouillon d'interventions qu'il désirait prononcer devant le hasdrawad, correspondance privée, mots nouveaux et définitions modifiées destinés à son grand projet de dictionnaire en état de révolution permanente. Les fouineurs auraient-ils été plus exhaustifs dans leurs recherches s'ils n'avaient pas été à ce point pressés par le temps ? Sachant que son rappel interviendrait de toute façon à bref délai, le paidhi avait eu la naïveté d'escompter au moins un jour de farniente au soleil.

Dans l'intervalle, la situation avait atteint un point critique à Shejidan. Après l'avoir pris en charge à la sortie du Service, son escorte l'avait conduit directement à son bureau des Affaires étrangères, lui avait restitué l'ordinateur et concédé trente minutes avant de prendre la direction de l'aéroport. Trente minutes, montre en main, pour solliciter et obtenir l'accès aux dossiers confidentiels dont il pourrait avoir besoin, enregistrer les nouveaux codes de sécurité et s'excuser auprès du secrétariat de la Présidence à propos d'un entretien souhaité en haut lieu et sur lequel on allait devoir faire une croix. Pendant ce temps, Bren Cameron avait confié à son « fouineur » le soin de consulter en accéléré tous les réseaux du système, avec la mission de rassembler ce qui lui était destiné ou pouvait lui être utile, les mémos du Service, du département d'Etat, sans oublier son courrier personnel.

Le soleil resplendissait au-dessus des nuages. Assomption de lumière devant laquelle il avait choisi de fermer les yeux pendant toute la durée du vol. Le monde dérivait, sa pensée décrivait d'incompréhensibles méandres où se perdaient les paroles prononcées par l'homme dont il avait découvert le visage à son réveil.

L'appareil fit halte contre l'extrémité aveugle, sans ouverture aucune, du terminal d'arrivée, réservé aux passagers de marque. Docile, il attendit, pour déboucler sa ceinture, l'arrêt complet, puis l'extinction des moteurs. Le paidhi avait une vague idée des épreuves qui l'attendaient, il n'éprouvait aucune hâte. Une hôtesse ouvrit le compartiment situé près du bar, elle en sortit le sac de l'unique passager. Sa collègue fit le geste de s'emparer de l'ordinateur qui avait effectué le voyage sur le siège voisin du paidhi et celui-ci faillit lui taper sur les doigts pour la punir de son insolence. Il se leva malaisément.

— Mon manteau, je vous prie.

Le dos tourné, il tendit en arrière son bras valide que la demoiselle enfila dans la manche avant de rabattre l'autre partie sur l'épaule plâtrée comme sur un portemanteau. Une redingote de demi-saison, mise en réserve dans l'armoire de son bureau de Mospheira, un vêtement dans le style ateva, col montant et boutonnage multiple, trop léger et cintré pour ne pas glisser à la moindre occasion. Sur l'île, personne n'aurait prêté attention à cette désinvolture. A Shejidan, il en allait autrement, tout individu de la bonne société se devait de porter à l'extérieur une veste ou un manteau. Surtout le paidhi, identifiable de loin, au premier coup d'œil.

A Shejidan, un monsieur prenait garde de ne pas sortir sans s'assurer que ses cheveux étaient bien assemblés en une tresse impeccable, nouée dans le bas par un ruban aux couleurs de son clan. A l'avance, le paidhi réclamait l'indulgence de tous les atevi. Au service des urgences de l'hôpital central de Mospheira, les infirmières s'y entendaient mal pour natter les cheveux d'un garçon, et le dossier du fauteuil contre lequel il était demeuré longtemps appuyé, roulant la tête dans son demi-sommeil, avait achevé de bouleverser sa coiffure. Sans l'aide de personne, en veillant à ne pas décrocher le manteau de son épaule, il extirpa la tresse de sous le col et d'une main tenta de mettre un peu d'ordre dans ses mèches folles. Enfin, saisissant son précieux ordinateur, il se dirigea vers la sortie, conscient jusqu'au malaise du désordre extrême de sa personne. Si la communication entre les différents services d'ordre s'était établie convenablement, une voiture officielle l'attendrait au pied de la passerelle et le conduirait sans délai au Bu-javid. Il espérait qu'il en serait ainsi. La pluie tombait dru, le tonnerre se fracassait au-dessus de la ville.

Il n'y avait pas lieu de trop se plaindre, jusqu'à présent. Après avoir reçu des soins énergiques, il était de retour dans sa chère capitale et la douleur ne s'était pas encore réveillée. Il rapportait, croyait-il, certains éléments qui lui seraient utiles pour la conduite des opérations. L'absence de directives ne l'inquiétait pas outre mesure. Il avait une longue pratique des atevi et les initiatives ne lui faisaient pas peur.

Se remémorer qu'il entrait dans un nouvel environnement où tout — portes, tables, chaises, escaliers — était conçu pour des êtres d'une taille supérieure. Son corps meurtri le rendait vulnérable, il se sentait fragilisé, offert sans résistance à tous les vents de l'adversité.

L'hôtesse déverrouillait la porte. La bourrasque lui souffla au visage une haleine froide et mouillée. Il vit s'approcher une méchante passerelle bringuebalante, dépourvue de pavillon, qui s'ajusta lourdement contre le fuselage..

Pas de voiture. Pestant contre ce retard de mauvais augure, il s'apprêtait à réintégrer l'abri de la cabine quand une fourgonnette vira sous le museau de l'avion et s'arrêta dans une embardée qui souleva une gerbe d'éclaboussures. La portière s'ouvrit à la volée. Quelqu'un descendit, ou plutôt se jeta hors du véhicule, une haute et mince silhouette vêtue de l'uniforme noir de la Sécurité, sur lequel rutilaient les insignes des prétoriens, la garde personnelle du aiji. La vieille passerelle frémit, prise d'assaut par une foulée athlétique.

— Nadi Bren !

Une voix féminine. L'effet sur le jeune homme fut immédiat. Cette voix semblait une échappée de lumière dans la grisaille, le tribut de sa longue patience. Il assujettit la courroie de l'ordinateur sur son épaule.

— Jago !

— Monsieur, prenez garde, dit l'hôtesse. Les marches sont plus hautes.

Bren la remercia d'un sourire, s'inclina.

— Je vous souhaite à toutes deux un excellent trajet de retour. Transmettez mes remerciements au pilote...

Jago se tenait devant lui, deux marches en contrebas. Elle ne souriait pas, mais ses grands yeux jaunes luisaient d'un humour bienveillant.

— Laissez-moi porter l'ordinateur, nadi Bren. (D'autorité, elle s'empara de l'appareil.) Tenez-vous à moi fermement.

Elle lui présenta sa grande main noire sur laquelle il prit appui. Jago, solide comme le roc, l'ange gardien en qui il pouvait avoir toute confiance. Elle le rattraperait au moindre faux pas, l'enlèverait sous son bras et le porterait jusqu'à la voiture. Cela, et ce détail avait son importance, sans humilier le paidhi le moins du monde.

Au terme d'une descente mal assurée, il ne fut guère surpris de voir Banichi. L'officier s'extirpa du véhicule et s'avança vers eux avec la dignité qui seyait à son grade. Bren Cameron n'avait pas d'autres amis parmi les atevi que Banichi et Jago. Quel soulagement de se trouver en terrain de connaissance !

Comme il s'en remettait déjà à ces protecteurs familiers, sa vigilance se relâcha et son pied trébucha. Une main de fer le retint alors qu'il piquait du nez.

Jago fit halte, l'aida à retrouver son équilibre.

— Doucement, dit-elle. Ces marches sont hautes et glissantes, pas du tout faites pour les visages pâles barbouillés de plâtre. A moins que vous n'en vouliez un autre ?

Glissantes, en effet, fuyantes, insaisissables, il en était ainsi de toute chose à Shejidan. Un éclair zigzagua, pétrifiant le paysage alentour dans une stridence de blancheur. L'officier ouvrit la portière arrière, l'éclopé fut gentiment poussé à l'intérieur. Les prétoriens prirent place, de part et d'autre.

— En route ! ordonna Jago au chauffeur.

Bren jeta un coup d'œil inquiet par-dessus son épaule.

— Mon sac ! s'écria-t-il. Resté dans l'avion.

— Tano s'en chargera, le rassura Jago. Il nous suit dans une seconde voiture.

Tano, entré depuis peu dans la vie du paidhi, devenu indispensable en raison de services rendus dans des circonstances dramatiques. Le jeune homme n'était pas fâché d'apprendre que le jeune prétorien avait survécu à ces violentes péripéties. Qu'en était-il de son acolyte ?

— Algini ? demanda-t-il d'une voix hésitante car il s'attendait au pire.

— A l'hôpital de Maidingi, grommela Banichi, toujours aussi bourru. Et toi, Bren-ji, dans quel état nous reviens-tu ?

Il était le supérieur de Jago, on l'aurait volontiers pris pour son frère aîné. Mêmes longs cheveux d'un noir de jais, noués en une tresse serrée qui dégageait le visage sombre aux traits puissants. Une seule différence dont il ne fallait pas exagérer l'importance, les yeux d'or, chez Banichi, n'exprimaient jamais qu'une stricte impassibilité.

— Je suis plutôt soulagé de m'en tirer à si bon compte, reconnut-il, songeant à tous les pauvres diables qui avaient récemment trouvé une mort absurde.

Et comme il ne pouvait demeurer longtemps dans l'ignorance du sort que le conflit avait réservé à certains, dont le souvenir lui était cher, il demanda aussitôt :

— A-t-on des nouvelles de Malguri ? Sait-on si Djinana... Comment la forteresse a-t-elle résisté ?

Un bref silence accueillit ses questions.

— Nous pourrions tenter de nous renseigner, fit Jago à mi-voix.

Il eut un mouvement d'humeur, sa pensée partit comme une flèche et s'arrêta à l'orée du réseau inextricable d'obligations et d'interdits régissant la vie d'un ateva. Personne n'avait songé à informer les deux prétoriens de l'issue des combats à Malguri et sur le destin personnel des assiégés. Mieux encore, il n'allait pas de soi que l'on fît l'effort de savoir.

Les atevi n'avaient pas d'amis. Mot tabou, à bannir de son esprit si l'on voulait éviter les frictions et les malentendus. Il n'avait pas sa place dans leur vocabulaire. Ami, amitié, affection, amour, tous inconnus. Ces sentiments, exprimés de la sorte, n'existaient pas, tout simplement. Les atevi avaient des liens de fidélité ou d'allégeance d'une profondeur et d'une intensité extrêmes, mais rien qui correspondît à ces sentiments réciproques d'affection gratuite, candide, que les humains appelaient l'amitié ou l'amour.

Le paidhi fut consterné de constater à quel point l'inné reprenait vite le dessus. Après quarante-huit heures passées de l'autre côté du détroit, il en était à commettre ce genre de lapsus.

La fourgonnette prit à droite, un virage sec qui les fit tous basculer. On était déjà au début de l'été, pourtant on avait branché le chauffage puisque le froid mordant était demeuré à l'extérieur du véhicule. Bren appuya sa tête contre le dossier. Elle roula du côté de Banichi tandis que le chauffeur braquait et redressait.

— Où allons-nous ? demanda le jeune homme. A la gare ? Nous quittons la ville ?

L'officier acquiesça d'un signe. Bren se remémora le peu d'empressement qu'il avait mis à descendre de voiture pour l'accueillir.

— Cette blessure, Banichi, comment va-t-elle ?

— Aucune séquelle, nand'paidhi, j'en suis sûr. La claudication disparaîtra dans quelque temps.

Banichi tenait à faire savoir que son efficacité légendaire ne se ressentirait pas de sa récente fracture. Il rappelait par la même occasion que sa susceptibilité ne tolérerait aucune maladresse. Bren se garda d'insister. Après une question malvenue sur le sort des rescapés de Malguri, voilà qu'il se permettait de malveillantes insinuations au sujet des facultés de jugement et des conditions physiques du capitaine de la garde. Les retrouvailles, estima le jeune homme, s'engageaient mal.

— Mettez l'absurdité de mes propos sur le compte des drogues dont les médecins m'ont administré une cargaison. Je suis encore sous influence.

— Votre intervention s'est-elle passée dans de bonnes conditions ? s'enquit poliment Jago.

L'espace de quelques secondes, il fut pris de court.

— Je n'en sais rien, confessa-t-il. A vrai dire, personne ne m'a rien signalé et je n'ai pas songé à demander. Toutefois, je rapporte un dossier médical contenant des instructions.

Dans l'abandon crédule où il s'était confiné sous l'effet du choc, de l'appréhension, des médicaments, il n'avait jamais douté que tout serait fait pour lui rendre à brève échéance une épaule parfaitement souple. Pas plus que Banichi, il n'avait à redouter la moindre suite fâcheuse.

Ainsi, la page de Mospheira était tournée, bien tournée. Cette courte parenthèse s'estompait déjà dans le passé. Aucun regret depuis qu'il se trouvait solidement encadré par deux superbes atevi, dépêchés tout exprès par Tabini-aiji pour l'accueillir. Ses anges noirs, ainsi qu'il les appelait pour exprimer son étonnement admiratif. Ils étaient beaux, invincibles ; ils avaient mérité son estime et gagné sa confiance. Compliments réciproques, il y avait lieu de l'espérer.

Le véhicule s'engagea sur la rampe d'accès au terminal d'embarquement réservé aux membres du gouvernement, à l'entourage du aiji, à tous ceux dont la sécurité pouvait être menacée. Le chauffeur dévalait la pente raide avec enthousiasme. Pas si vite, pria le paidhi en son for intérieur.

Il ne lui déplaisait pas d'être ainsi véhiculé, pris en

charge, fragile ballot auquel rien n'était demandé, surtout pas de faire preuve d'esprit d'initiative.

— Nadi, je ne sais quel programme m'est réservé, mais je suis un homme physiquement éprouvé, ne l'oubliez pas. Avant d'entreprendre une tâche délicate où je pourrais être amené à commettre une maladresse irréparable, je souhaiterais prendre un peu de repos.

Jago lui donna une tape sur l'épaule.

— Courage, Bren-ji. S'il le faut, je vous porterai jusqu'à l'intérieur du compartiment. Je vous installerai dans votre fauteuil et vous envelopperai dans une couverture.

Il était bien difficile de mettre en avant ses petites misères quand on avait affaire à deux êtres aguerris à la fatigue, à la souffrance, incapables du moindre accès de faiblesse. Question d'honneur, mais pas seulement. Cette fierté, cette géniale obstination face à l'adversité, était à des degrés divers le privilège de tous les atevi.

— Ce ne sera pas nécessaire, affirma le paidhi d'une voix faible.

Le béton gris du tunnel lui donnait déjà la nausée. Tandis que la voiture s'arrêtait dans une brusque secousse, il s'empressa d'ajouter :

— Serait-ce trop demander que d'attendre, pour continuer, l'arrivée de l'autre fourgonnette ? J'ai toute confiance en Tano, bien sûr, mais je me sentirais plus rassuré d'avoir cet unique sac à portée de main. Il contient le dossier médical dont je parlais.

— Impossible, dit Banichi. Nous avons un horaire à respecter, à la minute près.

Le aiji avait donné à son sujet des instructions précises. Tabini était-il donc si impatient d'avoir à nouveau le paidhi à sa disposition ou bien, suivant cette fois la procédure légale, un autre assassin avait-il lancé un Défi officiel contre le seul être humain dont la présence fût autorisée sur le continent ? Bren ne put réprimer un soupir. Banichi ouvrit sa portière et descendit ; Jago en fit autant, la courroie de l'ordinateur en travers de son épaule. Pas plus l'un que l'autre ne proposa son aide. Vigilants, prêts à intervenir à la plus légère défaillance, ils le laissèrent faire preuve de bonne volonté et se tirer d'affaire par ses propres moyens.

Aussitôt vinrent à sa rencontre l'odeur et la rumeur caractéristiques de toutes les stations du réseau urbain, relié à l'ensemble des lignes desservant le territoire de l'Association par une unique bretelle, maillon fragile du système de sécurité. Mais cette gare était placée, de jour comme de nuit, sous haute surveillance. Aucun porteur, aucun ouvrier n'était autorisé à y pénétrer sans permis. Les rames du service normal ne s'y arrêtaient pas.

Pourquoi, dans ces conditions, ne pas accéder à sa modeste requête ? La vie du paidhi ne serait pas en danger si le départ de son train était différé de quelques instants, le temps pour Tano de les rejoindre avec le précieux sac.

Deux colosses vêtus de noir, prétoriens du Bujavid, montaient la garde devant la voiture particulière du aiji, dont l'apparence était celle d'un vulgaire wagon de marchandises. Le jeune homme les regarda avec attention car leurs visages ne lui étaient pas familiers alors qu'il croyait pourtant connaître de vue tous les gardes du palais. Aucune raison de se méfier, sans doute. Banichi les avait vus et ne semblait pas inquiet. Après que Jago eut jeté un bref coup d'œil de routine à l'intérieur, le paidhi fut invité à entrer.

Le décor était celui d'un salon luxueux, dans des teintes neutres de bon aloi, le beige et le bordeaux, avec une vraie cuisine, un terminal informatique, des fauteuils qui invitaient à la paresse, un canapé transformable, une batterie d'écrans. L'ordinateur à peine posé, Jago se rendit à la cuisine.

— Un jus de fruits, nadi ?

Le froid le tenait encore, une rigidité dont il ne pouvait se défaire depuis son arrivée. Il réclama un thé bien chaud. Certaines infusions atevi, très riches en alcaloïdes, pouvaient avoir sur l'organisme humain une action dévastatrice, ainsi que l'infortuné paidhi en avait fait l'expérience peu de temps auparavant. Il croyait pouvoir faire confiance à l'adjointe de Banichi pour lui préparer un breuvage léger et parfumé qu'il prendrait sans sucre, selon son habitude. Les yeux clos, il s'abandonna au moelleux du siège et fut tout près de ressentir cet engourdissement agréable, cette détente de tout l'être, qui est le commencement de la fuite dans un rêve.

Un brusque cahot signala l'accrochage du wagon à la locomotive. Jago posa le plateau sur une table basse, elle s'installa en face du jeune homme. Banichi entra, ferma la porte extérieure, sans cesser de poursuivre à l'aide de sa radio la conversation engagée sur le quai. Une autre secousse se fit sentir quand un second wagon fut ajouté à la suite du leur.

— La rame comprend trois voitures, fit observer la prétorienne.

Et Banichi de préciser :

— Tano est arrivé à temps, mais le responsable de la Sécurité a refusé tout net de le laisser monter avec nous. Je lui ai fait remarquer qu'il s'agissait pourtant d'un agent de notre service. L'obstiné n'a rien voulu savoir.

Le jeune homme avait pratiquement oublié son sac et mille autres préoccupations depuis que la douleur, en tapinois, s'était réveillée dans son épaule. Peu après, alors que le thé dont il buvait à petites gorgées la troisième tasse, provoquait un effet lénifiant, vaguement euphorisant, et qu'ils arrivaient à proximité de la gare logée dans les sous-sols du Bujavid, Bren se sentit gagné par l'impatience d'être à nouveau chez lui, dans l'intimité d'un logement à lui seul réservé. Les bains lui étaient provisoirement interdits. Il espéra qu'on lui laisserait le temps de prendre une douche, suivie d'une courte sieste.

— Nadiin, je garde la nostalgie de mon studio donnant sur le jardin. Pensez-vous qu'on me laissera le réintégrer ?

Banichi et Jago échangèrent un coup d'œil, l'officier fit la moue.

— N'y compte pas trop, bien qu'il te soit toujours possible d'en faire la demande. Attends seulement d'avoir fait la connaissance de ton nouveau logis. Tu auras, depuis les fenêtres du bureau, une vue magnifique sur la montagne.

Le paidhi ressentit une brève surprise, un début d'inquiétude. Il battit des paupières.

— Sur la montagne ? Me voilà donc installé dans les étages supérieurs du palais ? M'aurait-on par hasard relégué à l'hôtel ?

— Tu seras logé comme un prince, grâce à la générosité d'une certaine personne, zélée partisane de notre aiji qui a décidé depuis peu d'emménager chez lui, tout au moins pendant la durée de la session parlementaire.

Une zélée partisane de qui, de quoi ? De Tabini et de sa politique d'ouverture, naturellement. Et qui poussait la ferveur jusqu'à s'établir sous son toit.

Le train ralentissait. Jago eut un mouvement fugitif en direction du plateau, comme pour l'empêcher de glisser. Son regard croisa celui de Bren.

Une certaine personne… Damiri ?

La fiancée cachée de Tabini, son « amour » secret, soudain révélé au grand jour ? La belle appartenait au clan des Atigeini, opposants irréductibles au pouvoir des Ragi, surtout depuis que Tabini avait pris en main les rênes du pouvoir. Ses parents étaient capables de mettre la capitale à feu et à sang. Le jeune homme commençait à comprendre le surcroît de précautions dont on entourait son retour.

Quant à la volonté de mettre son appartement, résidence d'hiver des Atigeini, à la disposition d'un être humain, elle pouvait apparaître pour ce qu'elle était, une provocation délibérée de la part d'un aiji dont une fronde provinciale avait menacé l'autorité quelques jours auparavant. Le paidhi n'avait pas sa place à l'étage noble du palais, encore moins au domicile d'une dame de la vieille aristocratie. La rumeur allait s'enflammer. Les méchantes langues mêleraient dans un même opprobre Damiri et les siens, coupables de négligence. Par l'intermédiaire de ses associés demeurés dans leur province d'origine, cette auguste famille ne s'était jamais privée de braver les décisions de Tabini dès l'instant où le hasdrawad, cette chambre honnie des « communs », l'avait désigné comme le successeur de son père à la fonction suprême.

En dépit du sang-froid retrouvé vaille que vaille, Bren n'avait pu s'empêcher de laisser transparaître son étonnement, un changement d'expression que Banichi avait aussitôt enregistré.

— Tu l'auras deviné, Tabini redoute un nouvel attentat contre ta personne et ne veut prendre aucun risque. Les dés venaient d'être jetés lorsque la dame a décidé de lier son destin à celui de Tabini. Elle a tout misé sur son attachement à sa personne et sur sa politique.

Baji-naji, le hasard et la chance, pouvoirs jumeaux de la mystique ateva, facteurs déterminants dans le processus d'asservissement des individus à la tyrannie des nombres.

Les portes s'ouvrirent à l'arrêt complet du train. Debout en un clin d'œil, Banichi consentit à offrir au paidhi une main secourable. Le jeune homme fit mine de vouloir soulever son ordinateur. Jago fut la plus prompte.

— Confiez-le-moi, Bren-ji. Regardez plutôt où vous mettez les pieds.

Le jeune homme se laissa guider vers la porte qu'il

franchit en toute confiance, certain de déboucher dans un environnement soumis à une surveillance si étroite qu'elle le mettrait à l'abri de toutes les mauvaises rencontres. Il se trompait.

— Bren Cameron !

Une voix humaine, féminine. Celle qui venait de le héler devait être très en colère.

Deana Hanks ? Que venait-elle faire de ce côté-ci du détroit ?

Un déclic s'opéra, la mémoire lui revint : sa propre absence avait semé le trouble à Mospheira, les Affaires étrangères avaient cru bon de dépêcher auprès de Tabini un paidhi « intérimaire », Mme Hanks, escamotée dès sa descente d'avion. Pendant quelques jours, personne n'avait eu de ses nouvelles et Bren s'était empressé d'oublier toute l'affaire, certain que sa remplaçante avait été discrètement « renvoyée à l'expéditeur ». N'avait-il pas lui-même, à peine retrouvé l'usage de son ordinateur dont les auteurs de la fronde, les ennemis de Tabini, l'avaient privé, demandé au Service que la priorité fût rendue à son code d'accès informatique au détriment de celui de Hanks ?

Pourquoi sa remplaçante éphémère se trouvait-elle encore ici ?

Rien de plus normal, à la réflexion. Le retour du titulaire avait été précipité, Deana Hanks n'avait pas eu le temps de faire ses bagages. En principe, ils auraient dû se croiser à l'aéroport, échanger quelques propos aigres-doux tandis que l'avion faisait le plein de carburant pour le trajet de retour. L'essentiel n'était-il pas que la chère Deana, « enlevée » par les méchants atevi, fût retrouvée, saine et sauve, dans tout l'éclat d'un juste courroux ?

Préparé au pire, Bren Cameron montra un visage aimable.

— Quelle surprise, Deana ! Merci d'avoir été spontanément disponible pour prendre la place quand j'ai cessé de donner de mes nouvelles.

— Je n'ai que faire de tes remerciements.

Règle d'or : ne jamais élever le ton en présence des atevi, allergiques à toute violence verbale. Les prétoriens qui assistaient à la scène donnèrent des signes immédiats de nervosité, l'hostilité crépita entre les responsables de la sécurité de Bren Cameron et les gardes composant l'escorte de Deana Hanks. Certains portèrent la main sur la crosse de leur arme, d'autres la glissèrent dans une poche intérieure.

— Hata-mai, *gardons notre calme,* Deana, pour l'amour du ciel... (Après cet aparté dans la langue de Mospheira, le jeune homme se hâta de retrouver l'idiome ateva.) Nadi, ne pourrions-nous donner l'illusion d'une entente cordiale ? Parlez d'une voix plus douce, je vous en prie.

— Plus douce ? Il me plaît de parler sur ce ton.

Une femme brune au teint naturellement pâle, empourpré par la colère. La redingote à col droit lui allait bien. Elle portait les cheveux tirés en arrière dans la natte réglementaire.

— Jusqu'où sommes-nous prêts à capituler ? persifla-t-elle, sans se soucier d'abandonner sa langue natale. La seule riposte envisagée par notre gouvernement serait-elle de mettre Bren Cameron à leur disposition comme s'il ne s'était rien passé ?

— Nadi, par pitié...

Deana Hanks était hors d'elle, aucune bonne parole n'aurait pu lui faire entendre raison.

— Un rapport, dit-elle. Présentez-moi dans l'heure qui vient un rapport sur vos déplacements, vos activités, vos rencontres, le compte rendu précis de votre prétendue « disparition ». Ensuite, ensuite seulement, je prendrai contact avec le Service et je saurai ce que je dois faire.

Les antalgiques étaient-ils responsables de sa légère hébétude ou bien fallait-il incriminer Deana Hanks et son humeur exécrable ? Oubliant leur vieux différend, l'effarante susceptibilité de la jeune femme, en partie justifiée, avait-il été trop agressif dans son petit couplet d'introduction ? Bien décidé à faire en sorte que son irascible collègue se trouve à bord du prochain avion en partance pour Mospheira, il allait devoir se montrer conciliant. De mémoire de paidhi, jamais deux êtres humains ne s'étaient trouvés ensemble sur cette rive du détroit. Ce précédent laisserait dans toutes les mémoires un souvenir fâcheux.

— Je vous envoie une télécopie aujourd'hui même. Elle vous renseignera sur le mystère de mon emploi du temps concernant les jours précédant mon départ pour Mospheira. Hâtez-vous, Deana, votre avion décolle dans quelques instants.

La jeune femme fit flamboyer ses yeux noirs et carra le menton. Perplexe, son service d'ordre serrait les rangs derrière elle.

— Trop facile, monsieur Cameron. Je ne partirai pas sans un ordre écrit de mes supérieurs. Privée de tout moyen de communication, j'en étais réduite à guetter les ragots de courtisans. Très instructifs... Que d'insinuations malveillantes, que de menaces à peine déguisées contre nous, contre le paidhi, contre l'humanité ! Si vous voulez vous débarrasser de moi, il vous faudra un ordre écrit. Vous l'a-t-on donné, oui ou non ?

Le jeune homme hésita. Un peu de douceur pour faire avaler la potion.

— Tout est allé très vite, Deana, ils ont été pris de court. Votre retour à Mospheira était convenu de manière implicite lorsqu'il fut décidé que je devais reprendre mon poste.

— Nadi Bren, il faut partir, murmura Jago.

— Cette discussion met en cause le fonctionnement de notre service et ne vous concerne nullement, s'emporta Deana Hanks. Veuillez ne pas vous en mêler.

Cette réplique engendra comme une onde de silence. La jeune femme venait de commettre une faute impardonnable, elle avait insulté Jago. Bren n'avait plus le choix.

— Madame Hanks, avez-vous observé les rubans ornant la tresse de cette prétorienne ? Il ne s'agit nullement d'un simple agent de la Sécurité. Et puisque vous insistez pour recevoir un ordre, le voici. Vous êtes relevée de vos fonctions à Shejidan, vos codes ne sont plus valables, votre présence sur le continent est désormais indésirable. Vous avez un quart d'heure pour prendre cet avion.

— Monsieur Cameron, vous n'êtes pas qualifié pour disposer ainsi d'un haut fonctionnaire des Affaires étrangères assumant à titre officiel la dignité de paidhi par intérim.

Banichi, soudain, interposa sa puissante silhouette entre les deux groupes. Sans un regard pour Deana Hanks, il s'adressa aux prétoriens de sa suite.

— Nadiin, cette personne n'a plus rien à faire ici. Je vous serais reconnaissant de la conduire à l'aéroport et de veiller à son embarquement. Faites ce qu'on vous dit, nadiin, si vous ne voulez pas encourir de poursuites administratives.

L'air se chargea d'effluves nerveux. Tout devenait possible, même le pire, Bren le comprit avec effroi. Son cœur se mit à battre plus vite. Il se produisit un flottement dans le rang des prétoriens de Deana Hanks, puis celle-ci fut entraînée.

En s'efforçant par la suite de reconstituer la scène, Bren devait s'émerveiller de la promptitude avec laquelle un mur de solides gaillards s'était constitué devant lui pour l'isoler du reste du monde. Personne n'avait porté la main sur lui, il aurait pu le jurer, pourtant un coup violent l'atteignit au côté. Il étouffa un cri et recula, plié en deux, son bras plâtré ramené contre lui d'instinct. Il se retrouva le dos contre une paroi de béton, environné de gens qui lui étaient devenus parfaitement étrangers. Dans son esprit résonnait, martelée comme un leitmotiv, l'infatigable revendication de Deana Hanks :

— Je ne partirai pas sans avoir reçu un ordre écrit de mes supérieurs !

— Que diriez-vous d'un mandat d'arrêt ? avait répliqué Banichi d'une voix dangereuse, implacable.

— Bren-ji...

Jago l'avait saisi par le bras et poussé sans ménagement en direction de l'ascenseur. La grogne, derrière eux, enflait comme une vague. Banichi exigeait à présent que l'« humaine » fût reconduite dans le logement qui lui avait été attribué. Très mécontents, les gardes de son escorte tergiversaient. Jago, d'une poigne de fer, fit entrer le paidhi dans l'ascenseur. Tout en s'assurant, d'un coup d'œil, que son ordinateur était toujours suspendu à l'épaule de la prétorienne, Bren se fit la réflexion que Banichi venait de contrecarrer avec aplomb l'ordre qu'il avait lui-même donné à Hanks de prendre le premier avion. L'officier fulminait encore lorsqu'il les rejoignit. Le jeune homme attendit que l'ascenseur fût en route pour se permettre un commentaire :

— Banichi-ji, je suis le responsable involontaire de cette altercation. Mme Hanks n'ayant pas été informée de mon retour prématuré s'estime, à tort ou à raison, en droit de recevoir des explications. Le Service, croit-elle, s'est comporté de façon désinvolte à son égard, voilà la seule raison de ce mouvement d'humeur.

Banichi ne semblait pas le moins du monde intéressé. Il gardait les yeux fixés sur la paroi de métal, à trente centimètres devant lui.

— Cette version indulgente sera soumise à la sagacité de ceux qui ont le pouvoir de porter un jugement.

Bren ne se souvenait pas d'avoir vu son protecteur si courroucé, fût-ce au plus fort des combats. Il se demanda si cet échauffement n'était pas dû, en partie, au fait que Deana eût le privilège incertain d'être la première humaine avec laquelle Banichi se fût trouvé en relation. Le moment lui sembla mal choisi pour approfondir le sujet. Quelques coups de fil suffiraient sans doute pour rendre la liberté au paidhi intérimaire, peut-être même serait-elle relâchée avant que l'avion n'eût reçu l'autorisation de décoller. L'incident, alors, serait clos, à charge pour Deana de se faire oublier ; un exercice difficile, dans la mesure où les atevi avaient une longue mémoire, d'une incroyable précision pour les affronts subis.

Entre elle et lui, l'inimitié ne datait pas d'hier. A l'université, déjà, ils s'entendaient comme chien et chat, et cette hostilité avait mûri dans les instances du ministère, elle s'était exacerbée quand la vacance prochaine du poste de paidhi les avait amenés tous deux à postuler. Leurs candidatures avaient reçu le soutien de courants politiques antagonistes. Sa rivale bénéficiait du soutien d'amis haut placés, aussi Bren n'avait-il pas été peu surpris de se voir désigner comme le successeur de Wilson auprès duquel il avait, jusqu'à sa retraite définitive, assumé les fonctions de suppléant. Eclipsée, Deana avait rongé son frein à un poste de haute responsabilité jusqu'à obtenir, à force d'intrigues, sa nomination en qualité d'« intérimaire ».

L'amertume ne pouvait excuser le comportement inqualifiable dont elle avait fait preuve aujourd'hui. L'aborder de façon brutale, en violation ostensible du Traité qui interdisait formellement la présence de deux êtres humains sur le continent. Et provoquer un éclat, de surcroît, attaquant de front le paidhi, puis en traitant comme un subalterne un sous-officier de la garde prétorienne du aiji, Jago, l'adjoint de Banichi ! Deana avait toujours eu la tête près du bonnet, mais la bêtise n'était pas son fort. Que s'était-il passé ?

Sans doute avait-elle été, tout autant que lui, tenue dans l'ignorance de l'évolution récente de la situation, bouleversée par l'arrivée de *Phœnix*. Pris de vitesse, naviguant au jugé entre différents impératifs, Shawn Tyers, chargé aux Affaires étrangères de la correspondance avec le paidhi, les avait traités comme des pions, à cette différence que Bren Cameron bénéficiait du soutien des autorités de Shejidan.

Autre hypothèse, celle d'une coupure des communications téléphoniques entre l'île et le continent, pour cause d'instabilité politique. Cela s'était déjà produit, quand les relations s'étaient tendues entre les atevi et les humains, quand l'opposition intérieure au régime de Tabini menaçait de lui mener la vie dure. On attendait précisément du paidhi, dans ces moments difficiles, qu'il sût se montrer résolu et réfléchi à la fois ; qu'il fût à son affaire partout où il fallait de la souplesse, de la diplomatie, de l'opportunisme, même. Offusquée d'avoir été mise à l'écart par Tabini et négligée par le Service, Deana Hanks manquait aussi cruellement d'expérience, n'ayant aucune pratique du contact direct avec les atevi. Piètre excuse, en vérité ; quand tout le monde savait que la poursuite du statu quo laborieusement obtenu au fil des décennies dépendait des bonnes dispositions de Tabini à l'égard de Mospheira et de son maintien à la tête de l'Association.

Ménager le aiji, ne rien dire ou faire qui soit susceptible de le placer dans une situation délicate par rapport au clan des humanophobes, très actifs dans certaines associations secondaires, tels étaient les principes de base que le paidhi devait avoir présents à l'esprit en toutes circonstances. Jamais, depuis la signature du Traité, ne s'était-on trouvé comme aujourd'hui au bord d'une crise majeure. Au mépris du protocole, de la prudence, de tous les devoirs attachés à sa dignité de représentante du gouvernement de Mospheira, la jeune femme l'avait agressé, elle s'était donnée en spectacle, s'était attiré le courroux du chef de la Sécurité, capitaine de la garde prétorienne du aiji. Bren se promit de rédiger un rapport qui ne manquerait pas de valoir à la coupable un sévère avertissement.

Dans l'intervalle, il devait mettre fin au plus vite à cette absurde détention, joindre Tabini par téléphone et le convaincre de laisser repartir la péronnelle dont il soulignerait à plaisir combien les torts étaient graves, même s'ils comportaient quelques circonstances atténuantes. Il ne devait pas être bien difficile de différer le départ de l'avion d'une heure ou deux. L'appareil, après tout, n'avait rien de plus précieux, de plus urgent à transporter que le paidhi ou sa suppléante. Ensuite, il appellerait le Service.

L'intimité de son charmant pied-à-terre, avec vue sur le patio, aurait été infiniment préférable, tant pour se reposer que pour donner des coups de fil professionnels.

Cette grande porte-fenêtre ouvrant sur le jardin en faisait tout le prix. Ces derniers temps, pour d'évidentes raisons de sécurité, elle était devenue un luxe que le paidhi ne pouvait plus se permettre.

L'ascenseur fit halte au troisième, l'étage le mieux protégé du Bu-javid. Il n'y avait pas, à travers tout le continent, de périmètre bénéficiant d'un plus haut degré de surveillance.

2

De l'avis de Bren, la résidence Atigeini était loin de posséder le charme du modeste studio qu'il avait occupé pendant des années et dont les portes-fenêtres ouvraient sur l'un des patios verdoyants du rez-de-chaussée. Peut-être, après tout, n'était-il pas dans la nature d'un palais d'avoir du charme.

A peine entré dans l'immense vestibule, Banichi se

débarrassa de l'ordinateur qu'il posa contre le mur, non loin de la porte.

— La domesticité se compose de cinquante caméristes et femmes de chambre, chargées du service de Lady Damiri et de ses hôtes, expliqua-t-il, ainsi que de l'entretien des lieux.

Audace, témérité, le style était celui de l'extravagance baroque. La robinetterie devait être d'argent massif, se gaussa *in petto* le jeune homme, éperdu de fatigue. Il n'aspirait à rien qu'à se laisser choir sur un lit au fond d'un cabinet bien noir dont il aurait jeté la clé. Quelques somnifères auraient raison de la douleur lancinante, au creux de son épaule.

Aux murs, des tableaux d'une valeur inestimable, luxueusement encadrés. Sur le parquet marqueté, des tapis anciens.

Celle qui entra, toute de soie grège depuis les babouches jusqu'au col montant, était de l'espèce la plus altière. La taille haute, d'une minceur et d'une élégance remarquables. Ramenés en arrière et tressés suivant l'usage, les cheveux gris épais dégageaient un visage aux traits émaciés. Elle s'inclina.

— Nadiin, nand'paidhi, je suis Saidin, l'intendante du palais. Soyez le bienvenu.

Tant de grâce et de gravité inspirait le respect. Le jeune homme oublia ses misères pour plaquer sur son visage crispé une expression plus aimable. Il rendit le salut protocolaire.

— Nand'Saidin, merci de votre accueil. Je m'efforcerai, croyez-le, de vous causer le moins de dérangement possible.

— N'ayez aucune inquiétude, nand'paidhi, Lady Damiri se fait un plaisir de vous offrir l'hospitalité. Puis-je vous faire visiter ?

Sourcils froncés, Banichi consulta Bren d'un regard interrogateur qui admettait implicitement une réponse négative. Le jeune homme hésita, se résigna en l'espace de quelques secondes. Le moyen de décliner une telle invitation quand une résidence princière était gracieusement mise à votre disposition ?

— Je vous en serais très reconnaissant, nand'Saidin.

— Tout l'honneur est pour nous, murmura l'intendante. Par ici, je vous en prie.

Le paidhi lui emboîta le pas, suivi de Banichi et de Jago. Tout en considérant la silhouette hautaine et filiforme de son guide, il se fit la réflexion que la vie de Saidin devait se confondre avec le service du clan Atigeini auquel la liaient peut-être des liens de parenté non officiels. Discrétion absolue, efficacité, dévouement illimité... Maintenues au fil des ans, ces qualités n'étaient pas celles d'une domestique recrutée par engagement.

— Nous sommes dans la partie extérieure du palais, nand'paidhi, réservée aux invités. Elle comprend, outre les pièces privées proprement dites, une salle à manger d'apparat, un salon de réception, un poste de garde dont les installations ont été modernisées... Les profondeurs de la résidence sont le domaine réservé des maîtres. Toutes les chambres donnent sur une galerie circulaire entourant la salle à manger familiale...

Tapis de haute laine, rideaux d'une texture arachnéenne, tissée par des doigts de fée. En principe, rien de ce qui concernait les traditions culturelles n'était étranger au paidhi dont la fonction impliquait de solides connaissances pluridisciplinaires. Le souci de l'étiquette, de la sécurité et de ne pas trébucher occupait une grande partie de son esprit. Pour le reste, partagé entre la stupeur et l'émerveillement, il s'efforçait humblement de déchiffrer à travers toutes les nuances du beau qui défilaient devant lui les époques et les origines géographiques. Mospheira importait quantité d'objets de fabrication artisanale ainsi que des étoffes, naturelles ou synthétiques, certaines de grand prix. Rien de comparable avec les tentures de Lady Damiri dont les humains pouvaient seulement se faire une idée en se rendant au musée de la Guerre, où un échantillon de l'habileté textile ateva était exposé sous vitrine.

Ce palais dépassait celui de Tabini en luxe et en extravagances. Les immenses baies vitrées du salon d'apparat offraient naturellement une vue semblable à celle que l'on avait depuis la terrasse voisine du aiji : l'étincelante dégringolade des toits et des jardins de la vieille ville le long du versant escarpé de la colline et l'alanguissement très maîtrisé, très ordonné, des nouveaux quartiers lovés au creux du méandre de la rivière. L'horizon pluvieux reposait déjà tout entier dans le crépuscule. La chaîne du Bergid était masquée derrière une barrière de nuages.

Le paidhi en avait vu suffisamment, la tête lui tournait. Cette visite guidée était pour lui une épreuve dont il triomphait avec beaucoup d'aisance, étant donné les circonstances. Il espéra que tout le monde était conscient de sa bonne volonté et qu'il lui en serait tenu compte pour l'avenir de ses relations avec nand'Saidin. D'un autre côté, il n'était pas mécontent de l'occasion qui lui était si gracieusement offerte de se familiariser avec la topographie des lieux, fût-ce pour savoir qu'un bruit de pas entendu dans telle direction annonçait l'entrée d'un domestique alors qu'un autre, venu du côté opposé, laissait présager une intrusion.

— Y a-t-il d'autres portes donnant sur l'extérieur, demanda-t-il. Des entrées de service, par exemple ?

— Toutes les issues convergent sur le vestibule, assura Banichi. Il s'agit d'un passage obligé auquel personne ne peut se soustraire.

— Au début de ce siècle, il fut procédé à d'importants travaux d'agrandissement, expliqua l'intendante. Vous ne remarquerez pourtant aucune différence dans la teinte des panneaux des boiseries, le grain de la pierre, les motifs du carrelage. Le seigneur Sarosi a tenu à procéder lui-même aux recherches qui ont permis de localiser les anciennes carrières, remises en activité, et d'où sont extraites aujourd'hui les pierres utilisées pour tous les travaux d'extension du Bujavid. Je songe en particulier à la galerie du couchant, que vous connaissez sans doute…

Sa vue se troublait. Les pièces suivantes se fondirent dans une sorte de flou dû à la fatigue, un panorama brumeux aux détails à peine visibles hormis, ici ou là, un bibelot original, une couleur d'une intensité saisissante. Les domestiques, de sexe féminin uniquement comme il avait été annoncé, entraient et sortaient sur la pointe des pieds. Leur rôle consistait à donner de la lumière ou à l'éteindre suivant les consignes discrètes de dame Saidin, à épousseter tel guéridon aux impuretés imaginaires, à ouvrir et refermer telle vitrine afin d'en livrer directement le contenu à l'admiration du visiteur. Sans doute n'était-ce pas l'cffet du hasard si ces apparitions silencieuses, chargées de veiller sur le temple et de l'entretenir, étaient au nombre de quarante-neuf, chiffre choisi entre tous, au terme de savants calculs, pour ses vertus conformes aux intérêts du clan Atigeini. Il n'était pas un pan de mur, une fenêtre, un meuble dont les dimensions n'eussent été ainsi établies en fonction d'une arithmétique que l'on savait devoir être favorable au destin de la famille. Les figures jumelles du *Baji-naji*, la Chance et le Hasard, formaient le dessin central de la superbe mosaïque circulaire ornant le sol de la salle à manger. Elles devinrent, sous les yeux affolés du jeune homme, le pivot autour duquel le monde se mit à tourner. L'intendante devina-t-elle que l'attention du paidhi se relâchait ? Ses pas prirent la direction de l'aile réservée aux invités de marque. Bren poussa un soupir de soulagement.

La chambre, assez vaste pour accueillir la moitié des fonctionnaires du Service, distribuait toutes les nuances du blanc et de l'ivoire en fonction du chef-d'œuvre qui en occupait le fond, un monument à baldaquin très semblable à celui dans lequel le jeune homme avait souffert d'insomnie à Malguri. Le dessus-de-lit, de fabrication récente, était la réplique de l'original, une merveille du cinquante-huitième siècle qui avait adouci les ultimes moments du dernier hôte familial de la chambre, seigneur du cinquante-neuvième siècle ayant trouvé, dans de pénibles conditions, une fin prématurée.

Par la suite, la chambre avait été désertée, puis les influences néfastes furent bannies par une architecture numérique entièrement modifiée. Le paidhi devait-il se sentir rassuré par cette précision donnée sur un ton égal, Saidin l'effleura d'un regard serein. Deux cabinets adjacents, aux parois revêtues de bois de myrte, aux dimensions établies au centimètre près par les numérologistes les plus compétents, offraient une garantie supplémentaire. Tous les chiffres seraient divulgués à la demande du paidhi.

Exténué, ce dernier ne demandait qu'à s'allonger sur-le-champ afin de prouver l'innocuité du lit en question, mais l'excellente personne n'en avait pas tout à fait fini avec lui. Ce premier parcours devait s'achever en apothéose avec la visite de ce qu'elle désignait de sa voix mélodieuse comme la plus belle partie de la résidence, celle que Lady Damiri réservait à ses « rêveries ». Le paidhi apprécierait le calme subtil de cet endroit, propice au travail et à la méditation.

Sa présence serait perçue certainement comme inopportune par la domesticité à laquelle elle occasionnerait un surcroît de travail. Le paidhi avait à cœur de faire bonne impression, sachant que les commentaires iraient bon train et que la rumeur, bonne ou mauvaise, se répandrait comme feu dans l'herbe sèche au sein du clan Atigeini, un des fiefs de l'opposition dont certains éléments, véritables têtes brûlées, pourraient réserver de désagréables surprises au service de Sécurité. N'était-il pas étonnant que Banichi n'eût pas fait allusion à cet aspect de son déménagement ?

Une double porte au délicat vitrail bleu et vert livrait accès à une serre luxuriante derrière laquelle se nichait le boudoir-bibliothèque de Lady Damiri, des rayonnages du sol au plafond, admirablement garnis d'ouvrages savants, avec une prédilection pour l'horticulture. Au-delà, on traversait un couloir pour entrer dans un petit solarium au sol dallé de granit dont les baies donnaient sur un grand balcon que Banichi et Jago découvrirent avec déplaisir. Construit, songea Bren, bien avant que le fusil à lunette n'eût fait son apparition sur cette planète et ne fût ajouté à l'arsenal dont disposait la Guilde des Assassins.

Peut-être devait-il rendre la politesse à Damiri et lui suggérer de s'installer dans son rez-de-jardin, elle dont la passion pour les fleurs devait être singulièrement frustrée par lc somptueux isolement auquel la condamnait le dernier étage du Bu-javid.

Sur cette dernière frivolité qui méritait à peine le nom de plaisanterie, il sentit que son esprit exténué ne répondait plus de rien. Il ne sentait plus son corps et ne prenait qu'une part lointaine à ce qui arrivait autour de lui. Environnement princier, conditions de sécurité idéales, si l'on voulait bien oublier les trublions du clan... du fond du cœur, il était reconnaissant à ses protecteurs de ne pas avoir fait les choses à moitié. La réputation fâcheuse du lit ne l'effrayait pas, la bibliothèque et le solarium étaient un enchantement mais la comédie n'avait que trop duré. Il refusait de faire un pas de plus.

Disposé à l'entrée du solarium, un fauteuil s'offrit à lui. Il s'y laissa choir, incertain de pouvoir rebrousser chemin et de franchir la distance qui le séparait de sa chambre. Banichi allait-il être obligé de le porter, en présence de toutes ces dames ? Il était si las, son cœur battait à coups précipités.

L'intendante hésita, déconcertée. Jago posa une main sur l'accoudoir du fauteuil.

— Nadi Bren ?

Il eut un faible sourire.

— Superbe fauteuil, très confortable. Il me sera très agréable de travailler ici, transmettez à Lady Damiri mes plus profonds remerciements ; ce soir, voyez-vous... il ne faut pas trop en demander au paidhi, il n'est pas tout à fait lui-même. Que Tabini-aiji se rassure, je serai à mon bureau demain matin. Pour l'instant, je n'ai besoin que de mon ordinateur, d'un lit et d'un téléphone.

Banichi se garda d'insister. Le moment était venu d'informer le paidhi des conditions de son séjour.

— Jago et moi-même logerons dans la résidence, afin de pouvoir veiller sur toi en permanence. Nous nous chargerons de transmettre tes messages.

Ils le cernaient. Ils étaient si grands, tous les deux, sans oublier Tano, si fabuleusement raides. Parfaites incarnations totémiques de toutes les qualités protectrices, domestiques, hospitalières. Il avait l'habitude et n'eut pas un frisson d'inquiétude. Qu'aurait pensé Deana Hanks à sa place ?

— Tano s'installera dans le logement attenant au poste de garde, sur le palier, enchaîna Banichi. Il vient d'arriver, avec ton sac. Tu trouveras tes effets rangés dans les tiroirs et la penderie de la chambre à coucher. A sa sortie de l'hôpital, dans un jour ou deux si tout va bien, Algini le rejoindra.

— Il n'a rien de grave, j'espère ?

L'officier acquiesça dans un battement de paupières.

— Quelques plaies et bosses, autant dire pas grand-chose.

— A la bonne heure.

Comment diable Banichi s'y prenait-il pour être toujours imperturbable et d'aplomb sur ses jambes, à se demander s'il avait jamais eu la cheville cassée, et pas plus tard que l'avant-veille. Banichi, sans doute, était du bois dont on faisait les capitaines de la garde.

— Je ne vous ai pas remercié d'être venus m'attendre à l'aéroport, bredouilla le paidhi dont le matériau de fabrication, infiniment plus fragile, se désagrégeait à ses propres yeux. Qu'aurais-je fait sans vous ?

— La moindre des choses, maugréa l'officier. Si tu n'y vois pas d'inconvénient, nous établirons nos quartiers dans les chambres bleue et rouge, voisines de la tienne.

Un silence, long de quelques secondes imperceptibles, accueillit ces paroles.

— Faites comme bon vous semble, murmura Bren.

Son vertige augmentait. Malgré son désir d'en finir au plus vite, certains éclaircissements devaient lui être apportés dès maintenant, même en présence de dame Saidin.

— Nadiin, que s'est-il passé pour justifier mon retour hâtif et ces mesures de sécurité exceptionnelles ? Le paidhi aurait-il de nouvelles raisons d'être inquiet ? De quoi, de qui s'agit-il cette fois, d'une menace précise, d'obstacles nouvellement surgis — le contraire serait étonnant depuis l'apparition du vaisseau —, de divergences profondes au sein de l'Association ?

— Un peu tout cela à la fois, dit Jago.

— *Phœnix*, là-haut, y est pour quelque chose, j'imagine ?

— S'il n'y avait que le vaisseau, soupira Banichi. En dépit de ton extrême fatigue, à laquelle nous compatissons, nos ordres sont formels : Tabini-aiji exige de te rencontrer dès ce soir. Je ferai valoir ton triste état, peut-être consentira-t-il à se déplacer lui-même.

— Dites-m'en plus, supplia le jeune homme. Qu'est-il arrivé en l'espace de si peu de temps ? Les Affaires étrangères m'ont renvoyé sans plus d'explications. Je ne suis au courant de rien.

— L'apparition du vaisseau a provoqué la convocation extraordinaire du hasdrawad et du tashrid. La guerre est ouverte. L'arrivée inopinée de ta suppléante n'a rien arrangé.

Que les chambres haute et basse fussent le théâtre de violents accrochages, voilà qui n'avait rien d'étonnant. Le retour du vaisseau, après deux siècles de silence, avait précipité les atevi dans une angoisse compréhensible. Les dissensions s'étaient exacerbées entre les partisans du Traité de paix (la meilleure affaire que l'Association Occidentale eût jamais conclue sur le plan économique) et ceux, de bonne ou mauvaise foi, qui persistaient à considérer les humains comme une engeance traîtresse attachée à la ruine des atevi, en dépit de toutes les preuves de bonne volonté apportées jusqu'à présent par Mospheira. Sans cette apparition menaçante venue troubler de son éclat immobile, glacé, l'éternel dessin des constellations, point de crise ouverte et le aiji n'aurait pas éprouvé le besoin si urgent de réclamer son interprète, le seul humain en qui il eût réellement confiance, le seul susceptible de calmer les esprits surchauffés en expliquant pourquoi personne, à Mospheira ou à Shejidan, n'avait intérêt à ranimer le conflit.

Jusque-là, tout restait prévisible. La troisième raison évoquée par Banichi lui semblait plus mystérieuse : qu'avait bien pu faire Deana Hanks en un laps de temps aussi court pour jeter de l'huile sur le feu ?

— Ton gouvernement n'avait pas jugé nécessaire d'informer le aiji de sa décision de pourvoir à ton remplacement, expliqua l'officier, aussi Tabini a-t-il refusé d'accorder audience à cette personne. De son point de vue, elle n'était nullement habilitée à exercer une fonction officielle. Malgré tout, certains ne se sont pas privés d'entrer en contact avec elle. Ces rencontres, ou plutôt ces apartés, sont un des sujets dont Tabini voudrait s'entretenir avec toi. Le plus tôt sera le mieux.

Il avait épuisé toutes ses réserves d'intelligence et d'énergie. Il se sentait hors de service pour quiconque, tout juste bon à passer deux coups de fil.

Il était bien question de téléphoner ! Avant d'alerter le Service qui se chargerait d'engager la procédure devant aboutir à l'élargissement de la pauvre Deana Hanks, et d'aggraver le malentendu né d'une initiative intempestive, le paidhi en titre devait avoir une conversation franche avec Tabini pour tenter de tirer la situation au clair. Que s'était-il vraiment passé en son absence, quel rôle essayait-on de faire jouer à sa suppléante, dont le caractère exécrable, l'esprit borné et l'hostilité à tout rapprochement entre les deux communautés n'étaient un secret pour personne ?

— Il faut que je voie Tabini, annonça Bren. S'il peut me recevoir à l'instant même, je suis à sa disposition.

Banichi réprima un sourire.

3

Tabini occupait, au même niveau, le palais voisin. Bren Cameron se trouvait chez le aiji en terrain de connaissance. Jeunes tous deux, portés aux plus hautes responsabilités auxquelles ils pouvaient l'un et l'autre aspirer, l'un par la mort de son père, l'autre par la démission brutale du paidhi en exercice, ils avaient passé en tête à tête maintes soirées dont le paidhi gardait la nostalgie. On riait beaucoup, se souvenait-il, on apprenait à se connaître. C'étaient, loin des idées dépassées qui sont les armes des tyrans et des cuistres, de longues chevauchées à travers les rêves. Sur un plan plus prosaïque, l'homme et l'ateva avaient plusieurs points communs. Sportifs tous deux, aimant la nature, célibataires moins par vocation que par nécessité puisque leurs activités dévorantes les rendaient inaptes aux grandes aventures sentimentales. L'un et l'autre entretenaient une liaison avec une dame charmante qui avait le bon goût de se satisfaire de cette relation à éclipses. Du côté de Tabini, du moins, la situation avait de ce point de vue récemment évolué. La dame était dans la place.

Naturellement, ces similitudes fondées sur l'apparence ne résistaient pas à un examen objectif. Tout d'abord, Bren se trouvait être le seul homme au milieu des trois cents millions d'atevi que comptait l'Association ragi. Il était l'hôte du aiji et ne perdait jamais de vue qu'il pouvait à tout moment devenir son otage, ainsi que cela s'était produit peu de temps auparavant. Poussée à son terme, la politique du je-te-tiens-tu-me-tiens rencontrerait vite ses limites, au détriment du paidhi. Ensuite, comme tous ceux de son espèce, Tabini avait une passion pour la chasse alors que le jeune homme, par ailleurs grand amateur de ski de neige, détestait la violence sous toutes ses formes. Enfin, leur ascendant sur l'autre sexe rencontrait des succès inégaux : si la belle Damiri, bravant les foudres de son clan, avait décidé de franchir le dernier pas et de s'installer sous le toit de son amant, Barb, de son côté, n'avait pas même jugé bon de répondre au message que Bren avait laissé sur son répondeur.

Pour l'interprète et le souverain, cette rencontre était la première depuis de longues semaines, depuis les vacances, brusquement interrompues, dans le pavillon de chasse de Taiben. A cette occasion, Tabini lui avait appris à se servir d'une arme à feu et lui avait fait don d'un revolver. Tant d'événements s'étaient succédé depuis lors que la face du monde s'en trouvait réellement changée. Tandis que leurs équipes de sécurité bivouaquaient dans le vestibule autour d'une tasse de thé, voyant les infirmités dont souffrait son hôte, Tabini fit ouvrir un petit salon dans lequel il n'avait pas ses habitudes, mais qui avait le mérite d'être à deux pas.

Un seul domestique assurait le service, l'élégant Eidi, l'air studieux d'un éternel potache, très probablement affilié à la Guilde, avec sa licence d'assassin en poche.

— Tu dois être très las, dit Tabini. Je te suis reconnaissant d'avoir répondu à mon appel.

A cet instant la porte s'ouvrit, Damiri en personne apparut devant eux. Elle s'avança main tendue, selon la coutume de Mospheira. Bren s'était levé sur-le-champ, la moindre des courtoisies face à son hôtesse, par ailleurs l'invitée officielle de Tabini.

— Restez assis, je vous en prie. Vous n'êtes encore qu'un fragile convalescent.

Il obéit, serra une longue main noire et fine dont l'étreinte maîtrisée s'efforçait de ne pas broyer les chétives articulations humaines.

— Comment s'est passée votre installation? Saidin vous a-t-elle mis à l'aise?

— Saidin est une perle, nai-ma. Votre hospitalité me comble, je m'efforcerai d'en être digne.

La dame le remercia d'un petit sourire oblique qui ne remonta pas jusqu'à ses yeux, toujours attentifs et sérieux. La beauté, l'inimitable désinvolture propre aux vieilles familles, lui donnaient le pouvoir d'être partout chez elle et de savoir planter ses tentes en plein vent, comme disait plaisamment Tabini, un peu agacé par cette morgue aristocratique.

La dame parlait en son nom propre, sous-entendu au nom de tous les Atigeini dont Bren se demandait encore comment ils avaient pu donner leur consentement à l'installation du paidhi dans leur résidence d'hiver.

— Je ferai de mon mieux pour rendre ma présence légère à votre impeccable domesticité, daja-ma. A travers ce geste inattendu, extraordinaire, envers mon humble personne, c'est tout le Service que vous honorez. Je vous transmets la gratitude des Affaires étrangères.

La dame parut apprécier la subtile graduation, opérée par le paidhi, rendu à l'anonymat de la « personne », fonctionnaire du Service, un des rouages essentiels du ministère des Affaires étrangères. Cette reconnaissance en cascade ne lui était pas désagréable.

— Les hôtes du aiji sont aussi les miens, assura-t-elle, soulignant la formule d'une gracieuse inclination de tête à l'adresse de Bren, puis de Tabini.

Après quelques mots confiés à mi-voix au domestique, elle prit congé.

Quand Damiri se fut éclipsée, le jeune homme éprouva le besoin de souligner combien il appréciait, en toute sincérité, l'honneur qui lui était fait.

— Sa demeure mériterait d'être classée parmi les merveilles du monde, aiji-ma, ne manquez pas de lui exprimer mon ravissement. Je serai très prudent. Je tâcherai de rendre ces admirables lieux dans l'état où je les ai trouvés.

Le aiji ne put réprimer une moue indéchiffrable. La belle avait-elle dû lui arracher son consentement pour avoir le plaisir de loger le paidhi dans la résidence de ses ancêtres, au grand dam du reste de la famille ? Tabini avait-il au contraire suggéré cet arrangement dont le corollaire ne pouvait être que l'installation chez lui de la petite fiancée…

— Tu as piqué sa curiosité, dit-il simplement. Méfie-toi, ses servantes lui sont très dévouées et n'ont pas de secret pour leur maîtresse. Ne fais pas grise mine, il n'y a pas de quoi s'alarmer. Damiri ne met pas son domicile à ta disposition sans arrière-pensée, mais je crois pouvoir affirmer que la curiosité à ton endroit et le désir d'affirmer sa volonté par rapport aux siens sont ses seuls mobiles. Quoi de plus normal, après tout ? N'es-tu pas un phénomène ?

Bren entendit ces paroles à demi rassurantes comme un avertissement et se le tint pour dit.

— Espérons que tous les domestiques auront à cœur de lui présenter des rapports favorables.

Le regard de Tabini se fit bienveillant.

— Il ne tient qu'à toi, je ne suis pas inquiet. Veux-tu que nous allumions le chauffage ? Le temps s'est rafraîchi cet après-midi.

— N'en faites rien, la température est très agréable, aiji-ma. Merci de votre sollicitude.

— Est-ce très douloureux ?

— L'effet des anesthésiants n'est pas encore complètement dissipé. Pour l'instant, j'en suis au stade des élancements. Très supportables, je vous assure. Par contre, je me sens fiévreux, un peu détaché de la réalité. Sans doute n'y a-t-il là rien que de très normal.

— Tes jours ne sont pas en danger, c'est l'essentiel. J'en suis ravi, tu n'imagines pas à quel point.

— Aiji-ma.

Que Tabini prît la peine de s'enquérir aussi précisément de sa santé et d'exprimer son soulagement de le voir si promptement tiré d'affaire, voilà qui allait droit au cœur de Bren Cameron. Il éprouvait lui-même un vif plaisir à se retrouver à Shejidan, dans l'enceinte mille fois fortifiée du somptueux palais, sans perdre de vue que cette émotivité, trait essentiel du caractère humain, pouvait à tout moment se retourner contre lui et se transformer en faiblesse si elle l'empêchait d'y voir clair dans le comportement des atevi dont il était toujours difficile de deviner les motivations véritables.

Ainsi, qu'en était-il de la fidélité de l'Association Occidentale vis-à-vis de son chef et de sa cohésion, récemment mise à mal par certains soulèvements dans les confins orientaux du territoire, où le pouvoir central avait toujours été le plus vulnérable ? La dissidence, cette fois, avait pris un caractère presque insurrectionnel, avec une forte mobilisation populaire bénéficiant du soutien militaire de deux provinces. On avait même assisté pour l'occasion aux premiers bombardements aériens de l'histoire de la planète. Tirs sporadiques, mal ajustés, le paidhi pouvait en témoigner, ces artificiers maladroits n'en avaient pas moins tué des gens qu'il connaissait et appréciait. Grave question : le clan Atigeini, dont l'opposition farouche à la politique trop humanophile de Tabini s'était peu à peu tempérée à la lumière des excellents résultats obtenus, avait-il opéré un nouveau revirement pour rejoindre une fois pour toutes le camp de la résistance ?

Le cas échéant, était-il allé jusqu'à lancer un Défi officiel contre Lady Damiri, coupable de s'afficher trop ouvertement avec le aiji et d'offrir l'hospitalité à l'agent de Mospheira ? Le paidhi n'était pas naïf au point de ne pas deviner que son épaule brisée constituait un avertissement sérieux adressé à Tabini, auquel les Atigeini, même s'ils n'avaient pas engagé directement leurs forces dans le conflit, n'étaient pas étrangers.

Impossible de l'interroger, cependant. Il n'osait s'aventurer sur un terrain si personnel, si délicat, avant d'en savoir plus. Commettre une indiscrétion était considéré chez les atevi comme un péché capital, payable parfois de sa vie.

— Ce vaisseau, là, au-dessus de nos têtes, dit enfin Tabini.

— Oui, aiji-ma ?

— Mospheira entretient avec lui un dialogue continu. Quelles sont les nouvelles à ce sujet ? Où en êtes-vous ? Tu as bien dû glaner quelques renseignements pendant ton séjour là-bas ?

— Puis-je vous rappeler que je n'ai pour ainsi dire pas quitté l'hôpital ? Le vaisseau, cela ne fait aucun doute, est bien celui qui nous a déposés ici, il y aura bientôt deux siècles. Où était-il, qu'a-t-il fait pendant tout ce temps ? Mystère. Certains, à Mospheira, entrevoient peut-être la réponse. On ne m'a rien dit.

— Qu'en penses-tu ?

Pas grand-chose, aurait pu répondre Bren, et de vous à moi, le sujet ne me passionne guère.

— Je sais seulement ce que j'ai toujours entendu dire depuis ma plus tendre enfance. Le vaisseau a poursuivi sa route en quête des étoiles bienfaisantes qui le renseigneraient enfin sur notre position.

Rien ne bougea sur le visage de Tabini.

— A quoi bon se donner tant de mal quand il suffit de regarder autour de soi pour savoir où l'on est ? Ne sommes-nous pas ici ? Un point c'est tout.

— Sans doute, mais du point de vue de la Guilde des Pilotes, les choses sont infiniment plus vastes et plus compliquées. En toute sincérité, aiji-ma, je n'ai pas le souvenir d'avoir accordé à l'affaire du vaisseau, de son origine et de celle de la race humaine autant d'attention qu'il aurait été nécessaire pendant mes études. En réalité, nous ne pensions jamais revoir *Phœnix*. Pour parler net, nous avions fait une croix dessus.

— Bien. Cela étant admis, comment accueille-t-on la nouvelle dans les sphères dirigeantes de Mospheira ? Les débats, j'imagine, sont intenses. Vers quelles décisions s'achemine-t-on ?

Le paidhi n'en avait pas la moindre idée et c'était aussi bien ainsi car une réponse, même imprécise, l'aurait amené à franchir la frontière entre ce qu'il était opportun de confier au aiji et ce dont il n'avait pas encore besoin d'être informé. Bren Cameron estima préférable d'être franc sur ce point.

— Tabini-ma, même si j'avais été mis dans le secret, il me serait impossible de vous révéler la teneur des discussions qui se déroulent au sein de mon gouvernement. Vous ne l'ignorez pas.

S'il se ressentit de cette mise au point, le aiji n'en laissa rien paraître. Il prit une gorgée de thé. Fragile bibelot de porcelaine, la tasse semblait devoir se briser dans sa grande main noire. Il fixa sur son interlocuteur un regard insaisissable, fait pour les lointains.

Les atevi avaient des yeux d'or. Les prunelles de Tabini étaient d'une nuance infiniment pâle et mystérieuse. Le masque du malheur qui avait frappé son père, insinuaient les méchantes langues.

— Bren-ji, quels qu'aient été jusqu'à aujourd'hui les devoirs et les limites qu'imposait entre nous le respect d'un Traité de réciprocité, quelles qu'aient été les promesses échangées, plus rien ne sera comme avant entre Mospheira et le continent. N'est-ce pas un constat réaliste ? Le retour du vaisseau a rendu inévitable l'évolution de nos rapports. En conséquence, le aiji de Shejidan demande au paidhi, dont la fonction consiste à se faire l'écho auprès des atevi des fluctuations de la communauté humaine, il lui demande dans quelle direction souffle le vent.

Il régnait dans le petit salon un silence vertigineux, troublé par le murmure des conversations dans la pièce voisine. Bren retenait son souffle. Au bord de l'asphyxie, il aspira un filet d'air en se morigénant de ne pas avoir songé que l'on pourrait, si vite, en arriver là. Au pied du mur... Lui et Tabini, un ami de si longue date, brusquement affrontés dans cet instant de vérité. Au cours des derniers jours, la douleur avait accaparé son esprit, de même que l'obsession des balles perdues. Il n'était pas de force à livrer un combat politique.

— Tabini-ma, aux termes du Traité, les paidhiin ont l'obligation d'être d'honnêtes intermédiaires entre les deux parties, sans jamais privilégier les intérêts de l'une par rapport à l'autre ? Vrai ou faux ?

Tabini eut l'ombre d'un sourire.

— Entre combien de groupes penses-tu pouvoir continuer à tenir ce rôle de médiateur zélé, nand' paidhi ? Y a-t-il désormais un troisième intervenant ?

— J'espère être en mesure de vous donner bientôt la réponse.

— N'est-il pas surprenant qu'une question aussi simple te laisse sans voix ? Que dis-tu de celle-ci : qui détient le vrai pouvoir, Mospheira ou le vaisseau ? Lequel des deux a barre sur l'autre ?

Il ressentit un peu de froid. En revenant sur le continent, en acceptant de gaieté de cœur d'obéir à une injonction qui lui avait été faite sans plus d'explication, il remettait pour ainsi dire sa vie entre les mains de Tabini. De cela, sur son lit d'hôpital, il avait eu vaguement conscience. S'il avait repris son poste aussi spontanément, ce n'était certes pas pour croiser le fer avec son hôte.

— Nand'paidhi ? Cette simple question me semble aller de soi. Est-ce déjà trop demander ?

Le jeune homme ferma les yeux un instant. La tasse tremblait entre ses doigts ; elle lui parut soudain d'une pesanteur insupportable, il se hâta de la poser.

— Tabini-ma, on m'a menacé de mort, froidement, en braquant sur moi le canon d'un revolver, puis on m'a roué de coups, on m'a démis l'épaule. Ces gens croyaient pouvoir se servir du paidhi à des fins égoïstes. Ils croyaient pouvoir lui arracher des secrets dont ils auraient fait un usage malfaisant. J'ai tenu bon, vous le savez. Ce serait vous rendre un piètre service, ainsi qu'à Mospheira, que de laisser mon esprit altéré par la fatigue et les drogues broder sur des événements que personne n'a pris la peine d'interpréter pour mon bénéfice, car personne ne sait rien. Les instructions reçues — le peu que j'ai enregistré dans ma somnolence — étaient hâtives, banales, destinées à parer au plus pressé. Le aiji dont j'ai depuis longtemps mérité la confiance est trop perspicace pour exiger de moi des demi-vérités ou des demi-mensonges, aussi inutiles et dangereux les unes que les autres.

Tabini branla du chef, gravement.

— La flatterie, à présent ? Ce n'est pas dans tes habitudes, Bren-ji.

L'impassibilité était chez les atevi une seconde nature, on ne livrait rien de ses sentiments, sauf exception. Le visage de Tabini était un masque sur lequel se répandit une sorte de paix, une couleur plus douce, un chatoiement de bienveillance. Le aiji pouvait se montrer charmant, irrésistible, quand le besoin s'en faisait sentir.

— Tes souffrances, ton courage m'ont été rapportés, je te sais gré de ce que tu as fait, reprit-il. Si j'ai réclamé ton retour de toute urgence, c'est que ta bonne volonté et ton intégrité ne font aucun doute à mes yeux. Avant de prendre la moindre décision qui modifierait un tant soi peu les facteurs politiques et économiques régissant le rapport de force au sein de notre Association ou nos relations avec les hommes, je dois connaître, tout au moins avoir une idée du contenu des nombreux messages échangés entre Mospheira et le vaisseau. Afin d'éviter toute mauvaise surprise, toute surprise d'une manière générale, j'ai besoin d'être informé des intentions de Mospheira. Quel piètre responsable serait le aiji s'il ne s'entourait pas d'un minimum de précautions ! La crise est ouverte, Bren-ji. Je ne suis pas le seul, puis-je le faire remarquer, à prendre des libertés avec le Traité, quand Mospheira m'envoie deux paidhiin.

— Mon gouvernement s'est contenté de suivre la procédure normale en cas de vacance du poste. J'avais disparu, rappelez-vous. Pendant plusieurs jours, le Service s'est trouvé dans l'impossibilité d'entrer en contact avec moi. C'est alors qu'ils ont pris la décision d'expédier ma suppléante sur le terrain.

Tabini, de toute évidence, jugeait cette précision superflue par rapport à la gravité de la situation.

— Je sais ce qui est arrivé à la gare, maugréa-t-il. Cette personne a prétendu être en route pour l'aéroport quand elle n'avait ni visa de sortie ni autorisation d'aucune sorte. Le but poursuivi, semble-t-il, était de t'accuser en public et de provoquer un incident.

Le jeune homme ne voyait pas la nécessité de nier l'évidence. Il confirma benoîtement, tout en se demandant avec inquiétude quel nouveau désagrément lui réservait Deana Hanks.

— Si elle avait eu l'intention de révéler aux atevi l'existence de dissensions au sein de notre Service, elle ne s'y serait pas prise autrement. Je vous demanderai néanmoins de lui permettre de rentrer à Mospheira.

— Crois-tu que ce soit aussi simple ? A toutes mes questions, jusqu'à présent, tu as opposé des faux-fuyants en guise de réponses. Voyons si j'ai plus de chance avec celle-ci : l'arrivée imprévue de ta suppléante, dont tu prétends qu'elle serait la conséquence automatique de ta « disparition », n'aurait-elle pas plutôt un rapport avec le retour du vaisseau ? Vois-tu où je veux en venir ou dois-je me faire comprendre plus clairement ? Qui détient les rênes du pouvoir à Mospheira et quels intérêts cette femme est-elle chargée de représenter ?

A toute vitesse, Bren s'efforça de démêler une situation dont il n'était pas certain de posséder tous les éléments.

— A ma connaissance, aucun changement de personne ou de stratégie n'est à l'ordre du jour à Mospheira. Je n'ai pas eu vent d'un quelconque remaniement ministériel et je vois mal pourquoi, dans une phase si difficile, mon gouvernement choisirait de changer son fusil d'épaule. Face à la Guilde des Pilotes, la réaction prévisible consisterait plutôt à serrer les rangs. Toutefois, mon séjour éclair ne m'a guère permis de quitter l'hôpital et si l'agent chargé de me transmettre de maigres instructions a fait allusion à la démarche de Hanks, je n'ai rien entendu, rien retenu ou rien compris.

— Le jour de ton départ pour Malguri, tu as reçu

un message de Mospheira. Un message auquel il devait être répondu sans délai, selon toute vraisemblance, car ton silence a provoqué une succession de nouveaux appels qui tous devaient concerner l'arrivée dans notre ciel de ce vaisseau que personne n'attendait plus.

— C'est probable, en effet.

— Au matin du troisième jour, un avion a demandé l'autorisation d'atterrir. Cette femme se trouvait à son bord. Sans doute allait-elle chercher à savoir où tu étais. L'idée nous est donc venue de dépêcher une équipe de télévision à Malguri...

— Afin de rassurer Mospheira sur mon sort, s'exclama le jeune homme.

Il était très inconvenant d'interrompre le aiji, aussi Bren se confondit-il aussitôt en excuses. Tabini eut un geste négligent de la main.

— Nous n'avions guère le choix. Il fallait prévenir les questions à ton sujet, rassurer les tiens sur ton état de santé. Entre autres sacrilèges, la télévision sait manipuler le temps, l'espace, la durée, les unités de mesure et d'une manière générale, elle affecte tous les nombres. N'est-elle pas, par excellence, l'arme des politiques, ces illusionnistes dévoyés ? Cette émission eut aussi le grand mérite de confirmer dans l'esprit de tous que Bren Cameron était toujours le paidhi en exercice. A ce propos, me diras-tu au moins s'ils t'ont renvoyé uniquement pour satisfaire mon caprice ou si tu reviens nanti de tous les privilèges inhérents à ta fonction ?

Bren n'aimait guère parler de lui-même. Entre lui et Tabini, il croyait ses compétences établies depuis longtemps.

— Nous quittons le domaine du virtuel et de l'aléatoire pour entrer dans celui de la manipulation, aijima, autrement dit les fantasmes des politiciens dont tu parlais tout à l'heure. Mon pouvoir repose sur quelques éléments tangibles dont je me flatte de posséder l'exclusivité. Je suis bilingue, tout d'abord. Je comprends, je parle couramment la langue de la plus puissante des associations atevi. Ensuite, je jouis de la confiance du plus haut dignitaire du territoire puisqu'il a fait, en toute connaissance de cause, le choix de me considérer comme son interlocuteur privilégié. N'est-il pas vrai ?

— En effet.

— Vous êtes-vous entretenu avec Deana Hanks ? Avez-vous engagé des négociations en vue de modifier certains aspects du Traité ? A-t-elle transmis des propositions de mon gouvernement ?

Tabini lui donna gravement la réponse attendue :

— A mes yeux, cette personne dont la venue m'avait été imposée par les circonstances n'était investie d'aucun pouvoir, aussi n'avais-je aucune raison de la recevoir. Malgré tout, elle n'a pas perdu son temps ; elle a rencontré Taigi, Naijo et d'autres du même acabit, unis par le besoin de conspirer contre moi.

La voix naturellement froide de Tabini avait pris une intonation de mépris féroce. Le paidhi perçut dans cette voix une colère à l'échelle de la peur que cette situation nouvelle inspirait au aiji.

— Tout de même, fit-il avec douceur, elle a bien dû solliciter une audience ?

— Mes contacts avec elle se sont limités à l'avertissement que je lui ai fait parvenir : de deux choses l'une, ou tu reprenais ton poste, ou je la faisais condamner pour imposture et mettre à mort. Si j'en juge par ton retour hâtif, elle a dû transmettre mes conditions avec célérité.

Il imaginait sans peine la panique de Mospheira, mais le gouvernement insulaire n'était pas le seul sur lequel avait dû régner le désarroi. Si Bren Cameron n'était pas revenu à Shejidan dans un délai raisonnable, en effet, Tabini n'aurait eu d'autre choix que celui de mettre sa menace à exécution.

— Me voici devant vous, aiji-ma. Veuillez étendre sur elle votre protection, je vous en prie.

— Est-ce le vrai paidhi qui m'en prie, investi du pouvoir que lui confère le Traité de paix ?

— Si mes supérieurs m'ont mis dans le premier avion en partance pour le continent, c'était sans doute qu'ils avaient saisi le sens de votre requête, murmura Bren, en proie au léger vertige engendré par ce périlleux exercice d'équilibriste entre la déontologie du Service et le respect scrupuleux des fameuses clauses. En toute logique, aiji-ma, dans la mesure où vous exprimez la volonté de poursuivre vos relations avec moi plutôt que d'avoir affaire à Deana Hanks, Mospheira n'a d'autre choix que celui d'obtempérer s'ils veulent rester en bons termes avec vous.

— Justement. Ils peuvent décider que le maintien de relations cordiales avec Tabini-aiji a cessé d'être une priorité.

Jamais encore Bren n'avait distingué avec autant de clarté la dépendance dans laquelle se trouvait l'Association Occidentale par rapport à Mospheira, surtout depuis l'accession au pouvoir de Tabini. Au lieu de se féliciter d'une évolution à laquelle il avait contribué de toute son énergie, il n'en éprouvait qu'une sourde amertume, en écho à l'angoisse de Tabini. Il donna une réplique convenue, dont tous deux savaient à quel point elle ne répondait plus tout à fait à la situation.

— Cela ne se peut, aiji-ma. Rien de ce que font ou pensent les atevi ne peut laisser les humains indifférents. Il y va de leur avenir sur ce monde.

Chez les atevi, l'inquiétude le cédait vite à la colère, toujours dangereuse pour celui qui en était la cause. Un éclair flamboya dans l'œil du aiji.

— Si ton gouvernement était suspendu à mes sautes d'humeur, comme tu le laisses entendre, pourquoi nous aurait-il envoyé, au mépris du Traité qui interdit la présence sur le continent de plus d'un seul humain à la fois, cette suppléante grossière que nous considérons comme une intruse ? Une semblable erreur, symptôme de leur aveuglement à notre égard, serait en elle-même assez grave, mais que dire si cette initiative était à mettre sur le compte d'un courant plus radical qui serait parvenu à étendre son influence jusqu'aux cercles qui détiennent chez vous le vrai pouvoir de décision ? Qu'y aurait-il de si étonnant ? Pourquoi l'apparition de ce vaisseau ne provoquerait-elle pas à Mospheira autant de perturbations qu'à Shejidan ?

Pourquoi, en effet ? Question d'autant plus effrayante que le paidhi n'avait à ce sujet aucune certitude. Il savait seulement que le fonctionnaire des Affaires étrangères avait employé le terme *délicat* pour qualifier les discussions en cours avec le vaisseau. Dans ces conditions, plaidait le bon sens, à quoi bon modifier la politique menée avec constance par les gouvernements successifs de Mospheira depuis la signature du Traité, favoriser le « rapprochement progressif entre les hommes et les atevi dans le cadre d'une politique d'échanges diversifiés » ?

— Aiji-ma, mon gouvernement sera informé de l'effet désastreux produit par Deana Hanks, soyez-en certain. Dans l'intervalle, la détention me semble devoir être une riposte maladroite. Permettez-moi de régler cette affaire en douceur, dans l'intérêt de tout le monde.

— C'est beaucoup demander.

— J'en suis conscient.

— Cette faveur fera de toi mon débiteur.

— Sans doute.

— Voyons cela tout de suite. Où en est-on dans l'entourage de ton président ? Quelle position se réserve-t-on d'adopter si les exigences du vaisseau entrent en contradiction avec les principes observés jusqu'alors ?

Fallait-il qu'il fût troublé pour ne pas avoir pressenti cette nouvelle attaque. Tabini était chasseur, il ne lâchait jamais sa proie. A plusieurs reprises, dans le passé, quand la situation lui échappait, il était arrivé à Bren de se lancer hardiment dans des explications improvisées qui ressemblaient fort à un pari optimiste sur l'avenir, sur la crédulité de Tabini dont on avait lieu de penser (là résidait le véritable risque) qu'il éprouvait un besoin profond d'être rassuré sur la logique du processus mental humain.

— Aiji-ma, rien de ce que j'ai pu entendre à Mospheira, dans le cadre de conversations privées ou par les canaux officiels, ne modifie ma première impression. Le vaisseau a pris tout le monde par surprise. Comme vous le faisiez remarquer, aucun dirigeant n'apprécie d'être ainsi pris de court par les circonstances. Il en est de même pour l'équipage de *Phœnix*, tout aussi surpris, j'en suis certain, que peuvent l'être les responsables de Shejidan ou de Mospheira. Ils ont laissé une station en parfait état de marche. Un peu moins de deux siècles plus tard, ils retrouvent une situation pour le moins inattendue dont les implications infiniment complexes sur le plan politique, économique, « humain », ne leur sont guère perceptibles.

— Allons à l'essentiel, veux-tu ? Avec combien d'associations humaines les atevi doivent-ils désormais compter ? Une seule, comme par le passé, ou deux ? Si cette dernière hypothèse est la bonne, où se situe le véritable pouvoir ? Au ciel, à bord du vaisseau, ou à Mospheira ?

Interrogation capitale pour un chef ateva qui ne reconnaissait pas volontiers la validité des frontières géographiques.

— Aiji-ma, d'après ce que je crois comprendre, nous aurions maintenant deux centres de décision qui, pour n'être pas antagonistes, n'en ont pas moins des intérêts divergents. Vous avez intercepté la plupart des transmissions, sans doute savez-vous mieux que moi à quoi vous en tenir ?

On entrait cette fois dans le vif du sujet. Tabini resta impassible.

— Nous disposons de plusieurs enregistrements, il est vrai.

— Sont-ils codés ?

— Noms propres et nombres ne présentent guère de difficultés. Peut-être pourrais-tu nous aider à y voir plus clair dans les parties dialoguées ?

Ainsi, les messages n'étaient pas chiffrés. Tant mieux. Rien ne l'eût mis mal à l'aise comme d'être diplomatiquement contraint de traduire des rapports ou des communications confidentiels. Mospheira, en le remettant à la disposition du aiji, n'ignorait sûrement pas qu'il serait fait appel à ses qualités de traducteur, tâche dont Hanks elle-même aurait pu s'acquitter dans des circonstances normales. Le gouvernement de l'île, par conséquent, envisageait sans états d'âme que ses échanges avec la Guilde fussent portés à la connaissance des atevi. Il fit mine d'hésiter. Tabini s'emporta sur-le-champ, à sa manière imperceptible.

— Si les autorités de Mospheira formaient une association avec l'équipage du vaisseau, envers qui le paidhi serait-il comptable de ses actions ?

— A la suite de quels événements extraordinaires pourrais-je être amené à me trouver devant ce cas de conscience ? C'est inimaginable.

— Vraiment ! Contrairement à toi, je ne crains pas de laisser mon imagination franchir les limites du bon sens.

Le aiji sollicitait certains éclaircissements qu'il était impossible de lui refuser. Entre les humains et les atevi, jamais le fossé n'avait été aussi large.

— Les associations humaines sont constituées suivant des critères hiérarchiques qui sont à la fois plus et moins contraignants que les vôtres. (Après un silence, Bren ajouta :) Les facteurs biologiques sont secondaires. A ce sujet, il n'existe nul impératif. Cela ne se conçoit pas facilement pour un ateva, je m'en doute, mais nous ne ressentons par rapport à ce vaisseau aucune des dispositions qui seraient sans doute les vôtres à notre place.

— Mon scepticisme reste entier, nand'paidhi. La plupart des atevi, sache-le, sont arrivés à la conclusion que nous avons affaire à une seule entité humaine dont l'autorité est reconnue par tous. Tu tentes d'accréditer la version d'un pouvoir vaguement bicéphale, deux centres de décision séparés par le temps, l'espace, entre lesquels n'existerait aucune hostilité fondamentale. Comment puis-je m'y retrouver ?

Il arrivait toujours un moment où se dressait entre eux ce mur d'incompréhension. Tabini n'envisageait pas, ou se refusait à envisager, la viabilité d'une société sans *man'chi*, cet élan du corps et de l'esprit, cet engagement de tout l'être auquel les atevi se livraient avec passion. Aucun serment de fidélité échangé entre humains ne témoignait tout à fait de cette force. Suivant la logique du *man'chi*, la communauté de Mospheira aurait dû ressentir, à l'apparition de ce puissant vaisseau dont ses ancêtres étaient issus et dont l'équipage exerçait jadis un pouvoir considérable, une irrésistible impulsion de soumission, le besoin immédiat de se placer sous sa protection. Encore Tabini était-il assez conscient des différences existant entre les uns et les autres pour admettre que le schéma ateva pouvait ne pas être pertinent. Peu porté à l'analyse attentive de ses propres réactions face à l'inhabituel, un individu du commun s'en tiendrait à ce qu'il croyait être la vérité...

— Aiji-ma, en dépit de votre sagesse, de votre immense perspicacité, j'hésite à employer devant vous le mot *man'chi* pour exprimer ce que les hommes de Mospheira ressentent par rapport à ce monde où ils vivent depuis deux siècles. Si nous devions éprouver un attachement de cette nature, il concernerait bien davantage les atevi que ce vaisseau. Cela vous paraît-il invraisemblable ? Pour simplifier, disons qu'entre Mospheira et Shejidan, au fil du temps se sont tissés, de notre côté tout au moins, des liens qui ne sont pas sans rappeler l'engagement du *man'chi*.

Tabini se taisait, les yeux aussi fixes que ceux d'un masque ou d'une statue. Dans le meilleur des cas, son incrédulité se trouvait battue en brèche par une idée nouvelle, intéressante en dépit de son étrangeté. Le silence se prolongea longtemps. Bren luttait contre l'assoupissement, il n'osait fermer ses yeux qui pourtant le brûlaient.

Le aiji se pencha, appuyant son menton sur son poing.

— Cette hypothèse, véritable révélation pour moi, je l'avoue, appelle une autre question, nand'paidhi. Pourquoi les hommes seraient-ils incapables d'éprouver le *man'chi* à l'état pur, et pourquoi le retour de leur vaisseau d'origine devrait-il, à quelques inquiétudes près, les laisser indifférents ?

En fin de compte, on tournait autour du point essentiel, sur lequel on se réservait de revenir par la suite. L'insistance de Tabini n'en était pas moins embarrassante dans un moment pareil, elle impliquait de longues digressions historiques, philosophiques, psychologiques, avec leur cortège de malentendus, de rectifications... Il fut pris de tremblements et décida de plaider sa cause en toute simplicité.

— Ce débat nous entraînerait trop loin, aiji-ma. Permettez-moi tout d'abord de prendre le repos dont j'ai grand besoin et de laisser mûrir en moi l'idée que je vous ai soumise à l'instant. Ai-je jamais dit qu'il y avait incompatibilité entre les humains et le *man'chi* ? Je suis trop mal en point pour prendre le risque d'une réponse hasardeuse.

— Tu ne t'en tireras pas à si bon compte, nand' paidhi. A quoi bon faire miroiter à mes yeux un type de relation entièrement nouveau et révolutionnaire entre nos deux communautés si c'est pour battre en retraite l'instant d'après, sous prétexte qu'il s'agit d'une utopie et qu'elle demande réflexion ?

— Aiji-ma, mon attachement à ce monde obéit moins à un enchaînement logique d'arguments rationnels qu'à des critères qui sont de l'ordre de l'émotion et de l'habitude. En ce sens, il s'agit d'une réaction très *man'chi* dans son caractère intime, impérieux.

— Selon toi, rien n'a été fait pour permettre au vaisseau de réintégrer la station. Personne n'était là-haut pour les accueillir ?

Le jeune homme montra une expression de stupeur désabusée.

— Est-il possible, aiji-ma, que vous ayez accordé foi à ces rumeurs concernant une occupation clandestine de la station, depuis tout ce temps ?

— Peu importe. La station est désormais occupée, que je sache. Des êtres animés d'intentions inconnues nous dominent à présent de toute la hauteur du ciel.

— Exact.

— L'affaire est grave, ne t'en déplaise. Jusqu'à présent, les méchants humains sabrant nos villes et nos campagnes de leurs rayons destructeurs, c'était un sujet rabâché d'une écœurante démagogie, juste bon pour les feuilletons familiaux. Le même cauchemar, à peine déguisé sous les faux-semblants et les spéculations raisonnables des spécialistes, fait la une de tous les bulletins d'information, aux heures de grande écoute.

Le paidhi ne prit pas la peine d'opiner. La révélation se faisait jour peu à peu de l'ampleur des dégâts, certains irréparables, qui s'étaient accomplis à Shejidan pendant qu'il se trouvait prisonnier dans une forteresse de l'arrière-pays, joyau architectural serti dans un écrin de lacs et de forêts, accessoirement bastion de l'opposition « modérée ». Les structures sur lesquelles reposait le capital de confiance chèrement acquis n'étaient pas rompues, mais ébranlées.

— Trois jours auparavant, aiji-ma, j'aurais été en mesure de deviner les préoccupations des atevi, tout au moins ceux d'entre eux qui se targuent d'avoir la tête sur les épaules. A présent ? Depuis mon retour, c'est terrible, personne ne semble reconnaître personne. Je me place à hauteur d'homme, j'ai confiance en l'avenir et j'affirme qu'il n'existe nul rayon de la mort dirigé contre le territoire de l'Association.

— Depuis Mospheira, ou à bord de ce vaisseau ? Les clauses du Traité vous mettent en demeure de nous livrer vos techniques suivant un rythme établi de façon à sauvegarder nos équilibres écologiques et culturels. Notre Commission spatiale, si je m'en souviens bien, se plaignait de ne pas avoir reçu à la date prévue livraison des éléments permettant le décollage vertical d'une fusée à forte capacité, et les rampes de lancement nécessaires aux derniers satellites de communication se font attendre. Or les nouveaux venus, à bord de votre vaisseau *Phœnix*, ont depuis longtemps dépassé ce stade infantile de la conquête spatiale.

Le paidhi acquiesça d'un modeste hochement de tête.

— Certainement, ces humains doivent être très en avance par rapport à nous tous.

— Etes-vous prêts à nous transmettre leurs découvertes ? Voilà qui nous ramène à notre point de départ, paidhi-ji : ces humains font-ils partie intégrante de votre Association, ce qui les obligerait à respecter le Traité. Hanks s'est montrée très prolixe au sujet d'une base industrielle, construite en un point indéterminé de l'espace proche. Vrai ou faux, ils étaient tout de même un certain nombre de ténors de l'opposition à prêter attention à ces rodomontades au sujet de l'expansion prodigieuse de cette fameuse base. A qui voulait l'entendre, cette dame parlait des étoiles et de la distance infinie qui les séparait, obstacle dérisoire pour les maîtres de la vitesse superluminique. Ces propos, en avait-elle conscience, heurtaient de front les convictions de certaines sectes qui l'auraient sans doute accusée d'hérésie.

Bren se prit à sourire, le regretta aussitôt. Provocation de débutante ou de saboteuse ? Deana Hanks avait-elle vraiment pris sur elle l'incroyable responsabilité d'évoquer le problème de la vitesse superluminique dans ses conversations avec des aristocrates atevi ?

— Puis-je savoir avec qui ma collègue s'entretenait de ces sujets sensibles ?

— Avec le seigneur Geigi, par exemple. Très satisfait d'apprendre qu'un bond en avant technologique entraînerait fatalement une hausse de la demande de combustible.

— Tabini-ma, cette jeune femme a cru bien faire. Elle manque cruellement d'expérience. Elle est...

— C'est une sotte. Une sotte dangereuse.

Bren détourna les yeux afin de dissimuler son inquiétude.

— Je vois surtout dans son attitude la marque d'une grande naïveté.

— Le seigneur Geigi, tu ne l'ignores pas, est un Déterministe. Il est aussi propriétaire d'immenses réserves de pétrole. De deux choses l'une, ou elle insultait ouvertement ses convictions, ou elle laissait planer la possibilité de substantiels dessous-de-table.

— J'imagine sans peine la perplexité de son interlocuteur.

— Surtout quand on sait le bonhomme aux abois. Il est criblé de dettes.

Cette fois, Bren s'abstint de tout commentaire. Il eut la vision fugitive d'une apocalypse ordinaire : l'Association chancelait sous le coup de révélations dont l'extravagance méritait au moins d'être confirmée. L'aristocratie se détournait de ses vieux principes, la numérologie démasquée perdait toute crédibilité. La vitesse superluminique devenait une réalité dans l'esprit de certains, parmi les plus puissants. Les adorateurs des nombres, mathématiciens, astronomes, exigeaient réparation. Il revenait à Tabini de jouer le rôle d'arbitre.

A moins que les Déterministes ne sortent de leur manche un atout de dernière minute susceptible d'expliquer certains paradoxes insoutenables et de sauver ainsi ce qui pouvait l'être du système multiséculaire sur lequel reposaient tous les aspects de la vie économique, sociale, culturelle de la planète et que le concept de vitesse superluminique menaçait de faire voler en éclats. Menteurs ! Escrocs ! crierait-on à la face d'anciens pontifes qui tenaient aujourd'hui le haut du pavé. Il s'ensuivrait un bain de sang, si profondes étaient les rancœurs accumulées derrière le fragile rempart de la foi.

— Aiji-ma, Deana Hanks est allée trop loin, cela ne fait aucun doute. Permettez-moi de transmettre sa personne au conseil disciplinaire des Affaires étrangères de Mospheira.

Tabini fit mine de n'avoir pas entendu.

— Une fois franchi le mur de la lumière, où les hommes s'arrêteront-ils, l'étape suivante pourrait être pour nous celle des rayons de la mort...

Le aiji replia son index. Le valet de chambre s'approcha à pas feutrés, versa une seconde tasse de thé. Personne n'avait touché au plateau de gaufrettes à la menthe.

— Ne dramatisons pas, aiji-ma, je ne vois pas les choses ainsi.

En réalité, traduits avec une impitoyable clarté dans la langue ateva, les lendemains qu'il aurait pu présenter au aiji semblaient à peine plus rassurants. Le moment n'était-il pas venu de mettre les pieds dans le plat, de dire la vérité, au-delà des apparences ?

— Aiji-ma, je serai franc avec vous, comme m'y obligent ma fonction et l'amitié que je vous porte.

Voici la conclusion à laquelle m'a conduit le fil de mes pensées : ce que les atevi redoutent en premier lieu, ce sont les armes. Ils se trompent. Pendant la guerre, le véritable danger était ailleurs.

— Les morts sont d'un autre avis.

— La guerre est une malédiction, personne ne dira le contraire, mais jamais elle ne fut l'élément décisif de la rencontre entre nos deux peuples. Notre arsenal sophistiqué fut d'ailleurs incapable de nous assurer la victoire. Le mal irréparable infligé aux atevi il y aura bientôt deux siècles, et celui que nous risquons de subir aujourd'hui, vous et nous, Mospheira et le continent, aux destins liés, que vous le vouliez ou non, sont de même nature. Naguère, le traumatisme causé par notre présence ; aujourd'hui, l'angoisse dans laquelle nous précipite le retour du vaisseau. Choc émotif, choc mathématique, cette apparition surgie de multiples distances fait peser sur nous tous le poids de chiffres inconcevables. Monstres annonciateurs de grands bouleversements, ils se succéderont à un rythme trop rapide pour que la planète puisse les absorber. Nous avons commis la même erreur, avec pour résultat une société déstabilisée, une économie tirant à hue et à dia, une population désorientée, amputée de ses antiques traditions, méfiante envers cette nouvelle réalité qui lui fait peur et qu'elle convoite tout à la fois.

Le jeune homme s'agita sur son siège, crut trouver une nouvelle position satisfaisante, ne fit que réveiller au creux de son épaule une brusque décharge de douleur. Son visage se crispa, se noua ; il ferma les yeux et ne bougea plus.

— Circonstance aggravante, aiji-ma, la circulation des informations est aujourd'hui instantanée. La télévision diffuse, c'est sa raison d'être, aucun pouvoir ne peut longtemps pratiquer la censure. Les gens écoutent, enregistrent de nouveaux changements de plus en plus rapides, ne comprennent rien (comment le pourraient-ils ?), se perdent dans le désordre des affaires du monde et l'hostilité s'accumule contre les humains, contre notre gouvernement, accusé à tort de pactiser avec le diable à la première occasion. Les téléspectateurs composent votre électorat, aiji-ma. Qu'adviendra-t-il si l'avenir leur apparaît trop incertain ? Qu'adviendra-t-il si le chaos s'installe au cœur de l'Association, dont dépend en grande partie l'avenir du monde ? Humains et atevi seront-ils en mesure de s'adapter à temps à une nouvelle révolution des pensées et des techniques ?

Tabini ne semblait pas ému outre mesure. Il haussa les épaules.

— *Baji-naji*. Nous avons survécu à un premier chambardement. N'avons-nous pas gagné la guerre, ainsi que tu le rappelais ?

Baji-naji, autrement dit, les desseins de la providence sont imprévisibles, personne n'est à l'abri du malin, dissimulé partout. Même les prévisions numérologiques ne sont pas infaillibles.

Le jeune homme réprima un sourire.

— Pas de conflit armé cette fois-ci, je puis au moins vous donner cette assurance. Aucune des parties en présence n'y trouverait son intérêt.

— Ni plus ni moins qu'il y a deux siècles, répliqua le aiji, toujours impassible. La Guerre de l'Arrivée n'était pas inéluctable, que je sache ; pourquoi saurions-nous éviter celle qui menace, quoi que tu en dises. Sommes-nous devenus plus sages ? Les humains seraient-ils plus modestes ? Tâchons de résoudre les problèmes les uns après les autres. Quels intérêts représente Deana Hanks ?

Le paidhi laissa échapper un nouveau soupir, moins pour exprimer sa lassitude que pour gagner du temps. Posant d'excellentes questions, Tabini mettait à rude épreuve la patience d'un homme épuisé. Il le faisait en connaissance de cause. Le aiji présidait aux destinées d'une Association dont la souveraineté, en dépit des litiges et des contestations dus à des associations subalternes, s'étendait sur un continent peuplé de trois cents millions d'habitants. Conscient de ses responsabilités envers ses administrés, conscient de la dépendance accrue dans laquelle il se trouvait par rapport à Mospheira depuis cet événement considérable, le retour du vaisseau, il se servait du paidhi, unique source d'information disponible, pour jeter un peu de lumière dans les ténèbres.

— Fort bien, aiji-ma, vous souhaitez savoir devant quelle alternative se trouve le gouvernement de Mospheira. En deux mots, la voici. Primo, il choisit d'accepter l'autorité du vaisseau, décision qui l'amènera à négocier avec la Guilde des Pilotes la possibilité pour les plus capables d'entre nous, une équipe de savants triés sur le volet, d'avoir accès à la station orbitale et de s'y installer, d'y travailler en collaboration avec leurs homologues de *Phœnix*. Solution justifiée par le fait que cette planète n'a pas encore accompli sa révolution spatiale (Hanks n'aura pas manqué de soulever le problème, j'en suis certain : nous n'avons ni fusée ni système sophistiqué de lancement). D'un autre côté, dès l'instant où Mospheira parle à ses ressortissants d'emprunter la navette mise à leur disposition par un tiers, ils deviennent de simples passagers, partie prenante d'un programme spatial élaboré par d'autres. Voici pour la première solution...

Il avait cru en être quitte pour un temps avec la douleur ; mais pris de court par de soudains élancements, il ne put réprimer un raidissement de tout le corps. Aucune des réactions de son interlocuteur n'échappait à l'œil vigilant, minutieux, d'un ateva. Le moindre geste, le mouvement le plus infime, participait du langage, les risques de malentendus s'en trouvaient ainsi multipliés à l'infini.

— Rien que de très normal, assura le jeune homme. Où en étions-nous ?

— A la seconde possibilité, celle qui a ta faveur, je n'en doute pas.

Comment se montrer persuasif sans donner à Tabini l'impression fâcheuse qu'on le prenait pour plus naïf qu'il n'était ?

— Ce monde dans lequel nous vivons, vous et moi, peut amorcer le processus d'innovations techniques et de modernisations industrielles qui débouchera sur la conquête de l'espace. Hanks ne disait pas autre chose, je crois bien, avec ses fines allusions au futur envol du prix des ressources énergétiques. L'impulsion serait donnée ici même, la planète s'engagerait sur cette voie par ses propres moyens, sans aide extérieure, sans se laisser bousculer. Pas plus les habitants de votre territoire que ceux de Mospheira ne sont prêts à abandonner leur mode de vie du jour au lendemain. Un briquetier de Wingin ne laissera pas le aiji de Shejidan régenter son existence, pas plus que le président de Mospheira ne pourra convaincre un pêcheur de la côte septentrionale d'abandonner son bel environnement pour s'adonner à la pisciculture dans quelque station orbitale.

Tabini lui répondit par une moue dubitative.

— Sans doute, mais ferez-vous la fine bouche quand ces visiteurs célestes vous offriront des remèdes miracles pour les maux réputés incurables ; les réponses immédiates à quantité de dilemmes technologiques ? Votre situation n'est pas sans rappeler, il me semble, celle dans laquelle nous étions quand vos blancs parachutes nous sont tombés dessus. Ces êtres ont sans doute le pouvoir de satisfaire vos ambitions les plus secrètes. Ils feront de vous des seigneurs, à leur prix.

— C'est avec une impatience dévorante, à n'en pas douter, qu'ils envisagent l'ouverture de négociations, tant avec Mospheira qu'avec Shejidan. Porteurs de merveilles, ils feront miroiter à nos yeux, fût-ce de manière inconsciente, la perspective d'un prodigieux décollage économique, l'entrée dans une ère nouvelle. A nous de savoir rester fermes sur nos principes. Le Traité de paix garantit notre sécurité collective, aiji-ma, quelles que soient nos différences irréductibles dans des domaines aussi importants que l'émotion, la logique, la culture. Ces étrangers, Dieu merci, n'en savent rien, aussi me paraît-il essentiel d'opposer un front unique à leurs tentatives de séduction. Sur l'île, vous comptez naturellement de nombreux alliés parmi la population désireuse de rester sur cette planète, qu'elle considère désormais comme son foyer. A nous de faire en sorte que Mospheira soit sensible à nos arguments. A nous de faire en sorte que l'équipage du vaisseau, la toute-puissante Guilde des Pilotes, sache qu'il n'arrive pas en terrain conquis. Ce temps-là est révolu.

— Ne pourraient-ils décider, tout simplement, de passer outre ?

Bren Cameron secoua la tête avec une expression farouche, sans que l'on sût si son grand ennemi du moment était la douleur, ou « ceux d'en haut ».

— Vous n'y êtes pas tout à fait, aiji-ma. Point ne leur est besoin de prendre vis-à-vis de nous la moindre initiative. Pour se mettre en travers de l'avenir paisible que nous aurions pu construire en commun, il leur suffit de remettre la station en état et d'attendre.

Tabini se permit alors un imperceptible haussement de sourcils, manifestation d'une perplexité qui savait s'imposer des limites.

— Ce serait un drame, n'est-ce pas, en ce qui vous concerne tout au moins ? Mospheira caresse le projet de récupérer cette station, ne le niez pas, tout le monde est au courant. On vous l'apporte sur un plateau, prête à l'emploi... n'est-ce pas une aubaine fantastique ? A long terme, même votre pêcheur septentrional se laisserait tenter.

— Aiji-ma, quand ils ont pris pied sur votre monde, nos pionniers étaient animés, en toute inconscience, d'intentions qu'ils croyaient pures. Puis sont venus les bâtisseurs et les politiques. Leurs objectifs étaient clairs : construire des usines partout, tracer des routes et semer la discorde au sein de votre réseau associatif en jouant les uns contre les autres. Ce faisant, nous agissions en dépit du bon sens, sans nous rendre compte du tort que nous faisions à cette planète, qui devait être un peu la nôtre, et à ses habitants, nos futurs voisins. Nous n'en étions pas moins d'aimables amateurs, en comparaison des pilotes de la Guilde. Ce vaisseau transporterait des missiles bactériologiques qu'il ne constituerait pas une menace plus grave pour ma planète.

— Ce n'est pas la tienne, rectifia Tabini.

— Dans ce cas, malheur à nous car notre place n'est nulle part ! s'emporta le jeune homme, oubliant qu'il était interdit d'élever la voix en présence du aiji.

La lassitude fondit sur lui. Il fut pris d'une nausée soudaine qu'il espéra dissiper dans une gorgée de thé. Sa main tremblait.

— Je meurs d'envie d'aller dans l'espace, reprit-il sur un ton radouci ; depuis toujours, avec une intensité difficile à expliquer. Néanmoins, la préservation des intérêts atevi passe avant la satisfaction de ce désir égoïste. Je ne suis pas davantage disposé à brader l'avenir de Mospheira pour avoir le droit de visiter la station. Il est certaines choses que l'on ne vend à aucun prix.

— Brader, *vendre*, s'étonna doucement Tabini.

— En l'état actuel, ce serait un marché de dupes, comme on dit volontiers dans les milieux d'affaires de Mospheira. Le paysan va vendre ses melons au marché, rien de plus normal. Ce qui l'est moins, c'est de vendre ses responsabilités envers soi-même, envers autrui, les devoirs de sa charge, à ceux que rien ne destine à recevoir ces présents, quand bien même ils se montreraient généreux.

— Bien sûr. (Sur le visage du aiji errait une expression que le paidhi n'était pas sûr de comprendre.) Cette honnêteté, ce sens inné de l'avenir, cette connaissance intuitive de ce qui est important, autant de qualités que tu possèdes en propre, Bren-ji. Elles sont inestimables et justifient mon impatience à te retrouver. Malgré tout, tu me pries de laisser la vie sauve à cette personne, cette provocatrice, et de lui permettre de rentrer à Mospheira où elle pourra tramer des complots en toute liberté. Dans un moment si crucial, cette preuve de magnanimité est-elle bien nécessaire ?

Les yeux d'eau claire restaient posés sur lui, absolument immobiles. Ils examinaient, jaugeaient, évaluaient. Certains mots, l'interprète était bien placé pour le savoir, pesaient plus lourd que d'autres. C'était le moment de les choisir avec soin, comme l'y incitait cet enjeu considérable. Il devenait opportun de dédramatiser le débat.

— Imaginez la réaction du département d'Etat si vous donniez l'ordre de passer ma suppléante par les armes. Aiji-ma, de vous à moi, cela ferait mauvais effet.

Tabini lui fit l'aumône d'un rire silencieux ; l'espace de quelques secondes ses épaules tressaillirent, rien de plus, rien de moins. C'était déjà beaucoup.

— Tentative de diversion par l'humour... cela ne marche pas, monsieur le diplomate. Depuis toujours, tes congénères peuplent mes nuits de rayons de la mort. Mes journées sont sereines, vierges de tout délire paranoïaque. A mon tour d'alimenter tes cauchemars : sache que grand-mère est au palais.

— Ciel ! je m'étais figuré qu'elle aurait eu à cœur de réintégrer Malguri sur-le-champ.

— Ilisidi est chez elle à Shejidan. Son titre de douairière lui permet de séjourner au Bu-javid aussi longtemps qu'il lui plaira.

— La province de Malguri a-t-elle retrouvé le calme ?

— Que veux-tu savoir exactement, si les forces loyalistes ont réduit la rébellion armée ? La réponse est oui. Si les esprits séditieux, petits et grands, ont abandonné leurs folles exigences pour adopter ma façon de voir ? La réponse est non. S'en trouve-t-il quelques-uns disposés à nous trouer la peau à tous les deux ? Oui, cent fois oui. Nous en sommes là. Grand-mère sollicitera le plaisir d'un entretien avec toi. Accepte avec enthousiasme, tout en gardant en mémoire sa complicité récente avec mes ennemis.

— Je n'y manquerai pas. J'ai de l'affection pour votre aïeule.

Tabini fronça les sourcils.

— Méfiance, tout de même. Trop de gens, de par le monde, auraient intérêt à te réduire au silence. Tu es d'un naturel si crédule, aimant à te laisser séduire.

— Dites-moi la vérité. Un nouveau Défi aurait-il été enregistré contre moi ?

— Pas encorc. Serait-il absurde d'imaginer que certains de ces assassins en puissance résident à Mospheira ? Il n'est pas besoin, là-bas, de procédure légale pour se débarrasser d'un gêneur, n'est-ce pas ?

Bren était sceptique. La trahison, sous d'autres formes, était à l'œuvre à Mospheira. Comment, sans offenser le aiji, lui faire comprendre que les humains avaient laissé derrière eux le stade des règlements de comptes sanglants ?

— Tabini-ma, en toute sincérité, je ne pense pas que mes détracteurs, fussent-ils animés des plus noirs desseins, trouvent intérêt à la disparition du seul intermédiaire entre l'île et le continent, entre le gouvernement de Mospheira et le chef de l'Association Occidentale. N'avez-vous pas refusé de recevoir Deana Hanks ? Le moment serait particulièrement mal choisi pour escamoter le seul paidhi...

La nuit l'enveloppa. La tasse, sans qu'il sût jamais comment ni pourquoi, lui échappa et, dans le geste qu'il fit pour la rattraper, sa main happa le vide. Du coin de l'œil, il vit l'objet précieux heurter sans dommage le merveilleux tapis sur lequel il répandit son contenu. Eidi avait surgi comme par enchantement; déjà il ramassait, essuyait, épongeait.

Le aiji le congédia du bout des doigts. Le domestique s'éclipsa à l'instant même.

— Je suis confus, murmura Bren. Ce n'est pas la première fois qu'une tasse de thé fait des siennes à mes dépens.

— Je l'ai entendu dire, en effet, rétorqua Tabini, plus goguenard que réellement sévère. Ecoute-moi bien, paidhi. Dès que tu seras en mesure de fournir sur cette affaire autre chose que des impressions personnelles, le plus tôt possible, autrement dit, tu feras une déclaration devant nos chambres réunies en congrès afin d'expliquer à nos parlementaires pourquoi le vaisseau est revenu après si longtemps, et tu traduiras en langage clair le contenu des messages que son équipage ne cesse d'échanger avec Mospheira. En outre, tu seras chargé de transmettre au vaisseau le point de vue des atevi. Voilà, en peu de mots, ce que Tabini-aiji attend de toi. As-tu des commentaires à faire?

Le jeune homme ne répondit pas aussitôt. Ce «peu de mots» l'avait étourdi.

— Aiji-ma... c'est que je ne suis pas habilité à communiquer avec la Guilde, pas même à traduire les messages que vos services ont interceptés, et dans ces circonstances...

— Moi, le aiji de Shejidan dont tu es l'hôte, de même que les humains de Mospheira sont les hôtes de cette planète, je te délivre toute habilitation nécessaire, en conformité avec les termes du Traité puisqu'il consacre la création du poste d'interprète entre vous et nous, entre les hommes où qu'ils soient et les atevi. A toi d'établir le contact et de communiquer aux étrangers, sans la trahir, la position des atevi.

— Tabini-ma, laissez-moi le temps de la réflexion.

Ce soir, vous le constatez, je n'ai pas les idées très claires, tout y est si confus. A quoi bon faire une promesse que je ne serai pas en mesure de tenir ?

— Mospheira t'a renvoyé sitôt que j'en ai fait la demande. Sont-ils naïfs au point de croire que je n'avais pas l'intention de mettre tes compétences à contribution ? Bren-ji, pourquoi ont-ils été si prompts à se rendre à mes raisons si ce n'était qu'ils comptaient sur toi pour proposer tes bons offices entre les atevi et le vaisseau ?

— Le dialogue risque d'être moins direct, moins « naturel » que vous n'imaginez. La communication sera sans doute d'excellente qualité, aussi n'est-ce pas le savoir-faire des techniciens qui est en cause, mais bien plutôt une incompréhension sémantique. Deux siècles nous séparent de ces revenants. Deux siècles pendant lesquels nos histoires respectives nous ont entraînés très loin les uns des autres. Nos modes d'expression ont évolué, chacun de leur côté, le vocabulaire s'est modifié, cette dérive linguistique est allée s'aggravant au fil des générations. Je crois vous l'avoir dit, les hommes de l'espace ont une étrange conception de l'univers. Ils raisonnent à l'échelle de l'infiniment grand ; ils raisonnent aussi à très long terme.

Tabini ne dit ni oui ni non. Il n'était même pas certain qu'il fût attentif.

— Bren-ji, l'interprète résoudra en temps voulu les problèmes de langage. Je ne sais qu'une chose : l'Association traverse la crise la plus grave depuis la fin de la guerre... Le pire peut encore être évité si l'autorité légitime de la communauté humaine, le gouvernement de Mospheira avec lequel nous avons signé le Traité, se décide à prendre l'initiative. Chaque jour qui passe sans qu'il soit mis fin à nos incertitudes renforce le camp des bellicistes.

Tabini n'exagérait pas. Le seul geste en provenance de Mospheira, dépêcher sur place un paidhi intérimaire, s'était soldé par une maladresse éclatante. Le aiji accepterait sans doute de passer l'éponge sur les bévues de Deana et l'aveuglement du département d'Etat, mais il ne pourrait contenir longtemps la vague de panique qui menaçait de déferler sur l'Association.

Il se trouvait assez de caciques régionaux étroits d'esprit, de chefs d'associations transversales dévorés d'ambition pour souffler sur les braises. Le temps, d'une manière générale, le temps perdu travaillait pour eux.

— Accorde-moi une nuit de repos, plaida le jeune homme.

Un éclair passa dans l'œil du aiji. Le paidhi comprit qu'il plaidait en vain.

— Fais au moins l'effort de t'adresser dès ce soir au Conseil. Il suffira d'une brève intervention pour apaiser provisoirement les esprits. En temps normal, les provocations de Deana Hanks n'auraient pas eu de telles conséquences. Mais le contexte de catastrophe imminente que nous connaissons déchaîne les spéculations, liant la méfiance et la confusion. Un peu de sang-froid, leur ai-je dit, un peu de patience ! Bren-ji sera bientôt là et nous saurons s'il y a lieu de nous alarmer. Le mal est fait, les rumeurs filent comme le vent. Malgré ton état de faiblesse, montre-toi, prononce quelques paroles de bon sens devant ces dignitaires déboussolés. Si je perds leur confiance, je perds tout.

Le paidhi avait vu et subi, pas plus tard que la semaine précédente, les effets d'une violence incontrôlée. Il avait eu la vie sauve, par miracle, tandis que les bombes déchiquetaient certains de ses compagnons. Loin d'étendre sur le continent une chape de terreur, l'apparition de *Phœnix* avait multiplié les risques de conflits.

— Vous avez mille fois raison, aiji-ma, mais dans mon triste état je me pose la simple question de savoir si je puis faire deux pas sans défaillir.

Sa voix se brisa. Une folle envie de pleurer, absurde,

enfantine, lui brûlait les yeux. Autour d'eux, ç'avait été un tourbillon, une mêlée, un vertige. Les montures se cabraient. Sur le moment, il ne s'était rendu compte de rien mais, par la suite, il avait compris qu'au nombre des débris qui l'éclaboussaient se trouvaient des fragments d'os et des lambeaux de chair appartenant à quelque ateva digne de son estime, à l'une de ces merveilleuses montures semi-divines qui terrifiaient les débutants. Par quel miracle avait-il été épargné ? La vie de Bren Cameron ne valait rien pour les ennemis de Tabini.

— Justement, la salle se trouve à deux pas. L'ascenseur nous déposera au rez-de-chaussée.

— Essayons toujours.

Tabini s'était levé. Le paidhi en fit autant, raidi contre l'adversité. Une rude tâche l'attendait : faire semblant d'organiser une situation qui le dépassait infiniment, quand il ne savait plus très bien quel était son rôle ni ce que son gouvernement attendait de lui.

Il n'aurait pas souhaité à son pire ennemi d'être à sa place.

4

Jago ainsi qu'une équipe restreinte de prétoriens les attendaient devant la porte. Celle-ci à peine ouverte, un cataclysme de bruit s'abattit sur eux, dominé par les vociférations dont le ministre des Finances accablait son collègue des Transports. Pourtant habitué à ces éclats, Bren Cameron était si éprouvé qu'il ressentit une brève frayeur. La tentation était grande de s'éclipser sur la pointe des pieds pour laisser le champ libre à leurs règlements de comptes. Trop tard. Les regards convergeaient sur lui et sur Tabini. Le silence se fit à l'instant même. Les membres du

Conseil, tous rejetons de la plus haute aristocratie nobiliaire ou commerçante, saluèrent le paidhi avec une solennité inhabituelle.

Un peu inquiet, le jeune homme se contenta d'un hochement de tête, comme pour souligner le caractère informel de cette rencontre à laquelle il n'était pas du tout préparé et qu'il espérait devoir être la plus brève possible.

— Nadiin...

Les appariteurs se hâtèrent d'écarter deux sièges situés chacun à une extrémité de la longue table. Les pages s'avancèrent pour leur faire escorte, avec des mines sinistres et compassées comme si le paidhi, l'ombre de lui-même, pouvait expirer d'une seconde à l'autre.

Cette atmosphère de veillée funèbre n'était satisfaisante pour personne. Par contre, en cas de difficultés persistantes, sans doute pourrait-il se résoudre à tourner de l'œil sans étonner personne.

Tabini avait pris place.

— Nadiin, commença-t-il, Bren-ji vient de subir une intervention chirurgicale et ce long voyage en avion l'a beaucoup éprouvé. En conséquence, je vous demanderai d'être bref et de le ménager.

Il s'éleva une rumeur de satisfaction et de sollicitude. Le paidhi se faisait l'effet de n'être qu'un enfant face à ces colosses d'ébène.

Un page déposa devant lui le plateau réglementaire, portant la théière et le pichet d'eau ; un appariteur lui apporta le pli fermé qui devait contenir l'ordre du jour de la réunion. Bren l'ouvrit par courtoisie et n'y jeta qu'un coup d'œil.

— Nous avons commencé l'audition des enregistrements, déclara le seigneur Sigiadi, ministre du Commerce ; leur compréhension nous est difficile et suscite entre nous de nombreux désaccords. Le paidhi aurait-il quelque lumière sur la nature des propos échangés entre l'île et le vaisseau ?

— Je viens d'arriver, nand'ministre, vous le savez, aussi n'ai-je pas eu le temps d'écouter les bandes. Dès demain, je serai en mesure de vous répondre.

— Qu'à cela ne tienne ! renchérit l'important personnage, avec un aplomb dont Bren avait eu maintes fois à souffrir. Ne pourriez-vous prendre connaissance dès maintenant du premier enregistrement et nous mettre sur la voie en nous livrant vos déductions et commentaires ?

Un vibrant murmure d'approbation accueillit cette proposition en forme d'ultimatum. A cet instant, le paidhi comprit qu'il venait une fois de plus de tomber dans un piège. Ainsi s'expliquait l'accueil un peu désinvolte réservé à Tabini, en contraste avec la courtoisie inhabituelle de leur souhait de bienvenue au paidhi. Le aiji présidait cette réunion quand on lui avait annoncé l'arrivée de Bren Cameron. Il s'était absenté pour accueillir le paidhi, avec la promesse de revenir dès que possible en sa compagnie. Le jeune homme n'avait jamais eu la moindre chance d'échapper à la corvée qui lui était maintenant promise.

Faire contre mauvaise fortune bon cœur, c'était devenu chez lui un véritable réflexe. Du moins était-il tranquillement assis. En fin de compte, le Conseil exigeait de lui peu de chose : qu'il assiste à cette tardive fin de séance afin d'être le témoin de la prise de contact « historique » entre la Guilde et le gouvernement de Mospheira. Un dialogue qu'il brûlait lui-même d'entendre puisqu'il lui fournirait l'occasion de se faire une première idée du rapport de force, en l'état actuel d'une crise ouverte sur l'inconnu.

Plus que jamais, prenant exemple sur son entourage, il devait veiller à la parfaite inexpressivité de sa physionomie. Il trouva une position moins pénible, se réfugia dans une attitude de profonde attention, penché vers l'avant, un coude sur la table, le menton appuyé sur le dos de sa main. Le magnétophone fit entendre les *bip* et les *blip*, l'habituel cliquetis capté par la Surveillance ateva ; les ordinateurs de Mospheira et ceux de la station abandonnée dialoguaient à travers l'espace, sur les ailes de l'électronique.

— Echange de données préenregistrées ou recherche de protocoles d'accès, murmura le paidhi. Refrain connu. S'il y a là quelque chose d'insolite, je laisse aux techniciens le soin de le signaler. Ne pourrait-on en venir directement aux passages dialogués ?

La bande chuinta doucement, hoqueta, puis s'élevèrent les mots incroyables :

Station Alpha, ici Phœnix. *Répondez.*

Bren ressentit un coup au cœur. En dépit de tout, cette voie ténue venue de si loin s'adressait à un avant-poste déserté depuis longtemps, comme elle avait dû le faire si souvent dans les siècles des siècles, avant le départ du vaisseau. En ce temps-là, la station était bien vivante.

Mais le plus troublant, dans cette voix, c'était justement qu'elle fût bien réelle, et d'une inquiétante proximité. L'expression d'une menace placée sur orbite autour de la planète.

— Ils appellent l'ancien site de débarquement, expliqua Bren. N'obtenant pas de réponse, naturellement, ils insistent, loin de se douter que la station a été évacuée il y a bien longtemps.

Peut-être même se trouvait-il à bord de *Phœnix* certains membres de l'équipage qui se souvenaient de la station pour y avoir séjourné, travaillé. Hypothèse sidérante. Bren n'affirmait rien, la relativité contenait pour lui trop de mystère. Il guetta l'intense frissonnement des ordinateurs : cette fois, les systèmes optiques chargés d'explorer la planète avaient repéré l'île qui devait apparaître comme une « colonie de peuplement humain de grande envergure ». Les ordinateurs étaient à l'affût d'une longueur d'onde.

— Quels chiffres ! s'exclama le ministre de la Justice. Ont-ils un sens ?

Question chargée de sous-entendus, comme toujours lorsque les mathématiques pointaient le bout de leur nez. A demi rassuré par ce qu'il entendait, Bren jugea inopportun d'émettre le moindre doute.

— Dates, heures, codes d'entrée... la procédure habituelle. Ils tâtonnent, ils cherchent.

Puis ce fut au tour d'un obscur officier de liaison, chargé de la surveillance radio de la station défunte, occupation routinière s'il en était. Le pauvre homme avait reçu ce jour le choc de sa vie.

Répétez-moi ça ! s'écria-t-il.

Bren traduisit, insista sur l'effet de surprise produit. Ces explications provoquèrent une discrète réaction d'hilarité parmi les dignitaires. Humains et atevi avaient en commun, il est vrai, un certain sens de l'humour. Cet instant de détente dont l'ébahissement cocasse du radio faisait les frais n'était pas pour déplaire au paidhi. Les dirigeants de Shejidan n'oseraient plus mettre en doute, après cela, le fait que Mospheira ne s'attendait pas, mais alors pas du tout, à l'apparition du vaisseau.

Quelques rapides échanges avaient suffi pour mettre les choses au point et convaincre les échelons intermédiaires du pouvoir qu'il ne s'agissait nullement d'un canular. La nouvelle ahurissante atteignit le plus haut niveau de l'exécutif. Moins de deux heures après l'appel de *Phœnix,* le contact était établi entre le président de Mospheira et le commandant de bord.

— Notre Président explique au commandant qu'il est le chef politique de la communauté humaine de Mospheira. Le commandant n'est pas sûr de comprendre, il demande des précisions. Mospheira est le nom de l'île sur laquelle les hommes se sont installés, ne peut que répéter le président. A la suite d'élections démocratiques, il fut porté...

Bren entendit à peine la suite du dialogue. Non

que la transmission fût devenue inaudible, mais il avait perdu pied sous l'effet d'un malaise croissant. Il prit conscience d'une crispation nerveuse de tout son visage, lèvres pincées, front soucieux, et se ressaisit sur-le-champ. Plutôt offrir à la vigilance de cet aréopage le masque terne d'un idiot.

— Si le paidhi se sent décidément trop mal en point... insinua le ministre du budget.

Son collègue de la justice intervint aussitôt, avec une nuance fiévreuse dans la voix, concession exceptionnelle aux pressions exercées sur lui par les événements.

— La traduction de ces communications revêt pour nous une importance considérable, nand'paidhi, vous le savez. Vous nous voyez tous suspendus à vos lèvres. Si vous pouviez prendre sur vous...

— Soit. Faites défiler à nouveau les dernières minutes.

— L'île de Mospheira, dont le peuplement se compose exclusivement d'humains, s'est constituée en Etat démocratique, expliquait à nouveau le président. J'en suis le chef, tout au moins jusqu'aux prochaines élections.

D'entrée de jeu, comme il fallait s'y attendre, l'exposé de la situation soulevait des questions sensibles. Chaque mot devenait une aventure dans laquelle le paidhi devait s'engager avec beaucoup de discernement. Choisir celui-ci, plutôt que celui-là... Sa pâleur extrême, sans doute, trahissait son désarroi. C'était le moment ou jamais d'aller piquer un somme sur le tapis.

— Le commandant s'inquiète de savoir de quelle autorité peut se prévaloir le président. Celui-ci réplique que Mospheira est une nation souveraine dont la juridiction s'étend sur la station. Stupéfait d'avoir trouvé celle-ci en état d'abandon, le commandant veut savoir ce que sont devenus sa population, son équipage, ses techniciens et ses chercheurs... A son tour, le président demande...

Il tourna et retourna la question, se figura dans quel état d'esprit elle avait été posée, imagina les interprétations paranoïaques des atevi.

— Que demande-t-il? interrogea le ministre des Transports, très calme.

Tabini lui-même leva la main pour imposer le silence tandis que les voix conjuguées du président de Mospheira et du commandant du *Phœnix* jonglaient avec les mystères.

— Le Président reproche au vaisseau d'avoir naguère abandonné la colonie. A quoi le commandant riposte qu'il était du devoir de la communauté de Mospheira de veiller à l'entretien de la station.

Ainsi se croisèrent encore quelques répliques acerbes avant que l'homme du vaisseau ne parvienne à l'inévitable conclusion:

Si je comprends bien, vous n'avez pas les moyens d'aller dans l'espace.

Voilà ce qui s'appelait en arriver à l'essentiel, après une demi-heure d'entretien.

Il traduisit benoîtement. A ce stade, mieux valait éviter les ruses, les faux-fuyants. Rien que la vérité.

— Le commandant veut savoir si Mospheira est capable d'accomplir des vols spatiaux.

Derrière cette mise au point se profilait une autre menace. Le froid l'enveloppa soudain, il frissonna comme si un courant d'air glacé venait de s'engouffrer à la faveur d'une porte entrouverte. Mospheira, en effet, n'était pas à la veille de pouvoir franchir cette étape cruciale. D'où l'abandon de la station Alpha. Quant aux atevi, ils n'étaient nullement pressés. De ce point vue, *Phœnix* restait le maître du jeu et, pour la première fois, Bren vit apparaître sur ces puissants visages les traces de la tension et de la peur. Toutes ces éminences, ministres, parlementaires, présidents de commissions, sentaient crépiter en eux une méfiance à l'échelle de cet univers inaccessible. La méfiance, toujours si prompte à se manifester dans une société où l'assassinat des gêneurs se pratiquait en toute légalité…

Quelle attitude pouvait adopter le paidhi ? Au lieu de célébrer dans l'allégresse les retrouvailles avec ses brebis égarées, *Phœnix* se posait en rival bien placé dans la course à la reconquête de la station. « Délicates », tel avait été l'adjectif employé par le correspondant des Affaires étrangères pour qualifier les négociations en cours avec le vaisseau. La Guilde, selon toute apparence, n'avait rien perdu de son autoritarisme. Mais peut-être mettrait-on l'expression chagrine du paidhi sur le compte des élancements qui lui taraudaient l'épaule.

— Nadi, je vous en prie, veuillez arrêter le magnétophone. Nous en avons appris suffisamment. Les deux responsables ont décidé d'en rester là pour l'instant. Dès demain, je vous remettrai une traduction détaillée. Pour l'instant, j'aspire à prendre un peu de repos.

Le silence se prolongea longtemps. Seul le aiji pouvait prendre l'initiative de l'interrompre.

— Où en sommes-nous ? murmura-t-il enfin.

— Aiji-ma, accordez-moi vingt heures supplémentaires, le temps pour moi de prendre connaissance des enregistrements dans leur intégralité et de sonder questions et réponses afin de pénétrer les intentions cachées derrière les mots. La station abandonnée semble devoir être l'objet principal du litige. On ne pouvait s'attendre qu'ils parviennent si vite à un accord concernant sa remise en état. Pour l'instant, chacun campe sur ses positions.

Le paidhi jeta un bref coup d'œil circulaire. Il s'agissait de prendre ces dignitaires par l'appât de la vraisemblance. Bren Cameron leur dévoilait ce qui leur importait vraiment : les relations entre *Phœnix* et Mospheira étaient mal engagées car l'un et l'autre convoitaient la station. Pas plus Deana Hanks que la rumeur publique ne pouvaient se permettre le luxe d'une telle franchise. Personne, sinon celui qui possédait des informations de première main, étayées par une parfaite connaissance des dossiers. Encore fallait-il faire de ces connaissances un usage parcimonieux, tempéré par le sérieux et le sens des responsabilités.

Les avait-il impressionnés ? Il savoura cette minute de profond silence.

— Rappelez-vous, je sais ce que nous venons d'entendre, rien de plus ; rappelez-vous aussi que, sur certains sujets, tels que la confiance, la priorité, le doute, le soupçon, le fossé entre nos deux langues est difficile à combler. Au point où nous en sommes, pour répondre à Tabini-aiji, il n'y a pas lieu de dramatiser. Plutôt qu'une déclaration de guerre, j'ai entendu quelques affirmations péremptoires derrière lesquelles se devine une volonté réciproque d'entamer de véritables négociations.

— N'a-t-il pas été question des atevi ? demanda le ministre de la Défense, porte-parole du clan des conservateurs au sein du cabinet. Le mot a surgi au moins une fois, si je ne m'abuse ?

— En effet, nadi, lorsqu'il a été question entre les deux sommités du statut de la communauté de Mospheira, sur laquelle notre gouvernement proclama sa souveraineté.

— Sa souveraineté, répéta le ministre de la Justice. Mot maladroit. Mot dangereux.

— Dans la bouche du Président, il s'agissait des habitants de l'île, et non du territoire. Le concept d'« association » tel que vous l'entendez serait incompréhensible pour le commandant du vaisseau. Les mots utilisés — il n'est guère de traduction de textes à caractère sociopolitique dans laquelle je ne rencontre moi-même cette difficulté — sont chargés d'histoire. Ce sont souvent de vieux, très vieux mots altérés par un trop long usage. Aussi n'existe-t-il pas d'équivalent idéal pour toutes les pensées, des plus secrètes aux plus officielles. Sachant cela, nous devons en tenir compte, c'est précisément la raison d'être du paidhi. Le président, n'en doutez pas, ne perd pas de vue un seul instant les obligations auxquelles il est tenu vis-à-vis de l'Association Occidentale. Quoi qu'il advienne entre l'île et le vaisseau, le Traité restera intact.

La méfiance subsistait, mais l'effervescence coléreuse de tout à l'heure s'était dispersée, comme le font les flots d'écume sur les rochers... en attendant la prochaine vague. Le paidhi voulut se donner l'illusion du soulagement, comme s'il avait vraiment eu, en l'espace d'un petit quart d'heure, le temps de faire le tour de la situation. Puis dans le carcan de la douleur qu'attisait cette mystérieuse arrivée d'air froid, son corps refusa de se décontracter. Il resta de guingois, l'épaule libre appuyée contre le dossier, le buste oblique en mouvement vers la table. Une autre flèche l'atteignit, lancée par l'irascible ministre du Budget :

— Certains prétendent que les humains ont construit d'autres vaisseaux.

— Je crois pouvoir être en mesure d'opposer à ces on-dit un démenti formel, à moins que quelqu'un de mieux informé ne me fournisse, sous quelque forme que ce soit, la preuve du contraire.

L'image de Deana Hanks, semant à tous vents les ferments de la discorde, se déploya dans son esprit comme une bannière ennemie.

— Nadiin, puis-je vous demander un service ? Quand vous apprendrez, par ouï-dire, ce genre de révélations fantaisistes, ne manquez pas de me les rapporter, afin que je puisse effectuer les rectifications nécessaires et vous tenir au courant de l'état des choses. En ce qui concerne cette rumeur spécifique, je ne manquerai pas de l'avoir présente à l'esprit quand j'écouterai les enregistrements.

Le ministre du Budget était une dame encore jeune dont le visage, tout d'équilibre autour de l'arête orgueilleuse du nez, n'était pas sans rappeler ces totems primitifs à l'effigie d'oiseaux de proie. A contrecœur, elle acquiesça, puis continua d'observer le paidhi d'un œil intense sous l'admirable barre des sourcils.

Le petit Cabinet Bleu s'était mis à valser devant les yeux du jeune homme. Il éprouva le vif désir d'abréger cette séance de pure exhibition.

— Me voici de retour à mon poste, assura-t-il, et rien ne m'empêchera de mener à bien ma mission au mieux de mes compétences... une fois que j'aurai surmonté ce petit accès de faiblesse. Encore une fois, si vous apprenez quelque chose, si vous désirez obtenir un éclaircissement, n'hésitez pas à prendre contact avec moi. Après tout, n'est-ce pas la raison de ma présence parmi vous ?

— Pour d'évidentes raisons de sécurité, le paidhi est notre voisin, l'hôte de la résidence Atigeini, où vous voudrez bien adresser vos appels et vos messages, souligna le aiji d'une voix soigneusement neutre. Deana Hanks ne jouissant à nos yeux d'aucune autorité reconnue, nous ne voulons rien savoir de sa présence. Cet incident est d'ailleurs en voie de règlement avec Mospheira.

L'occasion était trop belle. Par la force des choses, quelqu'un se devait d'en profiter pour enfoncer le clou.

— Le Traité était pourtant formel sur ce point : un seul paidhi sur le continent, un seul être humain, grommela le ministre de la Justice.

— Selon toute vraisemblance, on a pensé en haut lieu qu'il m'était arrivé malheur, soupira Bren. Or, je suis en vie, mais diminué jusqu'à mon complet rétablissement. Le Service aura prolongé le séjour de ma suppléante, dans la crainte d'une incapacité partielle de ma part. Aussi longtemps que je serai titulaire de ce poste, nadiin, soyez certains que Mospheira s'en tiendra à la lettre du Traité.

Traité, dans la langue ateva, était perçu comme la version humaine des associations continentales, de même que les hommes définissaient ces dernières comme l'équivalent approximatif d'alliances ou de fédérations, sans intégrer dans ces faux synonymes la notion essentielle d'instinct, d'élan viscéral qui en faisait tout le prix sur cette rive du delta.

— Tout de même, maugréa le ministre des Transports, cette confusion au sujet de la « souveraineté » de Mospheira me laisse sur une mauvaise impression.

— C'est un mot délicat, reconnut le jeune homme, empreint pour les oreilles atevi de connotations concrètes dont il est dépourvu dans notre langue. En l'occurrence, la phrase s'appliquait à définir la sphère d'influence de mon gouvernement par rapport aux prétentions ultérieures du vaisseau, sans qu'il soit fait mention des atevi. Qu'en est-il à cette heure ? D'après ce que vous savez, les conversations ont-elles repris ?

Le ministre de la Défense faisait grise mine.

— A un échelon inférieur, dit-il, rien de neuf entre votre président et le commandant du vaisseau. Par contre, nous avons intercepté quantité d'échanges subalternes.

— Cela ne m'étonne guère, murmura le paidhi. Le fait que les techniciens aient pris le relais ne doit pas être interprété comme un durcissement. On ne s'achemine pas davantage vers un accord mais rien, en l'état actuel des choses, ne permet la reprise du dialogue au plus haut niveau. Les deux chefs se parleront à nouveau quand des progrès substantiels auront été enregistrés.

— Les deux chefs, nadi ?

La question avait fusé et le ton incisif employé par le ministre de la Défense allait sans doute au-delà de ce qu'il était souhaitable d'entendre.

— Vous reconnaissez donc l'existence de deux pouvoirs séparés ?

Bren était au bord de l'exaspération. Mille fois,

dans le passé, il avait eu à souffrir de l'effrayant égoïsme de ces puissants atevi, qui n'écoutaient que leur insatiable besoin de contredire le représentant de Mospheira, usaient et abusaient de sa patience, écoutaient à peine ses réponses raisonnables. S'il était un débat dans lequel le jeune homme ne souhaitait pas s'engager, c'était bien celui de la rivalité entre les forces humaines en présence.

— Il serait prématuré de se prononcer aussi franchement, nand'ministre. Mospheira et *Phœnix* vont déterminer si oui ou non les conditions de formation d'un lien associatif sont réunies. Sans doute concluront-ils par l'affirmative, étant donné la réalité d'une communauté historique d'intérêts. Dans le cas contraire, je vois mal comment un seul vaisseau pourrait avoir l'avantage sur une communauté de quatre millions d'habitants. Au pis, au mieux, selon le point de vue que l'on choisit d'adopter, *Phœnix* prendra ses distances en cas d'échec et se retirera dans une autre région de votre système solaire. Il m'est difficile d'imaginer que nous ne puissions parvenir à une entente...

Sa voix mourut pour ainsi dire, il parut se tasser sur son siège.

— Il est temps de remettre le paidhi aux bons soins de son escorte, murmura Tabini, les yeux mi-clos, et de lui souhaiter une excellente nuit. Ta sécurité nous est chère, tu le sais, Bren-ji, aussi est-il superflu de réitérer nos conseils de prudence. Toutes les menaces sont à prendre au sérieux, y compris celles qui pourraient émaner d'organisations insulaires.

Le paidhi ne put retenir une grimace de contrariété. Pourquoi Tabini avait-il éprouvé le besoin d'ajouter cette remarque, comme pour aggraver son malaise en présence de ces dignitaires dont certains avaient peut-être reçu les confidences de Deana Hanks.

A la réflexion, cette petite phrase doublement assassine leur était sans doute très précisément destinée. Il fallait amener les trublions potentiels de l'Association à méditer sur les dangers qu'il pouvait y avoir à prendre langue avec des personnes auxquelles ni le Traité ni la morale ateva ne reconnaissaient le moindre pouvoir, ni le moindre mérite.

Prenant lourdement appui sur la table, le jeune homme se dressa de toute sa modeste hauteur, récupéra de justesse sa redingote prête à glisser et salua, à droite, puis à gauche, puis devant lui. On lui répondit par de graves inclinations de tête. De toute évidence, les réponses apportées ne les satisfaisaient qu'à demi et toute l'entrevue leur laissait un goût d'amertume.

— Veillez à ce qu'il prenne un repos mérité, ordonna le aiji à l'adresse de Banichi et de Jago. Conduisez-le dans sa chambre ; qu'il n'en sorte sous aucun prétexte et mettez-le au lit sans tarder.

Ces consignes faisaient admirablement l'affaire du paidhi. Il quittait la salle du Conseil avec le sentiment du devoir laborieusement accompli, plutôt bien que mal, compte tenu des circonstances. Cette impression favorable s'estompa dès qu'il se retrouva dans le couloir, hors de la présence de Tabini, comme si un charme venait de se rompre. En dépit du soulagement qu'il éprouvait de s'en être tiré à si bon compte, un doute s'insinuait, un soupçon de culpabilité qui parviendrait, s'il n'y prenait garde, à provoquer le chaos et à gâcher pour de bon son retour à Shejidan.

Le surgissement de *Phœnix*, l'affrontement immédiat avec le gouvernement de l'île, en quoi cette situation dont dépendait l'avenir des humains justifiait-elle les confidences faites aux atevi ? Il eut le sentiment d'en avoir trop dit.

Ce n'était pas la première fois. Habitué à marcher sur la corde raide il avait appris, pour conserver l'équilibre, à se délester de petits secrets que le département d'Etat eût été fâché de voir divulguer, s'il l'avait appris. Ses relations personnelles avec le aiji n'en étaient que meilleures : n'avait-il pas obtenu, en l'espace de quelques années, plus que son prédécesseur n'avait su arracher pendant toute la carrière au père de Tabini ? Un rapprochement spectaculaire entre Mospheira et le continent qui s'était notamment traduit par une augmentation du volume des échanges...

Jamais il n'avait outrepassé les recommandations du Traité, ni révélé ce que les atevi n'étaient pas en droit de savoir.

Le Traité, malheureusement, n'avait pas prévu le retour du vaisseau. Tout en suivant ses guides vers l'ascenseur ultra-moderne, ultra-rapide qu'il avait si souvent utilisé à l'occasion de ses visites au troisième étage, « chez » son ami le aiji, Bren se sentit gagné par le découragement, la piètre tentation du perdu d'avance. A la faveur des récents événements, quelque chose s'était rompu entre les hommes et les atevi. Bren ne se demandait pas si le mal était réparable, si la suspicion légitimement ressentie par les indigènes de la planète pouvait être effacée. La question n'était pas de son ressort. Il lui importait avant tout de savoir si le paidhi pourrait continuer à exercer ses fonctions sans trahir la confiance des uns et des autres. Deana Hanks, à sa façon brutale, avait peut-être apporté un commencement de réponse. Il fallait la rencontrer au plus vite, apprendre de sa bouche ce qui s'était dit et fait à Shejidan pendant qu'à son corps défendant il faisait l'apprentissage de l'héroïsme guerrier dans les montagnes désolées de l'Est.

Sans cesser de murmurer dans son émetteur à l'intention du service de sécurité du rez-de-chaussée, Banichi monta dans la cabine d'ascenseur en compagnie du paidhi. Celui-ci se remémora le dialogue entre le Président et le commandant de bord, une des sommités de la Guilde des Pilotes. Il lui trouva toutes les nuances d'une franche hostilité. Certains des mots, certains des noms dont s'émaillait l'enregistrement pouvaient le rendre aussi précieux aux grammairiens atevi que l'avait été la Pierre de Rosette aux égyptologues. Il y avait là de quoi s'inquiéter...

Les sujets abordés mettaient en relief certaines unités de langage humain qui leur étaient familières sans qu'ils fussent pour autant capables d'en saisir les subtilités, l'ambiguïté politique. Loyauté, par exemple, n'était pas synonyme de *man'chi*, il s'en fallait de beaucoup ; pas plus que le sens étroit du mot protocole ne pouvait être rendu par *kabiu*. Dans l'autre sens, la majorité des humains auraient été surpris d'apprendre que *triti*, plutôt qu'une convention entre deux Etats, définissait l'instinct territorial exacerbé sous l'effet d'une menace. Au diable Deana Hanks et ses interventions intempestives !

Ses manœuvres auprès des représentants de la tendance « dure » de l'Association, en opposition ouverte ou feutrée, sinon clandestine (les plus dangereux) à la politique officielle, ne pouvaient avoir reçu l'aval de ses amis au sein du ministère. Quels buts auraient-ils poursuivis, quels intérêts auraient-ils servis, aujourd'hui surtout, en favorisant l'instabilité du pouvoir ateva ? Hanks, sans doute, avait agi de son propre chef. Poussée par l'ambition personnelle, animée du désir fervent d'évincer le paidhi en titre, lequel bénéficiait du soutien indéfectible de Tabini, elle avait cru faire avancer sa cause en jouant la carte des grands féodaux récalcitrants, tels que Geigi et ses semblables, flattée peut-être de l'attention qu'ils avaient bien voulu lui porter.

Il ferait aussi bien d'appeler Mospheira dès ce soir afin de s'expliquer avec le Service sur les désordres provoqués par sa suppléante et leur annoncer que son rapatriement n'allait pas de soi. A condition que le palais veuille bien transmettre son appel, et que le courage ne vienne pas à lui manquer.

Tout bien considéré, était-il judicieux de mettre si vite ses supérieurs en face de leurs responsabilités concernant Hanks, aussi longtemps que celle-ci serait à Shejidan ?

Sa rivale, en effet, bénéficiait jusqu'à un certain point du soutien de fonctionnaires influents du département d'Etat. Qu'adviendrait-il si ceux-ci profitaient de la crise actuelle pour entraver l'action du Service ? Au lieu de se voir nettement confirmer dans ses fonctions par l'autorité de tutelle, Bren Cameron prenait le risque de s'entendre répondre que l'on attendait une décision officielle concernant le rappel de sa suppléante ou, pis encore, de recevoir l'ordre de collaborer avec celle-ci.

Le aiji serait informé à l'instant même par le service des écoutes. L'arrivée de Hanks avait provoqué assez d'ennuis, un flottement supplémentaire dans l'attitude de Mospheira à l'égard de Bren Cameron le discréditerait définitivement dans l'esprit de nombreux atevi, à commencer par Tabini. A quoi bon perdre son temps avec un intermédiaire disqualifié, penseraient-ils.

Un merveilleux tapis dans les teintes vert et or étouffait le bruit de leurs pas. Sur toute la longueur de la galerie richement lambrissée, des vitrines offraient à l'attention des passants des bouquets de porcelaine aux formes ahurissantes, pétrifiés dans les couleurs de leur éternelle jeunesse.

Dans le passé, on avait vu quelques paidhiin prendre des initiatives hardies, sans attendre le feu vert du département d'Etat lorsqu'il y avait péril et qu'il s'agissait d'agir vite pour consolider le pouvoir d'un aiji menacé. Il était cependant une décision qu'aucun des prédécesseurs de Bren Cameron n'avait jamais osé prendre, celle de porter à la connaissance des atevi les positions de repli envisagées par son gouvernement avant même l'ouverture de véritables négociations.

L'angoisse lui serra la gorge. Qu'ai-je fait, jusqu'où le besoin de convaincre m'a-t-il entraîné ? Quelles conclusions le Conseil en tirerait-il? Jago les attendait devant la porte dont elle neutralisa, à l'aide de plusieurs clés, le système de sécurité. Obsédés par la crainte des intrusions et des assassinats, les atevi étaient friands de ces verrouillages élaborés dont l'efficacité meurtrière pouvait donner des cauchemars à tout être humain doté d'une sensibilité moyenne.

Le paidhi eut l'agréable surprise de trouver dans le vestibule un Tano en excellente forme. Après s'être manqués de peu à l'aéroport, l'homme et le jeune prétorien ne s'étaient pas revus depuis le départ en catastrophe de la forteresse de Malguri. Quelques jours à peine séparaient les adieux des retrouvailles, quelques jours si chargés d'événements dramatiques qu'ils semblaient s'être dilatés dans le temps aux dimensions d'une longue absence. Il ne fallait pas se fier aux apparences: sous sa livrée de domestique, Tano était en réalité un redoutable agent de la Sécurité, de même que Banichi et Jago sous les ordres desquels le plaçait son grade inférieur, membre lui aussi de la très officielle Guilde des Assassins, où ses deux supérieurs occupaient des places de choix.

— Vos bagages sont bien arrivés, nand'paidhi. Tout est en ordre. J'ai mis l'ordinateur dans votre chambre, en lieu sûr.

Bren remercia d'un sourire et d'un signe de tête.

— Nadi, acceptez ma gratitude et sachez que je regrette les difficultés que vous avez endurées par ma faute. A compter de maintenant, j'ai l'intention de me tenir à l'écart de toutes les aventures et d'être un protégé exemplaire.

— Espérons qu'il en sera ainsi, nand'paidhi.

Tano prit la redingote dont une servante le délesta sur-le-champ avant de s'escamoter. L'élégante silhouette de nadi Saidin, dame Saidin, venait d'apparaître. D'un geste gracieux elle désigna une console, non loin de la porte, supportant une corbeille en argent dans laquelle s'amoncelaient plusieurs cylindres ainsi qu'un rouleau simplement scellé.

— Nand'paidhi, vous avez déjà reçu plusieurs messages.

— Plus tard, objecta Banichi. Le paidhi est épuisé.

C'était le bon sens même, pourtant Bren ne pouvait résister à l'attrait exercé par ce rouleau sans étui qu'il savait déjà devoir être un télégramme en provenance de Mospheira. Quand il se fut approché, il reconnut deux cachets dont l'un, au moins, lui fit l'impression la plus désagréable. D'autres empreintes lui étaient familières, comme celle du président de la commission spatiale qui, pour n'avoir point assisté à la réunion du Cabinet Bleu, n'en avait pas moins des questions urgentes à poser au paidhi. Au moins celle-ci : dans la valse des événements, que devient notre programme ?

Et cette autre : quelles demandes devons-nous adresser à la commission du budget ?

Fonctionnaire scrupuleux, il avait toutes les raisons de s'inquiéter. Dans la corbeille se trouvaient aussi des messages envoyés par ses collègues des transports et du commerce. Bren espérait que les réponses apportées tout à l'heure avaient apaisé leurs inquiétudes. En substance : jusqu'à nouvel ordre, nulle menace de guerre ne se profile à l'horizon.

Quant à ce cylindre d'argent pur, clos par un cachet de cire frappé d'un diamant, Bren était d'autant moins surpris de le trouver là que Tabini l'avait aimablement mis en garde. Grand-mère est dans nos murs.

Après quelques errements regrettables, Ilisidi ne s'était pas trop mal comportée envers le paidhi ; par sa faute, il s'en était fallu de peu que le poste ne fût vacant. Puis les yeux de l'aïeule s'étaient dessillés, elle lui avait sauvé la vie et l'avait ramené à Shejidan. Ayant brisé le cachet d'un coup d'ongle maladroit, il sortit le rouleau de son étui. Son regard parcourut sans déplaisir les quelques lignes tracées dans une calligraphie arachnéenne :

NAND'PAIDHI, JE FAIS DÉSORMAIS DE VOTRE SÉCURITÉ UNE AFFAIRE PERSONNELLE. RENVOYEZ-MOI CE CYLINDRE AU JOUR DE VOTRE CHOIX, ET JE SAURAI QUE VOUS AVEZ ACCEPTÉ D'ÊTRE MON HÔTE POUR LE PETIT-DÉJEUNER DU LENDEMAIN. NE TARDEZ PAS TROP. UNE FEMME DE MON ÂGE S'EN VA SI FACILEMENT HORS DE L'EXISTENCE.

Bren Cameron était beaucoup trop las pour chercher quels nouveaux mystères se dissimulaient derrière la menace voilée d'Ilisidi ; d'autant qu'une tâche encore plus rude l'attendait. Avec la plus vive appréhension, il se saisit de l'étui blanc scellé de rouge, les couleurs du paidhi.

Afin de garantir votre retour sur le continent, était-il écrit, *le aiji s'est résolu à lancer un Défi qui n'épargne personne, pas même vos collègues du Service… Avez-vous pris toute la mesure de cette décision ? Tandis que les retombées de votre équipée inattendue dans l'arrière-pays n'ont pas fini d'être ressenties à Mospheira, je suis venue dans l'intention de prendre en main les dossiers que vous aviez abandonnés et de rétablir l'ordre dans vos relations avec l'Association.*

Etrange façon de réécrire l'histoire.

J'ai l'intention de continuer à régler les affaires en cours, de m'entretenir avec certains dirigeants de la vie politique et économique. Ces responsables ont une vision réaliste, constructive, de notre avenir commun. Mospheira recevra mes rapports comme émanant de la seule et unique source d'information autorisée. Que vous bénéficiiez de l'hospitalité personnelle du aiji n'entre pas en ligne de compte. Jusqu'à nouvel ordre, le département d'Etat ne m'ayant fait parvenir aucune directive en ce sens, je ne me soumettrai à aucune des instructions qu'il vous plaira de me faire parvenir. Sans un contrordre en bonne et due forme, je me considère comme le paidhi en exercice et j'assume sans états d'âme tous les pouvoirs inhérents à cette fonction.

Il fut le premier surpris de la froideur de sa réaction. Visage de glace. Il reposa ce message au vitriol, laissa la feuille s'enrouler sur elle-même. Les témoins de la scène, tout au moins ceux d'entre eux qui avaient identifié sur l'étui les couleurs du paidhi, avaient-ils deviné le nom de l'expéditeur et pressenti qu'il ne s'agissait pas d'un billet doux ? Le télégramme sans étui avait, par comparaison, l'aspect innocent d'une missive personnelle, envoyée par Barb ou sa mère. Le département d'Etat avait d'autres moyens, plus sûrs, de communiquer avec lui.

Le dialecte utilisé était une transcription phonétique du langage de Mospheira.

Navrée d'avoir manqué ton coup de fil. Bren, le moment est sans doute mal choisi pour te faire connaître ma décision, mais les mauvaises nouvelles ne sont jamais les bienvenues et ce malentendu entre nous n'a que trop duré. J'ai épousé Paul. Pardonne-moi. Longtemps, j'ai cru pouvoir construire ma vie affective autour de nos brèves rencontres. C'était présumer de mes forces. Barb.

Impossible. Une seconde lecture le laissa pétrifié. Ses doigts qui ne tremblaient pas laissèrent s'échapper la lettre. Comme l'autre, elle se recroquevilla dans la corbeille. Alors que son cœur battait à se rompre, il était parvenu à donner le change. Personne n'aurait pu imaginer le tumulte de son esprit.

C'était compter sans Jago.

— Quelque chose de grave, nadi Bren ?

— Cette fois, cela ne concerne que moi. Il s'agit de ma fiancée...

Le vocable humain s'était formé spontanément sur ses lèvres, plutôt que ses équivalents atevi, impropres à exprimer les liens d'attachement constitués dans l'épaisseur d'une liaison de longue durée.

— Lassée de m'attendre, elle a épousé quelqu'un d'autre.

Il se fit un silence absolu. Il recouvrait tout, même

la gêne. Personne ne savait que dire et Bren Cameron, demeuré lui aussi sans voix pendant quelques instants, se dévoua pour renouer les fils de la situation.

— Tano, je vous confie les autres messages. Il n'y a rien qui nécessite de réponse immédiate. Tout peut attendre, même l'invitation de l'aiji-douairière.

— Tu t'y attendais ? s'enquit Banichi à mi-voix.

A quoi aurait-il dû s'attendre, à l'invitation d'Ilisidi, peut-être ? Il fit non de la tête, peu soucieux d'en dire trop sur sa vie privée, puis se remémora qu'il avait affaire à des assassins professionnels, spécialistes des vengeances et règlements de comptes.

— Non, nadi, je ne m'y attendais pas le moins du monde. Cependant, cette personne avait toutes les raisons d'en arriver là. Cette décision lui appartient, je n'avais aucun droit sur elle.

Il s'ensuivit un nouveau silence, chargé d'effluves nerveux. Ce sujet, sans doute en raison de sa douloureuse intimité, outrepassait leurs compétences professionnelles. Ce fut alors que Jago fit un éclat.

— Non ! Cette personne n'avait pas le droit d'agir comme elle l'a fait.

— Jago, il est temps pour toi de rejoindre nos camarades de la Sécurité, murmura l'officier. Le paidhi va se retirer dans sa chambre. Tabini-aiji avait raison, il eût mieux valu commencer par là.

Jago ne fit pas de commentaire et s'en fut, la main crispée sur sa radio, la tresse dansante contre son dos raide. Le jeune homme la suivit d'un regard incertain. Cette sortie ne lui ressemblait guère.

Sur les pas de Tano et de Banichi, il traversa le salon pour accéder à l'aile qui abritait les chambres des « hôtes de qualité ». La configuration de l'appartement s'apparentait pour lui à celle d'un labyrinthe, toutefois il aurait été capable, guidé par la fatigue, de rejoindre son lit sans l'aide de personne.

— Le paidhi prendra-t-il un bain, demanda Banichi d'une voix serrée, ou préférera-t-il se coucher sur-le-champ ?

Bren lui était reconnaissant d'avoir recours aux détails de l'étiquette afin de dissiper le malaise qu'avait créé la scène précédente. L'officier cherchait à rendre aux événements leur juste perspective. Le repos d'abord, ensuite les affaires du monde dont la plus importante ne concernait pas le fiasco des amours de Bren Cameron. Effacement complet de sa vie sentimentale...

Barb avait dû tenter de le joindre à maintes reprises à son bureau de Shejidan. C'était une jeune femme plaisante, d'une grande délicatesse, attentive à ne rien faire pouvant blesser son prochain, c'était même là un trait de caractère qui l'avait immédiatement séduit chez elle. Paul Saarinson, il fallait l'espérer, avait conscience du présent échu en partage. A la première occasion, le « fiancé éconduit » se ferait un plaisir de les inviter tous deux à dîner. Une manière de leur dire : mes meilleurs vœux vous accompagnent.

Mensonge ! Je n'en crois pas un mot, je leur souhaite tout le malheur possible.

— Nadi ?

Tano proposait de l'aider à se dévêtir, un service qu'il avait toujours décliné jusqu'à présent, surtout lorsqu'il était question de s'abandonner aux soins d'un simulateur, un féroce agent de la Sécurité camouflé en valet de chambre. Ce rituel était l'une des rares obligations atevi auxquelles il avait décidé de se soustraire une fois pour toutes.

Les circonstances, cette fois, en décidaient autrement. Manchot, il était prisonnier d'une chemise taillée à la mode de Mospheira, que l'on avait coupée, puis recousue à la va-vite afin de l'ajuster autour du plâtre. Tandis que le prétorien manœuvrait avec dextérité, Bren se demandait déjà comment il allait s'y prendre pour s'habiller, le lendemain et tous les jours suivants, et pendant combien de temps il devrait se satisfaire, en guise de bain, d'une toilette de chat dans un tub avec une éponge. En même temps ces inconvénients lui semblaient lointains, autant que la solitude dans laquelle le laissait la rupture de Barb, comme si ces infortunes petites et grandes affectaient quelqu'un d'autre, un pauvre diable qui avait droit à toute sa sollicitude.

Le chagrin le rattraperait par la suite, quand il serait à nouveau lui-même. Alors seulement il saurait ce que Tabini, jouant lâchement sur l'effet de surprise et sur la faiblesse du paidhi, avait obtenu de celui-ci, dans le Cabinet Bleu. Pour employer une expression chère à Deana Hanks, il prendrait la mesure des concessions faites.

Après avoir ôté son pantalon sans l'aide de personne, il se déchaussa. Au moment de s'asseoir sur le lit, il n'eut que le temps de se redresser avant qu'une soubrette surgie de nulle part ne replie les couvertures. Puis la demoiselle prétendit s'agenouiller devant lui pour le débarrasser de ses chaussettes. Il protesta d'une main brouillonne dont elle ne tint aucun compte. Vêtu de son caleçon et de son plâtre, il se sentit affreusement exposé, s'imagina cloîtré dans un gynécée en compagnie de cinquante créatures de l'autre sexe, habituées à se mêler de tout et d'autant moins disposées à respecter l'intimité d'un homme que cette notion leur était étrangère, et qu'elles avaient reçu l'ordre d'être vigilantes.

Banichi devenait son dernier recours. Le jeune homme lui jeta un regard éloquent.

— J'ai besoin de solitude, dit-il. Si ce n'est pas trop demander, je souhaiterais qu'on laisse une veilleuse allumée. Après avoir dormi dans tant de lieux étrangers ces derniers temps, je me sentirai plus à l'aise. En outre, je ne voudrais pas percuter un mur si j'avais à me lever.

— Rien de plus naturel, assura Banichi auquel il ne serait jamais venu à l'esprit d'entrer dans un mur.

Les ordres furent transmis avec une autorité dont le paidhi lui-même eût été incapable. La cameriste se retira en silence, emportant la garde-robe complète de Bren Cameron, sans oublier les souliers.

— Le service de chirurgie m'a chargé de remettre ces radios et ce dossier aux médecins, ainsi qu'une prescription pour des antalgiques. Peux-tu veiller à ce que tout soit remis en main propre ? Enfin, je voudrais que ma sacoche de voyage fût disposée à mon chevet et je ne passerai pas la nuit sans un pichet d'eau sur ma table de nuit.

Il se produisit, l'espace de quelques instants, un discret ballet de soubrettes, puis tout rentra dans l'ordre. Tano vint à la rescousse lorsqu'il fallut se débattre contre les oreillers innombrables, empiler leur masse de façon satisfaisante tout en sachant qu'une heure plus tard cet équilibre patiemment trouvé serait devenu insupportable et qu'il faudrait recommencer. Son visage, sans doute, accusait les traces de la douleur ressentie car le prétorien lui suggéra de prendre un comprimé sur-le-champ. Bren déclina l'offre. Il ne voulait bouger pour rien au monde, pas même se donner la peine de porter un verre à ses lèvres. Il s'était trop agité. Les élancements, espérait-il, s'engourdiraient dans l'immobilité.

Banichi posa un talkie-walkie à côté du pichet d'eau. Le paidhi lui jeta un regard interrogatif.

— On ne sait jamais, nadi.

Puis l'officier et son adjoint quittèrent la pièce, non sans avoir éteint toutes les lumières, à l'exception d'une seule.

Ainsi, Barb avait épousé Paul Saarinson. Quel gâchis ! songea-t-il. Au tout début de sa carrière, quand il avait la naïveté d'imaginer la charge de paidhi comme une sinécure qui lui ménagerait de fréquents séjours à Mospheira, à la faveur de tendres abandons, il lui avait plusieurs fois proposé de devenir sa femme. Barb avait refusé, alléguant une incompatibilité d'humeur avec le régime matrimonial, son attachement à l'idée de liberté amoureuse. Faux prétextes, il s'en rendait compte à présent. Il était surtout à craindre qu'elle n'eût été, concernant la tyrannie de son futur travail, plus clairvoyante que lui.

Quels reproches adresser à Paul Saarinson ? Garçon très stable, solide, on pouvait compter sur lui. Soumise à la machinale routine d'un emploi de bureaucrate, sa vie professionnelle lui garantissait, en théorie, une entière disponibilité.

Bren cligna des yeux très fort, à plusieurs reprises. La pénombre fragmentée se reconstitua. On s'habitue à tout, à la solitude, à la souffrance, à tout.

Plaqué par son éternelle fiancée. Les risques du métier, n'est-ce pas ? Celui-ci avait ses compensations, ainsi la popularité dont il jouissait auprès des atevi, tout au moins auprès de certains d'entre eux. Rien de comparable avec la complicité, l'affectueuse solidarité ressentie auprès de Barb, mais à défaut d'avoir su mériter l'amour d'une femme, n'était-il pas réconfortant de savoir que les gens avec lesquels il travaillait, collaborateurs ou associés, pour adopter la terminologie locale, vous appréciaient ?

Voilà qui ferait bien rire Tabini. Le aiji, apprécier Bren Cameron ? Certes, à la manière dont un seigneur ateva appréciait les services d'un subalterne prêt à se plier à ses quatre volontés.

Entre lui et ces étrangers ne se noueraient jamais de relations d'affection au sens où les humains l'entendaient, au sens où il en aurait eu besoin pour ne pas être constamment frustré dans son attente. Prenant leurs désirs pour des réalités, les premiers colons étaient tombés dans ce piège. Les atevi pouvaient se montrer charmants, ils étaient capables d'humour. Leur sensibilité, par conséquent, ne devait pas être très différente de celle des hommes. Avec beaucoup de patience, on apprendrait à ces êtres magnifiques, semblables à des idoles, l'art et la manière d'exprimer des émotions jusque-là muselées par une longue tradition de réserve et de quant-à-soi.

Présomptions conquérantes. Très vite, il avait fallu en rabattre et se rendre à l'évidence. Ainsi, Bren devait-il se garder d'interpréter de façon « humaine » l'élan de sympathie que Jago avait manifesté envers le fiancé éconduit. Cette brèche fugitive dans l'impassibilité que ses fonctions et son tempérament imposaient à la prétorienne avait sans doute révélé une véritable émotion. Ainsi le nouveau malheur qui frappait le paidhi était-il bien compris pour ce qu'il était par une ateva.

Rien de plus. Jago s'était sentie gagnée par une indignation qu'elle avait spontanément exprimée. L'erreur eût été d'échafauder à partir de cette défaillance exceptionnelle on ne savait quelle chimère romanesque...

Les hommes ne pouvaient s'empêcher d'étiqueter toutes choses inanimées ou vivantes : êtres, sentiments, situations, dans un souci de classement, de compréhension, d'appropriation. De l'autre côté du détroit, on aurait affublé Banichi d'une épithète redoutable, on lui aurait associé une définition susceptible de faire le vide autour de sa personne. Jago aurait été logée à la même enseigne. Quand deux individus de réputation si décourageante allaient jusqu'à risquer leur vie pour sauver la vôtre, vous succombiez à la tentation de les aimer, tout en sachant que cette affection ne serait jamais payée de retour.

Il en allait de même pour Ilisidi, la terrible aïeule, dont il avait appris à distinguer les immenses qualités. Et réciproquement, soit dit en toute modestie, même si pour en arriver à cette reconnaissance mutuelle, Bren Cameron avait dû endurer les pires tourments de toute son existence. Il lui suffisait de fermer les yeux pour ressentir l'écarlate, l'aveuglante douleur qui avait accompagné le claquement de l'articulation, la déchirure des ligaments. Plus que l'héroïsme du silence, le simple fait de tenir, de rester en vie, lui avait valu l'estime de la douairière et de ses associés. En négligeant de se rendre à son invitation, il perdrait auprès d'elle un peu de ce crédit si chèrement acquis.

Si un attentat était perpétré contre le aiji, ou contre lui-même, paidhi tellement controversé, les soupçons se porteraient aussitôt, et à juste titre, sur Ilisidi. En dépit de ses calculs tactiques, adaptés à une stratégie de conquête du pouvoir, la vieille ambitieuse conviait le représentant de Mospheira à partager son petit-déjeuner, à l'aube de son choix.

Une invitation qui n'avait rien d'étonnant.

Au milieu d'une nuit agitée, morcelée en mille petits réveils, il lui vint le pressentiment que l'heureux dénouement des relations entre Barb et Paul Saarinson pouvait bien dissimuler quelque chose de plus grave. Par acquit de conscience, il serait bien inspiré de mettre son orgueil dans sa poche et d'appeler la jeune femme pour s'assurer que tout était en ordre.

Où était-elle, l'autre soir ? Chez son époux de fraîche date, peut-être, où elle avait décidé de s'installer ? Le répondeur, en tout cas, n'en avait rien dit. Il lui déplaisait qu'au lieu de transmettre la communication au numéro où Barb pouvait être jointe, l'appareil se fût contenté d'enregistrer son message. Après quelques hésitations, Bren écarta l'explication la plus paranoïaque : sachant que le paidhi devait arriver incessamment à Mospheira et qu'il ne manquerait pas de lui passer un coup de fil, la traîtresse avait programmé son répondeur de façon à pouvoir faire l'économie d'une conversation pénible. Plutôt lui assener la mauvaise nouvelle par écrit. Il trouverait la lettre à son retour sur le continent, où il n'aurait d'autre choix que celui de fulminer dans son coin. En dépit des apparences, cette hypothèse lui semblait peu crédible. Il connaissait Barb depuis trop longtemps pour la croire capable d'un calcul si mesquin…

La lettre, il en était convaincu, lui avait été adressée à son bureau de Mospheira, où son secrétariat s'était chargé de la faire suivre à l'hôpital avant de la voir revenir. Alors seulement, la décision avait été prise de télégraphier les lignes fatales à Shejidan. Barb, par conséquent, n'était nullement coupable de ce contretemps. Il lui avait envoyé une dépêche pour lui annoncer son arrivée et, sans plus de détails, un séjour à l'hôpital qu'il escomptait de courte durée. Sans doute avait-elle prévu de passer un moment avec lui. Ce n'était pourtant pas sa faute si Tabini, revenant sur sa promesse de « vacances méritées », avait exigé vingt-quatre heures plus tard le retour immédiat de son précieux intermédiaire.

Au fil des années, un changement s'était opéré en lui. Il débarquait sur l'île dans un état de grande tension nerveuse, tellement conditionné par l'environnement ateva qu'il lui était difficile, l'espace de quelques heures, de parler sa langue maternelle sans hésitation ou de se convertir à la manière de raisonner de ses semblables, cet enchaînement cohérent d'idées auquel les atevi opposaient les dérobades d'une pensée zigzagante.

Ils avaient piqué de nombreux fous rires. Cet humour partagé, le simple plaisir de voir la vie en rose du seul fait d'être ensemble, c'était le précieux trésor qu'il venait de perdre, sans même avoir pressenti qu'il était menacé. Qu'ai-je fait pour mériter tant d'injustice ? fulminait le solitaire avec une parfaite mauvaise foi, sans imaginer un seul instant que la question posée dans ces termes pût aussi bien concerner Barb.

Il était permis de se demander si cette fameuse sensibilité, dont les humains n'étaient pas peu fiers, ne constituait pas un handicap puisqu'en cas d'échec elle affectait si profondément ses victimes.

Au fait, quand, comment, à la suite de quelles circonstances Paul Saarinson était-il devenu un candidat de substitution sérieux, puis souhaitable, puis l'unique ? Un être assommant, l'archétype du rond-de-cuir, soumis à la pure et machinale routine imposée par le département d'Etat.

Si seulement il avait eu l'idée de la rappeler lorsqu'il avait fait halte à son bureau, entre l'hôpital et l'aéroport. Tant de soucis l'accaparaient alors. Il était obsédé par la crainte de ne pas avoir le temps d'enregistrer toutes les informations dont il pensait avoir besoin à son retour à Shejidan. Le cas échéant, il devrait s'en passer. En effet, il se voyait mal en train d'appeler le Service pour annoncer qu'il avait l'intention d'en prendre à son aise avec les consignes, moyennant quoi ils étaient priés de lui transmettre tel ou tel dossier que l'on avait « omis » de lui communiquer. Peu soucieux de prendre en compte le point de vue ateva, une attitude immuable depuis des décennies, le département d'Etat bombardait le Service de directives et de « recommandations » qui auraient soulevé à bon droit l'indignation des pontifes de l'Association Occidentale. Par un étrange caprice, les Affaires étrangères refusaient de reconnaître au paidhi, seul humain habilité à travailler sur le terrain, le pouvoir de négocier au nom de Mospheira, tout en intégrant dans leurs projets le résultat des discussions qu'il était amené, par la force des choses, à conduire en permanence dans le cadre des échanges technologiques ou commerciaux programmés entre les deux communautés. Puisque les paidhiin, dont la nomination ultime dépendait du bon vouloir du aiji, étaient sélectionnés par leurs soins, les hauts fonctionnaires du département d'Etat prétendaient dicter leurs ordres au Service, en contradiction flagrante avec la lettre du Traité, telle qu'elle était comprise par les atevi, et la réalité du pouvoir dans l'île, selon la version officielle donnée par les humains.

La traduction écrite des communications sol-vaisseau, déjà, promettait d'être un véritable casse-tête, avec son cortège de nouveaux concepts. Les difficultés seraient terribles quand il lui faudrait procéder à une traduction orale instantanée. Il n'était pas à l'abri des erreurs de caractère strictement sémantique. L'interdiction faite au paidhi par les autorités de Shejidan d'introduire sur le continent un glossaire de la langue de Mospheira ne lui faciliterait pas la tâche. Afin de ne pas demeurer en reste, soutenu par une commission universitaire, le département d'Etat avait depuis peu proscrit de la liste de ses possessions « autorisées » un lexique de langue ateva ainsi que le dictionnaire technique, alléguant que certaines définitions auraient pu fournir des indices trop dangereux pour être abandonnés entre des mains, ou plutôt des esprits étrangers, avant que cette décision n'eût été prise par un comité d'experts.

Pour une fois, les craintes des bureaucrates tatillons n'étaient pas dépourvues de fondement. Le langage, qu'il fût technique, social, culturel, constituait un redoutable révélateur du processus d'élaboration conceptuel spécifique de chaque espèce. C'était en dire trop long quand rien, dans les relations entre les deux communautés, ne justifiait ce droit de regard intime même si Bren, pour satisfaire la curiosité des atevi, avait mis au point dans ses réponses des formules inoffensives.

Une partie du problème venait de ce que le vocabulaire utilisé par le paidhi en exercice évoluait sans cesse par rapport au dictionnaire officiel de la langue ateva, établi par ses prédécesseurs. De ce fait, les remises à jour étaient constantes. Puisque les atevi eux-mêmes, prenant de vitesse la commission de surveillance linguistique, forgeaient leurs propres néologismes à l'usage du bon peuple.

Les doctes membres de la commission n'en pouvaient mais, qui débattaient longtemps de la validité de ces déformations ou dérivations, comme s'ils pouvaient opposer leur veto à l'imagination populaire.

Il y avait pire. Même les équivalents en langue humaine restaient passibles de censure dans les documents informatiques transmis par le Service. Ainsi l'idée saugrenue de mettre à l'index l'expression *contrôle du trafic aérien* : car dans l'esprit sourcilleux des doctes membres elle pouvait inspirer de fâcheuses connotations militaires. Cet interdit s'était prolongé bien après l'introduction sur le continent du premier système de contrôle, dont le paidhi s'efforçait de généraliser l'installation dans tous les aéroports, non sans susciter la grogne des barons de province pour lesquels la régulation de la circulation aérienne, les ordres d'atterrissage, opérations hautement numériques, relevaient plutôt de la compétence des associations.

Comment réagirait la commission lorsque viendrait sur le tapis l'expression *vitesse supérieure à celle de la lumière* ?

Dieu sauve le paidhi !

De leur côté, froissés de ce qu'aucun dictionnaire bilingue n'eût été mis en circulation sur le continent (alors que de nombreux atevi avaient eu l'occasion d'en consulter un, de cela Bren était convaincu), décision qu'ils interprétaient à juste titre comme un manque de confiance, ses hôtes l'avaient privé du lexique de langue ateva dont il aurait eu grand besoin quand se présentait un travail délicat. Le jeune homme était prêt à parier toutes ses économies que les puissants atevi du monde de la politique et des affaires étaient capables de se débrouiller dans la langue de l'« adversaire ». Banichi lui-même n'en possédait-il pas quelques rudiments, révélés de temps à autre à l'improviste ? Plus d'une fois, à sa demi-surprise, Tabini avait fait usage d'un mot complexe qu'il n'était pas censé connaître. Au cours des dernières décennies, à mesure que se généralisait l'utilisation de l'informatique, avait pris naissance un engouement pour le langage de programmation humain permettant de communiquer avec tous les ordinateurs. Même dans les rangs des conservateurs les plus irréductibles, allergiques à la « modernité agressive », se recrutaient des individus avides d'initiation au langage numérique par lequel, non sans élégance, l'espèce humaine prétendait bâtir une théorie de l'univers.

Un affrontement par dictionnaires interposés : malentendu préjudiciable à toute idée de progrès, d'entente future.

Une guerre des concepts linguistiques sur fond d'ignorance réciproque alors que, deux siècles auparavant, le carnage avait pris fin lorsque des individus de bon sens, doués d'une égale clairvoyance, le aiji de Shejidan et son interlocuteur privilégié, un universitaire humain spécialiste en linguistique, étaient parvenus à la conclusion que le concept de « traité » trouvait son équivalent dans celui d'« association ». Ce jour-là, le dictionnaire avait remporté sa première victoire.

Hanks, pendant ce temps, s'incrustait, au risque de tomber sous les balles d'un Assassin patenté de la Guilde, un accident qui ne manquerait pas, dans cette conjoncture explosive, de mettre en péril le sacro-saint Traité. Tabini, de son côté, quand son instinct personnel l'eut plutôt incité à ne rien faire dans l'attente de nouveaux événements, avait mis au travail toutes les instances délibératrices de l'Association. Non seulement le hasdrawad et le tashrid, mais toutes les assemblées provinciales avaient été invitées à siéger, y compris dans les régions dont les chefs espéraient un faux pas du aiji pour lui porter le coup de grâce et fondre sur un pouvoir subitement vacant.

Dieu savait quels espoirs chimériques, basés sur de tortueuses considérations, Deana Hanks avait pu leur mettre en tête. Les humains manquaient cruellement d'expérience dans leur dialogue avec les atevi. Même ceux dont le travail acharné avait triomphé de toutes les épreuves mathématiques imposées aux candidats interprètes. Même les paidhiin en puissance se refusaient à admettre que tout ateva possédait le sens inné du calcul mental. La complexité grammaticale de leur langue, en particulier les règles déterminant les innombrables marques du pluriel, obligeait à une gymnastique de tous les instants contre laquelle s'épuisaient les humains qui avaient l'ambition de devenir bilingues. Deana Hanks n'aurait pas été la première à se laisser entraîner sur de fausses pistes au cours d'une conversation apparemment sans embûches, en raison par exemple de la manipulation infiniment délicate des verbes irréguliers.

L'affaire de la vitesse superluminique, de bout en bout, était mal engagée.

Bren Cameron aurait voulu pouvoir remonter le temps : la rencontre avec Tabini, les réponses données devant un Conseil hostile... Car son attitude aurait été différente ; moins conciliante, pour commencer.

Il avait un troisième regret, celui de ne pas avoir rappelé Barb avant de filer en direction de l'aéroport.

Epouser Paul Saarinson, autant se mettre la corde au cou ! Paul ? Une ombre en paletot.

Sans doute, mais quand les ennemis de Tabini avaient appliqué l'arme contre sa tempe, quand son épaule s'était déboîtée et qu'il avait cru sa dernière heure arrivée, il n'avait pas eu une pensée pour Barb, ou sa mère, ou Toby... seule la montagne s'était présentée à lui, embrassée d'un seul regard dans son immensité blanche. La montagne, le contour majestueux de la montagne sous la neige.

Par la suite, se remémorant cet instant, il s'était senti inconsolable et vide. Au seuil de la mort, quel homme était-il donc pour ne songer ni à sa fiancée ni à sa mère ? Qu'avait-il ressenti ? Une apathie qui était presque de la paix. En y songeant, il lui semblait que sa solitude depuis lors était devenue plus profonde, comme si un lien s'était rompu avec Mospheira, avec son passé. D'une certaine façon, la décision de Barb avait été prémonitoire.

Cependant, un de ses premiers gestes en arrivant sur l'île n'avait-il pas été de composer le numéro de la jeune femme ? Quelle déception, de se trouver en communication avec le répondeur ! Où est-elle ? Pourquoi ne m'a-t-elle pas rappelé ? Ses ultimes pensées avant d'être emporté dans les tourbillons nébuleux de l'anesthésie. Bren Cameron, tout compte fait, n'était pas insensible.

En témoignait encore le choc ressenti à la lecture du message impitoyable. « Navrée... J'ai épousé Paul. » En proie à la peur et à l'indignation, il avait éprouvé le sentiment d'une perte irréparable.

Barb lui échappait. Cette fois, il était vraiment seul. Alors qu'il n'avait jamais eu conscience jusqu'à présent de former un tout avec elle puisqu'en réalité ces moments volés à son travail, volés à Shejidan, ces heures exquises passées avec une femme, ne pouvaient constituer, mis bout à bout, un semblant de vie, et qu'il n'était même pas certain de l'aimer. Qu'éprouvait-il ? *Quelque chose* qui l'avait assailli avec une force inouïe, l'espace d'une seconde, quand le froid du canon avait touché sa tempe, avant que la neige ne vînt tout ensevelir. Qu'éprouvait-il ? Une douceur enracinée au fond de lui, dont il sentait la présence rassurante chaque fois qu'il ressentait le besoin de chercher les repères de son existence personnelle. C'était ainsi qu'il aimait sa mère, et Barb également, d'une certaine façon.

Etait-ce l'amour ? La force de l'habitude ? Que penser d'un homme dont les affections les plus profondes se rappelaient à lui par intermittence ?

Il était demeuré trop longtemps loin de ses semblables, à s'orienter dans le maquis singulier des émotions atevi. Cet inconnu était devenu son territoire familier tandis que sa propre identité humaine s'estompait dans la distance. Il parlait l'ateva aussi bien que sa langue maternelle, il était à l'aise au milieu de ces êtres dont les mécanismes idéologiques et mentaux avaient perdu beaucoup de leurs mystères. Il avait dressé tant de cartes qu'il était presque certain de pouvoir se frayer un chemin dans n'importe quelle direction. Serait-il capable de revenir sur ses pas, rien n'était moins sûr.

Déclic. Bren Cameron était un être humain. Un homme, amoureux de Barb.

Déclic. Le paidhi avait poussé si loin la conscience professionnelle qu'il en était venu à adopter les modes de sentir et de penser de ceux qu'il étudiait. Ainsi le veut le mimétisme. Un ateva ne tombe jamais amoureux.

La peur, en lui, comme le symptôme d'une maladie mystérieuse.

La montre posée sur la table de chevet indiquait deux heures du matin. Une rude journée l'attendait. Elle exigerait de lui une impitoyable lucidité. Prendre un somnifère à présent ? Il n'osait, craignant un réveil douloureux suivi d'une longue somnolence.

Il appela les nombres à la rescousse ; une somme astronomique. Au lieu d'être englouti comme il l'avait espéré, il ne fit que se débattre sous l'avalanche. Il évoqua ensuite certains débats de commission, en particulier les effarantes manœuvres d'obstruction auxquelles s'était livré le seigneur Brominandi pour empêcher la discussion sérieuse d'un projet présenté par le ministre des transports. Pendant cinquante jours, pas un de moins, des juristes en pleine possession de leurs moyens intellectuels s'étaient demandé si la mise en service dans les aéroports d'un système de surveillance informatique du trafic aérien ne risquait pas de libérer des chiffres maléfiques, susceptibles de provoquer des accidents.

Ces rêves débiles furent tranchés net par le rictus sardonique d'une créature empaillée qui le surveillait depuis le mur opposé. Eveillé en sursaut, il se crut de retour à Malguri, la forteresse aux innombrables trophées.

Il avait fait une brève escale à Mospheira, la terre de ses ancêtres pionniers. A son retour sur le continent, son lieu de résidence permanent, il avait eu avec le aiji une entrevue que la presse aurait qualifiée d'« amicale ». On attendait de lui qu'il résolve les problèmes posés par l'apparition du vaisseau. Dès le lendemain, si possible.

A lui de décourager les envahisseurs.

A lui d'endiguer la panique qui ferait voler en éclats l'équilibre économique encore fragile de la planète.

Il devrait aussi accomplir d'autres prouesses, comme de prendre un bain et de se raser.

Dans une demi-heure se lèverait la clarté infime, infinie de l'aube. Si les servantes, dans leur remue-ménage crépusculaire, avaient l'audace de le réveiller, il les ferait assassiner. Deux heures de sommeil, ce n'était pourtant pas trop demander. Quoi qu'il advienne, il ne bougerait pas avant de les avoir obtenues. Il ne bougerait pas, quand bien même *Phœnix* bombarderait la planète de missiles nucléaires.

Il lui vint mille questions angoissantes au sujet du contenu des fichiers de son ordinateur.

Un commencement d'agitation naquit dans les lointains du palais. N'approchez pas, ordonna-t-il. Ne vous avisez pas d'entrer, de me parler, de me toucher.

Pas un mouvement, pas un battement de cils, c'était là l'essentiel. A la longue, elles le croiraient mort et le laisseraient enfin tranquille.

Sans doute, mais dans ces conditions comment savoir si tous les programmes avaient bien été enregistrés ?

Il ne disposait pas, pour se préparer, d'un temps considérable. Tabini avait parlé net : à tout moment, l'incertitude pouvait engendrer des turbulences que ses opposants se feraient fort d'attiser. Des innocents mourraient par la faute du paidhi, incapable de s'arracher à temps à sa nuit d'insomnie. Pour les mêmes raisons, il était condamné à mettre tout son talent dans une traduction qui ne pouvait contenir aucun terme risquant d'être interprété par les atevi comme une provocation, un blasphème, un amalgame de sons chargé de sous-entendus menaçants. Le aiji attendait qu'une réponse apaisante fût donnée à toutes les interrogations, il sollicitait des nouvelles dont la diffusion, à l'occasion d'un bulletin spécial des informations télévisées, calmerait les esprits.

Bren allongea un pied hors des couvertures, se hissa sur son coude valide et voulut donner de la lumière.

Sa main bouscula le pichet. L'eau se répandit sur le merveilleux tapis, l'émetteur s'abattit à son tour puis tout dégringola, le verre, le flacon de somnifère, la lampe.

Le plafonnier s'alluma à l'instant même.

— Nadi ? Nadi, que se passe-t-il ?

Sa main sur l'interrupteur, Jago se tenait, dans une anxiété, une résolution également visibles, parée à toute éventualité, même la plus violente.

5

Que l'on mît cette erreur de perspective sur le compte d'une heureuse défaillance de la nature humaine ou d'une étonnante faculté d'autosuggestion, une heure après le lever du soleil, les souffrances de la nuit s'atténuent et l'homme le plus exténué se convaincra aisément qu'il a eu son content de sommeil.

Bren avait pris une distance salutaire par rapport à ses obsessions nocturnes. La lampe ne s'était pas brisée dans sa chute, le tapis avait absorbé les taches d'eau. Le paidhi s'était lui-même délecté d'un petit-déjeuner rafraîchissant, salade de fruits, thé exquis, deux toasts à la cannelle. La vue, depuis la salle réservée aux agapes matinales, s'étendait jusqu'à l'horizon éblouissant du Bergid.

Mieux encore, sa liaison avec Barb avait pris fin et la terre tournait toujours. Ce n'était pas depuis Shejidan qu'il pouvait espérer raccommoder quoi que ce soit. Quand la crise serait résolue, quand il serait enfin en mesure de solliciter une vraie permission, l'irréparable serait accompli, la jeune femme et son nouvel époux se seraient habitués l'un à l'autre. N'être jamais disponibles au moment opportun, n'était-ce pas la malédiction des amants esseulés ?

D'ici là, le bon sens recommandait de travailler pour s'étourdir. Par bonheur, les programmes dont la brûlante actualité avait transformé la complexité sémantique en une épreuve pour traducteurs incertains, ces programmes avaient tous été enregistrés.

S'étant levé très tôt, il s'offrit le luxe de paresser face au soleil levant dans sa vieille robe de chambre. Tout en dégustant sa quatrième tasse de thé, il pria Tano de lui apporter le courrier en attente sur la console de l'entrée et profita de ce délai supplémentaire pour interroger le fichier Mospheira de son ordinateur où les messages adressés par son bureau s'étaient accumulés. Les fameux enregistrements sol-vaisseau promis par Tabini arriveraient tôt ou tard.

En quoi consistait cette abondante correspondance, déjà filtrée par la censure qui ne se gênait pas pour tailler où bon lui semblait ? C'était un enchevêtrement de communications, la plupart sous une forme interrogative, émanant de sources officielles, universitaires, privées. C'étaient des suggestions exprimées par les travailleurs acharnés qui constituaient l'équipe du paidhi et canalisaient le trop-plein des appels téléphoniques. C'était enfin, sous une forme abrégée, l'enchaînement des différents bulletins d'information diffusés sur la chaîne de télévision publique. De ce kaléidoscope avaient été extraits les menus propos et les concepts sensibles dont la propagation hors de l'île était interdite. Ce courrier le rassurait au moins sur deux points : la présence de Deana Hanks à Shejidan n'empêchait nullement le titulaire du poste de recevoir les informations transmises par les canaux officiels ; d'autre part, il conservait tous ses mandats.

Les messages personnels avaient toutes sortes d'expéditeurs, professeurs d'université (lexicologues, grammairiens, sémanticiens...), son partenaire au jeu d'échecs qui s'impatientait de ne pas avoir reçu la riposte à son dernier mouvement, d'anciens condisciples tout heureux de donner des nouvelles de leurs époux, épouses, bambins.

Il sollicita ensuite l'accès au fichier du département d'Etat. Celui-ci ne contenait rien de plus essentiel que les textes de circulaires concernant les pensions du personnel à la retraite, celles-ci devant être revalorisées au trimestre prochain. De qui se moquait-on ? Enfin, il ouvrit le programme intitulé *Phœnix*-station historique et vit apparaître une enfilade de contributions d'importance et de longueur inégales.

La liste n'en finissait pas.

Tous les textes étaient signés. Alors que certains noms lui étaient familiers, d'autres lui apparaissaient pour la première fois. Voilà qui n'avait rien d'étonnant dans la mesure où toute personne ayant accès au réseau des Affaires étrangères s'était empressée de donner son avis sitôt qu'avait éclaté la nouvelle du retour du vaisseau.

Le séjour du paidhi à Mospheira avait été si bref que son secrétariat n'avait pas eu le temps d'élaguer et de condenser. La mémoire à grande capacité de son ordinateur avait donc accueilli cette somme fastidieuse dont le tri ne serait pas facile à effectuer. Un patient travail de recherche attendait le sélecteur.

Avant de s'atteler à cette tâche de dépouillement, il était une corvée dont Bren Cameron ne pouvait différer l'exécution. Ayant prié Saidin de lui faire porter un téléphone, il ajusta sa robe de chambre, décrocha et demanda au standard du Bu-javid de le mettre en communication avec Hanks-paidhi.

— Pas de réponse, déclara peu après l'opérateur.

Il s'était fait la promesse de ne perdre patience sous aucun prétexte.

— Je souhaiterais lui laisser un message, déclara-t-il très calmement.

— Parlez, nand'paidhi. Votre message est enregistré.

— Hanks-paidhi, enchaîna-t-il dans la langue continentale, n'omettez pas de me rappeler au plus vite. Nous n'avons perdu que trop de temps. Je vous remercie. Terminé.

Une enquiquineuse de première, voilà ce qu'elle était. Deana refusait tout simplement de lui répondre. La dame, n'est-ce pas, n'était pas disponible! Sans doute occupée à tramer avec les adeptes du pire.

Il la chassa de son esprit, retourna au programme *Phœnix*.

De ce fatras se dégageait un malaise diffus suscité par les préoccupations que les contributions innombrables, qu'elles fussent officielles ou spontanées, exprimaient à des degrés divers: pourquoi le vaisseau était-il demeuré si longtemps absent? Comment les dirigeants atevi avaient-ils réagi à ce coup de tonnerre? Le message le plus précis, celui qui eût été le plus à même de le renseigner sur l'état d'esprit de la communauté de Mospheira, avait été caviardé par la censure.

D'une manière générale, il était fait maintes allusions au choix devant lequel s'étaient trouvés les hommes à leur arrivée dans le système: ou s'installer sur la planète la plus accueillante, ou se ravitailler en combustible et rester dans l'espace. Quelques noms figuraient, noms de passagers ou de membres d'équipage, occupant des postes importants, amis ou ennemis, tous engagés dans la grande querelle et que Bren s'empressa de noter. Leurs descendants seraient peut-être en mesure de lui fournir d'utiles précisions sur les antagonismes mettant aux prises les structures de pouvoir telles qu'elles existaient deux siècles auparavant à bord du vaisseau... sources d'inspiration et références obligatoires pour les courants de pensée érudits et politiques nés depuis lors. A partir des dogmes originaux s'étaient constitués de nouveaux rapports de force, à l'origine de nouveaux conflits de compétence et d'autorité. Il serait intéressant d'observer de plus près la filiation des idées à travers les transferts de responsabilité qui s'étaient opérés d'une génération à l'autre.

Un professeur d'université qu'il croyait retraité depuis longtemps livrait des informations d'une valeur inestimable sur les derniers échanges qui avaient eu lieu entre la station et le vaisseau avant le grand départ de celui-ci. Un exposé très documenté, émaillé de citations présentées comme étant authentiques. Le jeune homme se jeta sur ce dossier avec une avidité qui lui fit oublier la tasse de thé demeurée en suspens, à mi-chemin de ses lèvres. Banichi, enfin, l'en délesta, donna l'ordre de desservir, puis que l'on apporte une autre théière.

— Merci, murmura le paidhi, songeur.

Après avoir interrompu le flux inamical de ce lointain échange, il éprouva le besoin furieux de se dégourdir les jambes et s'en fut faire les cent pas entre le petit salon et la chambre à coucher. Il se rassit enfin, observa que la nouvelle ration de thé proposait un mélange plus fort, adapté à la lumière vigoureuse de la matinée qui avançait. Il reprit la lecture du passionnant dossier fourni par le vieux professeur, jusqu'à présent la contribution la plus utile du programme. Plus tard, on déposa sur la table un plateau portant une coupe de fleurs, une carafe de jus de fruits, un assortiment de canapés aux salades et fruits de mer. Il picora sans y penser, sans véritable besoin ni gourmandise, insensible à l'extraordinaire saveur de tous les ingrédients qui composaient cette collation.

Banichi lui apporta un message du aiji. Le paidhi avait-il des questions auxquelles le service de Sécurité était impuissant à répondre ?

— Une seule, maugréa-t-il. Qu'attend-on pour m'apporter les bandes magnétiques, je croyais le sort du monde suspendu dans l'attente de ma traduction ?

— Ils sont en train d'en réduire le format, dit Banichi.

« Ils », les services secrets, naturellement. Le blocage venait toujours des mêmes coupeurs de cheveux en quatre, animés de bonnes ou de mauvaises raisons.

— Banichi, mon travail consiste à écouter ces enregistrements dont je dois donner la transcription la plus fidèle possible dans une langue qui n'est pas la mienne. Il est inutile que les Renseignements fassent le ménage pour moi. Qu'ils enlèvent les codes d'accès si ça leur chante. Les chiffres m'indiffèrent, en toute sincérité. Nous ne sommes pas des comptables, que diable !

L'officier fit la moue, opina.

— Fort bien, je rapporterai ces observations à Tabini, qui ne manquera pas de faire le nécessaire. Il voudrait savoir si tu envisagerais favorablement de prononcer une allocution pour le bulletin télévisé de ce soir. Il ne s'agit pas d'une injonction, est-il précisé. D'une simple suggestion, tout au plus.

Le jeune homme fit entendre un profond soupir. Le programme, dans son foisonnement, menaçait de l'ensevelir sous les informations dont il peinait parfois à mémoriser l'ordonnance logique. Sa future traduction, structurée en un fragile réseau de conjectures, se perdrait bientôt sous un tel déferlement. Il haussa les épaules.

— Assure les journalistes de ma part que je serais enchanté de m'adresser aux téléspectateurs. Il n'y a rien que je ne souhaiterais davantage si je n'étais au milieu d'une réunion importante. Invente n'importe quoi, Banichi. Une déclaration officielle serait prématurée, le aiji comprendra. Que leur dirais-je, en l'état actuel de ma propre confusion ? J'apprends aussi vite que je le peux, je crains de m'égarer dans mille détails insignifiants qui me feraient perdre de vue l'essentiel : quel but poursuivaient les hommes lorsqu'ils ont pris la décision de s'installer ici ? Enfin, je ne dirai rien avant d'avoir pris connaissance des conversations frauduleusement interceptées par l'écoute ateva. Que l'on m'apporte ces enregistrements !

— Ils ne tarderont plus, assura l'officier du bout des lèvres.

Banichi, dans tous les aspects de sa vie professionnelle, ne supportait ni l'amateurisme ni les intrusions. Il était d'autant plus sensible à l'impatience du paidhi que celui-ci se trouvait mis en demeure de mener à bien une entreprise qui tenait de la gageure. Comment, sans l'aide d'un dictionnaire, expliquer en termes précis, limpides, le vol interstellaire aux adeptes du déterminisme et de l'absolutisme rationnel, dont l'univers mental n'admettait pas qu'un objet pût se déplacer plus vite que la lumière ? Bren Cameron acceptait ce qu'on voulait, la vitesse superluminique, l'hyperespace sans comprendre le moins du monde, mais la perspective, afin d'éviter la désintégration de l'Association Occidentale, de devoir se raccrocher au brin de paille que représentaient les paradoxes linguistiques de deux doctrines philosophiques prônant une vision numérique du monde, n'avait pour lui rien de rassurant.

Pour le meilleur, bien souvent pour le pire, l'acharnement de ses prédécesseurs avait porté ses fruits en l'espace de deux siècles. La science ateva s'était hissée de la machine à vapeur à toutes sortes de mutations techniques qui avaient profondément bouleversé la vie des gens. Télévision, téléphone, trains à grande vitesse, restauration rapide, transport aérien à horaires (presque) maîtrisés, satellites de communication... jusqu'à l'apothéose que représentait un programme spatial dont le coup d'envoi aurait dû être donné au cours des prochains mois dans la perspective d'une reconquête de la station, en collaboration étroite avec Mospheira. Au point où l'on en était, qui sait si la prochaine étape ne serait pas l'Armaguedon. Bren Cameron n'avait pas de chance, son nom serait peut-être associé dans l'Histoire à l'épisode le plus sanglant de la grande mêlée entre les peuples.

Il se remit au travail. Le sélecteur avait conçu, à partir d'une nouvelle succession de dossiers, un programme « bis » intitulé « Du Vaisseau à la Colonisation, une Crise et son Dénouement ». La lecture en semi-accéléré laissa le paidhi sur sa faim. Nulle part il ne voyait apparaître les solutions aux problèmes fondamentaux évoqués dans le titre. Soit qu'il fût incapable de fournir plus de trois heures d'affilée l'effort de concentration nécessaire, soit qu'il se sentît à la veille d'une découverte importante dont les contours demeuraient flous. Flou qui persisterait tant qu'une intense démarche synthétique n'en viendrait pas à bout ; démarche déjà engagée et qui accaparait l'essentiel de son attention.

— Pardonne-moi cette nouvelle interruption.

Sur le point d'entrevoir la lumière, Bren réprima un vif mouvement d'énervement. Ses pensées s'éparpillèrent en tourbillon. Certain d'avoir sur le bout de la langue une révélation considérable dont l'avant-goût même s'était dilué, il frissonna de colère. Les sandwiches si frais, si légers, pesaient en lui comme une pierre. Cette fois, cependant, l'officier n'était pas venu les mains vides. Il posa sur la table un petit magnétophone et l'étui cylindrique scellé de noir et de rouge, les couleurs du aiji. Dans sa concision, le message écrit de la main de Tabini jouait sur l'ironie :

Voici l'enregistrement complet auquel ne manque pas une décimale. Nous espérons tous qu'il te sera d'une grande utilité.

S'étant assuré que la bande avait été ramenée à son point de départ, Bren appuya sur la touche de défilement.

A nouveau se nouèrent les fils du dialogue hésitant, inamical, entre le président de Mospheira et le commandant de bord. Le jeune homme en arriva vite au passage interrompu la veille. D'autres voix prirent le relais, voix subalternes, ainsi que l'avait fait observer, non sans dépit, un membre du Conseil. Plus il écoutait, plus se confirmaient les soupçons formés à la lecture très incomplète des dossiers contenus dans ses fichiers informatiques. Selon le point de vue de la Guilde des Pilotes, rien pour ainsi dire n'avait changé depuis deux siècles dans ses rapports avec les colons, devenus dans l'intervalle une prospère communauté de quatre millions d'âmes. Tandis que le paidhi se morfondait dans les provinces orientales de l'Association, la Guilde avait cherché à tergiverser, comme elle l'avait fait naguère, pour des raisons que le professeur s'efforçait d'expliquer dans sa précieuse contribution. L'équipage de *Phœnix* avait multiplié les obstacles à l'installation des hommes sur le nouveau monde, mettant en avant différents arguments écologiques et anthropologiques, tous aussi fallacieux les uns que les autres. Protéger la planète et ses habitants dont la civilisation ne supporterait pas le choc, tel était alors le credo de la Guilde, ce qui ne l'avait nullement empêchée, suivant la version de l'universitaire distingué, de favoriser l'opération à laquelle elle aurait pu s'opposer de différentes façons (par la force tout d'abord, puis en cessant d'apporter aux pionniers son soutien logistique), tout en la contrariant de son mieux. Le but poursuivi semblait être de maintenir coûte que coûte sa souveraineté sur la station, puis sur une éventuelle colonie, de façon que l'avenir de la communauté humaine, où qu'elle fût, restât suspendue à ses décisions. La Guilde ne voulait rien lâcher de son pouvoir absolu, enjeu de l'affrontement qui s'était engagé dès l'arrivée du vaisseau aux abords de ce nouveau système, pour s'achever avec le parachutage d'une poignée d'hommes et de femmes sur une île *presque* inhabitée de la planète bleue.

C'était ainsi, du moins, que deux siècles plus tard un professeur consciencieux, dont le point de vue, fatalement subjectif, « moderne », était en outre conditionné par les besoins de sa démonstration, reconstituait l'histoire mouvementée de l'Arrivée. Le paidhi n'était pas sans savoir combien il était illusoire d'ajouter une foi aveugle à ce patient travail d'historien. Par malheur, nombre des témoignages dont il aurait eu besoin pour se forger une opinion personnelle n'existaient plus : la guerre avait entraîné la destruction d'une partie non négligeable des archives de Mospheira.

La vérité obligeait à reconnaître qu'il était infiniment moins renseigné sur *Phœnix* que sur l'Association Occidentale. Autant dire que le relief de la lune lui semblait moins énigmatique que les humeurs présentes de la Guilde dont l'organigramme était déjà un mystère. Quel objectif poursuivait le vaisseau en effectuant ce retour inattendu ? Ses intentions étaient-elles seulement menaçantes ? Après tout, rien ne permettait de l'affirmer.

Personne n'avait jamais pris la peine de renseigner le paidhi sur les performances du vaisseau. Il ignorait par exemple si *Phœnix* avait réellement franchi le mur de la lumière. S'était-il au contraire maintenu à une vitesse subluminique, hypothèse vraisemblable, étant donné sa longue absence en temps réel.

Quel type de relation les humains sont-ils parvenus à établir avec la population autochtone ? avait demandé la Guilde. Question naturelle à laquelle Mospheira tardait à répondre... Le président suivait les conseils du département d'Etat, cette coterie sournoise dont Deana Hanks était la créature et qui se trouvait aux prises avec un problème entièrement nouveau dont la résolution exigeait un peu d'imagination et beaucoup de tact. Deux qualités inconnues de l'Exécutif, habitué à prendre son temps, des semaines, des mois, voire des années, pour étudier, disséquer, palabrer à loisir.

Mospheira était incapable de se soumettre à une évolution rapide que, par ailleurs, elle ne souhaitait pas. Les dynamiques économiques et sociales étaient évaluées sur le très long terme, un demi-siècle ou davantage, et ces estimations faites si longtemps à l'avance, toujours optimistes, intervenaient comme un facteur subjectif puissant dans l'orientation générale qui poussait les humains et les atevi vers la fuite en avant technologique.

Et si d'aventure, contraints par les circonstances, le président et ses collaborateurs se résignaient à prendre un dossier à bras-le-corps, la lourdeur administrative des services chargés de transmettre les décisions venues d'en haut ralentirait tout le processus d'exécution.

Si *Phœnix*, poursuivant en réalité un but précis, mettait tout en œuvre pour obtenir satisfaction, il ne rencontrerait guère de résistance.

Il écoutait. Un nouveau cycle de négociations opposait d'obscurs membres du cabinet ministériel à quelques sous-officiers, ces derniers exigeant la transmission de tous les enregistrements relatifs à la station, convaincus qu'ils devaient se trouver en possession de Mospheira. Dans leur riposte, le lendemain, les représentants de l'île laissaient transparaître leur amertume : pendant près de deux siècles, vous ne vous êtes pas plus souciés de la station que de la colonie. Où étiez-vous donc, tandis que nous construisions un nouveau monde ?

Phœnix, pourquoi s'en étonner, s'efforçait de prendre langue avec Shejidan. Par bonheur, il ne se trouvait pas un seul ateva pour parler suffisamment la langue des hommes et amorcer un dialogue contraire aux clauses du Traité. Celui-ci stipulait expressément que seul le paidhi était habilité à mettre en contact les deux communautés. Sans le savoir, *Phœnix* mettait en cause un principe essentiel. C'était jouer avec le feu.

Après plusieurs jours d'un piétinement infructueux, le vaisseau s'était réfugié dans un long silence, comme l'indiquaient les dates inscrites sur les bandes par les agents du service des écoutes. Pour une bonne part, les télescopes spatiaux répondaient aux questions que la colonie refusait encore de satisfaire. La planète, en effet, était livrée sans défense à la curiosité d'un vaisseau qui s'était placé sur orbite. Comment l'empêcher d'observer, aussi bien sur l'île que sur le continent, le dense réseau de voies ferrées reliant entre elles les agglomérations et les zones industrielles, joignant les ports et les aéroports ?

En revanche, le vaisseau lui-même et la station demeuraient deux forteresses d'opacité.

Les questions posées, non sans ingénuité, par le gouvernement insulaire avaient elles aussi dévoilé beaucoup plus qu'il n'aurait fallu. Bren Cameron, pour sa part, se trouvait mieux renseigné qu'il ne l'avait jamais été sur l'état d'esprit des dirigeants de Mospheira. Il croyait même avoir reconnu certains intervenants, tel ou tel directeur de cabinet, Jules Erton, Claudia Swynton, George Barrulin, conseiller privé du Président. Ce dernier n'émettait jamais une opinion que le cher George ne lui eût soufflée auparavant.

Les derniers enregistrements étaient récents. Mospheira interrogeait le vaisseau au sujet de ses intentions et de ses activités et recevait en échange des réponses évasives. De son côté, le vaisseau s'efforçait toujours de trouver des interlocuteurs compétents chez les atevi. Le contact fut successivement établi avec tous les centraux des grandes cités.

La couleur du jour s'était altérée pour le paidhi. Une tentation lui vint, dont il ne se serait jamais cru capable. Prendre son téléphone et composer le numéro de Deana Hanks, s'entendre prononcer d'une voix affable ces mots qui étaient d'un homme raisonnable : Deana, laissons de côté nos différends. L'heure est trop grave.

Il lui en coûterait, sans doute, mais cette offre d'armistice avait peu de chances d'aplanir les difficultés. Il ne s'agissait pas entre eux d'une simple inimitié personnelle mais de divergences idéologiques profondes qui déterminaient deux conceptions antagoniques du devenir de l'humanité sur la planète et de ses rapports avec les atevi. Petite-fille de Raymond Gaylor Hanks, fille de S. Gaylor Hanks, Deana était l'héritière d'une lignée conservatrice dont la méfiance hostile à l'égard de Shejidan ne s'était jamais démentie depuis la fin de la guerre et trouvait d'ailleurs son pendant, sa contrepartie à Shejidan, chez les opposants de Tabini, persuadés, ou feignant de l'être, que la station était équipée de rayons de la mort prêts à fondre sur leur capitale. A Mospheira, les irréductibles soutenaient que le programme spatial du continent était soutenu par des fonds secrets car les « indigènes » rêvaient de s'emparer de la station pour leur compte et d'en interdire l'accès aux humains.

Dernière obsession des conservateurs, l'effet boule de neige du développement technologique pendant la période d'activité de Wilson, le paidhi précédent, et celle de Bren Cameron. Tabini, affirmaient ces extrémistes, avait juré la perte de tous les humains et se servait, pour arriver à ses fins, de la crédulité du paidhi.

Le clan des « faucons » ne se morfondait pas dans quelque réduit universitaire, il nichait dans les allées du pouvoir et certains de ses éléments parmi les plus agressifs occupaient de hautes fonctions au département d'Etat. L'attestation, émanant des plus hautes instances de l'Association Occidentale, selon laquelle Tabini n'avait pas trempé dans le meurtre de son père leur était restée en travers de la gorge. Tabini était coupable, assuraient-ils. Sitôt intronisé, il avait exigé la démission de Wilson afin d'obtenir la nomination d'un nouveau paidhi, encore plus malléable, qu'il pourrait plier à ses sombres desseins.

Si l'on choisissait de s'en tenir à la brutalité des faits, sans doute avaient-ils raison. Encore pouvait-on imaginer des circonstances atténuantes, telles que les contraintes exercées sur le jeune homme par la redoutable grand-mère et son entourage, mais l'essentiel n'était pas là. De toute éternité, la tradition humaine avait considéré le parricide comme un crime abominable, or il en allait très différemment chez les atevi qu'il semblait dès lors absurde de juger selon des critères moraux dont ils n'avaient que faire. Deux siècles de cohabitation n'avaient rien changé. On ne gouvernait pas sa conduite de la même façon de part et d'autre du détroit. Assassiner un compagnon, une compagne de *man'chi*, quelqu'un qui avait prêté le même serment d'allégeance, pour les atevi unanimes, c'était inadmissible. Se débarrasser d'un parent devenu trop gênant, à condition que la procédure légale fût respectée, voilà une solution que l'on pouvait envisager de sang-froid.

Terrible paradoxe, le paidhi était plus à même de dispenser la bonne parole sur le continent, où l'Association mettait à sa disposition ses chaînes de radio et de télévision publiques, ses réseaux et ses relais, qu'à Mospheira, où il ne disposait d'aucun moyen lui permettant d'influencer l'opinion. La situation était, il est vrai, sans précédent. Jamais, depuis la création du poste d'interprète médiateur dans la foulée de la signature du Traité, le paidhi n'avait éprouvé de façon si impérieuse la nécessité de s'adresser à ses frères humains. Jamais le paidhi ne s'était trouvé dans l'obligation de mener bataille contre les conservateurs, eux-mêmes n'étant pas tout à fait en mesure de manœuvrer à leur guise la politique gouvernementale et de paralyser l'action du paidhi.

Moins d'un an auparavant, à la question de savoir si Deana Hanks avait la moindre chance d'être nommée à son poste, il eût répondu par la négative, ajoutant qu'elle serait la première à décliner l'offre au cas extraordinaire où elle lui serait présentée, trop habituée qu'elle était à l'immobilité luxueuse du département d'Etat pour aller vivre sur le terrain des atevi, considérés au mieux comme des primitifs, au pis comme des ennemis.

Plus question, hélas, d'être aussi catégorique aujourd'hui.

Il frissonna longuement. Ce n'était pas la peur, non, pas davantage les courants d'air inexistants. Plutôt un contrecoup de l'anesthésie et, surtout, l'avertissement confus d'une catastrophe prochaine.

Sitôt alertée par l'observatoire de l'apparition du vaisseau, la direction politique de l'Association Occidentale avait décidé de mettre le paidhi « au vert », littéralement. Soi-disant pour le soustraire à une seconde tentative d'assassinat. En réalité pour l'éprouver, savoir jusqu'à quel point on pouvait se fier à lui. Cette initiative malheureuse, vraisemblablement décidée sous l'effet du désarroi, avait peut-être eu pour résultat de le grandir dans l'estime de Tabini. Il n'en demeurait pas moins que le paidhi s'était retrouvé hors jeu, coupé de tous les circuits d'information alors qu'il se passait des événements considérables et qu'il aurait pu faire la preuve de son utilité. La première conséquence, désastreuse, de sa disparition dans ces circonstances exceptionnelles ne s'était pas fait attendre : le département d'Etat avait dépêché Deana Hanks sur le terrain. En dépit du Traité, parce que Bren ne répondait plus et qu'il aurait aussi bien pu être mort.

Le paidhi, l'unique, était de retour, il avait retrouvé toutes ses prérogatives. En échange de quoi il n'avait pas le droit de commettre une erreur ou de tromper son monde.

Voire... Ne s'était-il pas fourvoyé plus d'une fois dans les premiers temps de son mandat ? N'avait-il pas, pour atteindre le but fixé, louvoyé quelque peu avec la vérité et les courants de l'opinion, d'une rive à l'autre du détroit ?

Il s'était levé pour faire quelques pas, pensif, les poings dans les poches. Il tira sur le cordon de sonnette, un seul coup auquel Saidin répondit en personne, dans l'instant suivant. Il envoya quérir Jago, à laquelle il confia deux messages verbaux. Le premier, destiné à Tabini, disait :

J'en ai appris suffisamment ; je suis prêt à m'adresser aux atevi.

Le second était adressé à Deana Hanks :

Je ferai d'ici peu une déclaration officielle concernant le retour du vaisseau. Vous en recevrez la copie. Il est indispensable que nous ayons un entretien. Votre emploi du temps vous permettra-t-il de me consacrer un moment au cours de la journée de demain ?

Il retourna s'asseoir, non sur la chaise de travail, mais dans le petit fauteuil situé près de la porte et s'y pelotonna, les genoux remontés sous lui. Il commit l'erreur de fermer les yeux et le sommeil bientôt pesa sur ses paupières. Une voix interrompit sa lente dérive vers l'inconscience. Jago était de retour. Penchée au-dessus de lui, sans le toucher, elle l'appelait à mi-voix. Il prit l'étui qu'elle lui tendait.

Tabini précisait l'heure de la convocation à la prochaine séance plénière des assemblées : le soir même, à minuit, sacrifice à la nécessité d'agir vite. La présence du paidhi serait la bienvenue, était-il précisé, compte tenu des lumières qu'il pourrait apporter.

Le jeune homme interrogea Jago du regard et n'en fut pas plus renseigné.

— Y a-t-il un autre message ? murmura-t-il. En provenance de l'île ?

— Non, Bren-ji. Je suis navrée.

— Avez-vous parlé à Deana Hanks ? Comment a-t-elle réagi ?

La prétorienne marqua l'ombre d'une hésitation.

— Son accueil fut courtois, sa réponse tient en un mot que j'hésite à vous transmettre.

— Dans quelle langue s'est-elle exprimée ? Celle de Mospheira, sans doute ? Un peu de courage, Jago.

— A-LÉ-O-DIA-BLE. N'est-ce pas grossier ?

La colère ne lui serait d'aucun conseil. Il resta de marbre.

— Il ne m'appartenait pas de riposter, naturellement, reprit Jago. Il me gêne, croyez-le, d'avoir à répercuter ces horreurs. Si vous avez quelques gracieusetés à lui communiquer, je me ferai un plaisir de retourner là-bas. Mieux encore, vous n'avez qu'un mot à dire pour que nous livrions cette personne dans votre bureau.

L'offre était tentante.

— Jago, je vous ai mise en présence d'une sotte. Vous obtiendrez d'elle des excuses, ou des réparations.

La prétorienne laissa échapper un soupir.

— Pour une sotte, elle n'a pas trop à se plaindre. Elle pourrait être plus mal installée que dans votre ancien logement.

— Comment, Deana Hanks est *chez moi* ?

Jago haussa les épaules.

— J'en ai bien peur ; de vous à moi, c'est la dernière chose que j'aurais recommandée si j'avais été chargée de sa sécurité.

— En effet. Qu'elle déménage dans l'heure suivante ! Plaidez sa cause auprès de l'intendance, Jago, dites que sa vie est en danger. Voilà une femme qui ne manque pourtant pas d'ennemis...

Jago ne put réprimer une moue sceptique.

— Elle bénéficie d'une surveillance très étroite, à un niveau que son imperfection ne justifie pas du tout. Cela, à mon humble avis. (Après un silence, la prétorienne ajouta :) Cette protection peut lui être retirée d'un instant à l'autre. Sur un mot du aiji.

Bren ne put dissimuler sa surprise. Les prétoriens n'avaient pas pour habitude de livrer de telles confidences sur des décisions de sécurité prises en haut lieu.

— Tabini lui-même vous a-t-il demandé de me donner toutes ces précisions ?

Il dévisageait Jago avec insistance. L'impassibilité absolue de ce regard clair lui aurait paru glaçante s'il n'en avait eu la longue habitude.

— Non, dit-elle simplement.

Sur un ton qui semblait prévenir que toute tentative pour en apprendre davantage serait vouée à l'échec.

6

Quelques sacs de plastique empruntés au bureau de poste du rez-de-chaussée, un ruban adhésif de même provenance et le tour serait joué, le paidhi pourrait prendre une vraie douche sans qu'une goutte d'eau s'insinue sous son plâtre. Tout d'abord sceptique, peu soucieux d'être manipulé, Bren se laissa convaincre de tenter l'expérience par Tano dont c'était l'idée et qui faisait de l'adoption de celle-ci par le principal intéressé une question de confiance.

— Nand'paidhi, sur ce point au moins accordez-moi le bénéfice du doute, insistait le jeune prétorien.

Une fois passé les désagréments de « l'emballage »,

le procédé s'avéra très efficace. A tel point que Bren s'attarda plus que de raison entre les murs de la salle de bains ultramoderne au superbe revêtement de dalles rouges. Les yeux clos sous le jet puissant d'une tiédeur idéale, il sentait la planète chavirer autour de lui, son crâne était devenu l'axe du monde.

Il se proposait d'entreprendre un exercice infiniment périlleux, rien de moins que prononcer sans une seule note écrite l'allocution la plus importante de toute sa carrière. Porté par un fort grain d'adrénaline, il prendrait hardiment le large, confiant dans son pouvoir de persuasion et le bien-fondé de sa position. Une interminable journée touchait à sa fin et ses dernières réserves de volonté fondaient à plaisir dans ce bain de vapeur.

Tano, toujours heureusement inspiré, s'en vint frapper à la porte.

— Nadi, il va être l'heure de sortir, malheureusement.

Il s'accorda un bref répit, le temps de pousser deux soupirs, avant de s'exposer à l'air frisquet, à l'arrachage des segments de ruban adhésif. Renonçant à toute pudeur, il s'abandonna aux soins des dames et demoiselles qui le bouchonnèrent, le dorlotèrent avec art et discrétion. Au point où il en était, pourquoi refuser la petite séance d'habillage à laquelle il s'était toujours opposé comme à un empiétement inadmissible sur son indépendance. On lui fit enfiler une tunique de soie sauvage dont l'emmanchure avait été profondément échancrée pour s'adapter à la largeur du plâtre, un pantalon droit de même étoffe, d'une nuance bleu pastel, choisie à dessein pour sa discrétion évocatrice de bienveillance et de neutralité politique.

A présent, en apparence sagement assis devant la coiffeuse, il se sentait les nerfs à vif. Après lui avoir essoré, puis longuement brossé sa chevelure, Tano l'avait scindée en trois mèches qu'il tressait avec application, sans parvenir à éviter les tiraillements. Jago fit son apparition, sanglée dans une veste de cuir noir que la température estivale ne justifiait pas, destinée à dissimuler le gilet pare-balles et le gros calibre porté à la ceinture.

La prétorienne lui présenta un nouveau message de Tabini.

La télévision sera présente, disait-il. *Ne t'écarte pas de la vérité et tout ira bien.*

La télévision ! Que le diable emporte l'hypocrite. Il retint *in extremis* un juron. Les domestiques, mine de rien, surveillaient ses moindres paroles, ses moindres gestes. Qu'auraient-elles pensé ? Qu'aurait pensé Lady Damiri, leur maîtresse bien-aimée, et Tabini lui-même, à qui la chose n'aurait pas manqué d'être rapportée ?

— Où est Banichi ? demanda-t-il d'un ton sec.

Son humeur combative se réveillait. La rouerie du aiji n'était pas un secret pour lui, aussi voulait-il être certain de pouvoir compter sur un allié de poids au moment opportun. Il fallait que Banichi fût de son côté, dans son camp. Quels ordres avait-il reçus concernant le paidhi ? Celui de le laisser aux bons soins de Jago, la fidèle adjointe, tandis qu'il s'était vu confier la sécurité du aiji en personne, et quoi de plus normal puisque ce parfait officier était aussi le capitaine de la garde du Bu-javid...

— J'ignore où il se trouve, dit Jago. J'ai pour consigne de vous escorter jusqu'à l'assemblée et de ne jamais vous perdre de vue. Nous partirons dès que vous serez prêt.

Il n'en saurait pas plus. Un devoir l'attendait auquel il ne pouvait se dérober. Quand Tano eut noué au bas de sa tresse les rubans réglementaires, une servante l'aida à passer le bras dans la manche d'une redingote à col montant, sélectionnée deux tailles au-dessus afin de s'ajuster plus librement sur son épaule moulée de plâtre. On tira ici et là, on fit disparaître quelques faux plis. Il avait conscience du spectacle imparfait offert aux regards de ces superbes personnes qui toutes avaient les dimensions et l'étoffe des idoles.

Regards dérobés, sérieux. Il avait pour les atevi l'aspect d'un galopin chétif, handicapé de surcroît, d'une complexion blanchâtre qui lui donnait en permanence un air de convalescent.

— Jago, voulez-vous prendre l'ordinateur, je vous prie, sans doute n'en aurai-je pas l'usage, mais peut-être un message me parviendra-t-il.

— Certainement, nand'paidhi. Sommes-nous prêts à partir ?

— Suis-je prêt ? Je n'en sais trop rien. Je l'espère.

A sa grande surprise, Saidin s'approcha et lui fit un profond salut.

— Le personnel du palais vous souhaite bonne chance, nand'paidhi. Les atevi ont grand besoin d'un porte-parole dévoué à leur cause.

Il ressentit une légère émotion mêlée de crainte face à cette manifestation de confiance inattendue. Serait-il digne de l'attente de Saidin ? A son tour, il s'inclina avec déférence.

— Nadi, nadiin, grâce à vous je vais être en mesure d'accomplir mon travail dans les meilleures conditions possibles. Votre diligence, votre courtoisie me sont infiniment précieuses. Soyez-en remerciées.

Il se retrouva dans le vestibule aux somptueux bouquets de porcelaine. S'étant assurée que l'ascenseur ne contenait rien ni personne de suspect, Jago le fit entrer et le court trajet s'effectua sans qu'un mot fût échangé. Ils débouchèrent dans la galerie la plus longue et la plus spacieuse du Bu-javid, connue de tous les téléspectateurs, celle qui livrait accès à l'hémicycle du tashrid. Le paidhi se trouvait là en terrain familier, à deux pas de ses propres quartiers, si ce n'était que la célèbre galerie était pour l'heure transformée en un lieu éblouissant, traversé d'incessants va-et-vient, retentissant de clameurs, étranglé par les praticables supportant projecteurs, caméras, opérateurs et assistants.

Jago entraîna son protégé vers le couloir plus discret qu'empruntaient les personnalités peu soucieuses d'être accostées par les journalistes. Il conduisait à l'entrée commune aux deux assemblées, tashrid et hasdrawad, dont la cloison mitoyenne coulissante avait été repliée en vue de cette séance extraordinaire. Précédé de son ange noir, escorté par les murmures et les regards des élégants parlementaires, Bren descendit l'allée en direction du banc réservé aux dignitaires, pétitionnaires, observateurs, long siège au dossier richement sculpté, disposé latéralement, en contrebas de la tribune. Le paidhi en avait ce soir-là l'usage exclusif.

Il s'assit au milieu, comme à l'accoutumée, tandis que Jago et Tano prenaient position derrière lui, à quelques mètres l'un de l'autre. Un flot continu de seigneurs cooptés et de représentants élus se déversait dans les allées, chacun s'installait à la place qui lui était attribuée au milieu de ses amis politiques. Bren concentra son attention sur le petit lexique qu'il s'était confectionné à partir de quelques mots sensibles du vocabulaire ateva, quelques locutions susceptibles de traduire sa pensée au plus près, sans provoquer de malentendus. L'expression « vitesse supérieure à celle de la lumière », véritable bombe à retardement, devait être évitée à tout prix.

D'une manière générale, il ferait son possible pour rester à l'écart des explications techniques dans lesquelles il se sentait si mal à l'aise.

Il se fit un grand remue-ménage dans les travées. Tout le monde s'était levé pour accueillir celui qui venait d'entrer et se dirigeait vers la tribune d'une belle foulée pleine de jeunesse et de résolution. Un appariteur régla le micro devant Tabini. Ce dernier balaya l'assemblée d'un regard hautain, voilé d'une soudaine douceur lorsqu'il s'arrêta sur l'homme.

— Nand'paidhi, je vous en prie.

Bren Cameron prit son ordinateur et un mémento qui tenait sur une feuille de bristol. Il gravit les trois marches donnant accès à la tribune, s'arrêta devant le second micro.

Jamais encore, au cours de cette législature, le paidhi n'avait eu l'occasion de s'adresser aux deux chambres réunies en Congrès, reprit le aiji. Seules des circonstances exceptionnelles pouvaient justifier le recours à cette procédure. C'est en spécialiste que Bren Cameron allait maintenant jeter quelques lueurs sur le phénomène apparu depuis peu dans leur ciel.

Le jeune homme s'inclina devant Tabini, salua l'assistance nombreuse du hasdrawad, l'auditoire beaucoup plus restreint du tashrid.

— Mesdames, messieurs, éminences de l'Association, commença-t-il, suivant la formule consacrée.

— Nand'paidhi, lui fut-il répondu, et tous de lui rendre son hochement de tête.

Le pupitre était trop haut, l'orateur posa son bras plâtré sur la barre d'appui. Face à lui, une centaine de visages dissimulaient sous leur impassibilité toutes les nuances de l'attente.

— Nadiin, il y a bien longtemps de cela, un vaisseau originaire d'un monde très lointain a traversé l'espace pour gagner un système que toutes les informations recueillies au préalable présentaient comme favorable à l'établissement d'une colonie. A la suite d'un accident dont les causes demeurent inexpliquées, le vaisseau a quitté sa trajectoire. Il s'est retrouvé au milieu d'étoiles inconnues des navigateurs, dans une zone d'intense radioactivité, à tel point que l'on ne pouvait tenter une sortie sans risquer sa vie. Or le vaisseau avait besoin de combustible pour continuer sa route et les pertes furent sévères parmi les membres de l'équipage qui se portèrent volontaires pour travailler à l'extérieur… Les passagers, ouvriers, savants, techniciens de toutes les disciplines, chargés de jeter les bases de la future colonie, assistèrent impuissants au sauvetage dramatique du vaisseau. A tous, il sembla naturel de voter les pleins pouvoirs à l'équipage, aussi longtemps que ses membres se sacrifiaient pour le bien commun.

Ces derniers mots tombèrent dans un silence absolu. Etait-il approbateur, simplement attentif ? Etait-ce le silence infini de l'orage encore muet ? Le paidhi n'avait pas donné cette précision sans raison. Il était essentiel, aux yeux des atevi, de comprendre selon quels critères s'établissait une hiérarchie. L'hérédité, jusqu'à un certain point, pouvait justifier l'obtention de pouvoirs et privilèges, à condition d'être confirmée par le mérite. Encore devait-on sans cesse réaffirmer celui-ci. Bren respira longuement, aussi profondément que le permettait le carcan entravant sa cage thoracique.

— Il s'est ainsi trouvé quantité d'hommes et de femmes héroïques pour fouiller, forer, excaver, au prix d'une mort certaine. Puis le vaisseau se mit en quête d'une nouvelle destination sur laquelle, par la force des choses, il ne savait encore rien et qu'il choisirait au dernier instant, en fonction de données fournies par les instruments de bord. Ce monde… (Au stade du discours préliminaire, la prudence commandait de rester dans le vague, sans entrer dans les détails cosmologiques qui viendraient bien assez tôt semer la zizanie…) Ce monde, la troisième planète d'un système de type solaire, leur a tout de suite semblé accueillant. A peine le vaisseau se fut-il placé sur orbite que les informations affluèrent, avec une première déconvenue de taille : la planète était habitée. Que faire ? Les nombreuses disparitions consécutives aux opérations de ravitaillement avaient fragilisé la communauté, les nouvelles réserves de combustible seraient bientôt épuisées. L'équipage préconisait de se replier sur la quatrième planète du système, inhabitable, autour de laquelle on construirait une station orbitale, en espérant que la présence de celle-ci ne serait pas détectée par les atevi voisins.

A nouveau, il s'interrompit pour chercher son souffle, tout en essayant de se convaincre que le mutisme de l'auditoire, son absence totale de réaction, n'avait rien d'étonnant puisque l'orateur s'était contenté jusqu'à présent d'apporter quelques commentaires personnels à la version officielle des événements ayant immédiatement précédé l'Arrivée.

— Après un voyage si épuisant, nadiin, si tragique, les gens appréhendaient de s'installer dans un environnement hostile. Plutôt construire notre station dans l'orbite d'un monde vivable, raisonnaient certains, car si un accident venait à se produire dans l'espace pour telle ou telle raison, la planète permettrait une retraite immédiate.

» Les télescopes montraient un peuple très civilisé, ayant atteint la première étape de sa révolution industrielle. La proposition de l'équipage fut mise au vote, la majorité des passagers s'y déclara opposée, optant pour l'établissement d'une base planétaire. Cet enchaînement de circonstances est admis par tous. A partir de là, les avis de nos historiens divergent. Quelques-uns affirment qu'en préconisant un retour dans le haut espace, après la construction d'une station coûteuse autour d'une planète insalubre, l'équipage du *Phœnix* ne poursuivait d'autre but que celui de conserver son emprise sur le devenir de la communauté.

» D'autres se récrient, affirmant que la Guilde des Pilotes était avant tout soucieuse de ne pas bouleverser la vie des habitants de la planète.

» Il existe une troisième explication. Cette dernière met en avant l'incapacité de concevoir la vie ailleurs que dans l'espace, une inaptitude présentée comme un caractère spécifique des équipages des vaisseaux au très long cours. Dans ce cas, la perspective de devoir être encalminé pour une durée indéterminée leur serait odieuse.

» Quelles que fussent ses véritables motivations, la Guilde était pressée de repartir, elle avait donc besoin d'énergie. Cette exigence se heurta au refus des représentants élus des passagers qui s'opposaient à tout nouvel investissement en hommes et en matériel dans une expédition dont la finalité, un départ vers l'inconnu, restait étrangère à leurs préoccupations. Plusieurs courants se constituèrent au sein de l'association communautaire, mettant son unité en péril.

» Les partisans de la base planétaire s'acharnaient, résolus à obtenir gain de cause.

» La station avait ses défenseurs irréductibles. Elle devait, selon eux, devenir le lieu de résidence permanent de la future communauté. Plus question, pour ceux-ci, de gaspiller les maigres ressources disponibles dans le projet chimérique de lancer le vaisseau vers de nouvelles aventures, pas question non plus de tenter un atterrissage au milieu d'une population aux réactions imprévisibles.

» Chacune des positions regroupait des militants actifs, volontiers prosélytes, et la nécessité d'un compromis s'imposa avant qu'on n'en arrive au point de rupture.

» L'équipage fit cause commune avec les adeptes de la station dont il aurait besoin par la suite comme base de ravitaillement et bassin de radoub. Par contre, ce nouveau départ dans l'infini spatial qui leur tenait tant à cœur exigeait l'affectation d'une partie des ressources dont la station ne pouvait faire l'économie. Les passagers impatients de poser le pied sur la planète saisirent l'occasion de ce différend entre leurs adversaires pour passer dans le camp de l'équipage. C'est du moins la thèse admise par la plupart de nos historiens : au moment du vote, les futurs pionniers apportèrent leur soutien à la Guilde, après avoir conclu avec elle un accord secret stipulant que l'équipage empêcherait par tous les moyens la station d'entraver la réalisation de leur projet.

»Toutefois, sur les trois clans, il en était un qui avait besoin des deux autres : les adeptes de l'installation d'une base planétaire, en effet, ne pouvaient se passer de la logistique que la station refusait en principe de leur offrir, et du savoir-faire que la Guilde des Pilotes aurait dû mettre à leur service afin d'expérimenter et de perfectionner les navettes prototypes en cours de fabrication, laissant même entendre qu'elle persisterait dans cette fin de non-recevoir quels que soient les progrès réalisés par les ingénieurs.

»Aussi les futurs pionniers décidèrent-ils de s'en remettre à un procédé archaïque qui ne nécessitait l'aide de personne. Ils construisirent de fragiles esquifs, capsules individuelles soutenues par des parachutes, les fameuses corolles blanches de votre tradition. De prime abord, l'île de Mospheira semblait en grande partie inhabitée. Les hommes choisirent de s'installer dans le Nord, plus ingrat, pour lequel ils rencontreraient sans doute moins de difficultés à négocier un accord si par malheur un litige territorial venait à les opposer aux populations indigènes, surtout regroupées dans les régions méridionales. En ce temps-là, les nouveaux arrivants imaginaient qu'ils auraient affaire à un gouvernement insulaire.

Cette dernière observation eut raison de l'impavidité de l'auditoire. Le silence se fragmenta sous l'effet d'une tonitruante explosion de rire. L'orateur poussa un soupir de soulagement. Sa facile tentative pour mettre les humoristes de son côté était couronnée de succès.

— Les Cassandre des deux autres camps en furent pour leurs frais, enchaîna-t-il. Les parachutes se posèrent en douceur dans un environnement très hospitalier. Au fil du temps, comme nul ne venait faire valoir un quelconque droit de propriété sur les terres occupées, même les plus farouches opposants, partisans de la station ou membres de la Guilde, en vinrent à se demander si toutes les contrées inhabitées de la planète n'étaient pas libres de droit. Si les humains, autrement dit, ne pouvaient pas s'y installer sans déranger personne.

»Telle était la situation, nadiin, quand le vaisseau nous a faussé compagnie. Ce monde n'était pas seulement beau, mais accueillant et généreux, nous l'avons compris peu à peu. La Guilde, par conséquent, est loin de se douter qu'une guerre nous a jetés les uns contre les autres et qu'elle s'est achevée par la signature d'un Traité. Avant de constater par eux-mêmes l'abandon de la station, ils la croyaient toujours en pleine activité. Comment s'étonner qu'ils nous adressent à ce sujet de si amers reproches ? Ils observent, à la surface de la planète, les symptômes presque uniformément répartis du progrès, sans deviner que l'évolution trop lente des mentalités ne permet pas encore de négociations directes entre humains et atevi. De la façon dont je perçois la situation, l'attitude de *Phœnix* devrait se caractériser par une certaine bonne volonté, justifiée par une ignorance égale à celle de mes lointains ancêtres, en cette année lointaine, en ce jour, à cette heure, où furent décidés les premiers parachutages.

»Nadiin, nos pionniers étaient loin de se douter qu'ils allaient bouleverser la vie d'un peuple. Pouvaient-ils supposer qu'en suivant le parcours d'un obstacle géographique, fleuve ou montagne, qu'ils croyaient être une frontière naturelle, ils transgressaient la géométrie complexe des associations ? En toute innocence, ils se sont livrés à un joyeux découpage, traçant des routes en dépit du bon sens, perturbant l'équilibre entre les associations avec des transferts de technologie qui favorisaient certaines au détriment des autres. *Baji-naji*, nadiin. Pour dire les choses comme elles le sont, dans l'esprit obtus de mes congénères, plus nombreux qu'il ne faudrait, le déclic ne s'est toujours pas opéré qui leur permettrait de s'arracher à une vision ethnocentrique du monde pour faire enfin l'effort de comprendre les atevi. De même existe-t-il sur le continent quantité d'individus prêts à considérer les humains comme des fous dangereux avec lesquels on ne peut envisager de s'entendre.

» Il y a deux siècles, la machine à vapeur faisait son apparition. A son retour, *Phœnix* découvre des cités, de nombreuses voies de communication, des centres industriels, des aéroports et même des satellites de communication... Tout en se doutant que les transferts de technologie et dc compétences ont joué leur rôle dans cette formidable mutation, ils ne savent rien des accords passés, sans lesquels cette évolution pacifique n'aurait pas été possible.

» A mon grand regret, la vérité m'oblige à reconnaître l'existence, au sein du gouvernement de Mospheira, d'une minorité conservatrice sans réelle influence jusqu'à aujourd'hui, mais qui voit dans la réapparition du vaisseau une occasion de prendre sa revanche sur l'Histoire. Ils vont tenter de convaincre la Guilde des menaces que mon action auprès de vous fait peser sur Mospheira. Le paidhi, soutiendront-ils, mange dans la main des atevi, ceux-ci n'ayant jamais eu d'autre objectif que celui d'asservir l'espèce humaine.

» Le vaisseau, voyez-vous, n'est pas le plus grave danger auquel nous devons faire face à l'heure actuelle. Le pire, j'en ai la conviction, serait que les ultras dont je viens de parler, tirant argument de certaines initiatives malheureuses, se persuadent qu'il existe pour Mospheira une solution de remplacement au dialogue avec les atevi. Il leur suffirait alors de mentir pour amener l'équipage de *Phœnix* à partager leur point de vue, première étape avant d'obtenir l'affectation de certains de leurs partisans à bord de la station réhabilitée.

» Mes recherches ne m'ont pas encore permis de remonter jusqu'à l'origine de ce courant séparatiste, pas plus que je ne saurais en identifier les membres avec certitude. Interrogés, tous les hauts fonctionnaires nieraient avec la dernière énergie leur appartenance à un quelconque projet conspirateur. Souvenons-nous, cependant, que la station dut être évacuée en raison de l'épuisement des ressources et de la défaillance consécutive des systèmes. Certains s'accrochaient malgré tout, ils refusaient d'admettre la fermeture définitive du site car la vie sur cette planète ne répondait nullement à leur désir. Leurs descendants sont parmi nous, ne l'oublions pas. Gageons que certains d'entre eux ont hérité de leurs traditions familiales la nostalgie de la vie dans l'espace et qu'ils seraient prêts à considérer, sous certaines conditions, une association avec le mouvement séparatiste si celui-ci leur offrait les moyens de regagner la station. Que les choses entre nous soient claires, nadiin. Conformément à une règle de conduite morale dont je ne me suis jamais départi, moi, paidhi, je m'oppose à ce qu'une poignée d'êtres humains, profitant d'une technologie empruntée, retournent dans l'espace en échange d'un accord de coopération qui donnerait à nouveau les pleins pouvoirs à la Guilde. Si cette planète doit se doter d'un programme spatial, qu'il soit comme prévu le fruit d'une collaboration entre les hommes et les atevi ; de même que la station réactivée devrait être placée sous le contrôle unifié des deux communautés.

» Il est des atevi qui s'interrogent encore sur le bien-fondé d'une présence humaine parmi eux. Certes, l'idéal eût peut-être été qu'aucun homme ne s'installât jamais parmi vous. Ces regrets sont-ils de mise alors qu'il n'existe pour les miens aucune planète de rechange dans l'espace proche et qu'un vaisseau humain vient de se placer en orbite autour de votre monde ? Compte tenu de sa prodigieuse avance technologique par rapport aux modestes moyens dont nous disposons aujourd'hui, il est prévisible que ses faits et gestes auront une incidence sur la planète et sur ses habitants. Aussi les atevi doivent-ils sans tarder procéder à un vote afin d'exprimer haut et clair leur avis sur la nature et l'importance souhaitable des activités auxquelles les hommes seront admis à se livrer dans leur ciel.

» Je suis à la disposition de l'Association Occidentale pour faire office de traducteur entre Shejidan et le vaisseau. Quelles que soient les intentions de la Guilde, celles du président de Mospheira, quels que soient les espoirs entretenus par la minorité conservatrice, je ferai en sorte que *Phœnix* ne se lance pas à l'aveuglette, comme nous l'avons fait jadis, dans un processus politique, économique, qui déboucherait sur un second conflit armé.

» Je connais les humains, nadiin, je connais mes semblables. Aussi sûrement que le soleil se lèvera demain, l'équipage du vaisseau éprouvera moins d'embarras pour interpréter l'attitude des habitants de Mospheira que celle des atevi. Ils verront clair dans le jeu des conservateurs. Ceux-ci auront beaucoup de mal à convaincre la Guilde que leurs propositions ne dissimulent aucune arrière-pensée. Les intrigues, contestations et autres mutineries sont monnaie courante dans les associations humaines. Naturellement méfiante, la Guilde le sera d'autant plus si elle se trouve elle-même minée par des querelles intestines. Certains redouteront un rapprochement toujours possible entre une partie de l'équipage et l'un ou l'autre des courants actifs dans les sphères dirigeantes de Mospheira. On assisterait alors à la formation de sous-associations, dont le rôle perturbateur aboutirait vite à la paralysie des instances de décision. La situation serait alors complètement bloquée.

» En conséquence, nadiin, je ne saurais trop recommander aux atevi de parler d'une seule voix lorsqu'ils s'adresseront à *Phœnix* ou à Mospheira. Faites en sorte que rien ne transparaisse de vos divisions et de vos débats. Prenez soin de considérer l'île et le vaisseau comme deux entités distinctes aussi longtemps qu'ils n'auront pas surmonté leurs propres divergences. Offrez un front uni. En outre, je vous conseille de revendiquer, non point solliciter mais revendiquer, une participation égale à celle des autres forces en présence dans l'occupation et la gestion de la station. Un tiers, ni plus ni moins, pour commencer.

— Que deviennent nos conventions commerciales ? cria un représentant depuis les derniers bancs du hasdrawad. Les négociations vont-elles se poursuivre ?

— Franchement, nadi, aucun projet ne devrait être enregistré avant que ne soit résolue la crise ouverte par le retour de *Phœnix*. Toutefois…

Quelqu'un d'autre s'était levé dans le fond du hasdrawad, sans même attendre que son prédécesseur se fût rassis. Cette hâte n'était pas conforme au règlement. Le jeune homme plissa les yeux, ébloui par l'éclat des projecteurs. Il éprouva tout à coup une raideur dans la nuque, en même temps qu'une sensation brutale et imminente de danger lui bloquait la poitrine. Son instinct lui intimait de se jeter à terre. Sa raison ripostait qu'il s'agissait d'une erreur, d'une illusion, et qu'il allait se couvrir de ridicule.

A cet instant quelque chose d'énorme s'abattit sur lui, du côté du plâtre, et le cloua au sol. Deux détonations claquèrent, répercutées par tous les échos de la voûte.

Dans la douleur de la chute et l'épouvante de ce nouveau désastre, il comprit que Tano, d'une détente, avait plongé pour le protéger, mais la reconnaissance chez lui se doublait d'une cuisante inquiétude : où donc était passée Jago ? S'il regardait à droite, il ne voyait que la base du pupitre ; de l'autre côté, le buste à demi dressé de son sauveur, son visage angoissé levé vers le tumulte qui avait envahi la salle. Il s'étouffa très vite. Bren devina que l'incident était clos. L'escarmouche n'avait fait qu'une victime, probablement le tireur isolé dont il avait distingué la silhouette, dans le lointain du hasdrawad.

Comme pour confirmer cette présomption optimiste, Tano se redressa lentement. Enfin libéré de ce poids considérable, le paidhi se hissa tant bien que mal sur son coude valide. Il ressentit par tout le corps de furieux élancements et se figea. Tano l'aida à se lever, Tabini vint à la rescousse. Deux prétoriens se saisirent de lui, attentifs à ne pas heurter son plâtre ou à toucher les bandages révélés par le désordre de ses vêtements. Seigneurs, représentants, membres des services de Sécurité, tous convergeaient vers la tribune.

— Veuillez m'excuser, balbutia-t-il, sincèrement navré d'être la cause d'une nouvelle perturbation.

Le micro était demeuré ouvert, la fulguration insolite de sa voix provoqua l'hilarité. Les applaudissements éclatèrent, rythmés à la manière ateva. Un ban pour le paidhi ! Ils ne semblaient pas mécontents de le savoir vivant. Cet avis, selon toute apparence, ne faisait pas l'unanimité.

Dans tous les postes de sécurité du Bu-javid, le circuit de télévision intérieur diffusait en boucle un film montrant le plongeon de Tano et la riposte de Jago. Une caméra de surveillance avait enregistré les préparatifs du tueur, la projection au ralenti rendait encore plus dramatiques les moindres gestes.

Assis, ou plutôt tassé sur un siège, Bren écrasait contre sa bouche son poing serré et s'efforçait de prendre un recul salutaire, tant par rapport aux images que par rapport à la situation en général. Son ennemi avait logé une balle dans un lustre du treizième siècle avant d'en recevoir une en plein front.

Tireur d'élite, Jago? La jeune femme n'était pas en vain, depuis si longtemps, la coéquipière de Banichi.

Le chef de la Sécurité posa sur le bureau une photo en noir en blanc, le portrait d'un ateva d'un certain âge, le regard droit dans un visage un peu charnu, ni bravache ni agressif.

— Le reconnaissez-vous? C'est lui, le représentant de Eighin. Beiguri, membre du clan des Guisi. Etiez-vous en confit avec lui?

Bren rejeta les épaules en arrière, fit disparaître son poing et montra un visage plus serein.

— Pas le moins du monde, fit-il d'une voix calme. (Il se sentait meurtri de la tête aux pieds.) Certes, Beiguri n'a jamais fait mystère de son opposition à la politique d'ouverture menée par le aiji... les cités franches, en particulier, étaient sa bête noire. Pour autant, il ne s'était jamais montré grossier à mon égard, encore moins menaçant.

Dans l'hémicycle voisin, Tabini avait l'air véhément. Il proposait de soumettre au vote la question de la représentativité du paidhi par rapport au vaisseau et, sitôt après, d'ouvrir un débat sur l'opportunité d'une initiative en direction de Mospheira. Les forces de Sécurité cernaient les assistants de Beiguri. Sa milice avait été désarmée.

Résigné à une pénible et longue attente, Bren ferma les yeux. Son pansement dorsal était dans un triste état. La douleur irradiait dans tout le côté gauche, une douleur sourde, profonde, qui faisait craindre le pire. Tano, dans son dévouement énergique, avait-il rouvert l'ancienne blessure? La mine farouche, le jeune prétorien, faux valet à ses heures, continuait de tourner et de virer autour de son protégé, contrairement à Jago, véritable incarnation de la violence maîtrisée avec son visage fermé, les bras étroitement croisés devant elle. Le paidhi l'observait à la dérobée. La prétorienne, estima-t-il, subissait le contrecoup de l'attentat, songeant peut-être qu'il s'en était fallu d'un cheveu que son tir au jugé dans la pénombre ne manquât sa cible. Elle mourait d'envie d'aller fouiller elle-même les bureaux de la représentation de Eighin, tâche délicate entre toutes, absurdement confiée à des cadets qui l'expédieraient sans même savoir ce qu'ils devaient chercher. Jago avait déjà conquis quelques galons dans sa brève carrière, elle n'en était pas moins sous les ordres de Banichi. Non sans anxiété, elle se demandait sans doute quel serait le verdict de son supérieur dans cette affaire. Plus simplement, elle s'interrogeait sur l'absence de l'officier, ou pis encore : sachant pourquoi Banichi avait été retenu loin de l'hémicycle, elle ne trouvait dans cette information aucun sujet de réconfort.

D'autres enquêteurs firent irruption dans le poste. Le service des pompes funèbres avait procédé à l'enlèvement du corps. Un gentilhomme de province, honorable père de famille, avait perdu la vie dans une tentative désespérée pour ôter celle du paidhi. Le jeune homme fut pris d'un dégoût insurmontable au point d'en avoir le frisson. Tout son être se révoltait contre cette absurdité. Tano lui posa sur l'épaule une main protectrice et fit valoir au chef de poste que le paidhi serait en parfaite sécurité trois étages plus haut, dans son lit.

— Le aiji... commença le policier, désireux de s'abriter derrière l'autorité suprême pour justifier son refus.

— Justement, les ordres du aiji sont de ménager les forces du paidhi, coupa Tano froidement. Il est grand temps que s'achève pour lui une journée fort longue, fort épuisante, suivant une intervention chirurgicale et un voyage aérien. Si le paidhi souhaite regagner son appartement...

Saisissant l'occasion, Bren s'était levé et rajustait son manteau sur son épaule.

— Il n'y a rien que le paidhi ne souhaite davantage, assura-t-il. Sa chambre, son lit, le silence.

Moins d'une minute plus tard, il se trouvait dans l'ascenseur en compagnie de ses deux anges gardiens. La fatigue fondit sur lui, une faiblesse le saisit, ses jambes fléchirent. Il dut s'adosser à la cloison. Tano se tenait à côté de lui, droit et paisible, Jago continuait de broyer du noir.

— Merci ! leur dit-il, sans regarder personne.

Tano ne réagit pas. Jago le gratifia d'un regard indifférent où se devinait une pointe d'agacement.

— Nous avons fait notre devoir, un point c'est tout, maugréa-t-elle.

Que cette méchante humeur pût être dirigée contre lui, voilà qui ne laissait pas d'être déconcertant, même pour quelqu'un qui se flattait de pouvoir infléchir son raisonnement afin de l'adapter à la logique des atevi. Il se consola en songeant qu'il n'y avait sans doute aucun enchaînement cohérent dans le cœur et l'esprit d'une prétorienne furieuse contre le monde entier. Puis il s'avisa qu'elle tenait toujours son ordinateur. Jago était ainsi, on pouvait compter sur elle. Alors même qu'elle venait d'abattre un terroriste, dans l'émotion qui avait suivi ce coup de feu, la jeune femme n'avait pas oublié qu'elle avait la responsabilité de ce précieux instrument de travail.

La porte coulissa, ils longèrent la galerie aux bouquets de porcelaine et Bren s'étonna de trouver le décor rigoureusement identique, comme s'il ne s'était rien passé, comme s'il était de retour au terme d'une journée de travail ordinaire. Tout à ces songeries stupides, il s'immobilisa devant la porte dont Jago neutralisait les stratagèmes maléfiques à l'aide de sa propre clé.

Dans le vestibule aux lambris d'or pâle, souriante, Saidin le débarrassa de sa redingote. Le jeune homme s'était promis de ne pas jeter le moindre regard en direction de la console supportant le courrier. Il tint parole.

— Nand'Saidin, je n'ai besoin de rien, si ce n'est

d'un repos immédiat, annonça-t-il. (Il était pourtant une résolution prise spontanément tout à l'heure, dans le feu de l'action, et qui ne gagnerait rien à être différée.) Je prendrai seulement le temps de répondre dès ce soir à l'invitation de la douairière ; il est souhaitable que je m'entretienne au plus vite avec elle.

Jago fronça ses sourcils redoutables.

— Vous parliez d'aller directement au lit, nand' paidhi.

— Je n'y manquerai pas, mais la rédaction d'un bref message ne me retiendra pas longtemps. La aiji douairière, nous le savons, est sujette à des revirements. Si l'événement de ce soir devait avoir des répercussions, il serait maladroit de répondre à son offre de rencontre par un silence qu'elle aurait beau jeu d'interpréter à sa guise.

Jago ruminait des pensées contradictoires. Son visage se fit encore plus soucieux.

— C'est trop dangereux, murmura-t-elle. Je ne pourrai vous accompagner, vous le savez.

Il haussa les épaules.

— Le risque n'est pas si grand. A mon avis, l'ennemi n'est pas encore prêt pour une déclaration de guerre en bonne et due forme. L'initiative de Beiguri n'engageait qu'une minorité de l'opposition.

Jago fit la moue, opina, convaincue de mauvaise grâce par un raisonnement assez rigoureux pour avoir raison de ses réticences.

— Soit, je transmettrai moi-même votre message. Quand souhaitez-vous aller chez elle ?

— Dès demain matin, si cela lui convient. Raison de plus pour me coucher sans attendre. La douairière est une lève-tôt.

— Nand'paidhi ?

Tano lui montrait le chemin, prêt à le soutenir. La chambre était à deux pas. Accourues pour le coucher de l'hôte de marque, les caméristes le dépouillèrent de ses vêtements, ôtèrent ses vieux pansements, nettoyèrent, appliquèrent des onguents, puis le buste meurtri fut à nouveau bandé. Tout en s'activant, les dames le félicitaient d'être sorti presque indemne de l'aventure. En son absence, la plupart d'entre elles avaient regardé la télévision.

Personne n'avait songé à lui montrer, enregistré sur cassette, le film de la séance, avant que Beiguri ne décide de jouer les héros. Pour la première fois, il se demanda comment son allocution avait été perçue par les petites gens.

— Avez-vous prêté attention à ce que j'ai dit? demanda-t-il. Ai-je tenu des propos raisonnables?

Visiblement démontée par sa question, l'aînée des femmes de chambre simula l'indignation.

— Nand'paidhi, il ne nous appartient pas de formuler une opinion sur les questions de politique générale.

— Si je me permets d'insister...

— Déclaration pleine d'intérêt, affirma une autre. *Baji-naji,* nand'paidhi, si seulement ces subtilités ne dépassaient pas notre compréhension.

— Vos ancêtres ont pris un grand risque en choisissant d'être largués sur cette planète, fit observer une troisième cameriste.

La glace était rompue, plusieurs questions fusèrent en même temps:

— Cette zone empoisonnée de l'espace, où se trouve-t-elle?

— Où le vaisseau est-il allé, pendant tout ce temps?

Il se surprit à sourire, pour atténuer le mauvais effet que pouvait produire une réponse trop vague.

— Si seulement je le savais! Le paidhi est dans l'ignorance de ces choses, comme le sont encore les historiens et les savants de Mospheira.

Une jeune fille leva la main dans un grand geste qui balayait le plafond.

— N'y a-t-il rien que vous ne puissiez voir à l'aide de vos puissants télescopes?

— Notre planète natale est hors de portée des instruments les plus perfectionnés. Là-haut, vous le savez, il n'est point de repère.

Après un silence songeur, l'une d'elles interrogea avec un peu d'embarras :

— Si vous le pouviez, iriez-vous là-bas ?

Elles lui faisaient face, si hautes, si belles, et tellement sombres de peau, si limpides de regard ! Comme il était facile pour un être humain de sentir sa condition de corps étranger, rompant la majestueuse uniformité d'un peuple.

— Je suis né sur cette planète, soupira-t-il, ainsi que mes parents en remontant à la cinquième génération. Quelle chance aurais-je de me sentir chez moi sur un monde si lointain ?

Personne ne souffla mot. Rien ne bougea sur leurs visages.

— A propos de ce qui est arrivé tout à l'heure, je suis désolé. Le seigneur Beiguri ne manquait pas de dignité. Sa mort, dans ces conditions stupides, me navre. A présent, nadiin, je vous demanderais de me laisser seul. Je dois dormir.

Ce furent des courbettes, une retraite générale. Sur le seuil de la chambre, cependant, l'une d'elles se retourna.

— Nand'paidhi, votre combat est le nôtre.

— Merci, nadiin, murmura-t-il, tout en disposant sa pile d'oreillers de façon à pouvoir caler son épaule.

Le reflux dans la grande galerie s'accompagnait toujours de rires, de remarques étouffées. Il était question du contraste saisissant entre ses contusions, innombrables, et sa peau si blanche. Comment un être aussi fragile d'aspect pouvait-il contenir tant de courage ? Sa première réaction, lorsque Tabini s'était penché afin de l'aider à se relever, n'avait-elle pas été de plaisanter de sa propre déconfiture ? Le petit homme avait du cran, nul ne pouvait prétendre le contraire.

Plaisanter ? Il n'avait pas le souvenir d'avoir témoigné d'une telle force de caractère. Son cœur, il se le rappelait fort bien, battait à coups précipités. Soutenu par deux athlètes noirs, alors que ses genoux s'entrechoquaient, il avait à grand-peine descendu les marches de la tribune avec le sentiment aigu d'être l'arbre cachant la forêt, une simple cible contre laquelle on déchargeait son arme du jour au lendemain quand le véritable objectif que l'on se proposait d'atteindre n'était autre que l'ordre établi, les relations avec Mospheira, la fuite en avant technologique imposée par les humains. Les atevi, devant leur petit écran, savaient à quoi s'en tenir. Ce n'était pas seulement le paidhi, un haut fonctionnaire révocable et remplaçable à tout moment, qu'avait voulu abattre le tireur embusqué, mais tout l'édifice des relations entre les deux communautés, patiemment édifié depuis la signature du Traité.

C'est notre faute, nous allons trop vite, songea-t-il.

Il tenta de se remémorer son discours, jusque dans ses détails, puis l'attentat, le point de vue fragmenté qu'il en avait eu dans la réalité, la reconstitution filmée. Il évoqua les questions de la police, se demanda dans quelle direction s'orienterait une enquête éventuelle. Savaient-ils déjà qui, au sein du clan Guisi, avait armé cette main, avaient-ils le soupçon d'une vaste conspiration ?

La masse de plumes, trop moelleuse, s'effondrait sous son poids. Il la bourra de coups de poing. Un cachet d'aspirine lui viendrait-il en aide ? Il ferma les yeux. Ses pensées s'effilochaient, une chape de silence emporta leurs lambeaux. Ce n'était pas encore le sommeil mais un engourdissement dans lequel la douleur même perdait ses contours. A condition de rester parfaitement immobile, l'ombre, peu à peu, l'imprégnerait tout entier.

7

En l'absence prolongée de Banichi, Jago se chargea de l'escorter au second étage et de le remettre entre les mains de Cenedi. A son tour, l'aide de camp l'introduisit auprès d'Ilisidi. Les terrasses et les balcons du Bu-javid seraient sûrs aussi longtemps que Cenedi en aurait décidé ainsi. Nul tireur d'élite n'aurait eu l'audace de contrevenir aux ordres de cet Assassin notoire, membre éminent de la Guilde, au même titre que Banichi. Aussi le paidhi n'avait-il aucune raison de se sentir menacé, passant de la surveillance de la prétorienne à celle du bras droit d'Ilisidi. Le fait que Cenedi fût par ailleurs le débiteur de Bren n'entrait pas en ligne de compte, et c'était tant mieux. Tant mieux, en effet, car les dettes personnelles que l'aide de camp pouvait avoir contractées ici ou là pèseraient moins qu'une plume dans sa décision, au cas où la situation exigerait de lui une intervention rapide.

Le paidhi avait la conscience tranquille : il soutint sans sourciller l'examen des yeux redoutables de la aiji douairère, arbitre souveraine de son sort, coupable d'une éventuelle collusion avec le clan des Assassins. Les portes-fenêtres étaient grandes ouvertes sur les rideaux blancs à demi tirés qu'un vent léger gonflait vers l'intérieur comme des voiles. Il y avait des parfums de fleurs dans cette brise, une suggestion de langueur tropicale. L'air était beaucoup moins âpre qu'à Malguri.

Ennemis potentiels ? Peut-être. Il ne leur était pas interdit de se jouer l'illusion d'un armistice en échangeant quelques menus propos entre deux tasses d'un thé merveilleux, un mélange dont l'entourage d'Ilisidi gardait jalousement le secret.

— Est-ce très douloureux ? s'enquit-elle.

— Très supportable, au contraire. Quand les élancements se réveillent, je prends un comprimé, tout se laisse oublier.

— Votre mine crispée, d'où vient-elle ?

— Hélas, aucune drogue ne peut faire disparaître longtemps les soucis. Ils vous obsèdent, vous somment de trouver une solution.

— Surtout lorsqu'ils ont le visage d'une fiancée perdue.

Incorrigible vieillarde ! Les caméristes de Lady Damiri n'étaient pas toutes irréprochables, par conséquent. Ilisidi n'avait pas résisté au plaisir de faire la démonstration que les murs du palais Atigeini avaient pour elle des yeux et des oreilles.

— Ma fiancée était libre de prendre cette décision, nand'douairière. Je serais mal placé pour lui adresser des reproches.

Il s'enorgueillissait de présenter un visage de marbre à cette intrigante de longue date que sa nature scrutatrice poussait volontiers à imaginer dans le regard d'autrui ce qu'elle n'y voyait pas tout à fait.

— Séparation à l'amiable, par conséquent, sans rancune ?

— C'est cela. Je lui conserve toute mon estime. Sans doute aurait-elle pris la peine de m'annoncer la nouvelle avec plus de ménagement si mon travail ne m'avait tenu en permanence de ce côté-ci du détroit... (Il marqua un temps d'arrêt pour signifier l'ironie amère de cette précision)... où je suis demeuré trop longtemps hors d'atteinte. Mes absences interminables, mes disparitions subites constituaient ses principaux griefs.

Ilisidi fit entendre un claquement de langue réprobateur.

— Cette jeune femme est une écervelée. A-t-on idée de laisser filer un homme de votre trempe ?

Bren lui jeta un coup d'œil indécis. La douairière

n'avait-elle pas l'art des répliques cinglantes ? Pour cette raison aussi, on redoutait sa compagnie.

— Ma mère et Jago sont toutes deux de cet avis, fit-il sur un ton conciliant. L'impartialité de leur jugement n'est pas garantie.

Un domestique apporta un assortiment de miel et de gelée. Un autre déposa devant chaque convive une corbeille contenant, roulés dans des linges blancs, les toasts brûlants, les brioches sorties du four.

— Les voies des humains me resteront toujours impénétrables, murmura Ilisidi tout en décalottant avec précision son troisième œuf à la coque. N'y a-t-il rien de personnel entre vous et cette créature qu'ils nous ont envoyée ?

— Deana Hanks.

— Cette créature, peu importe son nom.

— Il n'y a, il n'y aura jamais rien, soyez-en certaine. Elle n'a pas le moindre attrait à mes yeux.

— Dommage.

— Détrompez-vous, nand'douairère. Une affaire de cœur entre nous ne ferait que rendre plus complexe une situation déjà inextricable.

Ayant ouvert une brioche, il tenta d'appliquer une fine couche de gelée de rose. Un serviteur vint à son secours.

— Si ce n'est pas malheureux, bougonna la vieille dame.

— Quoi donc ? Mon infirmité passagère ou le fait que je sois insensible au charme de ma suppléante ?

Ilisidi fronça en accent circonflexe un admirable sourcil strié de blanc. Elle avait la charité de trouver plaisante la repartie du jeune homme.

— Je faisais allusion à votre plâtre. En serez-vous bientôt débarrassé ?

— Aiji-ma, je n'en sais rien. Les chirurgiens m'ont remis un dossier que je n'ai pas eu le loisir de consulter.

— Allons donc ! Manque d'intérêt ?

— Manque de temps. (La glace était rompue, il était permis de quitter le domaine des généralités pour s'acheminer vers le vif du sujet.) Votre petit-fils a précipité mon retour.

Ilisidi riait sous cape.

— Mon petit-fils aurait sacrifié trois seigneurs, une province entière, pour récupérer son plus précieux collaborateur. J'ai dû batailler ferme avec lui.

Bren se posa la question de savoir si elle parlait sérieusement. La douairière n'avait aucune raison de le flatter. Il n'en montra pas moins que ce compliment excessif ne le laissait pas indifférent.

— Aiji-ma, vous êtes très généreuse.

Elle eut un geste agacé de la main.

— Nand'paidhi, vous aviez quelque chose sur le cœur en venant me rendre visite ce matin. Parlez sans détour, je vous écoute.

— En effet, il s'agit d'une requête.

— Présentez-la toujours ; nous verrons bien.

— Je souhaite que la douairière use de son influence pour garantir la stabilité de l'Association Occidentale. Il en coûtera beaucoup, je le sais. Je suis conscient des sacrifices considérables que vous aurez à faire pour qu'il en soit ainsi. Ces derniers temps, déjà, vous avez acheté la paix au prix fort, nand' douairière, nous le savons tous.

Ces paroles faisaient vibrer une corde sensible, dangereuse. Une pensée orageuse voila le regard clair d'Ilisidi. Sur sa physionomie de peau et d'os parut se creuser le minutieux cheminement du temps et des regrets. Près d'un siècle d'histoire se lisait sur ce visage. Une histoire jalonnée de choix, de défaites, qui jamais n'avaient entamé la géniale obstination de la conscience ateva. Gardienne de cette unité, de cette cohérence, Ilisidi se souvenait et d'insaisissables mélancolies passaient dans ses yeux.

Deux mots de sa bouche pouvaient déclencher le

geste d'un assassin, infaillible celui-là. C'en serait fini de l'Association Occidentale.

Ilisidi résistait à la tentation. Les seigneurs atevi ne cultivaient pas l'esprit d'abnégation. On ne survivait pas longtemps à une réputation usurpée et pour la soutenir, il n'était que deux moyens : inspirer le respect, ou la crainte.

Par deux fois, le hasdrawad avait refusé de confier à cette femme les vastes pouvoirs que lui aurait conférés le titre tellement convoité de aiji de l'Association Occidentale. Installer Ilisidi au poste de commande, c'était entrer dans une ère de turbulences, avaient estimé les seigneurs, craignant avant tout une cure d'austérité et d'autoritarisme qui aurait mis à mal leurs ambitions. On avait donc écarté cette candidature féminine au profit de celle du fils, puis du petit-fils, jugés plus conciliants, et susceptibles de préserver un bon niveau de croissance économique. Les grands électeurs avaient-ils fait preuve de perspicacité dans ces deux choix successifs ? Rien n'était moins sûr si l'on en jugeait par l'assassinat prématuré du père de Tabini et par le fait que ce dernier, pourtant renommé pour sa vertu, sa générosité, un sens aigu des intérêts de la communauté, était loin de faire l'unanimité parmi les siens.

Bren, en somme, conseillait à la douairière de rester en retrait ainsi qu'elle l'avait toujours fait, par la force des choses.

— Continuez à jouer les éminences grises, Sidi-ji. L'ombre vous va si bien.

— Suis-je donc si terrifiante ? maugréa-t-elle. Je n'ai encore poignardé personne, ni versé de sel dans les carafes de vin. Dites à mon petit-fils que je le surveille ; j'attends de lui une conduite irréprochable.

Rien ne contrariait l'appétit de la vieille dame. De la lame de son couteau, elle fit tinter la porcelaine, un coup pour le coquetier, deux pour la théière ; presque aussitôt, les reliefs du premier service furent escamotés, le second déposé sur la table. Ilisidi aimait à tailler elle-même ses mouillettes.

Le jeune homme déclina toutes les offres, sauf celle du thé. Celui-ci était un breuvage divin, avec ou sans lait, avec ou sans sucre. L'homme prenait le sien noir, sans sucre.

— Les événements de la nuit dernière ne vous ont pas donné de cauchemars ? questionna la douairière, les yeux mi-clos, en saupoudrant d'épices une première bouchée fondante de brioche à l'œuf.

— Quelqu'un a perdu la vie. C'est une faute impardonnable, affirma-t-il. Ma responsabilité est engagée, je ne le nie pas ; cependant, je connaissais à peine le seigneur Beiguri. Qu'aurais-je dû faire ?

— Quelqu'un ? Dites plutôt qu'un sot nous a quittés.

— Sans aucun doute.

— L'incertitude engendre le calcul, la nervosité. Les plus vulnérables sont atteints, ils commettent les pires bêtises. Discuter, négocier, mais de qui se moque-t-on ? Comme si nous pouvions faire autre chose avec ces étrangers que d'ouvrir le dialogue ; un autre parti est-il possible, dites-le-moi, paidhi ? En quoi consiste l'autre proposition soumise au vote de l'assemblée ?

— Vous êtes la sagesse même, nand'douairière.

Ilisidi tamponna ses lèvres d'un mouchoir arachnéen, prit une gorgée d'eau fraîche, puis une de thé.

— Chaque fois que nous arrivons à une étape cruciale de notre évolution, alors que nous semblons sur le point de négocier, à notre rythme lent et progressif, avec les seuls moyens du bord, une nouvelle révolution industrielle, préalable indispensable d'une prise de conscience unitaire de tout le peuple ateva grâce à la diffusion harmonieuse des innovations techniques, voilà que vous tombez du ciel, les poches pleines de récepteurs de télévision et de jeux informatiques. Qu'adviendra-t-il cette fois-ci ? Peu ou prou ressoudée sous la conduite habile de mon petit-fils, convaincue par les bénéfices non négligeables retirés d'une entente plus étroite avec Mospheira, l'Association prenait son élan dans la perspective encore lointaine de notre premier vrai saut dans l'espace... Las, l'arrivée intempestive de votre vieux vaisseau nous précipite dans la crise la plus grave que nous ayons connue depuis des lustres. (Le staccato du couteau contre le bord de l'assiette fit sursauter le paidhi.) Ecoutez-moi ! Ecoutez-moi, sapristi, au lieu de bayer aux corneilles. Vous exigez ma neutralité ; le moins que vous puissiez faire pour la mériter, c'est de ne pas me laisser parler dans le vide.

Reproche infondé : Bren était très attentif. La douairière allait entonner un refrain connu dont les accents éveillaient toujours en lui une douce résonance.

— Auriez-vous déjà oublié Malguri, nand'paidhi ? Le monde tel qu'il était avant l'arrivée des hommes est-il condamné à disparaître ?

— Je n'oublierai jamais Malguri, affirma-t-il en toute sincérité. La somnolence des forêts, les wi'itkitiin criant sinistrement contre le ciel d'orage... tout est gravé dans ma mémoire ; sans omettre, profilées contre l'horizon, les splendides silhouettes des mecheiti.

— Cependant, une fois de plus le hasdrawad me demande de m'effacer afin de ne pas entraver la sacro-sainte marche du progrès. Je suis vieille, nand'paidhi. Mes associés sont vieux également. Dans quelques années, nos voix se tairont à jamais. Dans quelques années, télévision, téléphone et satellite seront les seuls véhicules de la pensée. Combien de temps, avant que tout n'ait été sacrifié au culte de la « communication » et de l'image ? Sommes-nous condamnés à disparaître, car il n'y aura plus de place sur cette planète pour le monde que nous chérissons ?

— La clameur des wi'itkitiin se fera toujours entendre, nand'douairière. Moi, Bren Cameron, j'en fais le serment. Malguri sera toujours debout, et Taiben, ainsi que tous les témoignages de l'histoire ateva. Je sais ce dont je parle, j'ai vu de mes yeux ces hymnes aux siècles passés. S'ils projettent sur moi une telle lumière, comment les atevi pourraient-ils devenir indifférents aux vestiges de leur gloire enfuie ?

L'espace d'un long moment, Ilisidi garda le silence, les yeux fixes et vides, comme fermés sur de sombres énigmes.

— Soit, dit-elle enfin. Soit, nous ferons de notre mieux. Quant à ces atevi, à ces humains, qui dès leur dîner avalé s'installent sur le toit de leur maison avec des jumelles, une bouteille thermos et un fusil de chasse, que leur diriez-vous pour les convaincre que l'heure est calme et qu'ils feraient mieux d'aller se coucher ?

Encore une question dont la réponse incertaine, insaisissable, ne satisferait personne.

— Je leur dirai la vérité ; que tout sentiment de panique est prématuré, bien que personne ici-bas ne soit en mesure de prédire l'avenir à court terme. En ce qui me concerne, vous le savez, je suis prêt à servir d'intermédiaire entre le aiji et les humains, ceux du vaisseau et ceux de Mospheira. Je le ferai avec d'autant plus de conviction que notre destin à tous va se jouer dans les prochaines semaines. A vous, nand'douairère, je fais une promesse : celle de vous informer, dans la mesure de mes moyens, de l'évolution de la situation, telle qu'elle sera portée à ma connaissance.

Sur le délicat visage usé, parcheminé, se peignit une expression de scepticisme hautain.

— Tabini, naturellement, se porte garant d'une telle promesse.

Le jeune homme haussa les épaules.

— Je me demande encore comment il a pu autoriser cette première rencontre. Voilà près d'une heure que nous nous répandons en calomnies sur son compte.

Ilisidi reconnaissait ses torts à demi-mot, elle ne put s'empêcher de sourire.

— D'une manière ou d'une autre, je vous ferai parvenir ce qu'il est nécessaire que vous sachiez. Ne vous impatientez pas, toutefois. Dans cette période troublée, il est moins facile qu'il n'y paraît d'être un honnête homme.

— Presque une gageure à toutes les époques. Un jeu dangereux.

Ce fut au tour de Bren d'esquisser un sourire.

— Par bonheur, l'aïeule et le petit-fils ont oublié d'être niais. Ma vie repose en de bonnes mains, je suis tranquille.

— N'est-ce pas le moment de réclamer le remboursement d'une dette ?

Il battit des paupières.

— Quelle imprudence de ma part ! J'ai toute confiance en votre honnêteté.

Un éclair de farouche gaieté passa dans les yeux jaunes.

— Paidhi, paidhi, tâchez de ne pas trop égratigner mon horrible réputation.

Elle avait le don, par petites touches, d'éveiller en lui de furtives et dangereuses vibrations d'humanité.

— La douairière ne prend aucune décision à la légère, dit-il. Telle qu'elle est, telle qu'elle a vécu, son souvenir reste gravé dans toutes les mémoires ; le monde ne l'oubliera pas. Nul n'est besoin d'ajouter à sa gloire une nouvelle initiative.

Le visage d'Ilisidi se crispa, se noua ; un terrible froncement de sourcils sembla vouloir préluder à un coup de semonce. Puis tout se calma.

— Vous méritez d'être réprimandé, nadi. Au fait, je ne crois pas vous avoir félicité pour votre performance d'hier soir. Héroïque, jusqu'à un certain point, à défaut d'avoir été vraiment efficace. Le bouquet final, surtout, n'aura pas manqué de frapper les esprits.

— Je n'ai pas le souvenir d'avoir eu le temps de répondre à la question posée par ce seigneur.

Ilisidi branla du chef, l'air narquois.

— A jouer avec le feu, on s'expose à tous les imprévus.

— Je me présentais devant les deux chambres afin d'être sincère ; j'ai tenu parole. Avais-je le choix, nand' douairière ? Cette vérité est déjà assez complexe sans que j'aille lui ajouter mes propres élucubrations. A quoi me servirait de multiplier les difficultés ? Nand' douairière, ce serait une grave erreur que d'appliquer sur mes paroles et sur mes gestes une grille interprétative valable pour les seuls atevi.

Elle fit entendre un soupir.

— Vilain garçon. C'est le métier qui veut ça, vous êtes un renard.

— Sidi-ji, Malguri est susceptible d'éveiller chez les humains un intérêt puissant. Je sais ce dont je parle.

— Un intérêt ? Un mouvement qui tiendrait de la convoitise, n'est-ce pas ?

— Détrompez-vous ; un mouvement qui viendrait du cœur. Devant cet édifice téméraire venu du fond des âges, on ressent un peu de respect. Respect également pour ces lointains bâtisseurs dont le travail a défié le temps, le chaos du ciel et du monde. La permanence de ces pierres nous inspire l'espoir que nous pourrions faire œuvre durable.

— Les humains ne m'étaient jamais apparus sous un jour si favorable.

Ilisidi n'avait pas son pareil pour lui procurer le sentiment exaltant qu'il n'avait pas parlé *en vain*. Seule de tous les atevi, elle lui donnait de loin en loin cette douceur au milieu de la gymnastique de l'esprit, de la pensée, du langage à laquelle le contraignait le moindre dialogue.

— C'est pourtant la vérité, nand'douairière.

— Encore un peu de thé ?

— Un rendez-vous m'attend, je suis déjà en retard.

— Mon petit-fils et la commission de Sécurité, n'est-ce pas ?

— La douairière est bien renseignée, comme à l'accoutumée. Puis-je demander une nouvelle faveur ?

— Comme à l'accoutumée.

— Soyez franche avec moi, sidi-ji, toujours. Tout le monde y trouvera son compte. Votre confiance m'est infiniment précieuse, de même que vos idées et votre façon de voir. Si je m'égare, dites-le-moi sans hésiter, faites-moi profiter de votre clairvoyance. En retour, je promets de boire sans états d'âme les infusions que l'on me servira à votre table.

Cette allusion au regrettable incident sur lequel s'était achevée, à Malguri, leur première rencontre, fit flamboyer le sourire éclatant de l'aïeule.

— Vous êtes un vil flatteur. Allez-vous-en !

— Aiji-ma.

Le rendez-vous n'était pas un prétexte. Il se leva trop brusquement, grimaça de douleur. Surgi de nulle part, Cenedi attendit qu'il eût exécuté une courbette maladroite pour proposer son aide. L'un soutenant l'autre, ils traversèrent le salon, atteignirent le vestibule.

— Prenez garde, dit Cenedi, il y a tant de fous et d'imbéciles en liberté.

Bren le dévisagea, perplexe.

— Dois-je l'entendre comme un avertissement précis ?

— Ne comptez pas sur moi pour fournir des noms.

La déontologie de la Guilde. Il aurait dû s'en douter.

— Je comprends ; je n'en espérais pas tant.

L'aide de camp haussa les épaules, son regard se détourna.

— Dans ma profession, les dettes morales n'existent pas, nand'paidhi. C'est ainsi, je n'y peux rien. Pour en savoir plus, adressez-vous à Banichi.

— Je l'ai à peine vu depuis mon retour.

— Précisément.

— Accaparé par les dissensions au sein de la Guilde ?

— Ce n'est pas impossible, en effet.

— Sa vie est-elle en danger ?

Devant la porte étaient en faction deux prétoriens membres de la garde personnelle d'Ilisidi. Bren les connaissait pour avoir galopé en leur compagnie sur les hauteurs de Malguri, à l'occasion des randonnées imposées par son hôtesse et, plus tard, sous les bombardements de leurs ennemis communs, quand ils avaient pris la fuite.

— Par principe, nand'paidhi, ne vous faites aucun souci à notre sujet, reprit Cenedi à mi-voix. Sachez seulement que les sots sont à l'affût, même si certains d'entre eux ont été mis hors d'état de nuire. Sachez aussi que, dans notre cénacle, des voix s'élèvent en votre faveur. Soumis au vote, certains contrats ont été repoussés. J'en ai déjà trop dit. Interrogez Banichi, ou Jago. Nous dépendons du même.

La situation était nouvelle pour Bren Cameron. Ces demi-confidences le réconfortaient sans lui offrir aucune issue.

— Nand'Cenedi, le sort du paidhi vous tient à cœur. Soyez-en remercié.

La voix de l'aide de camp se fit encore plus discrète ; ce n'était plus, contre l'oreille du jeune homme, que le murmure de l'orage en montagne.

— Avez-vous conscience, nand'paidhi, de l'importance du sacrifice que vous exigez de Sidi-ji ?

— Comment le pourrais-je, nadi ? La dimension de ce sacrifice m'échappe, mais je suis contraint d'en passer par là puisqu'il ne saurait y avoir de paix sans le consentement de la douairière. Elle constitue un élément fondamental de tout le dispositif. Ilisidi serait capable de conduire le destin de l'Association, je n'en doute pas, tout en la priant de laisser ce rôle à son petit-fils. Il lui incombe une plus vaste responsabilité. Vous et moi le savons. Nous savons ce qu'elle représente, même si les mots me manquent pour exprimer ma gratitude et mon admiration. Elle a récompensé comme il convenait ma vanité impudente. Pouvait-elle faire autrement que de me jeter dehors ?

Cenedi restait morose. La réponse du jeune homme ne répondait pas tout à fait à son attente.

— Sidi-ji sait ce qu'elle vaut et jusqu'où elle peut aller. Venez, nadi, je vous accompagne en terrain neutre.

A peine sorti de la réunion, Bren retrouva Jago, sa fidèle escorte.

— Nadi, où est donc Banichi ? demanda-t-il de but en blanc.

— Où est-il ? Prétendez-vous savoir où il se trouve à cet instant précis ?

Le jeune homme lui décocha un coup d'œil empoisonné.

— Allons ! Assez de faux-fuyants, de réticences. Il est dans une situation délicate, Cenedi me l'a révélé tout à l'heure, ajoutant que je devrais m'adresser à vous pour en savoir plus. La nouvelle conjoncture exacerbe les conflits au sein de la Guilde, j'aurai au moins appris cela.

Jago acquiesça d'un grave hochement de tête.

— La Guilde traverse des heures difficiles, reconnut-elle. Banichi se bat pied à pied.

— Il s'agit du vaisseau, bien sûr ? Des humains et plus précisément de ce sacré paidhi sans lequel tout serait, en apparence, beaucoup plus simple...

— Vous avez une manière toute personnelle de présenter nos discussions. Vous n'êtes pas loin de la vérité.

— Y a-t-il lieu de s'inquiéter ?

La prétorienne acquiesça derechef.

— Il y a lieu.
— Dans ce cas, pourquoi ne pas être plus explicite ?
— Afin de ne pas vous donner de souci supplémentaire.
Admirable logique des atevi ! Bren leva les yeux au ciel.
— Ne voyez-vous pas que votre silence produit le résultat inverse ? Banichi est-il vraiment en danger ? Dites-moi ce qu'il en est.
Au lieu de lui répondre, elle s'adressa à Tano, par le truchement de son émetteur. Ils venaient d'arriver devant la porte de la résidence Atigeini.
— La douairière savait que Barb avait rompu nos fiançailles, murmura-t-il.
Ayant jeté ce pavé dans la mare, il enregistra, très satisfait, le changement d'expression sur le visage de la prétorienne, la chute soudaine dans l'anxiété. Ils étaient quittes, en quelque sorte. Chacun avait donné à l'autre une nouvelle raison d'inquiétude.
A peine étaient-ils entrés que deux jeunes filles se présentaient, les mains tendues, afin de le débarrasser de sa tunique.
— Nadiin, je ne fais que passer, annonça-t-il. Je prends mon ordinateur, les dossiers en cours, je descends à mon bureau.
L'espace d'une seconde, Jago parut interdite.
— Nadi, c'est impossible, vous le savez bien. Je ne puis le permettre.
Le paidhi était de fort méchante humeur. Il répondit aussi sèchement qu'il était permis sans outrepasser les limites de la bienséance :
— Ce travail de longue haleine que l'on attend de moi, dans quelles conditions devrais-je l'accomplir ?
— Le problème ne devrait pas être insoluble, nand' paidhi. Vous avez à votre disposition un logement d'une taille considérable, pourvu de tout le confort et de tous les équipements modernes.
Jago gardait son calme en toutes circonstances.

Rien ne trahissait son émotion sinon la tonalité de sa voix, d'une indifférence excessive.

Bren ne répondit pas. La réaction de Jago l'humiliait, le mortifiait... Il était scandalisé que l'on pût mettre une exigence aussi modeste (après tout, le bureau attribué au paidhi se trouvait trois étages plus bas) sur le compte d'un caprice, d'une entorse à la raison, alors qu'il avait en chantier une somme énorme de courrier, de rapports, de projets de discours...

Pour ne rien dire des affrontements à l'intérieur de la Guilde des Assassins qu'il avait l'intention de tirer au clair en dépit de toutes les résistances, dans la mesure où Banichi semblait directement impliqué.

— Je suis navrée, croyez-le bien, répéta Jago, toujours aussi impassible. Avec tous les égards que je dois au paidhi, je ne puis accéder à son désir et le laisser s'installer dans une zone dont les critères de sécurité ne sont pas adaptés à sa situation.

Pour avoir pris son petit-déjeuner en plein vent, dans un secteur du palais infiniment plus menaçant, pouvant presque être considéré comme la « gueule du loup », il ne s'en portait pas plus mal, songea-t-il avec amertume. Il s'en trouvait même beaucoup mieux d'une certaine façon puisqu'il avait quitté Ilisidi la conscience tranquille, avec le doux sentiment du devoir accompli. Et la certitude d'avoir œuvré, si peu que ce fût, à un rapprochement raisonnable avec la direction fantôme des rebelles, ce courant minoritaire de l'Association qui inspirait et commanditait les attentats, toutes les révoltes, et dont la cohésion politique ne s'était jamais démentie depuis la signature du Traité. Ambitieux, vindicatifs, prêts à tout pour s'emparer du pouvoir avec l'assurance de la victoire, les conservateurs, ainsi que les appelait Bren Cameron suivant la terminologie politique ayant cours à Mospheira, représentaient un danger avec lequel il fallait compter aujourd'hui plus que jamais. Le temps n'était-il pas venu pour eux de forcer la chance ? Il était si facile de se débarrasser d'un être humain. Il suffisait parfois d'une tasse de thé un peu corsé, Ilisidi en savait quelque chose.

Le paidhi avait survécu; ses relations avec la douairière s'étaient améliorées, il avait donné tant de gages de sa bonne volonté...

Entre eux, comme Barb aimait à le dire, parlant de sa liaison avec lui, le courant passait. Naïveté! Une fois de plus pris en flagrant délit d'humanocentrisme. Cette sotte illusion qui consistait à prêter aux atevi une sensibilité identique à celle des hommes, comme si les uns et les autres étaient destinés à se rejoindre sur le terrain d'une sympathie réciproque. Cenedi, avec ses confidences en demi-teinte, avait fait miroiter quelque chose comme la confiance. Pour être tout à fait franc, Bren n'était pas loin de croire que les atevi disaient les choses comme elles se présentaient, sans arrière-pensée, sans se soucier des intentions cachées que leurs interlocuteurs humains cherchaient à déceler, automatiquement, derrière les mots.

A la rigueur, l'aïeule et son petit-fils avaient conscience de ce phénomène, ils en tenaient compte. Eux seuls.

— Bren-ji?

Jago restait figée, ne sachant trop comment interpréter cette petite scène qui les mettait tous deux dans l'embarras. Que n'eût-elle accepté de faire pour protéger le paidhi, marcher nu-pieds sur du verre pilé, peut-être. Elle était aussi capable de le faire sortir de ses gonds afin de le préserver de sa propre inconséquence. On ne pouvait, sans en éprouver de la gêne, être l'objet d'une sollicitude si exigeante; pour peu que l'on fût un être scrupuleux à l'excès, taraudé par la crainte d'être indigne de la mission pour laquelle on avait été choisi, le souci de perfection constant témoigné par Jago imposait de réelles contraintes.

— Logé comme un prince, je trouve encore le

moyen de me plaindre, dit-il, pardonnez-moi ces enfantillages.

— Pardonnez-moi cette brutalité, répliqua-t-elle.

— De quoi parlez-vous, Jago, je vous en prie ?

— Je me suis laissé emporter.

Cette candeur simulée avait le don de l'exaspérer.

— Jago, ces frictions se produisent parfois entre deux individus lorsqu'ils éprouvent de la sympathie l'un pour l'autre. Gardez-vous de tirer de mon attitude des conclusions trop accablantes.

La perplexité de Tano, témoin de la scène, était à son comble. Jago ne s'étonnait pas outre mesure, familière des lubies du paidhi concernant l'« affection », l'« amitié », l'« inclination », émotions de caractère strictement humain lorsqu'elles s'appliquaient aux gens et que les atevi, pour leur part, réservaient au vocabulaire gastronomique. Apprenant que Bren Cameron éprouvait pour lui une « amitié certaine », Banichi s'était récrié, protestant qu'il n'avait rien de commun avec une tarte à la crème.

— Il n'empêche, bougonna la prétorienne. On a le sentiment d'être incompris ; n'est-il pas vrai, Bren-ji ?

— Plus ou moins, reconnut-il, avec le sentiment de s'enliser dans le malentendu. Tano, nadi-ji, avez-vous regardé mon courrier en détail ? Pensez-vous qu'un tiers puisse se charger de certaines réponses ?

— J'ai pris quelques notes. Un grand nombre de missives émanent d'organismes officiels. Le ton général est celui de l'inquiétude et de l'incertitude ; de la colère, aussi, dans une moindre mesure. Votre paraphe devrait suffire, au bas d'une circulaire. Pour le reste, si vous le permettez, je m'en chargerai, après être allé dans votre bureau chercher le matériel nécessaire.

Il s'était suffisamment donné en spectacle, face à une équipe dévouée qui faisait de son mieux pour le satisfaire dans la limite des consignes reçues. Son pansement lui faisait mal, il avait les reins courbaturés après cette longue station assise.

— Faites, je vous en prie. Je vous suis très reconnaissant, Tano-ji ; veuillez rapporter un certain nombre de cylindres, un bâton de cire et mon sceau. Jago, je vais avoir besoin d'un téléphone. Pensez-vous pouvoir obtenir la permission d'installer la télévision sans que l'on invoque, pour justifier un refus, l'offense faite à ces murs vénérables ?

L'incident était clos ; à l'harmonie retrouvée des esprits aurait pu correspondre celle des voix. Jago parlait à son habitude, sur le même ton maussade.

— Vous aurez votre récepteur, nand' paidhi. Nous avons reçu l'autorisation de fournir tout ce dont vous pensez avoir besoin pour mener à bien votre travail, à condition de ne pas endommager les murs et les boiseries.

Prisonnier, le paidhi l'était bel et bien, dans un établissement de grand luxe. Avec, dans le rôle des geôliers, ses atevi préférés, et quantité de dames élégantes pour veiller aux soins de l'intendance et du ménage. A Malguri, si les conditions de détention étaient plus sommaires, du moins lui ménageait-on de longues échappées au grand air, à travers la beauté sauvage des hautes terres de la forteresse qu'aucun être humain n'avait contemplées avant lui. Ces paysages l'avaient bouleversé ; il avait ressenti, au milieu des collines, une exaltation inconnue.

A Shejidan, tout était à la fois plus simple et plus dangereux. La sévère familiarité de Jago, la bienveillance de Tano, la douceur et les chuchotements espiègles des servantes tissaient autour de lui une trompeuse atmosphère de bien-être et de confiance.

Mot tabou. Il ne pouvait être question de confiance entre un étranger et des atevi. Un étranger : un être dont les ancêtres étaient venus du fond mystérieux de l'espace. Que le paidhi lui-même fût natif de cette terre et sa famille avant lui depuis longtemps n'y changeait rien. Il n'était pas des leurs, il ne faisait partie d'aucun clan, nul *man'chi* ne le liait à d'autres, à la vie à la mort, par-delà tous les rouages de la loyauté, du courage, de l'obstination. Une seule chose à son avantage : le fait d'être un précieux collaborateur de Tabini.

Son instrument, en réalité.

Le sentiment de sa solitude et de son impuissance l'accabla soudain avec une violence sourde. Conséquence du vertige ressenti à force de se tenir à la frontière entre deux mondes, éternellement ballotté entre deux cultures, avec la terreur sous-jacente d'être un jour dans l'impossibilité d'envisager un retour définitif parmi les siens.

Il était plus sage d'attribuer cet accès de mélancolie aux effets secondaires de certains médicaments, souverains pour calmer d'autres douleurs. Il se promit de jeter un coup d'œil sur son ordonnance afin d'éviter à l'avenir l'abus de substances susceptibles de le plonger dans un état vaguement dépressif. La lucidité, un optimisme irréductible constituaient les vertus cardinales du bon paidhi.

Il éprouva le besoin de faire amende honorable, une fois de plus, et se réfugia derrière les formules qui, d'une espèce à l'autre, pouvaient inspirer la compréhension.

— Je suis confus, terriblement. Pardonnez-moi, Jago. Est-ce trop vous demander que de mettre ma mauvaise humeur sur le compte de la fatigue et de l'inconfort dû à mon état physique ? Je suis las, j'ai mal.

Sans regarder personne en particulier, la prétorienne s'adressa à son subordonné :

— Nadi, qu'attendez-vous pour faire ce qui vous a été demandé ?

Tano acquiesça en silence et s'éclipsa. Jago, alors, eut un geste inhabituel ; s'étant approchée de Bren

Cameron, elle posa sur son épaule valide une main légère.

— Votre détresse est la nôtre, dit-elle simplement.

A nouveau, ce pluriel qui s'y entendait si bien pour exclure l'être humain. « Nous » : le groupe, le collectif, le clan, l'Association auxquels il ne pourrait jamais appartenir, fût-ce pour des raisons biologiques. A Malguri, lui, le corps étranger, avait eu l'impression fugitive d'être « intégré », partie prenante de la grâce et de la complexité du monde ateva, semblable à ceux dont il partageait le sort. Pour la première fois, il avait entrevu une réalité à laquelle les humains n'auraient jamais accès. Ilisidi et Cenedi avaient rendu possible ce mirage, dont il ressentait encore l'émerveillement craintif.

Barb avait rompu le dernier lien sentimental qui l'unissait encore à Mospheira. Un soupir lui parut l'expression la plus appropriée à sa triste résignation. La jeune femme, après tout, avait agi à sa guise, ainsi qu'il l'avait fait lui-même en choisissant ce métier qui réduisait toute perspective de vie en commun à la dimension d'une utopie ; il ne faisait pas de doute, hélas, qu'il serait à même de surmonter sa déconvenue.

Installé dans le poste de sécurité, il pria donc Jago, très tranquillement, de lui apporter son ordinateur et se perdit dans la contemplation affligée des piles de messages apportés par Tano, tous prisonniers de leurs charmants étuis cylindriques dont les sceaux avaient été brisés. Les différentes piles correspondaient, supposa-t-il, à des degrés croissants d'urgence ou de gravité. Il imagina les menaces d'assassinat, les menaces de suicide, la litanie des plaintes et des questions venues de tous les horizons de la vie économique et associative. L'institution scolaire, surtout, devait être prise de panique à la perspective d'ajournement ou d'annulation d'innombrables projets. Songeant au pensum auquel allait s'atteler le pauvre Tano, que rien sans doute ne prédisposait à jouer les secrétaires, le jeune homme regretta à nouveau d'avoir formulé en sa présence d'absurdes exigences.

Du reste, le poste de sécurité était un réduit très convenable, équipé d'un téléphone relié directement au réseau urbain. La prétorienne l'aida à brancher l'appareil sur son ordinateur. Il ne restait plus, ensuite, qu'à laisser les relais informatiques transmettre son appel codé depuis le central de Shejidan jusqu'aux Affaires étrangères, en passant par le central d'entrée du réseau insulaire et les standards du Capitole.

Enfin, il prit la parole.

— Ici, Bren Cameron.

— *Ce n'est pas trop tôt, monsieur Cameron. Le directeur attendait votre appel. Ne quittez pas.*

Voilà qui n'avait rien d'étonnant. A la place du directeur il eût été, lui aussi, très impatient d'entendre le paidhi.

— *Bren, enfin ; ici, Shawn. Vous tenez le coup, mon vieux ?*

— On ne peut mieux, eu égard aux plus récentes péripéties. Il est toutefois une difficulté que je ne puis résoudre sans votre aide. Pourquoi Hanks est-elle encore à Shejidan après l'expiration de son visa ? Au mépris de la lettre du Traité, soit dit en passant. Nos hôtes sont perplexes et mécontents, d'autant qu'elle a pris la liberté de se servir de mon sceau. Cette situation mérite quelques éclaircissements.

— *Bren, vous n'êtes pas sans imaginer que votre exposé d'hier soir, devant le congrès, dont nous avons capté la retransmission télévisée, ainsi que l'escarmouche finale ont provoqué des remous à l'étage supérieur.*

— J'en suis certain ; l'émotion n'est pas moins grande sur le continent, je vous assure. La présence illégale de ma suppléante achève de perturber les esprits.

— *Comment vont les affaires, ce souci mis à part?*

Tabini tient-il toujours les rênes bien en main, c'était ce qu'il fallait comprendre. Une manière brutale de se dérober à la question posée par Bren Cameron.

— A merveille, en dépit de la conjoncture. Shawn, je suis sérieux ; il ne saurait y avoir qu'un seul paidhi à Shejidan, je n'ai nullement besoin d'une doublure. Au sujet de Hanks, une mise au point officielle serait la bienvenue.

— *N'insistez pas, vous perdriez votre temps.*

L'avertissement ne pouvait être plus clair : on lui faisait savoir que le rappel de Deana Hanks n'interviendrait pas avant quelque temps et qu'il devrait s'armer de patience. La décision, par conséquent, dépassait l'autorité des Affaires étrangères. Pour en savoir plus, il aurait fallu frapper à la belle porte de chêne, celle qui fermait le bureau du dénommé Durant. Hampton Durant, secrétaire d'Etat ; ou mieux encore, il aurait fallu s'adresser à Erton ou solliciter directement les plus hautes instances du pouvoir.

— Un conseil d'ami, j'en suis certain, maugréa-t-il, mais ce n'est pas perdre son temps que de se bagarrer pour tenter d'en conserver la maîtrise. Je compte sur vous, Shawn. Tenez-moi au courant.

— *Ne soyez pas trop pressé,* répéta Shawn Tyers.

Il coupa la communication. Bren raccrocha sans hâte, décidé à repousser de toutes ses forces la tentation du désenchantement que connaissent tous les solitaires, ceux dont les vrais ennemis se recrutaient dans leur propre camp. Les Affaires étrangères, le Service auquel appartenait le paidhi, refusaient de lui donner la moindre assurance concernant le rappel de Hanks, et tant pis si cette confusion, aggravée par le comportement délibérément provocateur de la suppléante, soulevait maintes questions embarrassantes parmi les dirigeants déconcertés de l'Association Occidentale.

Le département d'Etat n'avait cure des états d'âme atevi, c'était la vérité toute crue. Ces gens dansaient au-dessus d'un volcan et ne se donnaient même pas la peine d'avoir peur.

Il composa le numéro du standard du Bu-javid.

— Ici, Bren Cameron. Voulez-vous appeler Hanks-paidhi, je vous prie ?

Un bref silence peuplé d'infimes frémissements, puis la sonnerie retentit à l'autre bout du fil. Quelqu'un décrocha.

— Deana ?

La personne raccrocha sur-le-champ. Il se figura le choc du combiné reposé avec violence. Il importait, en présence de ses familiers, de respirer à fond et de garder bonne contenance. Il ne s'était rien passé. Les humains se serraient les coudes, il ne serait jamais venu à l'idée de sa suppléante de lui raccrocher au nez. De toute façon, Jago savait déjà à quoi s'en tenir, et Tano apprendrait vite.

Il alerta de nouveau l'opérateur.

— Bren Cameron. Veuillez rappeler ce même numéro, je vous prie.

— *La communication a-t-elle été coupée, nand' paidhi ?*

— Faites ce que je vous dis. Merci infiniment.

Les sonneries se poursuivirent longtemps, trop longtemps.

— *Nand'paidhi, personne ne répond.*

— Persévérez, je vous prie. Laissez sonner suivant le rythme une longue, quatre brèves, deux longues. Tôt ou tard, elle décrochera, elle parlera.

— *Bien, nadi.*

Durant un long moment, paisiblement assis, il se joua la comédie de l'attente, ressentit un besoin croissant de néant, ouvrit brusquement un nouveau programme.

Expéditeur : Shawn Tyers, directeur du Service. Il dressa, en langage chiffré, son acte d'accusation.

Hanks a eu des entretiens avec plusieurs dirigeants d'associations mineures, connus pour leur opposition radicale à la politique du aiji. En toute connaissance de cause, elle n'a pas hésité à discuter avec eux de sujets interdits, tels que la vitesse superluminique, une maladresse dont il m'appartient aujourd'hui de subir les effets, sous toutes les formes que les dissidents de la province du seigneur Geigi jugeront appropriées. Hanks a pris l'initiative de faire miroiter de nouveaux contrats commerciaux dont la validité ne repose sur rien de légal et rien de fondé, et qui ont pu être interprétés comme autant de tentatives de corruption. Elle refuse de répondre à mes appels téléphoniques, elle ne tient aucun compte de mes ordres réitérés de rentrer à Mospheira. Non contente d'enfreindre la loi ateva, elle a révélé des informations confidentielles et s'est définitivement aliéné la sympathie d'importants courants politiques dont elle a heurté les principes. Ses ennemis sont nombreux ; ses extravagances mettent en danger sa vie et la mienne. Ce n'est pas faire preuve d'une sévérité excessive que de caractériser son action comme représentant une menace pour la paix. Elle a même trouvé le moyen de susciter l'hostilité des secteurs de l'Association qu'elle s'était fait fort d'amadouer. Elle a commis l'imprudence de se rendre odieuse à certains personnages de haut rang d'une puissance inquiétante. Elle n'en éprouve aucun remords, n'a nullement l'intention de présenter des excuses. Les conseils que je pourrais lui donner, fruits de ma longue expérience, seront jugés sans intérêt. Avant qu'il n'arrive un malheur, je vous serais reconnaissant de faire en sorte que tout soit mis en œuvre pour sa prompte évacuation.

Le message ne fut pas envoyé, il fut mis en fiche et son auteur s'arma d'une longue patience, suivant les conseils de Shawn. La sonnerie retentit interminablement chez Deana Hanks. On décrochait parfois pour raccrocher aussitôt. Ces arrogants, ces matamores étroits de la cervelle, ces insulaires qui considéraient le reste du monde comme un marché à investir s'étaient réservé tous les postes influents du département d'Etat, et l'université leur rendait des comptes. Cramponnés à leur pouvoir, familiers du Président, ces barons se sentaient soudain concernés quand on installait une unité de production de machines-outils sur la côte septentrionale. L'état-major de la future entreprise leur offrait bon vin et bonne chère en échange de facilités de procédure dans tous les domaines, droit d'enregistrement, permis de construire, obtention d'un certificat de conformité avec les directives environnementales, toutes conditions soumises en principe à l'agrément du ministère de l'Equipement et du tribunal de commerce, comme c'était le cas chez les atevi.

Il en allait différemment à Mospheira, où le département d'Etat accaparait tous les rouages du pouvoir. La faute en incombait à quelques responsables humains, qui au lendemain de la guerre avaient envisagé le développement de l'île comme un processus historique de dimension planétaire, un dossier d'une infinie complexité devant être confié à des fonctionnaires susceptibles d'anticiper l'évolution à long terme des relations avec les atevi. Un véritable travail de relations publiques s'imposait en leur direction pour leur permettre d'apprécier les bienfaits d'une révolution industrielle accélérée, sur l'île tout d'abord, puis chez eux, par le moyen des transferts de technologie. Quelqu'un d'autre avait décrété que ces intermédiaires devaient être nommés à la discrétion du Président. En conséquence, les éminences du département, grands spécialistes des relations publiques, s'y entendaient pour rédiger des discours et pérorer sur les plateaux de la télévision. Ils constituaient une caste fermée, un groupe de pression politique incapable de parler de vraies choses, telles que la pollution industrielle ou la marginalisation de régions entières, du fait de la répartition inégalitaire des ressources naturelles, phénomène aggravé par la déficience du réseau ferroviaire, la mauvaise distribution des équipements collectifs et, d'une manière générale, l'absence de toute politique cohérente d'aménagement du territoire, fût-ce à Mospheira ou sur le continent.

Que savaient-ils de certaines réalités aussi fondamentales que les traditions associatives chez les atevi ou l'évolution que leurs institutions avaient connue au contact des humains ? Pratiquement rien. Aussi se déchargeaient-ils de toutes les questions difficiles à appréhender sur le plan intellectuel, pour qui n'avait pas pris le temps de leur consacrer le moindre intérêt ni le moindre effort de réflexion, sur le département universitaire chargé du programme d'études du domaine continental. On se débarrassait également de quelques problèmes sur le dos de certains services annexes des Affaires étrangères, mesquinement installés dans des locaux exigus et mal situés, pour la seule raison que leurs contributions financières aux campagnes électorales ne pesaient pas lourd. Chez ces obscurs subalternes se rencontraient quelques lumières sur la tradition de l'économie politique chez les atevi, l'organisation traditionnelle de la production, la circulation des richesses, la diffusion des nouvelles technologies et l'impact que ces mutations rapides avaient eu sur la culture et sur l'environnement. Autant d'éléments de considération que les responsables du département d'Etat feignaient d'ignorer et dont ils refusaient de tenir compte dans leurs interrogations médiatiques ou les rapports soumis à l'approbation de la présidence.

Pour le secrétaire d'Etat et sa coterie, Tabini n'était qu'un interlocuteur de plus dans la longue lignée des aijiin. On appréciait ses cocktails, l'essor qu'il avait su donner aux échanges commerciaux, on prêtait attention à ses projets législatifs, on saluait sa présence aux cérémonies d'ouverture de la coupe de football et, plus récemment, au gala d'inauguration d'un Centre de recherche spatiale où son intervention avait été favorablement analysée. Belle occasion pour les ultras du Comité d'affirmation de l'Héritage humain de consommer autant d'alcool qu'il était nécessaire pour procéder au lancement d'un nouveau satellite tout en versant des larmes de crocodile sur les terribles pertes connues pendant la guerre.

Quelques mois auparavant, à l'occasion d'un séjour de printemps effectué à Mospheira, Bren Cameron avait tenté de participer à l'une des conférences du Comité, par l'intermédiaire de certains représentants de la nouvelle génération, soucieux de trouver la caution d'un fonctionnaire compétent des Affaires étrangères afin de soutenir leur projet de villes franches. Le secrétariat du Comité n'ayant pas jugé nécessaire de donner suite à sa demande, il avait pris contact avec eux, personnellement. En termes polis, on lui avait fait savoir que rien n'avait été prévu pour qu'il puisse prendre la parole et que, du reste, l'on avait omis d'examiner le texte soumis par ses services. En conséquence, il était libre d'assister à la conférence, à condition de s'acquitter du droit d'entrée, mais son nom ne figurerait pas sur la liste des intervenants.

Contrairement à celui de Deana Hanks. Celle-ci avait pris place à la tribune. Sollicitée par le président de séance qui l'invitait à définir en quoi consistait la fonction de paidhi, elle avait prononcé un discours bref, très émouvant, sur la lente reconquête de l'espace par les hommes qui marchaient ainsi sur les pas de leurs lointains ancêtres dont l'héritage culturel, éthique, devait être sauvegardé coûte que coûte.

Il lui venait des envies de meurtre. Nul ne l'empêchait, en principe, de lancer un Défi contre sa suppléante, première étape de la procédure légale d'assassinat. Sur cette rive du détroit, les provocateurs et les imbéciles n'avaient aucune chance de faire de vieux os.

Bren se surprit à composer le numéro du standard.

— Bren Cameron. Le téléphone de Hanks-paidhi sonne-t-il encore ?

— *Ne quittez pas, Bren-paidhi.*

— Merci.

La sonnerie lui parvint. Quelqu'un décrocha, raccrocha aussitôt.

Elle ne prend même pas la peine de s'assurer qu'il s'agit de moi, songea-t-il. Dans ce cas, plutôt que de supporter cette stridence, pourquoi ne pas poser le combiné une bonne fois sur la table ?

— Opérateur ?

— *Nand'paidhi ?*

— Persistez, je vous prie, jusqu'à ce que j'obtienne une réponse satisfaisante. Transmettez la consigne à l'équipe de relève. Avec tous mes remerciements.

— *Ces difficultés sont très regrettables, nand'paidhi. Nous sommes navrés...*

— Je vous en prie. Veuillez mettre ce petit imprévu sur le compte de ce sens de l'humour qui fait la fierté des humains.

8

Il réclama une copie du film pris par les caméras de la télévision et se promit de faire parvenir à la douairière une transcription du texte traduit.

Puis il rédigea quelques lignes à l'intention de Tabini :

Aiji-ma, en ce jour nouveau le paidhi va bien, aussi bien que possible. Touché par votre bienveillante intervention d'hier soir, je tenais à vous en remercier. Puissent toutes vos entreprises être couronnées de succès.

Il s'agissait en somme d'informer le aiji que son aïeule avait eu la main légère concernant le thé, d'une part ; d'autre part, que le fidèle Tano, dans son ardeur à se jeter sur le paidhi pour le protéger, avait eu l'élégance de ne pas lui briser l'échine.

Enfin, on signifiait à Tabini que l'on attendait la suite des événements, à savoir la livraison des documents promis, avec une certaine impatience.

Hanks, de son côté, avait apporté une fois de plus la preuve de ses nerfs solides. Passant outre aux consignes de sécurité, elle s'était absentée de son studio. A moins qu'elle n'eût préféré, plutôt que de subir plus longtemps le supplice de la sonnerie, mettre fin à ses jours en violant le dispositif de verrouillage électrique gardant l'accès des lieux.

Sans se laisser le moins du monde émouvoir par cette hypothèse, Bren envoya au département d'Etat le rapport accablant qui devait en principe sonner le glas d'une belle carrière de suppléante.

Avec un soupir, Bren Cameron entreprit l'examen des dossiers de l'après-midi. Jago restait invisible, sachant son protégé sous bonne garde, en sécurité. S'estimait-elle dispensée de faire acte de présence puisque la routine administrative ne la concernait pas ? Le paidhi avait déjà pris son parti de la longue absence de Banichi.

Tano, par bonheur, se montrait moins avare de sa bonne volonté. L'arrivée d'un nouveau lot de bandes magnétiques en provenance de Mogari-nai, la station d'écoute spatiale, lui rendit le goût du travail. Ces nouvelles transmissions étaient la preuve que le vaisseau avait rompu le silence. Dans un sens ou dans un autre, la situation évoluait : que pouvait-on espérer de mieux pour l'instant ?

Chargé de son précieux butin, le paidhi réintégra le boudoir où les magnétophones avaient été installés. L'émotion des premiers instants s'était un peu estompée, il n'en ressentit pas moins une certaine fébrilité en appuyant sur la touche de mise en route.

Tano frappa, entra, portant une épaisse liasse de

feuilles que le jeune homme prit tout d'abord pour une nouvelle livraison de courrier. Il se trompait.

— Nadi Bren, voilà qui complète les enregistrements, annonça le prétorien.

Au premier coup d'œil, Bren comprit pourquoi le bavardage informatique ne tarissait pas : Mospheira avait opté pour une transmission écrite, et le texte choisi n'était autre que *Premier Contact*, le best-seller de Meighan Durna, trois cents pages qui avaient la prétention de relater dans le détail les péripéties de l'Arrivée et de la guerre, sans rien dissimuler des erreurs commises.

L'œuvre livrait à la connaissance du vaisseau une vision très intime des relations entre humains et atevi et de leurs politiques respectives, procédé dangereux en raison du point de vue inévitablement partial adopté par l'auteur et de sa connaissance insuffisante des motivations atevi. A cette réserve près, on ne pouvait qu'approuver la décision prise par Mospheira de communiquer à *Phœnix* la relation des événements la plus complète dont on disposait sur l'île, celle qui faisait autorité et que l'on étudiait dans toutes les écoles comme une contribution essentielle à la compréhension de deux siècles d'histoire, articulée autour de la définition que la collectivité humaine se donnait à elle-même de ses origines et de son destin. C'était sans doute la méthode la plus expéditive pour mettre les visiteurs venus de l'espace au courant de la situation.

Il griffonna une note qu'il se proposait de transmettre au vaisseau à la première occasion :

Cet ouvrage, tout en exposant avec pertinence la genèse de notre communauté, les conditions d'émergence d'un comportement humain et d'une « mentalité », ne saurait être considéré comme une source d'information fiable dès lors qu'il s'agit des atevi. En aucun cas on ne devra en tenir compte pour expliquer leurs décisions passées ou prédire les choix qu'ils seront amenés à faire dans l'avenir.

Une voix interrompit le conciliabule électronique, surprenante par son timbre grave et son accent d'autorité spontanée. Le commandant du vaisseau souhaitait s'entretenir avec le président de Mospheira.

L'espace de quelques instants, le silence. Un intervalle mis à profit par les techniciens pour effectuer le raccord entre les deux communications.

Le Président prit la parole. Les interlocuteurs échangèrent quelques formules de politesse.

— *Monsieur le Président, je tiens à souligner combien nous sommes impressionnés par l'excellent niveau de développement constaté de part et d'autre du détroit. En tout lieu sont visibles les bienfaits de la paix et de la prospérité. Recevez toutes nos félicitations.*

Et le Président de remercier, comme s'il était naturel pour lui de s'attribuer tout le mérite de la situation !

— *La station est très endommagée, poursuivit le commandant ; sa remise en fonction nécessite des efforts prolongés pour lesquels nous sommes disposés à négocier avec vous un accord. Si j'ai bien compris, il ne semble pas y avoir de restriction aux transferts de technologie, matières premières ou savoir-faire, entre l'île et le continent ?*

— *C'est aller un peu vite en besogne, commandant. En réalité, les transformations sont lentes et progressives, car nous avons pour principe de ne pas brusquer les équilibres sociaux et de préserver l'environnement.*

Fortes paroles, songea Bren. A mettre au crédit du personnage. Quoi qu'il advienne par la suite, on ne pourrait retirer au Président la gloire de les avoir prononcées. Le commandant se garda d'insister.

— *Vous vous acheminez lentement vers la conquête de l'espace...* reprit-il.

— *En effet, nous mettons tout en œuvre pour atteindre cet objectif. N'oubliez pas dans quelles circonstances nous avons été contraints de nous installer sur cette planète.*

Le paidhi se fit la réflexion qu'ils ne perdaient

pas de temps pour arriver à l'essentiel. Comme ils devaient être pressés, là-haut...

— *Nous n'oublions rien,* coupa le commandant. *Nous sommes en mesure de raccourcir considérablement votre délai de retour dans l'espace. Nous fournirions le projet de navette, vous vous chargeriez de la fabrication. Avec votre coopération, la station serait vite rétablie.*

Bren ressentit un coup au cœur. Quelque chose advenait entre ces deux hommes, dont l'un se trouvait en orbite autour de la planète et l'autre retenant son souffle, entouré de ses conseillers. Quelque chose qui lui semblait lourd de danger, qui l'était. De quelle nature, cette « coopération » ? De quelle ampleur, l'effort demandé à Mospheira ? Le paidhi espéra de toutes ses forces que l'offre ne serait pas généreuse au point qu'elle dût être perçue, par les autorités insulaires, comme une tentation irrésistible.

— *Nous pouvons garantir l'accueil de cinq cents travailleurs dans un premier temps,* enchaîna le commandant. *Chiffre porté à dix mille au bout de trois ans. Au-delà, les capacités sont presque illimitées.*

— Ils ont besoin d'une main-d'œuvre abondante, taillable et corvéable, le comprenez-vous, monsieur le Président ?

La réponse ne lui parvenait pas assez vite. Le commandant adopta un ton plus offensif :

— *Auriez-vous la prétention d'être unique, monsieur le Président ? Nous n'avons pas tout à fait perdu notre temps, depuis deux siècles. Sachez qu'une petite station a vu le jour, à proximité de ce système. Une installation encore modeste, sur laquelle nous fondons de grands espoirs. La richesse est à portée de main, monsieur le Président, une prospérité considérable. L'humanité a devant elle un avenir ambitieux, elle a aussi besoin de Mospheira. C'est pourquoi nous sommes revenus, afin que vous participiez à cette révolution.*

Le jeune homme respirait mal, l'angoisse l'oppressait. Il lui sembla que le Président, quand il reprit la parole, articulait avec lenteur, comme s'il avait lui aussi le souffle embarrassé.

— *Ainsi une station spatiale existerait quelque part, non loin d'ici?*

— *Mine et radoub, ce sont ses deux activités principales. Autosuffisante sur le plan alimentaire. L'humanité investit dans cette partie de l'univers, monsieur le Président. Allez-vous demeurer à l'écart de cet élan impétueux? Pour rien au monde nous ne souhaitons remettre en cause la fidélité aux engagements passés avec les indigènes de cette planète. La cohabitation mise en place semble donner d'excellents résultats. La station seule nous intéresse.*

Le commandant savait se montrer magnanime, et soucieux du respect des droits de tous. A la bonne heure!

— *Un petit saut dans l'espace, monsieur le Président, il ne vous en coûtera pas davantage. Votre mise sur orbite vous rapportera une participation à tous les bénéfices réalisés par la station, suivant les pourcentages que la charte de la mission originelle prévoyait pour les descendants des pionniers, bâtisseurs et techniciens.*

— *Vous n'attendez pas, naturellement, que je vous donne une réponse avant d'avoir consulté mes collaborateurs?*

Pieds et poings liés. En dépit des apparences, il ne s'agissait nullement de contraintes «démocratiques» mais de pusillanimité. L'homme eût été incapable de diriger un exercice de sauvetage.

Consulter, mais à quel sujet?

Des étrangers ont investi l'espace. Etrangers absolus à notre mode de vie, ils se sont emparés de la station désaffectée, ils ont besoin de main-d'œuvre pour la remettre en état de marche, ils ont besoin de nous. Notre dévouement, notre zèle, nos heures supplémentaires, notre ardeur à servir la «cause sacrée», voilà ce qu'ils attendent, comme ils le faisaient déjà deux siècles auparavant. En ce qui concerne la Guilde, rien n'a changé. Quant à savoir si cette station, mine et radoub, existe vraiment, allons-nous les croire sur parole ? Depuis le temps, nous devrions savoir ce qu'elle vaut.

Leurs ancêtres, les meilleurs d'entre eux, se sont portés volontaires pour s'exposer à l'enfer radioactif de l'astre binaire. Ils ont fait le sacrifice de leur vie afin de ravitailler le vaisseau en énergie. Grâce à eux, *Phœnix* a poursuivi sa route, il est arrivé jusqu'ici. Ces hommes et ces femmes de bonne volonté sont morts il y a bien longtemps, alors que Taylor commandait le vaisseau.

Avec la disparition du meilleur de l'équipage, le destin de la mission tombait entre les mains du vulgaire, du brutal, de l'ambitieux. Méfiez-vous, monsieur le Président, ces gens vous mentent, ils sont à l'affût de bien autre chose. Les idéalistes, les rêveurs, les techniciens, les savants qui vivent sans lever les yeux de leurs tablettes sont à mettre dans le même sac que cette génération d'arrivistes sans foi ni loi, impatients de regagner la station où ils pourront satisfaire leur goût de la domination, du profit. Leurs rapports avec les atevi seraient enfin réduits à l'expression de la force la plus élémentaire, celle que l'on impose par le truchement d'une arme terrible, laser ou tout autre dispositif invincible mis au point dans l'espace.

Les atevi ignoraient l'amour, ils étaient incapables d'éprouver de véritables sentiments, serinaient les séparatistes à qui voulait les entendre. Ces propos, reconnus coupables d'incitation à la haine raciale et à la rupture du Traité de paix, étaient interdits d'antenne. Leurs auteurs s'en consolaient en tenant des meetings ici ou là, devant des assistances encore clairsemées, mais toutes disposées à leur prêter une attention bienveillante. Dans l'ensemble, satisfaite de son sort, la population de Mospheira continuerait de n'afficher aucune opinion politique aussi longtemps qu'un conflit ne viendrait pas remettre en cause son univers limité de petit confort, petits désirs et petit individualisme, saturé de loisirs.

La politique était l'affaire de professionnels, payés pour collecter les fonds, faire signer les pétitions, animer les campagnes électorales, ou de dilettantes bénéficiant de hautes protections, contraints de déployer un peu d'activité par l'irrésistible appétit d'une existence de ronds-de-cuir sans péril et sans gloire.

Quant aux partisans du retour dans l'espace, de l'espèce des grands irréalistes — à l'exception du quarteron de forcenés, intimement persuadés que les atevi se livraient à la fabrication secrète de missiles en vue d'anéantir Mospheira —, ils pratiquaient leur passion clandestinement et répandaient la rumeur selon laquelle le secrétaire d'Etat reconnaissait en privé l'inquiétude que lui inspiraient les autochtones. Gravée dans le marbre du Traité, l'action menée par le Service dont dépendait le paidhi prêtait d'autant moins le flanc à la critique qu'elle recueillait dans l'ensemble l'assentiment de l'université, bastion de la rigueur intellectuelle et de la fidélité aux grands principes, avec lequel nul politicien, nul financier du courant conservateur, si puissant fût-il, ne se serait risqué à croiser le fer.

Les choses allaient peut-être changer, pour le pire.

Dans son immense majorité, la population de Mospheira était tenue dans l'ignorance de l'évolution des relations entre les deux espèces, et s'y complaisait. Cet obscurantisme nourrissait toutes les craintes et celles-ci ne demandaient qu'un prétexte pour se transformer en intolérance.

La plupart du temps, les gens ne se souciaient guère de se documenter sur les atevi, pour la mauvaise raison qu'ils n'auraient jamais l'occasion de frayer avec eux. Aussi longtemps que les peuples se tiendraient à l'écart l'un de l'autre (cette absence de contact établie par le Traité, à laquelle le paidhi seul faisait exception, ne s'était jamais démentie depuis la fin des hostilités), les humains se satisferaient de savoir que commençait sur l'autre rive du détroit un monde violent et superstitieux dont la rumeur cacophonique leur parvenait très rarement. Toutes les occasions étaient bonnes au parti conservateur pour jouer sur le velours des angoisses, phobies, appréhensions et faire campagne pour le repli sur soi. Exiger davantage de crédit pour la Défense, réclamer l'interruption, tout au moins le ralentissement des transferts de technologie — ceux-ci devant s'effectuer suivant des conditions draconiennes —, solliciter le doublement du budget de la recherche spatiale qui permettrait enfin la mise au point du lanceur sans lequel les vieux rêves de retour dans l'espace (dans la station, première étape follement convoitée) ne deviendraient jamais réalité. Ces investissements impliquaient des coupes importantes dans d'autres postes, tels que les secteurs de l'Education nationale consacrés à l'enseignement de l'histoire et de la langue atevi, l'arrêt du programme des cités franches qui faisait la part trop belle aux appétits continentaux.

Ces derniers temps, les conservateurs avaient mené campagne afin que fussent privés de leurs bourses trois étudiants coupables d'avoir voulu tenter auprès de très jeunes enfants une expérience d'initiation aux principes de la philosophie ateva. Dans la foulée, les ultras s'étaient efforcés d'obtenir leur radiation du Comité consultatif, organe universitaire constitué de tous les spécialistes de la culture ateva, auquel le département d'Etat avait parfois recours. Réaction disproportionnée, dont les conséquences risquaient d'être plus néfastes qu'avantageuses, avait-on estimé alors. C'était avant le retour du vaisseau.

La liste était longue des tentatives faites par les partisans irréductibles de la ségrégation pour rogner les timides avancées de l'intégration culturelle. Sous le regard lucide du paidhi, cette évolution tenace conduisait à une situation qui pouvait du jour au lendemain tourner à l'avantage des boutefeux des deux camps. A Mospheira, l'auditoire des séparatistes était encore clairsemé, leurs harangues et leurs pamphlets ne jouissaient guère du soutien populaire.

Il n'en demeurait pas moins que l'essor des échanges économiques entre l'île et le continent, auquel Tabini avait su donner une nouvelle impulsion, la multiplication des liaisons par satellites, l'irrésistible « rapprochement » des deux peuples à travers la diversité de leurs traditions et modes de pensée, provoquaient de part et d'autre un raidissement perceptible qui se traduisait, chez les humains, par la mainmise progressive des conservateurs sur les postes de responsabilité. Il leur était loisible, dès lors, de provoquer mille controverses dont l'accumulation finissait par éveiller de détestables résonances dans la population insulaire. Si l'on ne haïssait pas les atevi, premiers occupants de la planète, leur présence massive, sur l'autre rive, n'en provoquait pas moins un malaise diffus.

Depuis bientôt deux siècles, les gouvernements successifs de Mospheira avaient favorisé l'industrialisation du continent. Celui-ci se trouvait à la veille d'une révolution informatique capable de bouleverser son économie et de lui assurer des rendements bien supérieurs. En l'espace d'une génération, le fossé entre les deux communautés serait comblé. Que les hommes s'interrogent, voilà qui devenait inévitable. Paradoxe apparent de la nature humaine, ils n'avaient jamais cherché, jusqu'à présent, à en savoir plus qu'il n'était strictement nécessaire sur leurs grands voisins.

Chez les atevi, en revanche, tout individu convaincu en son for intérieur des projets exterminateurs entretenus secrètement par les hommes se ferait clouer le bec de belle façon s'il avait l'impudence de faire état de ses soupçons. Son mauvais esprit serait signalé dans toute la structure organisationnelle du *man'chi* auquel il appartenait, et les portes de l'administration lui resteraient fermées.

Quelle différence avec Mospheira ! Dans l'île, il ne serait venu à l'idée de personne d'interroger le candidat à une quelconque fonction officielle sur ses idées concernant l'avenir des relations avec les atevi. On se moquait de savoir s'il était un ardent défenseur de la doctrine séparatiste. Un fonctionnaire du département d'Etat, persuadé en son âme et conscience que les atevi enlevaient des petits humains pour en faire de la chair à pâté, garderait ses lubies pour lui et son dossier personnel ne porterait nulle part la trace de ces errements.

La Guilde des Pilotes ne disposait d'aucune source d'information autonome sur la situation qui était aujourd'hui celle de la planète, avec ses deux communautés de plus en plus dépendantes l'une de l'autre. La meilleure volonté du monde n'y changerait rien, elle devrait s'en remettre aux renseignements qu'on lui fournirait, et si Bren Cameron avait su retenir la leçon contenue dans la longue contribution du professeur retraité, l'équipage du vaisseau se soucierait moins de privilégier tel ou tel interlocuteur pour des raisons sentimentales ou idéologiques que d'arriver à ses fins dans les plus brefs délais. A preuve, la valse-hésitation à la veille du premier atterrissage alors que dix fois la Guilde avait changé de camp, soutenant tantôt les partisans d'une base planétaire contre ceux qui voulaient rester dans la station, quitte à passer avec ces derniers un accord dans le dos des futurs pionniers, puis coupant la poire en deux, certaine que les habitants de la station, minés par les angoisses et les divisions intestines, rendraient impossible toute vraie négociation.

A présent, le grand-papa vaisseau, là-haut, l'auguste, le sacré, le solennel, était de retour. Avec une proposition en or à ne pas laisser échapper : une belle place entre le soleil, la lune et les étoiles à quiconque aurait le courage de faire le grand saut. Les premiers arrivés seraient les mieux lotis, tous au service de Sa Majesté la Guilde.

Le même chantage recommençait, les mêmes promesses creuses étaient lancées et certains ne demandaient qu'à se laisser berner.

Toujours la même maudite engeance chauvine, tristement calculatrice au fil des générations. Et derrière eux, la faction qui avait expédié à Shejidan la fille de Gaylord Hanks...

C'était peut-être brûler les étapes que de proférer cette accusation. A n'en pas douter, certains d'entre eux avaient intrigué afin de placer leur pion sur le continent avec pour mission de bousculer les habitudes et d'aller vite en besogne. Il s'agissait de tisser un réseau de résistance à la politique de modernisation dynamique menée par Tabini. En réalité, établir des liens de connivence entre les conservateurs insulaires et continentaux. A cet égard, Deana Hanks ne les avait pas déçus, elle ourdissait tant et plus, mais se rendaient-ils compte, ces apprentis sorciers auxquels le président de Mospheira prêtait une attention bienveillante, du danger qu'il y avait à nouer des accords avec les durs de l'Association, à attiser leurs convoitises dans un moment de grande tension, quand le pouvoir du aiji était si vulnérable ?

Que Bren Cameron fût évincé et Tabini aurait toutes les peines du monde à maintenir son autorité qui s'en trouverait considérablement affaiblie si jamais elle survivait à la crise. Il s'ensuivrait une période de troubles graves, ponctués de guerres civiles. Le contenu résolument pacifique (selon les clauses du Traité) de la révolution technologique serait vite remis en cause. On assisterait à la naissance d'un complexe militaro-industriel, on verrait à Malguri des avions expérimentaux larguer des bombes de fabrication locale, quand les ingénieurs de Mospheira avaient fait en sorte de ne livrer à leurs homologues atevi que des plans d'appareils civils très rapides, inutilisables tels quels à des fins militaires, très difficiles à modifier.

C'était méconnaître le génie bricoleur et mathématique des atevi et leur faculté créatrice. Le plomb, entre leurs mains, se transformait en or.

Certains humains étaient-ils vraiment assez naïfs pour s'imaginer que l'on pouvait duper les atevi, majoritaires dans leur propre système solaire, les empêcher de quitter leur planète et les tenir à l'écart de toute évolution politique ? Il n'appartenait pas au paidhi de manœuvrer le pouvoir du aiji afin d'organiser la riposte aux décisions calamiteuses que Mospheira serait amené à prendre. Il ne disposait pas d'informations suffisantes, il n'en avait pas le pouvoir et, surtout, sa fonction ne prévoyait pas un tel degré d'immixtion dans les affaires intérieures de Shejidan.

Par contre, un mandat lui avait été confié par ses supérieurs directs, Shawn et les autres, celui d'œuvrer en toutes circonstances au développement harmonieux entre les deux peuples, sans jamais perdre de vue les intérêts bien compris de Mospheira. Au premier rang desquels venait la paix. Il pouvait se flatter d'avoir une connaissance approfondie de la culture ateva. Il en savait plus long que n'importe lequel des spécialistes du Comité consultatif de l'université. Il était le mieux placé pour prendre les initiatives les plus audacieuses.

Assis là, songeur, il laissa la bande se dérouler jusqu'à son terme sans rien apprendre de nouveau, et c'était aussi bien. Le dialogue entre l'homme du vaisseau et l'homme du palais présidentiel lui avait cette fois réservé une surprise de taille. Il en était encore tout secoué.

Le Président, il est vrai, n'avait pas encore accepté

les conditions de la Guilde. On ne pouvait même pas affirmer que l'assentiment était acquis, mais le processus devant conduire à cette décision, capitale puisqu'elle engageait l'avenir de Mospheira, était en route. D'ores et déjà, les rouages de la machine politicienne étaient enclenchés. Tous les coups seraient permis. Le retour progressif dans la station, le partage de celle-ci avec le vaisseau, selon les conditions imposées par son équipage, ces décisions représentaient un enjeu idéologique et économique de premier plan dans les luttes entre les factions. En focalisant l'attention sur l'essentiel, la communauté de Mospheira devait-elle ancrer son avenir sur la planète ou s'évader dans l'espace ? Le débat allait être exacerbé par le jeu des affrontements, des transactions, des alliances, qui modifierait la distribution du pouvoir à tous les niveaux de l'administration comme de la hiérarchie sociale. Le fonctionnement normal du gouvernement, caractérisé par la lenteur de ses délibérations, s'en trouverait court-circuité. L'offre redoutable de la Guilde, enveloppée dans une apparence de générosité aux yeux de tous ceux qui ne demandaient qu'à se laisser convaincre — les partisans du tout-espace dont l'énergie se nourrissait de rancœur et de frustration —, allait précipiter la crise et forcer le destin. Si la contre-attaque n'était pas organisée sur-le-champ, leurs campagnes et leurs initiatives porteraient la discorde au cœur même de la communauté insulaire. Mospheira, cette courageuse création des pionniers devenue en l'espace de deux siècles un asile de paix et de prospérité, selon les premiers mots du commandant, n'aurait été qu'un mirage.

Mospheira ne comprenait rien aux atevi. Les habitants de l'île n'avaient jamais éprouvé le besoin de comprendre les atevi. Cette tâche était réservée au paidhi, il en avait l'exclusivité. Interprète, médiateur, intermédiaire, il était rétribué à cette seule fin : débarrasser les humains de la nécessité d'entrer en contact avec les indigènes.

La journée s'annonçait épuisante. Tout d'abord un déjeuner de travail chez Tabini, en compagnie de son conseil restreint, puis une réunion de la commission agricole qui se tiendrait dans le Cabinet Bleu et promettait d'être houleuse.

Le plus difficile serait de communiquer au aiji (qui d'un seul mot pouvait précipiter les deux parties dans une guerre sans merci) le sens du péril qu'il y aurait à laisser sans réagir se développer à Mospheira la dynamique d'un accord entre l'île et le vaisseau, excluant Shejidan... Expliquer en termes mesurés, exempts de paternalisme, que les atevi avaient tout à craindre d'une détérioration des relations bilatérales, s'agissant de leurs revendications économiques ou de leurs revendications de partage de la station. Le tout était de modifier le rapport de force en sa faveur. On pouvait compter sur les doigts des deux mains les matières premières ou les produits semi-finis dont l'île était importatrice et qui lui seraient nécessaires dans l'entreprise spatiale. A partir de cette liste, sous la menace d'un embargo, le vaisseau et Mospheira seraient disposés à négocier.

L'efficacité de ce procédé reposait d'abord sur certains sacrifices auxquels devraient consentir les atevi. Désormais, la circulation et la vente des denrées sélectionnées ne seraient plus libres. L'organisation de ce contingentement, le contrôle rigoureux des prix à l'exportation et des tarifs des transports afin d'éviter spéculation et dérapage, l'uniformisation des taxes douanières, toutes ces décisions impopulaires ne pourraient être prises que par un pouvoir central. Une surveillance impitoyable de la contrebande viendrait compléter ce train de mesures protectionnistes.

— Si nous devons en arriver là, murmura Tabini, Hanks-paidhi n'aura plus le droit de passer des accords secrets avec les seigneurs des provinces riches en énergie.

Le jeune homme ne put réprimer un sourire. Le aiji accueillerait favorablement toute nouvelle réglementation qui tendrait à restreindre l'autonomie du clan Geigi.

— A cette situation exceptionnelle doit répondre un plan d'urgence économique, assura le paidhi. Mais toutes ces décisions, en premier lieu la fixation des prix et l'établissement de nouveaux quotas, devront être prises à Shejidan suivant la procédure habituelle qui permet aux chambres d'approuver les projets du gouvernement concernant l'aménagement du territoire, la construction de nouvelles infrastructures, routes, voies ferrées, ponts, barrages, etc. C'est pour le bien de tous, les seigneurs seront obligés de le reconnaître, que les institutions centrales s'attribuent ainsi le monopole du commerce extérieur, à charge pour elles de redistribuer ensuite les bénéfices. Producteurs, fournisseurs, transporteurs, main-d'œuvre, les tarifs devront être fixés une bonne fois pour toutes ces catégories et ne souffrir aucune dérogation. Il s'agit de veiller à ce qu'aucune élite, aucun intermédiaire ne prélève sa dîme au passage. Certains y perdront des plumes, c'est évident, à tel point que plusieurs activités devront être soutenues à l'aide de subventions, mais c'est le prix à payer pour pallier une relative infériorité technologique. En revanche, les atevi savent ce qu'ils veulent, ils poursuivent tous un objectif commun et peuvent se permettre de parler d'une seule voix face au Président de Mospheira empêtré dans les querelles de factions, ralenti par les travaux des commissions, soumis à toutes les pressions.

» Consensus et rapidité de décision, tels sont vos

atouts. Sachez en jouer sans perdre de temps, dictez vos conditions économiques avec fermeté, et le vaisseau pourrait bien décider qu'il est plus avantageux de traiter directement avec vous plutôt qu'avec Mospheira. Sans aller jusqu'à ce résultat, une détermination nouvelle de votre part sèmerait le trouble au sein de mon gouvernement et celui-ci serait amené à adopter un ton plus conciliant, voire à faire quelques modestes concessions auxquelles l'évolution naturelle de nos relations ne le préparait pas si vite. Cette seconde solution aurait de loin ma préférence, je ne le cache pas. Voilà deux siècles que nous vivons côte à côte et que nous signons des contrats, ne sommes-nous pas devenus des « alliés objectifs » ?

Tabini enregistra d'un rapide et sombre coup d'œil la réaction de ses conseillers. Il ne trouva que visages impassibles, perdus dans une prudente expectative.

— Intéressant, maugréa-t-il. Le plus difficile sera de faire admettre aux seigneurs le bien-fondé de cette nouvelle centralisation. Qu'en penses-tu ?

— Ils devront y trouver leur compte, d'une manière ou d'une autre, si vous ne voulez pas voir se lever un vent de fronde.

— Fais-moi confiance pour leur démontrer par des arguments irréfutables la justesse de ta théorie, répliqua le aiji. Je saurai les convaincre.

Promesse faite sur un ton de fermeté qui donna un peu d'inquiétude à Bren. Le aiji, on pouvait l'espérer, faisait allusion à la corruption, louable jusqu'à un certain point lorsqu'il s'agissait d'acheter des voix pour servir une bonne cause, secondée par une application plus rigoureuse de la péréquation, plutôt qu'au recours à la menace militaire ou, pis encore, à l'intervention de la Guilde des Assassins. Le jeune homme en était encore à concevoir la question qui lui permettrait, avec habileté, d'obtenir des précisions sur les intentions de Tabini, lorsque Lady Damiri fit son entrée. Elle prit place à la table du conseil restreint, posa son coude, appuya son menton sur le dos de sa main. Son regard serein se posa sur l'étranger. Elle n'avait pu, assura-t-elle, s'empêcher de surprendre les derniers propos échangés.

Feignant la confusion, le jeune homme leva les yeux.

— Daja-ma... murmura-t-il.

— Prendrez-vous la peine de convaincre cette représentante de la province, d'une nature particulièrement obtuse et récalcitrante, nand'paidhi, de la validité des moyens que les Atigeini devraient employer, selon vous, pour amener Mospheira à composition ?

— Que puis-je répliquer à ma noble hôtesse sinon que le clan Atigeini, partageant en cela le sort de toutes les grandes familles de l'Association Occidentale, aura tout intérêt à jeter son pouvoir dans la constitution d'un front ateva, au risque de voir les maillons faibles, les seigneurs les plus vulnérables lui couper l'herbe sous le pied en passant en toute hâte de médiocres accords avec les humains, sourds aux appels réitérés du aiji...

— ... en faveur de l'unité, enchaîna Tabini. A tous, il recommandera de ne rien signer, de ne rien vendre si ce n'est à des prix que nous aurons fixés ensemble, suivant des conditions qui nous garantiront l'accès à cette fameuse station orbitale, objet de toutes les convoitises.

La belle Damiri ne put réprimer une moue sceptique.

— Qu'en ferez-vous ? demanda-t-elle, question moins oiseuse qu'il ne pouvait sembler de prime abord. Et comment rendrons-nous visite à cette lointaine possession avec des « alliés objectifs » qui nous chicaneront sur le moindre aller et retour ?

Le paidhi n'hésita qu'un instant avant de trahir un secret que la brutale accélération de l'histoire aurait bientôt transformé en secret de polichinelle.

— La grande révolution qui depuis quelque temps agite les milieux de la recherche spatiale est sur le point de porter ses fruits, murmura-t-il. Grâce au soutien sans faille des humains, les atevi auront bientôt leur navette sol-station, en coproduction avec Mospheira. Initiés aux dispositifs de propulsion atomique, aux accélérateurs de particules, les atevi sauront en faire un usage pacifique, nadiin-nai, c'est mon plus fervent espoir.

Damiri inclina la tête sur l'épaule.

— Qui a dit que nous serions bientôt les heureux copropriétaires d'une navette ? Votre Président vous l'a glissé dans le creux de l'oreille ?

— Aiji-ma, il faudra vous contenter de ma modeste assurance. Notre Président est aujourd'hui sur la corde raide dans la mesure où Mospheira a besoin du continent pour son approvisionnement en matières premières, métaux et combustibles. A la rigueur, *Phœnix* pourrait exploiter les gisements lunaires, opération de longue haleine, exigeant la construction préalable de machines téléguidées. On en revient au même point. Où trouver les fournitures, la main-d'œuvre ? Mospheira — nous, autrement dit — n'a pas les moyens de construire son propre petit vaisseau de liaison dans lequel les atevi seraient transportés en qualité de simples passagers. Toutefois, avant de participer à la fête au même titre que les humains, les atevi devront accomplir une révolution conceptuelle, car il leur faudra se convertir à l'informatique qui règne en maître dans l'espace où elle prend tout en charge.

» Là-haut, nadiin, les plans de vol, quels que soient les noms qu'on leur donne, sont soumis à des contrôles très stricts.

L'humour pétilla fugitivement dans les yeux de Tabini.

— Que craint-on, que ne se produise un *Weinathi Bridge* dans les étoiles ?

Ce nom évoquait le lieu d'un terrible accident

d'avion à la suite duquel les hobereaux les plus réfractaires à la gestion par ordinateur avaient admis la nécessité d'une régulation rigoureuse du trafic aérien, puisque la priorité ne pouvait décidément être accordée suivant des critères de préséance sociale, surtout lorsque les aéroports se trouvaient aux portes des grandes villes.

— Si tout se passe comme nous le souhaitons, humains et atevi se partageront une seule et unique station spatiale où la promiscuité deviendra inévitable. Nous serons enfin amenés à vivre et à travailler en étroite collaboration.

Sur le visage hiératique de Damiri se peignit une expression qui combinait le doute et la répugnance.

— Un véhicule qui fut le tombeau de tant d'êtres humains et qu'ils ont choisi d'abandonner... un lieu sans air, où l'on marche sans voir le ciel et sans fouler la terre... cette prison justifie-t-elle les sacrifices que les atevi sont prêts à consentir ?

Le paidhi s'efforça de paraître raisonnable, alors que le doute ne demandait qu'à s'insinuer dans son propre esprit. Les atevi, en effet, que nul élan atavique ne prédisposait à vivre dans l'espace, pouvaient fort bien relativiser l'enjeu représenté par leur présence dans la station.

— Ce n'est jamais qu'un avion de grande taille, aiji-ma. Les ouvertures sont scellées, l'intérieur maintenu sous pression normale.

— Admettons. D'où vient l'air ?

— Il est contenu dans des réservoirs acheminés depuis la planète, à moins qu'il ne soit reconstitué à partir de végétaux. Les ingénieurs font des miracles. Je ne suis qu'un interprète, daja-ma, mais si vous souhaitez en savoir plus sur la topographie de la station et ses installations, je devrais être en mesure de vous fournir très vite certains documents.

— Et son mode de fonctionnement, que pouvez-vous me dire à ce sujet ?

— Ne me demandez ni les chiffres d'or de la station, ni ses dimensions, ni les techniques mises en œuvre pour assurer en temps normal l'ensemble de ses fonctions. Il existe différentes sortes de combustibles solides, des combustibles liquides en nombre égal, mais quels carburants sont utilisés pour alimenter la station en énergie, quels systèmes de propulsion la maintiennent en orbite, de quels outils technologiques nous allons devoir nous doter pour atteindre un tel niveau de complexité, je l'ignore.

— Pourrais-tu te renseigner ? s'enquit Tabini. Auprès des sommités scientifiques de Mospheira ou, plus sûrement, auprès des savants de *Phœnix* ?

Le jeune homme haussa les épaules, sans y mettre d'ostentation.

— Je ferai de mon mieux. Certainement, je trouverai le moyen de glaner des informations dont la diffusion est encore restreinte.

— N'omcttez pas de nous les communiquer, murmura Damiri.

Il soutint son regard avec simplicité.

— Daja-ma, depuis toujours il m'a suffi d'observer autour de moi avec attention et d'écouter pour deviner quelle nouvelle étape technologique Mospheira s'apprêtait à franchir. Cette fois, les conditions sont différentes dans la mesure où l'impulsion nous est donnée de l'extérieur et devrait nous amener à amorcer une vraie collaboration. La mutation qui s'annonce est décisive et personne ne peut affirmer avec certitude en quoi elle consistera, sur quoi elle débouchera. Cet inconnu ne devrait pas nous effrayer. Les atevi seront partie prenante de ce processus, je m'y emploierai de toutes mes forces.

Un silence poli accueillit cette promesse mille fois faite, jamais démentie, mais qui semblait de peu de poids face au grand jeu des alliances que réservait l'avenir. De quelle marge de manœuvre disposerait le paidhi ?

— Sait-on seulement si le vaisseau poursuivait un autre but, en revenant ici, que la récupération d'une station qu'il s'attendait à trouver en activité ?

Le aiji prenait de la hauteur, Bren lui en sut gré.

— L'équipage, dit-il, se satisfait sans doute de la vie qui est la sienne depuis tant de générations. Seuls maîtres à bord, ils se perçoivent comme les grands bourlingueurs de l'infini, les maraudeurs du cosmos, cabotant d'un système à l'autre pour s'y ravitailler en énergie sans jamais jeter l'ancre nulle part. Aucune planète ne les intéressera pour ce qu'elle est vraiment.

— Que veulent-ils donc, nadi ?

Son hôtesse se donnait rarement la peine de lui accorder la courtoisie de son titre. Sa voix harmonieuse, diaprée, le taquinait, provocation narquoise ou malaise stratégique. D'un vif regard, il consulta Tabini. Le aiji eut un petit geste du bout des doigts qui semblait vouloir dire : un peu de patience, ce ne sont que des broutilles. Bren fournit la réponse demandée.

— A première vue, le vaisseau souhaite rétablir la station dans sa splendeur passée.

— Dans quelle intention ?

— Peut-être veut-il nous en laisser la jouissance pendant une nouvelle période de deux siècles qu'il mettrait à profit pour reprendre ses vagabondages galactiques. Si cela était, nous ne pourrions nous permettre une seconde fois de laisser cette merveille s'en aller à vau-l'eau. La Guilde des Pilotes nous rendrait collectivement responsables de toutes les avaries…

— Vous vous moquez de moi, dit plaisamment Damiri.

En réalité, non. Il n'avait fait que céder, le plus sérieusement du monde, à la tentation d'extrapoler. Tabini le gourmanda à mi-voix.

— Bren-ji.

— Daja-ma, le retour du vaisseau constitue une

énigme pour tout le monde. En ce qui le concerne, tout serait plus simple si Mospheira acceptait d'entrer à son service sans tenir compte des atevi. L'équilibre entre l'île et le continent, garanti par le Traité, serait alors rompu. L'édifice complexe de nos relations n'y résisterait pas. C'est pourquoi je suis farouchement opposé à cette solution, même si les atevi, de leur côté, ne sont pas enthousiastes à l'idée de devoir négocier avec la puissante Guilde des Pilotes.

— Hum, dit Damiri. En dépit de son amitié pour nous, le paidhi appartient à l'espèce humaine.

— Sans aucun doute, daja-ma. Il n'en demeure pas moins que la plupart de mes semblables n'ont nulle envie de voir leur existence et leurs affaires réglementées depuis l'espace. Les habitants de Mospheira verraient leurs libertés se restreindre considérablement si par malheur certains courants politiques, aussi intolérants que peuvent l'être quelques hobereaux de province récalcitrants aux idées modernistes du aiji, prenaient en main les destinées de l'île. Pour en revenir à votre question si pertinente, daja-ma, je ne pense pas que *Phœnix* envisage un recours à la violence. De toute évidence, ils ont besoin de la station. Ils déploieront des trésors de persuasion et d'ingéniosité pour la récupérer au moindre coût. A nous de faire en sorte que les adeptes forcenés d'un retour dans l'espace ne cèdent pas à vil prix le droit d'être invités à bord de la station. Ce marchandage s'effectuerait au nez et à la barbe des atevi, il serait alors trop tard pour intervenir. Le risque est là, exposé dans les termes les plus simples. Face à cette menace, ainsi que vous le savez désormais, l'Association n'est pas démunie.

Tabini restait songeur, ses sourcils froncés à l'évidence devant une contrariété.

— A t'en croire, Bren-ji, le gouvernement de Mospheira serait à la merci de différents groupes de pression. Il se caractériserait par son indécision.

La belle jeune femme tourna brusquement la tête vers lui et fit flamboyer ses yeux très pâles.

— S'il en était ainsi, serions-nous bien avisés de faire alliance avec eux ?

La question, clairement, ne s'adressait pas au aiji dont on pouvait douter qu'il possédât toutes les données pour y répondre. Damiri reporta son attention sur le jeune homme ; celui-ci réprima un soupir.

— Daja-ma, l'opposition de mes compatriotes à la Guilde des Pilotes ne date pas d'hier. Elle remonte à l'époque héroïque du parachutage de leurs ancêtres. Elle existait même auparavant, quand se sont constitués les premiers comités appelant à la création d'une base planétaire. Cette genèse dissidente et militante a longtemps favorisé une unité de façade. Les insulaires partaient de zéro, ils avaient un monde à créer de toutes pièces, sous la surveillance hostile, puis de plus en plus curieuse et bienveillante des atevi... jusqu'à la multiplication récente de nos accords de partenariat. Nous avions mieux à faire, depuis deux siècles, qu'à envenimer la situation en suscitant des difficultés intérieures. Aussi nos gouvernements successifs n'ont guère eu à se soucier de la tactique à adopter face à une opposition qui faisait patte de velours. Le temps semble venu pour elle de sortir ses griffes, et le pouvoir est désemparé. A Shejidan, en revanche, le flux et le reflux des passions historiques n'ont jamais laissé de répit à l'administration centrale. D'un moment à l'autre pouvait se lever un vent de fronde auquel on saurait faire face. Cette expérience de mobilisation permanente, faites-en bénéficier le Président de Mospheira. Il hésite sur le parti à prendre, mais tous ses conseillers ne sont pas animés d'intentions égoïstes et partisanes. Que l'Association profite de cet espace laissé subitement vide par l'irrésolution du voisin pour avancer une série de propositions, un projet comportant des droits et des devoirs réciproques et qui pourrait prendre la forme définitive d'un pacte ou d'une convention solennelle entre les deux parties. Quelque chose de solide, susceptible de créer une situation nouvelle à partir de laquelle nos économistes, nos gestionnaires, nos historiens, nos simples citoyens pourraient imaginer toutes sortes d'avantages. Pour être encore plus explicite, aiji-ma, cette initiative aurait le mérite d'évincer l'opposition, sur le continent aussi bien qu'à Mospheira. Mise sur la défensive, elle se verrait dans l'obligation de présenter un contre-programme.

Ce disant, le paidhi était certain de rencontrer un écho favorable. L'intrigue n'était-elle pas chez les atevi une seconde nature ? L'expression du visage de Tabini, cependant, restait maussade.

— Je n'aime guère les louvoiements sournois à quoi cette fausse situation nous oblige, murmura-t-il. Ne pourrions-nous, purement et simplement, faire assassiner les gêneurs ?

Ces répliques fulgurantes provoquaient immanquablement chez l'être humain une réaction d'incrédulité (le aiji plaisantait), suivie d'une longue et pénible perplexité.

— Le Président accueillerait avec soulagement toute communication constructive clairement exprimée en provenance de Shejidan, répéta le paidhi. Surtout si à partir de la situation nouvelle créée par le vaisseau, elle avance des solutions pratiques permettant à Mospheira de sortir de l'impasse la tête haute.

Tabini approuva.

— L'idée est séduisante, maugréa-t-il.

La tentation de prendre l'avis de son conseil l'avait-elle seulement effleuré ? Autour de lui, le silence s'était fait recueilli, comme si le cerveau du chef travaillait déjà sur les termes précis du message. Enfin, le aiji leva l'index, dans le geste superflu de réclamer une attention qui lui était tout acquise.

— Voilà où nous en sommes, Bren-ji. Dis à ton Président que Tabini-aiji est en possession de matériaux de première nécessité indispensables à la réalisation de ses projets. Nous sommes disposés à les lui vendre, comme par le passé, à la condition expresse que l'accès et l'utilisation de la station réhabilitée soient également partagés entre humains et atevi. Libre à toi de présenter ces dispositions avec des mots qui flatteront l'esprit d'un Président. Formule ma pensée de telle sorte qu'il comprenne et ne puisse refuser sans se couvrir de ridicule.

Tabini ne s'était pas départi de son habituelle nonchalance, mais chacun avait conscience de la gravité de l'instant. Après cela, les relations entre l'île et le continent ne seraient plus jamais les mêmes. Il y eut de l'électricité dans l'air, puis le aiji ajouta :

— Dès ce soir, nous prendrons contact avec le vaisseau. Tiens-toi prêt, Bren-ji.

Pris de court, le paidhi ne put que balbutier son assentiment. L'angoisse se réveillerait bien assez vite.

9

Tabini avait pris sa décision. Dès lors, ennemis et collaborateurs — au grand désarroi de ces derniers — seraient emportés dans le flux vertigineux d'une actualité riche en péripéties imprévisibles. Le jeune homme rédigea dans un style ateva débarrassé de ses complexités les plus outrancières un texte accommodant, propre à réaliser l'équilibre entre la fermeté des propos et l'appel sous-jacent à la fraternité. L'assistance de juristes atevi lui semblait vaine dans cet exercice, compte tenu de leur faible expérience dans l'art de la conciliation. Comment s'en étonner, dans une société qui préférait régler ses différends par assassins interposés ?

Quand il en eut terminé avec cette tâche délicate, il appela une fois de plus les Affaires étrangères afin d'être tenu informé de la suite des événements à Mospheira... partant du principe que l'offre du commandant de *Phœnix* au Président concernant la « remise à flot » de la station et sa cogestion future avait été transmise au Service.

Rumeurs et conjectures devaient aller bon train dans les couloirs des ministères. Shawn trouverait peut-être le moyen de lui révéler à demi-mot quel choix semblait avoir la préférence du gouvernement.

Son supérieur, toutefois, ne semblait pas pressé de venir répondre. Devant l'insistance du paidhi, il consentit enfin à lui parler. Exaspéré par tant de désinvolture, Bren ne voyait plus la nécessité de s'entourer de précautions.

— Shawn, le vaisseau a fait une offre à Mospheira, commença-t-il de but en blanc. Etes-vous au courant ?

— *Désolé, je ne sais rien.*

— Faites un effort, Shawn. Je suis certain de ce que j'avance. Je le sais de source sûre.

— *On ne nous a rien communiqué.*

Son supérieur, quoi qu'il pût ajouter, s'en tiendrait à cette médiocre consigne de silence. Le secrétaire d'Etat ? Il n'était pas disponible. Pas plus que son secrétaire, ou le secrétaire de celui-ci.

L'administration centrale, par conséquent, considérait le Service comme quantité négligeable, ou pis, voyait en lui une entité peu fiable dont il valait mieux, à tous égards, qu'elle en sût le moins possible.

Shawn, en effet, n'avait aucune raison de lui mentir, ou de dissimuler ce qu'il avait appris. Sans doute ses réponses laconiques n'avaient-elles d'autre objet que de faire comprendre au paidhi la triste vérité : on nous tient à l'écart de tout.

Privé de soutien, Bren Cameron n'était pas même en mesure de solliciter le moindre conseil.

Le silence, entre eux, égrenait son morose chapelet de secondes. Le jeune homme poussa un soupir.

— Shawn, écoutez-moi bien. Le vaisseau est entré en contact avec notre gouvernement. Il lui a soumis, au sujet de la station, des propositions précises. Shejidan est au courant. Le aiji m'a chargé de transmettre un message officiel au Président, selon lequel les exportations de matières premières à destination de Mospheira seront désormais assujetties à certaines conditions garantissant la participation des atevi à toute exploitation future de la station. Après avoir enregistré ce message, Shawn, et en avoir extrait vos conclusions personnelles, faites en sorte qu'il soit transmis au Président. Si, pour une raison ou pour une autre, il ne parvenait pas à son destinataire, vous en porteriez l'entière responsabilité.

» Voici le texte :

Monsieur le Président. Les récents événements ont inspiré à Tabini-aiji certaines réflexions dont il vous prie de prendre connaissance. L'offre qui vous a été faite par le commandant du vaisseau ignore les droits que le Traité signé entre Mospheira et l'Association Occidentale reconnaît aux atevi sur la station placée en orbite autour de notre planète, droits que nous avons l'intention de revendiquer. Si, par conséquent, vous acceptiez cette offre en l'état, nous serions contraints d'interpréter ce geste comme une rupture du Traité devant entraîner immédiatement l'arrêt des livraisons de marchandises et de produits indispensables à la mise en œuvre d'un ambitieux programme spatial.

Nous ne souhaitons pas, pour notre part, en arriver à cette extrémité. La solution que nous préconisons, infiniment plus profitable pour nos deux peuples, serait la conclusion d'une entente en vue de ne rien céder au vaisseau et de lui refuser toute collaboration qui ne garantirait pas la satisfaction de nos intérêts communs. Leur souci prioritaire semble être d'obtenir dans les meilleurs délais et les conditions les plus favorables une main-d'œuvre abondante et docile. Le marché, tel qu'il vous a été présenté, est un marché de dupes. Pour l'Association, dont l'existence est niée; pour vous également, qui pouvez obtenir bien davantage en faisant au préalable alliance avec nous.

La prise en compte de certaines réalités, monsieur le Président, nous impose des révisions. Plutôt que d'être à la traîne comme par le passé, nous sommes disposés à bouleverser le rythme de l'innovation technologique dans le secteur de la recherche spatiale afin d'assurer notre participation à la construction d'une navette de liaison et notre présence à bord de la station. En conclusion, monsieur le Président, nous appelons de nos vœux la formation d'une union au sein de laquelle humains et atevi joindraient leurs efforts dans un but de progrès économique et social à même d'assurer la stabilité politique et d'assurer la protection des droits naturels et imprescriptibles de tous les habitants de cette planète. Exigences communes à tout le monde, de toute éternité, par-delà les différences biologiques et culturelles.

Si l'étape indispensable pour en arriver là passe par la collaboration active de nos techniciens à bord d'une station orbitale, il n'y a pas de raison que nous ne puissions parvenir au plus vite à un compromis.

Le aiji, en son nom propre, avec l'agrément du hasdrawad et du tashrid.

Dans l'attente de votre réponse.

Shawn accusa réception du message. Dans la demi-heure suivante, Bren en était convaincu, les communications téléphoniques entre l'île et le continent seraient interrompues.

La migraine menaçait, il avait le cœur barbouillé. Malaise dû à l'appréhension plutôt qu'au léger repas pris sur le pouce. Les convictions implicites contenues dans le message officiel transmis sur l'ordre de Tabini ne dépassaient-elles pas de beaucoup les intentions du aiji ?

Une autre peur s'insinuait lentement au fil des heures, celle de devoir être exposé en première ligne, bientôt, lorsqu'il lui faudrait s'adresser directement au vaisseau.

D'ici là, il lui fallait répondre à quelques lettres empoisonnées que Tano avait mises de côté. L'une d'elles émanait de la secte des Absolutistes, adeptes d'un univers fini, un courant issu de la province de Geigi, qui s'était formé à l'intérieur du mouvement déterministe. Consulté, son fichier informatique l'informa que certaines minorités, parties prenantes de petites écoles traditionalistes, s'alignaient également sur les positions absolutistes. Basée sur l'éthique, leur doctrine les amenait à privilégier une recherche numérique des origines de l'univers et des principes de la connaissance qui excluait différents phénomènes physiques tels que la vitesse superluminique. Pour peu que Deana Hanks eût été trop explicite sur ce sujet délicat, le paidhi aurait toutes les peines du monde à justifier qu'un vaisseau spatial pût se déplacer plus vite que la lumière sans heurter de front les exigences doctrinales de ces gens. Les Déterministes auraient alors beau jeu de pousser les hauts cris et de l'accuser de mensonge lorsqu'il affirmerait, par exemple, que le retour de *Phœnix* n'apportait pas la preuve éclatante d'une présence humaine clandestine à bord de la station, tapie depuis deux siècles et fourbissant ses rayons de la mort pour les lancer le moment venu sur le territoire de l'Association Occidentale.

Banichi restait invisible, Jago s'était éclipsée. Dans l'esprit inquiet du jeune homme, ces deux absences étaient liées, elles avaient un rapport évident avec la fronde au sein de la Guilde des Assassins où certains, selon les confidences chuchotées par Cenedi, en voulaient à sa vie et à celle des prétoriens chargés de sa sécurité pour le compte du aiji. L'aide de camp d'Ilisidi n'avait pas précisé quel était le rapport de force en présence. Pas plus qu'il n'avait laissé entendre si, dans ce climat de complots et d'ambitions, l'hostilité ouvertement déclarée contre le paidhi servait de substitut à celle que l'on ressentait pour Tabini lui-même.

Une surprise agréable vint rompre, comme une échappée de lumière, la morosité de cette longue journée. Un appel du service de Sécurité du Bu-javid les informa que le coéquipier de Tano venait d'arriver dans la gare souterraine du palais. N'ayant reçu aucune instruction concernant Algini, les agents sollicitaient une autorisation en bonne et due forme avant de permettre au prétorien de monter librement au troisième étage où il prétendait se rendre, accompagné d'un amoncellement suspect de bagages. En l'absence de Banichi et de Jago, dans la mesure où Tano, simple prétorien du rang, n'était pas qualifié pour identifier son partenaire de longue date, l'affaire fut portée devant Tabini en personne.

Dérangé alors qu'il présidait une nouvelle commission, le aiji examina le problème et donna son assentiment. Une heure après avoir débarqué du train, Algini faisait son entrée dans le vestibule de la résidence Atigeini, poussant, portant, traînant une grande quantité de caissons blancs que Bren reconnut sur-le-champ et dont la vue jeta le trouble parmi la domesticité. Une expression d'étonnement courtois se peignit sur le visage de Saidin, à mesure que les vigiles, gaillards bâtis pour déplacer des montagnes, ajoutaient de nouveaux bagages aux précédents. Algini lui-même, sa peau très noire couturée de balafres et de sparadrap, n'était pas en uniforme.

Il portait des vêtements d'emprunt qui avaient beaucoup souffert, des hardes civiles propres à une randonnée à travers les collines. Son allure n'avait rien, il fallait en convenir, pour inspirer confiance à un service de Sécurité sur le qui-vive.

Tano s'attendait si peu à retrouver vivant son acolyte qu'il osa, sous l'effet d'une satisfaction spontanée, un geste de familiarité inhabituel. Il donna quelques tapes affectueuses sur l'épaule d'Algini. Observant ce manège avec curiosité, Bren se défendit de tout attendrissement. L'émotion de Tano n'avait qu'un lointain rapport avec celle qu'aurait pu ressentir un natif de Mospheira dans les mêmes circonstances.

Le paidhi n'en éprouvait pas moins un bizarre serrement de cœur, songeant que de longues années de compagnonnage avaient tissé entre lui, d'une part, Banichi et Jago d'autre part, des liens presque comparables dont la nature restait difficile à cerner pour un être humain, si ce n'était qu'ils lui donnaient le sentiment de n'être pas tout à fait seul au monde.

Cet attachement indéfectible qui n'était pas encore de l'amitié (au sens où l'entendaient les hommes), bien davantage que la simple solidarité due au protégé du aiji, c'était plus de loyauté que Bren n'en avait reçu d'aucun de ses semblables, sa mère exceptée... Il coupa net le fil de ces dangereuses spéculations, se demanda à quel nouveau et ridicule vertige des sentiments il allait encore succomber. Cette journée commencée dans la crainte s'annonçait comme celle de toutes les faiblesses. Alors que la veille au soir, très calme et dans la pleine possession des moyens que lui conférait sa fonction, jouissant de toutes ses facultés intellectuelles, il avait donné une traduction simultanée des échanges entre l'île et le vaisseau, à mesure qu'il en découvrait les enregistrements, puis tiré des plans sur l'avenir en fonction des tergiversations probables de son gouvernement face aux propositions de *Phœnix*. Il avait, en quelque sorte, pensé à haute voix devant un parterre de dignitaires atevi. Il avait tranquillement livré les clés du destin de Mospheira, initiative insensée qui faisait de lui le premier traître en puissance d'une longue lignée de paidhiin.

L'amertume à présent l'envahissait, il sentait se refermer sur lui une vague noire, image familière de son isolement. Trop seul, trop « humain », il se sentait vulnérable, victime désignée de toutes les illusions que pouvaient entretenir les sobres démonstrations d'amitié entre deux jeunes prétoriens. Certes, les atevi ne sont pas tout à fait insensibles, semblaient vouloir lui dire Algini et Tano. Il existe entre eux des phénomènes affectifs auxquels un homme pourrait avoir accès, en y mettant du sien. Bren Cameron n'avait-il pas été touché par une grâce presque semblable ?

Il en avait eu l'avant-goût à Malguri, quand il s'était trouvé si près de perdre la vie et la raison. Il avait alors tout misé sur ce soutien fraternel qui lui était chichement compté en apparence. Il s'était arrimé à ce lien secret pour ne pas tomber dans le flou du dénuement total. Désormais, compte tenu des choix politiques auxquels le poussait sa conscience, dans les heures imprégnées d'ombre qui s'annonçaient, ces amitiés en trompe-l'œil pourraient bien être tout ce à quoi il pourrait aspirer jusqu'à la fin de ses jours.

Etait-il condamné à traverser la vie, toujours perdu dans la chimère qui le cajolait, l'erreur qui le flattait ? Bien fou, l'étranger prêt à fonder sa confiance sur de tels simulacres. Libre à lui d'observer, en spectateur envieux, les symptômes d'un abandon sincère entre deux compères d'une autre race. Grand bien leur fasse ! Le soulagement de Tano faisait plaisir à voir. Bren se réjouissait lui aussi de voir Algini sain et sauf.

Le rescapé aux innombrables pansements s'avança vers lui et s'inclina. Le noir visage, grave et puissant comme devait l'être celui d'un jeune guerrier, portait cette fois les traces de la fatigue ; les yeux aux paupières lasses rayonnaient cependant d'un contentement très rare. Algini était très satisfait de lui-même.

— Nand'paidhi, je vous rapporte vos bagages. Tout est là.

Algini ne croyait pas si bien dire. L'essentiel de ce que le paidhi avait jamais possédé, à l'exception de quelques souvenirs dévotement laissés à la garde de sa mère dans la maison de son enfance, se trouvait empilé là, sur le tapis somptueux du vestibule des Atigeini. Quand il s'était vu signifier par Tabini qu'il devait partir pour Malguri toutes affaires cessantes, ses domestiques avaient reçu l'ordre de faire place nette dans le studio. Ses possessions l'avaient suivi dans son exil. Il s'était depuis résigné à la perte de ce décor familier de toute son existence, avec un pincement de regret en songeant à certain chandail préféré, sa longue redingote coupée à la mode de Mospheira, sa brosse à cheveux à manche en écaille, sa trousse de voyage, son album de photos. Tout était là, en effet, rapporté par les soins diligents d'Algini, jusqu'aux chemises, aux chaussettes, à la chevalière dont Barb lui avait fait présent.

Il regarda le prétorien dans les yeux. Les mots devaient être choisis avec soin, en évitant les pièges et les énigmes systématiques du vocabulaire ateva chargé d'exprimer la gratitude.

— Nadi-ji, commença-t-il, je suis très surpris, je l'avoue. Si précieux que soit pour moi le contenu de ces bagages, il m'importait bien davantage de vous revoir en bonne santé et j'aurais volontiers tout sacrifié en échange de votre sécurité. Vous avez fait preuve d'un grand dévouement, je vous en remercie.

Ces paroles prudentes avaient touché un point sensible. Un instant, Algini demeura bouche bée, puis il se ressaisit et reprit la mine sinistre et sacerdotale qui était habituellement la sienne.

— Nand'paidhi, je n'ai fait que mon devoir.

Formule prononcée sur un ton de léger reproche,

comme il l'avait si souvent entendue dans la bouche de Jago. C'était le moment de faire appel à Saidin, présence discrète depuis le début de la scène, demeurée en retrait sur le seuil du vestibule.

— Je remets ces effets entre vos mains, nand' Saidin. Faites procéder aux rangements nécessaires, j'ai toute confiance en votre jugement. Algini, prenez un repos mérité. Banichi et Jago sont absents, je ne sais où ni comment les joindre, mais je ne doute pas qu'ils vous auraient accordé un congé.

Algini battit calmement des paupières.

— Nand'paidhi, merci, ce n'est pas de refus.

Nous formons là une belle équipe d'éclopés, songea Bren. Le prétorien était sur le point de défaillir d'épuisement, il n'en insista pas moins pour participer au dégagement du vestibule en aidant Tano à transporter les caisses dans la chambre où les vigiles n'étaient pas admis à pénétrer. Soudain, la lampe témoin dc la porte d'entrée flamboya. Un déclic signala le désarmement du système de sécurité, Jago fit son entrée.

— Gini-ji ! Vous voilà de retour. Tant mieux !

La prétorienne était enchantée. De même que Tano, mais de manière plus franche, elle exprima sa satisfaction par des tapotements d'épaule, puis tous deux de s'incliner. Ces effusions n'avaient pas duré plus d'une minute. Brusquement raidie, comme si elle s'était rendue coupable d'un manquement à la discipline, Jago pivota sur ses talons et fit face au paidhi.

— Bren-ji, pardon. Je dois vois remettre ceci, de toute urgence.

Il s'agissait d'un cylindre enrubanné aux couleurs de Tabini, portant son sceau. Le jeune homme devinait à peu près quel était le contenu du message, rien de moins que les coordonnées de son rendez-vous avec la Guilde des Pilotes. Le lieu choisi n'était autre que le Cabinet Bleu.

Il n'était pas prêt, il le sentait avec ses poumons,

avec son cœur. Les premiers restaient bloqués, le second battait trop vite. Son esprit n'avait pas encore enregistré l'événement dans toutes ses dimensions symboliques. Une seule consolation, il ne pourrait pas être plus maladroit que ne l'avaient été, jusqu'à présent, le Président de Mospheira et ses conseillers, prêts à donner tête basse dans un piège. Du moins était-ce ainsi qu'il persistait à interpréter l'offre faite par *Phœnix*. Il avait sur ce point toute confiance en son jugement. Le paidhi n'était-il pas, jusqu'à nouvel ordre, l'unique spécialiste en relations internationales, le seul vrai négociateur à la disposition des humains de la planète ?

A l'heure dite, son ordinateur sous le bras ainsi qu'un dossier contenant plusieurs feuillets de notes manuscrites, il prit l'ascenseur en compagnie de Jago.

Savait-elle à quel point il appréhendait sa rencontre avec les humains de l'espace ?

En admettant que le contact pût être établi, il allait devoir, en l'espace de quelques instants, changer sa façon de réfléchir, de raisonner, pour l'adapter au cheminement de la pensée humaine, si distinct de celui des atevi. Gymnastique mentale rendue plus périlleuse dans le cas d'une traduction simultanée, exercice de haute voltige s'il en fut, compte tenu des innombrables ambiguïtés sémantiques entre les deux langues.

Un document très officiel lui avait été remis peu après le message de Tabini. La nuit dernière, seigneurs et représentants avaient débattu jusqu'à une heure avancée sur la question de savoir s'il fallait prendre l'initiative du dialogue avec le vaisseau et quels avantages on pouvait en attendre. L'assemblée bicamérale avait, à une large majorité, décidé de soutenir le projet de Tabini. Par suite, le paidhi se voyait prié de transmettre au vaisseau les souhaits de bienvenue du hasdrawad et du tashrid. Quelques lignes, ajoutées par Tabini, apportaient une précision significative :

Les chambres se réuniront à nouveau aujourd'hui afin d'examiner une motion déposée par les provinces orientales.

L'opposition, autrement dit, était bien décidée à ne pas s'en laisser conter.

A l'heure du souper, l'Association devra être mise devant le fait accompli, poursuivait le aiji. *Sans cela nous n'échapperons pas à une avalanche de motions destinées à paralyser le débat et à empêcher que ne soit votée la moindre décision.*

L'obstruction, la vieille arme des minoritaires obstinés. *Chimati sida'ta.* Proverbe ateva, proverbe de chasseur malin disant peu ou prou : Quand ils se disputeront pour savoir qui participera au dépeçage de la bête, celle-ci sera déjà en train de cuire dans la marmite. Le vote de la veille autorisait le aiji et le paidhi à engager le dialogue avec *Phœnix*. Bren Cameron, en revanche, n'avait reçu aucune consigne de ses supérieurs ou de son gouvernement. Mospheira n'avait pas daigné répondre à ses sollicitations, le Président était resté sourd au message de Tabini.

Jusqu'à l'instant de quitter sa retraite splendide pour prendre le chemin du Cabinet Bleu, il avait espéré recevoir un signe, un assentiment. Dans le cas où Mospheira persisterait dans son silence, il n'en était pas moins résolu à poursuivre son effort de conciliation entre humains et atevi, tout en sachant combien il était dangereux pour lui et pour les rares soutiens dont il bénéficiait au sein du Service de procéder ainsi sans autorisation.

Circonstances déplorables, à mettre sur le compte d'une analyse de la situation dont le paidhi, homme de terrain, revendiquait la responsabilité et qui le conduisait à esquisser le commencement d'une stratégie où la félonie pourrait bien apparaître comme le dernier recours.

Et si les huiles du département d'Etat le condamnaient à être pendu pour haute trahison, au point où l'on en était, *chimati sida'ta*, qu'ils commencent par se donner la peine de l'attraper. Si Mospheira voulait poursuivre le dialogue avec les atevi, et Bren avait la conviction qu'il en était ainsi puisqu'en réalité, abstraction faite des rodomontades électoralistes, seule une poignée d'idéologues aux discours fumeux préconisaient sérieusement de couper les ponts... Si donc, suivant la logique du nécessaire et du probable, les humains envisageaient de conserver des relations harmonieuses avec le continent, à nouveau, *chimati sida'ta*. En les prenant de vitesse, le aiji les mettrait dans l'obligation d'en passer par ses exigences, au nombre desquelles le maintien de Bren Cameron, seul paidhi reconnu par l'Association, figurait en bonne place. Tabini ne se laisserait jamais imposer d'autres intermédiaires, Deana Hanks ou le vieux Wilson, qui avait fidèlement servi son père ou tout autre fonctionnaire du Service qui se verrait promu en catastrophe. Sa suppléante agressive et manœuvrière aurait-elle eu quelque chance de rester en vie s'il n'était intervenu auprès de Tabini afin d'imputer aux circonstances plus qu'à la mauvaise volonté cette violation flagrante du Traité ? Il aurait peut-être moins de chance à la prochaine incartade, lorsque le aiji estimerait judicieux de manifester son impatience, fût-ce pour donner des gages aux humanophobes du levant.

Quant aux féroces partisans du chacun pour soi, les ségrégationnistes qui arpentaient ces jours-ci les couloirs du palais présidentiel de Mospheira, ils parleraient moins haut quand Shejidan aurait décrété l'embargo sur les matières premières et le gel de toutes les opérations commerciales en cours.

Sans le soutien et la collaboration du continent, de quel poids pèserait l'île en face du vaisseau et de ses ambitieux projets ?

Phœnix, de son côté, n'en faisait pas mystère, la remise en service de la station impliquait la mise à sa disposition d'importantes ressources, pour la fabrication des robots destinés à l'exploitation lunaire si l'on ne pouvait éviter d'en passer par là. L'idée de devoir agir en franc-tireur lui déplaisait, mais les circonstances ne lui laissaient pas le choix. Il savait trop de choses pour rester inactif et le temps travaillait contre la paix. Les atevi, qui avaient réellement besoin d'un bon traducteur et comptaient sur sa future collaboration, avaient agi à bon escient en lui confiant les fameuses bandes magnétiques, en lui mettant sous le nez le marché de dupes proposé par le vaisseau. Alors que son propre gouvernement lui refusait toute information et l'excluait du processus dc décision. Pratiquement désavoué par les siens, quelle marge de manœuvre restait-il au diplomate consciencieux ?

Il suivait la voie tracée à petits pas par des dizaines de paidhiin, encouragés par des dizaines de comités consultatifs composés d'historiens, d'anthropologues, d'économistes… partisans d'une évolution constamment maîtrisée, qui consistait à exporter sur le continent des technologies toujours plus élaborées, suivant un rythme calculé en fonction du progrès des sciences que l'on souhaitait favoriser chez les atevi dans un objectif précis : l'intérêt de Mospheira.

Le paidhi était moins seul qu'il n'y paraissait, se rassura-t-il tout en suivant Jago le long de la grande galerie du rez-de-chaussée.

Quelles que soient les intentions de ceux qui s'étaient provisoirement assuré le contrôle du destin des hommes, sur l'île et dans l'espace, Bren Cameron pouvait s'appuyer sur les acquis, accumulés depuis la signature du Traité, ce capital commun aux paidhiinaijiin, sur lequel avaient veillé tant d'humains de bonne volonté dont le patient labeur se voyait brutalement remis en cause par les cachotteries de l'administration actuelle, sa réaction sournoise face à un événement qui engageait l'avenir de tous.

Toutefois, le crédit dont il jouissait auprès de quelques-uns, là-bas, auprès du aiji et de ses fidèles, à Shejidan, ne résisterait pas indéfiniment à la présence indésirable de Deana Hanks. Il devait trouver le moyen d'obtenir sa discrète évacuation.

Ensuite, pour faire aboutir son grand projet d'alliance irréversible entre les deux peuples, toutes les parties concernées, économiques et culturelles, allaient devoir procéder à une intégration beaucoup plus rapide que ne le prévoyait, dans sa version la plus audacieuse, le programme déjà si controversé des cités franches.

La confrontation serait rendue encore plus difficile dans l'environnement incommode d'une station orbitale. Le fait d'être amenées, si soudainement, à travailler au coude à coude, nécessiterait un immense effort d'adaptation de la part des deux communautés, ancrées dans leurs convictions et leurs traditions respectives. Encore devait-on espérer que l'équipage du vaisseau, parvenant une fois de plus à duper le personnel de la station en jouant les uns contre les autres, ne débaucherait pas les meilleurs éléments pour les astreindre à une corvée de ravitaillement en combustible, prélude à un nouveau départ qui laisserait dans son sillage beaucoup de colère et d'amertume.

La Guilde se trompait si elle croyait pouvoir recommencer avec de nouveaux partenaires ses manigances de jadis.

Si son intervention de la veille devant les seigneurs et les représentants avait provoqué un attentat, les initiatives qu'il se proposait de prendre pourraient bien déclencher d'innombrables vocations d'assassins. Le Président et ses conseillers avaient de longues nuits blanches en perspective.

10

Des relais devaient assurer la retransmission, aussi n'était-il pas nécessaire de se rendre au centre de surveillance spatial. La prise de contact aurait lieu depuis le Bu-javid et pour la seconde fois depuis le retour du paidhi, les murs du Cabinet Bleu résonneraient de paroles historiques.

— Nand'paidhi.

Tabini l'invitait à s'asseoir à la place d'honneur. Les assesseurs lui prirent des mains le dossier et l'ordinateur qu'ils installèrent sur la table, et reculèrent la chaise. Jago le suivait comme son ombre. Le micro devant lui était encore fermé. Bren jeta un coup d'œil inquiet sur les caméras.

— Le film sera-t-il diffusé en direct à la télévision ? demanda-t-il à son voisin, le aiji.

— La décision d'associer les médias à cet événement a été prise cette nuit, en séance plénière. Nous désirons conserver de cette scène un témoignage irréfutable. Pour la postérité, mais pas seulement. Par mesure de précaution. La date d'une éventuelle diffusion auprès du public n'a pas encore été fixée.

Le film pourrait bien constituer un outil de travail utile pour le paidhi lui-même, en cas de litige ultérieur, ou de malentendu, raisonna-t-il. Tout bien considéré, il était préférable que les grands moyens d'information fussent partie prenante de l'opération. Rien de tel pour empêcher la rumeur de se livrer à son travail d'abus fantasmagorique.

— Où en sommes-nous ? Les techniciens ont-ils d'ores et déjà établi le contact ?

— Ils sont à l'œuvre, dit Tabini.

Sa voix s'enfla soudain, de sorte que les murmures alentour s'étouffèrent. Tous les regards se tournèrent vers lui et les participants les plus éloignés se levèrent à demi pour ne rien perdre de ce qui allait être dit.

— Peut-être nous donnons-nous tout ce mal pour rien, reprit le aiji. Peut-être nos efforts sont-ils voués à l'échec, mais personne ne pourra nous reprocher de ne pas avoir fait les premiers pas. La station de Mogari-nai nous informe que la voie est libre. Parlez quand bon vous semble, nand'paidhi. L'opérateur se tient prêt à retransmettre votre message.

— Je ferai de mon mieux, aiji-ma.

Une crampe lui noua l'estomac, le cœur lui battait. Il ouvrit son micro.

— Mogari-nai, ici Bren-paidhi. Me recevez-vous ?

— *Nand'paidhi, on vous colle dans l'antenne quand vous voudrez.*

Vocabulaire et syntaxe laissaient à désirer. Quelquefois, Bren comprenait l'exaspération ressentie par les traditionalistes face à l'exubérance de ces techniciens de fraîche date.

— Merci, Mogari-nai. Le circuit est à présent ouvert ?

— *Parlez, nand'paidhi.*

— *Phœnix*, ici Bren Cameron, interprète du chef de l'Etat ateva dont la capitale est Shejidan. Le aiji du Aishi'ditat désire faire parvenir un message à l'état-major du vaisseau. Répondez, s'il vous plaît… *Nadiin-sai, machi arai'si na djima sa dimajin tasu.*

Ce qui voulait dire : transmettez sans relâche jusqu'à obtenir une réaction.

Il dévisagea Tabini.

— Le vaisseau sait à présent que vous désirez établir le contact. Je lui ai demandé de se manifester dans les meilleurs délais. Il n'est pas certain qu'un officier soit immédiatement disponible, ni même que le radio soit à son poste. La relève ne s'effectue peut-être pas de façon rigoureuse.

— *Ici,* Phœnix. *Nous avons bien reçu votre message. Est-ce que vous m'entendez ?*

La voix si soudainement jaillie du haut-parleur s'exprimait avec un accent et dans une langue qui n'étaient pas tout à fait ceux de Mospheira.

— *Me recevez-vous ?*

Une seconde auparavant, il avait cru pouvoir maîtriser la situation et voilà que tout basculait dans l'irréalité. D'une main mal assurée, il rapprocha le micro, geste inutile, destiné à lui faire gagner un bref répit.

— Je vous entends parfaitement, monsieur. Pouvez-vous décliner votre identité ?

— *Robert Orr, officier de quart. Veuillez communiquer votre nom et vos fonctions.*

— Monsieur Orr, je suis Bren Cameron, intermédiaire officiel entre les humains et l'Association Occidentale, la structure territoriale et politique la plus importante de la planète, la seule avec laquelle l'humanité entretienne, selon les termes d'un Traité, des relations régulières depuis bientôt deux siècles. En ce qui me concerne, en ma qualité d'interprète, je ne vois pas d'inconvénient à dialoguer avec vous. Celui dont je suis le porte-parole, en revanche, chef élu de l'Association Occidentale, désire, conformément au protocole, s'entretenir avec le doyen de vos officiers. Ce personnage, l'interlocuteur le plus puissant avec lequel vous puissiez engager des négociations, est à mes côtés, prêt à discuter. Pouvez-vous informer le commandant de cet appel, de façon que le contact puisse s'établir dans les meilleures conditions entre *Phœnix* et les atevi ?

— *Oui, monsieur. Je vais prévenir qui de droit.* (Une nuance de contrariété s'était glissée dans la voix.

L'homme hésita puis, comme à la réflexion, se hâta d'ajouter :) *Ne coupez pas, surtout. L'attente ne sera pas longue.*

— Merci. (Bren se tourna. Le regard de Tabini restait impavide.) Il s'agissait d'un officier d'un rang intermédiaire. Après avoir dit qui vous étiez et ce que vous vous proposiez d'entreprendre, je lui ai demandé d'aller prévenir son supérieur le plus gradé. Il réclame un peu de patience.

Toutes les personnes présentes observaient un silence absolu, comme si elles se retenaient de respirer. Aucun seigneur, aucun représentant ne se sentait le droit de hasarder une question ou un commentaire.

— Qu'en penses-tu ? demanda le aiji.

— L'officier de quart a donné la réponse courtoise à laquelle nous devions nous attendre. A ce stade, il est de leur intérêt de se montrer raisonnables et d'accéder...

— *Monsieur Cameron.*

Une autre voix, aux intonations plus riches, plus maîtrisées. La voix de l'autorité.

— *Stani Ramirez, commandant de bord. Vous parlez, me dit-on, au nom d'un gouvernement indigène. C'est bien cela ?*

— Je parle au nom du dirigeant élu de l'Association Occidentale dont le territoire couvre les trois quarts du continent le plus vaste de la planète, le seul à avoir dépassé le stade préindustriel. Nous sommes à Shejidan, la ville principale et la capitale administrative de l'Association. Un instant, je vous prie.

Traduction en langue ateva. L'espace de quelques secondes terrifiantes, rien ne s'enclencha dans son esprit, il resta ahuri, sans pensée.

— Tabini-ma, le plus haut responsable du vaisseau se nomme Stani, du clan Ramirez. Il est prêt à discuter avec vous.

Le aiji était-il rasséréné ? Il n'en laissa rien paraître, se contentant de branler du chef.

— Explique-lui en quoi consiste le Traité. Précise que ses clauses définissent à nos yeux les rapports les plus souhaitables pouvant exister entre atevi et humains.

— Oui, aiji-ma. (Il fit machine arrière.) Commandant Ramirez, le aiji me prie de vous transmettre ceci : toutes relations entre les deux peuples doivent être conformes au Traité signé il y a deux siècles par lequel chacun s'est engagé à garantir le respect des droits de l'autre. Je ne manquerai pas, au terme de notre entretien, de vous faire parvenir une copie du texte.

— *Nous examinerons ce document avec soin.*

— Je n'en doute pas, monsieur, mais souvenez-vous que la première tentative de rapprochement entre les deux communautés s'est soldée par une guerre meurtrière. Le contentieux entre les espèces est de nature plus anthropologique que culturelle proprement dite, et tous les humains ayant eu l'expérience d'un contact prolongé avec les atevi vous le confirmeront. Ces divergences ne sont pas facilement réductibles. Les atevi n'éprouvent aucune hostilité de principe à l'égard du vaisseau. Leurs intérêts, pensent-ils, seront mieux protégés si le dialogue s'établit sans l'intermédiaire de Mospheira, mais la recherche d'un accord devra être confiée à des individus qualifiés pour interpréter chaque nouvelle étape de la négociation sans jamais s'écarter des clauses du Traité fondateur. C'est là l'essentiel.

D'une main brusquement levée, Tabini réclama son attention.

— Dis-lui de désigner un médiateur, quelqu'un qui sera chargé de s'entremettre, comme toi, paidhi-ji, pour faciliter les préparatifs d'un accord entre nous. Tu lui apprendras notre langue. Vous travaillerez en étroite collaboration et, pour ce faire, cette personne devra venir à Shejidan au plus vite.

Bren resta sans voix. A différentes reprises, dans le

passé, il avait éprouvé la conviction déconcertante que Tabini parlait beaucoup mieux le langage des hommes qu'il ne voulait en convenir. D'un autre côté, ainsi que son grand pouvoir l'y invitait, le aiji s'était contenté de faire preuve de clairvoyance en prenant à l'avance une décision dont la nécessité se serait imposée tôt ou tard. Bren Cameron n'avait aucun grief à formuler. Ici comme à Mospheira, il n'était qu'un habile exécutant dont les marges d'initiative n'excédaient pas la faculté de parcourir toutes les nuances de la diplomatie. Tabini venait pourtant d'introduire dans ses calculs un élément inattendu aux effets imprévisibles.

— Monsieur, dit-il, s'adressant au micro.

— *Parlez, je vous reçois très bien.*

— La lecture du Traité vous apprendra que toutes les traductions et, par voie de conséquence, le règlement de toutes les négociations sont confiés à un seul et unique interprète dont la nomination, effectuée par Mospheira, doit être entérinée par le dirigeant de l'Association Occidentale. La jonction entre les deux langues est en effet très déroutante, faite de mille impacts et frictions qui sont autant de révélateurs de nos différences...

Il lui vint à l'esprit que l'équipage du vaisseau n'avait peut-être jamais eu l'occasion de faire l'expérience d'une langue étrangère. Qui sait si après tant de siècles de confinement, cette collectivité réduite à elle-même avait même retenu le concept de différence linguistique ou culturelle ?

— Le aiji vous invite à choisir un candidat susceptible d'apprendre la langue ateva et d'être initié aux habitudes politiques et sociales qui ont cours ici, quelqu'un dont j'assurerai bien évidemment la formation. Si cette suggestion vous agrée, votre représentant devra être transféré à Shejidan. Le plus tôt serait le mieux.

— *Vous proposez, en somme, l'envoi sur cette pla-*

nète d'un diplomate dont la tâche serait, après avoir été instruit par vos soins, de travailler avec vous à la mise au point d'un protocole d'accord ?

— C'est cela même, monsieur. Un envoyé spécial, mandaté pour procéder aux entretiens, échanges de vues, démarches, dans la perspective d'une convention que vous pourriez ratifier.

— *Quel est l'avis de Mospheira sur la question ?*

— Sur le plan strictement politique, Mospheira n'est jamais que l'une des entités constitutives de l'Association Occidentale, une province parmi les autres, jouissant il est vrai d'un statut particulier. En aucun cas le gouvernement de l'île ne saurait être considéré comme le porte-parole des atevi ou de la planète. Pour tout ce qui relève du commerce ou des relations extérieures, Mospheira reste soumise aux décisions de l'Association. Rien de plus facile à mettre au point, dans la mesure où le Traité a tout prévu, le rythme et la nature des échanges, les routes maritimes, les zones portuaires... Vous êtes, semble-t-il, demandeurs de matières premières, de produits semi-finis et de main-d'œuvre, toutes richesses que l'on trouve en abondance sur le continent. La présence à Shejidan d'un officier plénipotentiaire nous permettrait d'aller plus vite en besogne, mais il ne pourra faire l'économie de contacts directs. Aussi devrez-vous porter votre choix sur quelqu'un qui montre de vraies dispositions pour l'apprentissage d'une autre langue. Je puis fournir les rudiments, dresser une liste de locutions, mais le passage d'une structure mentale à une autre doit s'effectuer de manière fluide et spontanée.

Le silence s'engouffra derrière ces paroles. Le paidhi n'en attendait pas moins, la traditionnelle minute de méfiance ne s'imposait-elle pas dans ces circonstances solennelles ? Puis :

— *Je dois prendre l'avis des autres membres de*

l'état-major. Comment puis-je entrer en contact avec vous ?

On se serait cru à Mospheira. Bren réprima un soupir d'impatience.

— Les opérateurs de la station émettrice sauront en permanence où me joindre. Vous n'êtes pas sans avoir remarqué l'existence d'un intervalle entre les relais dû à l'éloignement du satellite de communication. Une difficulté que les techniciens de la station ont appris à contourner.

— *Sont-ils indigènes ?*

— Tous atevi, monsieur, c'est l'évidence. Ils ne comprendront pas le message de votre radio, mais le territoire est monolingue, et tout le monde me connaît. Il suffira de prononcer mon nom, les opérateurs sauront alors que vous avez une communication à transmettre aux dirigeants de l'Association Occidentale. Pouvons-nous d'ores et déjà convenir d'un prochain rendez-vous demain à midi, heure locale ?

— *Ce délai nous laissera-t-il le temps d'étudier à fond le texte du Traité ? Quel mode de transmission utilisez-vous ?*

— Identique à celui de Mospheira. Vous ne trouverez aucune différence entre les systèmes insulaires et continentaux, ce qui nous permet d'intercepter vos conversations avec le gouvernement humain. Cette précision étant donnée, vous n'êtes pas mieux renseignés sur le niveau ou la légitimité de ces écoutes, vous n'avez aucun moyen de vérifier jusqu'à quel point Shejidan est capable d'espionner vos programmes, n'est-il pas vrai, commandant ? Le texte du Traité lui-même est d'une concision déconcertante, bien dans la manière qu'affectionnent les documents officiels atevi : les détails sont contenus dans les annexes qui traitent séparément de tous les sujets concernés.

— *Monsieur Cameron, cette mise au point intervient un peu tardivement, mais quelle assurance avons-nous de votre bonne foi ? Comment pouvons-nous être certains que vous avez qualité pour parler au nom de l'Association Occidentale ?*

Question prévisible. Il tenait sa réponse toute prête.

— Monsieur, sans doute vos techniciens ont-ils déjà localisé le relais et s'efforcent-ils de l'identifier. Il s'agit d'installations de grande taille qui effectuent à intervalles réguliers les contrôles télémétriques de la station orbitale. Sachez en outre qu'il n'existe pas plus de trois autres humains parfaitement bilingues et qu'aux termes du Traité je suis à ce jour le seul individu mandaté par les deux parties pour servir d'intermédiaire. Vous pouvez lancer des appels aux quatre coins de la planète, personne ne vous répondra, si ce n'est Bren Cameron ou Mospheira. En dehors de l'île, seule la station installée sur le site de Mogari-nai pourra vous mettre en contact avec un correspondant parlant notre langue.

Le jeune homme jeta un coup d'œil soucieux sur Tabini. Celui-ci, très raisonnable, prenait son mal en patience.

— Aiji-ma, jis asdi parei'manima pag'nand' Stani-capitaine ?

— Masji sig' triti didamei'shi.

— Aiji, monsieur, le premier mot qu'il faut apprendre. Le titre donné au Président des atevi. « Président », cet équivalent ne rend pas compte des pouvoirs considérables du aiji, bien supérieurs à ceux d'un simple chef de l'exécutif. Le aiji en exercice se nomme Tabini. Appelez-le Tabini-aiji chaque fois que vous prendrez la parole pour vous adresser à lui : c'est là une règle de courtoisie élémentaire. Le Traité, tel qu'il sera porté à votre connaissance, est à prendre ou à laisser, monsieur. Les atevi n'imagineraient pas que vous puissiez vous élever contre tel ou tel aspect d'un accord considéré par tous comme un monument d'équité. Avez-vous, monsieur, un message particulier à transmettre au aiji de l'Association Occidentale ?

— *Dites-lui bien que nous avons l'espoir d'une rencontre placée sous le signe de l'amitié. A vous : transmettez votre document.*

— Merci, monsieur. Daiti, nadiin tekikin madighi tritin distitas pas ajiimaisit, das, das, das, magji das.

— *Pai sat, paidhi-ma.*

Après avoir fait apparaître l'écran de son ordinateur, il établit la liaison avec le téléphone posé sur la table, initialisa, ouvrit un dossier. Le texte du Traité défila sous ses yeux, il prenait la direction de Mogarinai, d'où il serait réexpédié vers *Phœnix*, opération époustouflante, exécutée à l'aide de quelques manipulations rudimentaircs, depuis le Cabinet Bleu du Bu-javid.

Même le paidhi, arbitre des progrès de la révolution technologique sur le continent, en était sidéré.

— Eh bien, où en sommes-nous ? demanda Tabini.

— Aiji-ma, j'ai demandé au commandant s'il avait un message personnel à vous transmettre. Il a formulé l'espoir d'un contact pacifique. Il attend, pour s'engager davantage, d'avoir examiné le Traité, que je viens de lui transmettre. En réalité, j'ai pris la liberté de substituer un mot à un autre car son espoir d'un contact « pacifique » contient l'idée d'une action réciproque exempte d'arrière-pensée belliciste dont l'équivalent n'existe pas dans le vocabulaire ateva.

— Le contact aura-t-il pour autant un sens différent ? s'enquit le ministre de la Justice.

— L'expression choisie par le commandant est de pure routine diplomatique. Tantôt elle est employée sans intention précise, pour signifier la non-agression, tantôt elle prend les dimensions d'une sollicitation plus précise dont on souhaite qu'elle puisse déboucher sur une association durable. Le commandant a évoqué, je cite : « Une rencontre placée sous le signe de l'amitié », fin de citation. *Amitié*, vous savez bien, nadi, ce mot qui sème le désarroi dans nos traductions.

— Mot empoisonnant s'il en est, grommela Tabini. On ne sait jamais sur quel pied danser avec lui.

— Il en est toujours ainsi, aiji-ma, même entre les humains. On est toujours amené à s'interroger sur les intentions de l'autre, lorsque survient ce mot sensible entre tous.

— Ambiguïté entretenue de propos délibéré ?

— Quelquefois. Ils veulent, préalablement à toute discussion, prendre connaissance du texte du Traité, c'est la moindre des choses. Sa brièveté éveillera la méfiance, ils voudront savoir si nous n'avons pas soustrait quelques articles à leur intention et, surtout, ils réclameront l'accès à toutes les pièces annexes du dossier. Chez les humains, tout document contractuel se fait un devoir de traquer les dérogations potentielles et de prévoir chaque situation pouvant donner lieu à un nouveau compromis.

Tabini haussa les épaules.

— Chercher la petite bête, n'est-ce pas ? Ce souci maniaque semble procéder d'un esprit négatif.

— Les hommes ont toujours eu la passion du droit. C'est chez eux une tradition très ancienne dont je connais mal l'origine. Un peuple de législateurs. Ils s'efforcent d'envisager toutes les facettes d'un problème et de trouver des solutions, si possible à leur avantage, aux contestations qui pourraient être soulevées par leurs futurs associés. Je suis inquiet, nadiin, aiji-ma, à quoi bon le dissimuler ? Je n'avais pas pris conscience, avant cet entretien avec le commandant, qu'il me faudrait reprendre depuis le commencement le récit des relations entre humains et atevi. De toute évidence, un monde sépare l'équipage du vaisseau des universitaires de Mospheira. Je vais devoir me livrer à un travail d'adaptation considérable afin de mettre à leur portée certains concepts inconnus qu'ils accueilleront avec suspicion.

— Jusqu'à quel point la transcription ne se fera-t-elle pas au détriment de l'exactitude ? insista le ministre de la Justice.

— Tout ira bien aussi longtemps que le paidhi restera sur ses gardes, nandi, aussi aura-t-il besoin de votre aide pendant ce périlleux processus d'interprétation. Si quelque chose vous choque ou vous intrigue, n'hésitez pas à m'interrompre, à formuler des objections. L'idée de les inciter à chercher parmi leurs clercs quelqu'un qui se sente la vocation d'œuvrer au rapprochement entre le vaisseau et l'Association est excellente, je dois en convenir, malgré ma surprise initiale. Encore faut-il qu'ils aient sous la main l'individu favorablement disposé à faire ce long travail en ma compagnie et encore devra-t-il vraiment avoir les qualités requises...

Il se sentait plus nerveux, face à ce puissant aréopage, qu'il ne l'avait été face à certain revolver braqué sur lui, ou sous la menace d'un lâcher de grenades. Ses facultés de persuasion reposaient sur le fil de son éloquence puisqu'il était impensable de critiquer de front l'initiative du aiji, difficile d'adresser des reproches, même voilés, à n'importe lequel des seigneurs ou représentants sans avoir l'air de soupçonner chez son interlocuteur des intentions malveillantes.

— Toutefois, reprit-il, si la personne désignée me semble incapable de l'effort exigé, ou si le contact s'établit dans de mauvaises conditions, qu'il me soit permis, aiji-ma, nadiin-ma, de cesser de lui fournir des informations et d'interrompre l'expérience. Si nous devions en arriver là, il apparaîtrait que cet énorme travail de traduction dépasse mes compétences. Il ne nous resterait plus qu'à faire appel aux ressources de l'université.

— Cette perspective entraînerait de graves complications, murmura Tabini. Il serait préférable, paidhi, que tu obtiennes un résultat par tes propres moyens.

— Nous sommes bien d'accord, aiji-ma.

La situation, tout à coup, avait cessé de lui paraître exaltante. Il avait suffi d'une petite note discordante, tout à l'heure, pour éveiller chez lui un malaise, comme une mise en garde indistincte contre un danger dont il avait toujours su l'existence mais qui se signalait sous la forme inattendue d'un mot. *Amitié*, le mot protéiforme dont les personnes de sa connaissance n'osaient pas se servir devant lui.

Une rencontre placée sous le signe de l'*amitié*.

Le culte des monuments aux morts, l'obsession de l'insularité ne faisaient pas partie de l'endoctrinement reçu par le commandant du *Phœnix*. Il n'avait pas, constamment présente à l'esprit, la hantise d'un conflit possible. A Mospheira, on vivait plus ou moins sous la menace, voilà ce qu'il ignorait. On vivait sous la menace pour la simple raison que l'on vivait *là*. Le gouvernement leur avait transmis un excellent récit des origines, la base, l'installation, le rapprochement avorté, la guerre, la négociation, la paix. C'était une chose que de lire les détails de l'histoire, une autre que d'observer une minute de silence à 9 h 16, chaque année, le jour de la commémoration de la signature du Traité, ou de voir les aiguilles indiquer cette heure pour l'éternité sur la pendule de Alpha Base, où tous les paidhiin étaient invités à se rendre au moins une fois dans leur vie.

— Aiji-ma, dit-il, avec votre permission je vais préparer une nouvelle série de documents à transmettre au vaisseau, un recueil contenant toutes les annexes du Traité. Il sera prêt demain. Un dictionnaire me serait d'une grande utilité.

— Comme le paidhi voudra, dit Tabini. Tout doit être fait pour lui permettre de travailler dans les conditions qu'il estime nécessaires.

Par ces mots, Bren se voyait investi d'un pouvoir

considérable, accompagné suivant l'usage ateva d'une entière responsabilité pour tout ce qui concernait les futures relations entre les hommes de l'espace et l'Association.

Sans mot dire, il replia son ordinateur.

Dans quel engrenage avait-il mis le doigt ? Pour l'instant, il n'envisageait que la pratique de ses nouvelles fonctions : traductions et transmissions de documents, à commencer par les annexes du Traité. Il devrait assurer la correspondance la plus délicate en tenant compte de cette nouvelle situation et confirmer certains rendez-vous.

Ce fut alors, à la suite d'un curieux rétablissement mental, qu'il prit congé de Barb, définitivement, et que cette rupture devint un souvenir qui jamais plus ne le ferait souffrir. Ce même élan de confiance en soi et d'espérance lui inspira le désir immédiat d'écrire à sa mère et à Toby.

Il avait à peine éprouvé cette impulsion qu'elle lui parut suspecte, comme la manifestation d'un triomphe aussi vain qu'illusoire, juste assez troublant en réalité pour le déboussoler. Tabini lui avait accordé sa faveur avec éclat, afin de mieux lui imposer sa volonté. Il éprouva une brève nausée. Pour la première fois, peut-être, les circonstances l'obligeaient à s'interroger sur ses mobiles, ses objectifs ultimes, de l'intérieur, et non de ce point de vue soi-disant objectif qui consistait à les analyser tels des mouvements abstraits, des considérations purement théoriques. La réalité, cessant d'être pour lui ce monde de généralisations sur lesquelles son imagination aimait à spéculer librement, se couvrait soudain d'aspérités. Cet idéal d'un dialogue entre purs esprits était bien joli, « sur le papier ». Dans les faits, le dialogue avait eu lieu, il avait tourné court. Seul résultat concret, l'apparition dans le jeu politique d'un troisième pôle de pouvoir et de décision, d'autant plus dangereux que la distance le rendait invulnérable, et dans une large mesure impénétrable à tous les systèmes de surveillance et d'écoute spatiaux en activité sur l'île ou sur le continent. Pour ne rien dire des suites que le département d'Etat ne manquerait pas de donner à son initiative. Que répondrait-il à ceux qui l'accuseraient d'avoir trahi les intérêts des siens et lui demanderaient des comptes ?

— Nadiin, la séance est levée, dit Tabini. Nand' paidhi, merci.

— Aiji-ma, murmura-t-il.

Un appariteur s'empressa d'aider l'éclopé à reculer sa chaise, puis lui présenta successivement sa redingote, l'ordinateur, le dossier qu'il n'avait pas ouvert. Bren se retrouva debout avec cette sensation de léger vertige et de creux à la poitrine.

Le seigneur Eigji, président de la commission du commerce extérieur, s'effaça pour lui livrer passage. Cette inversion spectaculaire de l'ordre des préséances fut accompagnée d'un profond salut, après quoi le paidhi s'interrogea sur les conséquences que cette soudaine promotion pourrait avoir sur sa vie quotidienne. Perdu dans des considérations d'étiquette et de protocole, il atteignit la porte devant laquelle Jago devait monter la garde. Son regard à demi levé rencontra une vaste poitrine sanglée de cuir noir.

— Veux-tu que je m'en charge ? demanda Banichi.

Sans attendre de réponse, il se saisit de l'ordinateur. Le jeune homme n'était pas peu surpris. Une première question fusa, irréfléchie.

— Te voilà enfin. Où étais-tu passé ?

Il demeurait sur le seuil, obstruant la sortie. Le prétorien fit un pas de côté, Bren l'imita aussitôt.

— J'ai dormi, nand'paidhi... rien de tel qu'un long sommeil réparateur pour rendre le goût de l'ordre et du travail bien fait.

Banichi mentait sans même se donner la peine de

convaincre son interlocuteur. Le paidhi lui décocha un regard noir.

— Tu l'avais donc perdu ? Je l'ignorais.

Un frémissement parcourut le visage de l'officier : c'était chez lui l'équivalent d'un sourire. Qu'il fût de bonne humeur était déjà en soi une nouvelle rassurante, il n'y avait pas lieu de s'inquiéter dans l'immédiat au sujet de la sécurité de Bren Cameron.

— Je vais devoir me rendre à mon bureau, aujourd'hui si possible, demain au plus tard. (Il s'était attendu à devoir négocier avec Jago et ce changement de compagnie le prenait à l'improviste.) Mon absence n'a que trop duré, ajouta-t-il, il faut que je sache où en sont les affaires laissées pendantes. Je dois aussi trouver le moyen de résoudre une fois pour toutes le problème posé par Deana Hanks.

— Vous êtes donc réconciliés ?

— Ce n'est pas si simple, Banichi. Tout en étant d'un avis différent du sien et en reconnaissant qu'elle constitue une gêne, je ne souhaite pas qu'il lui arrive malheur. Est-ce si difficile à comprendre ?

Banichi prit l'air goguenard.

— Je ne sais ce qu'il en est de Mospheira mais sur le continent, tu dois être le seul à lui vouloir du bien.

— Un attentat contre elle aurait des conséquences trop graves. Je n'ose même pas penser à quelles extrémités ses amis, sa famille pousseraient notre gouvernement. (Ils avaient atteint la zone presque déserte, aux abords de l'ascenseur desservant les étages placés sous haute protection.) Qu'est devenue Jago ? Algini est de retour, le savais-tu ? Tu disparais, puis c'est au tour de ta coéquipière et tu en profites pour reprendre ton poste. Que signifie ce chassé-croisé ? Algini n'est pas revenu les mains vides ; quand j'ai quitté l'appartement, les monceaux de bagages laissés à Malguri et que j'avais cru ne jamais revoir s'entassaient dans le vestibule...

— Shush ! (C'était ainsi que l'on s'adressait aux

enfants trop bavards pour les inciter au silence.) Cesse de te poser des questions inutiles, Bren-ji. Tu t'inquiètes de tout et de rien, tu as besoin de repos, je sais ce dont je parle.

— D'après Cenedi, tu as dû faire face à une certaine agitation.

L'ascenseur venait d'arriver à leur niveau, la porte coulissa. Banichi gratifia son compagnon d'un coup d'œil déconcertant.

— Cenedi ? répéta-t-il.

— Il a ajouté qu'il te soutiendrait, si les troubles au sein de la Guilde l'obligeaient à prendre parti.

— Cenedi a prononcé ces paroles généreuses, vraiment ?

L'ascenseur pouvait être appelé d'un instant à l'autre. Banichi se décida à pousser le jeune homme à l'intérieur, il entra à sa suite, pressa le bouton du troisième.

Sans daigner apporter le moindre commencement de réponse aux interrogations inquiètes du paidhi, celui-ci n'en avait pas moins enregistré chez l'officier un mouvement de surprise et d'agacement.

— Banichi, il faut te résoudre à m'en dire plus. La nuit dernière, un seigneur a trouvé la mort dans des conditions absurdes.

— Comme si je ne le savais pas.

Le prétorien fuyait les yeux du paidhi. Son visage avait pris l'expression butée qui chez lui signifiait toujours la même chose : il n'est pas utile que tu saches, aussi ne compte pas sur moi.

Bren n'était pas disposé à se satisfaire de si peu.

— Banichi, les temps ont changé. La conduite de leurs affaires serait plus facile pour certains si les personnes chargées de leur sécurité ne pratiquaient pas la dissimulation systématique.

Banichi lui adressa un sourire évasif, dissipé sur-le-champ.

— A chacun son travail, Bren. Le tien consiste à

négocier avec le vaisseau, dont le retour constitue l'événement majeur de ces dernières années. Qu'as-tu à te soucier de notre Guilde quand tu as la tête déjà pleine à craquer de soucis ? Si j'ai bien compris, tu dois faire en sorte que notre destin ne soit pas subverti par des interventions étrangères, d'où qu'elles viennent.

— Le défunt avait une femme, des enfants. Je suis ainsi fait qu'il m'est difficile de l'oublier.

La cabine s'immobilisa au troisième, la porte s'ouvrit.

— Ce sont des problèmes trop délicats pour que nous en discutions ici, où nos paroles ne sont pas à l'abri d'oreilles indiscrètes, déclara le prétorien, très sérieux.

— Allons donc ! répliqua le paidhi, flairant une mauvaise excuse. Si nous ne sommes pas libres de parler au troisième étage du Bu-javid, le secteur le mieux protégé de tout le territoire de l'Association, où pourrions-nous le faire ? Ainsi que tu le rappelais quelques instants auparavant, tout ce qui concerne la sécurité n'est-il pas de ta compétence ?

Qui avait accès à ce niveau, sinon des serviteurs ou des fonctionnaires, tous liés à Tabini par un *man'chi* indéfectible ? A Tabini, ainsi qu'à son hôtesse, membre du clan Atigeini, opposé à la politique du aiji...

Banichi fit halte devant la porte dont il tira la clé de sa poche. A mi-voix, d'une traite, il parla enfin :

— Des morts, il y en a eu plusieurs, Bren-ji. Des amateurs, tous autant qu'ils étaient, qui finiront par porter préjudice à notre réputation. La télévision est la cause de tout, j'en suis sûr. Elle farcit d'idées aberrantes des cervelles creuses qui sans ces encouragements seraient incapables d'échafauder semblables projets.

— Tu fais allusion à ce seigneur, prêt à me mettre hors d'état de nuire. Il devait juger le danger bien grand pour en arriver à tant de ridicule.

— La Guilde, sache-le, a refusé de céder aux arguments, aux tentatives de corruption, aux menaces de ceux et celles qui voulaient lancer un Défi contre le paidhi et louer les services d'assassins assermentés. Tu voulais savoir ce qu'il en était, te voilà édifié.

Ils entrèrent dans un vestibule débarrassé du dernier carton à chapeaux.

— Le tir de Jago a fait mouche, reprit Banichi, bougonnant entre ses dents. La balle de son adversaire est allée se loger dans un lustre d'une grande valeur historique. C'est toute la différence entre eux et nous. A ta place, nadi, plus que jamais j'éviterais d'être mêlé à la foule.

La Guilde des Assassins était régie par des règles très strictes. Ses agents pouvaient vous atteindre en tout lieu, aussi bien sur les marches du palais qu'au détour d'une galerie ou dans votre chambre. Contrairement aux « amateurs », ils frappaient à coup sûr et ne mettaient jamais en péril la vie d'un tiers. Leurs commanditaires devaient répondre à certains critères de responsabilité et faire une demande officielle auprès des autorités. La victime désignée était aussitôt informée du Défi lancé contre elle.

Le paidhi, pour son bonheur, n'avait pas eu affaire à un assassin de la classe de Banichi ou de Jago. Il s'était juste attiré la haine d'un père de famille quinquagénaire.

L'attentat avait sans doute effacé de la mémoire de tous les téléspectateurs l'allocution prononcée auparavant par Bren Cameron. Il avait tenu là des propos d'une gravité exceptionnelle, mûrement réfléchis, faits pour convaincre un auditoire réticent et dont l'audace avait dû épuiser une grande partie du crédit que son gouvernement lui marchandait avec parcimonie. A la pensée de s'être mis à dos les siens pour des paroles éphémères, il se sentit découragé.

Un coup d'œil sur la desserte lui montra que la coupe contenant le courrier était pleine. Dame Saidin et Tano s'avancèrent à leur rencontre, la première avec cet air de courtoisie hautaine qui l'accompagnait partout, le second avec un soulagement manifeste. Jago, par conséquent, devait être absente plutôt qu'en train de faire la sieste. Algini surgit à son tour. Frappé par l'absence d'effusion dans la rencontre entre les deux prétoriens, Bren se demanda s'ils ne s'étaient pas déjà rencontrés, si l'officier ne se trouvait pas à l'aéroport au moment de l'arrivée d'Algini.

— Nand'paidhi, Hanks-paidhi a téléphoné, annonça Tano. A trois reprises.

— A-t-elle laissé un message ?

— Elle était d'une humeur irascible, au point de refuser de parler à quelqu'un d'autre qu'à vous.

— Tano, je vous présente mes excuses.

— Cela fait partie de mon travail, paidhi. Répondre au téléphone. Trois télégrammes sont arrivés en provenance de Mospheira. Sans vouloir vous importuner avec les tâches dont je puis déjà m'acquitter seul, il serait souhaitable…

Bren n'écoutait plus. La fatigue fondit sur lui, même le poids de sa redingote lui était insupportable. Une cameriste vint à la rescousse, ôta le vêtement qu'elle plia sur son bras, une charmante cameriste dont il aurait dû retenir le nom mais la mémoire, pour l'instant, lui faisait défaut.

— Tano, cela ne peut-il attendre demain ? Je suis si las.

Sa voix se brisa sur un sanglot étouffé. Les prétoriens étaient habitués à ces défaillances passagères du paidhi, mais qu'allaient penser les servantes, et dame Saidin, de ces manifestations d'une sensibilité à fleur de peau, incongrues chez un personnage que le aiji honorait d'une telle confiance.

— Le paidhi va se rendre directement dans sa chambre, intervint Banichi. Cette journée fut pour lui très bien remplie, très dure. Que personne ne l'importune avant demain matin.

Pour sa tranquillité d'esprit, le jeune homme se devait au moins de prendre connaissance des trois télégrammes. Il rompit le cachet du premier, reconnut l'écriture de Barb.

Bren, je ne savais pas. Je me sens si misérable. Appelle-moi.

Il ne ressentit rien, tout d'abord, puis la colère déferla en lui, une main brûlante se posa sur son cœur. De sa vie entière, il ne gardait le souvenir d'avoir été monté contre quelqu'un comme il l'était à cet instant contre Barb. Ou bien n'était-ce que la face grimaçante du chagrin ?

Le télégramme fut rejeté dans la coupe. Il ouvrit le second.

Désolée de n'avoir pu me rendre à l'hôpital, écrivait sa mère. La censure avait oblitéré les lignes suivantes, sans épargner un seul mot, de sorte que même le sens de la première phrase restait ambigu. Les messages maternels étaient toujours la simplicité, la discrétion même. Que contenait celui-ci pour avoir déclenché une telle ardeur de la part des gardiens de l'orthodoxie sécuritaire ?

Peut-être était-il arrivé quelque chose de grave, un accident domestique que les atevi préféraient lui dissimuler aussi longtemps que sa présence sur le continent serait jugée indispensable. Dans ce cas, pourquoi ne pas avoir retenu le télégramme purement et simplement ? Quant à l'intention compréhensible de vouloir lui épargner les soucis personnels dans une période de tourmente politique, elle concernait aussi bien la correspondance envoyée par son ex-fiancée, qui lui était pourtant parvenue normalement. C'était à n'y rien comprendre.

Le troisième cylindre portait le cachet du département d'Etat. Après lui avoir donné le titre qu'on lui accordait en haut lieu, *lieutenant-colonel Cameron*, galons sans doute gagnés dans sa lutte solitaire contre les atevi, on l'informait *qu'après avoir pris connaissance de son dernier rapport, les autorités compétentes lui donnaient l'ordre formel de cesser désormais toute traduction des transmissions interceptées*.

Ce n'était que cela, songea-t-il. Une nouvelle mise en garde contre les infractions à la ligne imposée au Service par les groupes de pression conservateurs. Le paidhi s'en fichait comme d'une guigne. Il avait trouvé dans l'habitude et le cynisme de ceux qui sont trop avancés dans la voie du péché l'engourdissement de ses remords. A l'heure actuelle, pas plus que les regrets de Barb, les menaces du département d'Etat ne pouvaient l'atteindre. La lettre de sa mère le laissait dans l'expectative, les autres pouvaient retourner dans la corbeille. Ce fut alors qu'il remarqua le cylindre d'Ilisidi. Il l'ouvrit sans hésiter.

Une vieille femme aspire à se trouver en votre compagnie. Choisissez vous-même, n'importe quel matin fera l'affaire. Notre sang bat plus vite en face de vous. Vos merveilleux cheveux y sont peut-être pour quelque chose.

Texte de lys et de rose qu'il parcourut trois fois des yeux en savourant la fierté de penser qu'il existait dans l'univers un être disposé à l'apprécier pour lui-même. Un seigneur de cette Association archaïque ne voulait ni l'acheter ni le tuer, pas même l'exploiter au sens vulgaire du terme. La douairière sollicitait la compagnie d'un homme pourvu de longues boucles auburn. Elle n'était pas même appointée par Tabini pour veiller sur lui. Dangereuse illusion, lui soufflait la voix de la raison. Comme si je ne le savais pas, rétorquait sa conscience, mais la chimère était si séduisante.

Il tendit la lettre à Tano.

— Nadi, remerciez la douairière. Dites-lui que nous prendrons le petit-déjeuner ensemble dans un proche avenir. Ajoutez que je suis toujours sensible aux flatteries, si peu sincères qu'elles soient. Faites en sorte que ma réponse lui parvienne dès ce soir. N'omettez pas de joindre un bouquet dont l'ordonnance obéira aux critères les plus favorables.

Le prétorien en habit de valet avait appris à ne plus s'étonner de rien depuis qu'il était entré au service du paidhi. Cette touche galante n'en mit pas moins à rude épreuve l'excellente opinion qu'il se faisait de Bren Cameron. Celui-ci s'éloigna cahin-caha en direction de la chambre où il laissa à des mains noires et douces le soin de le dévêtir, puis se mit au lit après de brèves ablutions.

Jago n'attendait que le retour de Banichi pour s'éclipser à son tour. Quelle que fût la raison de ces mystérieuses absences à tour de rôle, ils agissaient pour le compte de Tabini, afin d'assurer la sécurité du meilleur allié de celui-ci en neutralisant ses ennemis, dans les rangs de la Guilde ou ailleurs. Pour remplir cette tâche, comme pour veiller directement sur le paidhi, ils se relevaient l'un l'autre. Ainsi, Bren avait le sentiment de n'être jamais abandonné à la vigilance d'agents subalternes. Compte tenu de la popularité croissante dont il jouissait à Shejidan autant qu'à Mospheira, il se rassurait en sachant qu'il aurait toujours à portée de main un tireur d'élite.

Sur cette belle pensée, les yeux clos, il se sentit prêt à glisser dans le sommeil comme sur un plan incliné. Avec conviction, il attendit l'engloutissement.

Appelle-moi, avait écrit Barb.

Au diable la traîtresse éplorée ! Il était disposé à tirer un trait sur le passé, à tout pardonner, ou presque, mais voilà une prière qui passait les bornes. Appelle-moi ! Au plus fort d'une crise sans précédent entre humains et atevi, alors qu'il travaillait jusqu'à l'épuisement et doutait de tout, de tous, de lui-même en premier lieu et du bien-fondé de ses propres décisions, la femme qui avait partagé sa vie pendant si longtemps ne trouvait rien de mieux que de venir retourner le couteau dans la plaie au pire moment. Barb, qui connaissait parfaitement les plages de temps que Bren pouvait consacrer aux problèmes de caractère intime. Tôt le matin, surtout, lorsque l'espoir du jour était encore intact. Barb, sans doute, avait une conception très personnelle, très égoïste, de l'échelle des priorités. De son point de vue, c'était à *lui* d'appeler, toutes affaires cessantes. C'était à lui qu'il appartenait d'effectuer les manœuvres d'approche, puis d'entrer dans son jeu en répartissant les torts avec une indulgente équité afin de trouver, patiemment, le moyen de réconcilier la belle avec elle-même et de la quitter, enfin apaisée.

Libre de convoler en justes noces avec le premier chien coiffé. Le paidhi n'était nullement d'humeur à plaisanter.

Barb était au moins parvenue à le mettre de fort méchante humeur. Une intolérable lucidité le tenait plus éveillé que jamais. D'une main tâtonnante, il chercha la télécommande qui devait se trouver sur la table de chevet, alluma la télévision, entendit sa voix avant de voir apparaître son image. Bren Cameron était assis à la tribune de la salle du conseil. Il ne perdait pas de vue que tous les foyers de Mospheira pouvaient capter cette retransmission si les autorités en avaient décidé ainsi. Le présentateur de ce bulletin tardif revint à l'écran pour lancer un appel à tous les membres de la Guilde des Assassins qui se trouvaient en ce moment même absents de Shejidan. Il leur était demandé de réintégrer la capitale au plus vite afin de participer à une élection qu'un porte-parole de l'organisation, invité à donner quelques détails, qualifia de « scrutin administratif ».

De mieux en mieux, maugréa le jeune homme. Pour la première fois en l'espace de dix ans, le courrier envoyé par sa mère était censuré, Banichi l'avait abandonné pour participer à des élections dont dépendait l'avenir physique du paidhi, s'il fallait en croire les confidences de Cenedi au sujet des querelles au sein de la Guilde. A mort! criaient les uns. Voyons d'abord de quoi il retourne, rétorquaient les autres. Il cessa du même coup de s'interroger sur la disparition de Jago. En train de plaider la cause du petit homme, comme tous les Assassins à la solde de Tabini, la grande famille du aiji, frères et sœurs de *man'chi*.

La Guilde, d'après Banichi, avait d'ores et déjà décliné plusieurs contrats dont l'objet n'était autre que la liquidation du paidhi. A quelle majorité ces votes négatifs avaient-ils été obtenus? se demanda-t-il avec inquiétude. Dans le cas où la Guilde aurait choisi d'accepter les offres faites, s'engageant par là même à les honorer au plus vite, le pouvoir de Tabini s'en serait-il trouvé gravement ébranlé?

Il n'y avait rien de bon à attendre de la suite du programme de la chaîne consacrée aux actualités. Unc pièce de théâtre lui apporterait couleurs et péripéties, mais ses paupières d'insomniaque demandaient grâce. Sa conscience à la dérive n'abritait plus de pensées cohérentes.

La nuit se fit tout à coup. La chambre se trouva plongée dans le crépuscule bleuâtre d'un tube cathodique. Il s'était endormi en laissant la lampe et la télévision allumées. Quelqu'un venait d'éteindre la lumière, quelqu'un dont on devinait la silhouette noire et massive non loin de la porte.

— Banichi? souffla-t-il.

— Prudence élémentaire, celui qui découvre un intrus dans sa chambre ne doit jamais manifester qu'il ne dort pas: éventuellement, l'effet de surprise lui fournira un délai supplémentaire.

Bren poussa un soupir.

— La maison fourmille d'agents de la Sécurité. Du reste, à quoi me servirait ce délai puisque je suis désarmé.

— Crois-tu ? Regarde plutôt dans ta commode.

Le jeune homme était soudain bien réveillé. Il n'avait pas le courage d'aller vérifier, effort superflu de toute façon : Banichi n'aurait pas eu le goût de plaisanter sur un sujet aussi grave.

— Le moment n'est-il pas venu de discuter entre nous de certaines choses ? demanda-t-il faiblement. Les sujets ne manquent pas, ainsi les élections qui se déroulent à la Guilde. Dans le même ordre d'idée, nous pourrions évoquer les menaces dont Cenedi a cru devoir m'informer et sur lesquelles je devrais être mieux renseigné, puisque j'ai accepté de me rendre à une nouvelle invitation d'Ilisidi.

— En y mettant les formes les plus gracieuses, nadi. A la surprise de quelques-uns.

Bren se sentit gagné par l'agacement. Les réticences et les insinuations de Banichi jouaient comme à plaisir sur les nerfs d'un être humain très démuni.

— Cette vieille dame me plaît, j'ai de l'*affection* pour elle, déclara-t-il, conscient de l'effet comique immanquablement produit dans la langue ateva lorsque l'affection, réservée à la gastronomie, se trouvait associée à une personne, bien vivante de surcroît... J'apprécie aussi sa compagnie car j'apprends chez elle ce que mes propres amis refusent de me révéler.

L'officier fit entendre une exclamation méprisante.

— Tout cet engouement, en somme, parce que tu confonds la douairière avec une salade de fruits et te laisses impressionner par les chuchotements de ceux dont le principal souci est de t'induire en erreur ?

— Un bon conseil, Banichi : mets un peu moins de zèle à me protéger, et davantage à m'informer. Je suis au désespoir, mon cher. Comment pourrais-je continuer à travailler, à m'acquitter des tâches considérables confiées par le aiji, dans l'ignorance fatale où je suis de tout ce qui se trame autour de moi ?

— Si tu en fais la demande, Jago te conduira à Taiben. Tu y seras peut-être plus en sécurité.

— Pourquoi, Banichi, pourquoi ne pourrais-je rester bien tranquillement où je suis, au troisième étage du Bu-javid, sur le palier de Tabini ? Si je suis en danger dans cette forteresse à l'intérieur de la forteresse, il serait préférable que j'en sois averti.

Le silence de l'officier ressemblait à s'y méprendre à une marque de trouble, d'hésitation.

— Banichi ?

— Nand'paidhi, Deana Hanks a envoyé d'autres messages. Ils portent ton sceau.

Misérable. Il ferma les yeux. Comme il lui eût été facile de s'abandonner à la tiède dérive de l'inconscience ! Il poussa un soupir.

— Sans vouloir adresser de reproches à qui que ce soit, je croyais que vous aviez mis un terme à ses agissements. Je la croyais bouclée à double tour, dans l'impossibilité de communiquer avec l'extérieur. Qu'importe, le mal est fait. D'après ce que vous savez, où veut-elle en venir ?

— Nand'paidhi, cette personne entretient des contacts plus ou moins suivis avec certains membres du tashrid. Quant à savoir où elle s'est procuré ton sceau, c'est un grand mystère pour nous.

Alors qu'il était sur le point de succomber au sommeil, un esprit malfaisant s'acharnait à lui soumettre des énigmes. Pourquoi voulait-on l'expédier à Taiben ? Comment le sceau du paidhi s'était-il trouvé en possession de Deana ? Il n'était pas trop difficile de répondre à cette seconde devinette.

— Le sceau se trouvait dans ses bagages, murmura le jeune homme. Un faux, fabriqué à Mospheira.

— Nous avions envisagé, puis rejeté cette hypothèse afin de ne pas incriminer votre département d'Etat. De même ne peut-on écarter la possibilité que ce facsimilé ait été confectionné sur le continent, par les soins de quelques honorables seigneurs du tashrid.

Le mal est moins grand qu'il n'y paraît puisque les messages ont été interceptés par nos services avant d'être réexpédiés à leurs destinataires. Certains sont émaillés de maladresses effarantes.

Bren s'attendait à de pénibles révélations. Sur le qui-vive, il murmura :

— Un peu de courage, Banichi, que dit-elle d'irréparable ?

— Elle demande au seigneur de la province de Korami un calendrier de grossesse.

Adepte de l'humour à froid, le prétorien conserva tout son sérieux pour ajouter :

— Ne s'agirait-il pas d'un langage codé, par hasard ?

Bren sentit poindre le fou rire. Il pouffa, une barrière s'abattit, l'hilarité déferla en vagues hoquetantes. Ses côtes meurtries lui faisaient mal.

— Bren-ji, est-ce si drôle ?

— Oui, si tu la connaissais comme je la connais. Banichi, cette femme n'a pas fini de nous réserver des surprises. Celle-ci est tout simplement merveilleuse, et pas du tout dans sa nature.

— Les fautes grammaticales sont innombrables. Elle parle net, sans s'embarrasser de précautions.

— Sans doute pense-t-elle qu'il est inutile de prendre des gants avec vous.

— Nous songeons à réunir ces perles dans un sottisier, précisa Banichi. C'est bien notre droit, pour nous venger des offenses faites à notre langue.

Le jeune homme approuva dans un ricanement plus calme, satisfait de savoir que la situation ne pouvait être aussi grave puisque l'officier était encore capable de partager avec lui une bonne plaisanterie, fût-ce sur le dos de sa suppléante. Ses yeux, à nouveau, se fermaient, le sommeil l'emportait, il était déjà trop loin pour songer à demander si le bulletin météorologique était favorable pour la journée du lendemain. Quelques pluies légères seraient les bienvenues. Entre ses paupières papillotantes, il vit le prétorien s'esquiver comme un fantôme.

Puis il ne vit plus rien. Les oreillers accueillaient son dos meurtri avec bienveillance. Un vent frais se leva, les nuages s'écartèrent comme un rideau de scène, révélant les collines de Malguri. A travers ce paysage grandiose galopait la colonne des hauts cavaliers noirs.

Il allait au milieu d'eux, monté sur Nokhada, puissante, infaillible mecheita. Sous ses sabots guerriers sonnaient les roches et filaient les mille nuances de l'herbe. Une ombre obscurcit le versant opposé, elle avait la forme menaçante d'un avion. Quelqu'un poussa un cri d'alarme :

— Attention !

Vivement, il tourna la tête vers le malheur. La première bombe allait s'abattre d'un instant à l'autre...

Le danger s'évanouit comme il était venu, d'un coup d'aile. Le cavalier néophyte s'abandonnait au rythme d'enfer que lui imposait sa monture. L'animal pensant ne tolérait aucune entrave à sa volonté. Il n'y avait pas lieu de s'inquiéter : la mecheita n'était jamais prise en défaut.

Le vent fouettait son visage. Saisi en plein vol par la beauté, la vitesse, il se sentait enfin heureux.

Retourner là-bas au plus vite.

Que jamais ne soit altérée cette splendeur, collines, falaises, traversée par le cri grinçant des wi'itkitiin. Que jamais ne soit menacée l'existence de Nokhada et de ses semblables, créatures indomptables. Il éprouvait le furieux désir de galoper à nouveau, hors des rangs cette fois, seul en compagnie de sa mecheita, l'immense bête couleur de nuit à laquelle il se sentait étrangement lié depuis qu'elle l'avait jeté à terre et presque défiguré d'un coup de ses redoutables canines, ramené à l'écurie sain et sauf, à demi mort d'effroi, courbaturé, grelottant d'une saine lassitude. Il en vint même à se demander, au cœur du bloc de fantaisie pure que constituait son rêve, s'il disposait des fonds suffisants sur son compte en banque de Mospheira pour faire un ordre de virement au bénéfice de la aiji douairière. Si toutefois l'honneur, la tradition, n'interdisait pas à celle-ci de vendre Nokhada qui serait alors emmenée loin de Malguri.

Les extravagances venues tout droit de son sommeil s'enlisèrent dans la mélancolie, consumées peu à peu par leurs propres contradictions. Tous les mecheiti participaient d'une cohérence à laquelle aucun ne pouvait être soustrait, horde, troupeau, tribu, quel que soit le nom choisi pour désigner la collectivité organisée suivant le même principe hiérarchique et disciplinaire qui soudait entre eux les atevi. Nokhada était née de ce monde, elle lui appartenait corps et esprit, cela faisait toute la différence avec Bren Cameron. Nokhada était incapable d'un attachement individuel ; elle subissait d'autres pulsions, venues du fond des âges, qu'un être humain ne ressentirait jamais.

Dans son rêve, il se trouvait assis sur le versant d'une colline verdoyante. Il voyait venir à sa rencontre la bête, *sa* bête, celle dont la tête naturalisée ornait le mur de la chambre, à Malguri, et dont le regard sévère avait longuement veillé sur lui. Si la bête, à juste titre, en voulait au monde entier depuis sa violente mise à mort, quelques siècles auparavant, elle ressentait moins d'agressivité que de franche curiosité pour l'intrus qui avait justement choisi cette colline, où elle avait ses habitudes, afin d'y déballer son pique-nique. Le contenu des sacs lui semblait d'ailleurs appétissant. L'homme lui en céda volontiers la moitié tandis qu'elle s'installait, massive et sombre, avec un soupir d'aise. D'une lourde patte elle cloua au sol l'extrémité d'un sandwich qu'elle prit tout son temps pour déguster, avec une délicatesse inattendue.

Le ciel était d'un bleu très pâle, la couleur du verre fraîchement soufflé, comme il l'est parfois sous l'effet d'une chaleur intense. On pouvait s'attendre à tout, de la part d'un ciel semblable, même à l'imprévisible, l'innommable, que la bête appelait peut-être de ses vœux.

Tout en bas, une silhouette solitaire vêtue de noir escaladait la pente au milieu des éboulis de roches. Trop lointaine pour être identifiée à coup sûr. Jago, estima-t-il.

La tête posée sur ses pattes croisées, la bête observait, elle aussi. Un feulement machinal lui échappait de temps à autre. En dépit des efforts fournis par le grimpeur, la distance entre eux ne se réduisait pas. Malgré son impatience croissante et son inquiétude devant ce mystère, Bren n'osait se lever pour descendre à la rencontre de l'inconnue. La bête ne manquerait pas de le suivre et de pacifique qu'elle était pour l'instant se muerait en un chasseur redoutable prêt à les dévorer tous deux. La silhouette en contrebas ne courait aucun risque aussi longtemps qu'elle restait soumise à la loi implicite du rêve, selon laquelle elle était condamnée à s'épuiser dans une ascension immobile.

Il en était de même pour lui, depuis son arrivée à Shejidan. Il ne ménageait pas sa peine, sans obtenir aucun résultat apparent. Pétrifié au sommet de la colline, il contemplait un monde hors d'atteinte. La brume s'était dissipée. Dans le ciel vide, le soleil poursuivait sa progression imperturbable. Le soleil était libre de se mouvoir. Le soleil seul, et la bête, qui n'attendait qu'un signal.

11

Peut-on imaginer façon plus déplaisante de commencer la journée que d'avoir à répondre à un appel téléphonique dont on a tout lieu de penser qu'il réserve de mauvaises surprises ? Deana Hanks était au bout du fil. Le jeune homme s'enferma dans le boudoir de Lady Damiri, décrocha.

— Bren Cameron. J'écoute.

— *Si vous traversez une mauvaise passe, ne comptez pas sur moi pour vous aider, espèce de pitre ; et si vous espérez me conduire au bord de la crise de nerfs en faisant sonner mon téléphone du matin au soir, il vous faudra déchanter. Je suis ici pour le compte du département d'Etat, monsieur Cameron. A votre place, j'en prendrais mon parti.*

La colère, en lui, n'avait pas eu le temps de se réveiller. Il n'avait plus envie de s'emporter, il ne lui en coûterait rien de recueillir quelques ragots, d'où qu'ils viennent.

— Venons-en au fait, Deana. Livrez-moi votre analyse de la situation. Je meurs d'impatience.

— *Vous allez vous faire frotter les oreilles, mon cher. Vous allez être relevé de vos fonctions, plus vite que vous ne l'imaginez, et mis au banc des accusés. J'ai entendu votre allocution. Vous disparaissez dans les provinces de l'intérieur pour mieux vous adonner à vos infâmes trafics. Vous êtes le suppôt du aiji ! Il réclamait votre retour à cor et à cri, rien d'étonnant à cela. On a même usé de menaces envers moi, dans l'espoir de m'intimider et de m'inciter à plier bagage. C'est bien mal me connaître.*

Cet échange très animé se déroulait dans le langage humain, dont les agents du service des écoutes téléphoniques devaient être incapables de saisir toutes les subtilités.

— On ne vous a pas reçue avec tous les égards dus à la suppléante du paidhi en exercice, il est vrai. C'est que vous n'étiez pas invitée, Deana. Sur quel ton faut-il vous le dire ? Vous jouez avec le feu. Il existe sur le continent un code pénal bien différent du nôtre, et rien n'empêche le aiji de prendre toutes les mesures qu'il estime nécessaires pour éliminer un obstacle à la stricte application du Traité de paix.

— *Comment osez-vous…*

— Un peu moins d'arrogance, je vous prie. Un peu plus de lucidité. Nous ne sommes pas à Mospheira, il en sera toujours ainsi. Oubliez les droits civiques et les protections dont vous jouissez sur l'île, car ils n'ont pas cours ici. Les atevi ont une législation adaptée à leurs besoins, qu'il ne nous appartient nullement de critiquer. En bravant l'autorité suprême de l'Association — et dans quels termes ! —, vous avez commis l'irréparable. De deux choses l'une, ou vous êtes capable de le comprendre, ou vous n'avez rien à faire ici.

— *Tandis que vous, bien sûr, vous y êtes comme un poisson dans l'eau. Qu'ils remuent ciel et terre pour vous récupérer, cela se conçoit. Bren Cameron est si complaisant, prêt à satisfaire toutes leurs exigences, à se mettre en quatre pour eux. Votre discours d'hier soir vous coûtera cher. Voulez-vous la liste des infractions commises par rapport au règlement du Service ?*

— Gardez vos conseils et vos avertissements, Deana, ou je croirai que vous n'avez aucun sens du ridicule.

— *Avez-vous au moins conscience de l'énormité de la faute commise ? Vous avez invité les atevi à se dresser contre notre gouvernement.*

Elle passait les bornes. Il eût été si facile de la mettre hors d'état de parler avec tant d'orgueil.

— Jamais, Deana. Jamais je n'ai perdu de vue les

intérêts de Mospheira, qu'il ne faut pas confondre avec ceux de vos amis politiques.

— *Parlons plutôt de vos propres soutiens, monsieur Cameron, ou devrais-je dire vos nouveaux maîtres? Parlons du zèle que vous mettez à les servir...*

Le ton montait, l'insulte dévalerait bientôt en cataractes. Il fallait mettre un terme à cet échange infructueux.

— Que diriez-vous de déjeuner avec moi?

Deana Hanks en demeura saisie, l'espace de quelques secondes.

— *Par votre faute, je suis prisonnière entre quatre murs, mon téléphone a sonné pendant douze heures d'affilée et vous avez le front de me proposer des mondanités?*

— Dans un environnement plus serein, peut-être dirons-nous moins de sottises. Je suis également curieux de savoir qui vous a procuré ce sceau dont vous faites un usage indu.

Silence. Il décida de mettre les points sur les *i*.

— Contrairement à ce que vous prétendez, vous n'êtes pas ici pour le compte du département d'Etat, mais en qualité d'émissaire d'intérêts partisans. Si vous êtes encore vivante à l'heure qu'il est, rendez-en grâce à la patience de Tabini-aiji, dont la puissance ne saurait s'offusquer si vite d'une légère contrariété. Rendez-en grâce à Bren Cameron, qui a su se montrer persuasif. Un aiji au pouvoir moins assuré n'aurait eu d'autre choix que celui de vous éliminer. Vous vous plaignez d'être traitée en captive, mais qu'avez-vous fait jusqu'à présent pour mériter un sort meilleur? Acceptez cette invitation providentielle, elle vous donnera l'occasion de troquer votre condition de détenue contre celle d'hôte officiel.

— *M'exhiber en public en votre compagnie? Du même coup, me voilà perdue de réputation auprès de ceux qui me font confiance. Merci bien.*

— Vous comprenez vite, quand il y va de votre

réputation. Je ne vous aurais pas crue capable d'une telle finesse. Un déjeuner plus intime conviendrait-il ?

— *Si vous croyez pouvoir m'entraîner dans ce lieu de perdition où vous avez élu domicile, au grand scandale du clan Atigeini, soit dit en passant... La réponse est non. Aucun ragot ne circule sur mon compte, je m'en flatte. Tout le monde ne peut pas en dire autant.*

— Ménagez vos propos, petite écervelée ! Malheur à vous si un ateva comprend les insinuations malveillantes que vous venez de prononcer. Apprenez à maîtriser vos impulsions, Deana, je ne pourrai vous protéger indéfiniment.

— *Sûr de lui-même jusqu'à la présomption ! Puisse-t-elle vous étouffer !*

— Vous ne voulez rien entendre, rien savoir, n'est-ce pas ? Rien ne vous intéresse, hormis la satisfaction des objectifs fixés par vos amis.

— *Détrompez-vous.* (A la réflexion, la furieuse retrouvait un peu le sens des réalités.) *Soit, je déjeunerai avec vous. Quand ?*

— Aujourd'hui même, à midi. Au troisième étage du palais. Et vous me ferez le plaisir d'offrir bon visage à mon hôtesse, ainsi qu'à sa maisonnée. On ne joue plus, madame Hanks. Votre sort m'indiffère, en vérité, mais je ferai de mon mieux pour sauver la réputation de ma suppléante. Libre à vous de continuer à surveiller mes apparitions à la télévision afin d'envoyer vos rapports empoisonnés aux éminents personnages auxquels vous avez lié votre destin.

Ce langage au vitriol ne lui ressemblait pas. A certains moments, quand il s'adressait à son ennemie, la rhétorique noire des atevi déteignait sur lui.

— *Barb Letterman est mariée, le saviez-vous ?*

— Et vous vous faites un devoir de m'apprendre la nouvelle. C'est trop de sollicitude. N'oubliez pas d'apporter le sceau frauduleux, sinon j'ordonnerai que soient fouillées votre chambre et votre personne.

Elle lui raccrocha au nez.

Bren prit quelques gorgées de thé. Il appela le standard du Bu-javid.

— Nadi, ici Bren-paidhi. Pouvez-vous me mettre en rapport avec Mospheira ?

— *Tout de suite, nand'paidhi. Nous allons essayer.*

Les relais cliquetèrent en vain, la communication ne parvenait pas à s'établir.

— *Nand'paidhi, on dirait que la ligne...*

— On dirait que la ligne est coupée, merci. Passez-moi le service du télégraphe, je vous prie.

Silence, grésillements, puis une nouvelle voix, féminine, celle-ci :

— *Nand'paidhi, le service du télégraphe.*

— Bonjour, je souhaite expédier un message aux numéros suivants : 1-9878-1-1, puis 20-6755-1-1, enfin 1-0079-14-42. Veuillez procéder à l'enregistrement vocal en vue de la transcription.

— *C'est chose faite, nand'paidhi. Allez-y.*

— Voici le texte : Je vais bien, en est-il de même pour vous ? Dernière correspondance illisible. Fin du message.

Destinataires : sa mère, son bureau, tous deux dans la capitale, ainsi que Toby, qui résidait sur la côte septentrionale. Afin qu'ils tentent de le joindre, ou de le joindre à nouveau, en espérant que Mme Cameron aurait plus de chance et que Toby, du moins, saurait se montrer plus adroit dans une lettre éventuelle.

Quant à Barb...

Barb vivait sa nouvelle vie dans laquelle il n'y avait nulle place pour lui. Le silence qu'il s'imposait vis-à-vis d'elle répondait à une impulsion sur laquelle il ne souhaitait pas s'interroger de si bon matin. Il regagna la petite salle à manger, si agréable avec son balcon ouvert sur les lointains ensoleillés, commanda un petit-déjeuner léger. Banichi ne s'était pas montré, pas plus que Jago. Sans s'inquiéter outre mesure, il songea que l'appartement et son précieux locataire n'en étaient pas moins sous bonne garde.

La journée s'annonçait studieuse. Il lui fallait, sans perdre de temps, rassembler toute la documentation disponible sur les Déterministes. Il devrait aussi faire violence à son esprit pour tenter d'appréhender certaines notions de physique spatiale sur lesquelles Deana Hanks elle-même avait montré sa profonde ignorance lorsqu'elle avait jeté dans la discussion, avec quelle désinvolture, le terrible concept de vitesse superluminique.

Le continuum, ses ruptures et ses caprices lui étaient étrangers, le déterminisme lui semblait un non-sens, une insulte à la raison. Avant la fin de la semaine, il allait devoir surmonter ses réticences.

Thé, salade de fruits de saison, œufs brouillés à la menthe fraîche, pain bis grillé au beurre d'amande et au miel composaient un petit-déjeuner exquis. Il grignota un peu de tout, absorba des litres de thé, les yeux perdus sur le panorama inouï offert à la vue de ceux qui avaient la chance de loger dans les hauteurs du Bu-javid : l'immense jeu cubiste des toits de Shejidan lové dans le méandre du fleuve, tandis que les sommets enneigés du Bergid semblaient flotter au-dessus de l'horizon bleuté.

La brise dénouait les voilures blanches en sinuosités nonchalantes. Le monde était ce matin-là d'une ample douceur, la catastrophe en suspens retenait son souffle.

L'illusion persisterait aussi longtemps que l'on ferait semblant d'oublier la nouvelle présence à l'affût dans le ciel et les voisins imprévisibles, au-delà du détroit.

Sur ces entrefaites, comme pour lui signifier que les mirages de paix avaient une fin et qu'il fallait en revenir à l'administration tatillonne des affaires du monde, Tano fit son entrée avec le plateau du courrier, une pile impressionnante.

— La routine, assura-t-il. Dans la plupart des cas, votre paraphe et votre sceau suffiront.

Bren le remercia d'un sourire venu du fond du cœur.

— Qu'aurais-je fait sans vous, en toute sincérité ? Je vous suis infiniment reconnaissant d'avoir bien voulu vous charger, quand rien ne vous y obligeait, de ce travail de secrétariat.

— D'autres réponses, certainement délicates, nécessiteront peut-être le renfort de collaborateurs plus compétents. Il n'est pas question de vous importuner, de gaspiller votre précieux temps pour satisfaire la curiosité des enfants des écoles. Ce sont les ordres de Tabini-aiji.

— Les écoliers sont l'avenir de ce monde et la meilleure raison que puisse invoquer le paidhi pour s'acharner à faire du bon travail. Le aiji le sait mieux que personne.

Cette repartie avait fusé, il faisait confiance à Tano, qui avait mieux à faire qu'à colporter en haut lieu tout ce qu'il entendait de la bouche de Bren Cameron. Du reste, si cette phrase venait aux oreilles de Tabini, celui-ci comprendrait sans doute et ne manquerait pas d'approuver.

— Demandez à Banichi son opinion sur les tartes à la crème et les salades mélangées. Au fait, Jago n'est-elle pas de retour ?

— Elle dort.

— Algini, qu'est-il devenu ?

— Il a dû s'absenter…

— Comment, lui aussi, que se passe-t-il donc, Tano ?

Le prétorien n'eut qu'un instant d'hésitation.

— Une consultation importante se déroule en ce moment au sein de la Guilde, nand'paidhi. Nous devons tous y participer.

— Hum, dit le jeune homme, et de sauter sur l'occasion d'obtenir des informations de première main, suivant l'hypothèse que Tano serait une proie plus facile que son officier. J'ai entendu parler de ce scrutin, à la télévision. Et certains détails me sont parvenus de sources diverses. Il s'agit de savoir si le paidhi doit être ou non assassiné ?

Tano accueillit la boutade sans même un battement de cils.

— Nous nous sommes déjà prononcés à ce sujet. Par la négative.

— Dans ce cas, puis-je savoir sur quelle nouvelle question vous êtes invités à vous exprimer ?

Le jeune homme était enfin parvenu à mettre son interlocuteur dans l'embarras.

— Nand'paidhi, je ne sais. Il serait préférable que vous interrogiez Banichi.

— Pardonnez mon indiscrétion, Tano. Merci pour les réponses franches que vous avez bien voulu me donner. Si aucun travail urgent ne vous appelle ailleurs, me ferez-vous le plaisir de prendre une tasse de thé en ma compagnie ?

— C'est que, nand'paidhi... je ne suis encore qu'un prétorien de second rang.

Bren approuva d'un sourire.

— Pour lequel j'ai la plus haute estime. Asseyez-vous, je vous en prie. Saidin...

Comme par enchantement, la silhouette fluide parut sur le seuil. Saidin était ainsi, invisible la plupart du temps, silencieuse et cependant toujours à portée d'oreille. Le paidhi demanda un peu plus de thé, une seconde tasse. La dame se retira sans un mot tandis que le prétorien s'asseyait du bout des fesses sur une chaise d'aspect fragile, non pas de mauvaise grâce à proprement parler, mais visiblement prêt à partir à tout moment.

— Loin de moi l'intention de vous extorquer des confidences, rassurez-vous, dit Bren en apposant son cachet sur un document, puis l'autre, puis le suivant, après avoir parcouru le texte d'un coup d'œil en zigzag. Quelques tasses d'un excellent thé vous feront le plus grand bien, on le voit tout de suite. Il m'arrive d'être brusque, vous avez dû vous en rendre compte, surtout lorsque je suis pressé, ou taraudé par de nouveaux soucis. Quand cela se produit, ne vous formalisez pas, nadi. Ne m'en tenez pas rigueur, surtout.

— Nand'paidhi, vous êtes la courtoisie même.

— A la bonne heure.

— Que le paidhi sache au moins que ses détracteurs ont été battus à une large majorité.

— Tano, ne m'en dites pas plus si vous avez l'impression de trahir un secret.

— Cette élection a déjà eu lieu, aussi n'est-il pas interdit d'en parler. Il n'y a pas de mal à vous révéler que Banichi et nand'Cenedi ont tous deux fait campagne en votre faveur.

— *Cenedi ?*

Pour être agréable, la nouvelle n'en était pas moins inattendue. On aurait imaginé de la part de l'aide de camp davantage de neutralité dans ce débat.

— Nand'paidhi...

Une barrière s'était abattue dans l'esprit de Tano. Il semblait sur le point de s'exprimer plus librement quand l'arrivée du thé le brisa dans son élan. La jeune camériste disposa le service et s'éclipsa non sans avoir gratifié le prétorien d'un regard appuyé. Tano saisit la soucoupe et la tasse avec des précautions exagérées, comme si ces délicats objets de porcelaine pouvaient voler en éclats au plus léger contact.

Il prit quelques longues gorgées, les yeux baissés.

— Tano, ne vous croyez pas obligé de me parler de la Guilde ; je souffre un peu de la solitude, ce matin. Il m'est agréable d'avoir votre compagnie, d'entendre votre voix. Parlez-moi simplement de vous. Dites-moi, par exemple, ce que vous comptez faire pendant votre prochaine permission. Quelle est votre province d'origine, Tano ? Ce métier, que vous avez sans doute choisi, comble-t-il votre attente ?

— Ma vie personnelle ne présente pas grand intérêt, nand'paidhi. Vous seriez très déçu.

— Détrompez-vous, Tano-ji. Je suis curieux de savoir comment vivent les gens, s'ils sont satisfaits de leur sort, quelles améliorations ils envisagent. En ce qui concerne mes collaborateurs, je voudrais être certain que le service du paidhi ne les prive pas d'une activité plus passionnante ou ne bouleverse pas leur carrière ou les projets dans lesquels ils étaient peut-être engagés avant cette mutation.

— Je suis très satisfait de mon sort, assura le prétorien avec une nuance d'inquiétude.

Sur le point d'ajouter quelque chose, il se ravisa, piqua du nez dans sa troisième tasse de thé.

— Tano, dites-moi le fond de votre pensée.

— Je n'ai qu'une crainte, c'est de faillir à ma tâche. Me rendre coupable d'une faute grave dont les conséquences seraient dommageables à toute l'Association.

Une petite révélation se fit dans l'esprit de Bren Cameron. Le prétorien « de second rang » avait été lourdement mis à contribution ces derniers temps, les circonstances amenant le paidhi à lui confier des responsabilités croissantes.

— Tano, je promets de ne rien faire, désormais, pour rendre votre tâche plus pénible. Je m'en suis remis à vous pour toute cette paperasse car votre jugement sûr vous permettait de déterminer les degrés d'urgence et d'importance parmi le courrier considérable adressé au paidhi. Il n'était pas dans mon intention de laisser ce travail de scribe prendre une telle importance…

Le prétorien ébaucha vivement un geste de dénégation, se ressaisit aussitôt.

— Je ne me plains pas, paidhi-ji, au contraire.

J'aurais beaucoup appris à tenir votre correspondance. Je sais à présent qui sont vos associés, d'où viennent les récriminations, les malveillances. Le paidhi se fait un devoir de répondre avec sérieux aux lettres envoyées par les simples citoyens. C'est une chose dont j'ai fait part à mes camarades de la Guilde, pour justifier mon vote. Voilà un détail que vous n'êtes pas censé savoir. De même Algini a-t-il avancé la date de son retour de Malguri afin d'apporter sa voix à votre cause.

— Je suis son débiteur. Chaque proposition de contrat est-elle ainsi soumise à l'approbation de l'ensemble des adhérents ?

— Quand l'enjeu est d'une grande importance, comme c'était le cas cette fois-ci, en effet, nand'paidhi. Tout le monde doit participer au scrutin et la Guilde bat le rappel des absents.

— Permettez-moi de vous remercier d'avoir parlé en ma faveur, Tano-ji. Je remercie également Algini.

— Vous êtes devenu très populaire à la Guilde.

Affirmation surprenante à plus d'un titre, à prendre avec beaucoup de réserve. S'il devait cette heureuse réputation aux rapports favorables présentés par les membres de son service de Sécurité et le personnel de Malguri, il y avait lieu de s'en réjouir. Les feuilles paraphées et cachetées s'empilaient sur le plateau. Il le poussa en direction de Tano à qui il décida, sur un coup de tête, de confier le soin de s'assurer si le montant des transferts régulièrement effectués sur ses comptes continentaux lui permettrait de s'offrir les services temporaires d'une personne assez fine et compétente pour répondre aux lettres des parents des écoliers inquiets de savoir ce que leur réservait l'avenir, sur le plan économique… et militaire.

— Fût-ce pour quelques jours, précisa-t-il. Pour vous donner un peu de répit.

— Je vais me renseigner, nand'paidhi, mais le volume du courrier ne donne aucun signe de fléchissement. Deux sacs laissés au bureau de poste du palais attendent d'être dépouillés. Ce sont surtout les enfants, les adolescents qui vous écrivent.

— Deux sacs, Tano-ji? Il est encourageant de constater à quel point les nouvelles générations se soucient de mon avis.

— Ils disent, nand'paidhi: Je vous ai vu à la télévision. Les hommes de l'espace sont-ils semblables à vous? Est-il vrai qu'ils ont l'intention d'envoyer des engins pour détruire notre monde?

Bren n'avait aucune envie de plaisanter, pas plus que ses jeunes correspondants. Où ceux-ci allaient-ils chercher cette vision criminelle de l'humanité? Il songea au leitmotiv de Banichi au sujet du petit écran corrupteur, trouva l'explication un peu courte. Ces petits atevi se flattaient de l'avoir vu; ne l'avaient-ils pas entendu également? N'avaient-ils pas compris à quelle œuvre pacifique le paidhi s'était consacré, n'avaient-ils pas confiance en lui?

— Il faut leur répondre au plus vite, il faut les rassurer.

Tano opina du bonnet, gravement.

— Si vous avez l'intention d'aller jusqu'au bout, sachez qu'il arrivera sans cesse de nouveaux sacs, paidhi-ji. Je puis vous suggérer de voir grand et de vous assurer le concours d'une cinquantaine de copistes auxquels il suffira d'indiquer le sens général que vous souhaitez donner à vos réponses; à quelques exceptions près, ces lettres expriment les curiosités et les angoisses des gens simples, d'un bord à l'autre du continent.

— Certaines doivent être moins aimables et contenir des menaces. Contre moi, contre Mospheira ou les humains en général.

— Il est vrai, mais elles sont en petit nombre; vous avez reçu deux propositions matrimoniales.

Cette fois, le jeune homme réprima un franc sourire. A quoi bon froisser la susceptibilité du prétorien ?

— Est-il possible ? murmura-t-il.

— L'une des postulantes a même envoyé sa photo. Elle est charmante.

— N'en parlons plus pour l'instant, je vous laisse le soin de décliner ces offres avec courtoisie. Je vais devoir procéder à un transfert massif de fonds en vue d'engager tous ces intérimaires. A vrai dire, je ne suis pas du tout certain de pouvoir disposer du montant nécessaire.

Il faisait allusion à ses propres économies, car le moment lui semblait mal choisi pour faire appel à la générosité du département d'Etat. Versé chaque mois sur son compte de Mospheira, son salaire était à peine écorné par ses modestes besoins, quelques folies à l'occasion des vacances, puisque le Bu-javid assurait, à longueur d'année, le vivre, le couvert, et même la garde-robe. Sans être riche, il se trouvait donc à l'aise mais de là à entretenir, sur ses deniers, un pool de cinquante copistes !

— De mon côté, je vais me renseigner auprès des agences spécialisées. Merci pour le thé, nand'paidhi.

Tano prit congé. Longtemps le paidhi garda les yeux fixés sur la ligne élégante du Bergid, cette grâce presque invisible qui se profilait sur l'horizon brumeux. Avec les enfants, surtout les enfants d'un autre monde, d'une autre espèce, il faudrait peser chaque mot ; travail délicat qu'il ne pourrait confier à un tiers.

Dans l'immédiat, il lui fallait rédiger un rapport à l'intention des différentes commissions d'enquête, dont l'une était présidée par le seigneur Geigi. Il lui appartenait surtout de convaincre les Déterministes que la vitesse superluminique n'était pas, pas tout à fait, un grand Satan déstabilisateur d'univers.

A midi, il recevrait la visite de Deana Hanks, au moment même où il était convenu d'un rendez-vous avec le commandant de *Phœnix*. Cet appel, s'il se produisait, lui fournirait un excellent prétexte pour laisser en plan son invitée.

Comment aurait-il occupé sa matinée, s'il avait été libre de son temps ? Il serait descendu à la bibliothèque. Plongé dans les ouvrages d'astronomie, il aurait beaucoup cherché et beaucoup réfléchi, dans l'espoir que ces connaissances, dont il ne s'était jamais tant soucié, lui deviennent un peu moins obscures. Il avait le lointain souvenir d'une introduction à l'étude de l'univers, potassée alors qu'il se trouvait encore à l'école primaire. L'exactitude des données apprises en ce temps-là n'était pas en cause, l'univers ne s'était guère modifié depuis lors et la recherche astronomique n'avait pas accompli de progrès considérables. Il était douteux cependant que la compréhension scolaire de phénomènes aussi complexes pût lui être d'un grand secours pour conseiller le puissant chef d'une association dans sa polémique avec les adorateurs des nombres.

Une fois emballé de plastique (encore les sacs postaux !) et ceint jusqu'à la taille d'épaisses bandes adhésives, il prit une longue douche et se livra aux soins méticuleux des servantes.

Interrogées, celles-ci assurèrent que Jago, après une nuit calme, avait été appelée au-dehors dès son réveil. Aucune nouvelle de Banichi. Mal rétabli de ses nombreuses plaies et bosses, Algini avait repris son service afin de remplacer Tano, lui-même parti faire la tournée des agences immobilières spécialisées dans la location de locaux professionnels. Un responsable de la Sécurité devait obligatoirement filtrer toutes les entrées et les sorties. Algini, par conséquent, devrait procéder à certaines vérifications avant de permettre à Deana Hanks l'accès du troisième étage.

Bouchonné, dorloté, le paidhi enfila un peignoir et

prit place devant la coiffeuse. Après l'avoir complimenté sur sa belle chevelure que deux jeunes femmes se disputaient le plaisir de démêler, brosser, lustrer, natter, Saidin insista pour qu'il se mît en frais en l'honneur de son invitée : sa plus belle chemise, le col fermé par une fine barrette.

Il fallut se soumettre au regard scrutateur de l'inspectrice des travaux finis. L'intendante approuva la coiffure, la couleur du vêtement, ordonna *in fine* le remplacement du modeste bijou par une broche de beau calibre dont Bren ignorait la provenance.

— Elle ne m'appartient pas, protesta-t-il, son regard anxieux fixé sur le miroir.

Ne s'agissait-il pas de quelque relique du clan Atigeini, prélevée sur la cassette de Lady Damiri, avec ou sans sa permission, relevée d'un antique écusson qu'aucun étranger n'avait le droit de porter, moins encore un visage pâle. Quelles nouvelles foudres allait-il s'attirer en arborant cet emblème ? S'il n'avait aucune raison de se méfier de la gouvernante, il n'en éprouva pas moins le sentiment diffus d'être pris au piège lorsqu'elle annonça d'une voix péremptoire :

— Parfait ! Nand'paidhi, vous êtes parfait.

Il accepta le verdict malgré son malaise et ne trouva rien de mieux à faire, dans un laps de temps aussi court, que d'arpenter le salon dans l'attente d'un appel du vaisseau ou de l'arrivée de Deana Hanks, tambour battant. Il avait télégraphié un message au secrétariat de la présidence, dans lequel il expliquait l'émoi provoqué chez les atevi par l'apparition du vaisseau, et comment la modeste équipe du paidhi ne pouvait désormais faire face à l'avalanche de courrier consécutif à cet événement considérable. Le représentant de Mospheira ne pouvait, sans se renier, décevoir cette attente et laisser les lettres sans réponse. Une rallonge budgétaire était donc nécessaire pour s'adjoindre les services d'un bataillon de scribes engagés sur la base d'un contrat à durée déterminée, jusqu'à l'essoufflement de la crise et le tarissement de cette correspondance. Afin qu'aucune ambiguïté ne vienne altérer les fonctions du paidhi, ce crédit supplémentaire devait logiquement être pris en charge par son gouvernement.

Lorsque s'ouvrit la porte d'entrée, il s'interdit d'aller accueillir son invitée dans le vestibule, sans pouvoir toutefois se retenir de tendre l'oreille. Il reconnut la voix humaine, répondant avec brièveté aux formules de bienvenue de dame Saidin, la voix inconnue devant être celle du prétorien qui, suivant les ordres de Tabini, s'était fait l'ombre de Deana. Algini prit le relais, énumérant les règles de sécurité dont l'observation était indispensable dans l'enceinte de la résidence Atigeini.

A sa demande, et bien qu'il lui eût été agréable d'être séparé de Deana de toute la longueur de la table de gala, le couvert avait été dressé dans la petite salle à manger, dont l'atmosphère plus conviviale aurait peut-être une heureuse influence sur la rencontre. Non sans quelque lâcheté, il comptait sur la courtoisie impavide de dame Saidin pour en imposer à l'étrangère. Il ne savait pas encore combien il était loin du compte.

Après avoir traversé la galerie afin d'aller se rafraîchir la vue devant les fenêtres de la bibliothèque, il revint lentement sur ses pas, obliqua en direction de la petite salle à manger aux environs de laquelle gardes et domestiques s'agitaient plus qu'à l'ordinaire. L'invitée avait donc été introduite, aucun incident diplomatique n'était encore à déplorer.

A son entrée, le strict respect de l'étiquette ateva obligea la suppléante à se lever. Bren ne l'avait pas revue depuis le pénible accrochage de la gare. Habitué à ce monde peuplé d'athlètes à la peau sombre, il fut frappé par le charme si particulier, fait d'un mélange d'apparente fragilité démentie par la dureté du regard, qui s'exhalait de ce bout de femme dont la présence silencieuse, où qu'elle se fût trouvée sur le continent, aurait fait l'effet d'une provocation. La sévère redingote à col officier, d'un noir de soutane, rehaussait sa pâleur, les cheveux bruns tirés en arrière pour sacrifier à la tresse protocolaire ajoutaient encore à l'austérité naturelle de ses traits.

Il s'inclina, elle se contenta d'un hochement de tête.

— A propos de cette triste affaire de vitesse superluminique, commença-t-il dans le langage humain, décidons une fois pour toutes que vous avez commis là une maladresse épouvantable et n'en parlons plus. A moins que vous n'ayez quelques excuses pour ce nouvel écart de conduite ?

— Qu'avez-vous à me reprocher, exactement ?

— Avez-vous fait, oui ou non, allusion au fait que la vitesse du vaisseau pouvait excéder celle de la lumière ? Vous êtes-vous montrée plus explicite encore ? Ou bien Geigi a-t-il fait lui-même ses calculs en fonction de vagues indications que vous lui auriez données ?

Rien ne bougea sur le visage de Deana Hanks.

— Quand cela serait ?

— Etes-vous vraiment sotte ou jouez-vous la comédie ?

— Rien ne m'oblige à subir un interrogatoire, monsieur Cameron ; je puis repartir à l'instant même.

— Continuez à faire la tête de mule et vous serez rapatriée d'office, dans un cercueil, fit-il sur un ton plus gracieux. Ce sera un réel soulagement pour tout le monde, y compris moi-même. Pourquoi devrais-je m'évertuer à vous tirer d'affaire ?

— La mauvaise conscience, peut-être. N'est-ce pas vous, le favori, qui m'avez mise dans cette situation impossible ?

Les bras chargés de plateaux, les domestiques formaient sur le seuil un attroupement hésitant, on ne pouvait les laisser plus longtemps dans l'expectative.

Le paidhi prit le parti de sourire et de s'asseoir, ainsi que le commandait la civilité. Le service pouvait commencer.

— Deana, vous aurez toujours le don de me surprendre, dans le plus mauvais sens, malheureusement. Quel phénomène vous faites ! Votre outrecuidance, stratagème usé, ne pourra donner le change indéfiniment. Vous avez peur. Si je ne me trompe, vous êtes encore plus naïve que je ne l'imaginais. Vous arrivez dans cette maison précédée d'une réputation exécrable et votre attitude depuis tout à l'heure ne peut que conforter les personnes présentes dans leur méfiance et leur hostilité à votre égard. Faites-moi le plaisir de montrer un visage plus aimable.

Tandis que la ronde des demoiselles avait commencé autour d'eux et que la table se couvrait de boissons et de hors-d'œuvre, il enchaîna dans la langue de leurs hôtes :

— Comment trouvez-vous votre appartement ? Il est regrettable que vous ne puissiez profiter du patio.

Deana l'observait, le visage verrouillé dans la certitude d'être la plus forte et la plus raisonnable.

— Encore une fois, rien ne m'oblige à supporter plus longtemps cette mascarade, murmura-t-elle.

— En effet, vous pouvez regagner votre geôle, où il vous restera vos beaux yeux pour vous lamenter. (Il contempla, très satisfait, le contenu de son assiette.) Nous avons changé de saison, je vois, le cuisinier se met en quatre pour nous séduire... à propos des nuisances téléphoniques, Deana, je plaide coupable. Veuillez accepter mes excuses.

La dame avait une susceptibilité à fleur de peau, son unique point commun avec les atevi. Elle enregistra l'ironie derrière l'aveu, serra le poing et se le tint pour dit. Son attention se porta sur les tendres filets de viande rose, escortés d'une bigarrure de petits légumes verts, rouges, blancs, jaunes. Elle piqua sa fourchette dans un radis joufflu, le trempa dans une coupelle d'onctueuse sauce citronnée. A côté de l'assiette, des pains ronds, noirs, blancs et dorés reposaient dans de simples corbeilles. L'appétit de la jeune femme était plus grand que sa colère. Dans un mouvement de compassion, Bren lui accorda quelques instants de pur contentement gastronomique avant de reprendre l'offensive.

— Je veux la liste des personnes avec lesquelles vous avez eu des contacts ou des entretiens, et le résumé des promesses faites en mon nom. Avez-vous songé à apporter le sceau ?

Deana Hanks chercha dans la poche intérieure de sa veste, posa l'objet ou plutôt le jeta sur la table avec tant de force qu'il rebondit et tomba sur le sol où il roula. Bren ne prit pas la peine d'en suivre des yeux la trajectoire. Il entendit le choc, vit une servante quitter son poste le long du mur et s'avancer afin de ramasser le sceau qu'elle considéra, ébahie, avant de le lui présenter.

— Merci, Madig... Ce n'est rien, Hanks-paidhi est un peu nerveuse, non sans raison. Pouvez-vous le remettre à Algini ? Il comprendra.

— Certainement, nand'paidhi.

Ces trois mots, prononcés d'une voix que la consternation rendait presque inaudible. Pour la première fois, un fin sourire de dérision éclaira le visage de Deana Hanks.

— Nous sommes ici comme un coq en pâte, n'est-ce pas ?

— Oui, dit-il, laconique, à la manière des atevi, ainsi que Jago lui avait appris à le faire.

Après un silence, il ajouta :

— Ne pourrions-nous mettre entre parenthèses nos différends politiques ? Dans l'intérêt de Mospheira...

— Commencez donc par vous exprimer dans notre langue, coupa-t-elle d'un ton sec.

— Pas encore, Hanks-paidhi. Cette précision était

nécessaire afin que nos hôtes apprennent ce que dissimule la nature aberrante de nos relations. Aberrante à leurs yeux, entre individus du même camp. Voilà qui est fait. Il existe entre nous de profondes divergences idéologiques, cela ne nous empêche pas, je l'espère, d'avoir tous deux le souci de l'avenir de Mospheira, indissociable de ses bonnes relations avec l'Association Occidentale, et cette préoccupation commune devrait en principe nous permettre de travailler ensemble. Dans la mesure où votre séjour à Shejidan semble devoir se prolonger, pourquoi ne pas en profiter pour ménager entre nous une sorte de trêve ?

— Naturellement.

— Je suis sérieux.

— Nous le sommes l'un et l'autre.

Elle offrit à son regard scrutateur la délicate figure de la sincérité.

— Parfait. Disposeriez-vous, concernant le vaisseau, de renseignements qui ne m'auraient pas été communiqués ?

— Certainement pas.

— Deana.

— Bren, je ne sais rien. Vous, par contre, vous avez engagé un dialogue avec eux. Vous attendez une réponse.

— Vos informateurs sont-ils toujours aussi précis ?

— Le mot est impropre. Il s'agit seulement de rencontres fortuites.

— A qui le feriez-vous croire ? Mais je ne vous ferai pas la leçon, un avertissement devrait suffire. Si jamais vous mettiez dans l'embarras les gens qui ont eu la faiblesse de vous faire confiance, gare aux conséquences désagréables. Pour vous d'abord, pour eux ensuite.

— Ecoutez qui ose faire grief aux autres d'en prendre à leur aise avec les règlements en cours.

— Il n'est pas question de règlements. Nous sommes à Shejidan ; il s'agit ici de bien autre chose.

La jeune femme chercha une insolence et tout son visage frémit.

— Le règlement est le cadet de vos soucis, je m'en doute. Parlons net, monsieur Cameron. Donnez-moi les moyens de communiquer avec Mospheira et voyons ce qui en sortira. Faites en sorte que vos absurdes sentinelles cessent de surveiller ma porte jour et nuit. Demandez à Tabini de m'accorder audience.

— Je mentirais en affirmant que la satisfaction de ces exigences est en mon pouvoir, surtout pour ce qui regarde la dernière d'entre elles. Vous vous êtes mal conduite envers le aiji, il refusera de passer l'éponge à moins d'une initiative de votre part. Vous devrez pour le moins faire amende honorable, en bonne et due forme. Je puis, à la rigueur, offrir mes services pour transmettre ce message de repentir.

Deana Hanks garda le silence. Il pouvait presque entendre s'enclencher les rouages d'une pensée calculatrice.

— Présentez-lui mes excuses. Je regrette les paroles et les gestes dont il a pu prendre ombrage. Nous étions sans nouvelles de vous et j'envisageais le pire.

— Soucieuse de mon sort ? C'est très émouvant.

— C'est la vérité, ingrat ! A mon arrivée, je me suis inquiétée partout de savoir ce que vous étiez devenu. Mort, dévoré par la fièvre, retenu en otage, que sais-je ? Je n'ai rencontré que lèvres closes. J'ai fait de mon mieux, compte tenu des circonstances. J'ai cru de mon devoir de chercher la compagnie de personnalités susceptibles de rompre le mutisme officiel. Non contente d'assurer l'intérim, comme il se devait, je voulais vous tirer du néant où vous avaient jeté les derniers événements, sinon votre propre imprudence.

Réponse plausible à laquelle on pouvait même accorder quelque crédit. Il la dévisagea, hésitant sur le fait de savoir s'il fallait prendre cette version édifiante pour argent comptant ou si elle avait tout inventé à mesure.

— Où étiez-vous? insista la jeune femme. A Malguri? Vous chassiez le fauve en compagnie de la douairière? Sur le tard, vous avez même joué les héros.

Elle venait de marquer un point. Enfonçant le clou, elle enchaîna sur un ton de contrition cocasse:

— Navrée d'avoir fait l'impossible pour vous tirer des griffes de vos ennemis. J'ai manqué briser votre effet.

Très satisfaite d'elle-même, Deana Hanks avait retrouvé une belle assurance, son regard pétillait.

— Merci pour le mal que vous avez bien voulu vous donner, fit-il, souriant à demi. Le moins que je puisse faire pour exprimer ma gratitude, c'est de vous obtenir un visa de sortie.

— Vous n'y parviendrez pas, à mon avis. Primo, le aiji me garde en réserve, pour le cas où vos négociations avec *Phœnix* échoueraient, dans l'hypothèse aussi où le prochain assassin aurait la main plus heureuse. Secundo, je ne serais là-bas d'aucune utilité pour personne. Tabini en est conscient.

— Vous avez raison sur toute la ligne. Je vous dois quand même une faveur et, franchement, je crois pouvoir convaincre Tabini de vous laisser partir.

— N'en faites rien. Ne gaspillez pas pour moi le petit crédit dont vous jouissez auprès du maître. Je n'ai aucune envie de partir.

Il s'en doutait un peu. C'était pire d'entendre cette affirmation si tranquillement proférée. Autant lui demander le droit de pouvoir continuer à se livrer à ses tractations douteuses.

— C'est comme vous voulez. Il se peut que vous signiez votre arrêt de mort.

— Quel humour, Bren Cameron! Ne prenez pas trop vos désirs pour des réalités.

— Si au moins vous aviez donné l'impression de vouloir faire œuvre utile...

— Nous entrons dans le vif du sujet, je le sens. Le paidhi aurait-il quelques suggestions à faire ?

Mine de rien, la suppléante se saisissait de la perche tendue. Quels services la diablesse pourrait-elle rendre ? Devait-il lui confier le courrier, riche idée ! Lui permettre d'apposer sur toutes les lettres la signature de Hanks-paidhi, entretenir dans l'esprit des gens un malentendu préjudiciable quant à l'identité du titulaire alors qu'une seule idée l'habitait concernant cette dangereuse conservatrice, celle de l'évincer une fois pour toutes ?

— Vous pourriez rédiger les communications de routine.

— Pourquoi ne pas me confier le soin de prononcer les allocutions télévisées ?

— Vous en seriez capable, n'en doutons pas. Vos compétences personnelles s'exercent-elles dans un domaine particulier ?

— Transigeons. J'écrirai les textes des interventions, à vous la gloire de paraître devant les caméras et d'ajouter à ma prose l'éclat irrésistible de votre charme.

— Mieux encore. Vous rédigez les brouillons, je corrige les aberrations et les demi-mensonges. Si malgré tout votre contribution me faisait gagner du temps, je pourrais apporter quelques retouches au rapport accablant que j'ai fait parvenir à Mospheira sur votre compte ; invoquer les circonstances atténuantes.

— Vous n'êtes qu'un chenapan, un vaurien.

— Dans la langue ragi, ces mots sonnent plus rudement que dans la nôtre. Il ne faut jamais perdre de vue ce décalage. On nous écoute et vous venez de me jeter au visage une insulte considérable.

— Je vous mets au défi de prononcer une seule parole agréable.

Cette critique fut émise le plus sérieusement du monde ; comme toujours avec Deana Hanks, on voyait s'illustrer le vieux proverbe de la paille et de la poutre. Bren ne put réprimer un haussement d'épaules. Les servantes auxquelles rien n'échappait interprétèrent ce geste de lassitude comme le signal d'une cessation provisoire des hostilités : elles se hâtèrent de desservir et de renouveler les réserves de thé.

— A franchement parler, reprit Deana, si vous avez le génie de cette langue, si vous en pressentez toutes les subtilités, ce n'est pas sans une bonne raison. C'est en ragi que s'expriment vos rêves. Osez dire que je me trompe.

A franchement parler, il n'osait pas. Pour l'excellente raison que la jeune femme avait touché juste. Il « rêvait » dans la langue de l'Association Occidentale, de plus en plus souvent. A quoi bon lui donner le plaisir d'une petite victoire ? Il se tint coi, tout en se demandant à quelle nouvelle offensive préludait cette incursion dans sa vie la plus intime.

— Barbara avait l'intention de se marier, enchaîna Deana, toujours en ragi. Vous le saviez ?

— Non, c'est un sujet que nous n'avions pas abordé.

— Vous imaginez vraiment qu'elle allait passer sa vie entière à guetter vos brèves visites à Mospheira ?

— Nous étions tous deux conscients de ce problème ; libre à Barb de le résoudre comme bon lui semble, cela ne vous concerne nullement.

— Simple curiosité de ma part.

— Je n'en doute pas. (Le jeune homme but un peu de thé, lui trouva un parfum de jasmin, en harmonie probable avec les desserts qui leur seraient servis dans un instant.) Cette curiosité devra rester sur sa faim.

— Votre visage demeure impassible en toutes circonstances ; non que vous souhaitiez ménager les atevi qui nous entourent, ce n'est pas cela. Ce flegme touche votre être le plus profond. A Mospheira, je l'avais remarqué, vous ne réagissiez pas davantage, une vraie statue.

Il voyait très bien où elle voulait en venir, à l'insinuation perfide de « déshumanisation ».

— A la longue, murmura-t-il, cette maîtrise devient une seconde nature.

Une expression de surprise, sincère ou simulée, il n'aurait su le dire, se peignit sur le visage de la jeune femme.

— Peut-on imaginer plus parfaite adaptation, une véritable métamorphose !

Une remarque qu'il ne fallait surtout pas confondre avec un compliment, faiblesse dont Deana Hanks était incapable. Ce changement de ton le déconcerta. Il en revenait presque à regretter l'agressivité brutale manifestée auparavant. Toutefois, son invitée donnait l'impression de s'acheminer vers une déclaration d'intention. Du moins saurait-il enfin à quoi s'en tenir sur ses véritables positions.

— Que ferez-vous, Bren-nadi, quand vous serez définitivement de retour ? Si vous avez l'intention de rentrer, bien sûr.

— Quand le travail accompli ici ne pourra plus être saboté par la mesquinerie et la bêtise de quelques-uns, alors oui, j'envisagerai peut-être de retourner parmi les miens. Pas avant d'avoir la certitude que le rapprochement entre humains et atevi est irréversible.

— Cette mesquinerie, cette bêtise, pourriez-vous les définir ?

— Je m'en garderais bien. J'attends qu'elles se manifestent. La réalité, inévitablement, dépassera mon imagination.

— Attendre, vous êtes trop modeste, vous avez déjà fait mieux que cela.

Leurs assiettes tardaient à se remplir. Hanks prit appui du coude sur la table, posa son menton sur sa main, dans une attitude trop « pensive » pour ne pas dissimuler une nouvelle tricherie. Elle dévisageait le jeune homme.

— Bren Cameron, la perfection même. Regardez-vous, le miroir dans lequel se contemplent les atevi. Prenez-vous seulement la peine de vous interroger sur la justesse de vos choix ?

— En permanence. De même que vous ne cessez de questionner votre propre démarche, j'en suis sûr.

— Vous êtes en train de perdre pied, le sentez-vous ? De basculer dans le vide. Que s'est-il passé de si grave, à Malguri ? Que signifie cette épaule plâtrée ?

— Une articulation démise, voilà tout.

— Quelqu'un vous a brutalisé ?

— Un individu qui ne supportait pas mes origines humaines. La xénophobie existe de part et d'autre du détroit, on court toujours le risque de la rencontrer.

— Au fond, vous préféreriez, et de loin, être ateva. Tout serait tellement plus simple, n'est-ce pas ?

Avec jubilation, elle venait d'abattre une carte maîtresse, aussi truquée, mensongère que le reste, mais toujours capable de produire son petit effet pernicieux. Il faillit tomber dans la colère comme dans un piège. Il n'y avait aucune raison d'imposer aux servantes, ainsi qu'à Dame Saidin, sans doute à l'affût dans le couloir, ces tristes balbutiements sur l'éternel conflit humain vis-à-vis de la population indigène.

— Madame Hanks, vous êtes mon invitée. A ce titre, je vous prierais de rester digne et polie. Faites un effort, vous serez étonnée du résultat.

— Ma question était justifiée, elle traduisait un intérêt sincère. Que vous est-il arrivé à Malguri ? A quelle sauce vous ont-ils mangé ?

Elle le provoquait à découvert, sans se rendre compte de la gravité de ses insinuations, de leur caractère insultant pour les atevi qui ne perdaient rien de cette stupéfiante conversation.

— On m'a traité avec beaucoup d'égards, assura-t-il, et tout le monde, à quelques exceptions près, a tenu compte de ma petite taille et de ma constitution plutôt fragile. Ilisidi s'est montrée une hôtesse exemplaire et je garderai longtemps la nostalgie de mon séjour chez elle. Navré de décevoir ce nouvel élan de curiosité si mal intentionnée, mais je crois pouvoir ajouter que la bonne impression fut réciproque. J'ai remporté là-bas un franc succès. La douairière est en réalité une exquise vieille dame en compagnie de laquelle j'ai pris la fuite dans des conditions un peu précipitées quand les rebelles ont envahi son domaine. Dans des circonstances rocambolesques, sous le feu nourri de l'ennemi, j'ai pris des leçons intensives d'équitation. A l'occasion de ces événements dramatiques, les spéculations de leurs philosophes sur les qualités mathématiques de la matière ont un peu perdu de leur mystère. Cela étant, je me perçois comme le modeste héritier de la grande tradition des paidhiin, œuvrant avec constance à l'avènement de cet idéal de parité technologique et d'harmonie culturelle pour lequel Wilson, mon prédécesseur, s'est battu et tous les autres avant lui. Si vous attendiez de moi une profession de foi, la voici. Notre objectif, j'en suis convaincu, sera atteint dans les dix années à venir à condition qu'aucune erreur ne soit commise.

» Cette perspective vous déplaît ? Interrogez le vaisseau au sujet de son programme et tirez-en les conclusions qui s'imposent quant à l'inévitable accélération du processus de transfert et d'innovations techniques, au risque de mettre en péril nos grands équilibres et ceux des atevi par la même occasion. Votre thèse de fin d'études portait sur le dualisme économique, faut-il vous le rappeler ? Il est temps de passer de la théorie à la pratique, madame Hanks, d'en découdre avec la réalité d'une économie vivante, indices de production, indices de consommation, produit intérieur brut, etc. Trois cents millions d'habitants, la population du Territoire de l'Association Occidentale, vous mettent au défi de leur manifester un peu d'intérêt.

— Peut-on entendre reproche plus injustifié ? protesta la jeune femme. La survie économique de Mospheira face au continent, n'est-ce pas justement ce qui m'obsède ?

— Ainsi, vous n'êtes pas totalement indifférente, c'est déjà quelque chose.

— En effet, monsieur Cameron, la marche du monde ne se réduit pas à la résolution de quelques acrobaties linguistiques. Au lieu de m'assommer avec de vagues sermons moralisateurs, qu'attendez-vous pour me mettre à l'épreuve ? Répugneriez-vous à me permettre d'entrer en contact avec ceux qui possèdent les véritables données de cette fameuse réalité économique ?

Une ligne extérieure à la disposition de Deana Hanks ? Le service de Sécurité ferait la grimace, Tabini froncerait les sourcils et lui-même ne l'envisageait qu'avec réticence.

Contrairement au paidhi titulaire, cependant, la suppléante ne faisait-elle pas autorité en matière d'économie financière ? Croissance, flux commerciaux, investissements, rentabilité, taux d'intérêt, taux de change, tous ces mécanismes lui étaient en principe familiers.

Une passion héritée de son père, affirmaient les admirateurs. Ne s'était-elle pas plutôt contentée, ainsi que Bren le soupçonnait, de se faire l'écho docile des analyses entendues dans la bouche des conseillers paternels ? Possible, mais dans les circonstances présentes, cette méfiance viscérale ne porterait aucun fruit.

Etait-il injuste envers elle ? L'avait-il sous-estimée ?

— Très bien, fit-il au terme d'un silence perplexe.

Je m'efforcerai de vous procurer les moyens de faire un travail satisfaisant.

— Dont vous revendiquerez ensuite tout le mérite !

Le dessert était arrivé, mousse de fruits exotiques, biscuits fourrés au miel, mais ces douceurs n'avaient aucun effet émollient sur le caractère de son invitée. Exaspéré, il ne lui donna même pas la satisfaction d'un soupir.

— Deana, si vous êtes capable, à partir d'estimations précises, d'établir un rapport contenant des propositions chiffrées en vue d'un programme de réformes adapté au nouvel environnement économique créé par le retour du vaisseau, personne ne pourra, de bonne foi, m'en attribuer la paternité. Ce programme devra naturellement donner satisfaction à toutes les parties en cause. Je vous offre là une chance inespérée, en êtes-vous consciente ? L'occasion de marquer des points contre moi, de vous illustrer avec brio dans un domaine qui m'est étranger.

Elle le dévisageait, méfiante, mais déjà la convoitise aiguisait son regard.

— Je ne puis rien faire sans téléphone, dit-elle d'une voix posée, raisonnable, dans la langue de Mospheira.

La mousse, d'un blanc de lait irisé de petits éclats de fruits multicolores et d'un nuage de givre vanillé, fondait dans la bouche. Bren prit le temps de savourer ce moelleux incomparable.

— Je ferai de mon mieux, murmura-t-il avant de poursuivre en ragi. Comme toutes les promesses faites sur le continent, celle-ci est à prendre au conditionnel. Nous sommes ici dans le monde de l'aléatoire, ne l'oubliez jamais. En ce qui me concerne, toutefois, vous êtes engagée. Bonne chance.

Sur ces mots, estimant qu'ils étaient parvenus à un statu quo honorable pour tout le monde et que le supplice n'avait aucune raison de se prolonger, il se leva.

La jeune femme l'imita sur-le-champ ; ils gagnèrent la porte l'un derrière l'autre.

Jago les accueillit. L'espace d'un instant, ses yeux froids rencontrèrent ceux de Bren Cameron. Sans un mot, elle les suivit jusqu'au vestibule, où les attendait Algini en compagnie du prétorien chargé de veiller sur Deana Hanks.

Jago était revenue dans un but spécifique, celui « d'écouter aux portes ». En révélant sa présence, la prétorienne n'en faisait pas mystère, elle n'avait rien perdu de l'entretien, tout au moins pour la partie qui s'était déroulée dans sa langue, et sans doute avait-elle une opinion bien arrêtée sur le résultat obtenu. Le regard que Bren sentait rivé sur sa nuque tandis qu'il cheminait à côté de sa suppléante était-il à ce point désapprobateur ?

Ils virent s'avancer à leur rencontre Algini et son collègue. Le paidhi inclina profondément la tête à l'intention de ce dernier.

— Hanks-paidhi va maintenant regagner ses quartiers, dit-il. A bientôt, Deana.

Il prit le risque de tendre une main qu'elle saisit d'une poigne ferme, accompagnée d'un commentaire acide :

— *Madame* Hanks, si ce n'est pas trop vous demander, monsieur Cameron. Nous n'avons pas gardé le bétail ensemble, que je sache. Détendez-vous, le sourire vous va si bien !

Elle s'esquiva, imperturbable. Il n'en pensait pas moins. Cette flèche du Parthe, décochée devant ses familiers, le blessait plus qu'il n'aurait voulu. A quoi bon s'enflammer pour ces broutilles ? Seule importait désormais l'efficacité dont elle saurait faire preuve dans la rédaction du rapport commandé.

Il se trouva devant la triste évidence du silence de *Phœnix*. Ainsi, le vaisseau n'avait pas rappelé à l'heure convenue. Un rendez-vous manqué auquel on pouvait imaginer plusieurs explications, telles que la complexité des procédures de décisions internes, les débats d'autant plus interminables que personne n'avait envie de sauter le pas, d'un côté ou de l'autre. Exactement comme à Mospheira.

Il n'en éprouvait pas moins une vive appréhension, après avoir espéré la conclusion rapide d'un accord. Le aiji serait lui aussi désappointé, de même que la Commission de la recherche spatiale, devant laquelle il devait s'exprimer tout à l'heure.

12

D'une manière générale, dans la mesure où il n'était membre d'aucune commission, le paidhi évitait d'intervenir pendant ces réunions. Assis à l'écart, il écoutait, prêt à prendre la parole si par extraordinaire le Président l'y invitait. Toutefois, il disposait d'un droit de veto.

— Des changements importants devraient bientôt intervenir dans l'exécution de notre programme, déclara le Président. Les résultats déjà obtenus seront peut-être jugés caducs, la production en cours est menacée d'annulation. (Comme il était prévisible ce jour-là, pris de court, il se tourna vers l'envoyé de Mospheira.) Le paidhi est-il en mesure d'apporter des précisions ?

— Pas encore, malheureusement, et mon impatience est égale à la vôtre, croyez-le bien. Certains acquis seront conservés. Certains programmes, celui des lanceurs, par exemple, devraient être poursuivis dans la perspective de la mise sur orbite de matériaux nécessaires au futur chantier de la station. La construction de l'aire de lancement pourra être achevée sans grands changements, si ce n'est quelques modifications apportées au module d'atterrissage, à moins qu'ils n'aient à leur disposition des engins capables de se poser sur l'aéroport de Shejidan. Au point où nous en sommes, pourquoi ne pas tout envisager ?

— Que se passe-t-il à Mospheira ? s'enquit le représentant de Wiigin, une province côtière dont la prospérité dépendait pour l'essentiel du trafic maritime entre l'île et le continent. Les liaisons téléphoniques sont à nouveau interrompues, un symptôme de très mauvais augure.

La mine farouche du seigneur Geigi semblait faire écho au pessimisme affiché par son collègue. Tabini avait longtemps hésité avant de lui permettre de siéger au sein de cette importante commission, mais son ennemi était un mathématicien, il avait une formation scientifique exceptionnelle par rapport au niveau moyen des membres du tashrid.

Or Geigi semblait d'une humeur massacrante, son visage resta fermé d'un bout à l'autre de la réunion.

— Nand'paidhi, demanda une autre éminence, qu'en est-il de ces débouchés lointains dont Hanks nous a fait miroiter la promesse ?

Nous y voilà, songea le jeune homme avec l'espoir insensé que ses interlocuteurs se satisferaient d'une pirouette.

— Hanks-paidhi a décidé de nous faire profiter de ses lumières dans certains domaines de prédilection, la statistique, la finance, l'économie. Elle ne possède pas, que je sache, de compétences particulières pour tout ce qui touche les sciences, en particulier celles de l'espace. En outre, sans doute l'aurez-vous remarqué, elle est loin se parler votre langue avec toute l'aisancc nécessaire. Elle a fait preuve de courage en traversant le détroit pour assumer ses fonctions de suppléante lorsque, sans nouvelles de moi, le Service a envisagé ma disparition.

Bien qu'il lui en coûtât de proférer de pieux mensonges, il ne voyait nul avantage à perdre Deana

Hanks de réputation devant cet aréopage de dignitaires atevi. Il enchaîna sans sourciller :

— C'est ainsi que le fonctionnement du bureau du paidhi n'a pas été affecté par la crise, preuve s'il en est de la solidité du système que nous avons su mettre en place dans notre volonté de paix commune. Faut-il le préciser ? Rien n'aurait été possible sans votre patience et votre bonne volonté, dont je vous sais infiniment gré.

— Votre suppléante a émis, sur certains aspects fondamentaux de notre coexistence, un point de vue différent du vôtre, fit observer Geigi avec une rudesse délibérée. Quelles conclusions devons-nous en tirer ? Que des fonctionnaires de second ordre sont autorisés à négocier avec nous ?

— Si nos approches sont quelquefois distinctes, il ne devrait pas y avoir entre nous de contradictions de fond, se défendit Bren Cameron. (Pourquoi se sentait-il si fragile, si vulnérable, tout à coup, face à l'attaque prévisible du chef de l'opposition ?) Je vais être tout à fait franc, seigneur Geigi. Au sein de notre département d'Etat s'expriment deux grands courants de pensées. L'un d'eux, auquel Hanks-paidhi se flatte d'appartenir, s'appuie sur le constat d'une différence irréductible entre nos espèces et privilégie une vision ségrégationniste de l'avenir. L'autre, qui a ma faveur, considère que les liens tissés par deux siècles d'histoire sont trop étroits pour être abandonnés sans dommage social considérable. Il en est parmi vous, j'en suis conscient, qui redoutent cette fameuse parité technologique vers laquelle tendent nos efforts. Ils redoutent qu'elle ne serve de prétexte à une assimilation culturelle en bonne et due forme. Le danger existe, peut-être avons-nous commis l'erreur de ne pas en tenir compte avec assez d'évidence. Certains procédés, certaines techniques, exercent une attraction irrésistible et leur adoption prématurée sur une grande échelle provoque des mutations profondes.

— Honnie soit la télévision ! cria quelqu'un.

Le jeune homme s'inclina.

— La télévision, en effet, ne présente pas que des aspects positifs et l'extension du réseau aurait dû être conduite avec plus de vigilance. Notre modèle de développement, sur les plans économique et culturel, ne manque pas d'attraits, il faut en convenir. Prenant appui sur cette évidence, puis-je, sans vous offenser, rappeler certains faits ?

» Lorsque mon prédécesseur a cru bon d'apposer son veto au projet autoroutier, de crainte d'engager le continent sur la voie irrévocable d'un type de croissance destructeur pour l'environnement et la structure associative à laquelle vous étiez attachés, quelle levée de boucliers sa décision n'a-t-elle pas soulevée dans vos rangs !

— Le mal n'est-il pas fait, nadi ? Nos traditions sont mortes ou moribondes, hormis certaines formes théâtrales archaïques, dévoyées pour être conformes aux exigences des producteurs du petit écran, tout-puissants bailleurs de fonds…

— Nadiin, coupa le paidhi, il y a peu j'ai eu l'occasion de me rendre aux confins d'une province orientale où j'ai séjourné dans une citadelle édifiée dans la nuit des temps, avant même que les humains ne quittent leur planète d'origine. Il est superflu de dire que j'ai été impressionné par la beauté du site et des paysages.

» Cette expérience a laissé en moi des traces profondes. Je me suis réjoui de choix économiques capables de préserver ces grands vestiges du passé. J'ai fait là-bas une autre découverte, tout aussi bouleversante, celle de la solidarité face au danger. Tandis que les balles sifflaient autour de nous, la vie de mes compagnons m'importait autant que la mienne.

— Toutes ces nobles considérations mises à part, dit le seigneur Rigin, président de la commission, on pourrait objecter qu'un être humain n'avait rien à faire là-bas.

Bren le gratifia de son plus gracieux sourire.

— J'en connais, à Mospheira, qui pensent la même chose à propos des atevi et de la station orbitale. Cohabitation et collaboration ne vont pas être faciles dans un environnement si singulier. Personne ne prétend le contraire, mais songez-y bien, nadiin, il n'est qu'une seule et unique station orbitale, un seul environnement naturel dans lequel seront condamnés à graviter les satellites issus de ce monde, les vôtres, ceux de Mospheira, les engins que nous fabriquerons en commun. Il y a de la place pour tout le monde. Pourtant le temps viendra où les acteurs de cette nouvelle conquête de l'espace se livreront une guerre sans merci pour les positions en orbite et les attributions de fréquences, sous l'œil gourmand des vendeurs de services de lancement, soucieux de placer leurs fusées.

— Vous parlez d'un réseau aux mailles serrées, qui quadrillerait le monde. Cette perspective a en soi quelque chose d'effrayant, mais comment pourrions-nous combler, en si peu de temps, un tel retard technologique ? Il n'y a pas à se leurrer, cette ceinture télécommunicationnelle sera la propriété de puissances humaines, publiques ou privées.

Argument irrecevable, avancé par un timoré, un grincheux qui craignait surtout de perdre des plumes dans la formidable mutation qui s'annonçait. Face à tant de mauvaise foi, le paidhi se devait d'adopter un ton conciliant, plus efficace que tous les persiflages.

— Si les humains n'avaient jamais pris pied sur votre planète, le moment venu, vos ingénieurs auraient conçu des aéroplanes semblables aux nôtres, à peu de chose près, puisque soumis à des conditions de vol identiques. Au cours des progrès de la recherche aéronautique, vos appareils auraient gagné en efficacité, jusqu'à concurrencer sur les plans de la technique et de la forme nos modèles les plus performants. Par la force des choses, comme cela s'est d'ailleurs produit, votre vocabulaire se serait enrichi de termes nouveaux, liés à ces moyens de transport révolutionnaires, et ce changement aurait peu à peu modifié votre attitude par rapport aux communications en général. Tout naturellement, cette lente évolution des idées vous aurait conduits au seuil de la révolution informatique. Aucune société soucieuse de dynamisme et de marche en avant ne peut faire l'économie de cette étape cruciale. L'ordinateur est la clé de tout. Il permet de correspondre instantanément, n'importe quand, n'importe où. Il est le grand vecteur universel. De même avez-vous adopté la télévision, afin de voir et d'entendre ce qui est loin. Par la suite, vous inventerez des vaisseaux spatiaux très semblables à celui-ci, dont le retour nous est apparu comme une menace insupportable. Cela, dans une logique de progrès qui laisse finalement peu de place aux considérations purement éthiques ou esthétiques.

— Prétendez-vous encore, dans ces conditions, qu'il ne s'agisse pas d'une révolution culturelle ? se récria le Président. Voilà ce qui justifie l'existence de semblables commissions : elles nous aident à conserver notre autonomie de jugement afin de ne pas vous suivre à l'aveuglette sur cette route sublime où vous souhaitez nous entraîner en essayant de nous convaincre que ce qui est bon pour vous l'est également pour nous et qu'il n'est d'autre avenir pour les atevi qu'une course indéfinie à la performance technologique.

— Seigneur, vous avez mille fois raison.

L'obstacle se dressait devant lui. Il respira à fond et se prépara à le franchir. Geigi le surveillait comme un serpent ayant repéré sa proie.

— Mille fois, mais convenez-en, le besoin légitime d'identité culturelle ne saurait aller à l'encontre d'une évidence : votre univers et le nôtre baignent dans la même uniformité mathématique, les lois de la physique sont les mêmes pour tous.

— Ainsi en va-t-il de l'espace et du temps, grommela curieusement Geigi.

— C'est pourquoi il n'existe que des solutions voisines dans la conception des machines sophistiquées appelées à satisfaire certains besoins dans un environnement donné, nadiin. C'est pourquoi les nombres, concept de base des mathématiques, sont la notion fondamentale de l'entendement de l'univers. Nous admirons les atevi, dont la langue se joue si harmonieusement de la complexité numérique. Cette affinité spontanée avec les nombres représente un grand avantage, c'est une des raisons, et non des moindres, pour lesquelles nous souhaitons nous associer durablement avec vous.

— Il n'est pas d'association possible avec des êtres qui violent les lois naturelles de l'univers, dit Geigi. Qu'avez-vous à dire au sujet de ce vaisseau dont la vitesse excédait celle de la lumière ? Les bonnes paroles ne suffisent pas toujours, nand'paidhi. Nous voulons voir les chiffres.

Personne ne dit mot et le silence, l'espace de quelques instants, eut quelque chose d'étouffant. De la réponse apportée à cette question dépendait peut-être, indirectement, la guerre ou la paix.

— Nadi-ma, je vous fournirai les explications nécessaires, je vous le promets. Pour l'instant, je serais bien en peine de confirmer ou d'infirmer quoi que ce soit. Je n'ai guère étudié la physique et notre langue est malhabile dans l'expression des concepts qui nous sont peu familiers. Je ne vous ferais pas l'injure d'essayer de traduire mes faibles connaissances.

— Un peu de courage, paidhi-ji. Ce vaisseau se déplace-t-il ou non à une vitesse supérieure à celle de la lumière ?

— Je l'ai entendu dire, mais je veux me renseigner

avant de m'engager davantage. Moins agile que la vôtre, notre langue privilégie souvent une approche approximative des problèmes complexes, surtout lorsqu'il s'agit de nombres importants, et de phénomènes spatiaux. Donnez-moi quelques jours pour élucider ce mystère. Je ne doute pas d'être alors en mesure de dire ce qu'il en est dans des termes plus satisfaisants, plus définitifs que je ne pourrais le faire aujourd'hui, et plus précis que ceux employés par Hanks-paidhi.

Un certain désarroi, perceptible dans les regards échangés, accueillit ces paroles décevantes dont la sincérité cependant ne pouvait être mise en doute. Geigi rongeait son frein. Peut-être s'était-il attendu à un démenti farouche. Le Président prit acte de l'engagement du paidhi de procéder à des recherches et se hâta de passer au point suivant de l'ordre du jour.

A part lui, Bren voyait mal comment il pourrait être à même, en si peu de temps, d'expliquer dans une langue étrangère le détail d'une révolution technologique aussi prodigieuse que le franchissement du mur de la lumière, phénomène qui dépassait largement ses modestes connaissances mathématiques. Le temps lui avait manqué pour poursuivre des études scientifiques, bien que l'université l'eût gratifié de mentions qu'il ne s'était jamais donné la peine de mériter. Par la suite, il s'en était rendu compte, la gymnastique mentale à laquelle il se livrait naturellement lorsqu'il pensait avec les structures de la langue ragi, lui permettait de résoudre au jugé certaines opérations. Au point où il en était, sans rien connaître de l'algèbre spatiale, alors que la philosophie ateva lui demeurait en grande partie énigmatique, son angoisse était infiniment justifiée lorsqu'il se demandait comment exprimer dans une langue provisoirement inadaptée des vérités scientifiques dont aucun dictionnaire n'avait tenu compte puisqu'elles étaient inconcevables. Il devrait non seulement les exprimer, mais encore les rendre accessibles sous une forme harmonieuse qui ne porterait pas atteinte à la félicité générale.

Véritable gageure pour un humble paidhi dont la formation scientifique n'excédait pas celle d'un étudiant moyennement doué.

Etant donné que le tout-venant de la population continentale — les superstitieux sans imagination (il s'en trouvait même au sein du tashrid) — conservait l'intime conviction que les ordinateurs usaient de procédés maléfiques pour attribuer des chiffres fatals à certains, le vertige saisissait à juste titre celui qui aurait la charge d'expliquer les opérations numériques décrivant les variations d'un univers dont on avait une perception restreinte.

En toutes circonstances, les atevi exigeaient une combinaison de nombres répondant à leurs critères de perfection. Cette hantise des démons à l'œuvre dans toutes les sphères de l'activité constituait l'aiguillon qui les poussait vaille que vaille en avant et les empêchait de retomber dans les ornières de l'obscurantisme. Il était aussi un facteur de ralentissement, une entrave mise à leur développement continu. Chaque étape franchie impliquait aussitôt la nécessaire adaptation philosophique aux nouvelles conditions de vie engendrées par cette innovation. Tout recommençait à nouveau. Les nombres correspondant à une situation donnée acquéraient une dimension métaphysique dont le sens et l'innocuité devaient être établis avant la poursuite de l'expérience.

Cela pouvait prendre très longtemps.

Préservez-nous des amateurs, répétait Banichi sur tous les tons. Bren Cameron n'en pensait pas moins. Qu'imaginer d'un paidhi qui jetterait à la tête des atevi les équations de la vitesse superluminique sans tenir compte du fait que cette nouvelle perspective mathématique serait pour eux plus traumatisante que n'avait pu l'être l'arrivée du vaisseau lui-même, deux siècles auparavant. Les cieux sont un abîme, diraient en gros ces équations. La dynamique de l'hyperespace serait intégrée à leurs structures mentales, linguistiques, philosophiques. Qu'adviendrait-il alors ? Les humains, qui avaient déjà toutes les peines du monde à ne pas sauter des mailles dans le raisonnement ateva, seraient incapables d'appréhender ces nouveaux bouleversements et l'incompréhension entre les deux espèces grandirait, quand les circonstances auraient exigé l'oubli des différences et la création d'un front unique pour faire face aux nouvelles menaces extérieures.

Tout le monde n'avait pas la trempe de Geigi. La même témérité qui avait conduit le seigneur au bord de la faillite financière était à l'origine de la question si brutalement posée devant ses pairs : plus ou moins vite que la lumière, oui ou non ? Geigi était de la trempe d'Ilisidi. Comme elle, il savait forcer l'admiration de ses ennemis. Il fallait du cran pour exiger de connaître une vérité capable d'entraîner l'écroulement moral de son propre monde.

La séance fut clôturée par un vote auquel Geigi s'abstint de prendre part. La majorité des membres de la commission accorda au paidhi un délai pour se renseigner sur les tenants et les aboutissants de la vitesse superluminique, et présenter ses conclusions. Le jeune homme remercia d'un sourire, son visage exprimait une confiance qu'il était loin de ressentir. En admettant que la compétence de Hanks fût bien réelle, et qu'il pût compter sur sa collaboration, elle ne le tirerait pas pour autant de ce mauvais pas. Un rapport financier ne résoudrait pas le grand conflit philosophique entre les atevi et leurs hôtes, descendants d'une race de navigateurs cosmiques.

Banichi, et non Jago, comme il s'y attendait, était posté dans la galerie, prêt à le raccompagner au troisième étage. Adossé à la cloison afin de soulager sa jambe mal remise des suites de la blessure reçue à

Malguri, le prétorien se redressa vivement quand la porte s'ouvrit. Il ne fut pas assez prompt pour que Bren n'eût le temps de le surprendre dans cette attitude d'abandon exceptionnel. Tourmenté, fatigué, Banichi mettait un point d'honneur à n'en rien laisser paraître.

— Félicitations, dit-il. Tu as bien répondu.

— Espérons-le.

— Tabini est satisfait.

— Tabini ? Est-il déjà au courant ?

Question innocente. Pourquoi le aiji ne serait-il pas tenu informé à la minute près de tous les événements advenus dans son palais, compte tenu du nombre de prétoriens en circulation, tous équipés d'émetteurs-récepteurs et de talkies-walkies ? Banichi était précisément en train de dégager la voie en direction de l'ascenseur en donnant à mi-voix dans sa petite radio le code d'accès modifié chaque jour. Après avoir raccroché l'appareil à son ceinturon, il gratifia son compagnon d'un sévère regard oblique.

— A l'avenir, évite d'exhiber les présents reçus dans les zones placées sous surveillance.

— Quels présents ? répliqua étourdiment le jeune homme, avant d'ajouter aussitôt, l'air contrit : Cette épingle de col un peu voyante, n'est-ce pas ? Hélas, il m'a été impossible de refuser.

L'officier eut un bref sourire, évanoui en un éclair.

— Ce n'est pas trop grave, cette fois-ci, dans la mesure où le cadeau vient de Tabini.

— Mais pourquoi ? Qu'ai-je fait pour le mériter ?

— Il se méfie de Hanks-paidhi.

— Une arme, en quelque sorte ? Pour me défendre en cas d'agression toutes griffes dehors ? Allons donc, ma suppléante n'est pas si sotte.

Ils empruntaient les couloirs dérobés, surveillés de loin en loin par des agents de la Sécurité. Quatre d'entre eux montaient la garde devant l'ascenseur privé. L'esprit ailleurs, le paidhi se donna juste la peine de les dévisager, rompant avec ses habitudes de courtoisie. Hanks et ses amis conservateurs ne représentaient qu'une menace annexe, songeait-il. Ils étaient l'arbre cachant la forêt dans laquelle s'abritait le seul vrai danger pour la cohésion de l'Association Occidentale. L'insolence du seigneur Geigi l'avait enfin mis sur la voie.

Ils venaient d'entrer dans la cabine dont la porte se refermait. Banichi pressa le bouton du troisième.

— Ma requête va te paraître étrange, dit le jeune homme, mais je dois rencontrer au plus vite l'un de vos mathématiciens parmi les plus chevronnés. Je parle de ces géomètres, astronomes, savants habitués à côtoyer les multiples distances, des sages dont la science cherche à cerner la forme de l'univers.

Le prétorien n'était pas encore perplexe, tout au plus étonné comme l'indiquait un léger froncement de sourcils.

— La « forme de l'univers », nadi ?

Ce mot, dans la langue ragi, ne délimitait pas un seul objet, comme chez les humains. Il désignait tout aussi bien l'Association Occidentale que les étoiles ou l'espace compris entre elles.

— Les astres, insista le paidhi, la physique stellaire, la vitesse radiale, le cosmos… tous les phénomènes se rapportant à la structure de l'univers.

— Je connais plusieurs mathématiciens, dont quelques-uns sont en résidence au Bu-javid. Aucun d'entre eux ne s'intéresse à ces disciplines. La forme de l'univers, Bren-ji. De quoi parles-tu ?

— Les galaxies, Banichi, la géométrie des astres, la mécanique céleste… (L'étonnement de l'officier était compréhensible puisque les atevi ignoraient l'organisation des constellations, les étoiles n'étant pour eux qu'un fourmillement chaotique.) L'astrophysique, Banichi !

La porte coulissa pour leur livrer l'accès de la

galerie du troisième. Le prétorien ne semblait nullement impressionné par ces perspectives inouïes.

— Que les humains se soient donné les moyens de disséquer l'univers, voilà qui ne m'étonne guère, murmura-t-il.

— Tout homme que je sois, ces concepts me sont étrangers, répliqua Bren, et tant que Mospheira n'aura pas rétabli les relations téléphoniques, je ne serai pas en mesure d'interroger quelqu'un de compétent. Du reste, les réponses que pourraient apporter nos savants ne me seraient pas ici d'une grande utilité. Je veux savoir comment les atevi perçoivent l'univers au-delà du système solaire. Ces espaces stériles, dont la dernière planète visible par leurs télescopes marque la frontière, ont-ils une forme ? Le cas échéant, laquelle ? Sont-ils habités ? Cet infime rayonnement qui tombe des astres, comment parvient-il jusqu'à nous ? Quelles distorsions subit la lumière lorsqu'elle franchit semblables gouffres ?

Ils avaient atteint la porte. Banichi se servit de sa clé pour ouvrir et désamorcer le circuit électrique. Deux caméristes se présentèrent sur-le-champ, Saidin sur leurs talons. Toutes trois s'inclinèrent devant les nouveaux venus.

— Le paidhi a-t-il l'intention de dîner? s'enquit l'intendante.

Etait-il donc si tard ? Il allait acquiescer, reconnaissant. Un coup d'œil sur la console supportant une corbeille débordant de messages que personne ne s'était soucié de trier en l'absence de Tano lui coupa aussitôt l'appétit.

— Dieu tout-puissant ! s'exclama-t-il.

— Ce n'est rien, assura Banichi devant l'expression indécise des trois dames. Le paidhi signifie par ces mots qu'il est dépassé par les événements.

— Tano est à la recherche d'un local et d'une équipe de rédacteurs, expliqua Bren. Si cette solution devait échouer pour une raison ou pour une autre, je ne vois pas comment faire face à cette avalanche de lettres qui, toutes, demandent une réponse.

— Le personnel de la résidence se tient à la disposition du paidhi, lui rappela Saidin. Désire-t-il prendre un peu de thé avant de passer à table ?

— Le paidhi est saturé de thé, il prendra volontiers une boisson plus forte, un cordial sans alcaloïdes. Merci, daja-ji. Banichi, ma requête de tout à l'heure était à prendre très au sérieux : je dois m'entretenir de toute urgence avec des atevi habitués à l'étude physique de l'univers. Des astronomes.

— Des astronomes ? se récria doucement l'officier, sortant de la réserve qu'il s'imposait toujours pour manifester une franche réprobation.

Le jeune homme comprenait cette réticence spontanée. L'officier, en effet, en dépit de ses prestigieux états de service, conservait certaines habitudes de pensée qui fleuraient sa province natale. Dans le territoire profond, en effet, la méfiance restait grande vis-à-vis de ces scrutateurs du ciel, coupables de n'avoir pas su déceler la présence des humains avant que ceux-ci ne descendent sur la planète dans leurs charmants pétales blancs. Cette faute ne serait jamais tout à fait pardonnée. Si les nombres seuls permettaient de faire disparaître le désordre et l'obscurité de l'univers comme le soutenaient les dévots, pourquoi les astronomes, chargés de mesurer les espaces sidéraux, avaient-ils pu obtenir des résultats si contradictoires dont s'alimentaient en permanence leurs querelles sur les distances qui n'étaient peut-être pas infinies ?

— Des astronomes, confirma le paidhi. Qui d'autre ?

Banichi ne put réprimer une moue sceptique.

— A Berigai, sur un des sommets du Bergid, se trouve un observatoire. Il faut compter une heure d'avion.

— Pourquoi devrais-je aller aussi loin ? protesta le jeune homme. J'avais espéré qu'ici même, à l'université de Shejidan, se trouvaient des savants dignes de confiance. Ceux que je souhaite rencontrer doivent être de vrais astronomes, Banichi, et non des devins ou de vulgaires astrologues.

— Cet observatoire se double d'un établissement scientifique et d'un centre de formation. Nous pourrions entrer en contact avec les professeurs les plus réputés, expliquer pourquoi tu désires les rencontrer, quelles réponses tu attends d'eux.

Bren mesura soudain l'incompréhension à laquelle il allait se heurter, anticipa la déception. Il éprouva l'irrésistible envie de tout envoyer promener et de se mettre au lit avec un somnifère. Quelle idée saugrenue d'avoir réclamé un apéritif…

— La question essentielle gravite autour de la vitesse superluminique et des objections soulevées par les Déterministes. Pourrais-tu me rendre le grand service d'appeler l'observatoire de Berigai, de fixer un rendez-vous, s'il se trouve là-bas quelqu'un qui puisse m'aider et soit disposé à le faire ?

L'officier ne dit ni oui ni non, sa manière à lui de consentir à contrecœur.

Le paidhi se retira dans le boudoir afin d'exposer à l'intention des savants de l'observatoire un court texte décrivant en termes clairs les difficultés métaphysiques devant lesquelles il était parvenu et les réponses conciliatrices qu'il espérait trouver auprès de vrais savants. On lui apporta un cocktail assez fort pour galvaniser un mourant. Il le but à petites gorgées, morose. Pourquoi le vaisseau n'avait-il pas appelé, ou sa mère, ou n'importe qui ? La contemplation du Bergid, lointaine fantasmagorie de neige et de brume, ne pouvait le consoler de tout. La sérénité propre aux lieux majestueux du monde n'était pas toujours contagieuse.

Suivant un raisonnement dont la logique était mensongère en dépit des apparences, la philosophie ateva avait longtemps soutenu que le ciel, dont une étendue considérable était offerte à la vue, présentait peu de changements.

Contrairement aux hommes pour lesquels c'était devenu un jeu depuis les temps immémoriaux, les atevi n'avaient jamais cherché à se familiariser avec les étoiles en les associant sous les figures allégoriques des constellations. Dépourvue de ce point de repère, la majorité des atevi se souciait peu du ciel dont elle ignorait la cartographie. Par nécessité, à force de consulter d'un regard inquiet le grand espace sous lequel on vivait, certaines professions telles que les agriculteurs ou les marins échappaient peut-être à cette indifférence.

Les vents venus de la mer, ces vents dont la provenance méridionale modifiait la température ou l'intensité, rythmaient les changements de saison. Les animaux, tous sauvages, se reproduisaient à leur guise, sans demander l'avis des étoiles.

Dans les écoles de Mospheira, on apprenait aux enfants que, dans le ciel de cette planète, comme dans celui de leur terre d'origine, c'était autour de certains astres à l'éclat incomparable que s'opéraient ces regroupements arbitraires qui constituaient les constellations. Rien de tel chez les atevi ; pour eux, les étoiles déferlaient de partout, presque indistinctes les unes des autres, dans un fourmillement uniforme.

On imaginait mal les prestigieux Assassins de la Guilde perdre leur temps à mémoriser des listes d'étoiles établies au hasard, à moins qu'elles ne permettent d'établir les coordonnées d'un navire. Même dans le champ d'application maritime, l'astronomie de position n'avait jamais eu l'occasion de se développer car les expéditions avaient le plus souvent privilégié le cabotage en se fiant aux courants favorables.

La science des astres, par conséquent, n'en était chez eux qu'à ses balbutiements. Trois siècles auparavant, dans leurs lunettes rudimentaires, les savants atevi avaient pourtant observé l'apparition de l'Etoile Inconnue, phénomène sans précédent dans le firmament de la planète. Puis le vaisseau s'était doté d'une station, et celle-ci avait essaimé des modules autour d'elle. Sans risque d'erreur, les astronomes, à mi-chemin du charlatan et de l'honnête cartographe, avaient pronostiqué l'imminence de grands bouleversements sans préciser s'il y avait lieu de les craindre ou de les attendre.

De même, incapables d'apporter une explication plausible au surgissement de cette « inconnue » et de ses satellites, impuissants à définir la nature des changements auxquels la planète devait pourtant se préparer, les astronomes s'étaient discrédités, sans jamais pouvoir regagner la faveur dont ils jouissaient auprès du public et des puissants avant l'arrivée des hommes. Comme ses prédécesseurs, Bren Cameron s'était tenu à l'écart d'une communauté susceptible de manifester une curiosité gênante ou de poser des questions trop précises afin de plonger l'espèce humaine dans l'embarras, cause de leur déclin.

Banichi réapparut peu après, l'air un peu hagard de qui vient de s'entretenir avec une éminence de la faculté sur le bien-fondé de la théorie de la « rupture du continuum ».

— Il existe peut-être un certain professeur... une vieille lune dont tout le monde parle en se gaussant... ajouta-t-il avant de commander une boisson « dans le genre de celle que buvait le paidhi, en plus fort ».

— Ce professeur ?

— Il est très âgé ; ses pairs le tiennent en haute estime, mais voilà bien longtemps que ses propres étudiants ont cessé de le comprendre. Si tu veux connaître le fond de ma pensée, il n'est pas certain qu'une telle rencontre soit profitable au paidhi. Sa réputation pourrait en souffrir.

Après un long silence, Bren décida qu'il n'avait rien à perdre à mettre son problème à plat devant un vieil ateva de confiance dont la complicité lui était indispensable (la sienne ou celle d'un autre du même acabit) pour mener à bien certaines démarches et certains projets.

— Banichi, il vient de se produire, mine de rien, un changement important dont l'une des conséquences est le retour en grâce de certaines questions, occultées depuis trop longtemps : de quoi se compose notre système solaire, comment les atevi conçoivent-ils l'univers lointain ? Autant de sujets passionnants sur lesquels le paidhi ne sait pratiquement rien.

— Trêve de poésie, est-il possible d'aller plus vite que la lumière ? C'est là toute la question, trancha l'officier. Tu crains Geigi et les Déterministes.

— Je crains surtout ma propre ignorance. J'ai consulté les fichiers de mon ordinateur sans trouver de réponse satisfaisante. Il ne me servirait à rien d'interroger l'université de Mospheira, j'ai besoin dc connaître votre point de vue, en espérant qu'il se trouve au moins un ateva capable d'identifier ces phénomènes et de leur donner un nom.

— Vitesse superluminique, tout n'est-il pas dit ?

— Je veux connaître les concepts qui sont à la base du procédé. Je veux tâcher de comprendre l'enchaînement des opérations mathématiques. La théorie, Banichi, la structure de cette vitesse prodigieuse. Comment ça marche, comment la nature réagit-elle ? Ni plus ni moins que les enfants curieux, j'ai besoin que l'on me fasse un dessin. J'ai besoin d'avoir sous les yeux une image agrandie du mystère…

Le prétorien avait vidé son verre d'un trait, il s'était assis. Après avoir carré son dos puissant contre le dossier, il avait juché sa jambe faible sur le siège voisin. Les yeux clos, il semblait se reposer, ou méditer.

— Une rencontre avec les astronomes ne constitue peut-être pas la meilleure méthode pour atteindre un objectif si ambitieux, murmura-t-il enfin. En premier lieu, ta démarche risque de soulever une vive controverse.

— Ne me disais-tu pas qu'il s'agissait d'une profession respectable ?

Banichi entrouvrit les paupières.

— Jamais. Je me suis porté garant de leur érudition, rien de plus.

— Prétendent-ils toujours avoir le pouvoir de divination ? répliqua doucement le jeune homme. Nos chercheurs ont transmis à vos universités un certain nombre de données concernant les milieux spatiaux. Sans doute vos méthodes spectroscopiques ou radioélectriques sont-elles un peu en retrait par rapport aux nôtres, mais il n'y a aucune raison pour que nos calculs respectifs parviennent à des résultats différents. Ces nombres, en effet, transcendent tous les systèmes. J'ai besoin de savoir comment vos mathématiciens appréhendent l'univers, à partir de quoi s'élabore la vision qu'ils s'en font. Quelle construction mentale permettra de résoudre le paradoxe de la vitesse superluminique, tel qu'il est dénoncé par les Déterministes, c'est là pour moi l'essentiel. Les hommes et les atevi ont du temps et de l'espace des notions très distinctes en apparence. Peut-être ces différences sont-elles surtout affaire de terminologie.

Banichi opina, poussa un soupir.

— Je comprends ton souci de vouloir te renseigner à la source auprès des astronomes. Encore une fois, certains ne manqueront pas de mal interpréter cette initiative.

— Prétendent-ils encore prévoir le destin des êtres ? insista Bren. Cela m'étonnerait fort.

— Un petit nombre d'entre eux pratiquent l'astrologie. D'une manière générale, leurs recherches ont peu de crédit à l'université où elles sont considérées avec méfiance, sinon dédain.

Voilà qui était de mauvais augure, en effet. Faisait-il à ce point fausse route en s'adressant à une secte de faux prophètes arc-boutés sur leurs superstitions ? Sa démarche était-elle si peu conforme aux exigences d'objectivité scientifique qu'elle prétendait défendre ?

— Pourquoi ce mépris ? voulut-il savoir.

Banichi prit son verre, le trouva vide et s'en consola.

— Nos universitaires, murmura-t-il, affirment que les étoiles devraient en toutes circonstances confirmer les chiffres fournis par les hommes. Chiffres avec lesquels, précisément, les astronomes ne sont pas toujours d'accord. Je l'ai entendu dire.

Bren perdait patience. Il se demanda si les travaux franchement ésotériques entrepris par les « moutons noirs » de la profession ne seraient pas plus à même de l'initier à cette fameuse sémantique qu'il désespérait de trouver, propre à déverrouiller la pensée ateva.

— Banichi-ji, annonça-t-il, la terre tourne autour du soleil. En hiver, elle atteint le point le plus éloigné de son orbite. En été, elle se trouve au plus près de l'astre central. Si, considérant une étoile donnée, tu souhaites en calculer les coordonnées, ces mesures peuvent être effectuées par la triangulation, en prenant pour base la distance la plus longue et la plus courte par rapport à l'orbite terrestre. La cosmographie est une science précise, ses opérations calculent des distances colossales. Les chiffres sont immenses, Banichi, et les marges d'erreur sont d'autant plus grandes que les objets observés sont éloignés. Nous sommes loin, très loin, de la divination ou des spéculations philosophiques. Les soleils sont des masses gazeuses, émettrices et productrices d'énergie. Voilà ce qu'il en est.

— Ces masses gazeuses, s'enquit l'officier sans s'émouvoir, à quoi peuvent-elles bien servir ?

— Diras-tu que le soleil est inutile ?

— Quel rapport entre notre soleil et ce jargon ?

Le paidhi aurait pu fondre en larmes, éclater de

rire, se mettre en colère. Il ne fit rien de tel et sans un regard pour son voisin, énonça l'évidence :

— Le soleil est une étoile semblable à beaucoup d'autres, Banichi-ji. De tout près, ces lueurs de la taille de moucherons qui scintillent dans la nuit rayonnent comme notre soleil.

Le prétorien réfléchit un instant, ne trouva point d'objection à formuler, à ce stade de la discussion.

— Je te crois, murmura-t-il. Je comprends où tu veux en venir, et par quel détour. Un conseil, cependant. Est-il judicieux d'alourdir un débat si complexe par des considérations philosophiques ? Le paidhi est avant tout un traducteur. Qu'il s'en tienne à sa vocation de passeur d'idées, celles qui mettent sous les pieds la terre ferme !

Belle leçon d'humilité que le jeune homme n'était pas disposé à entendre.

— Le vaisseau a rendu visite à d'autres systèmes solaires, Banichi. Nous-mêmes, les insulaires de Mospheira, sommes originaires d'un système presque identique à celui-ci.

— Sans doute, nadi. Je ne dirai pas le contraire car pour les choses du ciel, la parole du paidhi me suffit. Je me contenterais de le mettre en garde contre certains préjugés qui ont cours ici-bas, à Shejidan.

L'intérêt de Banichi se dérobait visiblement, pour la plus grande exaspération de Bren. Il ne voyait plus aucune raison de différer la question que ses prédécesseurs avaient soigneusement évité de poser au commun des atevi. Celle-ci, par exemple, un joli pavé dans la mare :

— D'où viennent les humains, à ton avis ?

— D'une autre étoile, nadi.

— Une de ces étoiles qui clignotent, là-haut, parmi les nuits sans lune ?

— A vrai dire... (Banichi se renfrogna, cette conversation ne lui souriait qu'à moitié.) A vrai dire, je ne me suis jamais posé la question, certainement pas dans ces termes.

— Croyais-tu que nos ancêtres vivaient sur l'étoile proprement dite, un astre de feu ?

Le prétorien haussa les épaules.

— Les gens n'auraient pas le sentiment de vivre dans un monde plus cohérent s'ils connaissaient la réponse à ces questions, nadi-ma. Interroge là-dessus le seigneur Geigi, sa confusion sera totale.

— Je n'y manquerai pas, Banichi. A ma façon. Geigi, du moins, a la réputation d'avoir une formation scientifique. Le système solaire, en principe, n'a pas de secret pour lui.

— Il en sait plus long que moi, sans doute. Toutefois, à ta place j'éviterais dans mes prochaines interventions publiques d'éblouir mes interlocuteurs en faisant miroiter le soleil à leurs yeux. Ils seront très déconcertés.

Bren acquiesça. Au cours du premier siècle de présence humaine, après la signature du Traité, personne n'était disposé à ouvrir la boîte de Pandore de la cosmologie, personne ne souhaitait transmettre aux indigènes les données fondamentales de la recherche mathématique. Certains stages de radio ne pouvaient faire l'économie d'une initiation à la ionosphère ; de même les vents stellaires, les aurores boréales et autres phénomènes astraux parmi les plus simples faisaient-ils partie du bagage minimum de l'étudiant scientifique. D'après ce qu'il croyait savoir, aucune étude sérieuse n'avait jamais été entreprise afin de déterminer le niveau de connaissance cosmologique moyen répandu dans les couches populaires. Pas plus ne s'était-on demandé s'il existait un mouvement d'intérêt ou de simple curiosité pour le dévoilement progressif des mystères de l'univers.

La mentalité ateva intégrait les systèmes de petites dimensions, mais nul n'éprouvait spontanément le besoin de réfléchir, calculer, prévoir à l'échelle de la planète entière. Un trait révélateur, leur vocabulaire ne disposait véritablement d'aucun mot pour embrasser le monde au-delà du territoire ou du clan. Aussi longtemps que cet espace familier tournait rond, les atevi ne voyaient pas la nécessité d'élaborer une théorie pourvoyeuse de concepts et d'expressions appropriés pour appréhender le grand Tout. Cette responsabilité incombait à la communauté scientifique, aux dirigeants, seuls groupes sociaux disposant des instruments culturels et des moyens de communication pour définir et diffuser une vision d'ensemble dans le cadre de l'Association.

Incapable d'entrer dans ces jeux, la classe laborieuse dont Banichi était issu se satisfaisait de faire ainsi acte de procuration. Aux philosophes le soin, le devoir de philosopher ; aux puissants la responsabilité de donner les suites pratiques, économiques, institutionnelles, à ces découvertes. Les subventions montraient l'exemple, encourageaient la recherche. Nulle entrave n'empêchait le secteur privé d'investir à son tour, non sans avoir au préalable sollicité les conseils d'un numérologiste. Allez dire à un honnête entrepreneur que ses économies ont été placées sous de fâcheux auspices. Il aura vite fait de se retirer du projet et de trouver un bouc émissaire à sa colère.

Dans ces conditions, les changements ne pouvaient s'opérer en un jour. Il s'écoulait dix, quinze ans, entre la découverte d'un nouveau procédé technologique et la mise en circulation des produits de consommation courants.

Or, cette bataille technologique allait connaître une accélération dont les paidhiin précédents n'avaient pas eu à se soucier. On était à l'aube d'une nouvelle révolution résultant de la mutation probable des modes de production et de l'accroissement de la demande. A l'origine, le retour du vaisseau et ses exigences. Bren Cameron, pour son malheur, allait se trouver au cœur de ces chambardements.

— Banichi, tu m'as donné le conseil d'être à l'écoute de ce que les atevi pensaient et d'être attentif à ce qu'ils souhaitaient entendre. Je vais le suivre. C'est pourquoi j'accepte l'invitation de ce vénérable professeur.

— L'invitation, en réalité, émane de son entourage. Le vieil homme, quant à lui, n'a d'yeux que pour les étoiles, ces soleils lointains, quelle que soit leur véritable nature. Ce soir, considérant nos astres les plus familiers, je les imaginerai peuplés de créatures. Ce sera très drôle, très déconcertant.

— Les planètes habitées sont plutôt rares, de l'avis des gens autorisés.

— Tant mieux. Certainement, nous ne serions pas en mesure de supporter une autre avalanche de bienfaits. Les vôtres suffisent à nous combler de satisfaction et d'inquiétude.

J'ai trouvé un local, annonça Tano par téléphone. *Grâce à l'intervention diligente du service du personnel du Bu-javid, nous avons eu un entretien préparatoire avec vingt-sept secrétaires d'une grande compétence et d'une discrétion assurée, tous liés à Tabini-aiji par les liens du* man'chi. *Nous avons aussi pressenti un certain Dasibi, originaire de Magisiri, pour la fonction de chef de bureau. Ce personnage à la retraite présente toutes les qualités requises et se fait une joie de reprendre du service au palais où il officia jadis. Le salaire moyen d'un rédacteur, pratiqué par les agences de Cari Street qui ont le monopole de l'embauche et fixent les prix du marché, s'établit autour de six mille unités annuelles, auxquelles s'ajoutent les cotisations sociales, les primes de transport et de logement, les suppléments divers. Nadi Dasibi réclame un salaire de douze mille unités, prétentions qui n'ont rien d'exorbitant, compte tenu de ses précédents états de service. Toutes les personnes sollicitées comprennent que l'offre reste soumise à l'obtention par le paidhi du financement nécessaire.*

A l'écoute de ces chiffres, Bren avait ressenti un léger étourdissement.

— Mes économies personnelles ne représentent pas le dixième de la somme requise pour mettre en place un véritable secrétariat, répondit-il, quitte à doucher l'enthousiasme du jeune prétorien. Pour ma part, je me serais contenté de recruter un ou deux assistants, sachant que mon gouvernement se fera tirer l'oreille pour m'octroyer une rallonge budgétaire. Nos relations n'ont jamais été si exécrables. La meilleure nouvelle qui pourrait leur arriver en l'état actuel serait celle de ma disparition corps et biens. Le champ serait enfin libre pour toutes leurs manigances. Que ce soit bien clair, je n'ai pas grand-chose à attendre de ce côté, aussi ne réclamerai-je rien.

— *Ce n'est pas si grave, nand'paidhi, je n'ai encore engagé personne. Muni d'une estimation, je puis toujours faire une demande auprès du service du personnel en suivant la procédure régulière. Tôt ou tard, elle arrivera sur le bureau du aiji.*

— Je n'en doute pas. (C'était bien là le hic, éviter autant que faire se pouvait que le nouveau secrétariat du paidhi fût financé par le palais.) Fais comme bon te semble, Tano ; il n'est guère possible de laisser la correspondance s'amonceler ainsi. Un autre sac est déjà en souffrance, pour lequel les caméristes ont accepté d'effectuer un premier tri.

— *N'est-il pas encourageant,* répliqua le jeune prétorien, *que tant d'atevi égarés ou curieux, ou même agressifs, choisissent de s'adresser ainsi directement au paidhi ? Mon absence risque de se prolonger quelque temps, nand'paidhi. La mise en place de cette équipe rédactionnelle nécessite un travail imprévu : l'accueil et la préparation des candidats, les formulaires à remplir, une montagne de formulaires…*

— Je vous suis reconnaissant de vous charger de

ces démarches. De notre côté, tout va bien. Algini se remet vite de ses émotions et les problèmes de sécurité ne sont pas insurmontables. Prenez soin de vous, je vous en prie, ne vous tuez pas à la tâche.

— *Merci, nadi-ji.*

Il raccrocha. Son gouvernement feindrait de ne pas comprendre pourquoi tous ses prédécesseurs s'étaient contentés d'une équipe restreinte sur place, doublée à Mospheira par un Service composé d'une dizaine de membres, alors qu'il exigeait soudain le train de maison d'un nabab. La querelle remontait loin. Bien avant Wilson, coupable de prendre son travail trop au sérieux, certains trublions de l'Exécutif avaient fait savoir qu'à leurs yeux le Service ne constituait qu'une extension commode du département d'Etat, le paidhi lui-même n'étant qu'un porteur de messages, un subalterne dont la principale fonction consistait à mettre à jour le dictionnaire. Encore lui reconnaissait-on le mérite d'assurer le renouvellement de certains postes universitaires.

Le retrait de son gouvernement, tombé sous l'influence passagère (il fallait le souhaiter) des factions obscurantistes, le laissait sur le plan financier à la merci de Tabini, solution qui portait en elle-même des germes destructeurs pour la fonction de paidhi. Que resterait-il de ses qualités d'émissaire humain et d'intermédiaire lorsqu'il serait devenu, par la force des choses, un des plus précieux collaborateurs du aiji, appointé au même titre qu'un autre fonctionnaire ? Si seulement le vaisseau se décidait à répondre favorablement aux propositions d'ouverture faites par Tabini, voilà qui contraindrait Mospheira à se déterminer une fois pour toutes.

Il s'attarda dans le boudoir. Un téléphone se trouvait à sa disposition et personne ne viendrait en principe le déranger avant l'heure du dîner. Le temps manquait cependant pour entreprendre un travail de longue haleine et nulle force au monde n'aurait pu le contraindre à s'attaquer dès à présent à la pile du courrier. Il résolut de s'assurer si Mospheira avait rétabli la liaison. Ayant appelé le standard, il donna le numéro de sa mère.

Il eut tout d'abord l'impression que la ligne était ouverte, pourtant nulle sonnerie ne retentissait à l'autre bout.

Le contact refusait de s'établir. Un disque enregistré prit la relève, répétant que le numéro demandé était provisoirement hors service. Impossible même d'obtenir la messagerie centrale où il aurait pu déposer une communication personnelle : « Maman, je t'aime. Appelle-moi, Bren. »

Il demanda ensuite le numéro de son frère sur la côte nord de l'île, pour entendre un répondeur dont il n'avait pas l'intention de se satisfaire.

— Toby ? Ici, Bren. Décroche, mon vieux. Ne te fais pas prier. Il se passe des choses graves, j'en ai peur.

Quelqu'un décrocha en effet, faillit laisser choir le combiné. Une voix d'enfant s'éleva, aigrelette et limpide.

— *Papa ? C'est oncle Bren.*

Des pas précipités dégringolèrent quatre à quatre l'escalier. Toby traversa le vestibule en toute hâte.

— *Bren.*

— Toby, enfin ! J'essaie de joindre notre mère en vain. Que se passe-t-il ?

— *Pourquoi cette question ?*

— Un message enregistré affirme que sa ligne est en dérangement. Que faut-il croire ?

Un silence bizarre lui glaça l'oreille.

— *Peut-être en effet la ligne est-elle momentanément interrompue. L'île a été secouée par un violent orage.*

— Ce matin, déjà, j'ai tenté de la joindre. Elle m'a envoyé un télégramme que la censure a rendu illisible. Toby, comment va notre mère ?

Un nouveau silence le remplit d'effroi.

— Toby ?

— *Tout va bien, rassure-toi. De ton côté ? Où en est cette fichue épaule ?*

— Ce pourrait être pire. Jill, les enfants ?

— *En excellente forme, malgré un temps épouvantable. Vous ne perdez rien pour attendre, l'orage sera sur vous demain.*

— Un peu de fraîcheur ne nous fera pas de mal. Toby, as-tu parlé avec notre mère, ces derniers temps ?

Toby hésita. Avec réticence, il donna cette réponse sibylline :

— *Tu connais maman. Il n'y a rien qu'elle ne déteste plus que le changement.*

— Toby ?

— *Je te laisse, Bren. Nous étions sur le point de sortir.*

— Pour l'amour du ciel, dis-moi la vérité ! Que se passe-t-il ?

— *Notre mère a reçu des appels désagréables, si tu veux le savoir. Il n'y a là rien de dramatique.*

— C'est toi qui le dis. Quel genre d'appels ?

— *Je lui laisserai un mot sur la messagerie, disant que tu te fais du souci à son sujet. Bren, il n'y a pas de quoi remuer ciel et terre. Jill m'attend, je dois raccrocher. A bientôt, donne de tes nouvelles.*

— Bien sûr, murmura-t-il. Merci, Toby. A bientôt.

Rien de grave, disaient les mots. Les silences martelaient le contraire. Il s'agissait de Mme Cameron, leur mère. Quelqu'un lui avait fait du tort et Bren ne devait pas savoir.

Le cœur lui manqua. Il ferma les yeux très fort et heurta de l'épaule la cloison. Ce léger choc provoqua l'arrivée immédiate d'une cameriste.

— Nand'paidhi, avez-vous appelé ?

Une des benjamines de la maison. Son extrême jeunesse donnait un air cocasse à l'expression de gravité dont elle se couvrait comme d'un masque. Comment ne pas faire bon visage en face d'une telle apparition ?

Il émergea en soupirant de son léger vertige, assura que tout allait bien. Pour s'en convaincre, il appliqua son esprit pendant l'heure suivante à la résolution d'énigmes budgétaires et spatiales.

Le changement de saison signifiait une amélioration du régime alimentaire dans le sens d'un allégement et d'une variété plus conforme à ses goûts ainsi qu'à ses exigences diététiques. Adieu l'infâme gibier faisandé auquel il échappait en déployant de pauvres ruses qui ne trompaient personne. Pourtant, l'appétit n'y était pas. Il prit sans les goûter vraiment quelques cuillerées d'une crème de verdure relevée de muscade, pour le principe, afin de ne pas froisser la susceptibilité du chef qui était ici une dame charmante dont personne ne souhaitait se faire une ennemie.

Il songeait aux mystérieux coups de fil reçus par sa mère. Il songeait aux silences de Toby et regrettait presque d'avoir appelé. Il enrageait d'impuissance. Un détail le rassurait cependant : s'il s'était présenté un réel danger, son frère aurait éprouvé le besoin de se rendre dans la capitale afin de porter assistance à Mme Cameron.

Les hésitations de son frère, ses non-dits exprimaient plus de préoccupation que d'inquiétude véritable. Ou peut-être, en essayant de se rassurer, l'aîné se berçait-il de nouvelles illusions ?

Après avoir desservi, les servantes apportèrent le plat de résistance et les yeux de Bren s'écarquillèrent.

— Une nouvelle recette ? murmura-t-il.

On venait de déposer devant lui, sur la vénérable faïence des aïeuls Atigeini, un mets extraordinaire composé d'un pain plat et circulaire, nappé d'une sauce verte que garnissait une macédoine de légumes et de fruits de mer.

Son œil enregistra la présence discrète de la cuisinière sur le seuil de la porte. Il se hâta d'effacer de son visage l'expression de perplexité courtoise, ou plutôt de la faire disparaître, de l'ensevelir sous l'indifférence de rigueur.

— Comment s'appelle ce plat? demanda-t-il sur un ton plus neutre.

Le recueil méthodique des mots nouveaux n'était-il pas au nombre de ses attributions?

— Une pizza... naturellement! s'exclama la plus jeune des demoiselles. Nous sommes entrés dans le cycle de la mer, le paidhi l'aurait-il oublié?

— Une pizza, c'est évident. (Il luttait à présent contre une folle envie de rire.) Une merveilleuse pizza. Son arôme vous met l'eau à la bouche.

— Malheureusement, nos réserves de sauce rouge étaient épuisées, précisa la cuisinière, depuis son poste d'observation. Nous aurions dû être livrés ce matin, mais l'avion de Mospheira a pris du retard en raison de l'orage.

Dame Saidin éprouva le besoin de mettre les points sur les *i* :

— Il s'agissait de vous faire oublier un déjeuner que la mauvaise humeur de votre invitée ne vous aura guère permis d'apprécier, dit-elle. Un mets traditionnel de Mospheira semblait tout indiqué.

Bren remercia d'un sourire à la ronde.

— Une attention si délicate mérite sa récompense. Me ferez-vous l'honneur de partager cette pizza, comme le veut la coutume?

Une lueur de plaisir naquit sur quelques frimousses. L'intendante garda un silence soucieux, jusqu'au moment où la cuisinière jeta son poids dans la balance.

— Personne ne sera lésé puisque huit plats exactement semblables attendent d'être mis au four. Avec votre permission, paidhi, j'avais prévu de régaler tout le monde.

La perspective de cette petite fête improvisée faisait monter en lui une bouffée d'optimisme absurde. Il devenait audacieux.

— Que l'on fasse venir Algini et Jago. Nand'Saidin, que diriez-vous de quelques bouteilles ? Le thé et la pizza ne font pas bon ménage...

La dame voulut bien en convenir, elle se prenait au jeu. Avant de couper la pizza, on s'interrogea gravement sur la question de savoir quel serait le nombre de parts le plus favorable. D'autres disparaissaient et couraient en tous sens afin d'aller chercher les absents, quitte à les tirer du lit puisqu'il semblait à tous que cette cérémonie dont le paidhi avait pris l'initiative devait avoir un caractère de fête, avec bouquets de fleurs, tables dressées de belle argenterie (du second choix), et musique. Quelqu'un mit en marche un magnétophone, il s'éleva un frémissement de notes allègres qui invitaient à la danse. Dans la galerie des couples se formèrent, jeunes filles face à face, mains derrière le dos, esquissant l'une vers l'autre de complexes figures à base d'entrechats.

Jago ne parut point. Algini, cependant, leur rendit visite avec ses collègues de l'équipe du soir. Ils acceptèrent sans se faire prier un échantillon de la cuisine traditionnelle insulaire et redescendirent avec de grands thermos de thé à la menthe.

— Au fait, s'enquit la benjamine qui, l'autre matin, à l'heure du petit-déjeuner, avait fait les yeux doux à Tano. En quel honneur, ces réjouissances ?

Le paidhi se livra à un rapide inventaire de toutes les formules possibles.

— Nous célébrons le succès d'une entreprise rondement menée, annonça-t-il. Les relations entre le vaisseau et l'Association sont au beau fixe.

La réponse recueillit l'assentiment général, et tous de se congratuler les uns les autres, jusqu'à Saidin dont le visage exprimait la satisfaction du devoir accompli.

Sur ces entrefaites, Algini fit une nouvelle apparition, aussi précipitée que le permettaient ses diverses meurtrissures et sa dignité naturelle.

— Nadi Bren !

Chacun fit silence. Seule la bande magnétique continuait de diffuser ses joyeux décibels.

— Un appel de Mogari-nai, Bren-paidhi. Le vaisseau est en ligne.

— Bren cameron, dit-il, à peine essoufflé après cette course folle pour atteindre le bureau.

— *La communication est parfaite,* assura le technicien de Mogari-nai. *Ne quittez pas, nand'paidhi.*

La voix du commandant de *Phœnix* lui parvint peu après, à peine atténuée par cette distance considérable franchie sur les ailes de l'électronique.

— *Monsieur Cameron ? Ici, Ramirez.*

— Bonsoir, monsieur. Je suis, croyez-le bien, très heureux de vous entendre à nouveau.

— *Bonsoir. Navré de n'avoir pu être fidèle au rendez-vous de midi dont nous étions plus ou moins convenus. Nous avons examiné à la loupe les documents qui nous sont parvenus en grande quantité, les vôtres et ceux de Mospheira. Il y a un instant, je m'entretenais avec les autorités de l'île. D'après elles, vous ne disposez d'aucun pouvoir de négociation. Avant que nous n'allions plus loin, je tenais à vous informer de la version qui nous a été donnée de la situation et du rapport de force planétaire.*

Dans l'affolement de sa pensée, il les voua tous aux gémonies, tous les membres de ce gouvernement en perdition et leur Président fantoche. Défaillance passagère, le paidhi n'était pas en vain fier de ses réflexes aguerris par des années d'âpres négociations.

— Encore une fois, le président de Mospheira n'est pas qualifié pour représenter les intérêts du peuple ateva, fit-il, très calme et maître de lui. Suivant l'esprit et la lettre du Traité dont vous avez pris connaissance, il n'en a pas le droit. En revanche, je tiens cette autorité de Tabini-aiji, après avoir été désigné par mon propre gouvernement pour exercer les fonctions d'intermédiaire, et je ne vois aucune raison de ne pas en profiter dans ces circonstances exceptionnelles. C'est pourquoi, au risque de déplaire à l'administration de Mospheira, je continuerai à faire office de médiateur entre vous et les responsables de l'Association Occidentale.

— *Nous étions déjà tombés d'accord sur ce point. Dans quel état d'esprit le aiji aborderait-il d'éventuelles négociations ?*

— Il est ouvert à toutes les suggestions.

Son interlocuteur n'était pas un diplomate. Il décida d'imiter son franc-parler et d'aller droit au but.

— Les conventions établies entre nos deux peuples prévoyaient l'intégration économique associée à une indispensable parité technique. Nous avions du temps devant nous, du moins le pensions-nous, pour atteindre cet objectif. Nous étions parvenus à l'élaboration d'un programme spatial commun, en vue d'une collaboration pour la remise en service de la station orbitale dont la gestion future devait être conjointe. Le aiji n'a aucune raison de revenir sur les accords passés.

— *Peut-il nous entendre ?*

— Rien de plus simple, si vous m'accordez quelques instants.

— *Inutile. Assurez-le de notre volonté d'établir les meilleures relations avec son gouvernement. Conformément à ses vœux, nous avons sélectionné un délégué dont la descente sur votre planète devrait se faire dans les prochains jours. A deux conditions, toutefois : primo, que notre représentant bénéficie auprès du pouvoir d'un statut identique au vôtre et de la protection qui l'accompagne ; secundo, des crédits en quantité suffisante devront être immédiatement alloués à la fabrication d'une navette sol-station.*

— Vous obtiendrez sur ces deux points une confirmation officielle, monsieur, mais je puis vous assurer qu'ils ne soulèveront aucun problème.

— *Nous enverrons deux émissaires, l'un auprès de vous, l'autre auprès du gouvernement de Mospheira.*

— Comme il vous plaira, monsieur.

— *Parfait. Nous avons, sans trop de difficulté, trouvé deux volontaires. Jason ? Bren Cameron, voici Jason Graham, qui vous rendra bientôt visite.*

Le paidhi s'attendait à une voix juvénile et ne fut pas déçu. Il entendit dans cette voix, dissimulée sous le vernis de la courtoisie, une appréhension colossale, à l'échelle de l'inconnu auquel cet homme allait bientôt s'exposer.

— *Monsieur Cameron, je suis enchanté de faire votre connaissance. Nous ne tarderons pas à pouvoir échanger une vraie poignée de main, c'est mon vœu le plus cher.*

— Je m'en réjouis à l'avance. Vous disposez donc d'un véhicule capable d'assurer la liaison avec Shejidan ?

— *Nous nous débrouillerons. Si vous n'y voyez pas d'inconvénient, je souhaiterais vous appeler dès demain, à l'heure de votre choix. Vous me mettrez au courant de la situation, tout au moins dans ses grandes lignes, et du travail qui m'attend.*

— Avec le plus grand plaisir. De votre position élevée, vous êtes bien placés pour voir le jour se lever sur la planète. D'ailleurs, nos ancêtres ont quitté la station sans emporter la pendule. Demain matin, cela vous convient-il ?

— *Aube, point du jour, aurore, lever du soleil... quel riche vocabulaire, pour définir ce moment éphémère ! Demain, à la première heure. Bonne nuit, monsieur Cameron. La formule est-elle heureuse ? Est-ce ainsi que l'on doit se séparer quand la nuit vient de tomber ?*

— Bonne nuit, dit Bren.

Sans se dissimuler qu'il éprouvait un léger malaise en songeant que ces mots étaient pour Jason Graham vides de sens, de simples entrées de dictionnaire qui n'éveillaient en lui aucune sensation, au mieux quelques images sur un écran vidéo. Etait-ce ainsi que vivaient les hommes de l'espace ?

Après avoir pris congé des techniciens de Mogarinai, il ôta de l'appareil la cassette sur laquelle avait été enregistrée cette précieuse conversation et s'empressa de composer le numéro qui permettait de joindre Tabini sur sa ligne directe.

— Le vaisseau s'est décidé à nous rappeler, aiji-ma. Je viens de raccrocher. A première vue, ils sont disposés à négocier, suivant nos conditions. Je vous envoie une télécopie du texte.

— *Félicitations, Bren-ji. La situation évolue vite et dans un sens favorable, que peut-on souhaiter de plus ?*

— Sans doute ont-ils un engin de liaison quelconque en état de fonctionner, car ils se proposent d'envoyer dans les jours à venir deux représentants sur la planète, l'un à destination de Shejidan, l'autre à destination de Mospheira. Dès demain matin, j'aurai un premier entretien de travail avec leur émissaire ; sans doute en saurai-je un peu plus. Nous n'avons fait qu'échanger quelques mots. Le commandant a réitéré ses souhaits de bonne entente avec le pouvoir ateva.

— *Tout va donc pour le mieux. Bren-ji ?*

— Aiji-ma ?

— *Les échos d'une fête sont parvenus jusqu'à nous.*

— Si je vous ai dérangé, aiji-ma, veuillez m'en excuser.

— *Il n'est pas question de ça, Bren-ji, les murs du palais sont épais. Amuse-toi, au contraire, profite de cette soirée.*

Il raccrocha, un peu abasourdi par le conseil qu'il venait d'entendre, puis la révélation se fit lentement dans son esprit : peut-être, en effet, y avait-il une excellente raison de célébration, peut-être avait-il remporté une victoire, sans même s'en rendre compte. Une page venait d'être tournée, la menace qui, l'espace de quelques jours, avait plané sur le monde était écartée. La crise avait trouvé un heureux dénouement, une solution constructive était en vue.

De retour dans la grande salle, il fut accueilli par une assemblée silencieuse, recueillie dans son inquiétude. Puis les questions fusèrent :

— Avez-vous communiqué avec les habitants du vaisseau, nand'paidhi ?

— Qu'ont-ils dit ? Qu'avez-vous répondu ?

— Où en sommes-nous ?

— Petites sottes ! s'exclama Saidin, scandalisée. Ces secrets ne nous regardent pas.

Il eut envie de danser, tout à coup, de « profiter » de cette soirée, comme on venait de l'inviter à le faire ; prendre dame Saidin par la taille et l'enlever dans un tour de valse.

— Il se trouve que nous n'avons aucune raison d'être inquiets, reconnut-il avec circonspection. Je n'ai entendu que des propos rassurants, aucune fausse note qui nous interdirait de reprendre nos réjouissances là où nous les avons laissées !

Rien n'était encore gagné, chuchotait une petite voix, aussi longtemps qu'il ne pourrait crier sur tous les toits : « Cette fois, tout est dit, nous sommes parvenus à un accord ! »

Celui-ci semblait à portée de main, il n'avait guère de mal à s'en convaincre lui-même.

La musique, dont on avait baissé le volume en son absence, s'enfla de nouveau sur un motif joyeux. De la cuisine arrivèrent d'autres chariots portant de nombreux desserts sur lesquels les caméristes s'abattirent comme un vol d'oiseaux affamés. Certaines avaient mieux à faire. Elles préféraient, après l'avoir acculé contre un mur, assaillir de questions l'heureux Algini, récompensé de ses coups et blessures par tant d'aimable sollicitude.

Quand Jago parut enfin, noire et hiératique dans son uniforme, ce ne fut point pour participer aux agapes. La douairière, annonça-t-elle, avait pris contact avec le poste de Sécurité afin de s'enquérir de l'origine du tapage.

— Je n'y avais pas songé, pesta tout bas le paidhi.

— Elle n'apprécie qu'à moitié, conclut la prétorienne. En revanche, Banichi et Tano demandent qu'on leur réserve une part du festin.

On lui apporta du thé, qu'elle prit debout, près de la porte. Rien n'échappait à son regard sérieux.

— Bren-ji, ne vous couchez pas trop tard et tâchez de résister aux propositions implicites des femmes de chambre, ajouta-t-elle encore. Ce sont les recommandations de mon supérieur. Il vous rappelle aussi que la porcelaine doit être traitée avec ménagement.

— Banichi ? Où est-il ?

Jago avait les yeux ailleurs.

— Il s'est occupé de votre transport aérien, fit-elle à mi-voix. Tout est arrangé, vous partez après-demain.

Bren la dévisagea, interloqué.

— Je pars en voyage ?

— Vous vous rendez à l'observatoire, n'est-ce pas ce que vous souhaitiez ?

Le jeune homme se souvint qu'il en était au moins à son troisième verre, à partir duquel il avait cessé de tenir un compte précis. Il demeurait toutefois assez lucide pour savoir que la prétorienne n'avait pas répondu à sa question concernant Banichi. S'il se tramait de nouvelles tempêtes au sein de la Guilde, Cenedi, comme à l'accoutumée, le renseignerait plus sûrement que ses deux protecteurs attitrés.

Il était bon de célébrer des espoirs de paix, dangereux de prendre les promesses pour argent comptant, surtout lorsqu'elles émanaient d'étrangers soucieux de préserver leurs intérêts. Aijiin, présidents, commandants de vaisseaux spatiaux, quand l'affaire était encore en suspens, prenaient rarement la peine de procéder suivant les lois de la logique ou de la simple efficacité. De même oubliaient-ils souvent de tenir leurs engagements.

13

— *Je possède les rudiments de plusieurs langues,* expliqua Jason Graham le lendemain matin.

La liaison téléphonique, excellente, permettait d'apprécier sa voix claire, bien timbrée, un peu rassérénée par rapport aux quelques phrases prononcées la veille sur un ton un peu hésitant.

— *De toute façon, il faudra vous en contenter,* enchaîna-t-il avec entrain, *car personne, apparemment, n'était plus qualifié que moi. L'histoire est ma grande passion, les civilisations du passé m'intéressent, c'est d'ailleurs ce qui m'a valu d'être choisi pour établir le contact avec les atevi. Ma collègue, envoyée auprès de la communauté humaine, est avant tout une technicienne, sans aucune formation linguistique comme la plupart d'entre nous. La population du vaisseau est monolingue. Par le biais de l'histoire, j'ai été amené à m'interroger sur les conditions de formation et d'évolution des langages. Je suis aussi professeur, il est bon que vous le sachiez.*

Bren s'était installé dans le bureau. Il prit le thermos et se versa une tasse de thé vert. Il se figurait un jeune professeur d'une impardonnable naïveté, prêt à jeter dans l'action sa vaillance et sa petite musette remplie de connaissances inutiles.

— Vous enseignez? C'est très intéressant. Sans doute savez-vous distinguer un verbe d'un substantif?

— *Certainement, monsieur. Conjugaisons, déclinai-*

sons, participes, ces éléments ne me sont pas tout à fait étrangers.

— Tant mieux. Vous allez avoir besoin de tout votre savoir. Je vous ai préparé un petit lexique grammatical avec quelques exercices de traduction de la langue de Mospheira, le mosphei', comme nous l'appelons pour faire court, dans celle des atevi, le ragi, du nom de l'ethnie majoritaire. Cette langue vous paraîtra déconcertante, les structures en sont très différentes, d'une grande complexité, je le crains. Etes-vous doué pour les mathématiques ?

Une nuance d'inquiétude se glissa dans la voix :

— *Jusqu'à un certain point, monsieur. Pourquoi ?*

— Le calcul mental est inséparable de la conversation la plus anodine. Prenons un exemple. Si vous voulez faire le compte des personnes composant un auditoire, les règles de la bienséance obligent, non pas à additionner purement et simplement le nombre des présents, mais à intégrer à ce chiffre les positions hiérarchiques. De même, l'utilisation de certaines clauses de style est-elle indispensable pour conjurer le mauvais sort qui pourrait s'abattre sur l'assistance, si celle-ci se compose d'un nombre maléfique d'individus. Tous ces rituels langagiers vous enchanteront, j'en suis sûr. De vous à moi, je suis soulagé d'avoir affaire à quelqu'un qui soit capable de saisir la complexité du passage d'un idiome à un autre, chacun correspondant à un mode de pensée spécifique. Etes-vous le moins du monde diplomate ? Avez-vous acquis, à l'occasion de négociations antérieures, la souplesse d'esprit favorable à l'établissement d'un accord ? Avez-vous la tête politique ?

— *Hélas, je ne suis qu'un modeste historien.*

Bren réprima un soupir. Il allait se retrouver avec un universitaire sur les bras, un dilettante, dans le pire des cas.

— Disposez-vous d'un vocabulaire étendu ?

— *Je le crois, comparé à celui de beaucoup d'autres.*

— J'ai demandé à votre commandant de vous accorder les pleins pouvoirs dans le cadre des négociations à venir, ainsi que le soutien sans faille des autorités du vaisseau. En sera-t-il ainsi ?

— *Avant de descendre, je devrais avoir droit à un exposé complet sur les objectifs que nous nous proposons d'atteindre aux termes des discussions avec le aiji et son gouvernement. A savoir la mise en chantier d'une navette spatiale, la restauration de la station, etc. Naturellement, vous devrez mettre à ma disposition toutes les facilités de communication entre mon bureau et* Phœnix. *Il sera temps de me fournir les détails techniques quand je serai à pied d'œuvre.*

De deux choses l'une, ou le commandant Ramirez était plus naïf qu'il n'en avait donné l'impression, ou il avait choisi de déléguer à Shejidan un représentant peu informé qui ne ferait aucune révélation gênante s'il subissait un interrogatoire serré.

Jason Graham, toutefois, n'était pas un imbécile. Quiconque décidait, de sa propre initiative, de s'intéresser à l'histoire et de se livrer, avec les moyens du bord, à une enquête philologique, méritait d'être pris au sérieux.

Un idéaliste, peut-être. D'une certaine façon, le danger n'était pas moindre.

— Quelle conception vous faites-vous de la politique, Graham ? Comment l'exercice du pouvoir est-il organisé, là-haut ? Avez-vous des débats ? Suivant quelle procédure les choix importants sont-ils adoptés ? Les avis minoritaires ont-ils le droit de s'exprimer ?

Le professeur d'histoire était-il déconcerté par cette avalanche de questions ayant trait à l'exercice de la démocratie au sein d'une communauté vivant en autarcie ? Comprenait-il où le paidhi voulait en venir ?

— *Rien n'a changé au cours des siècles, monsieur. Le vote à la majorité simple reste la clé de voûte de notre système. Entouré de son état-major, le commandant fait le point sur la situation, puis énumère les tâches nécessaires à l'accomplissement du programme envisagé. Les techniciens apportent souvent d'utiles précisions. Les délibérations peuvent être très longues, suivant l'importance du projet, les dangers encourus, le caractère contradictoire des arguments échangés. Rien à voir avec l'exercice de la démocratie tel qu'il se pratique dans une cité ou une nation. Chaque fois, nous nous déterminons en fonction des conditions les plus favorables à l'exécution d'un travail donné.*

— Comment la décision du retour a-t-elle été prise, après une si longue absence ?

Le silence, l'espace de quelques secondes.

— *Il en avait toujours été question, d'aussi loin que je m'en souvienne. Le moment semblait opportun, voilà tout.*

— Pourquoi ?

— *Parce que nous disposions enfin d'une autre station. Il semblait judicieux, sur le plan économique, tout au moins, de conjuguer les forces de l'ancienne étape et de la nouvelle. Notre activité y gagnerait un essor considérable.*

— Vous faites allusion aux facilités de ravitaillement en combustible ?

— *Pas seulement... En matières premières aussi, en fournitures de toutes sortes.*

— Quels services comptiez-vous proposer en échange ?

Ces questions, de toute évidence, mettaient Jason Graham dans l'embarras. Celui-ci se manifesta par une nouvelle pause, très significative.

— *Nous n'en sommes pas là, monsieur, il s'en faut de beaucoup. La station ne sera pas opérationnelle avant longtemps.*

La station, autrement dit, avait besoin d'être repeuplée. Par des individus dévoués, compétents, prêts à se tuer à la tâche, peu regardants sur les rétributions du moment qu'il leur était permis d'apporter leur contribution à une œuvre exaltante. *Phœnix*, comme toujours, exigeait que l'on pourvoie à l'approvisionnement de ses réserves et de ses soutes. Et la planète d'obtempérer, quitte à fournir un effort démesuré pour satisfaire les besoins du vaisseau — main-d'œuvre (humaine ou ateva), énergie, techniques, bienfaits que la Guilde goberait en un clin d'œil avant de tirer sa révérence.

Pourtant, ainsi que l'avait fait observer Jason Graham, il restait beaucoup à faire avant d'en arriver à la question d'un échange équitable. Et d'ici là, *Phœnix* se présentait comme le partenaire indispensable sans lequel il n'y aurait pas avant longtemps de résurrection de la station. Cela à condition de livrer la force de travail et les matériaux à domicile. Jusqu'à nouvel ordre, en effet, l'insistance de *Phœnix* à voir la planète se doter d'une navette dissimulait sa propre incapacité dans ce domaine. Les liaisons sol-station seraient assurées par un engin de fabrication planétaire. Shejidan et Mospheira auraient prise sur les événements.

— La Guilde des Pilotes, en somme, nous fera parvenir ses chiffres à mesure de l'établissement de ses besoins ?

— *C'est ainsi que les choses devraient se passer, monsieur. Cependant... puis-je vous parler en toute sincérité ?*

— Ne me cachez rien, surtout. Dites ce que vous avez sur le cœur avant qu'il ne soit trop tard ! C'est un conseil d'ami.

— *Si je me suis porté volontaire, c'est surtout pour des raisons égoïstes, afin d'échapper à la routine absurde qui me condamne à passer ma vie devant un écran d'ordinateur. Pour autant, pas plus que Yolanda, je n'ai l'intention d'avoir la gorge tranchée ou d'être pris en otage. Vain calcul, soit dit en passant. Le com-*

mandant nous a prévenus: plutôt sacrifier deux émissaires que de céder sur les conditions qu'il estime essentielles. Quelle garantie pouvez-vous me donner concernant notre sécurité?

— Dès votre arrivée, vous serez placé sous la protection de Tabini-aiji, l'autorité suprême. Mospheira, sans doute, se fera un honneur de recevoir votre collègue dans les meilleures conditions. Dites-lui bien que l'île est un havre tranquille, au point que l'on en viendrait parfois à souhaiter un peu de remue-ménage comme dérivatif à l'ennui. Je m'efforcerai, il va sans dire, de vous accueillir en personne. Avez-vous prévu d'arriver ensemble?

— *Nous en avions l'intention, si toutefois le transfert d'un lieu à un autre pouvait être assuré à bref délai.*

— Rien de plus simple: par un avion spécial.

— *Mospheira nous a prévenus contre la violence des atevi. Ces gens-là vous assassinent sans sourciller, paraît-il. Ils tuent de sang-froid, en toute légalité. N'avez-vous pas échappé de justesse à deux attentats? Aussi nous a-t-on fermement recommandé de choisir de préférence l'île, comme lieu d'arrivée. Qu'en pensez-vous?*

— A mon tour de vous mettre en garde. Si vous atterrissez à Mospheira, vous vous placez d'emblée en porte-à-faux par rapport aux autorités continentales. Votre sécurité, contrairement à ce que vous seriez tenté de croire, sera moins assurée pour deux raisons. Tout d'abord, en arrivant sur son territoire, où il vous a lui-même invité, vous mettez Tabini-aiji dans l'obligation de faire en sorte qu'il ne vous arrive rien. Il y va de sa dignité, de son prestige. Ensuite, dans la mesure où sa puissance est incomparablement supérieure à celle du président de Mospheira, en acceptant, après coup, l'hospitalité de ce dernier, vous commettriez un grave impair diplomatique, pis, une faute politique qui pèserait sur l'avenir de vos relations avec les atevi dans leur ensemble. C'est un peuple très susceptible. Ils interpréteraient votre geste comme une insulte délibérée, imagineraient une clause secrète avec Mospheira, et votre crédibilité en qualité de négociateur, représentant officiel du vaisseau, en souffrirait. Faites valoir ces arguments auprès de ceux qui détiennent le pouvoir de décision.

— Je n'y manquerai pas, monsieur. Permettez-moi d'aborder un autre problème délicat. D'après Mospheira, le continent serait en proie au chaos et la stabilité des institutions ne tiendrait qu'à un fil. On prétend même que vous agiriez sous la contrainte. Sa famille serait toujours sans nouvelles de votre suppléante, disparue dans des conditions mystérieuses. Puis-je vous faire confiance, toute la question est là. Contrevenant aux ordres, vous auriez livré aux atevi des renseignements confidentiels, c'est du moins ce qu'affirme votre gouvernement.

La naïveté de Jason Graham avait ses limites. Elle ne l'empêchait pas de mettre le paidhi en demeure de se justifier. Bren s'exécuta de bonne grâce. L'homme qui l'interrogeait courtoisement n'avait-il pas toutes les raisons de s'inquiéter de savoir où il allait, littéralement, « mettre les pieds » ?

— J'ai été plus bavard que ne l'auraient souhaité les autorités de Mospheira, sans aucun doute. A ce petit jeu, ma suppléante, victime d'un prétendu enlèvement, n'a pas été en reste. C'est qu'en toutes circonstances, vous le découvrirez à vos dépens, le gouvernement insulaire tarde à prendre ses décisions et cette incroyable lenteur ne facilite pas la tâche de celui qui se trouve sur le terrain et dont la rapidité d'initiative doit être la qualité essentielle, surtout en période de crise. Le surgissement de *Phœnix* a semé chez les atevi un désarroi compréhensible. Imaginant un complot entre l'île et le vaisseau, ils ont redouté l'abrogation du Traité. Afin de calmer les esprits, j'ai donc été contraint de dire ce qu'il en était, dans la mesure où j'en étais capable, au pied levé, sans attendre qu'une commission *ad hoc* se réunisse, délibère gravement avant de savoir si, oui ou non, elle approuvait le contenu des explications que les circonstances m'obligeaient à fournir.

— *Qu'en est-il exactement de cette femme dont on reste sans nouvelles ?*

— Deana Hanks ? Elle n'a pas le moins du monde disparu. Je lui ai donné l'ordre de rentrer à Mospheira, elle n'a rien voulu savoir sous le mauvais prétexte de n'avoir pas reçu son rappel en bonne et due forme. En dépit de mes protestations, le département d'Etat tient à ce qu'elle soit présente à Shejidan.

— *Pour quelle raison ?*

— Vous apprendrez bien assez tôt la vérité. Disons simplement qu'il existe à Mospheira un courant ségrégationniste avec lequel ma suppléante éprouve d'étroites affinités. Malheureusement, l'arrivée de *Phœnix* leur a donné l'occasion d'accroître leur influence dans l'entourage du Président. Profitant de mon absence de la capitale, Deana Hanks aurait souhaité présenter ses lettres de créance à Tabini. Le aiji, naturellement, a refusé de la recevoir. Par ailleurs, il s'agit d'une personne très bien, très compétente dans certains domaines de prédilection, le commerce, la finance. Nous avons déjeuné ensemble, pas plus tard qu'hier, et sommes convenus de ne pas couper les ponts.

Jason Graham fit entendre un rire désabusé qui sonna plutôt agréablement aux oreilles du paidhi.

— *Monsieur, il y a vraiment très loin de votre version à celle de Mospheira.*

— Que vous a-t-on dit, là-bas ?

— *Que la situation, chez vous, est très dangereuse. On ne saurait trop nous recommander de prendre vos déclarations avec circonspection.*

— Avez-vous localisé la station émettrice sans laquelle mes paroles ne vous parviendraient pas ?

— *Parfaitement. Il s'agit d'une installation côtière.*

— A votre avis, une station de cette importance appartient-elle au gouvernement ateva ? Se pourrait-il qu'elle soit financée par un organisme privé ? Une station clandestine, peut-être ?

— *Un émetteur public, selon toute vraisemblance.*

— N'en doutez plus, monsieur Graham. Je m'adresse à vous au nom du gouvernement ateva. Je suis le médiateur, autrement dit le paidhi, dans la langue ragi, majoritaire sur le continent. Aux termes du Traité, je suis le seul être humain habilité à négocier des accords, dans tous les domaines, entre les deux communautés. Je suis un fonctionnaire du département d'Etat. Par la force des choses, je représente aussi les intérêts de l'Association Occidentale, ce qui m'amène de temps à autre à proférer certaines évidences qui froissent les oreilles de mon gouvernement. Si je choisissais de garder le silence, les uns et les autres en seraient réduits aux pires conjectures et la situation s'envenimerait. Autant vous convaincre tout de suite qu'il n'y aura pas d'avenir radieux pour Mospheira ou pour Shejidan sans une étroite collaboration. Dites à votre commandant que, s'il veut obtenir des informations de première main sur la situation économique ou politique du continent, il sera bien avisé de s'adresser directement au paidhi, le seul humain ayant accès aux sources. Désormais, nous serons deux. Monsieur Graham, Je vous souhaite la bienvenue sur ce monde où l'on fait de la politique comme on respire.

— *Les atevi sont-ils d'un commerce agréable ? Avez-vous l'occasion de fréquenter les gens ordinaires, de vous lier d'amitié avec qui bon vous semble, ou bien votre liberté de mouvement est-elle entravée par une surveillance de tous les instants ?*

— Mes interlocuteurs sont le plus souvent, mais

pas exclusivement, des familiers de Tabini, membres de son cabinet, hauts fonctionnaires, représentants de provinces. Les atevi sont foncièrement honnêtes, d'une fidélité à toute épreuve lorsqu'il s'agit de tenir leurs engagements vis-à-vis d'un associé. Ils ont volontiers l'esprit confus et certaines idées, certains projets, revêtent parfois chez eux un caractère obsessionnel. Venons-en, si vous le voulez bien, à des préoccupations plus techniques. Quelles seront vos conditions d'atterrissage ? De quelle longueur de piste aurez-vous besoin ?

— *Vous n'y êtes pas du tout, monsieur. Nous allons être parachutés.*

Bren ressentit un coup au cœur.

— C'est une plaisanterie ?

— *Hélas, non. J'aimerais bien, soyez-en sûr. Nous avons trouvé deux de ces engins pliés et rangés avec soin dans le vestiaire de la station.*

— Mon Dieu... je vous prie de m'excuser.

— *Dans ces conditions, bien sûr, il s'agira pour nous d'un aller simple, aussi longtemps que Mospheira ou Shejidan n'auront pas mis au point un véhicule de liaison. De vous à moi, monsieur, avec toute la sincérité dont vous n'oseriez pas faire preuve en face de ma pauvre mère, consternée par toute l'aventure, quelles chances avons-nous de jamais revoir la station ?*

— Si la mise en application du programme commençait dès aujourd'hui, si tout devait se passer dans les meilleures conditions, dans un an et demi nous serions en mesure de procéder à la mise sur orbite basse d'une capsule habitée, grâce à un lanceur conçu pour propulser des satellites de communication. Confort sommaire, mais l'aller et retour entre la terre et l'orbite serait garanti sans risque.

— *Quel délai, pour atteindre une orbite géostationnaire ?*

— Franchement, à la place de *Phœnix*, je me contenterais, à terme, d'une navette capable d'assurer le service avec la station, et je ferais preuve de patience.

— *Pouvons-nous, d'ores et déjà, envisager une date de lancement ?*

L'amour filial, à lui seul, pouvait-il expliquer cette anxiété ? Le volontaire n'avait pas encore quitté sa petite communauté qu'il brûlait d'envie de la retrouver. Le paidhi éprouva un bizarre pincement d'amertume. N'était-ce pas ainsi que vivaient les habitants des vaisseaux, pour qui la tribu entière tenait lieu de famille, en dépit des zizanies ? Et lui-même, devenu pratiquement « un étranger parmi les siens », n'était-il pas le plus mal placé pour critiquer l'angoisse de Jason Graham, à la veille de s'envoler du nid, et dans quelles conditions périlleuses !

— Il serait prématuré de déterminer une échéance, étant donné les nombreux facteurs objectifs et subjectifs dont il faudra tenir compte.... Le rythme de livraison des matériaux sera-t-il à même de satisfaire aux exigences du programme, les atevi ne se feront-ils pas tirer l'oreille ? De ce point de vue, il est de votre intérêt d'atterrir sur la rive continentale du détroit et de faire mille grâces à Tabini-aiji. Celui-ci ayant le pouvoir de décider, seul, pour ainsi dire, de la participation active de l'économie du Territoire à l'essor de l'industrie spatiale ou de son retrait pur et simple, lequel signerait l'arrêt de mort du projet de navette.

— *Monsieur Cameron, vous êtes si persuasif que vous m'ôtez l'envie de poser d'autres questions.*

Tant mieux, songea le paidhi, mais des scrupules harcelaient sa conscience depuis qu'il avait appris par quel moyen archaïque *Phœnix* se proposait d'envoyer ses émissaires. Un homme et une femme allaient descendre sur la planète au péril de leur vie ; cette idée lui était profondément déplaisante.

— Pourquoi tant de hâte, monsieur Graham ? Dites à vos supérieurs qu'ils s'accordent le délai nécessaire pour vous faire voyager dans de bonnes conditions.

Un parachute vieux de deux siècles est-il seulement fiable ?

— *Les techniciens affirment être en mesure de l'améliorer, du point de vue de la sécurité de vol et de la précision de l'impact. L'idée ne me sourit guère, je l'avoue, mais ne vaut-il pas mieux se lancer dans le vide avec un parachute qu'avec des ailes en carton ?*

— Vous avez les nerfs solides, bravo. Nous ne serions pas là, il est vrai, si nos ancêtres n'avaient pas réalisé cet exploit avant vous.

— *A ce propos, justement, il m'est pénible de vous poser la question, mais savez-vous quel fut le pourcentage d'échec ? Vous a-t-on communiqué les statistiques, si toutefois elles existent ?*

— Un pourcentage très faible, rassurez-vous. Une disparition en mer, une mauvaise réception. Un troisième a perdu son bouclier protecteur et s'est consumé en pénétrant dans l'atmosphère. Nos pionniers, dans leur grande majorité, sont arrivés sains et saufs. J'insiste, cependant. Prenez au moins le temps d'installer sur vos appareils un système d'autoguidage plus perfectionné. Ne disposez-vous vraiment d'aucun véhicule susceptible de permettre une descente moins acrobatique ?

Un silence, puis cet aveu raisonnable :

— *Rien qui puisse résister à une entrée dans l'atmosphère, alors qu'il nous serait si facile d'aller sur la lune.*

— C'est une chute vertigineuse que vous allez faire. Soumise aux lois de la pesanteur.

— *En effet, monsieur.*

— Monsieur Graham, quand vos techniciens déballeront les parachutes afin de procéder aux vérifications et d'effectuer toutes les améliorations possibles, dites-leur d'être très attentifs. Il faudra replier l'engin de façon strictement identique. Il s'agit là d'un travail de grande précision, sinon la voilure risque, quand le moment sera venu pour elle de se déployer, de s'y refuser ou de se mettre en vrille.

— *Votre sollicitude me donne la chair de poule. Je me suis inquiété du fonctionnement du parachute, vous pensez bien. Ils ont trouvé le mode d'emploi dans la bibliothèque de la station.*

— Le jour de votre arrivée est-il déjà fixé ?

— *Attendez-vous à nous recevoir dans une petite semaine.*

— C'est bien court.

— *J'aurais souhaité plus d'optimisme de votre part, monsieur Cameron. Nos techniciens imposeront une trajectoire précise, ils sont certains de pouvoir nous faire atteindre la cible prévue. Les trois accidents portés à votre connaissance, quand se sont-ils produits ? Au tout début, j'imagine, à l'occasion des premiers lâchers ?*

— Je le crois, oui. Pas une seule perte ne fut signalée parmi les derniers contingents de parachutés.

Ce n'était pas tout à fait exact. Petite entorse faite à la vérité, dans une intention charitable. L'homme qui allait sauter du haut de la station méritait certains égards.

— *Pour être tout à fait franc*, reprit Jason Graham, qui ne donnait pas l'impression d'avoir menti jusqu'à présent, *plus j'y songe et plus j'ai l'impression de commettre une folie. Je ne sais ce qu'en pense Yolanda... Nous avons soigneusement évité d'aborder ce sujet.*

— Fiez-vous aux nombres, diraient les atevi. Faites en sorte que les techniciens aient la main heureuse et vous concoctent des équations favorables.

— *J'en ai bien l'intention. Ce bruit, qu'est-ce que c'était ?*

Absorbé par cette conversation, *sous le charme* de cette conversation, rectifia-t-il en son for intérieur, Bren avait perdu le sens des réalités. Celles-ci s'étaient éloignées, brouillées. Il reçut, comme une bouffée soudaine, l'odeur de la grisaille et de la pluie.

— Le tonnerre, dit-il, un orage vient d'éclater au-dessus de la ville.

— *Ce que nous appelons des turbulences atmosphériques.*

— Pluie, vent, rafales, éclairs, tonnerre. Ces manifestations peuvent être plus ou moins violentes.

— *Sont-elles dangereuses ?*

— La foudre, quand elle s'abat, peut provoquer des dommages. Il serait d'ailleurs préférable d'abréger notre communication. Avant de vous quitter, je dois vous faire une ultime recommandation. Les fondateurs de la première colonie étaient tous en excellente santé, les atevi ne nous ont transmis aucun virus. Tabini insiste cependant pour que vous vous soumettiez au traitement préventif suivi par nos ancêtres avant leur arrivée sur la planète.

— *Nous avons déjà commencé, pour le plus grand désarroi de mon estomac, mais voilà qui n'est pas trop grave.*

— Les effets ne sont pas trop désagréables, je l'espère. J'en parlerai au aiji. Il sera favorablement impressionné par le fait que vous ayez songé à prendre ces précautions de votre propre initiative. Je l'informerai aussi de la nécessité de prévoir une correspondance aérienne immédiate pour votre collègue. Je vous ferai parvenir par télécopie une carte du continent placé sous la juridiction de l'Association Occidentale, sur laquelle seront indiqués les sites les plus favorables à votre atterrissage, accompagnée d'une légende spécifiant leurs inconvénients et leurs avantages respectifs. L'aéroport, sachez-le, se trouve au sud de la capitale.

— *Toutes ces informations seront transmises à mes supérieurs qui en informeront les techniciens. Dans les prochains jours, je souhaiterais pouvoir m'entrete-*

nir à nouveau avec vous. J'aurai d'autres questions, n'en doutez pas.

— Afin que vous ne perdiez pas votre temps à m'appeler en vain, je vous donnerai le détail de mon emploi du temps pour la semaine à venir. Demain, je serai absent pour la journée, je rends visite à un observatoire astronomique, situé dans la montagne. Je pense être de retour le soir même. Si vous deviez me joindre de toute urgence, le personnel du centre de Mogari-nai saura vous mettre en contact avec moi. On peut me trouver partout, même en avion, du moment qu'il existe une liaison téléphonique.

— *Qu'allez-vous faire là-bas ?*

— J'ai rendez-vous avec un vieux savant, dans l'espoir qu'il saura m'apporter les réponses philosophiques dont je vais avoir besoin pour faire face à certains contradicteurs.

— *Vos attributions couvrent un champ considérable.*

— Vous en jugerez bientôt par vous-même, puisqu'elles deviendront aussi les vôtres.

— *J'aime vous l'entendre dire, monsieur. Choisissez-nous de préférence une aire d'atterrissage bien douillette.*

Bren ne put s'empêcher de sourire.

— Comptez sur moi, monsieur Graham. Je suis Bren, pour mes amis et mes collaborateurs. Je n'ai pas l'habitude de me faire appeler « monsieur ».

— *Je suis, j'ai toujours été Jason. Pour tout le monde. Vous n'imaginez pas combien il me tarde de faire votre connaissance.*

— Faites l'impossible pour nous arriver entier, Jason, ainsi que votre compagne, ou je perdrai le sommeil pendant très longtemps. Que vos techniciens réclament un délai supplémentaire si besoin est. Le monde attendra, Tabini fera de même. Soyez prudents, je vous en prie !

Comme pour souligner à plaisir ce moment d'intense émotion, un formidable coup de tonnerre déchira le ciel de Shejidan.

— Quelle violence ! s'exclama Bren. Décidément, il est temps de nous quitter.

— *Entendu, je vous rappelle très bientôt. Merci pour vos encouragements.*

Le thé avait eu le temps de tiédir tandis qu'il parlait avec cet homme de l'espace né sous une autre étoile que le soleil.

Une étoile dont on ne lui avait révélé ni le nom ni la position. Négligence fortuite ? Jason Graham était âgé de vingt-six années terrestres. La télécopie parvenue à Shejidan quelques instants avant l'appel communiquait les dossiers personnels des deux volontaires. Yolanda Mercheson, trente et un ans, était ingénieur. La photo, mal reproduite, montrait un visage agréable, sans attrait particulier, si ce n'était un semis de taches de son. Jason avait une physionomie mince aux traits délicats sous les cheveux bruns coupés très court. Il s'écoulerait de longs mois avant qu'il ne puisse porter le catogan, mais les premiers instants de surprise passés, les atevi l'absoudraient pour cette impardonnable faute de goût. Depuis deux siècles, ils avaient admis l'idée que les étrangers eussent d'autres coutumes, différentes des leurs, fussent-elles scandaleuses, fussent-elles à mourir de rire.

Jason Graham avait peur, rien de plus compréhensible. La Guilde n'avait pas été longue à trouver deux volontaires parmi la population du vaisseau. Tous des pionniers en herbe, semblait-il, aguerris par la vie dans l'espace, habitués à fureter dans tous les recoins des systèmes solaires. Audace, discipline, esprit de corps, le métier d'éclaireur galactique avait de redoutables exigences, il imposait d'avoir les nerfs solides.

Jason Graham avait mis la curiosité, le désir de changement, au premier rang de ses motivations. L'historien, chez lui, familier du grand capharnaüm des civilisations passées, ne se satisfaisait pas d'un travail routinier, il s'ennuyait à bord de *Phœnix*. D'un point de vue humain, pour autant que Bren pouvait en juger, ces raisons étaient à peine suffisantes pour justifier une décision qui engageait peut-être la vie. De même l'abandon si spontané manifesté par le futur émissaire, le ton d'amitié déroutant qu'il avait employé pour parler à un inconnu contre lequel des voix autorisées l'avaient prévenu... Cette simplicité si étrangère à son environnement habituel ne laissait pas de déconcerter le paidhi. Pourquoi cet homme lui faisait-il confiance ?

Pour la même raison, sans doute, qu'il acceptait lui-même de boire le thé préparé, servi par des dames dont il n'avait guère de raisons de se méfier puisque leur *man'chi* les liait à Damiri... Laquelle noble et belle personne éprouvait pour le aiji, protecteur du paidhi, un sentiment comparable à l'amour.

Ainsi en allait-il sans doute, au sein de la communauté des spationautes, organisation dans laquelle chacun se trouvait pris dans un réseau de pouvoirs, d'affections, de fidélités morales, intellectuelles... qui impliquait automatiquement d'accorder à Bren Cameron un crédit limité. Parce qu'il était un être humain et que les circonstances contraignaient la Guilde à en passer par lui.

La lumière, imperceptiblement, apparaissait dans une aube grise. Installé dans le bureau de Lady Damiri, il expédia un nouveau train d'informations à destination du vaisseau. La guerre des dictionnaires allait recommencer de plus belle.

Sur le point de composer le numéro de Deana Hanks, il se fit la réflexion qu'elle n'apprécierait peut-être pas un appel aussi matinal. Ilisidi devait être en train de prendre son petit-déjeuner sur le balcon, à l'étage en dessous. La douairière ne refuserait pas d'ajouter un couvert pour l'invité surprise et la tentation lui vint d'aller frapper à sa porte. Il n'en fit rien. Humain, trop humain, il craignait d'offrir une proie vulnérable aux sarcasmes de la vieille dame. La faute en incombait à Jason Graham, à ce mutuel élan de fraternité qui les avait unis de façon incompréhensible, pendant quelques instants.

Amère ironie de l'intelligence implicite entre les espèces, les atevi s'y entendaient à merveille pour décrire cette soudaine fringale de complicité, le fichu instinct tribal, ce grain de déterminisme purement biologique qui venait gripper la belle mécanique du machimi, le drame traditionnel. Brusquement détourné du *man'chi* auquel il avait toujours cru appartenir, un pauvre diable avait la révélation de son *man'chi* véritable. Dans l'écroulement de ses illusions, le héros reniait une vie bâtie sur le mensonge, s'empressait de rompre des liens d'allégeance désormais jugés monstrueux. Dès lors, la succession de ses initiatives catastrophiques constituait le sujet profond de l'œuvre. Non contente de semer le chaos autour d'elle, cette créature déboussolée faisait le malheur de tous ceux qui, de près ou de loin, semblaient avoir quelque importance à ses yeux.

Le spectateur humain guettait avec avidité le signal du basculement, cette déroute des sens et de la raison, l'instant mystérieux où le héros ateva succombait au vertige des sentiments.

Son regard parcourut l'horizon informe où se profilait une paroi laiteuse, opaque, qui semblait flotter au ras de la brume, comme décollée de la terre. A l'approche du jour, le Bergid se révélait peu à peu sur le fond assombri du ciel. La pluie apaisée tombait maintenant en nappes grises.

Il s'était attendu à tout, même à la froideur hautaine d'un tacticien dépêché à Shejidan en service commandé pour obtenir le maximum sans rien offrir en échange.

La modestie de Jason Graham lui avait redonné le sentiment rassurant de la permanence de l'espèce humaine. Par ce matin gris et frais, Bren Cameron éprouvait le vif plaisir d'être un homme.

Tout en sachant que le représentant de *Phœnix*, si sympathique fût-il, risquait surtout d'être un boulet à traîner, quelqu'un à qui il faudrait tout apprendre, dont on exigeait qu'il ingurgite en l'espace de quelques mois, voire de quelques années, un savoir que le paidhi avait accumulé pendant sa vie entière et peaufiné, savoir si fragile encore, si imparfait... Après quoi le vaisseau leur fausserait compagnie et le laisserait rempli d'une amertume familière, le désenchantement lié au fiasco de ses relations humaines, toutes condamnées à tourner court, pour une raison ou pour une autre. Alors qu'il s'était presque résigné à la solitude, il avait fallu qu'une voix ressuscite dans son esprit le mot si doux d'*amitié*, pour le laisser littéralement palpitant d'espoir et d'émotion. Cette rechute, à la première occasion, l'embarrassait.

Il entra dans la salle du petit déjeuner, ressentit comme chaque fois un léger choc face à la baie panoramique. Les servantes, certaines mal remises des excès de la veille, l'accueillirent par de brefs hochements de tête et des coups d'œil discrets. L'heure n'était plus à la convivialité. Ouvrant la porte-fenêtre, il huma le monde sans oser s'aventurer sur le balcon. Il ne pourrait éviter de mettre sa suppléante au courant des derniers développements de l'« affaire *Phœnix* ». En toute bonne foi, il devrait aussi faire l'effort d'appeler le cabinet présidentiel, en admettant que Mospheira eût rétabli la ligne et que le département d'Etat accepte de lui passer le cher George.

Avec la meilleure volonté du monde, le temps lui manquait. Ne devait-il pas, avant midi, assister à une réunion de la Commission des Affaires politiques, préparer sa rencontre avec Tabini, ainsi que la conférence de presse qu'il avait accepté de convoquer ce matin même, à la demande des journalistes de la télévision ? Les rumeurs s'étaient vite répandues au sujet de la rencontre entre les paidhiin et de certaines réponses apportées aux interrogations posées par le retour du vaisseau. On prétendait même imminente une nouvelle arrivée d'êtres humains. Aussi son voyage éclair sur les pentes du Bergid, où il allait quêter la bonne parole de la bouche d'un vieux contemplateur d'étoiles, soulevait-il beaucoup de questions.

Il prit son petit-déjeuner — thé, compote, deux toasts briochés —, tandis que le transcripteur mettait par écrit le contenu enregistré de sa conversation avec Jason Graham.

Une demi-heure plus tard, il disposait de deux séries de copies. Le texte original en trois exemplaires, pour le Service, pour ses archives personnelles, pour Deana Hanks, enfin, accompagné de ses « compliments ». Au bas de la télécopie destinée à Mospheira, il ajouta une ligne adressée à sa mère : *Donne-moi de tes nouvelles au plus vite, je suis très inquiet.*

Des quatre exemplaires traduits en ragi, le premier fut envoyé à Tabini, avec ce commentaire :

Aiji-ma, le ton et la détermination de ce garçon augurent bien de notre collaboration future. J'ai l'intention de les accueillir moi-même en un lieu adapté à la réception de si fragiles esquifs. Que pensez-vous de la plaine qui s'étend au sud de Taiben, propriété de l'Association ?

Le second prit la direction du hasdrawad. Il ajouta ceci :

Nadiin, veuillez prendre connaissance de la transcription de mon premier échange avec l'homme que les dirigeants du vaisseau ont choisi pour être leur représentant à Shejidan, leur paidhi. Mon impression est plutôt favorable. L'envoyé de Phœnix *est jeune, il a l'esprit ouvert, il tient des propos raisonnables.*

Ilisidi, destinataire du troisième exemplaire, était capable de tirer ses propres conclusions. *Nand'douairière, il nous est permis d'espérer,* écrivit-il seulement.

A l'intention de son équipe de sécurité, qui recevrait ce message par l'intermédiaire de la cellule du Bu-javid, il précisa :

Ma première conversation avec le paidhi envoyé par le vaisseau est encourageante. Espérons que leur descente périlleuse s'effectuera dans de bonnes conditions. Plus tôt les négociations pourront commencer, mieux cela vaudra pour tout le monde.

Le aiji l'avait prié à déjeuner chez lui. Ils étaient seuls. Eidi, l'aide de camp, se chargeait du service. Comme il fallait s'y attendre, Tabini s'employa à refroidir l'optimisme de son invité.

— Impression purement subjective, loin d'être confirmée par les faits. Ils n'ont souscrit à aucun engagement précis vis-à-vis de nous et, surtout, ils ont engagé des discussions avec Mospheira qu'ils semblent vouloir traiter sur un pied d'égalité.

C'était bien là le aiji, toujours prompt à souligner les points faibles lorsque s'engageait une négociation difficile.

— Dans cette affaire, je dois me méfier de mes réactions instinctives, j'en suis conscient, soupira le jeune homme. Ces volontaires n'en sont pas moins courageux, et cette qualité, parmi d'autres, a retenu l'attention de leur commandant. De deux choses l'une, ou bien ces gens sont à l'affût de sensations fortes et ce saut dans l'inconnu au sens propre et figuré leur apparaît comme une expérience exaltante, ou bien le sentiment du devoir l'emporte chez eux sur toutes les considérations personnelles.

Tabini réfléchit un instant, acquiesça.

— Cette loyauté, en apparence pas très différente de notre *man'chi*, pour le compte de quoi, de qui ?

— C'est la grande question, aiji-ma. Question très complexe, pour laquelle les principaux intéressés ne disposent sans doute pas d'une réponse toute prête. Jason Graham s'exprime avec beaucoup de franchise. Il aborde spontanément le délicat sujet des accusations portées par Mospheira contre l'Association et les atevi en général, il n'hésite pas à reconnaître son angoisse à la perspective d'être retenu sur la planète sans espoir de retour avant longtemps. Pardessus tout, il redoute de plonger sous la coupole d'un simple parachute. J'espère l'avoir convaincu de se poser sur le continent plutôt qu'à Mospheira, pour d'évidentes raisons protocolaires qu'il semble avoir comprises.

Le violent orage s'était éloigné, le soleil tissait derrière les nuages une lumière encore timide.

— De tous les sites envisagés, celui de Taiben est certainement le plus judicieux, reprit le aiji. En raison de la proximité de l'aéroport, tout d'abord ; ensuite, le fait qu'il s'agisse de terres domaniales nous dispense d'avoir à demander l'autorisation d'un propriétaire privé. Ces parachutes ne font pas très bon effet, tu en conviendras. Les maîtres de la technologie spatiale ne disposent donc pas de moyens de transport plus sophistiqués pour descendre jusqu'à nous ?

— Cela se conçoit, murmura le paidhi, songeur. Après tout, l'atmosphère reste pour eux un environnement inconnu dans lequel les humains n'ont jamais eu l'intention de s'aventurer. Ils ont quitté leur planète d'origine afin de construire une station dans l'espace, puis une deuxième, une troisième... Quand les ancêtres des habitants de Mospheira ont décidé, à la suite d'un changement imprévu de trajectoire, de rompre ce cycle devenu trop contraignant et de s'établir sur une planète, ils ne possédaient aucun véhicule approprié pour assurer la liaison. La Guilde des Pilotes leur ayant refusé son aide, les futurs pionniers en furent réduits à bricoler un dispositif très simple dont l'idée leur avait été fournie par de vieux croquis : une capsule reliée à la coupole par des suspentes, à laquelle furent ajoutés un système directionnel ainsi qu'un bouclier protecteur pour l'entrée dans l'atmosphère. Deux siècles plus tard, *Phœnix* en est toujours au même point, aucune autre base planétaire n'ayant été fondée dans l'intervalle. Demandons-nous plutôt de quelle façon nous seraient parvenus ces fameux émissaires s'il ne s'était trouvé par miracle deux parachutes intacts dans la station.

— Ce savoir immense, murmura Tabini. Des êtres capables de se lancer dans l'espace aussi hardiment que les wi'itkitiin se jettent du haut des falaises.

— Alors qu'ils ne possèdent même pas la science du vol plané, renchérit le jeune homme. (Une pensée lui vint, qu'il s'étonna de ne pas avoir eue plus tôt.) Les habitants du cosmos ne savent pas voler. Pourquoi auraient-ils appris le mécanisme des ailes et du gouvernail, inutile depuis qu'ils ont quitté leur monde originel ?

Tabini prit l'air de nonchalance qu'il affectait quand son esprit, tranquillement, étudiait mathématiquement.

— Les maîtres de l'univers sont incapables de se poser sur une planète. Ils ne connaissent que le vide interstellaire, où l'air est absent, affirmes-tu, où l'être vivant normalement constitué se meurt, faute de pouvoir respirer. Par conséquent, les seuls pilotes initiés à la navigation aérienne sont les humains de Mospheira et les atevi ?

— Pour l'instant. Faisons confiance à la Guilde des Pilotes pour se plonger dans les vieux manuels d'aéronautique, si le besoin s'en fait vraiment sentir. Ils apprendront vite.

Le aiji n'était pas disposé à renoncer si facilement à son idée.

— Jusqu'à un certain point, enchaîna-t-il, cette

navette dont vous souhaitez hâter la construction aura les caractéristiques d'un appareil classique, plus lourd que l'air, obligé de composer avec les éléments ?

— Jusqu'à un certain point, aiji-ma.

— C'est la meilleure nouvelle que tu m'aies apportée ce matin, Bren-ji.

Personne ne se risquait à contredire Tabini, et celui-ci s'y entendait pour déceler le moyen de profiter de toutes les opportunités.

Ils abordèrent ensuite la question du financement du secrétariat du paidhi, pour lequel Tano avait présenté un devis. Tabini acquiesça sans sourciller.

— Frais généraux que tout cela ! Nous paierons, bien sûr. D'après le Traité, toute dépense entraînée par le fonctionnement normal de la section continentale du bureau du paidhi n'est-elle pas à notre charge ?

Le jeune homme n'en pensait pas moins, il s'empourpra jusqu'aux oreilles. Seuls les membres du tashrid ou les gouverneurs de province pouvaient se permettre des frais de gestion d'un montant si considérable. Il ne fit aucun commentaire, remercia dans un murmure.

Tano accueillit la nouvelle avec une grande satisfaction déguisée sous un flegme impeccable.

— Nous n'en attendions pas moins de la générosité du aiji, dit-il. Le vieux monsieur sera très satisfait. Nous sommes du même clan, lui et moi.

Bren s'abstint de toute réaction visible. A Mospheira, on aurait accusé le prétorien de népotisme. Ici, le raisonnement obéissait à une autre logique, tout entière soumise à l'impossibilité d'enfreindre la discipline absolue du *man'chi*. Aucun ancien ne prendrait sur lui de déshonorer un membre de la Guilde, fût-il un cadet.

— Quelle profession exerçait-il, Tano-ji ?

— Chef des Relations extérieures au sein de la

Commission des biens publics. Autant dire qu'il a l'habitude de conduire des enquêtes et de déjouer des conjurations.

Le paidhi gratifia son garde du corps d'un regard incertain.

— Un fin politique, en somme ? Voilà qui tombe à pic, n'en doutons pas. Merci, Tano, d'avoir fait diligence. Dès que l'équipe sera constituée, j'irai lui rendre visite. Faut-il envoyer des fleurs, à votre avis ?

Le prétorien fit mine de réfléchir.

— Sans être strictement indispensable, cette attention sera bien accueillie, surtout si le paidhi l'accompagne de ses meilleurs vœux, ainsi que d'une distribution de rubans.

— Allons-y sur-le-champ, voulez-vous ? Aurons-nous le temps avant la conférence de presse ?

— Comptez sur moi pour trouver les rubans, un bâton de cire, un sceau et tout le matériel !

— Ne lésinez pas sur le nombre, ce sera pour moi l'occasion de manifester ma reconnaissance envers tous les membres du personnel, secrétariat, domesticité, tous mes collaborateurs proches et lointains, décida Bren, enchanté de cette soudaine inspiration.

Ces petits gestes avaient leur importance, il n'en avait pas suffisamment pris conscience.

— Les agents responsables de la Sécurité me feraient-ils l'honneur d'accepter un ruban, ou bien cet égard serait-il déplacé les concernant ? Dites-moi ce qu'il en est, en toute franchise.

Tano le dévisagea avec une gravité nouvelle. S'étant arrêté, il joignit les talons, exécuta un profond salut.

— Nand'paidhi, si vous me récompensiez de la sorte, mon père s'imaginerait que j'ai obtenu une promotion. Peut-être saurait-il alors que je suis bon à quelque chose et cesserait-il de rêver pour son fils d'une carrière d'ingénieur.

A cette liste déjà longue, le paidhi ne pouvait faire moins que d'ajouter ceux dont la simple présence lui avait apporté un réconfort dans les moments difficiles, ceux qui, tout simplement, avaient risqué leur vie pour sauver la sienne.

14

Tout heureux de la chance qui leur était offerte d'avoir l'exclusivité de Bren Cameron pendant une heure, les journalistes avaient prévu une longue liste de questions, d'une précision assassine pour certaines, pour d'autres d'une naïveté véritable ou simulée qui laissait l'orateur dans l'embarras. Celle-ci, par exemple :

— D'où le vaisseau vient-il, nand'paiddhi, et qu'attend-il de nous ?

Il répondait de bonne grâce, résolu à en livrer le moins possible, soucieux avant tout de ne pas se laisser entraîner à disserter sur le moyen le plus rapide de combler la distance infinie séparant les étoiles.

— Nadiin, s'il faut en croire ce qui nous a été dit jusqu'à présent, l'équipage du vaisseau souhaite, dans un premier temps, le rétablissement de la station dans ses fonctions antérieures. Il s'attendait à trouver les choses et les gens tels qu'il les avait laissés voilà deux siècles. L'ampleur des changements advenus depuis lors le déconcerte. La station est à l'abandon, la base insulaire est devenue une communauté dynamique en voie d'intégration au reste de la planète. L'envoi des deux émissaires n'obéit pas seulement au désir de hâter la mise au point d'un accord. Il répond aussi au besoin de reconstituer les événements qui se sont produits en l'absence de *Phœnix*, dans leur enchaînement logique.

Il passa sous silence les exigences du vaisseau concernant le transfert sur le futur chantier de la station d'une main-d'œuvre nombreuse, vraisemblablement travailleuse et disciplinée. Libre aux représentants de l'information télévisée d'aborder ce sujet délicat, s'ils y songeaient. L'un d'eux, toutefois, l'interrogea sur les nouvelles perspectives économiques de l'Association et sur l'avenir des relations entre Shejidan et Mospheira, compte tenu de l'immixtion entre les capitales d'un troisième partenaire, aux revendications incertaines.

— A présent, plus que jamais, le Traité revêt toute son importance, répliqua-t-il sans hésiter. Nous le savons d'expérience : certains changements sont inéluctables, mais nous pouvons en maîtriser les effets pervers. Les activités spatiales ne nous sont pas totalement inconnues ; un certain nombre d'opérateurs, publics ou privés, ont déjà procédé à des investissements importants dans les technologies de l'espace, transport ou communications. L'inquiétude n'est pas de mise, dans aucun domaine. A ce propos, je voudrais rassurer les enfants qui, par centaines, ont écrit au paidhi pour lui demander s'il fallait s'attendre à un nouveau conflit ou si la station allait s'abattre pour projeter feu et flammes sur notre planète. Rien de tel n'arrivera. Personne ne prendra les armes contre personne. Tabini-aiji, le commandant du vaisseau et le président de Mospheira communiquent par radio, leurs discussions portent avant tout sur la remise en service de la station, comment faire pour la rendre à nouveau habitable et opérationnelle dans les délais les plus courts. Mes chers enfants, j'ai bon espoir que certains d'entre vous pourront vivre là-haut, à la fin de leurs études. Je me suis entretenu au téléphone avec un garçon qui n'a encore jamais quitté le vaisseau. Il va bientôt descendre parmi nous et s'installer au palais du Bu-javid en qualité de représentant de l'équipage.

» De même que j'exerce la fonction de paidhi entre l'île et le continent, il sera le médiateur entre les hommes de l'espace et les atevi. Interrogez vos professeurs et vos parents sur la vie à bord d'un vaisseau, ce qu'ils en savent d'après les livres, ce qu'ils en imaginent. Quelle conception se fait-on de sa planète d'origine lorsque la distance permet soudain de la découvrir dans sa totalité ? Croyez-moi, c'est bien autre chose qu'un voyage en avion. Ne m'en veuillez pas trop si je ne suis pas en mesure de répondre à toutes vos lettres. Ne vous découragez pas, nadiin-sai, et continuez de m'écrire. L'avenir vous appartient.

Sur ces mots, il respira à fond. Paroles perdues, dispersées aux quatre vents... La télévision continuerait l'inexorable déballage de feuilletons militaro-catastrophistes. L'homme resterait l'Autre, l'envahisseur. Jusqu'à quel point Mospheira et *Phœnix* donneraient-ils raison aux Cassandre ?

— Bren-paidhi, qu'en est-il réellement de ce nouveau paidhi venu de l'espace ? Quelles précisions êtes-vous en mesure d'apporter sur ces accords qu'il serait venu négocier ?

— Ils seront deux, en fait ; deux envoyés chargés de représenter les intérêts du vaisseau, l'un à Shejidan, l'autre à Mospheira. L'île recevra la visite d'une dame, ingénieur de formation. « Notre » paidhi est un historien. Tous deux ont reçu pour consigne d'établir les meilleures relations avec la planète. En l'état actuel, ils ne disposent pour descendre que des parachutes laissés par nos ancêtres, ces corolles, ces voiles blanches tombées du ciel il y a bien longtemps. Il en restait deux, entreposés dans la station, aussi nos visiteurs se serviront-ils du même appareil, accroissant ainsi le risque encouru dans cette aventure, à mon humble avis, même si les techniciens du vaisseau affirment pouvoir améliorer la sécurité de l'ensemble, en particulier la précision de la trajectoire. Leur arrivée est prévue dans cinq jours. Pour ce qu'il en est du contenu des accords, le vaisseau s'est contenté jusqu'à aujourd'hui de propos vagues et prudents

— Paidhi-ji, en quel lieu se poseront-ils ?

— Le site n'est pas encore choisi. Puis-je vous faire remarquer qu'il s'agit de deux êtres humains amenés par devoir à faire cet incroyable plongeon au péril de leur vie, dans des conditions précaires qui laissent craindre le pire ? Ils viennent à la demande de Tabini. L'un d'eux sera l'hôte du Bu-javid, aussi longtemps qu'il faudra pour lui permettre de se familiariser avec la langue des atevi et mener à bien la négociation dont nous attendons tous qu'elle définisse au plus vite les conditions de la vie et du travail en commun. Le droit, la coutume et la propriété seront respectés et personne ne contestera l'autorité du aiji. Je ne vois rien à ajouter dans l'immédiat. Je vous remercie de votre attention, je compte sur vous tous pour solliciter des éclaircissements dès que l'évolution de la situation aura fait naître parmi vous de nouveaux doutes.

— Paidhi-ma, murmura le doyen de la profession.

Il se leva et s'inclina, imité par ses confrères, comme ils l'auraient fait devant une éminence, ce que le paidhi n'avait jamais été, ne serait jamais à leurs yeux. Il mit cette marque de déférence sur le compte de la confiance renouvelée que le aiji avait placée en lui et de leur curiosité aisément satisfaite par des réponses en conformité avec la ligne officielle, dans la mesure où lui avait été épargnée la seule question vraiment dangereuse, capable d'ouvrir pour de bon la boîte de Pandore : quelle distance le vaisseau a-t-il franchie depuis deux siècles, et comment ?

Geigi, ou quelqu'un d'aussi retors, se déciderait à sauter le pas. Considérant le fait que tout petit ateva apprenait à compter avant de savoir marcher, la population entière ressentirait un choc face à ces chiffres fabuleux. Profitant d'une si belle occasion, les numérologistes passeraient à la contre-attaque.

Une heure plus tard, il s'employait toujours à parapher, enrubanner, apposer son timbre. Les servantes défilèrent avec solennité devant lui, par groupes de cinq, afin de recevoir cette distinction. Hanks avait trouvé le temps de lui faire parvenir un message :

Bien reçu transcription. Prends contact immédiatement avec Mospheira, si tant est que ma ligne reste branchée sur l'extérieur.

Ainsi que l'ancien fonctionnaire à la retraite, membre du clan de Tano et dont celui-ci avait fait l'éloge :

Grâce à vous, une nouvelle vie commence pour moi. Je dispose à nouveau d'un but et ces ressources supplémentaires seront les bienvenues. Soyez-en certain, nand'paidhi, je ferai de mon mieux pour vous témoigner ma reconnaissance.

Ilisidi écrivait de son côté :

Les fleurs sont magnifiques, mais c'est un faible plaisir comparé à celui que me procure la présence d'un jeune homme sur mon balcon aux premières heures de l'aube.

Il avait ardemment espéré un télégramme de sa mère. Il dut se contenter de celui de Barb, le second, par conséquent, en un laps de temps bien court. L'événement, il y a peu, l'aurait comblé de joie.

Appelle-moi, je t'en prie, disait-elle. *Voici mon nouveau numéro, 1-6980-29-82.*

Il but du thé en quantité, signa, noua des faveurs, scella, secondé dans ces dernières activités par une cameriste à cheveux gris, patiente grand-mère qui avait déjà reçu sa récompense pour services rendus dans le tri et le traitement du courrier.

Le paidhi se prenait ainsi à éprouver une certaine fierté face à la gratitude de gens serviables, bien intentionnés à son égard. Il n'était pas loin de se sentir en paix avec lui-même.

Ferez-vous à ce jeune homme l'immense plaisir de l'accepter à votre table le 15 de ce mois, à l'heure habituelle? avait-il répondu à Ilisidi. *S'il ne tenait qu'à moi, vous me verriez plus souvent, mais je ne laisserai rien ni personne se mettre en travers de notre prochaine rencontre.*

Promu conseiller du protocole, Tano fut invité à donner son avis.

— Suis-je trop audacieux? demanda Bren. La douairière est au-dessus de tout éloge, mais c'est aussi une représentante de la vieille école. Sait-on exactement jusqu'où un étranger peut aller avec elle? Dites à Cenedi de prendre connaissance du message et de le renvoyer si le ton lui paraît déplacé.

Ce fut un soulagement de constater qu'Ilisidi avait pris elle-même la plume afin de rassurer l'effronté:

Soyons prudents, nand'paidhi, si nous ne voulons pas donner prise à la rumeur. Tâchez de venir tôt, nous regarderons le soleil se lever. Ma voisine au vilain nez fureteur a de sérieux soupçons. Fournissons-lui l'occasion d'imaginer le pire.

Comment ne pas être séduit par cette adorable recluse, s'extasia le paidhi. La conquête d'Ilisidi représentait certainement une des grandes réussites de sa carrière.

Dans un monde très proche, et pourtant si loin des préoccupations des atevi, une mère ne répondait plus aux appels téléphoniques de son fils et pas davantage aux messages diffusés à son intention à travers tout le réseau insulaire. Une mère dont Toby, de son côté, n'avait pas eu de nouvelles depuis leur dernier entretien, plusieurs jours auparavant.

A moins que le petit frère n'eût appris quelque chose sans éprouver pour autant le besoin de prévenir son aîné. Une telle désinvolture ne ressemblait guère à Toby. Aurait-il été soumis à des pressions? Aurait-il peur de mesures de représailles envers les siens?

De retour dans le boudoir de Lady Damiri, Bren appela le standard, donna le numéro de Mme Cameron. Comme prévu, après une longue hésitation, la réponse lui parvint sous la forme du même disque enregistré. Il essaya ensuite le numéro d'urgence du département d'Etat, service de nuit. Le secrétaire de quart, un tout jeune homme à la voix ensommeillée, lui répondit. A la question de savoir si la famille du paidhi, sa mère en particulier, avait été victime de menaces, il affirma n'être au courant de rien.

Soupirs, cliquetis, le transfert lui parut bien long. Il réveilla un autre assistant.

— Vous avez composé un numéro d'urgence, lui fut-il annoncé.

— Je sais. Je vous appelle de Shejidan. Je suis un haut fonctionnaire du département, je tiens à signaler un problème de sécurité.

— Votre nom, monsieur ?

— Bren Cameron, domicilié à Shejidan.

Sa voix se faisait plus calme à mesure que la moutarde lui montait au nez.

— Je suis le paidhi, je vous prie de me mettre en rapport avec un officier supérieur. Je souhaiterais faire procéder à une vérification.

— Un instant, monsieur. S'il s'agit d'une réclamation, je vais devoir remplir un formulaire. Si vous désirez simplement faire état d'une anomalie, c'est autre chose...

Il n'avait pas reçu une formation de diplomate pour laisser un blanc-bec le mettre hors de lui.

— Monsieur, coupa-t-il, comment vous appelez-vous ?

— Jim.

— Jim, mettez-moi en communication avec Sonja Podesty. Sur-le-champ.

— A cette heure, monsieur Cameron, Mme Podesty est à son domicile.

— Je sais. Veuillez l'appeler, je vous prie. Si par

hasard la ligne était coupée, je vous ordonne de faire une enquête au sujet d'éventuels coups de fil anonymes, de l'espèce la plus désagréable, adressés à ma famille, ma mère et mon frère, et peut-être à mes proches, Barbara Letterman et Paul Saarinson.

— Saarinson, monsieur, pourriez-vous épeler ce dernier nom ?

— Ecrivez-le comme bon vous semble. Passez-moi Podesty.

— Tout de suite, monsieur.

Au terme de sonneries innombrables, il entendit un répondeur auquel il laissa son nom et le motif de son appel. Il en était à répéter l'identité des abonnés pour lesquels une enquête lui semblait nécessaire quand la communication fut interrompue.

Troisième tentative, Toby, dans le Nord. Ligne non disponible, déclara un disque enregistré. La nature des bruits parasitant la communication donnait à penser qu'ils étaient dus aux turbulences atmosphériques, comme disait Jason Graham, plutôt qu'à l'intervention du service des écoutes.

Il n'avait pas épuisé son répertoire de numéros officiels. Ceux-ci, cependant, furent écartés, au profit d'une correspondante très privée sur laquelle Bren croyait pouvoir compter pour effectuer le trajet jusqu'au domicile de sa mère. Son orgueil en souffrirait sans doute, mais c'était la seule façon d'être rassuré à brève échéance.

Il donna ce nouveau numéro, guetta le déclic des relais, compta les sonneries. A la sixième, on décrocha.

— *Hello*, dit Barb.

Il avait cru la page définitivement tournée. Pourquoi ce soudain tressaillement, ce serrement de cœur ?

— Bonjour, Barb... Comment vas-tu ? Toutes mes félicitations.

— *Bren. Enfin, tu te décides à réagir. Es-tu furieux contre moi ?*

— Pas le moins du monde. (Ce n'était ni très flatteur ni tout à fait exact. Il ne pouvait mieux faire, toutefois, que d'ajouter, à demi sincère :) Tu es heureuse, c'est le principal. Je regrette de n'avoir pu assister à la cérémonie à laquelle, du reste, je n'étais pas convié.

— *Bren... j'ai tant de choses à te dire. L'occasion ne s'est jamais présentée, n'est-ce pas ? L'occasion, entre nous, d'avoir une conversation sérieuse.*

— Mon travail est le grand responsable. Tu savais pourtant en quoi il consistait, les contraintes qu'il ferait peser sur nos relations. Je n'ai jamais fait mystère de son importance à mes yeux.

Cet aveu était-il trop pénible à entendre ? Il glissa sur Barb sans éveiller le moindre écho apparent.

— *Je ne sais plus où j'en suis*, murmura-t-elle. *J'ai besoin de réfléchir, de prendre du recul.*

— N'est-il pas un peu tard pour ces tergiversations ?

— *Non, bien sûr que non ! Dès ton retour, préviens-moi, prenons rendez-vous. Nous mettrons tout à plat, notre histoire, nos sentiments, nos projets.*

— Nous n'avons plus rien à nous dire à ce sujet, Barb, et je n'ai pas l'intention de revenir au sens où tu l'entends. Je ne m'installerai pas définitivement à Mospheira, ni aujourd'hui ni demain. L'arrivée du vaisseau ne change rien à mes obligations. Tu es une grande fille, tu as choisi ton compagnon en connaissance de cause. Entre nous, tout est fini. (Cette amertume, cette agressivité avaient jailli malgré lui ; il se maîtrisa sur-le-champ.) Du reste, j'appelais pour une tout autre raison. Il s'agit de ma mère, dont je suis sans nouvelles. Je pensais que tu avais peut-être eu l'occasion de la voir, ou de lui parler ?

Il n'y avait pas lieu de s'interroger sur la nature du long silence qui accueillit ces derniers mots. La jeune femme était déçue, mécontente, et tenait à le faire savoir.

— *Je l'ai appelée il y a deux jours*, fit-elle soudain d'une voix plus enjouée qu'il n'était nécessaire. *Tout allait bien.*

— D'après Toby, elle aurait reçu des coups de fil singuliers. Dans ma perplexité, si pénible qu'il m'eût été de prendre cette mesure, j'ai demandé qu'elle soit placée sur écoute. Serait-ce trop te demander que de l'appeler ce soir ? Si, pour une raison ou pour une autre, tu ne peux lui parler, rends-moi le grand service de faire un saut jusque chez elle.

Loin de susciter l'enthousiasme, sa suggestion rencontra un nouveau mutisme qu'il se figura plein de rancœur et de réticence.

— Cette demande te paraît-elle excessive de ma part, compte tenu des circonstances ? insinua-t-il méchamment. Je suis dans le brouillard le plus complet en ce qui concerne Mospheira. Le Service ne me tient au courant de rien. Pour en revenir à ma mère, il n'est rien de pire que cette incertitude. Comment ne pas imaginer une catastrophe ? Sa dernière lettre m'est parvenue censurée de A à Z. Toby, que j'ai aussitôt appelé, s'est montré très réservé, presque froid. Pourquoi tant de mystère, à ton avis ?

— *Ne peux-tu deviner toi-même une partie de la vérité ?* répliqua-t-elle avec une soudaine animosité. *Toi, au moins, tu es libre de tes faits et gestes. Tu n'es pas obligé de soutenir, fixé sur toi, le regard terrible des autres clients dès que tu passes la porte de l'épicerie. J'ai dû changer mon numéro de téléphone personnel, ce type ne cessait de m'appeler pour proférer des menaces, des insanités. Par contre, mon numéro professionnel est resté le même, à la disposition de presque tous et certains en profitent. A Mospheira souffle un vent de panique, si tu veux le savoir ; un grand nombre de gens s'interrogent avec angoisse sur tes intentions. Pour la plupart d'entre eux, cela ne fait guère de doute, tu as choisi le camp adverse et t'apprêtes à trahir Mospheira, ta communauté, les humains. Si la tension continue de monter, il pourrait bien arriver un malheur.*

— Trahir, moi ? Trahir comment, dans quel but ? Cela n'a pas de sens, tu devrais le savoir.

Bren tombait des nues. Que pensait-on exactement à Mospheira ? Jusqu'à quel point le pouvoir profitait-il de cette confusion pour manipuler l'opinion ?

— *Depuis toujours, entiché de la protection des espèces indigènes, le vaisseau s'est posé en défenseur des atevi. Il en était ainsi quand nos ancêtres ont prétendu installer une base planétaire. Ils ont dû batailler ferme contre la Guilde. A présent, rien ne l'empêche de négocier directement avec Shejidan pour obtenir ce qu'elle veut, sans même faire autre chose que de nous saluer au passage.*

— C'est grotesque. Un raisonnement lamentable qui ne tient compte ni de l'histoire ni de la réalité économique. Plus grave, il révèle une méconnaissance absolue de ce que pensent et souhaitent les atevi.

— *Peut-être ; c'est pourtant ce que l'on entend à la télévision, dans la bouche de Bruno Previn.*

— Bruno Previn ? Seigneur... Quelle perte de temps que de suivre des programmes si médiocres !

— *On le voit désormais plus souvent qu'à son tour sur les chaînes publiques.*

— Cet homme est une canaille et un imbécile.

— *Et alors ? On n'entend plus guère que lui et ses partisans. Ils martèlent leurs principes avec beaucoup de conviction. A force de les entendre, il est difficile de ne pas être sensible à leur argumentation. Bruno Previn, Dorothy Durer-Dakan, S. Brands-Topes...*

Bren en avait assez entendu pour se faire une idée précise du tournant politique pris par les chaînes officielles. La pire camarilla conservatrice défilait à tour de rôle devant leurs caméras. Un nom, pourtant, n'avait pas été prononcé.

— Gaylord Hanks n'est-il pas encore intervenu ?

— *Parmi les premiers. Il demande l'ouverture d'une enquête sur les raisons qui ont incité le gouvernement à te renvoyer à Shejidan, où sa fille se trouvait, selon ses propres termes, détenue en otage. Il veut savoir pourquoi elle n'est pas encore rentrée.*

Non, l'hypocrisie illimitée de ces bandits !

— Appelle-le de ma part, veux-tu ? Dis-lui que j'ai déjeuné avec sa fille et qu'elle se porte à merveille ; d'ailleurs nous sommes dans les meilleurs termes. Il devrait avoir de ses nouvelles aujourd'hui ou demain. Quant à savoir pourquoi elle est ici et non à Mospheira, il lui posera la question lui-même.

— *Bren, cette situation ne me dit rien qui vaille...*

— Dis-moi la vérité, as-tu vraiment parlé à ma mère ?

— *Il s'agit bien de ta mère ! Ecoute-moi...*

— Lui as-tu parlé, oui ou non ?

— *Je n'ai pas pu la joindre, en réalité. Le gardien de l'immeuble m'a confirmé qu'elle allait bien.*

Comment avait-il pu ne pas y songer plus tôt ?

— Peux-tu me donner son numéro ?

— *Un instant... Voilà, c'est le 1-6587-38-48.*

Il prit note, remercia du fond du cœur.

— *Hum*, fit-elle.

— Barb ? Tous mes vœux de bonheur, vraiment.

— *Je me suis trompée. Je ne l'aime pas, je ne l'aimerai jamais.*

Il étouffa un soupir.

— Comment peux-tu en être aussi sûre ? Il en allait de même pour moi, n'est-ce pas ? La raison, notamment, pour laquelle il n'a jamais été question de mariage entre nous.

— *Ne dis pas de sottises. Est-ce qu'on épouse un feu follet ?*

— Barbara, je suis désolé, mais ne compte pas sur moi pour te tirer d'embarras. Ne compte pas sur moi pour reprendre nos relations au point où tu avais décidé d'y mettre un terme. Le monde est en pleine mutation. Pas plus aujourd'hui qu'hier je ne serai en mesure de tenir les promesses que je n'ai jamais faites, que tu avais eu la sagesse de ne jamais exiger de moi.

Après un long, un très long silence, il l'entendit murmurer :

— *Que m'importe, après tout ? Va au bout du monde, toi et ton sale égoïsme.*

Excellente réaction. Celle d'une femme qui savait imposer des limites à son abattement. C'était le vieux réflexe autoprotecteur qui consistait à vilipender le vrai responsable de ses peines, le méchant dont venait tout le mal. Déclic salutaire. Si Barb s'en trouvait mieux, il voulait bien prendre sur lui le poids de la faute.

— J'ai beaucoup de travail, dit-il. Je te laisse.

— *Bonsoir, Bren.*

Après une hésitation, elle ajouta très vite :

— *C'est entendu, j'irai voir ta mère, je prendrai le bus. Satisfait ?*

— Merci, Barb.

Il raccrocha. La solitude s'abattit sur le petit bureau, comme si la porte venait de se refermer sur le dernier visiteur, le laissant face à lui-même. Le tonnerre roulait au-dessus de Shejidan. Il n'avait pas envie de thé mais d'une boisson plus forte, un coup de fouet qui le requinquerait sans ravager tout à fait son fragile organisme humain. Un tel miracle existait, le *shibei*, amer et sombre comme un ciel d'orage, précisément. Inoffensif, cependant. Celle qui répondit à son coup de sonnette se nommait Caminidi (il apprenait ainsi à les identifier, l'une après l'autre). C'était l'une de ces servantes discrètes, le plus souvent confinées à l'office, spécialisées dans l'escamotage des théières vides et des miettes de pain avant l'arrivée du dessert. Petits rituels exécutés en un tournemain.

Discrétion, efficacité, maîtres mots atevi. Chez ces

gens-là, on n'abordait pas le monde sur le mode de l'hystérie. Il ne serait venu à l'idée de personne de se livrer à de grotesques contorsions sentimentales pour s'unir aux figures de ses rêves. Rêvait-on seulement ? A Mospheira, les mauvais esprits prétendaient que non. Chez les atevi, monsieur, on ne rêve pas, on ne s'aime pas. De temps à autre, il est vrai, on oubliait toute décence pour vider son chargeur — sans faire appel à un assassin professionnel comme l'exigeait la loi — sur quelqu'un dont l'existence portait ombrage à vos intérêts. Le paidhi, par exemple, haï par les deux tiers des membres du tashrid. Celui qui était assez fou pour commettre une telle erreur en subissait aussitôt les conséquences.

Son verre à la main, il déambula, puis laissa ses pas le guider jusqu'à la salle du petit-déjeuner et son inoubliable panorama. A peine était-il entré qu'une servante se matérialisa, comme elles savaient si bien le faire, et voulut donner de la lumière. Sa main valide était occupée ; en l'absence de tout geste possible, il se hâta d'émettre une vive protestation :

— N'en faites rien, nadi, je vous en prie. L'orage nous offre un spectacle magnifique et je voudrais l'admirer.

Le travail, pourtant, ne lui manquait pas. Il ne s'agissait pas seulement d'un prétexte avancé afin de pouvoir raccrocher au nez de Barbara. Le lendemain, il prendrait l'avion pour une absence si brève, l'aller et retour dans la journée, qu'il se voyait dispensé d'avoir à faire le moindre bagage. Il devrait plutôt être en train de lire le rapport commandé à la Commission des activités économiques, remis l'avant-veille, dans lequel les élus étaient censés satisfaire sa curiosité concernant les entreprises qui, d'une manière ou d'une autre, participaient au développement de l'industrie aérospatiale ou à l'effort de la recherche dans ce domaine. Une liste que Jason Graham voudrait sans doute se faire communiquer au plus vite.

Que n'avait-il lui-même une véritable formation de technicien ! Au lieu de quoi il se voyait contraint de solliciter les humains et les atevi compétents sans même savoir s'il était capable de poser les questions pertinentes dans l'espoir d'obtenir des explications honnêtes, de la part d'individus qui n'avaient rien à gagner à lui mentir. Théoriquement.

Des gens exceptionnels dont le savoir ne se payait pas de mots. Des spécialistes, des savants.

Pour les rencontrer, il allait devoir voyager, prendre l'avion aussi souvent que ses responsabilités accrues l'exigeraient. Aucun problème, désormais, aucune entrave ne s'opposerait, en principe, aux futurs déplacements du paidhi nouvelle manière. Cette liberté de mouvement, pour la première fois dans l'histoire du Service, représentait en soi une petite révolution. Au lieu d'attendre que les informations parviennent derrière les murs du Bu-javid où sa fonction et la surveillance dont il était l'objet le tenaient cloîtré, le paidhi allait pouvoir courir le monde.

Barb avait toujours su à quoi s'en tenir, qu'elle ne vienne pas dire le contraire à présent. En jetant sur lui son dévolu, elle avait dû apprendre à cultiver les intermittences du cœur et renoncer à tout projet stable. Ils se verraient de temps à autre, avec un plaisir toujours renouvelé, quand le travail du paidhi lui permettrait de prendre des vacances. La dame, aujourd'hui mariée, avait le front de lui proposer des rencontres clandestines, au nez et à la barbe d'un époux fortuné et assommant, tellement absorbé par la pure et machinale routine du bureau qu'il ne s'apercevrait de rien.

Qu'elle ne compte pas sur Bren Cameron pour se livrer à ces petits jeux puérils, plus dangereux qu'il n'y paraissait.

Au fond, avait-il jamais eu l'intention de faire de sa

liaison avec Barb la grande aventure sentimentale de sa vie ? Le doute était permis et la question semblait devoir rester sans réponse. En revanche, l'absence de la jeune femme — ou plutôt l'idée que leurs chemins se fussent séparés, qu'ils n'eussent plus rien à attendre l'un de l'autre — lui était encore douloureuse. Ce creux, dans sa poitrine, se comblait d'une colère trop vite accumulée. N'avait-elle pas juré ses grands dieux, dans les premiers temps de leur radieuse entente, qu'elle n'avait pas l'intention de convoler, pas plus avec lui qu'avec quiconque, et qu'il n'était pas encore né, celui qui lui passerait la bague au doigt ? Il avait enregistré cet avertissement comme un signe d'harmonie possible dans une liaison faite pour durer. Une femme jalouse de son indépendance, cela tombait à merveille. De toute évidence, Barbara avait changé d'avis. C'eût été le moins, n'est-ce pas, qu'elle prît le soin d'avertir en priorité son « éternel fiancé ».

Une métamorphose s'était opérée en lui depuis qu'il avait raccroché. La colère s'était dispersée comme un bouillonnement d'écume se disperse sur le rocher après le reflux de la vague. L'environnement ateva avait repris ses droits, le paidhi avait réintégré cette réalité parallèle dont les odeurs, les bruits, les paysages, les habitants ignoraient les orages du sang et l'exacerbation des sentiments. Le souvenir de Barb se tassait dans son cœur où il occuperait la place légère qui lui était due et jamais plus ne le ferait souffrir… jusqu'au prochain coup de fil.

La jeune femme avait trahi la confiance investie en elle ; pouvait-elle en dire autant en ce qui le concernait ? Ils s'étaient donné l'un à l'autre un peu de temps, un peu de jeunesse et beaucoup d'espoir. De quel poids cela pesait-il, en regard de ce qui était arrivé à Malguri quinze jours auparavant, quand il avait vu la mort de tout près ? La vérité lui était alors apparue, comme se déchire le voile de l'innocence. A cet instant suprême, il n'avait pas songé à Mospheira, il n'avait pas eu la moindre pensée pour Barb, ou pour les siens. Les humains, il s'en était rendu compte avec stupeur, avec effroi, se perdaient pour lui dans l'infini des distances. Au bord du néant, il n'avait songé à rien.

Cette vacuité mentale, en un tel instant, avait de quoi effrayer un jeune paidhi prédisposé à l'introspection. Puis sa vie professionnelle s'était emplie de tumulte, il avait oublié cette peur intime aussi facilement qu'on oublie un fardeau après qu'il a glissé des épaules. S'il s'interrogeait, fugitivement, sur ses faibles chances de ne pas vieillir seul, alors que le temps lui était compté pour rencontrer l'âme sœur, alors qu'il avait si peu à offrir, certainement pas ce sentiment absolu, sans équivalent chez les atevi, que les humains appelaient l'amour, il ne se voyait pas encore comme un monstre, plus tout à fait comme un être « normal ». Normal, à la façon des humains qui n'étaient jamais, contrairement à lui, obligés d'analyser, de disséquer, de décortiquer leurs pensées, leurs émotions, leurs désirs. Le paidhi se devait d'être très attentif, sans toutefois s'enfermer dans le piège de l'introversion, c'était la seule façon de pouvoir critiquer ses propres décisions en toute objectivité.

D'une manière générale, les humains étaient affligés de l'énigmatique maladie qui consistait à rendre les choses plus compliquées et à multiplier les risques de conflit. Leur vie affective, surtout, était d'une complexité déroutante. Sa mère, Barb, et même Toby, personne de sa connaissance n'échappait à cette règle. Le pauvre Wilson, son prédécesseur, triste sire s'il en fut, s'était laissé toute sa vie ballotter par les vents contradictoires de sa charge jusqu'à n'être plus, à l'âge de la retraite, qu'un fantôme sans substance, une carcasse pathétique portant le deuil du aiji qu'il avait si longtemps et fidèlement servi, le père assassiné de Tabini. Bren Cameron était allé lui rendre à l'université une visite qui n'était pas de pure forme. Il avait espéré apprendre quelque chose de celui dont il allait assurer la succession. L'homme, pendant les quelques instants qu'avait duré la rencontre, avait dû prononcer trois mots. Un regard vide dans un visage de pierre. Le mimétisme n'avait rien à y voir : cette impassibilité parlait de la mort et non du flegme légendaire des atevi.

Que faire lorsque l'humanité en soi s'atrophiait, faute d'exercice ? Appeler sa mère et son frère, s'excuser pour toutes les misères dont on était le responsable involontaire ? Maman, Toby, pardonnez-moi pour ces coups de fil haineux et mensongers. Vous ne pouvez pas vous rendre à l'épicerie, paraît-il, sans vous faire dévisager, accoster, apostropher. J'en suis désolé, mais qu'y puis-je ? Il y a si longtemps que je ne suis allé moi-même faire les courses, acheter une miche de pain, un kilo de pommes... J'ai le souvenir d'avoir jadis couru pour attraper le bus et me rendre à mon bureau. Amener des gamins à l'école, faire de la bicyclette en famille, il ne faut pas m'en vouloir mais je reste sans voix, sans images et même sans regrets.

Il serait souhaitable que Mme Cameron quitte la capitale pour s'installer dans une paisible villégiature du Nord, où se relâcherait un peu l'emprise de l'actualité politique. Au fil des ans, cependant, Mme Cameron éprouvait une difficulté croissante à rompre ses habitudes et Toby n'était pas allé, sans une bonne raison, s'établir dans la province septentrionale de l'île. Il s'agissait déjà de mettre un peu de distance entre l'épouse et la mère.

Songeur, il retourna dans sa chambre, prit sa petite valise dans le haut de la penderie, jeta son nécessaire de toilette, du linge de rechange, pour le cas où son séjour montagneux se prolongerait. Les servantes accourues proposèrent une aide dont il n'avait que faire et qu'il déclina avec une certaine rudesse.

Pour la première fois depuis son retour à Shejidan, il prit le temps de s'asseoir sur le lit et d'examiner son dossier médical.

Après quelques instants d'une lecture attentive, il poussa une exclamation étouffée.

— Miséricorde ! Quel imbécile je fais ! Vite, une paire de ciseaux !

Perplexe, la caméristе éprouva le besoin de se faire répéter cette injonction inattendue.

— Etes-vous devenue sourde, au nom du ciel ? Que l'on m'apporte des ciseaux !

Il avait élevé la voix de manière injustifiée, il venait de commettre un impair pour lequel il aurait été très facile, en guise d'excuse, d'incriminer le monde entier. La malheureuse revint en courant, il se confondit en remerciements, demanda humblement pardon... Prenant les ciseaux, il inséra la branche fine dans l'espace compris entre son poignet et le plâtre, commença le lent travail d'incision.

Dans sa maladresse, il ne fut pas long avant de se faire une entaille. Le sang coula aussitôt.

— Nadi ! cria Jago, depuis le seuil.

Et de se précipiter, d'une foulée puissante, en même temps pleine de retenue, avec l'intention évidente de désarmer le forcené. Au grand soulagement des femmes de chambre qui n'osaient intervenir et n'en pensaient pas moins.

Bren, de son côté, n'avait nullement l'intention de lâcher prise. La prétorienne saisit la main qui tenait les ciseaux et la lutte s'engagea. Elle eût été brève si Jago avait mis plus d'énergie dans ses tentatives pour l'obliger à ouvrir les doigts.

La situation ne manquait pas d'être cocasse quand on savait quel désarroi s'était emparé de l'infirme en découvrant les instructions remises par le service de chirurgie, dans lesquelles il lui était expressément recommandé de se débarrasser du plâtre dès son arrivée à Shejidan. *Il est essentiel de favoriser la cir-*

culation et le jeu des articulations en pratiquant de légers exercices de rotation de l'épaule et de flexion du coude, était-il précisé. D'une manière générale, il était recommandé, tout en ménageant le bras, de tendre jour après jour vers son utilisation normale.

Jago devait penser que le paidhi, exaspéré par le carcan, avait pris sur lui de s'en débarrasser.

— Je ne suis pas fou, j'agis en connaissance de cause, eut-il enfin la présence d'esprit de lui postillonner au visage.

— Est-ce donc si douloureux? répliqua-t-elle, à demi convaincue.

Quelle question! Il souffrait depuis des jours et chaque respiration lui coûtait. Le pansement lui sciait la poitrine. Quant au plâtre... Dieu sait si son épaule, pétrifiée là-dessous depuis trop longtemps, pourrait jamais retrouver sa souplesse d'autrefois?

— Ce plâtre était provisoire, j'aurais dû l'ôter à ma descente d'avion. C'est écrit là, dans mon dossier.

— Dans ces conditions, il n'y a aucune raison de vous faire attendre plus longtemps, Bren-ji, mais ne vaudrait-il pas mieux faire appel à un médecin?

— Nullement! Je n'ai pas besoin d'un médecin, mais d'une bonne paire de ciseaux et d'un peu de solitude.

— En êtes-vous bien sûr? Vous pourriez vous blesser à nouveau.

— Ce n'est qu'une petite égratignure. Tout ira bien désormais, je devrais être assez grand pour me servir sans drame d'une paire de ciseaux.

Une demi-douzaine de servantes formaient devant la porte un groupe attentif devant lequel il ne faisait pas bon se sentir ridicule.

— Laissez-moi, insista-t-il. Tout ira bien.

A son tour, Jago les apostropha.

— En effet, nadiin, il n'y a rien à craindre. Veuillez fermer la porte, je me charge de tout. (Elle s'assit au bord du lit.) Donnez-moi les ciseaux, Bren-ji. (Et, comme il résistait encore:) Soyez raisonnable, il s'agit d'un travail délicat que vous auriez du mal à mener à bien sans aide. J'y parviendrai mieux que vous. Le plâtre doit s'en aller, sûr et certain ?

— Jago, par pitié, je sais lire ! Si seulement j'avais consulté ce dossier à mon arrivée...

— Le mal n'est peut-être pas si grand, nand' paidhi. Tenez-vous tranquille. Soyez sage, donnez-moi les ciseaux. Si je vous érafle, dites-le-moi. (Après avoir examiné la situation, la prétorienne ajouta:) Vous allez devoir ôter votre chemise.

Elle posa les ciseaux afin de l'aider.

— Le plus pénible, dit-il, c'est ce carcan qui me comprime l'épaule...

— Procédons par ordre, Bren-ji. Calmement et sans fausse manœuvre.

Dans sa main avait surgi un petit couteau à cran d'arrêt dont l'aspect féroce laissait imaginer d'autres fonctions, moins secourables. Avec une infinie délicatesse, elle rompit les points de fixation au-dessus du plâtre.

— Je regrette de devoir vous imposer cette corvée, murmura-t-il.

— Rien de moins difficile, si seulement nous avons la certitude de ne pas nous tromper.

— Nous l'avons ! répliqua-t-il avec emportement. Comment ai-je pu être assez sot pour ne pas y songer plus tôt !

Le couteau progressait avec aisance. Il négocia l'angle du coude, monta à l'assaut de l'épaule, jusqu'à la soudure. Là, saisie d'une dernière réticence, Jago hésita.

— Nadi, êtes-vous sûr de ne rien faire que vous seriez amené à regretter ?

L'impatience l'étouffait.

— Ce corset m'a empoisonné l'existence assez longtemps. Enlevez tout !

La prétorienne inséra deux doigts dans l'espace

compris entre le plâtre et le cou du patient et le couteau vint à bout des derniers centimètres. La douleur se réveilla dans le bras enfin dégagé, de plus en plus virulente à mesure que le plâtre se scindait et que les deux parties s'écartaient l'une de l'autre. Rendue à son amplitude naturelle, sa cage thoracique s'affolait à absorber l'air en bouffées désordonnées.

— Nadi, que fait-il là ?

Jago venait de découvrir, niché à l'intérieur du moule, un objet qui n'aurait pas dû s'y trouver : un papier plié, froissé, imbibé de sueur et dont la surface toute plissée s'était incurvée pour épouser l'arrondi du bras.

Que faisait-il là, en effet, ce message à lui destiné et dont il aurait dû prendre connaissance quelques heures après avoir débarqué à Shejidan ? Son auteur l'avait mis en lieu sûr, voilà tout. Prenant appui sur l'autre coude, Bren arracha plus qu'il ne prit la chose pitoyable des mains de l'agent chargé de sa sécurité, la déplia tant bien que mal. La feuille était à en-tête du département d'Etat. Le texte imprimé formulait :

Faites de votre mieux, faites l'impossible. Aussi longtemps que je serai à ce poste, vous pourrez compter sur mon soutien indéfectible. H.D. est sur mon dos, ne me lâche plus. Il n'a pas été facile de convaincre le gouvernement que votre retour à Shejidan était indispensable. Une victoire à l'arraché. Profitez-en pour confirmer la validité du Traité, dans tous les domaines. En cas d'urgence, pour obtenir ma ligne composez le code d'accès Trojan 987 865/UY.

H. D. Hampton Durant, l'inévitable salaud. Le message portait la signature de Shawn, avec lequel il s'était toujours senti uni par de secrètes affinités, inexprimées en raison de la surveillance exercée par leurs ennemis politiques, surtout dans les derniers temps. Jago, pour sa part, avait compris la nature de ce bout de papier dissimulé à dessein en un lieu où le paidhi ne pouvait manquer de le découvrir. Elle attendait une explication que Bren lui donna d'autant plus volontiers qu'il n'avait dans cette affaire rien à se reprocher vis-à-vis de qui que ce soit.

— Un collègue de Mospheira, quelqu'un de confiance. Il me conseille de faire en sorte que le Traité soit respecté. Cela tombe bien puisque je m'y emploie de toutes mes forces.

Il laissa tomber la feuille, le code d'accès restant gravé dans sa mémoire.

— Une triste plaisanterie, Jago, rien de plus. Finissons-en, voulez-vous ? Libérez-moi une bonne fois de cette prison et vous aurez droit à ma reconnaissance éternelle.

Il pivota, afin de lui présenter son dos. La prétorienne glissa la branche fine des ciseaux sous le plâtre et coupa, coupa. Bren emplissait ses poumons avec émerveillement, l'étau ne se desserrait pas assez vite.

— Oubliez les ciseaux, conseilla-t-il. Prenez une partie dans chaque main et tirez. Qu'attendez-vous ? Tirez donc !

Les ciseaux avaient fait plus de la moitié du travail, Jago estima sûre la méthode expéditive préconisée par le principal intéressé. Empoignant le plâtre de part et d'autre de l'ouverture déjà pratiquée, elle tira de toutes ses forces.

Ce faisant, elle arracha le fin duvet collé contre la paroi intérieure, priva brusquement de tout support, de toute protection, des muscles demeurés longtemps inertes, une articulation figée depuis que la fracture avait été réduite, et les côtes encore fragiles se dilatèrent sous l'effet d'une inspiration vorace.

Avait-il poussé un hurlement, vociféré des obscénités ? Il n'en saurait jamais rien. Il était dans le cirage, recroquevillé, les genoux sous le menton, les pieds sous les fesses. Des étoiles rouges, par milliers, criblaient ses paupières closes. Un liquide lui coulait dans la bouche ; il avait un goût salé, métallique.

— Nadi ?

La prétorienne déguisait son inquiétude sous un simulacre d'impassibilité. S'étaient-ils trompés ? Du fait de leur imprudence, quelque chose s'était-il rompu dans l'exécution du plan méticuleusement prévu par les médecins, eux-mêmes instruments zélés du destin, de l'ordre cosmique ?

— Tout va bien, balbutia-t-il. Il y a que j'avais un peu perdu l'usage de mon bras, de mon épaule, de mes poumons. Ils étaient comme atrophiés, là-dessous. Ce changement justifie bien un petit étourdissement.

— Avez-vous besoin... On est en droit de se demander si cette précipitation...

— Non ! Je n'ai besoin de rien.

Protestation expectorée avec une violence involontaire. Jago tourna les talons, il l'entendit s'éloigner. Il s'écoula quelques instants, une éternité de souffrance contre laquelle il restait peureusement blotti, ramassé sur lui-même. Puis la présence de Jago se fit à nouveau sentir et presque aussitôt il éprouva le contact répugnant d'une masse glacée, quelque baume lénifiant dont la médecine primitive avait le secret. La prétorienne étala cette masse visqueuse sur le bras chétif qu'elle s'employa à masser vigoureusement, en remontant vers l'épaule. Il songea à l'incision pratiquée par le chirurgien, s'interrogea sur la nocivité éventuelle de cette substance, mais ses réserves fondirent en un étrange bien-être. La douleur s'estompait, cédait à une agréable somnolence.

Il se sentit soulevé et n'en ressentit qu'un étonnement joyeux. Ce n'était pas la première fois que la haute et robuste prétorienne le traitait ainsi comme un enfant. Il demeura dans ses bras tandis que les caméristes s'affairaient à préparer le lit. On le posa sur le dos, on rabattit les couvertures jusqu'à son menton.

Les yeux fermés, rempli du vague désir de glisser

dans le sommeil, il savoura l'intime volupté d'être libéré de cette forteresse qui l'avait si longtemps (quinze jours !) séparé du monde. Un lac noir s'ouvrit devant lui, profond, beaucoup plus profond que la nuit obscure. Il y plongea avec délices. Le lac n'avait pas de fond.

Il s'éveilla dans la pénombre et se crut seul. Un mouvement se fit sur le côté du lit. Quelqu'un était assis sur le sol, la tête appuyée contre le matelas. Sachant qui reposait là comme l'eût fait un chien de garde, il sortit le bras de sous les couvertures et tâtonna pour étreindre une épaule. Au même instant, Jago se redressa, tourna la tête vers lui si bien qu'au lieu du geste amical prévu, il lui heurta la joue du dos de la main. La prétorienne prit celle-ci au vol et la garda dans la sienne, l'espace de quelques secondes.

— Nadi, vous auriez dû aller vous coucher, fit-il avec sévérité.

— Sait-on jamais ce qui aurait pu arriver ? répliqua-t-elle. Nous devons tout prévoir.

Elle fit la grimace, se cambra et tourna la tête de droite et de gauche, massant d'une main sa nuque endolorie. Puis très vite elle vint s'asseoir sur le lit. Après avoir baissé les draps sous lesquels Bren était torse nu, elle le pria de se retourner, entreprit alors d'appliquer sur son dos, son épaule, son bras, une seconde couche de baume miraculeux. A nouveau, il s'émerveilla de son efficacité foudroyante. Un anéantissement de velours gagnait son corps et son esprit. Il se sentait comme imprégné de douceur. La main, tout à coup, resta en suspens. Jago s'était levée, elle s'essuyait, rangeait son matériel.

— Nand'paidhi ?

Alerté par la gravité du ton, souligné par l'emploi un peu inhabituel de son titre dans la bouche de Jago, il aiguisa son regard afin de scruter le visage de la prétorienne dans la pénombre.

— Nadi, que se passe-t-il ?
— Les atevi ont de bonnes raisons d'être inquiets. Est-ce que Mospheira représente vraiment une menace ?
— Pourquoi cette question ?
Silence. Jago s'éloignait à nouveau. Elle lui apparut, silhouettée contre la lumière du couloir lorsque la porte s'ouvrit.
— Jago, est-ce à cause de ce papier dissimulé sous mon plâtre ? Il ne contenait qu'un numéro codé qui me livrera l'accès direct à la ligne de collègues de confiance. Il me signalait aussi l'identité de quelqu'un dont je dois me méfier.
L'ateva lui présentait son admirable profil. Elle eut un brusque regard vers le lit. Il la voyait à présent de face, le visage noyé d'ombre.
— Jusqu'à quel point devons-nous considérer Hanks-paidhi comme un danger ? demanda-t-elle alors.
Il s'agissait de rester très prudent, sachant ce dont était capable la prétorienne, membre éminent de la Guilde, et connaissant son obstination lorsqu'elle s'était assigné une tâche.
— Nous poursuivons des objectifs différents, murmura-t-il, mais ce sont des divergences de nature politique, et c'est à ce niveau qu'elles doivent être réglées.
— Il n'est qu'une seule façon de régler des divergences à son avantage, rétorqua Jago. Je puis m'en charger.
— Non !
Elle était une véritable mère pour lui, il avait presque oublié combien elle pouvait être redoutable.
— Non, répéta-t-il avec conviction, ce n'est pas la bonne solution.
L'avait-il convaincue ? Jago ne bougeait pas.
— Ces derniers temps, vous aviez l'air bien las, Bren-ji. D'une lassitude extrême. A la lecture de la

lettre envoyée par Barb-daja est apparue sur votre visage une expression de détresse infinie.

Sur le point de lui assurer qu'il ne fallait rien exagérer, il jugea plus opportun de ne pas décourager cette tentative maladroite d'établir entre eux un climat de sincérité. Raison pour laquelle les propos de Jago débordaient un peu le cadre strictement professionnel.

— Nous, les humains, nous avons un proverbe suivant lequel il faut savoir, quand la situation l'exige, brûler ses vaisseaux derrière soi. D'une certaine façon, vis-à-vis de Mospheira, je n'ai pas fait autre chose.

— Couper son propre cordon, n'est-ce pas ?

Stupéfiant. Pour exprimer les catastrophes, les malheurs, les désastres, on était presque toujours certain de trouver dans leur langue une métaphore équivalente, souvent à base de mutilation. Se garder cependant de toute conclusion hâtive.

— Cette femme savait-elle que vous deviez agir comme vous l'avez fait ?

— Qui cela ? Hanks ?

Question de pure forme, il savait très bien où Jago voulait en venir.

— Barb-daja.

Cette pensée ne la quittait pas, elle menaçait de virer à l'obsession. Cela venait du fait que les relations entre hommes et femmes restaient pour Jago un mystère, songea-t-il. Si elle parvenait à l'éclaircir, tout l'édifice de l'affectivité humaine lui serait peu à peu révélé, elle serait à même de déchiffrer certaines réactions, si mystérieuses en apparence.

— Barbara, mon ex-fiancée, est toujours mon associée, précisa-t-il, faute de pouvoir trouver dans la gamme réduite du vocabulaire servant à exprimer la panoplie des sentiments un mot plus approprié. Il en est de même pour l'homme qu'elle a épousé, ce sont tous deux des gens de bonne volonté.

Le silence de Jago, la raideur de son attitude exprimaient le doute. En son for intérieur, Bren se félicita de ce que Barb fût hors d'atteinte, à Mospheira. Il se fustigea pour cette mauvaise pensée qui exigeait une réparation immédiate.

— Jago? Je vous tiens en très haute estime. Ne m'en veuillez pas, ne soyez pas furieuse contre moi.

— Je ne le suis pas, assura-t-elle du bout des lèvres. Dormez bien.

Il se retrouva très seul, comme un garnement sur lequel on vient de refermer la porte du cabinet noir...

15

Afin de manifester le grand souci qu'il avait en toutes circonstances de la sécurité du paidhi, Tabini avait prêté son jet privé. L'escorte rapprochée se composait de Tano et d'Algini. A la surprise de Bren, Jago avait laissé entendre que la présence d'un officier n'était pas nécessaire, dans la mesure où sa protection serait beaucoup plus facile à assurer pendant ce voyage que dans l'enceinte du Bu-javid.

La prétorienne était devenue pour lui une énigme. Alors qu'il était à l'affût du moindre signe trahissant chez elle un malaise, un trouble, l'ombre d'un ressentiment, il se heurtait à une façade lisse, très « professionnelle », n'offrant aucune prise à sa curiosité.

Il s'interrogeait encore au sujet de Jago et de son départ énigmatique, la nuit précédente, lorsque l'avion décolla. De loin en loin, au cours de ces années, il s'était demandé en vain s'il existait entre la prétorienne et son supérieur, coéquipier de longue date, des relations plus intimes et romanesques. Il n'avait jamais surpris entre eux de gestes déplacés, de regards ambigus, mais peut-être n'avait-il pas su interpréter, déchiffrer ces petits riens que deux amoureux, par ailleurs agents de la Sécurité, membres de la Guilde des Assassins, échangeaient à la dérobée et comme malgré eux. Si l'amour humain demeurait opaque à la compréhension des atevi, les hommes reconnaissaient volontiers leur méconnaissance totale concernant l'affectivité de leurs grands voisins. Prompt à fournir des indices sur les fidélités associatives et politiques, le machimi, la grande forme du théâtre traditionnel très présente à la télévision, se tenait à l'écart des motivations de caractère sentimental. Ou bien l'inclination envers une personne, considérée comme une passion subalterne exclusivement fondée sur l'instinct sexuel, n'avait-elle jamais eu l'honneur d'inspirer de purs chefs-d'œuvre ?

Le jeune homme était tenté d'interroger Tano, certain d'obtenir une réponse satisfaisante. Il décida *in extremis* de n'en rien faire, car le prétorien ne serait pas long avant de comprendre que la question du paidhi dissimulait en réalité son intérêt pour une personne de l'autre sexe. Dans la mesure où Deana Hanks devait être éliminée sur-le-champ, où le choix restait fort limité à l'exclusion des cinquante dames et demoiselles composant la domesticité de Lady Damiri, Tano saurait vite à quoi, ou plutôt à qui s'en tenir. Naturellement, il n'était pas interdit au paidhi, pas plus qu'à quiconque, d'avoir une liaison avec une femme de chambre, à condition de prendre celle-ci à son service sur une base permanente, ce que Bren Cameron n'était pas du tout disposé à faire.

S'adresser directement à Banichi ? Son audace risquait d'être mal accueillie. L'avion atteignait son altitude de croisière. Il vint à l'esprit du paidhi que le aiji pouvait bien être la seule personne auprès de laquelle il pouvait raisonnablement se renseigner. Et compromettre Jago par la même occasion ! N'était-il pas plus simple d'interroger celle-ci, qui ne pourrait éviter de lui dire la vérité sur un sujet aussi sensible ? Qui sait si cette incursion hardie dans la vie privée de la prétorienne ne serait pas le prétexte d'un nouveau départ dans leurs relations, lesquelles connaîtraient dès lors un aspect plus cordial, plus franc ?

C'était aller à l'encontre des grands principes du Service, c'était sans doute ouvrir une brèche dans la sacro-sainte impartialité du paidhi. C'était...

... la première bêtise à ne pas commettre.

Une femme était toujours à l'origine de ses tourments secrets mais Jago, pour laquelle il ressentait davantage de considération, avait relégué à la seconde place Barb, qui continuait toutefois de le préoccuper dans un registre différent.

Cet ordre de priorité pourrait bien s'inverser dès l'instant où il poserait le pied à Mospheira. Il ressentait à présent de plein fouet les conséquences d'une évolution dont les présages insidieux s'étaient fait sentir depuis longtemps, et qu'il aurait supportée sans états d'âme particuliers si les circonstances n'en avaient récemment exacerbé les contradictions. Un homme ne pouvait supporter longtemps d'être ainsi déchiré entre deux mondes, deux cultures, deux modes de pensée, deux langues, deux conceptions de l'univers. Quel bouleversement risquait de se produire dans ses sentiments quand la capsule se serait posée au bout de sa corolle, avec son chargement humain ? Quel effet cette présence permanente aurait-elle sur son raisonnement, ses capacités d'observation et d'analyse ? Serait-il en mesure de conserver son objectivité ? Aucun rapport avec Hanks, se répétait-il. Celle-ci était peut-être son ennemie, mais jamais elle n'avait eu le pouvoir d'ébranler le paidhi à ce point ou même de l'empêcher de dormir.

A la réflexion, l'arrivée de Jason Graham ne changerait sans doute rien. Cette promesse était à peine chuchotée aux confins de son esprit qu'il la mettait en doute. Dans ce face-à-face imprévu qui allait s'établir, les réactions du paidhi originaire de Mospheira restaient imprévisibles, comme l'étaient d'ailleurs celles du paidhi originaire de *Phœnix*.

Ces vaines spéculations l'importunaient comme une sensation de poussière dans les yeux. Il avait besoin de toute sa lucidité à l'orée des changements prodigieux qui ne manqueraient pas d'affecter la vie de tous les habitants de la planète.

D'une pichenette, il déclencha l'ouverture de son ordinateur et se mit au travail. L'univers — *basheigi* —, écrivit-il. Il s'agissait de formuler dans les termes les moins polémiques les questions qu'il se proposait d'adresser au vieux derviche retranché dans son observatoire. Jongler avec les mots dangereux, côtoyer l'abîme sans sombrer dans la provocation, ne rien dire, ne rien insinuer qui fît surgir l'hydre de l'hérésie. Cent cinquante-huit mots furent successivement sollicités, disséqués, puis agencés. Les idées qui surgissaient peu à peu étaient passées au crible du dogme. Une heure plus tard, le texte laborieusement obtenu n'était pas susceptible de déclencher des orages.

Il leva les yeux de son écran alors qu'une muraille impressionnante se dressait au loin, contre laquelle l'appareil, pris dans les turbulences provoquées par cette énorme proximité, semblait devoir se précipiter.

— Sans doute approchons-nous de l'aéroport? murmura-t-il.

Tano, le plus sérieusement du monde, s'offrit à aller interroger le pilote. Le paidhi lui enjoignit de n'en rien faire, de s'asseoir et de boucler sa ceinture. Algini l'imita. Peu après, l'avion amorçait l'ample virage préludant à sa descente en direction de la piste.

Constitué d'un grand bâtiment moderne, l'aéroport semblait posé dans ce paysage de hautes solitudes plus qu'il ne s'y intégrait. A proximité se trouvait un ancien village de chasseurs comme on en rencontrait parfois sur les terres domaniales, habités par des employés de l'Association qui travaillaient là en qualité de gardes forestiers.

L'unique voie ferrée à l'écartement étroit fit apparaître un petit train Diesel, le genre de tortillard d'intérêt local qui devait déjà exister deux siècles auparavant, songea Bren, avant la grande révolution industrielle apportée par les hommes. Ils gagnèrent le hameau en ligne droite, le quittèrent en suivant un autre segment tout aussi rectiligne jusqu'à une halte mystérieuse, ponctuée d'un coup de sifflet que rien ne semblait justifier. Puis commença une ascension sinueuse, tantôt sur des remblais, tantôt au fond de tranchées verdoyantes. Observatoire de Saigiadi, annonça un poteau indicateur en forme de flèche. Le train se composait de deux wagons démodés, sans compartiments. Les sièges étaient en bois, les vitres pouvaient être baissées à l'aide de manivelles. Le toit peint en vert était prolongé par des gouttières en saillie d'un rouge éclatant. On voyageait entre les arbres, entre de profonds talus qui serraient la voie de près.

La pénombre incitait au repos. Le jeune homme ferma les yeux, bercé par le ferraillement régulier, apaisant. Il sourit à demi, fléchit les doigts, puis le coude, s'émerveillant de cette agilité presque entièrement retrouvée.

Plus tard — ils cheminaient alors en terrain plat —, un élégant pachiiki à pelage beige et queue blanche les accompagna quelque temps de ses bondissements avant de bifurquer aussi soudainement qu'il était apparu. Bren se retourna pour le suivre des yeux, sans se soucier de réveiller la douleur dans son épaule.

— Malguri me manque, expliqua-t-il à l'intention des prétoriens.

Pas plus Tano qu'Algini n'auraient pu en dire autant, le second moins encore. Le souvenir de la forteresse restait sans doute attaché pour eux à celui des épreuves endurées là-bas.

Une demi-heure plus tard se profila le dôme de l'observatoire. Ils atteignirent une petite gare de montagne flanquée d'un entrepôt disgracieux.

Le comité d'accueil se composait d'une délégation d'étudiants conduite par la titulaire de la chaire d'astronomie et son homologue de la chaire de philosophie. Jeunes gens et jeunes filles montraient l'excitation qui saisit d'ordinaire les écoliers d'un milieu rural dont un heureux événement vient rompre la solitude. Le plus âgé remit avec solennité au paidhi un dossier concernant l'historique de l'observatoire, premier du continent, accompagné de nombreux dessins et illustrations, le tout présenté sous la forme attendrissante des albums de pacotille que les modestes entrepreneurs et les artisans utilisaient souvent comme matériel publicitaire.

Flatté, le visiteur promit de tout lire et de tout admirer. Dans un élan de générosité, il laissa entendre que ce prestigieux établissement pourrait bien bénéficier des premières données astronomiques communiquées par le vaisseau.

L'enthousiasme fut à son comble. Bren échangea un coup d'œil éloquent avec les membres de son escorte. Tano intervint. Le temps du paidhi lui était compté, affirma-t-il, et de rappeler la raison de sa venue, qui était un rendez-vous avec le vénérable professeur émérite.

Un concert d'éloges s'éleva des bouches juvéniles. Personnage admirable que ce vieux, très vieux professeur, tellement impatient de rencontrer l'envoyé de Shejidan. Pressée de questions par le prétorien, l'astronome finit par reconnaître la vérité : l'émérite était présentement plongé dans un profond sommeil dont personne n'osait le réveiller.

— Le paidhi a fait le voyage de la capitale à seule fin de s'entretenir avec lui, fit observer Tano sur un ton offusqué.

Bren était quelque peu surpris, lui aussi. Il se remémora pourtant les avertissements de Banichi au sujet du caractère lunatique de l'individu, dû à son grand âge et à la longue fréquentation des astres.

— A quelle heure a-t-il l'habitude de se réveiller ? demanda-t-il avec tact.

Il y eut un silence embarrassé.

— Nous l'avions mis en garde, précisa le professeur d'astronomie. Il a insisté pour se retirer dans sa chambre afin de méditer, assurait-il. Si le paidhi n'envisage pas d'autre solution, naturellement... nous pourrions interrompre cette sieste inopportune.

— Que conseillez-vous ?

— L'expérience conseille d'attendre, nand'paidhi. Soyez certain que l'émérite n'avait pas d'intention malveillante à votre égard.

— Il lui arrive de s'endormir pendant les cours, renchérit une étudiante.

On ne pouvait être plus clair. Bren se fit très conciliant.

— Peut-être dans l'espoir d'un hypothétique réveil de l'ancien, la communauté des élèves et des professeurs pourrait-elle examiner les questions que je comptais soumettre à l'émérite ?

Le professeur d'astronomie souriait sous cape ; elle s'inclina.

— Nous n'avons pas manqué de le faire.

— Depuis deux jours, précisa son collègue. Dès réception de votre message, en fait, tout le monde s'est attelé à la tâche.

Sans se soucier outre mesure du sceau du paidhi,

lequel recommandait une relative confidentialité. A la bonne heure! Ce sans-gêne témoignait d'une robuste disposition au travail et à l'efficacité.

— Pourtant la forme de l'univers, poursuivit l'astronome, si elle se dérobe en permanence à nos spéculations, ainsi que le paidhi ne l'ignore pas, en raison de l'imprécision des calculs effectués depuis la terre par des instruments d'observation déficients, facteurs de méprise conjugués à d'autres, telles les fluctuations de luminosité, les anomalies de mouvements, infinitésimales à l'échelle de notre planète mais dont l'importance s'accroît démesurément lorsque sont en cause des opérations interstellaires...

— Ces phénomènes sont encore aggravés par les distorsions et les troubles dus à l'atmosphère, coupa le philosophe tout en fourrageant dans ses notes dont il comptait extraire la preuve chiffrée des dérangements atmosphériques.

Le paidhi était pris d'un léger vertige. Assis bien tranquillement près de la porte, Algini et Tano écoutaient tout, comprenaient un mot sur dix et observaient un silence consterné.

— En fait, les Déterministes ont pris prétexte de l'inévitable flou des théories actuelles pour nous adresser un Défi, reprit le philosophe. Il suffit qu'un mathématicien se spécialise dans l'astronomie et toutes ses opérations deviennent immanquablement suspectes...

— En raison de l'imprécision des résultats obtenus, souvent contradictoires, compléta l'astronome.

— Conséquence de la position erratique des astres surtout lorsque nous avons affaire à des systèmes étranges, qui engendrent des effets gravitationnels complexes que l'astronomie moderne, dotée d'instruments plus performants, se charge d'expliquer...

— Jusqu'à un certain point, s'interposa sa collègue.

— Cela étant, entonna le philosophe, comment imaginer une transition en douceur entre le fini et l'infini quand les nombres, à mesure qu'ils s'écartent de la terre, gagnent en indétermination ? Un doute angoissant me saisit quelquefois concernant la cohérence de notre démarche intellectuelle. J'ai confiance, cependant, dans l'évolution favorable du système.

— L'existence de nombres parfaits est une obligation, fit observer l'astronome. Des nombres capables de résoudre ce chaos en proposant des résultats stables qui n'offenseraient pas la logique se doivent d'être parfaits par nécessité mathématique.

— Ces nombres ne sont pas une vue de l'esprit mais une réalité, affirma Bren, qui n'en craignait pas moins de voir le débat s'évader dans des abstractions où il perdrait pied. Pas plus que l'on ne peut mettre en doute la tangibilité des étoiles, perdues à une distance elle-même en perpétuelle évolution par rapport à la terre dont la position dans l'espace peut être précisément calculée. Encore faut-il savoir le faire.

— Sans doute, reconnut le philosophe, mais les oscillations de notre propre planète ne prouvent-elles pas...

Le savant se lança dans un long développement d'où il ressortait que le sage devait renvoyer dos à dos la thèse de la création *ex nihilo* et les extravagances de l'existentialisme numérique. Bren se résigna à supporter ce pensum sans l'interrompre.

Un déjeuner en grand apparat l'attendait, auquel participaient, outre les sommités de la communauté scientifique et universitaire, les notables de la région : chef du village de la vallée, juge de paix, président de l'Association des chasseurs du Mont Caruija, président du centre d'Etude et de Protection de la faune du Mont Caruija, directeur régional du service de chemin de fer, accompagnés de leurs époux, épouses, cousins, cousines, ainsi que l'époux de la représentante de la province au hasdrawad, celle-ci se trouvant retenue à Shejidan jusqu'à la fin de la session.

Assailli de questions innombrables, le paidhi laissa presque intact le contenu de ses assiettes successives. S'étant excusé dès qu'il lui fut permis de le faire sans choquer la bienséance, il trouva refuge dans le vestibule de l'amphithéâtre où devait ensuite avoir lieu la première réunion de travail. Algini et Tano furent chargés de défendre la porte contre d'éventuels arrivants.

Bren ne se séparait jamais de son tube d'aspirine. Il réclama un verre d'eau. Assis dans un coin d'ombre, il resta quelque temps sans penser à rien, à fléchir son coude et à faire jouer l'articulation de son épaule.

— Ils sont fous à lier, je pense, déclara Algini sur le ton de la confidence. L'altitude, à la longue, l'étude des choses stériles, le complexe d'infériorité par rapport aux vrais mathématiciens, tous ces phénomènes provoquent l'usure des facultés intellectuelles.

Tano revint sur ces entrefaites, portant une carafe et un verre sur un plateau.

— Il faut être indulgent, observa-t-il. Une petite communauté de haute montagne, vivant à longueur d'année repliée sur elle-même, se met en quatre pour recevoir un hôte de marque, recommandé par le aiji de surcroît. Ils sont émus.

Le paidhi ne disait rien. Il fit fondre son comprimé. Après avoir agité le verre, il en but le contenu d'un trait.

— Que va-t-il en sortir, voilà ce qui m'inquiète, murmura-t-il. Je commence à douter du résultat de l'entreprise.

Algini n'eut que le temps d'annoncer l'arrivée des « Excellences de la faculté et de l'observatoire ». Bren fut invité à les suivre dans l'amphithéâtre, puis à rejoindre la tribune où il s'assit à la place d'honneur tandis que les étudiants remplissaient les gradins avec une remarquable discrétion. Après une brève intervention de la doyenne des astronomes, destinée à présenter une fois de plus le paidhi ainsi qu'à préciser le but de sa visite, le titulaire de la chaire de philosophie prit la parole. Son exposé, relatant les différentes étapes des relations conflictuelles entre philosophie et recherche scientifique, histoire fondatrice des principales écoles de pensées au sein de l'Association, trouva le jeune homme très attentif. Pour la première fois depuis son arrivée, il avait l'impression d'apprendre quelque chose.

Un remue-ménage se produisit dans le fond de la salle. Algini et Tano s'étaient levés d'un bond, sur le qui-vive. Bren avait appris à ne s'étonner de rien, il se tenait prêt à plonger derrière l'abri de la tribune.

Celui qui entra, très grand malgré son dos voûté, un peignoir mal ficelé autour de son corps maigre, ses cheveux gris hérissés en longues mèches crantées, avait les yeux pétillants dans un visage émacié jusqu'à l'os.

— La réponse, la réponse à l'éternelle dilemme des philosophes, la voici ! s'écria-t-il avec impétuosité de sa voix fluette. L'univers n'est pas constitué de lignes droites, par conséquent la véritable nature de la lumière est ondulatoire, le chemin qu'elle emprunte n'est pas le plus court.

— L'émérite ! annonça l'appariteur.

Et tous de se lever comme un seul ateva. Bren en fit autant, mais plus lentement.

L'émérite l'eut à peine vu qu'il braqua sur lui son index.

— Le paidhi ! Nadi, je crois avoir trouvé la solution...

Le vieillard s'avança vers la tribune d'un pas un peu chancelant, tout en brandissant une liasse de feuillets en désordre.

— Le paradoxe, tel que vous l'énoncez avec élégance, m'a mis sur la voie. Merci, nadi. Merci d'avoir confirmé l'exactitude des recherches que j'ai entreprises depuis… Tout est là, sur le papier…

La doyenne des astronomes donna l'ordre d'apporter du thé et des biscuits ; elle se pencha pour chuchoter à l'oreille de son voisin.

— A son âge, on saute un repas sans même s'en rendre compte.

— Qu'il se restaure, acquiesça le jeune homme. (Puis, s'adressant à l'émérite, sous lequel on avait glissé un fauteuil pour lui éviter d'avoir à gravir les marches conduisant à la tribune :) Nand'vénérable, je suis impatient de vous entendre mais n'étant moi-même qu'un modeste interprète dépourvu de compétences en matière de mathématiques ou d'astronomie, je crains…

— Ne craignez rien, c'est en vérité d'une simplicité enfantine !

Le vieil homme s'arracha aux bras du fauteuil, aux centaines de mains qui voulaient le retenir. S'étant hissé sur la tribune, il fondit sur le paidhi, prétendit lui mettre de force dans la main son paquet de feuilles brouillonnes, après quoi il se saisit d'une craie afin de couvrir le tableau de caractères énormes.

Bren avait ouvert son calepin. Comme la plupart des personnes présentes, il s'efforçait de prendre des notes sur le rythme frénétique imposé par l'émérite. Celui-ci accompagnait sa démonstration écrite de furieux commentaires.

Il fut question des nombres en certains termes que le paidhi avait rarement entendus et qui lui demeuraient obscurs. Le vieux professeur se servait d'une numération décimale et de symboles inconnus. L'homme recopiait tant bien que mal, ajoutait dans la marge, d'une main hâtive, les observations que lui inspiraient ces fulgurances.

Un détachement de la police locale avait escorté le paidhi à l'aéroport. Il formait à présent un groupe compact, pris dans le halo des phares de l'avion. Tous bâtis suivant le même modèle, ces prétoriens du Bergid : de la très grande charpente, du solide. Le ciel au-dessus, d'un noir d'encre, brasillait d'un million d'étoiles.

Le paidhi atterrissait à Malguri. Dans le lointain la bête, sa bête attitrée, galopait à travers des collines à l'échelle réduite. Devant elle s'enfuyait, épouvanté, un troupeau de gracieuses créatures au pelage beige.

La sortie débouchait dans la galerie située au-dessus de la bibliothèque du Bu-javid. Impossible de trouver un escalier. Chaque couloir latéral se trouvait être une impasse.

Un ascenseur se présenta enfin. Il le prit, appuya sur le bouton du premier étage, ou sur le bouton qui aurait dû, en principe, porter le chiffre 1. La descente n'en finissait pas. Les touches, sur le tableau, indiquaient toutes des chiffres extravagants, des symboles incompréhensibles. Banichi et Jago seraient furieux. Quelle idée, aussi, de monter dans la première cabine d'ascenseur et de presser un bouton au hasard, sans prêter attention à ce qui était écrit dessus ! A son entrée, pourtant, tout lui avait semblé normal.

Il décrocha le téléphone de secours. Jago lui répondit. Qu'il ne compte pas sur elle cet après-midi, elle avait mieux à faire ailleurs. Pourrait-il attendre demain ? Non, répondit-il, non, je ne puis attendre.

Sa bête l'avait suivi. Il se trouvait à présent dans la galerie, à l'extérieur de son appartement de Malguri. Le monstre ne se souciait pas de lui, il trottait le long du mur, la truffe au ras du sol, à l'affût des vermines.

La lumière, imperceptiblement, se dilua pour enfan-

ter une aube froide et lugubre. Il était pressé de s'en aller, tout à coup. Quelque chose l'appelait au-dehors, une tâche urgente, il avait oublié laquelle...

Thump.

Il s'éveilla dans un sursaut. Paupières papillotantes, il promena autour de lui un regard interloqué.

Tano se pencha.

— Nous arrivons, nand'paidhi.

Le hublot lui montra un immense désordre horizontal de lumières serties dans l'écrin des collines et du fleuve. Shejidan lui apparut comme un rêve, étincelant de témérité. Une cité qui déroulait sa splendeur tel un tapis rutilant de chiffres. Du pied droit, il s'assura de la présence, à côté du siège, de sa serviette bourrée de documents d'une valeur inestimable. La capitale déployait ses fastes, Bren voyait des rangées de chiffres monter à l'assaut de la nuit.

Bump. Les roues rebondirent contre la piste. Une aveuglante coulée de lumière se répandit, prompte comme une coulée de lave. Il la vit du coin de l'œil, en évitant de tourner la tête vers elle de peur de perdre la mémoire. Le paidhi voyageait à la vitesse supersonique ; son esprit, lui, était affligé de lenteur.

Je suis pressé, cependant. Je veux rentrer chez moi.

16

Cette fantaisie montée de son sommeil pendant le trajet de retour l'avait si profondément troublé que le lendemain, face à la douairière, il ne parvenait pas à secouer son emprise. La table, comme toujours, était dressée sur le grand balcon, dans la simplicité miraculeuse du petit matin. Il régnait dans l'air un parfum d'étoiles et de rosée, on eût dit que le Bergid naissait au loin pour la première fois. Dans l'esprit de Bren, un astronome échevelé additionnait les lumières de la ville ; la bête dont les semblables avaient disparu depuis longtemps de la surface de la planète, donnait la chasse à des mecheiti. Ilisidi, cependant, ne contemplait pas l'horizon. Elle dévisageait son invité taciturne et s'impatientait. De la lame de son couteau, elle fit tinter son verre pour rappeler le jeune homme à plus de civilité.

— Seriez-vous en communication télépathique avec le vaisseau ? Voilà qui expliquerait l'expression hagarde de votre visage.

— Pardonnez-moi, fit-il, je suis un piètre compagnon.

— Vous avez encore minci, on dirait. C'est très seyant, jusqu'à un certain point. Vous voilà enfin débarrassé de cet affreux carcan, n'est-ce pas une raison suffisante pour reprendre goût à la vie ? Faites de l'exercice, l'appétit vous reviendra.

S'il n'y prenait garde, elle allait lui faire la leçon de l'esprit sain dans un corps sain, comme si l'un ne pouvait aller sans l'autre. Hélas, ses dernières vacances sportives remontaient à plusieurs mois. Libre de galoper par monts et par vaux, la bête qui hantait ses rêves (dans la réalité, un magnifique spécimen de taxidermie traditionnelle) avait plus de chance que lui.

— Souci professionnel, insista Ilisidi. Ou bien laissez-vous votre pensée voyager sur de nouveaux sentiers de chimère ?

— Nand'douairière, hier soir, je songeais aux membres du personnel de Malguri. Comment ont-ils supporté l'assaut donné contre la forteresse ? Personne ne m'a rien dit. Avez-vous des nouvelles de Djinana et de Maigi ?

— Tout le monde va bien, que je sache.

— J'en suis très heureux.

— Je leur ferai savoir que vous vous êtes inquiété à leur sujet. Goûtez un peu de cette compote, c'est un plaisir divin.

Divin, comme tous les mets servis à la table de cette grande dame. Il obéit. Une gorgée de thé, une cuillerée de compote, une bouchée de pain brioché à la noisette. J'aime cette compote, je suis amoureux d'elle, j'en suis toqué, se répéta-t-il, singeant Banichi qui se moquait des difficultés du paidhi à décliner toutes les nuances du verbe « aimer » dans la langue ragi.

— Dites-moi tout, et cessez de faire de l'opportunisme à vil prix. Que vous importe la santé de mes valets de chambre ?

— Encore une absurde manifestation de cette sotte sensiblerie humaine. Malguri fut pour moi une véritable découverte dont le souvenir m'est cher. Dans un passé récent, l'harmonie séculaire de la forteresse fut troublée par ma faute. Je souhaite que cela ne se reproduise pas. Je souhaite que les événements à venir n'affectent pas Malguri.

— Ces événements... disons plutôt la curiosité malveillante de certains ?

— Cette menace ne doit pas être sous-estimée, en effet.

La douairière, d'une manière générale, pratiquait l'art des réponses évasives. Ses questions, en revanche, faisaient souvent mouche. Le paidhi estima préférable de ne pas poursuivre le sujet, de peur de s'attirer la mauvaise humeur et le silence maussade de son interlocutrice. Par contre, il était certain de lui faire plaisir en se souciant de ses chers mecheiti.

— Nokhada ? Babsidi ? Toujours fringants ? demanda-t-il.

— Ils sont en pleine forme. Avez-vous une raison de craindre qu'il n'en soit pas ainsi ?

Le tonnerre gronda dans le secret d'un ciel limpide. Pas un nuage jusqu'aux dentelures bleues du Bergid.

L'ouest, sans doute, fomentait un nouvel orage encore invisible.

Il n'avait pas pris la peine d'appeler Hanks, incapable de supporter d'éventuels sarcasmes ou, pis, son bavardage d'économiste. La riposte aurait nécessité une disposition d'esprit vigilante ou vindicative qui n'était pas la sienne en ce moment.

Impossible de joindre sa mère. La ligne, une fois de plus, était brouillée dans sa partie continentale contre laquelle les lutins parasites s'acharnaient à plaisir. C'était faire beaucoup d'honneur aux ronds-de-cuir de la censure que de les gratifier d'un sobriquet si charmant. Le communiqué émanant du département d'Etat ne lui avait rien appris qu'il ne sût déjà. Toutes les décisions importantes étaient prises à huis clos par des individus que nulle élection n'avait désignés, qui ne tiraient leur pouvoir d'aucune légitimité populaire et ne représentaient que des intérêts privés ou partisans. Il s'agissait des conseillers du Président. Leurs manœuvres aboutiraient de façon prévisible à remettre le destin de Mospheira entre les mains du vaisseau, donnant ainsi toute satisfaction à ceux qui n'envisageaient d'autre avenir pour l'humanité qu'un retour dans l'espace.

Autre motif d'inquiétude, Jason Graham n'avait pas rappelé.

— Où en sommes-nous ? murmura Ilisidi. Vous avez parlé avec eux, et voici qu'ils nous rendent visite.

— Seulement deux d'entre eux, pour commencer. Tous les détails figuraient dans la transcription que vous avez reçue.

— Je l'ai lue, bien sûr. Qui sont-ils, que nous veulent-ils ? Ne trouvez-vous pas qu'ils manifestent une certaine réticence à nous renseigner ? Pourquoi devrions-nous tenir compte du vaisseau ou satisfaire le moins du monde à d'éventuelles demandes de sa part ?

Cette avalanche de questions précises n'était pas pour surprendre Bren, venant d'une personne qui avait le sens de l'histoire et de ses retentissements à distance. La douairière raisonnait à l'échelle de l'espace et du temps.

— Commençons par le plus délicat, dit-il. Ces humains sont allés dans des lieux dont les Déterministes affirment la non-existence. Ensuite, ils ont l'intention d'exploiter la main-d'œuvre planétaire. Ils ont besoin des atevi pour les aider à devenir les maîtres de l'univers et se figurent sans doute pouvoir obtenir leur contribution à faible coût, dans la mesure où Mospheira a laissé entendre que les indigènes n'auraient pas leur mot à dire dans la transaction.

— Ils vont tomber de haut, si je puis me permettre cette mauvaise plaisanterie. (Ayant décapité son troisième œuf à la coque, la douairière à l'appétit d'ogresse y trempa l'extrémité d'une mouillette de pain bis toasté à la cannelle.) Que convient-il de faire, selon le paidhi ? Devrions-nous prendre les armes pour une levée en masse ? Adopter des solutions plus pacifiques, voire enjôleuses, comme d'édifier sur les terres de Malguri des lotissements de vacances réservés aux humains ?

— Au diable la guerre et la séduction ! riposta le jeune homme.

Ilisidi ne put réprimer un rictus de satisfaction. Son hôte était sorti de sa réserve, il devenait moins urgent de tailler une seconde mouillette.

— Que proposez-vous donc ?

— Une stratégie de la patience et de la fermeté : arrondir les angle sans rien céder sur l'essentiel. Les humains sont toujours sensibles à l'esprit de détermination dont fait montre l'adversaire. Par ailleurs, j'ai bon espoir de pouvoir faire entendre raison à l'émissaire qu'ils nous envoient. A défaut de le convaincre de la nécessité de procéder à l'ouverture de véritables discussions entre personnes de bonne volonté, peut-être parviendrai-je à lui insuffler une peur salutaire. Il n'est que deux façons d'obtenir le règlement d'une question épineuse — en l'occurrence l'avenir de la station orbitale — : par la négociation ou par la force.

— Commencez donc par semer une saine terreur dans l'esprit de Hanks-paidhi, maugréa la douairière. Vous aurez là un premier sujet de satisfaction.

Bren accepta le reproche avec simplicité. Jusqu'à preuve du contraire, les résultats obtenus auprès de sa suppléante n'étaient guère encourageants.

— J'ai bien usé de la menace envers elle, sans succès. C'est une novice, elle ne comprend rien à la situation sur le continent. D'une certaine façon, cet aveuglement la protège. Ses compétences s'exercent dans les domaines économique et financier. Nous verrons bien si elle peut être utile à quelque chose.

— Elle a sur vous un avantage de poids, celui de bénéficier, dans son propre camp, de l'appui de personnages puissants.

— Je n'ai jamais prétendu le contraire.

Ilisidi secoua la tête de l'air consterné d'une ateva pétrie d'expérience politicienne face aux extravagances du comportement humain.

— Stupéfiant, le mot n'est pas trop fort. Les hommes et leurs vaines subtilités me surprendront toujours. Encore un peu de thé, nand'paidhi ?

Il lui tendit sa tasse vide.

— Avec grand plaisir. Nand'douairère, est-il permis à un humain présomptueux de solliciter votre avis ?

— Mon avis ? Qui se soucie de l'avis d'une aïeule assignée à résidence ? (Un éclair flamboya dans ses yeux.) De quoi s'agit-il ? Affaires d'Etat ?

— C'est du seigneur Geigi que je voudrais vous entretenir.

— Quoi, ce falot, cette cruche fêlée, ce dindon de la farce ?

— Il n'en occupe pas moins une position enviable, garante de son autorité. Ma suppléante a fait preuve de maladresse envers lui.

— Tous des bourriques, lui et ceux de sa clique. Ils ont la prétention de vouloir assigner une limite au champ des étoiles. Celles-ci nous consultent-elles, pour vaquer à leurs mystères ?

— Admirable esprit de concision ! Tout dire en si peu de mots. Mes compliments, nand'douairère.

Il se montrait audacieux. Elle fit semblant de rien, enchaîna :

— Les hommes, dans leur infinie sagesse, ont-ils étudié la structure de l'univers ?

La démonstration apocalyptique du vénérable astronome résonnait encore aux oreilles de Bren. Pour rien au monde il ne souhaitait s'aventurer sur ce terrain balisé de pièges en compagnie d'une rusée peut-être mieux renseignée qu'il ne l'imaginait.

— Les bâtisseurs de ce vaisseau devaient avoir certaines connaissances concernant l'espace et les astres qu'il contient. Il m'étonnerait fort, pourtant, que quelqu'un fût en mesure d'embrasser par la pensée la totalité de l'univers.

— Geigi n'est pas si modeste. Pour les Déterministes, tout est simple, tout se résout par des additions.

La partie venait juste de commencer, elle s'annonçait serrée. Le paidhi avança un pion, un petit pion anonyme. Après tout, les grands de l'Association avaient la réputation de s'offrir les services de mathématiciens ou de numérologues d'une eau moins pure, chargés de les mettre à l'abri des surprises de l'adversité.

— La douairière aurait-elle par hasard une ou deux relations plus personnelles parmi la grande famille des Déterministes ? Disposerait-elle, sinon, du moyen d'entrer en rapport avec eux ?

Une expression de discrète ironie se peignit sur le

visage d'Ilisidi. Etait-il assez naïf pour penser obtenir un simple « oui » ou « non » ?

— Pourquoi le paidhi aurait-il affaire à ces gens ? Avez-vous l'intention d'illuminer les ténèbres dans lesquelles ils se débattent ? Voulez-vous les amener à plus de civilité ?

— Hanks-paidhi s'est permis un commentaire inopportun au sujet de certains nombres excédant la vitesse invariable de la lumière. Sans doute employez-vous à votre service un ou plusieurs savants capables d'expliquer comment un vaisseau peut se déplacer d'un point à un autre de l'espace, plus vite que ne le font les radiations émises par les corps incandescents, phénomène considéré comme impossible par la physique traditionnelle...

Un serviteur apportait de nouvelles gourmandises qu'il posa à portée de main de l'insatiable. Des mousses vanillées accompagnées de brioches fourrées à la menthe. Ilisidi se rassasia la vue, hésita, plutôt celle-ci que celle-là, piqua une brioche du bout de sa fourchette.

— Nombres impies, enfantés par l'esprit démoniaque des hommes ! Je m'en serais volontiers passée, de vous à moi. Il m'est difficile de croire que l'univers ait beaucoup gagné en les assimilant. De même aurais-je fait l'économie des messages accablés du seigneur Geigi.

— Accablés ?

— Désespérés, devrais-je dire. Vous confierai-je l'ampleur des torts causés par cette femme ? Il a tenté de contracter un emprunt considérable par des voies illicites. Le voici terrifié, ayant enfin compris qu'il avait suivi les conseils d'une personne porteuse de nombres maléfiques, une personne qui, du reste, ne s'est pas gênée pour faire savoir à qui voulait l'entendre que ses offres n'avaient pas reçu mauvais accueil. Sa déconfiture exposée à la vue de tous, le pauvre ne sait plus vers qui se tourner. Il est aux abois.

— J'étais loin de me douter… Je suis navré pour lui.

La douairière fit entendre l'impitoyable ricanement réservé aux faiblesses d'autrui. A ses yeux, la cupidité de Geigi restait impardonnable.

— Ses créanciers le sont davantage, assura-t-elle. C'est bien simple, il est au bord de la faillite, obligé de vendre son patrimoine si personne ne lui porte secours. Quelle honte ! Sans doute devrais-je lui venir en aide, mais je n'aime guère l'idée de devoir mélanger les affaires et la loyauté.

— Répugnance compréhensible. D'une certaine façon, la témérité du seigneur Geigi n'est pas pour me déplaire. Ne peut-on imaginer qu'il ait cherché, par ses manigances, à protéger certains associés, membres du même *man'chi* ?

Ilisidi laissa échapper un soupir d'impatience.

— Qu'en savez-vous, que croyez-vous connaître de nos liens de solidarité qui vous autorise à émettre cette sorte d'hypothèse ?

— Peut-être suis-je en mesure de lui porter secours, moi, l'étranger ? Lui permettre de sauver la face, nand' douairière. Je crois avoir trouvé le moyen de tirer au clair les propos inconsidérés tenus par ma suppléante… si toutefois je pouvais m'assurer la collaboration de quelques mathématiciens très compétents, savants de réputation irréprochable, appartenant au courant de pensée déterministe.

— Dois-je comprendre que vous comptez sur moi pour vous introduire auprès de ces gens ?

— Votre petit-fils se tient à l'écart de cette école, vous ne l'ignorez pas. La douairière, en revanche…

Ilisidi ne songeait plus à faire de l'ironie. Son visage s'était fermé, sa voix ressemblait au murmure de l'orage encore lointain.

— Je comprends, dit-elle. Par votre intermédiaire,

Tabini me demande de sauver cet imbécile de la ruine.

Bren éprouva un pressentiment fugitif. Cette conversation périlleuse lui parut soudain annoncer une catastrophe.

— C'est le paidhi, et lui seul, qui vous en prie, croyez-moi. Tabini ne sait rien de ma démarche. Sauvez Geigi, nand'douairière, sans chercher à l'acheter. Agissez discrètement, ne faites surtout pas savoir que j'ai pu vous faire une telle suggestion. S'il se doutait de mon intervention, le seigneur serait alors contraint de refuser.

Les yeux d'or fixés sur lui étaient deux fentes luisantes, plus félines que jamais.

— Pourquoi ? murmura-t-elle. Y a-t-il un rapport avec ce mystérieux voyage dans le Nord ?

Cette fois, le jeune homme ne put réprimer un sourire.

— Il n'est pas encore né, le jour où je pourrai vous cacher quelque chose.

— Esprit retors ! Ainsi, vous êtes allé là-bas dans l'intention de sauver le pauvre Geigi ?

— En partie, je l'avoue.

— Au nom des Bienheureux, pourquoi ?

Il ne pouvait prendre le risque d'exprimer sa pensée dans des termes sur lesquels Ilisidi pourrait se méprendre. Dans le lointain, le Bergid se découpait en bleu sur l'horizon de brume. Des mots se formèrent entre ses lèvres, mots sincères qui volaient au-dessus de la nuit des malentendus.

— Personne n'a intérêt à voir s'effondrer l'équilibre du monde auquel nous sommes parvenus. Cette harmonie encore fragile ne demande qu'à se consolider, si tous veulent s'en donner la peine. Les atevi, pour leur part, ont tout à gagner à la stabilité. Ainsi que Mospheira, d'ailleurs, pour peu que certains factieux soient réduits au silence ou se décident à entendre raison.

— Hanks-paidhi reste pour moi une énigme, murmura la douairière. Elle aurait pu chercher à me joindre, tenter auprès de moi ce qui lui a si bien réussi avec Geigi. Avait-elle seulement conscience de l'intérêt que pouvait présenter ma corruption éventuelle ?

— A Mospheira, qu'elle n'aurait jamais dû quitter, Hanks-paidhi est inoffensive. Hélas, quand il se sent menacé comme à présent, mon gouvernement se fige sur des positions sectaires, se crispe comme un poing. Voulez-vous connaître un de nos plus noirs secrets ? Certains humains, dans leur malveillance et la compréhension bornée de leur profit, dissimulent un égoïsme d'une puissance inconcevable pour les atevi.

— Vraiment ? Serions-nous immunisés contre cette tentation ?

— Vous avez la sagesse d'avoir su établir entre vous des liens de responsabilité correspondant à des intérêts partagés. Les hommes sont capables d'un individualisme forcené, poussé jusqu'à la négation du bien collectif.

— Ne vous faites pas trop d'illusions sur les atevi. Je n'en continue pas moins à me demander quelle urgence vous a poussé à aller chercher si loin l'avis de ces extravagants.

— Un être plein d'âge et de sagesse, nand'douairère. Il mérite toute votre attention.

— Mon attention, un *astronome* ?

— Un savant, aiji-ma. Je l'aurais volontiers invité à me suivre à Shejidan, si je n'avais redouté qu'il ne trouve au palais un accueil trop féroce. Grigiji, c'est son nom, a voué sa vie à la réconciliation de la science humaine et des nombres atevi. Admirable tentative. Ses confrères, tous les astronomes et mathématiciens attachés à cet observatoire, n'ont qu'une ambition : celle de laver la réputation compromise de leur discipline. Ils veulent fonder une nouvelle science qui verrait les concepts atevi contribuer à l'éclaircissement des approximations de la recherche humaine.

Ilisidi écoutait avec une attention extrême. En dépit d'elle-même, le masque d'indifférence teintée d'ironie qu'elle affectait le plus souvent en face du jeune homme se craquelait, laissant apparaître... quoi ? Un commencement d'inquiétude, estima-t-il.

— Me direz-vous à présent ce que Grigiji avait de si réconfortant à révéler à Geigi ?

Il alla chercher dans la poche intérieure de sa tunique l'enveloppe préparée à l'intention de la douairière. Elle contenait les photocopies des équations de l'émérite qu'il avait hâtivement recopiées, enrichies de notes de sa main, le plus souvent interrogatives. S'étant levé à demi, il la posa devant son hôtesse. Celle-ci regarda l'objet sans y toucher.

— Que me donnez-vous là ?

— La démonstration de l'astronome, telle que j'ai pu la transcrire, en introduisant des erreurs grossières, c'est à craindre.

Une rafale de vent fit tomber l'enveloppe. Ce que voyant, un serviteur, jusqu'ici posté à l'entrée de la pièce, dissimulé derrière les rideaux, la ramassa et l'emporta en lieu sûr. Jeune, élancé, un physique d'éphèbe. Ilisidi les choisissait tous suivant le même modèle.

— Vous n'aviez pas confiance en l'astronome du aiji ?

Bonne question. Cet éminent personnage, entretenu à grands frais par Tabini, est donc si médiocre que le paidhi doive aller chercher les bonnes réponses à deux heures d'avion de la capitale ?

Ilisidi savait sans doute à quoi s'en tenir, aussi se contenta-t-il d'une réponse lapidaire.

— L'astronome du palais est grand, mais la recherche scientifique n'est pas son domaine de prédilection. L'équipe affectée à cet observatoire se tient à l'écart de tous les courants de pensée et travaille en toute indépendance. Est-ce la raison pour laquelle ils sont les seuls à avoir entrepris ces travaux? J'ai remis à votre petit-fils une copie identique à celle que renfermait cette enveloppe. La douairière aura-t-elle la bienveillance de m'éclairer de ses conseils?

Ilisidi agita les doigts en aile de papillon. «Poursuivez», intimait ce geste évasif.

— Comprenez-moi bien, aiji-ma. Je ne suis pas un mathématicien, loin de là, mais la nuit dernière, tandis que mon avion survolait les lumières de Shejidan, cité à la topographie capricieuse s'il en est, parcourue de sommets et de vallons, j'ai eu la vision du phénomène que les humains ont exprimé à travers leurs équations et dont Grigiji, si je ne m'abuse, a su tirer la leçon. Voilà en quoi consiste sa réponse au seigneur Geigi.

— Vous avez compris les secrets de la vitesse superluminique en contemplant les lumières de notre vieille cité? Des formules magiques, susceptibles de réduire les Déterministes au silence, se sont-elles inscrites sous vos yeux en chiffres de feu?

— Aiji-ma, le paradoxe de la vitesse superluminique défend l'idée selon laquelle le tissu spatial n'est pas uniformément plat. Il se soulève et s'affaisse, son relief s'apparente à celui d'un paysage montueux. Il se creuse par endroits sous la masse des étoiles et d'autres corps d'une densité extraordinaire. Il s'ensuit que l'exactitude des chiffres décrivant le parcours de la lumière à travers l'infini ne saurait être remise en cause. L'univers cher aux Déterministes se trouve ainsi confirmé: la lumière ne peut voyager plus vite compte tenu du chemin accidenté qu'elle doit emprunter. La lumière, comme tout ce qui traverse le champ cosmique, suit ce relief et se déplace à la vitesse requise. Il est possible de mesurer la distance d'un point à un autre, les résultats obtenus seront valables. Pour l'instant, les effets de la couche atmosphérique altèrent l'exactitude des observations faites par les atevi. En revanche, depuis la station orbitale, où les atevi auront bientôt accès, les calculs pourront être effectués avec une grande précision.

— Astucieux, grommela Ilisidi, mais vous ne faites que gagner du temps en repoussant la vraie démonstration à une date indéterminée, quand tout le monde pourra passer à l'étage supérieur, inaccessible avant de longues années.

— C'est pourtant la vérité, nand'douairière. Quand ils seront là-haut, en possession d'instruments d'observation plus perfectionnés, les savants en fourniront la preuve. Si je ne me suis pas fourvoyé dans les explications qui m'ont été données, le raisonnement suivi par l'astronome établit l'existence de sections non comprises dans le champ cosmique tel que nous le décrivons. Ces accidents sont des ruptures dans le continuum, ce milieu à trois dimensions que nous appelons l'espace.

— L'espace serait donc une matière pouvant se plier sur elle-même ?

— Une image destinée à frapper l'imagination des peuples dont l'esprit n'est pas spontanément porté à la rigueur d'une vision mathématique et dont la langue est rétive à l'abstraction. Nos vaisseaux spatiaux ne voyagent pas autrement : la vitesse superluminique constitue le plus haut degré de technologie spatiale auquel les hommes soient parvenus. Si j'en crois les notes prises là-bas, dont je serais en peine de déchiffrer plus de la moitié, il se pourrait qu'un ateva eût fait cette découverte sans l'aide de personne.

— Votre vieux sorcier vous a raconté ces balivernes ?

— Aiji-ma, la lumière ne se déplace pas suivant une ligne droite. Dans la mesure où elle est aussi l'agent physique capable de rendre toute chose visible, de définir l'espace et de mesurer la distance sur une échelle considérable… nous avons l'illusion d'un univers qui s'étendrait comme une surface plane.

Ilisidi secoua la tête, elle considéra l'homme avec incrédulité.

— Quel énergumène vous faites ! Vous avez inventé ces prodiges dans votre coin, sans qu'il vous soit besoin d'entrer en contact avec votre université. Vous avez tout manigancé, n'est-ce pas ?

Comment la convaincre de sa bonne foi ? Il joua le tout pour le tout, devint sentimental :

— Sidi-ma, j'appréhende l'essence de certains processus dont je serais impuissant à faire la démonstration mathématique.

L'affectueuse appellation de sidi-ma, réservée à l'évocation intime de moments agréables passés en compagnie de la douairière, lui avait échappé, il s'employa à faire oublier cette effronterie.

— Ainsi en est-il des enfants à qui l'on montre des phénomènes complexes dont ils ne comprennent pas le mécanisme rationnel sinon de manière intuitive. J'ai appris à la manière d'un petit enfant qui porterait en lui le souvenir des voyages spatiaux effectués par ses lointains ancêtres. Personne ne m'a appris à piloter un vaisseau. Je sais seulement pourquoi ils peuvent circuler entre les étoiles.

— Plus vite que la lumière.

— A une vitesse infiniment supérieure.

— Laissez-moi vous dire une chose, paidhi. Une vieille intrigante de mon espèce ne peut s'empêcher de voir le mal partout. Elle se demande, par exemple, dans quelle mesure cette carte céleste « ondulatoire » est une découverte et jusqu'à quel point les humains étaient prêts, à ce stade, à partager les fruits de cette prétendue révolution. L'idée ne vous serait pas venue d'utiliser Hanks-paidhi en qualité d'appât ou de provocatrice ?

— Nand'douairère, sur mon honneur, sur les sentiments de gratitude et d'estime que je vous porte, j'affirme n'avoir rien tramé d'aussi machiavélique. J'affirme n'avoir fait aucune révélation à Hanks-paidhi afin qu'elle distille des paroles empoisonnées à l'oreille de Geigi. Empoisonnées car énigmatiques. Pas plus que je n'ai informé le département d'Etat de la visite rendue à l'observatoire et de son résultat.

Ilisidi ne laissa rien paraître de son agacement; tout au plus Bren remarqua-t-il les lèvres pincées, le regard assombri.

— Dans ce cas, pourquoi ce besoin urgent d'aller consulter un astronome ? Pourquoi Geigi se serait-il inquiété de savoir s'il existait une vitesse superluminique, à l'instant pour ainsi dire où le vaisseau a fait sa réapparition, alors que vous-même, nand'paidhi, aviez besoin de ma protection ? S'agit-il d'un vaste plan ourdi par mon petit-fils ? Etes-vous en ce moment même en service commandé ?

Le pressentiment s'était mué en une peur véritable, bien plus intense que celle ressentie à Malguri sous la menace des armes. Un abîme s'ouvrait devant lui.

— Eh bien ? insista Ilisidi.

— Nand'douairère, s'il fallait voir dans tous ces événements la main de Tabini, j'en serais le premier surpris et me placerais au nombre des personnes utilisées à leur insu dans un but indiscernable. L'astronome dont je vante les mérites n'est pas un inconnu que j'aurais tiré de son obscurité. Il est chargé d'années, respecté de tous...

— Que s'est-il donc passé ? coupa la douairière. Expliquez-moi la coïncidence que je viens d'évoquer, et je vous croirai peut-être.

A quoi bon se payer de mots avec elle ? Bren poussa un soupir.

— Et si, tout simplement, l'astronome avait raison, nand' douairière ? Pour autant que je le sache, il se peut qu'il ait découvert la vérité, rien de moins. Encore une fois, je ne suis pas, ne serai jamais un homme de science, mais lorsqu'un savant prétend mettre au jour un nouveau pan de réalité, je suis disposé à prendre son travail au sérieux.

— Cette découverte à ce moment opportun, un véritable coup de théâtre ! Et le aiji n'y serait vraiment pour rien ? Vous continuez d'affirmer qu'il ne s'est pas entendu avec les humains afin d'ensevelir sous ce cataclysme les dogmes de la croyance Déterministe ?

— Pour l'amour du ciel, loin de s'attaquer à la doctrine numérologiste, la thèse de l'astronome vole à son secours ! A sa façon, elle lui apporte une confirmation inespérée.

— Vous reconnaissez vous-même ne pas avoir compris la moitié des propos tenus par ce bonimenteur. Pourtant vous avez couru, par le plus grand des hasards, vers le seul endroit de la planète où quelqu'un, mû par une heureuse inspiration, venait de toucher du doigt la « vérité » ?

— Le hasard n'a rien à faire ici. La découverte faite par ce vieil homme est l'aboutissement d'un long processus historique. Les transferts opérés depuis près de deux siècles entre Mospheira et le continent n'ont pas été constitués de simples objets accompagnés d'un mode d'emploi. Nous avons transmis un savoir scientifique, un programme d'innovations techniques à un peuple dont la révolution industrielle avait suivi un rythme de tortue par rapport à la nôtre, bien que nous fussions loin de posséder cet esprit mathématicien caractéristique des atevi. Prouesse rendue possible grâce à notre faculté de calcul et d'évaluation. Contrairement à vous, les hommes croient au progrès, ils se projettent sans cesse dans l'avenir. La lenteur de votre évolution nous déconcertait dans les premiers temps. Avec quelle stupeur nous assistions à vos querelles de chiffres infinies. Que faire d'autre ? Nous prenions notre mal en patience.

— Je vous plains. Comme nos palabres primitives ont dû vous exaspérer !

— Au début, il est vrai. Pourquoi vous était-il si difficile de vous incliner devant ce qui existait réellement, qui appartenait au domaine du tangible, ces faits que nous vous apportions sur un plateau, à partir desquels il vous aurait été si simple de reproduire nos techniques ? Des réalités ? Pas tout à fait, voilà le hic. Des approximations, plutôt, des valeurs approchées. Le scepticisme des atevi s'engouffrait dans cet infime décalage, ils voulaient avant tout comprendre. La révélation, chez nous, s'est opérée peu à peu : les indigènes de la planète décomposaient nos opérations, les nombres extraits étaient réorganisés suivant des concepts dont nous ignorions tout. Tôt ou tard, ces combinaisons engendreraient l'inconnu. La décision fut prise d'informatiser vos centres de recherche ; elle ne fut pas appliquée sans une grande résistance de votre part. Vos spéculations se poursuivraient en secret, nous le savions. L'importance accordée par les Déterministes à la vitesse superluminique n'était pas pour me surprendre. L'enjeu est capital, en effet, et les astronomes à l'affût de mesures toujours plus précises se sont empressés d'intégrer ce nouveau procédé à leurs recherches. Qu'y a-t-il d'étonnant à ce que celles-ci, de temps à autre, débouchent sur quelque vérité fracassante ?

Sa respiration s'embarrassa soudain, comme si l'air venait à manquer sur ce haut balcon en plein vent. Il improvisait, pratiquant sans filet l'exercice de la corde raide, tout en manipulant sans trop de précaution une matière explosive à souhait, une part fondamentale de la philosophie ateva. Etait-il trop tard pour corriger la mauvaise impression qu'il avait dû produire ?

— Ces domaines ne me sont guère familiers, aiji-ma. Il est un peu vain de ma part de prétendre réfléchir à un tel niveau. L'idéal serait bien sûr qu'un dialogue s'instaure entre les astronomes du Bergid et les universitaires de Mospheira, mais il m'appartiendrait alors d'en assurer la traduction. Or, l'émérite se servait de symboles dont je serais en peine de trouver un équivalent, si toutefois ces éléments ont leurs correspondants dans notre langage mathématique, si toutefois il existe un code de transcription.

— Vous voilà d'une admirable modestie.

— N'en croyez rien. Je fais preuve de réalisme, voilà tout. Si la plupart des humains n'ont pas fait l'effort d'apprendre votre langue, c'est qu'ils sont moins doués pour les mathématiques que je ne le suis. Cependant, la démonstration de ce vieux professeur me demeurait obscure, certains passages rendus indéchiffrables par les signes ou symboles dont il couvrait le tableau. J'en étais réduit à demander des explications à mes voisins, eux-mêmes astronomes ou philosophes, pour découvrir qu'ils ne comprenaient pas tout.

Ilisidi ne dit mot. Le silence, entre eux, troublé par de brèves rafales, devint en se prolongeant un tumulte assourdissant aux oreilles de Bren. Enfin, il vit bouger les lèvres de son hôtesse.

— Cenedi va vous reconduire, dit-elle.

Ce qu'il ressentait n'était pas uniquement de la peur. Il s'y mêlait une profonde tristesse faite de colère contre lui-même et du sentiment de l'échec subi. Il se leva, s'inclina et gagna la porte.

Cenedi surgit de l'ombre à point nommé.

— Je ne sais comment, mais je l'ai offensée, confia aussitôt le paidhi à mi-voix. Cenedi-ji, elle n'a plus confiance en moi.

L'aide de camp pouvait être la courtoisie même.

— Ses doutes sont-ils justifiés ? demanda-t-il.

— Non, naturellement ! répliqua Bren avec ferveur. Je suis loin d'être assez intelligent, assez audacieux, pour avoir imaginé le complot dont elle me croit l'auteur. Comment l'en convaincre ? Peut-être cette enveloppe ne contient-elle que les élucubrations d'un fou, et dois-je me repentir d'avoir voulu attirer sur ce délire l'intérêt de la douairière. J'espère qu'il n'en est rien, tout en reconnaissant mon incapacité à juger de la validité de cette démonstration. Je suis revenu de l'observatoire habité par un regain de confiance, certain que les travaux de l'émérite étaient porteurs d'un rapprochement entre nos peuples.

— Nous avons entendu ce qui a été dit, acquiesça le prétorien.

Ils avaient atteint le vestibule.

— Transmettez-lui au moins mes affectueuses pensées. Précisez que j'appelle sur moi son indulgence.

— Nous n'y manquerons pas, nand'paidhi.

Voyant sa grise mine, Banichi ne prit pas la peine de lui demander comment la rencontre s'était passée. Il passa tout de suite à la question suivante : à quelle issue fâcheuse devait-on s'attendre ?

Le jeune homme eut un triste haussement d'épaules.

— J'ai commis une erreur, Banichi. Laquelle, je n'en sais rien encore, sinon que j'ai trop présumé de moi. Péché d'orgueil ; la distance est moindre que je ne pensais entre Hanks-paidhi et Bren-paidhi.

S'était-il simplement rendu coupable d'un excès de naïveté en croyant pouvoir, en toute impunité, abuser de la patience d'une grande traditionaliste avec son enthousiasme puéril à vouloir prendre d'assaut un des derniers bastions de l'orthodoxie ateva, les mathématiques célestes ? Devait-il ajouter foi à l'accusation portée distinctement contre lui : Hanks et ses « confidences intempestives » ne seraient qu'un piège destiné à précipiter le rythme de l'évolution technologique, contre l'avis de la vieille garde ateva qui se méfiait de l'avenir concocté par Mospheira ? Si machination il y avait eu, en effet, le paidhi se devait d'en avoir été informé. Prétendre le contraire, c'était mentir.

Il s'ensuivait que, dans l'esprit d'Ilisidi, leur amitié se trouvait balayée, toutes les paroles prononcées par le paidhi, tous ses gestes, se voyaient subitement rejetés dans le néant du soupçon. N'avait-il pas, dans l'hypothèse d'une culpabilité confirmée, tramé de longue date une scission entre la douairière et ses alliés naturels, les Déterministes ? Opération en partie réussie. Dorénavant, tout ce qu'il dirait et ferait serait passé au filtre de l'analyse tacticienne.

Pourquoi ne pas en avoir fini tout de suite ? Il aurait suffi d'une mauvaise tasse de thé, une de trop, dans laquelle un serviteur irréprochable — Cenedi — aurait versé juste ce qu'il fallait de substance toxique. A Malguri, la douairière avait donné un échantillon de ses talents d'empoisonneuse. Le pire était que la désaffection de l'aïeule l'atteignait en plein cœur. Il se sentait inconsolable et vide, comme si les ponts s'étaient brusquement effondrés entre lui et les autres atevi dont la présence lui était chère. Quel gaspillage ! rageait-il en son for intérieur.

Tabini n'était pas au nombre des élus. Le jeune homme n'éprouvait jamais en face du aiji, quelle que soit par ailleurs l'excellence de leurs relations, ce sentiment de reconnaissance intime, de compréhension à mots couverts, de complicité.

Jago lui manquait. Il lui tardait de se retrouver seul avec elle afin de pouvoir la questionner, sur tout et rien : l'univers, Ilisidi, ses relations avec Banichi. Oserait-il, malgré le grand désir qu'il avait d'en savoir plus, aborder avec elle des sujets trop sensibles, la contraindre à des semi-aveux qu'elle ne souhaitait pas ou ne pouvait pas faire, et prendre le risque de provoquer entre eux un nouveau malaise, une vraie fêlure ?

Privé du soutien de Banichi et de Jago, il ne serait plus qu'un pauvre être désemparé, voué à la solitude.

Et à la peur.

Depuis son réveil, par intermittence, il n'avait pu

s'empêcher de considérer l'arrivée d'autres humains comme une intrusion. Deux jours auparavant, il avait envisagé la venue de Jason Graham, si sympathique de prime abord, comme le remède à tous ses maux. C'était avant que son petit monde familier ne fût menacé d'éclatement, lorsqu'il se figurait tenir la situation bien en main.

Un paidhi gardait gravée dans son esprit l'image de la pendule arrêtée. Cette seconde à jamais figée dans l'horreur, quand les hommes, confiants dans les liens d'intelligence qu'ils croyaient avoir su établir avec les atevi, avaient essuyé la première attaque-surprise.

Il devait mettre de l'ordre en lui-même, cesser de croire que l'affection des atevi se payait en éternelle fidélité, contraindre ses pensées à être aussi sobres et mesurées que le seraient désormais ses propos, dans la crainte d'une véritable débâcle morale. Le paidhi n'avait rien à gagner à entretenir de sottes illusions sur l'*amitié* que l'on avait pour lui de ce côté-ci du détroit. Ilisidi avait-elle jamais éprouvé à son égard une inclination sincère ? Bren Cameron était-il à ses yeux davantage qu'une source de renseignements de premier choix, un dérivatif à sa morosité, une distraction un peu snob ? Bagatelle que tous ces faux-semblants quand la situation devenait trop sérieuse. D'autres humains allaient tomber du ciel, la douairière devait adopter une stratégie en fonction des intérêts de son clan. Au mieux serait pris en considération dans les choix de l'aïeule le bénéfice ultérieur de l'Association Occidentale, envers laquelle, aux termes du traité conclu avec Mospheira, le paidhi avait certaines responsabilités. Il fallait sans tergiverser informer le aiji de l'étrange réaction de sa grand-mère.

Ilisidi, la première, n'en attendait pas moins de lui.

— Banichi-ji, Ilisidi m'a demandé…

Il n'était plus question d'user de circonvolutions,

de sous-entendus, de périphrases. Quand un être humain se trouvait introduit au plus profond du labyrinthe de la pensée ateva, il évitait d'interpréter les événements et s'exprimait d'une façon directe.

— ... Elle m'a demandé si les imprudences verbales de Hanks-paidhi, la réaction intéressée de Geigi, la grande question de la vitesse superluminique, les trouvailles inopinées de l'astronome, si tout cela ne participait pas d'un plan conçu par le aiji pour résoudre à son avantage la crise que nous traversons.

L'officier garda quelque temps le silence, poussa un long soupir.

— La douairière lui prête des intentions bien tortueuses.

— Sous l'effet de la colère, peut-être. Une colère provoquée par ma maladresse. La douairière aura eu peur du scandale auquel l'exposaient mes révélations. Sa réputation aurait trop souffert d'avoir côtoyé l'hérésie. Cenedi nous renseignerait utilement.

Banichi restait songeur.

— Cela se peut. Nous interrogerons son aide de camp. Cette volte-face s'est produite quand tu lui as remis l'enveloppe ?

— Non pas remise « en main propre », mais posée devant elle. Un coup de vent l'a fait tomber. La douairière n'a pas eu un geste pour la retenir, comme si ce contact lui était impossible. Un serviteur est venu la ramasser.

— Elle redoutait à ce point de prendre connaissance de son contenu ?

— Sans doute n'y aurait-elle pas compris grand-chose. Mais la thèse argumentée de l'émérite lui est profondément suspecte. Elle redoute que ce vieux savant ne soit la créature du aiji dont je serais, moi, l'instrument consentant. J'ai du talent pour le calcul mental, soit, mais je ne suis ni mathématicien, encore moins astronome. Ce qui s'écrivait sur ce tableau noir, je le recopiais péniblement, à l'aveuglette la plupart du temps. Si j'ai souhaité rencontrer un astronome, c'était — quelle ironie ! — pour tâcher d'y voir plus clair.

— Je le ferai savoir à qui de droit, murmura Banichi.

J'informerai moi-même le aiji, fallait-il comprendre. Quant à Cenedi, sans doute servirait-il à nouveau d'intermédiaire.

— Banichi, je suis au désespoir. Cette dame, si féroce sous le poids des ans, je la tiens en très haute estime.

Le prétorien approuva, le menton grave, l'œil pénétré.

— Tabini pourrait en dire autant, je pense. Mais la douairière sait se rappeler au bon souvenir de ses amis s'ils font mine de ne pas tenir compte de son avis.

17

L'animosité potentielle d'Ilisidi ne se laissait pas facilement oublier. De même, pouvait-on ne pas s'interroger sur le contraste saisissant entre sa réaction d'hostilité et l'accueil plutôt favorable que Tabini avait réservé aux propositions révolutionnaires de l'astronome du Bergid ? Aux premières lueurs de l'aube, Tabini lui avait dépêché Nadiri, son officier d'ordonnance, porteur d'un message explicite : les « découvertes » du savant avaient au moins le mérite de mettre les Déterministes en demeure d'organiser la riposte. Le aiji, pour sa part, n'avait jamais rien lu d'aussi fou. Dès aujourd'hui, l'observatoire serait placé sous sa protection.

Bren avait eu un mouvement d'agacement à l'idée de la gêne provoquée dans cette communauté paisible par une invasion prétorienne. Mais quel était le moyen de protester contre des mesures de sécurité rendues indispensables depuis sa visite, depuis que l'observatoire et l'université mitoyenne étaient devenus un lieu exposé à toutes les folles initiatives de l'opposition, le nouveau point névralgique de la situation ? Dès l'instant où, sautant à bas de son lit, il s'était précipité dans l'amphithéâtre en brandissant sa liasse d'équations magiques, Grigiji était devenu un auxiliaire de Tabini, à ce titre une cible, comme l'étaient tous les individus qui de près ou de loin servaient les intérêts du aiji.

Le paidhi, en somme, s'était comporté comme le dernier des nigauds. Non seulement il était parvenu à se faire une ennemie de la douairière, mais par sa faute, Grigiji et son cher observatoire allaient devenir le point de mire du monde entier, la bête noire de Geigi et de ses vassaux, désormais capables de tout depuis que leur seigneur n'avait plus grand-chose à perdre. La vengeance de cet aristocrate menacé de faillite pourrait aussi bien s'exercer contre le aiji, contre Ilisidi, dont les convictions étaient devenues par trop indécidables. L'idée de remettre le dossier du superluminique entre les mains d'une sommité de l'astronomie ateva lui était apparue grandiose. Il était allé là-bas dans un esprit d'œcuménisme, persuadé qu'il trouverait le moyen de réconcilier toutes les tendances. La conviction enthousiaste du vieux Grigiji avait conforté son espoir. L'accueil d'Ilisidi lui avait dessillé les yeux : au lieu d'avoir rapproché les positions des uns et des autres, il pouvait se vanter d'avoir jeté un joli pavé dans la mare.

L'objectif que Wilson-paidhi, son infortuné prédécesseur, n'avait pu atteindre, le résultat que Hanks-paidhi n'était pas en position d'obtenir, faire en sorte que les dirigeants de l'Association Occidentale et les Déterministes s'attellent en même temps à la résolution du même problème, voilà l'exploit que Bren Cameron pouvait mettre à son actif.

Le couronnement de sa carrière, songea-t-il avec amertume. Deana Hanks l'avait accusé de vouloir jouer les héros. Avec quelle satisfaction ne saluerait-elle pas ses dernières mésaventures !

Il serait toujours temps de l'appeler plus tard, quand il se sentirait la force de riposter aux sarcasmes. Il avait pour l'instant besoin d'une occupation peu absorbante, peu susceptible de lui faire battre le cœur.

Il s'installa devant la pile des messages. Le nouveau secrétariat était en train de prendre possession des locaux et du matériel trouvé par Tano. Déjà, les premiers arrivants remerciaient le paidhi pour ses souhaits de bienvenue et les distinctions reçues. Outre les plis individuels, des fleurs étaient arrivées en nombre, exposées dans le vestibule de l'appartement qu'elles transformaient en une serre resplendissante de couleurs et de parfums.

Saidin, à pas de velours, se déplaçait autour de lui, ajustant l'ouverture des fenêtres afin d'éviter les courants d'air, donnant de la lumière ici et là. Le jeune homme s'était si bien habitué aux allées et venues discrètes de l'intendante qu'il fut un certain temps avant de remarquer cette ombre qui s'interposait.

— Nand'Saidin, Banichi est-il rentré ? J'ai à lui parler.

— Pas encore, nand'paidhi. Algini est retenu à l'extérieur.

— Jago ?

— Descendue dans les bureaux de la Guilde, je crois bien. Nous pourrions la mander, si vous le désirez.

— Ce ne sera pas nécessaire. Je n'ai rien à lui transmettre de très urgent. Toutefois, quand elle sera de retour, dites-lui que je souhaite m'entretenir avec elle.

Ses paupières le brûlaient. Parmi les messages se trouvait une communication de Tabini, l'informant que les sommités mathématiciennes de la faculté avaient reçu l'ordre d'éplucher les notes de Grigiji, ainsi que celles qu'il avait prises lui-même, sous la dictée du tableau noir. Il espérait ne pas avoir commis d'erreur mais ce risque existait, aussi le paidhi avait-il insisté, en remettant la transcription au aiji, sur le fait qu'il prenait l'entière responsabilité d'éventuelles incohérences. Que l'université n'en profite pas pour porter des accusations injustifiées contre l'astronome.

La livraison du jour comprenait aussi une interminable télécopie en provenance de *Phœnix*, surtout constituée par le texte de ses dernières conversations avec Mospheira. Le gouvernement insulaire renouvelait ses questions au sujet des déplacements et des activités du vaisseau pendant deux siècles, demandait des précisions sur la localisation de cette prétendue seconde station dont l'existence laissait tout le monde sceptique. La Guilde des Pilotes s'était-elle décidée à fonder une base sur Maudette, la petite planète rouge que les atevi nommaient Esili, naguère favorite de l'équipage qui répugnait à mettre des humains en contact avec un monde habité lorsque l'établissement d'une colonie avait été mise à l'ordre du jour ?

Par ailleurs très évasives, les réponses de *Phœnix* avaient été sur ce point catégoriques. Le projet Maudette avait été abandonné ; quant à la station, elle se trouvait dans un autre système. Lequel ? avait insisté le Président, et d'énumérer quelques noms de soleils voisins. La Guilde avait répliqué, en bonne logique, qu'elle ne pouvait connaître ces noms, inventés par l'astronomie ateva. A ce propos, pouvait-on lui faire parvenir une carte stellaire ? Même réponse, et l'entretien, quittant définitivement la sphère spatiale, s'était concentré sur des sujets plus immédiats, il semblait bizarre que personne n'eût encore songé, dans la perspective de l'arrivée prochaine des deux «parachutés», à leur télécopier une carte de l'île et du continent. A ce stade, Yolanda Mercheson avait pris le relais du commandant de bord. Plein de sollicitude et d'urbanité, le Président l'avait félicitée de son courage, assurée de ses meilleurs vœux pour un atterrissage en douceur. Le choix d'un site insulaire apparaissait comme une garantie supplémentaire de la souveraineté humaine sur Mospheira. Mercheson avait promis de faire valoir ce point de vue à ses supérieurs.

Puis l'ingénieur avait présenté une liste d'acquisitions que le vaisseau se proposait de faire au plus vite, matières premières, machines. L'île était-elle en mesure de satisfaire cette demande ?

Le Président ne pouvait, au pied levé, donner une réponse précise que les services concernés par les différentes catégories de marchandises fourniraient eux-mêmes. Mospheira, toutefois, disposait d'importantes réserves de métal.

Des réserves.

Le paidhi ressentit un grand froid, il devint blanc comme neige.

Il entendit, comme si c'était hier, la voix surgie des ténèbres, une voix qui accusait derrière le canon de l'arme braquée sur sa tempe...

Vous accumulez des stocks de métal, cela ne fait aucun doute. Vos commandes d'or et d'acier ont très sensiblement augmenté, vous nous livrez des microcircuits, des usines clés en main, en échange d'énormes quantités de graphite, de titane, d'aluminium, de palladium, richesses dont regorge notre sous-sol et dont nous ignorions l'existence deux siècles auparavant. Aujourd'hui, grâce à vous, nous avons le plus grand besoin de ces métaux, nos mines sont modernes et nous n'ignorons rien des procédés de raffinage. Mais voici que vos volumes d'importation augmentent au fil des ans. L'île ne possède aucun gisement, aussi votre économie est-elle dépendante de notre approvisionnement, mais pourquoi vos besoins se sont-ils multipliés dans une telle proportion ? A quoi destinez-vous ces tonnes de métal, si ce n'est aux usages que vous nous avez enseignés ?

Sur l'instant, à bout de forces, effaré, ahuri, le paidhi n'avait pas saisi toutes les implications de cette question. Comment l'aurait-il pu ? La logique s'était alors réfugiée dans quelque recoin inaccessible de son esprit, il avait cru sa dernière heure arrivée. D'ailleurs il ignorait encore l'essentiel, qui justifiait la violence de cet interrogatoire : le retour du vaisseau dans le firmament des atevi.

Il n'était donc pas en mesure de deviner en quoi consistait cet « usage » contenu dans l'allusion de son tourmenteur, la patiente constitution de réserves en vue de cet événement majeur pour lequel les humains se préparaient depuis toujours. Dans son désarroi, à demi convaincu qu'il allait mourir, il avait envisagé des choses simples, un avion d'attaque aux performances révolutionnaires, un programme spatial clandestin…

Par la suite, à la lumière des récentes péripéties, il ne s'était pas spontanément remémoré la litanie des griefs entendue ce jour-là dans les caves de Malguri.

Vous constituez de mystérieuses réserves, vous introduisez des nombres maléfiques dans le flux informatique, vous encouragez chez nous les tendances sectaires et dogmatiques dans le but de nous faire perdre du temps…

Tels étaient les arguments du clan que la douairière présentait comme son allié naturel, le clan au sein duquel se recrutaient ses partisans et qu'elle avait peu après trahi ostensiblement.

Ne jamais se fier aux volte-face politiques d'un ateva. Une association était toujours sujette à des tensions, conflits, rivalités, fruits des circonstances extérieures. Fallait-il pour autant conclure à son éclatement ?

Dieu sait depuis combien de temps et dans quel but avait été décidée la constitution de ces réserves. Le paidhi, se fiant à ses sources habituellement bien informées, *croyait* pouvoir affirmer qu'elles n'étaient pas considérables. Le paidhi, en effet, était bien placé pour connaître le volume des échanges et les besoins de l'industrie insulaire dont l'essor restait tributaire des livraisons de matières premières et de certaines machines-outils en provenance du continent. A moins qu'il ne s'agît d'un dossier ultra-secret du ministère de la Défense, un secret vieux de plusieurs générations et que le dernier paidhi, pas plus que ses prédécesseurs, n'avait pu éventer. On pouvait envisager un trafic clandestin, presque aussi ancien que la signature du Traité, et dont l'intensité excédait largement les estimations des fonctionnaires de Shejidan.

Le centre de l'île était creusé d'abris souterrains, leur accès interdit, leurs entrées gardées nuit et jours par des soldats en armes. Pas plus la presse que l'opinion ne s'en étaient jamais émues, ces périmètres réservés faisaient depuis longtemps partie du paysage. Des abris, telle avait toujours été la version officielle, des abris où la population serait invitée à se réfugier en cas de bombardements aériens. Le décalage croissant entre cette explication absurde et l'évolution pacifique des relations entre humains et atevi n'échappait à personne. Pourtant la fonction réelle de ces « abris », justifiant la vigilance dont ils étaient l'objet, leurs dimensions, leur éventuel contenu, ces questions n'avaient jamais fait l'objet d'un débat.

Certainement, Mospheira avait pris au sérieux la menace faite par le aiji de suspendre ses exportations. Le paidhi avait-il commis l'imprudence de conseiller à Tabini d'utiliser l'arme du boycott, alors que l'île avait les moyens de passer outre en puisant dans les fameuses réserves accumulées depuis toujours ?

Il se raisonna, reprit espoir. Au pis, il s'agissait de stocks de métaux à l'état brut, ou semi-raffinés. Mospheira, dont l'industrie s'était spécialisée dans les productions de haute technologie, était sous-équipée dans les secteurs de la sidérurgie, de la construction métallurgique, de l'électrométallurgie. On ne pouvait, du jour au lendemain, reconvertir l'infrastructure industrielle de l'île...

L'existence hypothétique de véritables réserves n'en faisait pas moins froid dans le dos. Il ne lui restait pas même la ressource de consulter ses fichiers informatiques où la censure du département d'Etat avait pu s'exercer librement. Il ne pouvait davantage se fier aux informations qui lui avaient été communiquées oralement, aux assurances reçues au fil des ans. Dans cette affaire, qui touchait aux intérêts vitaux de Mospheira, qui engageait son avenir face aux atevi et même son avenir au sens large, qui sait s'il pouvait se fier à lui-même ? Comment être certain que les priorités inculquées par son éducation ne l'avaient pas amené, subrepticement, à pratiquer l'autocensure, l'occultation de certaines données susceptibles de le mettre sur la voie d'un programme confidentiel dont les atevi ne devaient jamais se douter ? Il s'en était fallu de si peu, deux siècles auparavant, que la communauté humaine ne fût anéantie. Elle n'avait pas d'armes. Les atevi, en ce temps-là, ne pouvaient leur livrer de l'aluminium ou du titane, dont ils ignoraient encore la présence dans leur sous-sol. Ces hommes de la première heure fabriquaient du plastique, et d'une manière générale, disposaient de tous les matériaux pouvant être obtenus à partir de fibres végétales. Au nord, quelques forages offshore avaient permis d'établir l'existence de modestes gisements de pétrole, sitôt exploités. Pour le reste, l'énergie solaire fournissait le nécessaire. A peine installés, ces hommes et ces femmes avaient-ils eu le réflexe d'envisager, si longtemps à l'avance, leur départ de la planète et de prendre les mesures concrètes en vue d'une si lointaine échéance ? Creuser des entrepôts souterrains, par exemple, y enfouir, à l'insu du plus grand nombre, tout ce qu'on pourrait soustraire au fonctionnement normal de l'économie, par la suite à la vigilance des atevi ?

Le scénario semblait peu plausible, même si dès l'origine les partisans d'un retour dans l'espace s'étaient constitués en groupe de pression. Des réserves, il en existait peut-être, par prudence, pour tenir quelque temps. De là à pouvoir supporter les conséquences d'un embargo prolongé et satisfaire en outre les exigences de *Phœnix*...

Il aurait fallu tout prévoir, y compris la trahison d'un paidhi prêt à passer avec le vaisseau un accord qui exclurait le gouvernement insulaire, félon à ses yeux, cela dans un but louable d'harmonie universelle. Qu'adviendrait-il si les atevi apprenaient que le aiji avait proféré une vaine menace ou s'était rendu ridicule en formulant une promesse qu'il serait dans l'incapacité de tenir ? Les Déterministes — encore eux — ameuteraient leurs partisans, les rues des cités seraient bientôt à feu et à sang. Si le aiji avait vraiment commis cette erreur grossière, on pouvait s'attendre à de violentes réactions.

Aiji-ma, écrivit-il, *j'ai reçu, transmise par le vaisseau, la transcription des récentes conversations tenues entre l'équipage et mon gouvernement. Il ressort que Mospheira, puisant dans des réserves secrètes, serait en mesure de fournir à* Phœnix *les matières premières et les matériaux dont vous avez menacé d'interrompre la livraison si vous étiez tenu à l'écart des négociations. Connaissant bien l'île que j'ai si souvent parcourue, et les mœurs politiciennes de certains de ses dirigeants, je garde l'espoir qu'il s'agisse d'un bluff. Ces stocks, s'ils existent, ne sont sûrement pas d'une importance telle qu'ils puissent alimenter un programme spatial de cette importance. Il faut plutôt interpréter ces fanfaronnades comme un argument utilisé par Mospheira pour convaincre le vaisseau du bien-fondé d'une négociation bilatérale.*

Il n'en demeure pas moins que le doute s'est installé dans mon esprit et que certaines confirmations devront être trouvées au plus vite concernant ces réserves. Si par malheur l'île disposait de marchandises en quantité suffisante pour satisfaire les besoins de Phœnix, *il ne me resterait plus qu'à faire amende honorable. Un paidhi imparfaitement renseigné, ou victime d'une habile campagne de désinformation, vous aura mal conseillé. Il vous appartiendra de prendre toutes les mesures que vous jugerez appropriées.*

D'un autre côté, nous avons présenté à Phœnix *un dossier solide. Nombreux sont les arguments, économiques et politiques, qui devraient les inciter à accepter vos conditions.*

A Malguri, mes interrogateurs ont fait allusion à l'existence de stocks clandestins dont il me semblait alors qu'ils exagéraient l'importance afin de me pousser dans mes retranchements... J'aurais dû me remémorer ces accusations lorsque j'ai rédigé le texte de la riposte comminatoire que je vous ai conseillé d'adresser à Mospheira. Si nos manœuvres se soldent par un échec, je devrai être tenu pour le seul responsable. Aujourd'hui, déjà, j'ai manqué de discernement face à la douairière dont la réaction d'hostilité m'a pris de court. Banichi, sans doute, vous aura renseigné sur cette triste mésaventure. A la lecture de la transcription que vous trouverez ci-jointe, jugez vous-même si je n'ai pas accumulé les imprudences. Dans ces conditions, si l'avenir devait confirmer les erreurs commises, je ne saurais trop vous recommander de ne plus tenir compte de l'avis d'un paidhi par trop défaillant, en qui son propre gouvernement hésite à placer sa confiance.

Soyez certain, ainsi que je l'ai fait humblement observer à Ilisidi, que son intérêt et le vôtre me tiennent à cœur. Ce serait me faire injure que d'interpréter mes initiatives comme les manifestations brouillonnes d'une obéissance aveugle aux directives données par mon gouvernement dans l'intention de vous nuire.

Il n'était pas facile de devoir ainsi exposer aux yeux des autres les cruelles limites de son propre discernement. Plutôt que de faire porter un tel message, il préféra le confier au télécopieur, plus rapide et plus sûr.

Il resta prostré à contempler d'un regard perdu le gonflement des rideaux, tout en se répétant, la gorge serrée, que la patience des atevi n'était pas illimitée. Jusqu'à quel point pourrait-il continuer à tirer sur la corde ?

Le crédit dont il jouissait auprès de ses protecteurs semblait épuisé. Les erreurs commises ne laissaient personne indemne, pas plus le paidhi que le chef de l'Association Occidentale ou la douairière qui craignait d'être prise au piège de son jeu dangereux entre les factions. L'onde de choc, il fallait l'espérer, s'éteindrait doucement au lieu de se propager et de mettre en péril la paix planétaire.

Comment avait-il pu se croire en mesure, à lui tout seul, de modifier la vision que les atevi de toute éternité se faisaient de l'univers ? Au département d'Etat, on soutenait que, tôt ou tard, les « indigènes » opéreraient une vraie rupture conceptuelle et se déroberaient loin, très loin, dans une noire chimère mathématique inaccessible aux humains.

Dieu de miséricorde, où votre créature avait-elle l'esprit en déposant cette bombe à retardement au cœur du palais du aiji, sur la table du petit déjeuner de la douairière, oubliant que celle-ci avait tout à perdre dans cette révolution astronomique qu'elle lui décrivait avec un enthousiasme puéril ?

Comment concilier ce cadeau empoisonné avec ses

appels pathétiques à une « Sidi-ji », capable de s'élever au-dessus des rivalités politiques, pour le plus grand bien de l'Association, quitte à faire le sacrifice de ses ambitions personnelles afin que vive le pouvoir de Tabini, son petit-fils ?

Il s'était précipité tête baissée dans le malheur, persuadé qu'en leur offrant les calculs de l'astronome, il rendrait enfin service à ses amis atevi. Après une prise de contact difficile, dans sa forteresse de Malguri, Ilisidi avait semblé se rendre à l'évidence de l'honnêteté du paidhi. Cette fois, la cause était entendue : Bren Cameron était semblable aux autres, semblable dans sa naïveté et sa prétention à tous ces humains contre lesquels ses associés déterministes avaient toujours porté les jugements les plus sévères. A quoi s'évertuaient les étrangers, depuis des lustres ? A saper les fondements de la foi que les atevi avaient en eux-mêmes, en leurs propres institutions, tout en accumulant les réserves de matériaux précieux, tout en poussant les atevi sur la voie d'une modernisation accélérée, dans le but d'acquérir les produits manufacturés dont Mospheira aurait besoin pour mener à bien ses propres projets égoïstes.

Tôt ou tard, le vaisseau reviendrait, certains hommes n'avaient cessé d'y croire. Quelques-uns d'entre eux avec plus de ferveur que les autres.

L'immobilité lui avait ankylosé le bras. Il plia le coude et fit la grimace. Quel silence, autour de lui ! Quelle solitude ! Banichi et Jago, toujours absents quand il avait le plus grand besoin d'eux, comme à présent, alors qu'il se morfondait dans l'attente de l'effet produit par son message. Le aiji devait être furieux contre lui, non sans raison. Il hésitait peut-être à faire procéder à son arrestation, s'y résoudrait bientôt et tout serait dit.

Le rythme des changements qu'il s'était donné pour mission d'introduire avec une lenteur contrôlée, afin de ne traumatiser ni les habitudes ni les traditions, allait s'emballer : la révolution informatique, la réapparition dans le champ des préoccupations immédiates de la station orbitale avec son corollaire, la conquête de l'espace, au plus vite... La recherche se trouverait jetée à l'encan, offerte à toutes les convoitises. Le plus offrant emporterait la mise et Tabini, très probablement, avait conscience d'être celui-là. Il ne faisait aucun doute pour lui que *Phœnix* avait d'ores et déjà choisi son camp.

Pour ce qu'il croyait en savoir, l'univers des atevi était fait de chiffres et de nombres dont il s'agissait de découvrir et d'interpréter toutes les combinaisons.

Des chiffres magiques, pour tenter de situer ce qui n'avait pas de lieu. C'était avec cela, rien de moins, qu'il s'était amusé.

Ne plus y songer.

Ses pas le conduisirent jusqu'à la bibliothèque dont les rayonnages étaient consacrés à l'horticulture. Il déambula, déchiffra quelques titres, s'inquiéta d'ignorer la plupart de ces noms. Pouvait-on prétendre aimer un monde dont les fleurs vous restaient inconnues ? Il ouvrit un album consacré aux nymphéacées, illustré de délicats pastels. Pris de vertige devant l'abondance de termes nouveaux, il fut tenté — pur réflexe professionnel — d'aller chercher son ordinateur afin d'ouvrir une entrée *plantes aquatiques*. L'austérité de la tâche l'en dissuada et il resta là, à tourner les pages de ce livre magnifique, à apprendre humblement, à admirer.

Saidin entra sur la pointe des pieds. Le paidhi avait-il l'intention de dîner au palais ? Les officiers de son entourage prendraient-ils leur repas à la même heure, à la même table ?

Le paidhi était incapable de répondre à ces simples questions. Les officiers chargés de sa protection allaient et venaient comme bon leur semblait, sans daigner l'informer de leurs horaires. Où serait-il lui-même dans une heure ? Jeté dans une cellule, peut-être, avec un projecteur dans les yeux et son tourmenteur assis dans l'ombre en face de lui, à califourchon sur une chaise, comme à Malguri.

Ce n'était pas là ce que voulait savoir l'intendante.

— Nand'Saidin, je serais très heureux d'être votre hôte ce soir encore. Hélas, pas plus mes collaborateurs que moi n'avons fait preuve de ponctualité, veuillez être indulgente à notre égard.

Les mains jointes en signe de déférence, Saidin s'inclina.

— Je vous en prie, nandi, tout l'honneur aura été pour cette maison de vous accueillir. Comment trouvez-vous nos nymphéas ?

Hôtesse accomplie, l'intendante profitait de cette occasion exceptionnelle pour établir avec l'étranger un dialogue qui échappait à l'ordinaire routine domestique. Quel sujet plus inoffensif, plus pacifique que des nénuphars ? Bren fut sensible à cette attention qu'il lui eût été si facile d'interpréter comme un simple effort de mondanité protocolaire. Très beau livre, assura-t-il, les dessins sont exquis.

— N'est-ce pas ? Je ne saurais trop, si ce n'est déjà fait, vous conseiller de rendre visite aux Terrasses qui ont inspiré l'artiste.

— Sur le Saisuran ? Malheureusement, le paidhi voyage peu. Il n'entre pas dans ses fonctions de devoir connaître un pays et ses habitants de l'intérieur, en parcourant, explorant, discutant, partageant un tant soit peu la vie des gens. Je le déplore. Mon séjour à Malguri fut dicté par des circonstances particulières.

La dame se contenta d'un battement de paupières empreint de sollicitude.

— Si la possibilité se présentait pour vous d'aller là-bas, n'hésitez pas. Les Terrasses sont situées dans la Réserve Naturelle de Isgrai'the, un lieu d'excursion très populaire.

Cet engouement plébéien pour les nymphéas avait de quoi surprendre, moins toutefois que le soudain intérêt de l'intendante pour les loisirs du paidhi. Sans doute connaissait-elle bien ce livre et l'appréciait-elle ; sans trop se faire d'illusions sur les affinités pouvant exister entre l'homme et de délicats végétaux aquatiques. Ayant surpris Bren en train de tourner les pages de l'album, elle avait fait semblant d'imaginer une communauté de goûts.

A seule fin de le distraire de la sinistre quarantaine où les autres semblaient l'avoir mis ? Il s'était installé dans la maison une tension préjudiciable à son harmonie. Saidin distillait quelques paroles d'apaisement ou, pis, s'introduisait dans les songeries solitaires du paidhi dans le but de recueillir quelques menus indices sur ses projets, ses projets de déplacement, par exemple, confidences qui prendraient le chemin de l'étage inférieur, où la douairière saurait les utiliser.

Soupçons méprisables. Le jeune homme se sentait empli à l'égard du monde d'une vindicte qu'il haïssait lui-même et considérait comme son ennemie. Le spectre de Wilson lui apparut, l'homme blessé qui jamais ne riait, entré définitivement dans l'ère de la parfaite paranoïa. Qui avait envie de finir comme Wilson ? Sûrement pas Bren Cameron.

— Nand'Saidin, merci de votre suggestion dont j'espère tirer le plus grand profit. Je me fais une joie à l'idée de visiter un jour la Réserve de Isgrai'the. Si cela devait m'arriver, j'aurais une pensée pour vous.

L'espace d'un instant, la surprise mit sur le visage de l'intendante l'équivalent d'un sourire ; elle s'inclina.

— Dans ce cas, nand'paidhi, je joins mes souhaits aux vôtres.

Sur ces mots d'une charmante ambiguïté, la dame se retira, laissant son hôte en proie à une perplexité vaguement désagréable. Pourquoi Saidin était-elle entrée dans la bibliothèque, comment fallait-il interpréter ce bref échange, avait-elle été mise sur la voie par une rumeur venue des appartements de Tabini ?

Avait-elle, plus simplement, répondu à un élan de sympathie pour cet humain dont les efforts, sincères en apparence, pour rapprocher les uns et les autres, semblaient si mal payés de retour ?

Abandon, morosité, le paidhi aurait dû s'y préparer. A force de vouloir faire le grand écart entre deux mondes, on se retrouvait seul au milieu du gué, perdu dans les labyrinthes d'une pensée duelle, las d'entendre son propre discours multiplier les malentendus métaphysiques comme s'il était possible avec une langue improvisée, fabriquée de bric et de broc, de faire coïncider des concepts antagonistes, langue de fer inventée par le paidhi pour son usage personnel, capable d'immenses retards de compréhension et que personne n'avait plus envie d'écouter. Qu'avait-il fait, au cours de toutes ces années, sinon sauter d'un rocher glissant à un autre, en équilibre précaire entre les superbes nymphéas ?

Le pastel, sous ses yeux, n'était que charme et douceur. Imprudent, le visiteur qui s'essaierait à traverser cette image ! Les pierres des torrents de Mospheira n'étaient pas moins traîtresses, il en avait fait maintes fois l'expérience. Saidin, de son côté, verrait-elle jamais les pentes du Mont Allen Thomas, ses escarpements bleuis par le soleil rasant du soir ? Non, aussi longtemps que le monde vivrait dans cette absurde ségrégation à laquelle de part et d'autre consentait le plus grand nombre.

Je ne saurais trop vous conseiller d'aller rendre visite aux Terrasses, avait dit Saidin, un lieu d'excursion très apprécié des atevi. Elles existaient donc, ces circonstances dans lesquelles les deux peuples éprouvaient des émotions voisines. La beauté, sous certains aspects, éveillait en eux un même élan du corps et de l'esprit, elle provoquait ce ravissement secret de l'être entier qui tout à coup se tait et observe. Pour sauver pareils instants, dont chacun croyait avoir l'exclusivité, de part et d'autre du détroit, on était prêt à en découdre.

Un profond désenchantement l'envahissait, tandis qu'il songeait à toutes les occasions perdues, aux messages qu'il n'avait pu se résoudre à envoyer, auxquels il n'avait jamais songé, ou trop tard. Que penserait-on à Mospheira s'il demandait au central téléphonique de le mettre en relation avec le poste de gendarmerie situé au-dessus de la station de sports d'hiver du Mont Allen Thomas ? A quelle gymnastique mentale se livreraient les services des écoutes insulaires et continentaux afin de déchiffrer ce nouveau code ! L'espace de quelques instants, il laissa son esprit jouer avec cette fantaisie.

Que lui restait-il, pour combattre l'amertume de l'exil, de l'échec, sinon le vague espoir que les choses et les gens qui l'avaient ému naguère étaient intacts, plus ou moins, et qu'il avait contribué si peu que ce fût à cette pérennité ? Ainsi le gendarme de haute montagne, un homme qui à l'époque lui avait semblé aussi solide que le roc auquel il s'accrochait, quel âge pouvait-il avoir quand il s'était porté, en pleine nuit, à la recherche de ce gamin perdu dans la tourmente ? L'amitié entre eux s'était nouée facilement, Bren l'avait quitté sans savoir qu'il ne le reverrait jamais, qu'il oublierait jusqu'à son nom. Le paidhi, si fier de sa mémoire vertigineuse, ne pouvait en extraire le précieux nom de son sauveteur ? Ou bien cette amnésie était-elle la ruse empruntée par son esprit afin de lui éviter une nouvelle déconvenue ? La mutation du gendarme dans l'horizon étriqué, hostile, d'une garnison citadine, son chagrin, sa mort. Couardise de celui qui vit au loin et refuse le changement, ou la disparition de ce qu'il a laissé derrière lui. Que tout reste en l'état, que tout demeure, que tout m'attende. Ainsi pelotonné dans ses illusions, le banni traversait la vie, prêt à encaisser tous les coups. Dans ce perpétuel besoin de retrouver immuables les lieux de son passé, il en arrivait à se donner le change, homme de foi aveugle que les mutations rattrapaient et transformaient en homme de peu de foi. Que resterait-il de Bren Cameron si venait à s'écrouler le patient échafaudage de ses souvenirs ? L'anecdote du gendarme constituait une pierre de l'édifice auquel il s'interdisait de toucher.

L'homme, de son côté, avait eu ses propres raisons pour partir ainsi, seul de son équipe, à la recherche du petit randonneur.

Celui-ci aurait pu triompher de l'aventure sans l'aide de personne et, qui sait ?, si le gendarme n'avait surgi pour l'envelopper dans une couverture et le ramener mine de rien, sans se montrer ostensiblement protecteur, le gamin aurait peut-être survécu par ses propres moyens, il serait sorti de l'épreuve conforté dans son orgueil et le sentiment de sa supériorité. Il aurait pu devenir quelqu'un dans le genre de Deana Hanks.

Ou bien, à l'occasion d'une nouvelle tempête de neige, il aurait voulu tenter à nouveau l'expérience et forcer sa chance. Il ne serait jamais redescendu. Hanks aurait succédé à Wilson. Mis au contact d'une personnalité humaine si différente, Tabini aurait sans doute adopté une autre politique. A quoi ressemblerait le monde ? Lorsqu'il avait quitté le poste par cette nuit houleuse, le gendarme se souciait peu du retour éventuel de *Phœnix* ou de la résolution des futures crises internationales. Lui aurait-on soufflé d'y regarder à deux fois avant de poursuivre son chemin car celui qu'il se proposait de sauver deviendrait un jour le paidhi, responsable de l'évolution des relations entre les hommes et les atevi, à ce titre un des architectes du monde dans lequel vivraient ses enfants, qu'il n'aurait rien voulu savoir. Ce galopin est en danger, aurait-il répliqué, il a besoin de moi.

Un bruit de pas feutrés dans le vestibule, plutôt

celui de Saidin que la démarche cadencée de prétoriens venus procéder à son arrestation. Le dîner, annonça la dame, serait servi dans un instant.

— Toujours aussi pensif, ajouta-t-elle.

— C'est qu'il me reste tant de choses à faire.

Ce disant, il songeait très précisément à la lettre qu'il s'était promis d'envoyer à Ilisidi.

Veuillez accepter mes plus profondes excuses. Les humains, depuis le début, n'ont jamais cessé de comploter dans votre dos ainsi que vous en aviez le pressentiment.

En outre, les garanties que je vous avais suggéré de présenter à vos associés afin de les convaincre d'adopter mon point de vue semblent moins solides que prévu. Navré, tout compte fait je ne suis qu'un pitre.

Les pierres glissantes se dérobaient sous les pieds de l'équilibriste. Tabini ne l'avait pas encore placé en résidence surveillée. Serait-ce que le aiji lui accordait un délai supplémentaire pour écrire cette fichue lettre à l'aïeule ? Il n'était pas interdit de le penser. Auparavant, il allait passer dans la salle à manger, savourer ce qui serait peut-être son dernier repas d'homme libre. Les mots pour s'expliquer se présenteraient plus facilement dans le sillage de quelques douceurs.

Les images recommencèrent à l'étreindre, les images de cette nuit-là. Un maelström de neige et de vent l'enveloppait. Le monde, autour de lui, n'était qu'un tourbillon glacé mais l'engourdissement qui le gagnait peu à peu ne l'inquiétait nullement et ne lui faisait aucun mal. Cette bourrasque grise ne pouvait être qu'un phénomène complice, qui correspondait à son attente et derrière les grondements, les sifflements, il guettait un silence qui n'avait pas encore été perçu, un silence pour lui seul, les rafales d'un silence encore inconnu, que personne n'avait senties avant lui. Pas une seconde la pensée de la mort ne l'avait effleuré.

Au fil des ans, en principe, l'individu apprend à raisonner, à se défaire de l'émotion. Celle-ci cesse alors d'être un processus fatal. En principe.

18

Repas solitaire. Les membres de son équipe, mystérieusement retenus « ailleurs », ne réapparaîtraient pas avant d'en avoir reçu l'ordre exprès venu d'en haut. Quant à l'intendante, pour rien au monde elle n'aurait consenti à s'asseoir à la table du paidhi en présence des servantes. Il mangeait avec lenteur, un peu de tout selon son habitude. Les mets étaient tous excellents, sans génie particulier. Le chef, ce soir, n'osait pas faire d'étincelles, ou bien n'était-ce qu'un effet de la morosité du dîneur, enclin à voir partout le fiasco et la déception ? Non sans raison, tous les obstacles se multipliaient sur son chemin : l'hostilité d'Ilisidi, que sa lettre ne désarmerait pas ; le silence hautain du aiji qui n'avait pas daigné accuser réception de son message ; le silence de Jason Graham, lequel n'était sans doute pas à mettre sur le compte d'un dédain personnel mais des tergiversations des maîtres de la Guilde. Engagés dans d'âpres discussions avec Mospheira, suite aux nouvelles propositions faites par le gouvernement insulaire, le commandant et son état-major retenaient l'impatience du futur « émissaire ». Dans cette partie serrée où se jouaient des intérêts considérables, on ne pouvait s'attendre à voir culbuter les obstacles diplomatiques comme les vulgaires pièces d'une partie de dominos.

Si les négociations bilatérales devaient aboutir, l'intégration du troisième partenaire, l'Association

Occidentale, perdrait beaucoup de son intérêt. Les initiatives du paidhi auprès du vaisseau, auprès de Mospheira, deviendraient lettre morte. Qui aurait encore besoin de la collaboration des atevi ?

La situation serait alors étrangement semblable à ce qu'elle avait été deux siècles auparavant, les hommes face aux atevi, avec un rapport de force technologique infiniment modifié en faveur de ces derniers, ce dont Bren Cameron s'efforcerait de tirer avantage. Dans l'hypothèse où Tabini ne l'aurait pas déchargé de toutes ses fonctions. Si, malgré tout, ils devaient prendre part à des négociations, le aiji ne reculerait pas d'un pouce par rapport aux propositions antérieures, considérées comme acquises. Il imposerait la puissance que lui conféraient son autorité sur un continent fort de trois cents millions d'habitants et les pleins pouvoirs votés par une assemblée disciplinée. Peut-être éprouverait-il le besoin, contre l'avis du paidhi, d'interrompre à son tour les communications téléphoniques.

Pourquoi Jason Graham tardait-il à le rappeler ? Peut-être les techniciens du *Phœnix* avaient-ils découvert une défectuosité dans le dispositif d'atterrissage du parachute et réclamé un report de la date du départ ? Peut-être, tout simplement, prenait-on son temps, là-haut, pour étudier les images recueillies par les télescopes à infrarouge, effectuer des simulations, comparer les résultats obtenus avec les données fournies par Mospheira et Shejidan, respectivement ?

Il était permis d'être surpris par la liberté de ton employée par le commandant de bord et ses collaborateurs pour s'adresser aux uns et aux autres, sachant que tout le monde avait les moyens de capter les communications spatiales du voisin. Le département d'Etat aurait très bien pu imposer l'utilisation d'un code inconnu du paidhi, indéchiffrable avant longtemps par les services du aiji.

Pour une raison ou pour une autre, il n'avait pas

été question d'échanges secrets entre *Phœnix* et Mospheira, à moins que l'observation télémétrique ne révélât le contraire.

Sa pensée décrivait des cercles stériles. Confiné dans le noir désœuvrement de celui qui ne sait rien, il en était réduit à la pire des attentes.

Une servante se présenta soudain.

— Nand' paidhi, le téléphone.

Sa première pensée fut pour Jason Graham. Il se leva en hâte, gagna le bureau à pas pressés, impatient de reprendre le fil de sa conversation avec le sympathique historien, le parachute, l'atterrissage, la sécurité, leur collaboration future, toutes ces dispositions qui, jusqu'à nouvel ordre, ressortiraient encore à ses fonctions.

— *Bren?*

Barb.

— *Bren, c'est bien toi?*

Un déclic s'opéra dans l'esprit du jeune homme, non sans effort il se mit sur la longueur d'onde de l'ex-fiancée.

— C'est bien moi.

— *Quel ton! Il se passe quelque chose?*

— Rien. Rien du tout

— *Tu m'avais demandé de faire un saut au domicile de ta mère, l'aurais-tu déjà oublié?*

Certes non, mais le bref et pénible échange qu'il avait eu avec Toby se trouvait relégué à l'arrière-plan de ses préoccupations dont Ilisidi, Tabini et Jason Graham occupaient désormais la première place.

— Je n'ai rien oublié.

— *Tu sembles bizarre. Parles-tu en toute liberté?*

— Mais oui, je t'écoute.

— *Ta mère va bien. Troublée, bien sûr, par les lettres anonymes, les coups de fil, les messages laissés à son intention sur le réseau, l'immixtion dans ses circuits privés. Elle réagit avec beaucoup de sang-froid.*

— Quels circuits?

— *Des numéros auxquels ces gens n'auraient jamais dû avoir accès. Elle fait face, tu la connais. Une femme courageuse. La police a ouvert une enquête.*

Des numéros confidentiels, des codes d'entrée de fichiers. Aucune agression physique, Dieu merci. Il aurait volontiers attribué ces manœuvres d'intimidation aux agitateurs du parti du Grand Héritage. Les nostalgiques de l'héroïsme spatial devaient s'y entendre pour jouer sur les nerfs de leurs victimes, la mère du paidhi en l'occurrence.

— Je vois. Je comprends, dit-il sur un ton bourru. Lui as-tu donné de mes nouvelles ?

— *Naturellement.* (La jeune femme marqua un temps d'arrêt.) *Où en es-tu ?*

— Tout va bien.

— *A t'entendre, tu sembles plutôt soucieux.*

— Excuse-moi, j'attendais un appel important. Le travail, toujours.

— *Et sur le plan personnel, aucun grief à formuler contre le cours des choses ?*

— Je suis débarrassé du plâtre. De ce côté-là, tout est en ordre, avec quelques grincements d'articulation ankylosée. Merci d'avoir pris la peine d'aller rendre visite à ma mère.

— *La moindre des choses.*

Il se maîtrisa, répondit à l'attente implicitement contenue dans le silence de Barb.

— En ce qui te concerne, la vie évolue-t-elle dans le sens souhaité ?

— *Ce serait beaucoup dire.* (Cet aveu, proféré dans un murmure inintelligible.) *J'avais plus ou moins espéré que tu m'appellerais.*

Pendant quelques secondes, il ne comprit pas. En son for intérieur, il répéta ce qu'il venait d'entendre et le processus de rejet s'enclencha.

— Barb, il n'en est plus question. Il n'est pas de retour en arrière possible. Encore une fois, tu as choisi ton compagnon en toute connaissance de cause, à bon escient, si tu veux mon avis. Paul est sans aucun doute l'homme de la situation.

Il éprouvait, tout en prononçant ces paroles hypocrites, une exaltation froide, il se sentait conforté dans sa résolution de ne pas revenir à Mospheira avant longtemps. Quand cela se produirait, Bren Cameron ne serait plus le même, il s'en fit la promesse.

Impossible, cependant, de faire part de sa décision à Barb, ou à Shawn, de peur qu'ils ne tirent eux-mêmes des conclusions erronées. Tabini, par la même occasion, perdrait son honorable correspondant qui aurait été rappelé d'urgence et mis à la retraite anticipée. Il ne pouvait rien céder, rien révéler dans la crainte d'apparaître de plus en plus lointain, insensible au sort de l'humanité insulaire. Il se contraignit à des propos bienveillants.

— Accorde-toi un peu de répit, conseilla-t-il. Paul est un type bien, je le pense vraiment. Donne-lui sa chance.

— *Bren ?*

Dans sa voix vibrait le commencement des larmes. Il ne ressentit rien, sinon le vague déplaisir d'avoir à dire des absurdités, nécessité formelle, sans plus, simplement parce qu'une presque inconnue sollicitait sa compassion et qu'il lui fallait jouer le jeu.

— Je ne puis rien pour toi, dit-il. Il ne m'appartient pas de défaire ce que tu as fait. Comprends-tu ce que cela veut dire ?

— *Tu n'imagines pas à quel point notre vie est devenue difficile. Bren, le gouvernement ne ferait qu'une bouchée de toi si nous n'étions pas là pour te soutenir. A l'occasion de tes brefs séjours, tu étais en vacances et personne ne souhaitait t'importuner avec l'enfer quotidien qui est le mien, celui de ta mère, de tes amis, de tes partisans, le nôtre, chaque jour un peu plus. Peur d'ouvrir le courrier, peur de répondre au téléphone. Bientôt, si cela continue, peur de sortir de chez soi. Que disent-*

ils ? Que tu es passé à l'ennemi, que tu t'apprêtes à vendre tes congénères, ce genre d'accusations fortes, faites pour frapper l'imagination des citoyens mal informés. Il se trouve une foule de gens pour se laisser convaincre. Le croiras-tu, des collaborateurs du Service ne sont pas insensibles à cette propagande, à qui la faute ? Mospheira aurait-elle cessé d'être pour toi une priorité ? Tu en donnes l'impression. Il ne nous reste qu'à secouer la tête avec véhémence pour affirmer que Bren Cameron est sans conteste le meilleur paidhi que nous ayons eu depuis longtemps. Il n'est pas de l'étoffe des traîtres mais de celle des habiles tacticiens. Connaissant les atevi mieux que personne, il sait comment s'y prendre pour obtenir d'eux ce qui est possible, dans notre intérêt à tous. Les journalistes ne l'entendent pas ainsi, ils prennent d'assaut mon téléphone pour me presser de questions, d'insinuations d'autant plus gênantes que rien, dans ton comportement personnel ou politique, ne permet d'y répondre. La messagerie électronique délivre chaque jour son lot d'insultes et d'angoisses. Mes parents ne sont pas épargnés…

— Raison de plus pour te tenir à l'écart du coupable.

Faible réponse. Il éprouva une honte fugitive.

— *On dit que tu ne remettras plus les pieds à Mospheira.*

— Qui le dit ?

— *Des gens, la rumeur.*

— Je ne fais que mon travail, Barb. Comme avant, ni plus ni moins. La situation n'est plus tout à fait la même, tu en conviendras. Beaucoup plus exigeante, il faut apprendre à jouer serré.

Il s'était toujours fait une obligation d'être sincère avec elle, dans leurs échanges intimes comme dans leurs rapports professionnels. Ce premier demi-mensonge arrivait trop tard pour modifier une relation déjà réduite à si peu de chose. Quant à sa mère, à Toby, il avait pressenti les limites de leur affection.

Après ce qu'il venait d'entendre, il ne s'étonnait plus de leur absence à l'hôpital, de leur peu d'empressement à demander de ses nouvelles. Le moment n'était-il pas venu de tirer un trait définitif sur ce passé ? Pensée horrible, d'un mauvais goût outrageusement mélodramatique, vite évacuée de son esprit, mais le fait d'avoir été conçue, envisagée un instant, lui donnait une redoutable consistance.

— Barb, ne commets pas d'imprudences, tout en restant ferme sur nos principes de tolérance et d'amitié entre humains et atevi. Si ces importuns se font plus pressants, préviens la police.

— *Où te crois-tu ? Pour qui me prends-tu ? Je l'ai déjà fait, et plus d'une fois, sans jamais t'en parler.*

— Pardonne-moi, Barb, je n'ai pas d'autre conseil à te donner. Restons-en là, veux-tu ? Je n'appellerai pas, ne te fais là-dessus aucune illusion. Ne gâche pas ta vie à cause de moi. Tu devrais te féliciter d'avoir choisi le bon numéro. Aucune femme sensée ne peut partager la vie d'un paidhi.

— *Ne me dicte pas ma conduite, toi moins que quiconque ! Ne me parle pas sur ce ton sentencieux !*

— Tu connais Wilson à la triste figure ? L'avenir me réserve peut-être cet affreux destin. Peut-on avoir envie d'être la compagne de Wilson ?

Elle raccrocha.

Bien, songea-t-il, l'écouteur toujours pressé contre son oreille, conscient de la présence des servantes, au moins deux, dans sa périphérie immédiate. Avait-il le droit de répondre au téléphone sans témoins ? Dans le vocabulaire ateva, aucun mot n'exprimait l'idée de solitude. Une seule expression s'en rapprochait, utilisée pour désigner l'épouvante d'une existence privée de *man'chi*.

Lentement, il reposa le combiné. Il serra contre lui son bras douloureux et demeura sans bouger, sans savoir où aller à présent qu'il venait de solder ce dernier compte « humain ». Optant pour la facilité, il céda à une injuste colère contre Barb et se tint strictement immobile, à lutter contre l'étourdissement qui le gagnait. Perte du lieu, identifia-t-il, déspatialisation ou ce qu'on voudra. Je suis dans de beaux draps.

Il ne songeait encore qu'à se poser en victime. Barb le prenait-elle pour un naïf? Cette femme dont il s'était senti si proche se révélait n'être qu'une vulgaire manipulatrice. Les premiers symptômes remontaient à la manière brutale qu'elle avait eue d'annoncer la grande nouvelle: j'ai épousé Paul! Ce télégramme si cavalier lui avait fait l'effet d'une gifle, puis les rouages du soupçon s'étaient enclenchés. En sa qualité d'intermédiaire, de passeur, d'entremetteur, Bren Cameron avait l'habitude d'intervenir dans tous les circuits de l'échange et de la politique. On se servait souvent de lui. A force de se trouver au centre de tractations dont sa fonction même était parfois l'enjeu, il avait acquis un flair infaillible pour reconnaître une manœuvre nuisible. Comme celle qui consistait à soumettre l'amant d'hier à un harcèlement constant, petites attaques réitérées, assauts rapides, non sans l'avoir au préalable assommé avec un télégramme de rupture. On lui téléphonait à des heures indues dans l'espoir de le prendre de court et de l'amener, par surprise, à plus de compréhension. Qui sait, à de vagues promesses. C'était ainsi qu'avec la précision paranoïaque d'une sentinelle aux aguets depuis tant d'années, il définissait l'attitude de Barb à son égard. Affaire de sixième sens. Lui, le naïf, n'avait rien vu, rien compris avant aujourd'hui.

Tabini était capable de vous envoyer au tapis; le département d'Etat pouvait vous acculer à la défaite. Ce dernier ne s'en était d'ailleurs pas privé en lui jetant dans les pattes une suppléante propre à le faire trébucher.

A cette différence que l'on n'avait jamais échangé de caresses et de serments d'amour avec les hauts fonctionnaires de Mospheira ou le aiji. Du reste, ce doux sentiment était également absent du vocabulaire ateva et le département d'Etat, dans les consignes adressées à ses agents, recommandait du mot et de la chose un usage parcimonieux. Quant à Barb, elle s'en était servie comme d'une arme de chantage.

Profitant de ce que son esprit raisonnait encore sur le mode humain et du recul que cette parenthèse plus intime lui avait permis de prendre par rapport aux affaires en cours à Shejidan, il décrocha de nouveau, composa l'indicatif du standard.

— Nadi, ici Bren Cameron. Pourriez-vous me mettre en communication avec Hanks-paidhi ?

Il respira profondément, tel un sportif avant l'épreuve. Adossé contre le mur, jambes croisées, il se prit à espérer que sa suppléante fût déjà au lit, avec des somnifères. D'un autre côté, il éprouvait encore le besoin étrange, dans la foulée du pénible entretien avec Barb, de le prolonger en quelque sorte, de s'exprimer à nouveau dans sa langue d'origine même si la conversation, cette fois encore, devait tourner à l'aigre.

A la quatrième sonnerie, on décrocha.

— *Deana Hanks, bonsoir,* fit en ragi une voix claire et mélodieuse.

— Bonsoir, madame Hanks. Comment se présente votre rapport ?

— *Je travaille avec acharnement. Ce rapport sera mon œuvre, Cameron, mais sa qualité dépend des renseignements que l'on voudra bien me fournir.*

Sans insister, il changea de sujet, changea de langue, adopta par la même occasion un ton plus jovial.

— Il s'est passé un petit événement dont j'ai pensé que vous aimeriez être informée. J'ai rendu visite à l'observatoire du Bergid afin de m'entretenir avec l'élite astronomique de l'Association. J'avais une colle à leur poser : la résolution du phénomène de la vitesse superluminique présentée comme un paradoxe. Un vieux professeur a bien voulu se mettre au travail à partir d'une hypothèse élaborée par des hommes. Le résultat de ses calculs, de la solidité desquels je ne préjugerai pas, a eu le grand mérite d'instaurer un dialogue entre astronomes et mathématiciens de stricte orthodoxie déterministe. Mon initiative aura-t-elle contribué à débloquer la situation concernant ce point crucial, voilà ce dont je ne suis pas encore certain tellement elle a, pour l'instant, suscité de réactions contradictoires. Mon vieil astronome donne l'impression d'être sur la bonne voie. Il a forgé l'idée d'un milieu spatiotemporel flexible qui pourrait bien concilier le principe de la vitesse superluminique avec les dogmes scientifiques qui ont cours ici. Il apporte une lueur d'intelligence dans un débat jugé inextricable car il était mal posé. Chez eux comme chez nous, la spéculation, la recherche abstraite, engendre l'audace, le fait n'est pas nouveau. Tandis que l'expérience scientifique se substitue à l'expérience d'une réflexion. Dans les laboratoires, l'univers, organisé comme un jeu d'hypothèses, s'éloigne et se dérobe à l'imagination.

Cette dernière remarque provoqua un long silence chargé d'incrédulité.

— *Faites-vous allusion, précisément, à la vitesse superluminique ?*

— Les astronomes n'étaient-ils pas les mieux placés pour ouvrir une brèche dans cette direction ? Trop occupés à faire leur miel des innovations techniques que nous leur transmettions avec une savante parcimonie, les chercheurs des autres disciplines n'avaient pas de temps à perdre à ces dangereuses billevesées. Les observateurs célestes, par contre, avaient une revanche à prendre sur les humains dont l'arrivée les avait laissés désemparés. Depuis deux siècles, injustement relégués au second plan, ils ont battu leur coulpe et cherché. Nous occupions le centre de leurs investigations : D'où venions-nous, pourquoi n'avaient-ils pas décelé notre présence ? Encore une fois il s'agissait de spéculations purement théoriques, loin, très loin des prouesses technologiques qui retenaient l'attention générale, tant à Mospheira qu'à Shejidan. Les astronomes se sont demandé dans quelle mesure leurs anciens modes de calcul étaient fiables. Ils ignorent l'astrométrie photographique et leurs instruments d'optique sont de médiocre qualité. Parente pauvre, leur discipline n'a guère bénéficié de la manne publique ou de la générosité privée. Ils ont fait preuve d'imagination. Dans les profondeurs de l'abstraction spéculative, ils ont voulu découvrir un autre moyen de déterminer l'espace et le temps cosmiques.

— *Vous vous moquez, Cameron. Vous me faites marcher.*

— Croyez-vous ? J'ai cru bien faire en vous mettant au courant. Qu'il existe entre nous de profondes divergences, c'est une chose, cela ne doit pas nous empêcher d'accomplir notre tâche en toute honnêteté. Aucune de nos initiatives ne doit porter préjudice aux atevi. Nous avons tous deux commis un certain nombre d'erreurs, mais le moyen de les éviter, quand nous sommes sur le terrain, privés des conseils, des renseignements et même des consignes dont le département d'Etat devrait nous abreuver en permanence. Nous aurions pu provoquer une catastrophe, faire voler en éclats un statu quo vieux de deux siècles, tellement profitable pour les deux communautés. Efforçons-nous d'être plus prudents à l'avenir.

— *Videz votre sac, Cameron. Où comptez-vous m'entraîner, avec ce sermon ?*

— Votre voix n'est plus la même, j'y décèle le germe de la conciliation. Vingt-quatre heures se sont écoulées. Le vaisseau, vous le savez, poursuit ses négociations avec les atevi et Mospheira. Que vos amis ne perdent pas espoir, toutefois : le site d'atterrissage n'est toujours pas désigné, le futur émissaire n'a pas donné signe de vie.

— *D'après mes informateurs, les émissaires vont être parachutés. Ils se serviraient de vieux engins dénichés dans un placard de la station. C'est une chance, n'est-ce pas, que nos ancêtres en aient fabriqué en surnombre ?*

— En effet.

— *Graham et Mercheson ?*

— Encore exact. D'où tenez-vous ces renseignements ?

— *De sources dûment autorisées par le aiji, j'en suis convaincue.*

— Libre à vous de le penser. Pour ma part, je ne crois pas avoir donné d'ordres à ce sujet.

— *Bien sûr. Quelqu'un d'autre s'en sera chargé, sans éprouver le besoin de vous tenir au courant. Je vous écoute. Quelles nouvelles du monde apportez-vous à la recluse ?*

— Votre sort me paraît presque enviable. Mon temps s'épuise en réunions de commissions, quand je ne réponds pas à l'abondant courrier que me vaut une actualité chargée. Les mathématiciens sont sur le pied de guerre, je vous l'ai déjà dit. C'est la grande nouveauté. (Il prit conscience du plaisir éprouvé à parler dans la langue de Mospheira.) Où en est votre rapport ? enchaîna-t-il. Sérieusement, rencontrez-vous encore des difficultés pour vous procurer les données indispensables ?

— *Il me manque certains détails.*

— Peut-être serai-je en mesure de vous les procurer ?

— *Il s'agit du développement du transport ferroviaire sur le réseau septentrional. Quelles sont les capacités mensuelles des wagons-citernes et des wagons-plates-formes ? Age, type, tonnage, ces précisions ont leur importance.*

— Aucun problème, ces éléments devraient être disponibles sur simple demande. Je vous les communiquerai dès demain, sinon les chiffres exacts, du moins d'honnêtes évaluations qui vous permettront de vous faire une idée.

— *A votre aise, vous récolterez ce que vous avez semé. Ne vous attendez pas à recevoir un rapport fiable si je dois travailler à partir d'approximations.*

Bren pesa le pour et le contre, décida qu'il pouvait s'engager à lui donner accès aux données confidentielles. A l'exception de Kabisu, tous les membres de la Commission des transports étaient des fidèles de Tabini.

— Je pourrais vous ménager un rendez-vous avec le président de la commission et ses adjoints, si vous y tenez. J'en toucherai un mot aux secrétaires, afin de présenter votre requête, préciser de quel matériel vous avez besoin et dans quel but.

— *Parfait. Quand cela ?*

— En principe, le ministre devrait me recevoir demain après-midi, bien que son emploi du temps soit très chargé. Nous vivons sur les nerfs, en ce moment. C'est à peine si les fonctionnaires trouvent quelques heures pour dormir. Ces ministères — affaires étrangères, commerce, transports — sont parmi les plus importants, ils emploient un personnel considérable, aussi le travail est-il mieux réparti que dans les instances de second plan. Faites bien attention, Deana. Pas de manigances politiciennes, cette fois-ci. Efforcez-vous d'améliorer votre réputation.

— *Allez-vous encore me dicter ma conduite ?*

— Deana, mon offre est à prendre ou à laisser. En échange de ces renseignements, j'exige un comportement exemplaire.

— *Comptez sur moi.*

Elle n'avait eu qu'un semblant d'hésitation, à mettre sur le compte de l'amour-propre, sans doute, si bien qu'il se sentit enclin à lui faire confiance.

— Le moment est venu de vous dire combien...

— *Oui ?*

— Combien j'apprécie votre collaboration. Votre arrivée à Shejidan s'est effectuée dans des conditions difficiles, je le sais. Dites-vous bien...

— *Je vous en prie, Cameron. Pas de sentimentalisme entre nous.*

— Aucun risque, je vous assure. Ai-je tort de penser qu'un peu de courtoisie...

— *Si ce n'est que cela... Mon Dieu ! A l'aide ! Baighi ? Baighi !*

Ce que Bren entendit ensuite ressemblait à une détonation assourdie. Baghi était le nom du prétorien chargé de la sécurité personnelle de Deana Hanks. Il se produisit d'autres bruits de nature inquiétante, des battements inexplicables, l'écho d'une lutte sans merci. La jeune femme émit quelques exclamations et cris étouffés. Le combiné, sans doute, s'était échappé de ses mains et cognait contre un meuble. Bren avait eu la présence d'esprit d'appuyer sur la touche d'enregistrement et de poser l'appareil sur la table, à côté de son support. Il s'élança hors du bureau, courut jusqu'au vestibule.

— Algini ! hurla-t-il.

Le prétorien surgit à l'instant même, revolver au poing.

— Que se passe-t-il ?

Les servantes accourues de tous les coins de l'appartement avaient fait halte sur les différents seuils du vestibule, comme derrière une frontière qu'elles n'osaient franchir.

— Hanks-paidhi vient d'être victime d'une agression, j'en ai peur. Nous étions en train de parler au téléphone quand la chose s'est produite. J'ai cru percevoir un ou deux coups de feu.

Algini en avait entendu suffisamment. Il fila en direction du poste de sécurité, distribua ses ordres et revint en ayant fait un détour par la grande salle à manger.

— Ne quittez l'appartement sous aucun prétexte, ordonna-t-il, s'adressant aux servantes. Verrouillez toutes les issues. Où sont Banichi et Jago ?

Il lui fut répondu par des balbutiements confus, des regards affolés. Personne ne semblait en mesure de le renseigner. Tano était à l'extérieur, toujours occupé par l'importante question du nouveau secrétariat. Saidin parut enfin, très calme, un haussement de sourcils à peine contrarié. Algini résuma la situation à son intention.

— Nadi, Hanks-paidhi semble avoir été victime d'une agression à main armée. Prévenez le aiji, qu'il prenne toutes les mesures nécessaires pour protéger sa personne.

Alors qu'il mourait d'envie de retourner dans le bureau afin d'écouter la fin de l'enregistrement, Bren battit en retraite dans sa chambre, et vivement. Comment être certain qu'il ne s'agissait pas de la première étape d'une attaque d'envergure qui n'avait pas l'intention de se satisfaire d'une proie subalterne et comptait progresser en direction des étages supérieurs où se cachait le paidhi en exercice ? Bren se jeta sur la commode dont il ouvrit les tiroirs à la volée, tâtonna sous les piles de vêtements à la recherche de l'arme promise par Banichi.

Il la trouva au fond du sixième tiroir sur la gauche. Après avoir vérifié que la sûreté était bien mise, il glissa l'automatique dans sa poche intérieure. Alors seulement, il se sentit assez serein pour regagner le bureau où le téléphone était resté décroché.

Il ne perçut qu'un bruissement indéterminé, comme si la ligne, après une si longue attente, avait été coupée. Il écouta pendant quelques instants, tout en songeant au mandat d'arrêt qu'il s'était attendu à recevoir moins d'une heure auparavant. Autour de la pièce tout n'était que ténèbres et silence, ce dernier à peine troublé par de lointains bruits de portes et de menus piétinements.

Il reposa le combiné, laissa l'enregistreur en marche. De retour dans le vestibule, il fut tenté d'aller se pencher par-dessus le garde-fou du premier balcon venu, en surplomb au-dessus du patio sur lequel donnait le studio de Hanks qu'il avait lui-même occupé pendant de longues années. C'était le meilleur moyen de savoir si l'on avait affaire à une attaque localisée ou à un mouvement de plus grande ampleur visant rien de moins que la destruction de l'ordre établi. Il n'en fit rien, naturellement. C'eût été folie d'aller s'exposer ainsi aux balles d'un tireur embusqué. Banichi l'apprendrait et ne le lui pardonnerait jamais.

A pas de velours, il se trouva dans la salle du petit déjeuner, elle aussi plongée dans l'ombre. La lune et le rayonnement de la grande cité baignaient d'une clarté livide la gaze immobile des rideaux devant les deux portes-fenêtres. L'absence de courant d'air semblait indiquer une pièce fermée. Il sortit l'arme de sa poche, progressa le long du mur.

Un vent léger lui effleura le visage, les rideaux furent parcourus d'un mouvement imperceptible. Le jeune homme se figea, prêt à faire demi-tour. Mais n'était-il pas venu précisément dans l'intention de s'assurer que la porte du fond était bien close et de la verrouiller lui-même si les servantes avaient omis de le faire ? Il se remit en marche.

Comme il fermait et tournait la clé dans la serrure, il eut la certitude que quelqu'un se trouvait là, tout près, tapi dans l'angle obscur de la pièce. Il ressentit au creux de la poitrine le déclic de l'épouvante, l'automatique pesa soudain dans sa main comme un objet inutile. Quoi qu'il advînt, il ne tirerait pas le premier.

Cet individu impossible à identifier dans l'obscurité existait-il seulement ou n'était-il qu'un fantasme engendré par la peur ?

Il venait de prendre la décision désabusée de ne rien faire quand une rafale de mitraillette faucha la façade. Le panneau vitré se fracassa à côté de lui dans une folle envolée de mousseline. Les éclats fusèrent en gerbe d'une violence inouïe. La « présence » se matérialisa sous la forme d'un corps brusquement catapulté qui s'abattit sur le jeune homme et le cloua au sol sous un poids considérable. Un second tir mit en charpie le rideau fragile. Détachée de la cloison, une pluie de débris, plâtre, bois et porcelaine, dégringola sur Bren et sur son protecteur. Le balcon fut inondé d'une lumière aveuglante, puis tout rentra dans la nuit et le silence.

L'écho du cataclysme s'effilocha en point d'orgue. L'ateva se redressa enfin. Ramassé sur lui-même, il gagna la porte-fenêtre suivant une trajectoire en crabe, se plaqua contre le mur, l'arme levée, risqua un coup d'œil au-dehors. Bren était à quatre pattes, en train de fureter parmi les décombres à la recherche de son automatique. A peine l'eut-il retrouvé qu'il fit mine de vouloir se lever à son tour.

— Veux-tu bien te baisser ! lui intima Banichi sur un ton péremptoire.

Le jeune homme balaya le sol de la crosse de son arme afin de dégager une petite place. Il s'assit, dos au mur.

— Tabini ? demanda-t-il.

— Sain et sauf. Nadi, reste où tu es, ne bouge pas sans ma permission.

— J'étais venu dans le but de vérifier que l'on n'avait pas oublié de fermer la porte du fond, soupira Bren.

— « On » avait oublié. Je suis entré par là.

Tout son corps lui faisait mal, l'épaule plus encore que le reste, emportée par de violents élancements. Il n'en avait cure. L'alerte passée laissait un vide incertain qui n'était pas encore de la paix. Pelotonné dans cet espace équivoque, le paidhi ressentait surtout un vif soulagement de n'être pas mort.

— Qu'est devenue Hanks ? demanda-t-il, un peu tardivement. S'agit-il d'un véritable coup de force ou bien n'est-ce qu'une initiative...

— Hanks-paidhi a disparu, coupa Banichi. Quant à Baighi, il est mort.

Voilà qui mettait Tabini hors de cause puisque le défunt prétorien appartenait à sa maison. Hanks se trouvait entre des mains inconnues.

— J'étais au téléphone, en conversation avec elle depuis un certain temps, quand elle a poussé une exclamation de surprise ou de frayeur. Il m'a semblé entendre une ou deux détonations étouffées. J'ai mis l'enregistreur en marche.

— Excellente initiative, dit l'officier. Est-il toujours en train de tourner ?

— A moins que quelqu'un ne l'ait arrêté. Dans le bureau. J'ai posé le combiné à côté.

— Nous verrons. Rien de cassé, Bren-ji ?

— J'en suis quitte pour l'émotion. Qui sont-ils ? Qui a fait le coup ?

— Aucune certitude encore. Je crois n'avoir touché personne.

— Ilisidi ? questionna encore le jeune homme.

Etrange, le fait que la vieille dame lui fût complètement sortie de l'esprit. Pas plus qu'il n'avait songé à sa sécurité, il n'avait envisagé son implication dans l'attentat. Compromission peu vraisemblable, en réalité : ce travail grossier ne pouvait porter la signature de Cenedi. S'il ne craignait pas le recours à la violence, voire à la cruauté, l'aide de camp de la douairière privilégiait le travail en finesse.

— La Guilde des Assassins, la Guilde officielle, j'entends, n'a-t-elle pas refusé à la majorité des votants de prendre en charge l'exécution du Défi que certains voulaient faire enregistrer contre moi ? Existe-t-il une organisation concurrente ? Une opération si audacieuse ne donne pas l'impression d'avoir été conçue par des amateurs.

— Non, dit Banichi sur un ton qui semblait clore le sujet.

— Jago ? s'inquiéta subitement le paidhi.

— Jago a pris position sur le toit dès que l'alerte a été donnée, maugréa l'officier auquel sa cheville encore fragile interdisait ce genre d'acrobaties.

Peu après, Banichi recevait un message codé sur sa radio de poche. Quel qu'en fût le contenu, le prétorien estima ensuite le moment venu de quitter les lieux. Bren se leva et se mit en route dans la direction indiquée, transformant sous ses pas les fragments de vitre en verre pilé. Scrutant le vide qui béait au-delà du balcon, le jeune homme distingua l'aile du bâtiment de l'Assemblée nationale. Posté là-haut, un tireur se trouverait aux premières loges pour atteindre l'étage noble du Bu-javid, situé juste en face, presque à la même hauteur. Les autres niveaux du palais, en revanche, n'offraient pas un angle très favorable pour qui voulait faire un carton sur les fenêtres de la résidence Atigeini.

Juchée sur les tuiles mal assurées du toit, Jago avait dû se profiler aussi nettement qu'une silhouette au fond d'un champ de tir. Il essaya très fort de ne pas songer à ce qui aurait pu arriver et se laissa conduire, à travers le labyrinthe enténébré des salons et des galeries, jusqu'au bureau, toujours dans l'ombre. Ayant allumé une lampe-stylo, Banichi s'approcha de l'enregistreur téléphonique qu'il arrêta. Après avoir reposé le combiné sur sa fourche, il ôta la cassette qu'il empocha.

— Grâce à toi, Bren-ji, nous disposons de précieux indices pour commencer notre enquête.

Le jeune homme était si peu habitué aux compliments que celui-ci manqua lui faire tourner la tête. Il eût été dommage de laisser filer le renseignement qui venait de lui être fourni de manière implicite :

l'enlèvement de Deana Hanks et l'attaque contre le troisième étage du palais avaient pris par surprise les services de Sécurité de Tabini.

Le coup, par conséquent, était venu d'une direction à laquelle on n'aurait pas songé en priorité. L'éventail des suspects, offensés, frustrés, ambitieux, s'ouvrait largement, si l'on voulait bien considérer l'enlèvement de Hanks comme le principal objectif poursuivi.

Dans ce cas, à quoi bon l'offensive contre le troisième étage, que l'assaillant pouvait atteindre uniquement de l'extérieur, en passant par les toits ? Comment s'y prendre, si l'on avait prévu de faire subir au paidhi titulaire le même sort qu'à sa suppléante ? Envisageait-on d'évacuer le corps inerte, à peine plus grand et plus lourd que celui d'un garçonnet, par le même chemin, en ayant à ses trousses les agents de Banichi ?

Peut-être se serait-on contenté de laisser derrière soi un cadavre ? Hypothèse très vraisemblable. Une bouffée d'angoisse lui serra la gorge.

Saidin fit une entrée plus discrète encore qu'à l'accoutumée.

— Lady Damiri m'a fait savoir que la résidence du aiji n'avait essuyé aucune attaque. Etes-vous blessé, nand'paidhi ?

— Tout va bien en ce qui me concerne. Je n'en dirais pas autant de la salle du petit-déjeuner. Elle a beaucoup souffert.

L'intendante ne montra aucune émotion. Elle sembla disposée à aller vérifier par elle-même l'étendue de la catastrophe. Banichi l'arrêta net.

— Restez ! ordonna-t-il. Puis, d'une voix radoucie : nand' Saidin, je vous en prie, ne vous éloignez pas.

Fallait-il ne voir dans ces événements qu'une agression dirigée contre les paidhiin, à travers leur personne contre la fonction proprement dite ? Les auteurs de l'enlèvement et de l'attaque exigeaient-ils la disparition pure et simple du seul intermédiaire autorisé par le Traité de paix ? Bren sentit croître son malaise. Banichi donna le signal du retour dans le vestibule, où les attendait Algini.

Celui-ci, cheveux et vêtements un peu en désordre, sembla montrer une réelle satisfaction en voyant réapparaître le jeune homme.

— Dieu soit loué, nand'paidhi, vous n'avez rien...

Banichi se rendit dans le petit bureau du service de Sécurité contigu, dont il laissa la porte ouverte. Sans doute appelait-il le quartier général du Bujavid, car on l'entendit annoncer à son correspondant l'existence de la cassette. L'objet fut inséré dans un magnétophone. L'officier appuya sur la touche de déroulement et poussa le volume du son. Bren entra dans le local exigu à la suite d'Algini. Une demi-douzaine de colosses en uniforme noir formaient cercle autour de la table. Le jeune homme les imita et tendit l'oreille. Il ne perçut que des chocs amortis, dont certains pouvaient être des détonations, un fracas de meubles renversés, le heurt du combiné pendant au bout de son fil, des éclats de voix étouffés. Puis un claquement de porte, puis le silence.

Banichi arrêta, rembobina, fit défiler à nouveau.

Tano était toujours absent. Quant à Jago, elle n'avait pas fini d'explorer le dédale des toits. Banichi et ses adjoints pouvaient commencer leur enquête par l'écoute attentive d'une bande qui, de l'avis de Bren Cameron, ne livrait que des bruits anonymes et ne leur serait pas d'une grande utilité. Pour sa part, il se retrouvait une fois de plus rejeté dans le désœuvrement. Serrant contre lui son bras que la chute brutale de tout à l'heure n'avait pas ménagé, il retourna dans le vestibule où Banichi le rejoignit bientôt pour faire les cent pas, la jambe raide, tout en tenant sur sa radio des conciliabules avec les différents postes répartis aux quatre coins du palais. Disposait-il déjà d'un indice ? Le ton était plutôt celui de l'impatience, comme s'il s'exaspérait de la lenteur avec laquelle étaient conduites des recherches jusque-là sans résultat.

— Qu'attendez-vous ? lança-t-il à l'un de ses correspondants. Cessez de me dire ce qu'il convient de faire ou de ne pas faire, contentez-vous d'exécuter les ordres !

Le jeune homme estima préférable de rester bien tranquillement à l'écart et de se faire oublier. L'officier, peu après, sembla se souvenir de sa présence.

— Hanks-paidhi reste introuvable, annonça-t-il. Ses ravisseurs sont d'autant plus forts que nous avions adopté, concernant cette partie du rez-de-chaussée, des consignes de sécurité draconiennes. Le secteur était pour ainsi dire placé en quarantaine.

— Les assaillants connaissaient la configuration des lieux, certainement, murmura Bren. Sans doute ont-ils opéré depuis l'intérieur. Pour sortir, il cst toujours possible d'emprunter les portes et les couloirs de service.

— Très peu nombreux, rétorqua l'officier, aucun ne se trouvant à proximité du studio occupé par Hanks-paidhi. Ces gens étaient capables de se diriger sans hésitation, bien sûr. En outre, leur retraite a été facilitée par le silence de la victime.

— Morte ? questionna Bren dans un souffle.

Banichi ne lui jeta qu'un bref coup d'œil.

— Pourquoi prendre la peine de se charger d'un cadavre ?

Pour quantité de raisons, songea Bren, affreusement mal à l'aise.

— Elle est si légère, fit-il à mi-voix. On la couche dans un carton, celui-ci est chargé dans un véhicule garé au coin de la rue, et ni vu ni connu…

— Nous y avons pensé, maugréa Banichi. Aucun des témoins interrogés pour l'instant n'a signalé le passage à l'heure dite d'individus transportant un paquet aux dimensions suspectes. Quant à la circulation automobile, elle est presque inexistante d'une manière générale, très surveillée aux abords du palais le long duquel, comme tu le sais, le stationnement est interdit.

A cet instant retentit le signal de la porte d'entrée. Algini interrompit sa conversation radio pour donner l'ordre de déverrouillage automatique du système de sécurité. A bon escient, sans doute, estima Banichi, dont le visage exprimait cependant une vague inquiétude. Le jeune prétorien n'aurait jamais commandé l'ouverture de la porte sans être certain de l'identité des visiteurs.

Celui qui voulait entrer n'était autre que Naidiri, l'aide de camp du aiji. Tabini en personne le suivait, accompagné de Lady Damiri, eux-mêmes précédant une escouade de prétoriens et de servantes.

Tabini chercha du regard le paidhi, l'aperçut et lui adressa un geste amical de la main.

— Bren-ji, content de te revoir en si bonne forme.

Saidin se hâta à la rencontre de sa maîtresse. Gardant avec lui une partie de l'escorte, Naidiri fut prompt à distribuer ses autres forces aux endroits stratégiques de l'appartement.

Tabini assena une tape sur l'épaule du paidhi. L'épaule valide, par bonheur.

— Tu n'as rien, tant mieux. On m'a dit qu'une fenêtre avait été soufflée ?

— Deux portes-fenêtres, aiji-ma, hachées menu par une rafale de mitraillette.

Pourquoi ce soudain vertige, cette nouvelle faiblesse dans les genoux ? L'automatique se trouvait toujours dans sa poche. Il formait à l'emplacement du cœur un renflement que tous les prétoriens à l'œil exercé ne manqueraient pas de remarquer tôt ou tard et d'identifier. Il se prit à regretter de ne pas avoir laissé cet accessoire compromettant là où il l'avait pris, sous la pile de linge au fond du sixième tiroir.

— La pièce elle-même est très endommagée, je le crains, bien que ne l'ayant pas vue avec la lumière rallumée. A l'avance, je vous présente toutes mes excuses, ainsi qu'à Lady Damiri.

— On ne peut guère rejeter sur toi la responsabilité de ce qui est arrivé, grommela le aiji.

Innocent, tel était le paidhi. Innocent, inefficace, incapable d'éclairer l'enquête de son témoignage. Avez-vous vu, entendu quelque chose qui puisse nous être utile ? lui demanda Naidiri. Non. Banichi eut la bonté de préciser que la bande magnétique, seule piste disponible jusqu'à présent, n'existerait pas si Bren n'avait eu la présence d'esprit d'appuyer sur la touche d'enregistrement de son téléphone.

Puis le jeune homme se mit à nouveau en retrait, chercha du regard un siège inexistant, rêva de s'éclipser sur la pointe des pieds. Ses vêtements lardés de minuscules éclats de verre lui collaient à la peau. Il en voulait à Banichi de s'être laissé choir sur lui avec tant de brutalité. Il lui en voulait presque d'avoir signalé deux jours auparavant la présence de l'automatique dans la commode. N'était-il pas écrit en toutes lettres dans le Traité que le paidhi n'avait pas le droit, sous aucun prétexte, d'être armé ? Pris en infraction, quelle excuse invoquerait-il, même dans ces circonstances mouvementées ? Devrait-il reconnaître la vérité, cet automatique est un présent du aiji, quand les conservateurs reprochaient justement à Tabini ses rapports trop familiers avec les humains et que leur hostilité se manifestait avec une audace inégalée, ainsi qu'en témoignait cet attentat ?

Entre Tabini et les deux officiers, la conversation s'était engagée sur une voie plus intéressante puisqu'il était question d'identifier les auteurs de l'agression en tâchant de cerner les mobiles des uns et des autres. On faisait le compte des locataires suspects du Bu-javid, seigneurs, représentants, notables divers. On évoquait les liens associatifs, on se demandait lesquelles de ces personnalités avaient pu mettre leur pouvoir et leur poids financier dans la balance pour faire pencher la Guilde en faveur d'une intervention contre le paidhi.

Sur ce dernier point, mieux renseignés que le aiji, Banichi et Naidiri étaient en mesure de fournir les noms que Tabini se garda de solliciter quand certaines périphrases, comprises de tout le monde, désignaient aussi sûrement les individus concernés. D'aucuns, pour telle ou telle raison, se trouvaient disculpés d'office. Par un accord tacite, les autres évitèrent avec soin toute allusion au clan Atigeini.

Régulièrement, un message radio rendait compte de l'état des recherches entreprises au rez-de-chaussée dans l'espoir de plus en plus vain de retrouver Hanks-paidhi, assommée mais bien vivante, dans quelque embrasure de porte. Bren sentait sa confiance s'effriter un peu plus à chaque nouvel appel et se demandait s'il fallait voir dans cette sinistre opération autre chose qu'une vengeance exercée contre les paidhiin coupables, chacun à sa façon, d'avoir voulu livrer une bataille en règle contre l'univers tel que le concevaient les atevi, depuis toujours.

D'abord les provocations de Deana Hanks.

Puis sa propre visite à l'observatoire et les calculs révolutionnaires de Grigiji.

Sans même prendre la peine d'ouvrir l'enveloppe et d'examiner son contenu, Ilisidi s'était mise en colère. Croyant bien faire, le paidhi était intervenu dans un débat qui n'avait pas attendu sa permission pour agiter les esprits, pas plus que les théories de l'astronome ne ressemblaient à un coup de tonnerre dans un ciel serein. Qui sait si la controverse, avec son cortège d'implications politico-économiques incompréhensibles pour les humains, ne se poursuivait pas depuis longtemps, à son insu ?

Dans cette hypothèse, le paidhi en était réduit à s'interroger sur l'importance des dégâts provoqués par le double attentat d'aujourd'hui et l'ampleur de sa responsabilité dans cette affaire. Quel maillon essentiel avait-il pu sauter dans l'enchaînement sophistiqué du raisonnement ateva ? En toute bonne conscience, il avait rapporté au palais la démonstration de Grigiji et l'avait diffusée, persuadé qu'un astronome continental saurait faire entendre raison à ses congénères, sinon les convaincre tout à fait, du moins provoquer l'amorce d'une discussion raisonnable sur la question fondamentale des lois de l'univers. Il avait adressé de violents reproches à sa suppléante, coupable à ses yeux d'avoir introduit la vitesse superluminique sans précaution aucune dans un entretien avec un dignitaire conservateur de l'Association. Lui-même s'était présenté devant Ilisidi, persuadé qu'il avait affaire à une agnostique convaincue, loin de se douter que la douairière restait fidèle, fût-ce par tactique, à certains aspects du dogme numérologiste par rapport auquel la thèse de l'astronome faisait figure de défi.

Il revoyait la scène, se remémorait son mauvais pressentiment en constatant que la douairière refusait seulement de toucher à l'enveloppe posée devant elle.

Fallait-il pour autant la compter au nombre des suspects ? Cent fois oui, même si Tabini s'était refusé à prononcer son nom. Perdant étourdiment la complicité d'Ilisidi, le paidhi s'était privé d'une alliée irremplaçable.

— En voilà assez, dit soudain Damiri. Saidi-ji, je suis lasse d'attendre. Montrez-moi, je vous prie, le lieu où ces brutes ont osé s'en prendre à mon domicile et à mon hôte. Je veux me rendre compte par moi-même, à présent que tout danger est écarté.

— Nandi, murmura l'aide de camp sur un ton de reproche respectueux.

Son regard croisa celui du aiji, il se tint coi.

— Naiin-ji, je n'ai pas l'intention de me terrer plus longtemps dans le vestibule. Je suis ici chez moi, en territoire atigeini, je donne à ma gouvernante un ordre qui me semble raisonnable compte tenu du fait que le service de Sécurité du aiji a la situation bien en main. Au lieu de brasser quelques idées dans le vide de *mon* vestibule, je souhaiterais que nous en venions aux *faits*, plus précisément à une évaluation visuelle du sinistre.

— Ne pourrions-nous tranquillement nous livrer à une estimation théorique du danger avant de nous précipiter sous le feu de l'ennemi ? rétorqua Tabini. S'il s'agit de dresser la liste des coupables potentiels, les candidats ne manquent pas, vous le savez. Il n'est même pas besoin d'aller chercher hors de ces murs.

Damiri refusa de céder à la provocation. La géniale obstination du sang atigeini valait mieux, chez elle, qu'une flambée de colère indigne de son rang.

— Avant d'incriminer les miens, répliqua-t-elle d'une voix égale, veuillez faire le ménage dans votre propre parentèle, aiji-ji !

— Qui accuse-t-on à présent ? Quand vous m'aurez donné un héritier, ma chère, vous serez mieux placée pour porter un jugement sur une famille qui n'est pas encore la vôtre.

Un noir sourire, vite dérobé, fendit le visage de la jeune femme.

— Un héritier ? Ah, vous ne songez donc jamais à autre chose ! Cette nuit, mon cher. Qui sait, demain matin ! D'ici là...

— D'ici là, conformez-vous, comme tout le monde, aux consignes de sécurité. Vous feriez une trop belle cible, nai-ji. Dieux tout-puissants, pourquoi mon choix s'est-il porté sur une Atigeini ?

Damiri dressa le menton avec orgueil.

— Bonne question. Parce qu'elle vous apporte la grâce, l'intelligence, la fortune, et que sa présence à vos côtés vous garantit la neutralité ombrageuse de l'une des plus anciennes familles de l'Association. Je suis ici chez moi et je voudrais voir dans quel état ces bandits ont mis ma petite salle à manger. Mes suivantes me feront escorte et vos prétoriens accompagneront notre progression pour satisfaire votre méfiance illimitée.

Tabini leva les yeux au ciel.

— Dieux de miséricorde, allons voir votre sacré mobilier. En avant, vous autres. Naidiri, que l'on surveille toutes les issues !

Une véritable procession se constitua et s'ébranla. Saidin ouvrait la marche en compagnie d'Algini, précédant le aiji et la maîtresse de céans. Venait ensuite la cohorte des prétoriens et des simples vigiles auquel ordre fut donné de se poster le long du trajet devant toutes les portes et les fenêtres. Naidiri et Banichi formaient eux-mêmes l'arrière-garde.

Le paidhi estima qu'il n'avait rien de mieux à faire que de se mettre à la remorque du défilé. La déclaration d'un second témoin oculaire, outre Banichi, serait peut-être la bienvenue au moment opportun. Passant à proximité de sa chambre, il effectuerait un preste détour pour se délester de l'automatique.

Vain espoir, il s'en rendit compte bientôt.

Un quarteron de prétoriens avait pris position derrière lui et les servantes silencieuses, ployées comme de hautes herbes sur le passage de Damiri, balisaient le parcours à droite et à gauche. Quelqu'un, remarqua-t-il, avait songé à fermer le volet intérieur, dans le bureau.

Les lampes avaient été partout rallumées. Ici et là, à mesure qu'ils se rapprochaient de la salle du petit-déjeuner, apparaissaient des groupes de policiers en civil, tout au moins des civils que le jeune homme identifia comme devant être des policiers car aucun regard de curiosité ne dévia jamais vers lui.

L'endroit avait beaucoup souffert, beaucoup plus que dans son souvenir confus. Non seulement les vitres des portes-fenêtres avaient été pulvérisées, mais les rafales avaient labouré certains revêtements muraux d'antiques faïences, déchiqueté plusieurs meubles, mis en morceaux les bibelots et porcelaines qu'ils supportaient. Nulle restauration ne rendrait jamais leur intégrité à ces pièces rares, reliques d'un savoir-faire perdu depuis longtemps.

— Maudits ! Qu'ils soient maudits ! pesta tout bas Damiri.

Sur le visage de Saidin se lisait une profonde consternation. Bren éprouva le besoin absurde de s'excuser, comme pour prendre ses distances par rapport au désastre dont il se savait la cause.

— Damiri-daja... Nand'Saidin, je suis au désespoir. Si j'avais pensé pouvoir être la cible d'une agression si sauvage, j'aurais fait en sorte de me trouver dans un environnement moins précieux.

Damiri fit volte-face dans un mouvement furieux qui n'en n'était pas moins empreint d'une grâce chorégraphique. Sa main ébaucha un geste d'une telle animosité que le jeune homme se crut menacé. Mais la vindicte de la belle tourna court. Lorsqu'elle répondit, ce fut sur un ton de lys et de rose où s'attardait une infime vibration d'outrage.

— Nand'paidhi, cet affront fait à mon hôte, à la demeure de mes ancêtres et à ma maisonnée ne restera pas impuni. La violence appelle la violence. Avec ou sans l'accord de la Guilde, avec ou sans le consentement des autres Atigeini, je serai vengée !

— Miri-ji, gronda Tabini, réprobateur.

— Epargnez-moi vos conseils de modération ! Toute passivité dans ces circonstances serait à mes yeux intolérable. Le paidhi serait libre d'exprimer son indignation quand les atevi, si fiers de leurs traditions délicates, accepteraient sans une plainte ces marques de barbarie ? Permettez-moi d'être scandalisée, aiji-ma. On n'« arrose » pas ainsi la façade d'un palais en prenant le risque de faire un massacre, en plus de la personne que l'on se propose d'atteindre.

Naidiri, Sagimi, est-ce, oui ou non, l'œuvre de la Guilde ?

— Non, affirma Sagimi.

— Non, naturellement, fit Naidiri en écho.

Ce n'est pas davantage celle de Cenedi, soupira le jeune homme en son for intérieur. L'aide de camp d'Ilisidi ne tolérait ni le travail bâclé ni l'échec, en admettant que l'élimination du paidhi eût bien été l'objectif recherché. La douairière, par conséquent, n'avait pas commandité l'attentat. Bren voulait le croire tout en éprouvant une résistance diffuse à s'en convaincre. En l'absence de tout commentaire à ce sujet, on en arrivait vite à la conclusion que sa personne (Dieu merci !), ses biens et son entourage, tout cela logé à l'étage en dessous, n'avaient subi aucun dommage, indice trop faible pour envisager sa culpabilité.

Le jeune homme prêta une oreille distraite au débat qui venait de s'engager concernant les dispositions à prendre pour permettre aux artisans spécialistes de constater les dégâts, et de procéder à une estimation. Sans pour autant incommoder le paidhi, précisa aimablement Damiri.

— Aiji-ma, puisse le monde entier voir ce qu'ils ont fait de ma salle à manger, le monde entier à commencer par mon oncle, chef du clan Atigeini, enchaîna la dame dans un regain de colère. Que l'on fasse venir les caméras de la télévision, que l'on diffuse le film sur toutes les chaînes, accompagné d'un commentaire rassurant sur l'état de santé du paidhi. Qu'il dorme désormais dans ma chambre, et je l'invite à prendre dès demain matin son petit-déjeuner ici même, dans ce lieu dévasté dont les vitres auront été remplacées. Ce sera pour moi une joie de me joindre à lui !

— Miri-ji, ne dites pas de sottises, murmura Tabini. Un excès de publicité nuirait au déroulement efficace de l'enquête. Par contre, si vous souhaitez donner à votre oncle une image symbolique de la catastrophe, pourquoi ne pas lui envoyer ce fragment de vase ? Choisissez de préférence un chef-d'œuvre. Ce lys brisé, par exemple. De deux choses l'une : ou l'exécutant, dans sa frénésie destructrice, aura péché par un zèle excessif, ou le commanditaire de l'attentat souhaitait exprimer son mépris vis-à-vis du clan Atigeini en se servant de leur résidence citadine pour monter une simple opération de diversion.

Les points de feu se ranimaient dans les yeux de Damiri.

— Me ferez-vous la grâce de me prêter votre jet ?

— Il est à votre disposition. A une condition : qu'il soit de retour demain matin, avec ses réservoirs pleins. (L'attention du aiji se porta sur le jeune homme.) Bren-ji, quel que soit le lieu où tu choisiras de passer la nuit, ne crains rien, ta sécurité sera assurée. Ne te laisse pas impressionner par Miridaja, son lit ne vaut rien, le matelas est aussi raide qu'une planche. Tiens-t'en à l'écart.

Le jeune homme devint très rouge.

— Tabini-ma, la chambre que j'occupais ces derniers temps me convient très bien. Je suis confus d'avoir attiré la destruction sur cette résidence magnifique.

Damiri lui tendit une main qu'il fut contraint de saisir, avec beaucoup d'appréhension car les atevi, la plupart du temps, ne connaissaient pas leur force et lui brisaient les doigts. Il fut agréablement surpris cette fois-ci. Une étreinte solide, que celle de Damiri, mais rien de la machine à broyer. Les yeux de la dame étaient d'un or immense où scintillait beaucoup de curiosité.

— Nand'paidhi, vous êtes toujours d'une exquise politesse. Si ma tante pouvait vous voir comme je vous vois en ce moment, elle ravalerait ses soupçons ridicules, inspirés par la jalousie.

— La politesse est en toutes circonstances la

moindre des obligations auxquelles est soumis le paidhi. J'espère m'en acquitter sans défaillance.

— Par votre faute, je vais sans doute devoir perdre certaines de mes fidèles servantes, trop émotives.

— Daja-ma, j'espère n'avoir rien fait pour ma part pouvant justifier une décision aussi grave.

Damiri esquissa un sourire.

— Bren-paidhi, j'ai lu les rapports que m'a remis Saidin. Mes servantes en sont réduites à rêver, au plus profond de leur sommeil, que vous commettiez un impair.

La poignée de main s'éternisait. Tabini vint au secours du jeune homme et l'entraîna à l'écart.

— Au diable les susceptibilités des Atigeini et leurs porcelaines, fit-il à mi-voix. Une seule chose importe vraiment, le sort de Hanks-paidhi. L'opération dirigée contre toi, bien que spectaculaire, était vouée à l'échec, une simple diversion, j'en suis réellement convaincu ; voilà bien ce que n'appréciera pas la famille de ma future épouse, même s'ils ont poussé les hauts cris quand Damiri a prétendu t'accueillir entre ces murs. Une diversion humiliante en soi, qui de surcroît entraînera des frais considérables. Selon toi, Bren-ji, qui a pu s'offrir le luxe d'enlever ta suppléante sous notre nez ?

— Aucune idée, aiji-ma. Dans la mesure où la participation de la Guilde est exclue, tous mes suspects s'envolent par la même occasion. A moins de retenir le mobile de la vengeance, à moins qu'il ne s'agisse d'un coupable plus ambitieux, soucieux de faire d'une pierre deux coups : kidnapper Hanks-paidhi et m'assassiner, de façon à vous laisser seul en face de Mospheira, sans intermédiaire, à ce moment crucial de notre histoire commune.

— Programme très ambitieux, en effet. Celui auquel tu penses ne pouvait avoir la prétention de le mener à bien.

Damiri s'était rapprochée, sans dissimuler son intention d'intervenir dans leur aparté.

— Si j'en juge par l'extrême brutalité avec laquelle elle fut conduite, cette opération dénote des amateurs poussés par le désespoir. L'intelligence, surtout, leur faisait défaut.

— Daja-ji, le seul fait de ne pas craindre la colère de votre oncle, chef du clan Atigeini, ne constitue pas une preuve de bêtise, protesta Tabini.

— Ce sont des imbéciles, répliqua la jeune femme. Ils ont gravement endommagé mes faïences de collection, œuvre d'un artiste défunt qui n'en était pas moins lié à moi par les liens sacrés du *man'chi*. Voilà qui devrait les empêcher de dormir. Mon oncle pourra bien tergiverser, sa nièce saura demander et obtenir satisfaction !

— Il va sans dire, lily-daja, mais je suis responsable de la sécurité du aiji. C'est pourquoi je vous déconseille d'entreprendre quoi que ce soit qui mette en péril la vie de Bren ou celle de cette femme sur laquelle j'ai imprudemment étendu ma protection. Damiri posa sur l'épaule du paidhi une main légère comme un oiseau.

— Nai-ma, ai-je jamais laissé entendre que je souhaitais son malheur ?

La voix avait pris une inflexion de douceur insinuante. Bren aurait volontiers imaginé un élan d'attendrissement en sa faveur s'il n'avait su Damiri résolument à l'abri de ces défaillances, de même que tous les atevi de sa connaissance. Algini s'encadra dans la porte. Il s'inclina, s'adressant au aiji :

— Pardonnez mon intrusion, nous venons de recevoir un appel du vaisseau. Quelqu'un souhaite s'entretenir avec le paidhi.

Tendu au-dessus de la confusion ambiante, son esprit n'était pas disponible pour répondre aux turpitudes du monde extérieur, Mospheira ou *Phœnix*. Le vaisseau, naturellement, ne devait rien savoir de l'attentat, tout au moins pas avant que ses représentants n'eussent « touché terre ». La prudence la plus élémentaire recommandait pourtant de retarder l'arrivée d'autres humains à Shejidan, aussi longtemps que l'on n'aurait pas éclairci les causes de l'agression et neutralisé ses auteurs. La politique raisonnait selon d'autres critères : l'autorité personnelle de Tabini était engagée dans l'accueil des émissaires venus de l'espace. Il ne pouvait reculer sur ce point sans perdre la face. Bren se dirigea vers la porte ; tout le monde en fit autant.

— Le correspondant avait une voix jeune, murmura Algini.

— Jason Graham, soupira le paidhi.

— Cette fois, ils arrivent, fit le aiji en écho. Espérons-le.

— Ne soyons pas trop optimistes, répliqua Bren tout en faisant, *in petto*, le point de la situation.

Pourquoi le vaisseau avait-il attendu deux jours avant de se manifester ? Mospheira, dans l'intervalle, avait dû mettre les bouchées doubles pour pousser son avantage. Comment réagirait le paidhi si Jason Graham lui apprenait subitement que la Guilde des Pilotes, pour des raisons totalement indépendantes du climat délétère qui régnait à Shejidan, avait décidé de se désengager vis-à-vis du continent ? Ces incertitudes, pour certaines d'entre elles, seraient levées dans un instant. D'ores et déjà, il s'attendait au pire.

19

— *Hello, Bren, comment allez-vous ?* questionna Jason, la jovialité même.

Le paidhi refusa de se laisser séduire ; sa réponse

fut donnée sur un ton courtois, mais le cœur n'y était pas.

— Il vaut mieux que je sois en excellente forme, pour vous comme pour moi, car je suis le seul interlocuteur à votre disposition. Là-haut, tout va bien ?

— *Calme plat, aucune catastrophe en perspective. Pouvez-vous en dire autant ?*

— Dieu merci.

Il se trouvait dans le bureau en compagnie de Tabini, Damiri, Banichi, Naidiri que flanquaient deux adjoints, et Saidin. La pièce surpeuplée lui semblait irrespirable, il n'osait s'asseoir de peur d'être enseveli sous cette sombre et monumentale présence ateva.

— Nous commencions à trouver le temps long, précisa-t-il, en prenant soin de déguiser son inquiétude sous une feinte ironie.

— *Je m'en doute. Navré de vous avoir fait attendre, mais la décision a été plus longue à prendre que je n'aurais cru. Les documents que vous nous avez fait parvenir ont été examinés à la loupe. Officiers, techniciens, chercheurs, tout le monde a eu son mot à dire et les discussions ont engendré des réunions successives, l'une entraînant l'autre. Ce phénomène doit vous être familier.*

— A qui le dites-vous ! Lorsqu'il s'agit d'ergoter à l'infini, toutes les espèces se ressemblent : exposition, débats, délibérations, contestation... aucun sujet ne semble devoir échapper à ce fatal engrenage.

Ses mains furent prises de tremblements, sa voix allait-elle le trahir, se casser, se transformer en sanglots ? Il se ressaisit.

— A quelle conclusion la Guilde est-elle parvenue ? Notre projet sera-t-il mis à exécution, oui ou non ?

— *Tout va se poursuivre comme nous en étions convenus. Le site d'atterrissage retenu est Taiben. Qu'en pensez-vous ?*

Bren consulta Tabini d'un regard interrogateur avant de se rappeler qu'en principe, la langue des hommes n'était intelligible pour aucune des personnes présentes.

— Taiben, répéta-t-il avec un nouveau coup d'œil appuyé qui n'amena aucune réaction de la part du aiji. C'est un lieu très facile d'accès, équipé d'un vaste aéroport au milieu d'une plaine sans arbres. Voilà qui devrait vous éviter certaines complications.

Comme s'il venait seulement de comprendre de quoi il était question, Tabini se décida enfin à lui adresser un signe d'assentiment.

— Ce choix nous convient parfaitement, conclut le paidhi.

— *Je n'ai pas tout à fait perdu mon temps. Que dites-vous de ceci* : Dai ghiyi-ma, aigi'ta amathaiji, an Jason graham ?

— *Hamatha-aijijin*, mais je n'en suis pas moins très impressionné ; vous avez su tirer profit de mon petit lexique.

Autour de la table, l'attroupement s'était mué en un auditoire très attentif. Bren espéra que son correspondant s'en tiendrait là et n'irait pas gâcher son effet en faisant une faute retentissante qui réveillerait des échos défavorables dans tous les esprits superstitieux.

— *Je souhaite ardemment la réussite de ma mission*, expliqua Jason. *Il se peut que notre parachute se pose à quelque distance de la zone délimitée. Etes-vous certain que les passants, pris de panique en nous voyant, ne feront pas feu sur nous ? Mospheira nous a mis en garde contre cette possibilité. D'un autre côté, Taiben appartient au domaine privé du aiji.*

— Plus précisément, il s'agit d'une terre domaniale dont la surveillance et l'entretien sont à la charge des membres de l'Association, tous employés par Tabini. Il n'est pas dans les habitudes des atevi de tirer à vue sur des inconnus, invités du aiji, de surcroît. Mise en garde de caractère politique, on aura voulu vous effrayer une fois de plus.

— *Rien de plus facile, dans notre situation. Savez-vous quelle douce musique j'ai envie d'entendre ? « Vous arriverez à destination sans égratignures et tout marchera comme sur des roulettes. »*

Bren comprenait si bien ce souhait qu'il se hâta de l'exaucer, quitte à inventer un pourcentage mirobolant que les chiffres véritables se chargeraient de démentir. Peu importait, Jason Graham avait besoin d'encouragement, et non d'exactitude statistique.

— Allons donc ! Quatre-vingt-dix-neuf pour cent des parachutes utilisés par nos ancêtres ont fonctionné. Dès qu'il s'ouvrira, vous pourrez pousser un ouf de soulagement. Vos techniciens ont-ils examiné la suspension ?

— *Pas le moins du monde. Vos avertissements concernant le pliage si particulier de l'engin ont porté leurs fruits. Après d'âpres discussions au sein du comité de préparation, il fut décidé de ne pas ouvrir le paquet de peur de ne pas savoir remettre la toile dans son état antérieur. Par contre, deux modifications importantes ont été apportées Tout d'abord, l'écran protecteur a été renforcé, ensuite nos techniciens ont ajouté un parachute de sécurité, censé se déployer automatiquement si notre vitesse ne se ralentit pas après l'ouverture du premier. Quoi qu'il en soit, notre arrivée est prévue pour après-demain, à 06 h 38, heure locale.*

Dans moins de deux jours. Saisi, Bren eut un instant d'hésitation.

— 06 h 38, heure locale. A l'aube, après-demain. N'est-ce pas un peu précipité ?

— *A quoi bon attendre ? Nous sommes prêts. Prêts à faire le grand saut, comprenez-vous ? Ensuite, tout dépendra des lois de la pesanteur, du hasard et de l'hospitalité ateva.*

Il ressortait clairement des propos tenus par son

émissaire que *Phœnix* n'avait pas tenu compte de l'invitation faite par Mospheira de tenir le continent à l'écart d'une négociation « entre humains ». Le paidhi avait peine à y croire et retenait son souffle.

La révélation s'opéra en l'espace de deux secondes vertigineuses. La Guilde des Pilotes n'avait pas été longue avant de s'apercevoir que la compréhension, la bonne volonté, voire la servilité du gouvernement insulaire lui étaient acquises sans qu'il fût besoin de faire la moindre concession. Dans ces conditions, pourquoi prendre le risque de provoquer l'hostilité de trois cents millions d'atevi aux réactions imprévisibles ? Excellente méthode de raisonnement, inspirée de principes sainement pragmatiques. Le paidhi éprouva un bref sentiment d'euphorie, à peine terni par la certitude que Tabini était parvenu avant lui à cette conclusion.

— Préparez-vous à une longue cérémonie d'accueil, dit-il sans se départir de sa sérénité apparente. Je ferai mon possible pour être là, bien sûr. De quoi aurez-vous besoin, dans l'instant suivant votre arrivée ?

— *Ma collègue demandera sans doute son transfert immédiat. En ce qui me concerne, dorénavant et pour les années à venir, je vous laisserai juge de ce qu'il faudra faire.*

— Votre compagne décidera elle-même si elle préfère gagner l'aéroport de Taiben, de là prendre l'avion pour Mospheira, ou subir jusqu'au lendemain le traitement réservé aux hôtes de marque, avec dîner de gala et l'occasion d'être présentée à quelques dignitaires de l'Association. Pour votre part, ce n'est pas avant une bonne nuit de sommeil que l'on exigera de vous un comportement irréprochable.

Un ricanement lui répondit, engendré par la tension, la nervosité, très peu par l'humour.

— *Je transmettrai votre offre engageante à Yolanda,*

ainsi qu'à nos supérieurs. Avez-vous un ultime conseil à donner, vous, Terrien, à l'homme de l'espace ?

— N'oubliez pas de mettre dans vos bagages de solides chaussures de marche. Vous pourriez bien vous poser à l'écart des voies de circulation. Vos guides vous attendront, naturellement, mais préparez-vous à l'éventualité d'un trajet à pied, plus ou moins long, pour rejoindre la route la plus proche. C'est une région de landes sauvages, plantées de rares bosquets, où l'on peut marcher longtemps sans rencontrer une habitation ou même un abri. Le site choisi se trouve à proximité de la seule grande route à des lieues à la ronde. Là, plusieurs véhicules seront à votre disposition afin de vous enlever prestement dans les règles de l'art.

— *Du moment que j'arrive entier, que je ne suis pas accueilli à coups de fusil et que les contacts s'effectuent sans violence, je suis prêt à toutes les marches auxquelles me contraindront les circonstances. Il en est de même pour Yolanda, j'en suis sûr.*

— Tout ira bien, je m'en porte garant. Au fait, si d'aventure vous apercevez une bête sauvage, ou même un troupeau, n'ayez crainte, surtout. Ce sont de charmantes créatures, elles ne vous attaqueront pas. D'ailleurs, vous resterez sous notre surveillance constante. Tous les gardes-chasse de la région auront reçu l'ordre d'être sur le pied de guerre et de vous traiter en persona grata.

— *Bravo, je m'en réjouis à l'avance.*

— Je ferai l'impossible pour être présent.

— *Ce serait pour moi un grand soulagement que d'être accueilli par vous.*

— Bonne chance, Jason. De la part du paidhi et de Tabini ai-ji. *Kaginjai'ma sa Tabini-aijiin, na pros sai shasatu.* Bien compris ?

Ce disant, Bren avait les yeux fixés sur Tabini. Jason répondit par le rituel *kaginjai*, en bon élève qui a bien appris sa leçon. Il raccrocha.

Le aiji fronçait les sourcils en signe de perplexité. Damiri et Saidin dévisageaient l'homme avec une même expression de stupeur. Quant à Banichi, les bras croisés, le visage figé dans une moue sagace, il semblait méditer sur le fait que le nouveau paidhi sur le point de tomber du ciel pour s'intégrer au *man'chi* du aiji pourrait bien modifier l'indifférence dans laquelle il avait tenu jusqu'à présent le ciel, le soleil et les étoiles dont il savait depuis peu qu'elles étaient d'autres soleils.

— L'atterrissage est prévu après-demain, à Taiben, à l'aube, précisa le jeune homme. L'émissaire à destination de Mospheira exigera sans doute son transfert immédiat. J'ai aussitôt fait une contre-proposition, dîner de gala à Taiben, présentation aux autorités, une bonne nuit de sommeil. Cet éventuel changement de programme sera soumis à l'état-major. A ce stade, leur décision d'envoyer des émissaires et de poursuivre le rapprochement à petits pas que nous avions préconisé n'est pas du tout contradictoire avec la signature d'un accord avec Mospheira dans les conditions avantageuses mentionnées tout à l'heure. Notre futur paidhi ne m'a rien laissé entendre à ce sujet, ni d'un côté ni de l'autre. Il avait trop de soucis en tête et le moment semblait mal choisi pour l'interroger sur l'évolution des dossiers économiques et commerciaux, qu'il connaît sans doute imparfaitement.

— Tu as bien fait, assura Tabini. Tu as manœuvré avec courtoise et doigté. C'est bien. Ce jeune homme... Jason Graham, n'est-ce pas ?

— En effet, aiji-ma.

— L'apprentissage de notre langue sera laborieux, mais l'accent n'est pas mauvais. Il semble avoir des dispositions.

— Je ne manquerai pas de lui transmettre ce compliment. A propos, aiji-ma, j'ai promis d'être à Taiben, parmi le comité d'accueil. Il compte sur moi.

Tabini acquiesça, magnanime.

— Qu'en pensent les responsables de la sécurité du paidhi ?

— En ce qui me concerne, je n'y vois pas d'inconvénient, dit Banichi. La protection de Bren-ji sera plus facile à assurer là-bas que dans un palais privé d'une partie de sa garnison.

— La discipline sera plus rigoureuse, renchérit Naidiri. Le champ des opérations, plus vaste, nous laissera les coudées franches pour agir. (Le prétorien devint soudain très grave.) Nous devons être sur le qui-vive car les ravisseurs de Hanks-paidhi ne vont pas en rester là, c'est évident. Dès ce soir, nous mettrons Taiben en état d'alerte maximale. Il serait naïf de penser que l'ennemi n'a pas cherché à intercepter nos communications avec le vaisseau. Quoi qu'il en soit, leurs espions sauront vite à quoi s'en tenir sur l'arrivée du parachute, l'heure et le lieu.

Tabini eut de la main un geste de confiance évasif.

— Prenez toutes les dispositions nécessaires, les fidèles de notre *man'chi* auront déjà prévu quelques mesures de bon sens. Miri-ji, apprenez que Bren et moi allons nous offrir quelques jours de repos à Taiben. Pêche et canotage. Aucune émotion forte, aucun sentiment exacerbé ne devrait résister à ce traitement pacifique. Ma chère, je vous laisse le soin de donner les ordres afin que le palais continue à tourner en notre absence. Aurez-vous la bonté de prélever sur votre domesticité une suite convenable pour notre nouveau paidhi ?

— Saidi-ji, je vous laisse ce soin, dit Damiri. (Sa lèvre se crispa en un bref rictus d'amertume.) N'omettez pas non plus de prendre contact avec les différents restaurateurs et veillez à ce que tout reste en l'état jusqu'à leur arrivée. Aucun coup de balai ne doit être donné sans leur approbation.

L'intendante s'inclina à droite, puis à gauche.

— Daja-ma, nand'paidhi, seize serviteurs, c'est le

nombre requis, je crois bien, pour veiller au confort d'un hôte à Taiben. Auxquels il convient d'ajouter quelques membres de l'escorte personnelle du paidhi ; dans l'hypothèse où nous aurions une invitée supplémentaire. Ce chiffre jouit d'un préjugé très favorable, même si l'étrangère ne doit effectuer qu'un court séjour parmi nous. Toutefois, pour son service particulier, il serait souhaitable de prévoir une équipe de trois personnes, sans pour autant bouleverser l'équilibre harmonieux de l'ensemble.

Comment ce discours aurait-il été reçu à Mospheira ? Avec la plus totale incompréhension. Sur le continent, on savait que cinq plus seize faisaient vingt et un, nombre impair également obtenu par la multiplication salutaire de sept fois trois, ce dernier chiffre représentant la trinité fondamentale : aiji, paidhi, vaisseau. Union avec laquelle chacune des parties contractantes se divisait en deux, à charge pour la farouche comptabilité ragi de s'accommoder de la présence d'un hôte surnuméraire placé sous la responsabilité de Mospheira, étant entendu que cette anomalie, en partie corrigée par les trois serviteurs, devait être provisoire.

— La suggestion qui consiste à prévoir un accompagnement particulier pour le paidhi à destination de Mospheira est excellente, murmura Bren. Trois personnes, c'est l'idéal.

— Par tous les dieux grands et petits, pour être favorable, le nombre des prétoriens composant la garnison de Taiben devra être supérieur à celui de nos éventuels assaillants, je ne lui en demande pas davantage. Naidiri, Banichi, ceci vous regarde.

Le aiji ne pouvait être accusé de superstition.

Le destin de la salle à manger, de la résidence, la sécurité de ceux qu'elle continuerait d'abriter, à commencer par Damiri en l'absence du aiji, ayant été confiés à la férule de dame Saidin, la retraite générale pouvait commencer. Tabini et sa compagne annoncèrent leur intention de regagner le palais du aiji, deux portes plus loin sur le même palier. Les officiers de la Sécurité et de la police envisageaient de réintégrer leurs bureaux respectifs, non sans avoir, pour les seconds, recueilli la bande que l'on se proposait de dupliquer. L'effervescence décrut peu à peu jusqu'à quelques apartés qui s'effilochèrent à travers la porte. Celle-ci fut enfin refermée sur le dernier uniforme. Il ne restait que Banichi et Algini, protecteurs des lieux.

— Nand'paidhi, souhaitez-vous consulter la liste des servantes choisies pour vous accompagner à Taiben ? demanda l'intendante.

Bren remercia d'un sourire cette excellente personne.

— Nand'Saidin, je m'en remets à vous. De même, vous mettrez dans mes bagages les effets que vous jugerez utiles. Discrétion, capacité d'adaptation, finesse d'observation, bon sens, telles devront être les qualités des domestiques sélectionnées par vos soins. Que vous ne puissiez vous-même faire partie du voyage, voilà mon grand regret. Hélas, c'est impossible. Lady Damiri a trop besoin de votre présence ici.

Saidin accepta le compliment avec sa grâce habituelle.

— Revenez-nous vite, nand'paidhi. Revenez-nous en excellente santé.

— Je m'y efforcerai, Saidin, fût-ce pour vous être agréable.

— Quel flatteur vous faites !

— Nadi-ji, n'en croyez rien. Vous êtes une perle. Allez vous reposer, je vous en prie. Ayant retrouvé l'usage de mes deux mains, je devrais être en mesure de me mettre au lit sans assistance.

Il était épuisé et avait surtout besoin de solitude, l'intendante le comprit à demi-mot et s'éclipsa sur une dernière révérence.

Banichi s'attardait, sous prétexte de discuter avec

Algini dans le bureau de la Sécurité. Bren tendit l'oreille, il guettait des nouvelles de Jago et de Tano. Comme il n'en était pas question dans les propos perçus à la dérobée, il se décida à interroger directement l'officier.

— Jago, Tano, que sont-ils devenus, Banichi ?

— Ils restent en contact avec nous.

— Il ne leur est rien arrivé de fâcheux, j'espère ?

— Ils vont bien, chacun de son côté. Et toi, Bren-ji, plus de peur que de mal, en somme ?

— Fatigué, mais j'ai encore la force de gagner ma chambre à coucher.

Banichi donna d'ultimes instructions à son adjoint et, s'approchant du paidhi, le soutint d'une main ferme passée sous son épaule. Une attention dont le prétorien était avare et dont Bren lui fut reconnaissant.

Son premier mouvement, avant même d'avoir ôté sa redingote, fut de remettre l'automatique à Banichi qui l'empocha aussitôt.

— Tout bien considéré, notre rencontre dans l'obscurité de la petite salle à manger aurait pu avoir des conséquences plus tragiques, fit-il sans l'ombre d'un sourire. Autant j'étais soulagé de te trouver en possession d'une arme, autant il m'était désagréable de voir celle-ci braquée sur moi. L'espace d'un instant, ta sécurité et la mienne sont demeurées en dangereuse concurrence.

— Toutes mes excuses, Banichi...

— Tu n'as pas tiré sous l'effet de la panique, c'est une excellente chose. Il m'a reconnu, pensai-je, ou alors il hésite et, dès lors, tout devient possible, même le pire. A propos des portes innombrables que contient ce palais, sans doute te l'ai-je déjà dit, mais d'impérieuses raisons esthétiques interdisent de les équiper de panneaux pare-balles. En cas de danger, évite autant que possible de stationner devant l'une d'elles.

— Je m'en souviendrai. En réalité, je ne t'avais pas reconnu. Mais ce pouvait aussi bien être toi, je le savais.

Banichi montra, d'un battement de cils, qu'il avait enregistré cette nuance. Il changea de sujet.

— D'après Tano, l'opération du rez-de-chaussée devrait être l'œuvre de membres de la Guilde en infraction avec la discipline de l'organisation, agissant pour le compte d'intérêts partisans. L'attaque contre le troisième étage aurait la même origine ; la grossièreté des moyens employés ne doit pas nous abuser : ces briseurs de vitres et de reliques sont de vrais professionnels, rien à voir avec le pathétique franc-tireur qui t'avait pris pour cible dans l'hémicycle.

— Des professionnels tenus par l'obligation d'un *man'chi* ?

— Cela va de soi.

— Toutes les associations disposent-elles ainsi de professionnels de haut niveau, par ailleurs affiliés à la Guilde, ce qu'étaient sans doute les ravisseurs de Hanks dans la mesure où ils ont trouvé en face d'eux des prétoriens triés sur le volet, adversaires coriaces...

— En effet, les associations n'ont pas toutes les moyens ou le goût de débaucher des assassins de grande classe. Baighi et ceux de son unité avaient reçu des consignes de vigilance qu'ils étaient capables d'observer, en principe.

— Le nombre des suspects s'est-il déjà resserré ?

L'officier fit la moue avant de répondre, comme s'il prévoyait déjà la question suivante.

— La liste s'est réduite à quatre ou cinq noms.

— Je les connais ?

— Tous.

— Qui sont-ils, Banichi ?

Le prétorien marqua une nouvelle hésitation avant de déclarer du bout des lèvres :

— La culpabilité de Cenedi n'est pas exclue.

— Sûrement pas ! Il aurait agi avec plus de doigté. Cenedi n'aurait pas mitraillé sauvagement le décor pour abattre un seul individu.

— Rien n'est encore sûr, mais nous avons quelques raisons de penser que la salle du petit-déjeuner était elle-même l'objectif visé. Il s'agissait bien de commettre le plus de dégâts possible.

Si insolite fût-elle, cette idée ne parut pas totalement absurde au jeune homme. Les voies empruntées par les vengeances atevi étaient souvent impénétrables. Partagé entre le soulagement et le dépit, il n'en éprouva pas moins le besoin d'insister :

— On n'en voulait donc pas à la vie du paidhi, la destruction de quelques mosaïques et vases de collection importait davantage ?

— Rien n'est encore sûr, répéta Banichi. Quant aux autres noms... les membres de la Guilde impliqués dans l'exécution du contrat te sont inconnus, mais la seconde piste conduit au clan Atigeini. L'instigateur ne serait autre que Tatiseigi lui-même. En troisième position vient le seigneur Geigi. Puis Direiso, lequel avait présenté devant la Guilde le Défi dirigé contre toi, pour le compte du clan Kadigidi. Tu n'es pas censé connaître ces détails, mais à la lumière des derniers événements, il me paraît préférable de te mettre au courant. Nous avons aussi retenu un autre affilié du clan Kadigidi, un certain Saigimi de la tribu des Marid Tasigin, autour de laquelle gravite une association de second ordre aux intérêts douteux. Tout ce beau monde tire sa subsistance de la filière des hydrocarbures. La province de Talidi, tu le sais, possède des gisements importants.

Bren connaissait les Kadigidi, membres de l'opposition la plus agressive au sein du tashrid, vieille famille dont les terres jouxtaient celles des Ragi, éternel fléau que Tabini tolérait, soucieux, affirmait-il, de « maintenir un équilibre pacifique entre les courants politiques ». Paroles de démocrate dans la bouche du aiji de Shejidan, dont le pouvoir connaissait en réalité peu de limites.

— Talidi, n'est-ce pas ta province natale ? demanda-t-il à l'officier.

— Bren-ji, où allons-nous si tu en viens à douter de moi ?

Le jeune homme s'empourpra. Sur le point de protester de son affection, il se ravisa. Les petits mots doux, appropriés pour évoquer certains délices gastronomiques, mettraient une fois de plus le prétorien en fureur (« Connaissez-vous la meilleure ? Le paidhi me prend pour une tarte à la crème ! »). Inutile également d'insister sur la triste vérité : dans la solitude extrême qui était la sienne, seul humain au milieu d'eux, il éprouvait le besoin instinctif de faire confiance à quelques-uns, choisis avec discernement. Le vocabulaire ragi ne proposait qu'un équivalent lointain, servant à décrire l'isolement d'un individu privé de *man'chi*. On était bien loin de l'idée de solitude existentielle que Bren aurait voulu pouvoir communiquer.

— Il n'est sans doute pas si difficile de me berner, dit-il, mais si cela devait se produire, point ne serait besoin de te donner tant de mal, Banichi. A l'exception du aiji, je n'ai d'autres associés que toi et Jago.

A ces mots, l'officier montra un trouble profond, à tel point que Bren se demanda où il voulait en venir.

— Nand'paidhi, rassure-toi, personne n'a l'intention de te tromper, mais tes mots certainement ont dépassé ta pensée, car nul *man'chi* ne te lie à moi ou à Jago. Tu prétends éprouver quelque chose qui n'existe pas.

— Qui sait, les sentiments ont leur raison que la raison ignore. Est-ce ma faute si je me sens aussi proche de toi que d'un véritable associé ? En veux-tu un exemple : si je t'avais tiré dessus par mégarde, tout à l'heure, j'en serais demeuré inconsolable.

Banichi semblait de plus en plus perplexe et mécontent.

— Voilà qui est réconfortant, nand'paidhi. En admettant que le coup n'ait pas été mortel, ma réputation aurait beaucoup souffert d'une blessure infligée par celui dont je suis chargé d'assurer la protection. Tu m'as fait très peur, sache-le.

Un aveu significatif de la part d'un membre éminent de la Guilde.

— Toutefois, insista-t-il, tu n'es pas de mon *man'chi*. Aussi longtemps que tu n'éprouves pas d'attirance physique vis-à-vis de moi, tout va bien et cette « affection » dont tu parles doit trouver son origine dans ton imagination d'homme. En revanche, sur la question des relations physiques, tout en étant sous mes ordres, Jago n'a pas de comptes à me rendre. N'en est-il pas de même chez les humains ?

Bren se refusait absolument à poursuivre, dans son état de fatigue, sur un sujet aussi brûlant dont l'issue ne lui était pas indifférente, loin de là. Aussi répondit-il à la question par une autre, moins problématique.

— A propos de Jago, justement, je me suis fait un sang d'encre. Puis-je savoir où elle se trouve en ce moment ?

— A l'aéroport. Pas un seul avion n'a décollé, de même qu'aucun train n'a quitté la gare souterraine du Bu-javid.

— Hanks, par conséquent, est toujours dans la place ?

— Si seulement la situation était aussi simple. Malheureusement, à moins d'être prévenu à l'avance, il n'y a guère moyen de s'assurer en un laps de temps si court du contrôle des trains au départ des stations périphériques. Ces sacrés hôtels de la ville basse sont autant de passoires, ils ont des liaisons avec toutes les gares.

— Tout de même, un être humain ne passe pas inaperçu.

— A moins qu'il ne soit consentant et ne se prête au jeu de ses ravisseurs.

Le paidhi, incrédule, fronça les sourcils.

— Sérieusement, Banichi, tu envisages qu'elle puisse être complice de son propre enlèvement ?

— Hypothèse fondée sur de sérieuses présomptions.

Le jeune homme ne put s'empêcher de secouer la tête.

— Nous étions en train de parler quand elle a poussé une exclamation. Je l'ai entendue appeler ses prétoriens sur un ton d'urgence. Elle voulait les mettre en garde contre un péril imminent, il y avait dans sa voix de la stupeur, un commencement d'affolement. Il s'est écoulé quelques secondes ; puis j'ai appuyé sur la touche d'enregistrement.

— Quelques secondes... Tu as eu le temps de percevoir toutes ces nuances ?

Banichi, bien sûr, n'était pas disposé à se payer de vagues impressions.

— Je connais bien Deana Hanks, elle a les nerfs solides, insista Bren. Je sais aussi comment mes semblables sont susceptibles de réagir devant certaines circonstances. Il s'est passé dans le studio un événement menaçant auquel elle n'était pas préparée.

— Peut-être en effet Hanks-paidhi a-t-elle été prise de court par la rapidité et la violence d'une attaque pour laquelle elle n'avait pas donné son accord. Elle aura capitulé devant la force et le nombre des assaillants, liés à ses comparses par les liens du *man'chi*. Pour moi, ils ont aussitôt cherché le refuge d'un hôtel et s'y trouvent encore. Dans quelques jours, ils tenteront de quitter Shejidan. Si mon hypothèse d'une mascarade est la bonne, Hanks-paidhi devrait accepter de se faire passer pour un enfant ateva. Rien de moins suspect qu'une petite famille en vacances. Pourquoi la police aurait-elle l'idée de leur chercher noise et de les interroger ?

Bren hocha la tête, à demi convaincu.

— A moins que le Bu-javid ne les ait absorbés. Gageons qu'il ne manque pas, entre ces murs, de seigneurs sympathisant à leur cause, prêts à leur offrir l'hospitalité.

Ce fut au tour de Banichi de faire la moue.

— Exact, mais les dissidents de second ordre hésiteraient sans doute à compromettre leur clan dans une tentative ouverte de subversion, à moins que l'ordre établi ne soit menacé par ailleurs.

Assis sur son lit, Bren entreprit de se déchausser. Alors seulement lui vint à l'esprit une question cruciale à laquelle il n'avait pas songé une seconde et qu'il était à présent libre de poser, se trouvant seul avec Banichi.

— L'ordinateur de Hanks-paidhi, qu'est-il devenu ?

— Elle l'aura emporté, probablement. Le studio et ses environs ont été fouillés de fond en comble sans qu'on l'ait retrouvé jusqu'à présent.

— C'est une catastrophe, Banichi, une vraie catastrophe.

— Sans aucun doute.

En son for intérieur, l'homme espérait avec ferveur que les enquêteurs, au nombre desquels Banichi et Jago, n'avaient pas reçu l'ordre de subtiliser eux-mêmes l'appareil afin de pouvoir mettre ensuite le larcin au compte des ravisseurs.

Il n'était pas conseillé de poser la question. Banichi lui prit sa tunique des mains et la posa sur le dossier d'une chaise.

— Tu m'accompagnes à Taiben, naturellement, ainsi que Jago ?

— Nous en avons bien l'intention.

Cette promesse le rasséréna. Alors qu'il ne voyait plus aucune raison de différer l'instant de fermer les yeux et d'attendre le sommeil dans la béatitude, sous la protection de l'officier, voici qu'une angoisse diffuse s'emparait de lui, un reliquat de conscience professionnelle, concernant la disparition de l'ordinateur, le rapport qu'il allait devoir expédier à ses supérieurs.

Jusqu'où était-il souhaitable d'aller dans la relation sincère des faits ? Quels nouveaux déboires serait-il préférable de passer sous silence, dans l'intérêt bien compris des partisans de la félicité universelle, à commencer par lui-même ?

— Tano et Algini viendront-ils avec nous ?

— Nous l'avons prévu.

Sur le continent, la situation suivait son cours chaotique, en apparence bien maîtrisé par les autorités qui traversaient toutes ces turbulences sans trop s'émouvoir. Privé d'informations officielles ou officieuses en provenance de Mospheira, le jeune homme se perdait en conjectures sur la manière dont la communauté humaine avait réagi aux derniers événements. Barb avait clairement fait allusion au rôle catastrophique joué par la télévision, principal support des campagnes de méfiance à l'égard du paidhi et des atevi. Qu'en était-il à présent, avec l'établissement, sous le haut patronage d'un renégat, de relations suivies entre *Phœnix* et le continent, l'arrivée prochaine de deux émissaires ?... Etait-il opportun de jeter de l'huile sur le feu en révélant au Service, outre l'enlèvement de Deana Hanks, le fait que son ordinateur, introuvable, avait dû tomber entre des mains étrangères, avec la menace que les ravisseurs puissent s'introduire au cœur du réseau informatique continental ?

Cette crainte était fondée, malheureusement. Il acheva de se dévêtir, sans trop se soucier de Banichi alors que celui-ci, contrairement à son habitude, s'attardait dans la chambre de façon inexplicable. Bren avait pour l'instant d'autres soucis, il songeait aux êtres chers laissés à Mospheira, à ceux tout au moins dont le sort lui importait quelque peu. Sa mère, puis Barb malgré tout, puis Toby et les siens.

Il n'était pas en son pouvoir de les protéger contre les agissements de quelques trublions qui auraient décidé d'attaquer ses proches afin de lui faire payer sa prétendue « défection ». En revanche, il avait conservé dans le Service quelques amis, certains d'entre eux ayant même leur entrée au département d'Etat. Quant aux médias, tous n'étaient pas aux ordres du pouvoir.

Mais que pouvaient-ils réellement pour prévenir une agression, ces gens de bonne volonté, hauts fonctionnaires, intellectuels, journalistes, partie prenante de ce qu'il est convenu d'appeler la société civile, à peine constitués en un lâche réseau de relations personnelles ? Seraient-ils capables, pour commencer, d'identifier le danger à temps ? Jusqu'à quel point oseraient-ils s'engager en faveur du paidhi et lui faire confiance quand ses interventions s'étaient de plus en plus éloignées de leurs préoccupations immédiates, définies sous l'aspect purement politique d'un soutien critique apporté à l'action du gouvernement dont ces naïfs espéraient infléchir le cours ?

La censure avait déchiqueté la lettre de sa mère, ses coups de fil étaient restés sans écho. Barb prétendait s'être rendue chez Mme Cameron où elle avait tout trouvé en ordre si ce n'était le désagrément provoqué par les appels anonymes et quelques petites tracasseries du même ordre. La jeune femme n'aurait pas menti sur un sujet aussi grave. Mme Cameron possédait d'ailleurs, en commun avec Barb, ce puissant instinct de conservation qui les poussait l'une et l'autre à prendre soin d'elles-mêmes envers et contre tout. On pouvait là-dessus leur faire confiance. Pour le reste, sa mère n'était pas dépourvue d'amis ou de voisins, susceptibles de la secourir dans l'adversité quotidienne.

S'étant allongé, il tira la couverture jusqu'à son menton. A défaut de pouvoir succomber au sommeil, il adopta l'attitude du dormeur. Banichi s'approcha. Geste extraordinaire de sa part, il remonta le dessus-de-lit, tapota ici et là, donna une bourrade amicale sur l'épaule du simulateur.

— Crois-tu pouvoir me donner le change ? Tu ne dors pas, trop inquiet. Tout bien considéré, Bren-ji, tu as fait preuve de sang-froid ce soir. Félicitations.

— Le paidhi n'a pas commis trop d'erreurs ?

— Etant donné les circonstances, tu n'as rien à te reprocher ; si ce n'est... à l'avenir, moins tu entraveras le travail de la Sécurité en prenant des initiatives, mieux cela vaudra.

— Je ne demande pas mieux, à condition que ces personnes veuillent bien m'informer de leurs projets et de leurs mouvements. Voilà qui me permettrait, en cas d'imprévu, d'identifier mes cibles avec plus de sûreté.

— C'est un bon argument. Dans le même ordre d'idée, pour ta propre sécurité, il est souhaitable que tu sois tenu au courant, désormais, de l'évolution de l'enquête. Sache donc que l'un de nos principaux suspects n'est autre que Damiri.

Banichi n'aurait pu trouver un moyen plus efficace pour le tirer subitement de sa torpeur.

— Le aiji comble de ses faveurs Damiri, du clan Atigeini, reprit l'officier. Pour autant, il n'est pas obligé de lui accorder une confiance absolue.

Au diable le sommeil ; le prétorien était en veine de confidence et l'occasion ne se reproduirait sans doute pas de sitôt.

— Quelle est la position de Tabini dans cette affaire ? Que recommande-t-il ?

— Il se méfie de Damiri-daja. A mon avis, partagé par le aiji, me semble-t-il, avant de s'engager totalement dans une nouvelle association, la dame trouve le moment opportun de mettre à l'épreuve le pouvoir de Tabini avec lequel elle hésite, pour des raisons politiques, historiques, à sceller une alliance définitive. Les caciques de son clan, ne l'oublions pas, militent dans l'opposition officielle.

— Je sais, mais de là à détruire la plus belle pièce de sa résidence, à mettre en péril la vie de ses domestiques...

— L'oncle cité tout à l'heure, Tatiseigi, le chef de famille, ne voulait pas entendre parler d'une liaison avec Tabini. Nous avons quelque raison de penser que Damiri a imposé cette décision... (l'officier hésita, cherchant ses mots)... car elle avait succombé à l'attrait puissant que le aiji exerce sur certaines personnes de l'autre sexe. A la lumière des circonstances nouvelles, peut-être est-il apparu à Tatiseigi que sa nièce était allée beaucoup trop loin. Dans ce cas, Damiri serait à la merci de toute leçon que le clan jugerait bon de lui administrer par l'intermédiaire de ses propres servantes.

— Ou des membres de son service de Sécurité.

— En effet, cette dame vit dangereusement. Du jour où elle s'est installée dans le palais du aiji, elle a dû se séparer de ses propres gardes dans un premier signe d'affiliation. Certains d'entre eux ont pu lui conserver leur soutien. S'estimant offensés, d'autres se sentent peut-être délivrés de tout devoir envers elle. Ceux-là tombent aussitôt sous l'influence du *man'chi* de Tatiseigi. Et la pire chose qui pourrait arriver à Damiri serait que ses anciens sicaires, avides de vengeance, s'introduisent dans la place sur les ordres de son oncle.

— D'après ce que tu crois savoir, faut-il le redouter ?

Banichi hocha la tête, l'air grave.

— L'un d'eux, au moins, est déjà à pied d'œuvre.

— Un Assassin ? Membre de la Guilde ?

— Saidin.

Bren ne put retenir une exclamation ; il tombait des nues.

— Vraiment, tu n'avais aucun soupçon ? s'étonna Banichi. Tu aurais dû.

En plein cœur du Bu-javid, dans une résidence abritant un hôte très précieux et vulnérable, en un lieu où la Guilde, étrangement absente si ce n'était par l'intermédiaire des agents de Tabini, semblait laisser à celui-ci le champ libre. La question, en effet, méritait d'être posée et le paidhi, une fois de plus, avait fait preuve de candeur.

— Toi-même, Banichi, qu'en penses-tu ? Damiri a-t-elle dit la vérité ?

— Peu importe mon opinion personnelle. Quels qu'aient pu être les ordres donnés, les exécutants ont témoigné d'une violence destructrice imprévue. La colère de Damiri était sincère. Tatiseigi sera furieux à la réception du « lys brisé ».

Une autre culpabilité, plus importante à ses yeux que celle de Saidin, le tourmentait. Le jeune homme ne pouvait différer indéfiniment le moment de savoir.

— Ilisidi est-elle impliquée dans l'enlèvement de Hanks et le mitraillage du palais Atigeini ?

— En toute sincérité, nous n'en savons rien. L'as-tu convaincue de ta bonne foi et de la pertinence de ta démarche, toute la question est là. Il fut un temps, pas si lointain, où elle avait confiance en toi. Est-elle revenue sur cet avis favorable, nul ne peut le dire.

— Je crains d'avoir échoué. Je crains d'avoir été très maladroit, d'avoir heurté en elle des convictions profondes.

— Même son petit-fils, qui se flatte de la connaître mieux que personne, ne saurait déchiffrer le fond de sa pensée, surtout si elle est en proie à des contradictions intimes, des tiraillements.

Pour être implicite, l'avertissement contenu dans cette petite phrase n'en était pas moins limpide. Banichi s'adressait au seul être humain à même de saisir les subtilités de l'expression ateva.

— Sur le plan affectif, murmura Bren, je préférerais cent fois qu'Ilisidi fût étrangère à tout cela.

— Je comprends fort bien. Une forte personnalité que l'aïeule de notre aiji.

— Pas seulement. Pour un étranger tel que moi, cette vieille dame est d'un commerce fort agréable. Le temps passé avec elle constitue un antidote efficace à mon isolement. Ce ne sont que d'absurdes chimères de ma part, je le sais bien. Elles n'en ont pas moins leur importance.

A son étonnement, il vit apparaître sur le visage si sérieux du prétorien l'amorce d'un sourire.

— Un adepte du ski de neige, un écervelé qui prend plaisir à dévaler sur deux planchettes la pente vertigineuse d'une montagne, peut trouver plaisant d'avoir à relever le défi d'une conversation avec Ilisidi. Il est de mon devoir de signaler le danger de l'entreprise. Ce flirt n'est jamais innocent, comme tu affectes de l'imaginer. C'est un parcours semé d'embûches dont tu ne devines pas la moitié.

— La barbe !

— Quoi encore ?

— Je dois très vite lui faire parvenir un message donnant toutes les précisions nécessaires sur la disparition de Hanks-paidhi, l'agression contre la résidence Atigeini et l'arrivée imminente des émissaires du vaisseau. C'est une promesse que j'ai faite dans un moment de félicité, celle de la tenir informée en toutes circonstances. Il serait maladroit de me dérober à présent.

Banichi fit entendre un léger soupir.

— La douairière n'est plus au palais, nand'paidhi.

— Elle est partie ? Quand cela ?

— Une heure avant l'attaque.

Silence. Qu'aurait-il pu répliquer ? Il ressentit à la

poitrine cette contraction désagréable qui signifiait toujours la même chose.

Silence.

— Quel but poursuivaient les ravisseurs, Banichi ? Qu'attendent-ils de ma suppléante ? Question ridicule, sans doute, tellement la réponse semble couler de source, mais peut-être discernes-tu des raisons qui m'échappent ?

— Ils n'en veulent point à sa vertu, tu peux au moins te sentir rassuré sur ce point, répondit l'officier sur un ton sans humour. Ils espèrent pouvoir mettre à leur service ses compétences... et son ordinateur.

— Cette femme est moins mauvaise qu'il n'y paraît.

Bren fut stupéfait de s'entendre prononcer des paroles aussi peu sincères. Mensonge de circonstance, estima-t-il : elles sonnaient presque comme une oraison funèbre. Deana, en effet, n'avait pas été à proprement parler prise en otage au sens où l'entendaient les humains. Sa vie, sa personne n'avaient aucune valeur aux yeux des atevi : seuls importaient les renseignements qu'elle accepterait ou serait capable de leur fournir sur les activités secrètes de Mospheira, et sur ce qu'elle croyait savoir des projets de Tabini.

Peut-être ses ravisseurs exigeraient-ils de la prisonnière quelque déclaration fracassante, susceptible de soulever les foules contre le aiji ? Il était bien placé pour savoir, après le sinistre épilogue de son séjour à Malguri, dans quel piège sa suppléante était tombée, à force de vouloir jouer avec le feu. Un fardeau s'était abattu sur ses épaules, comme un manteau de gel que la peur y aurait jeté. Menace de souffrance, mise en garde imprécise contre le malheur, à ces sentiments que lui inspirait le sort de la jeune femme faisait écho l'amertume ressentie à l'idée de la culpabilité éventuelle d'Ilisidi. N'y avait-il donc place nulle part pour l'affection entre les hommes et les atevi ?

On pouvait toujours opter pour la sécheresse de cœur de Wilson, son prédécesseur, et terminer ses jours tel un zombie que la solitude traversait de tous ses vents dévastateurs. Oublier, sous l'influence de la peur et d'une définition absurdement restrictive de sa fonction, jusqu'à la tentation d'éprouver de la sympathie pour un ateva. A l'heure qu'il était, muté d'office à l'université en attendant l'âge de la retraite, Wilson était dans l'incapacité de communiquer avec quiconque.

Si l'on choisissait l'autre voie — semée d'embûches ainsi que l'avait souligné Banichi — de la confiance et de la convivialité, il fallait être fort afin de recevoir sans sourciller, en vrai paidhi, les chocs inévitables de la désillusion, de la trahison. En premier lieu, de quel droit appeler trahison le réflexe de sauvegarde, maladroit, brouillon le plus souvent, qui poussait les atevi à voler au secours de leurs intérêts, piétinant au passage les nobles sentiments humains ?

— Au fait, Banichi, ai-je songé à te remercier de m'avoir sauvé la vie ?

— Je n'ai fait que...

— Tu n'as fait que ton devoir, inutile de me rebattre les oreilles de cette sacrée conscience professionnelle. Je sais ! Il n'empêche, je te sais gré de préférer Bren-paidhi à Hanks-paidhi.

L'espace de quelques secondes, l'officier imagina qu'il pût en être autrement et roula des yeux comiques.

— Bren-ji, il ne m'en coûte pas un effort considérable.

— Un peu plus d'enthousiasme vis-à-vis de moi, serait-ce trop demander ? Ecoute : je me serais fait tirer dessus, tout à l'heure, plutôt que de prendre le risque de blesser quelqu'un qui pouvait être toi. Es-tu convaincu à présent de pouvoir me faire confiance ?

— Loin de là, bien au contraire. (Banichi venait d'ouvrir la porte, il éteignit avant de sortir.) Si par extraordinaire l'alerte était donnée cette nuit, reste bien tranquillement dans ton lit et laisse-nous agir.

Les atevi, à leur façon, exigeaient de lui l'impossible, une inhumanité de sentiments, de réactions, de réponses... Rien qu'il pût donner spontanément. Leur malaise était peut-être aussi profond que le sien. Ils ne disposaient pas de mots pour exprimer l'« affection », la « solitude ».

Le sentiment de son abandon l'accabla.

Il était un renégat pour ses semblables. Il était un humain pour les atevi, rien qu'un humain. Peu de chose.

Heureux qui se trouvait dans l'impossibilité *sociale* d'éprouver la solitude. Heureux les atevi dont les actes étaient toujours, ou presque, le fruit d'une démarche réfléchie. Ainsi n'existait-il chez eux aucune branche de la médecine traitant des maladies mentales, des troubles de la vie psychique. Normal, pas un seul n'accepterait de se confier hors du cadre strict de son *man'chi*. Ou bien : normal, toutes les relations qu'ils entretenaient les uns avec les autres étaient d'ordre pathologique. De ces deux hypothèses, une seule était vraie.

En désespoir de cause, quand le couvercle de la marmite menaçait de sauter, la ferveur populaire réclamait une effusion de sang qu'aucun démagogue, au fil des siècles, ne lui avait jamais refusée.

Banichi serait-il long à trouver le sommeil, cette nuit ? Les fantasmes du paidhi entretiendraient-ils chez lui une insomnie soucieuse, hantée de questions pour lesquelles un ateva disposait d'un vocabulaire très pauvre ? S'il possédait, à l'insu de tous, un dictionnaire bilingue, peut-être l'officier le consulterait-il afin de vérifier le sens de certaines obscurités contenues dans les propos de Bren Cameron.

Pour ce qui était de Jago et d'Ilisidi...

Au mépris des règles déontologiques observées par les paidhiin avant lui, il s'était engagé avec ces deux atevi de l'autre sexe sur la voie de relations personnelles propres à déclencher dans son esprit et dans son cœur une gamme de nuances appartenant au registre des sentiments humains. S'était-il cru, à tort, autorisé à le faire ? N'avait-il pas plutôt cherché à rompre le cercle infernal de son isolement, borné par l'indifférence de rapports étroitement professionnels ?

Tout était sa faute, même s'il s'accordait en son for intérieur de sérieuses circonstances atténuantes. Il avait fait là une fausse manœuvre sanctionnée par le courroux d'Ilisidi à son égard. Un échec dont il assumait l'entière responsabilité. Sensible à ses avertissements, Jago s'était éclipsée avant que ne se produise entre eux le geste qui aurait altéré leurs relations de manière irrévocable. Banichi, bien sûr, était au courant. Que pouvait-on lui cacher ?

Il perçut, atténué par la distance, le déclic du système de déverrouillage de la porte d'entrée. Bonne ou mauvaise nouvelle ? Peu lui importait, décida-t-il. Il se trouvait autour de lui assez de gens compétents pour prendre les sages décisions exigées. En revanche, personne ne savait mieux que lui ce qu'il fallait faire du code confidentiel communiqué par Shawn. Il lui vint à l'esprit qu'il n'en avait pas trouvé trace dans son ordinateur quand il avait établi la connexion et lancé son Fureteur. Le micro de Hanks était désormais en possession de personnes non autorisées, qu'elles fussent au service de Tabini ou de ses ennemis. Ce code, s'il ne se trompait pas sur le geste risqué de Shawn, était capable de pulvériser les défenses informatiques du réseau insulaire, il pouvait donner à l'intrus un accès au central du département d'Etat.

Si l'utilisateur avait vraiment l'intention de semer le plus grand désordre, il lui suffisait de révéler à Mospheira la gravité de la situation sur le continent :

le Bu-javid mitraillé, Deana Hanks introuvable, ainsi que son ordinateur. Personne pour empêcher les ravisseurs de contraindre leur prisonnière à ouvrir une brèche dans le dispositif de défense du réseau central de l'île. Le fait que la suppléante eût été assez naïve pour donner son consentement à cette opération douteuse n'y changerait rien, si les seigneurs félons étaient décidés à déclarer la guerre aux humains.

Il était facile d'imaginer la suite, l'inquiétude légitime du gouvernement de Mospheira qui se hâterait de prévenir le vaisseau, lequel n'aurait rien de plus pressé, dans un premier temps, que d'annuler l'envoi de ses émissaires, tout au moins de retarder leur départ et de choisir la relative sécurité d'un site d'atterrissage insulaire. Afin d'éviter ces contretemps catastrophiques, sûrement mis à profit par l'opposition pour désavouer la politique du aiji devant une opinion volontiers versatile, n'avait-il pas lui-même pris le risque de «mentir» à Jason Graham? J'ai échappé à deux attentats en l'espace de quelques jours, Mme Hanks a disparu alors qu'elle se trouvait au palais, sous la protection de la garde personnelle du aiji. A votre place, je prendrais au sérieux les avertissements de Mospheira, je me tiendrais à l'écart des atevi, trop violents, trop barbares, trop imprévisibles.

Suivant le même raisonnement, à quoi bon faire parvenir au Service un rapport incomplet par nécessité, à quoi bon se servir du code secret pour donner des sueurs froides au pauvre Shawn, à tous les collaborateurs fidèles dont la carrière dépendait du succès de la stratégie d'intégration privilégiée depuis toujours par Bren Cameron, singulièrement mise à mal depuis le retour du vaisseau? Dans ce contexte fragile qui favorisait des deux côtés l'offensive des conservateurs, la moindre initiative malencontreuse pourrait en effet précipiter la défaite du aiji.

Du reste, le département d'Etat serait-il informé, par le paidhi ou par d'autres sources, qu'il lui serait impossible de venir à la rescousse de Deana Hanks. Celle-ci devrait s'en remettre, pour sa libération, à la célérité des agents de Tabini.

Autre hypothèse, sous-entendue par Banichi : complice de ses ravisseurs, sa suppléante était non seulement épargnée, mais elle montait en grade. Deana Hanks ferait désormais fonction de paidhi entre le gouvernement de Mospheira et les seigneurs regroupés dans l'opposition. Les vœux les plus chers de l'intrigante seraient exaucés. Libre à elle d'appeler Mospheira et d'annoncer, triomphante, la nouvelle de son enlèvement, stratagème dont le seul but était d'empêcher l'arrivée sur le continent des deux émissaires de *Phœnix*. Le département d'Etat ne serait pas mécontent d'apprendre qu'elle travaillait désormais pour le compte des « faucons » de l'Association.

Il ouvrit très grands les yeux, contempla les ténèbres insondables de la pièce, puis son regard s'accoutuma, discerna des ombres et des lumières, des contours et même des fantômes. Il regrettait les reflets, devenus familiers au bout de quelques jours, des yeux vitrifiés de la bête, accrochée en face de lui dans la chambre de Malguri. Un doute profond l'envahit. Comment en était-il venu à trahir le président élu de Mospheira, les choix gouvernementaux, le fondement même de tous les principes démocratiques selon lesquels aucun individu ne pouvait, sans consultation des assemblées représentatives, prendre des décisions qui engageaient la nation entière ?

Cette évolution s'était produite peu à peu, justifiée par le fait que l'homme de terrain disposait des données immédiates, concrètes, autorisant une compréhension des êtres et des choses que le pouvoir lointain de Mospheira ne soupçonnait pas et dont il se souciait peu.

Ignorance, indifférence qui n'empêchait pas les familiers du Président d'apporter leur soutien à Deana

Hanks alors que celle-ci, parfaitement en mesure d'entrer en contact avec eux, était peut-être en train de jouer le jeu des conspirateurs, ces derniers poursuivant, pour des raisons opposées, le même objectif que leurs équivalents insulaires : faire en sorte que les atevi ne soient pas invités à la table des négociations entre la planète et *Phœnix*.

Il espéra très fort que les techniciens de la grande station émettrice fussent loyalistes. Sans leur aide, Deana ne pourrait communiquer avec le vaisseau sans passer par le relais de Mospheira.

Le cas échéant, ce détail n'échapperait pas à la Guilde des Pilotes. Sur cette ultime pensée consolatrice, il s'endormit.

20

Les réacteurs tournaient lorsqu'ils montèrent à bord. Bren observa le chargement dans les soutes d'une trentaine de valises mystérieuses, toutes estampillées aux couleurs du aiji, le noir et le rouge, au nombre desquelles les sacs légers contenant ses propres effets ne se trouvaient pas. Les bagages du paidhi, en effet, avaient déjà pris place dans la cabine.

Par le hublot, il vit s'approcher de l'appareil une nouvelle camionnette de livraison dont le chauffeur parlementa avec les prétoriens du cordon de sécurité. L'ayant aperçu, on lui adressa des signes et quelques têtes se tournèrent vers lui. Il répondit par un geste vague de la main, puis de l'arrière du véhicule furent extraites de nouvelles gerbes de fleurs que deux prétoriens déposèrent sur l'estrade dressée à cet effet non loin de là, hors de son champ de vision.

Il se produisit encore plusieurs livraisons, au point

qu'il en fut indisposé et se demanda s'il allait assister à un mariage ou à un enterrement.

Les messages joints, du moins, arrivaient jusqu'à lui, portés tantôt par les prétoriens, tantôt par les hôtesses, tantôt par les membres de l'équipe spéciale chargée d'inspecter les mets et boissons qui leur seraient servis pendant le vol.

Présidents de différentes commissions, domestiques, scribes récemment engagés, ces messages exprimaient le soulagement de savoir qu'il avait échappé aux nouvelles violences dirigées contre lui, l'espoir d'être toujours compté parmi ses amis.

Nand'paidhi, soyez très vigilant, veillez surtout à nous éviter une seconde guerre, disait l'un d'eux.

Quelques lignes d'une calligraphie soignée attirèrent son attention. Il reconnut la signature du retraité distingué, opportunément recruté par Tano. En habitué des coulisses du pouvoir et de ses convulsions, cet excellent personnage exprimait beaucoup de choses en peu de mots :

Nand'paidhi, j'ai toute confiance en votre service de Sécurité. Puissiez-vous vivre longtemps, c'est mon vœu le plus cher et celui de toute ma maisonnée, afin d'éclairer de vos sages conseils Tabini-aiji, que nous souhaitons voir toujours conduire les destinées de l'Association.

Ultime gerbe, remarquable par ses dimensions et son extravagance. Le livreur insista longuement pour remettre la carte en main propre, sa véhémence s'épuisa contre la résolution des prétoriens. Banichi fut appelé à la rescousse. Au terme d'un marchandage serré, il fut admis que l'officier consentirait à porter lui-même le pli à son destinataire. Ce qu'il fit, tandis que l'encombrant bouquet était évacué en direction du catafalque.

— Voici les souhaits d'un importun, annonça-t-il.

Bren rompit le sceau, regarda au bas de la feuille. Nul autre que le seigneur Geigi.

Nand'paidhi, écrivait-il, *des têtes plus savantes que la mienne se penchent en ce moment sur la thèse proposée en guise de réplique à ma question. Une réponse que vous avez pris l'initiative inattendue d'aller quérir en personne. Que certains, profitant de votre absence ou prenant prétexte du motif qui vous a inspiré dans ce court voyage, aient conçu le projet de nuire aux paidhiin, voilà ce que je déplore, tout en ayant conscience de figurer en bonne place sur la liste des suspects. Par ce même courrier, j'envoie sous pli séparé un message à Tabini-aiji pour l'assurer de mon soutien. Me ferez-vous la grâce de transmettre mes vœux de réussite à vos associés, de quelque niveau que ce soit. Je formule aussi le souhait que Hanks-paidhi en soit quitte pour l'émotion. Sachez que je n'épargnerai aucun effort afin qu'il en soit ainsi.*

— Ce repentir est-il sincère ? questionna Bren.

Banichi prit la lettre et la lut promptement, sourcils froncés.

— Il vaut mieux ne pas trop s'interroger. A la place du destinataire, j'éviterais de conserver cette gerbe sous mon toit.

— Par prudence, peut-être, tu ne prétends tout de même pas que ces fleurs puissent dissimuler un explosif ?

— Sait-on jamais ce que dissimule le cadeau fait par un ennemi ? Je suis d'avis de ne jamais rien laisser au hasard, aussi ai-je donné l'ordre d'éloigner le camion-citerne et d'avancer l'heure du départ... Nous devrions décoller dans quelques instants.

Reconnaissable entre toutes, la haute et mince silhouette de Jago sortit du bâtiment de l'aéroport. Elle rejoignit l'avion de son infatigable foulée, gravit les marches d'une traite. A peine fut-elle à l'intérieur que l'équipage remonta l'échelle, ferma la porte et la scella. La prétorienne s'avança vers l'unique passager tout en tirant discrètement sur les basques de sa veste d'uniforme dont elle vérifia la fermeture de tous les boutons. Jago tenait, en toutes circonstances, à cette apparence irréprochable.

— L'enquête a-t-elle progressé ? lui demanda le jeune homme.

— Plusieurs pistes sont à l'étude. Vous prendrez bien un rafraîchissement après le décollage ?

— Rien pour moi, merci. Offrez-moi plutôt de bonnes nouvelles de Hanks-paidhi.

— Nous n'en sommes pas encore là, malheureusement. Etes-vous certain de ne pas avoir soif ? Je prendrais volontiers un cocktail de fruits verts...

— Puisque vous insistez, je prendrai la même chose.

Tandis que Jago s'éloignait pour passer la commande, Bren gratifia Banichi d'un regard accusateur.

— N'étions-nous pas convenus d'une nouvelle tactique selon laquelle il était judicieux, nécessaire, souhaitable, de dire toute la vérité au paidhi ?

— Pas exactement. Nous sommes convenus de confier au paidhi les informations relevant de sa sécurité personnelle. La conduite des opérations, les progrès de l'enquête, c'est autre chose.

— Raisonnement spécieux, Banichi. De qui se moque-t-on ?

— Le paidhi se jetterait sur les renseignements fournis et tenterait d'y mettre son grain de sel. Je n'ai aucune confiance en ta neutralité, Bren-ji. Tu pâtis d'une sensibilité à fleur de peau, ton visage te trahirait.

Le ronflement devint assourdissant. Le jeune homme boucla sa ceinture, les autres en firent autant. Regardant au-dehors, il eut la vision fugitive du camion-citerne, garé cent mètres plus loin, puis de l'amoncellement des gerbes multicolores. L'appareil vira et prit la direction de la piste d'envol. Les membres de l'escorte, six prétoriens de l'un et l'autre sexe, solidement charpentés, souples d'épaules, les muscles à leur place, le regard minéral, avaient pris place à l'arrière de la cabine et discutaient à mi-voix. Les servantes avaient gagné Taiben par l'avion du petit matin afin d'arriver sur place à temps voulu pour préparer leur arrivée. Des servantes désignées par Saidin, de la première à la dernière, ainsi que Tabini l'avait spécifié. Mieux au fait, moins naïf que le paidhi, le aiji avait toujours su à quoi s'en tenir au sujet de l'intendante. D'où ce défi : il vous appartient de choisir votre équipe en connaissance de cause, faites comme bon vous semble et prenez vos responsabilités, pour le meilleur et pour le pire.

Bren ne put s'empêcher de secouer la tête, songeant à la candeur avec laquelle il avait épinglé sur Saidin l'étiquette de la vestale impeccable, dévouée jusqu'à la mort, quand il lui aurait été si facile de deviner sa véritable identité. Dans la mesure où la Guilde se devait d'être présente au troisième étage du Bu-javid, l'intendante représentait une candidate idéale. Sa grande courtoisie, ses compliments appuyés avaient dû laisser perplexe l'intéressée qui le croyait sans doute plus perspicace. Eût-il su que son attitude s'en fût trouvée modifiée malgré lui, le ton de sa voix, l'expression de son visage, infiniment vulnérable ainsi que Banichi venait de le lui rappeler.

Tout compte fait, il ne regrettait pas de s'être montré si aimable envers Saidin, la reine du double jeu. Mieux encore, il s'offrait le luxe de lui conserver son estime. La Guilde avait la main heureuse dans le choix de ses Assassins ; ceux que Bren avait eu l'occasion de côtoyer avaient en commun quelque chose d'indicible, un charme particulier, entêtant, telle une aura de puissance qui les enveloppait, comme s'ils étaient l'incarnation d'une fidélité demeurée sereine dans le vacarme d'un monde déboussolé. Ces compagnons aux beaux visages impassibles avaient la foi, ils étaient les gardiens d'une parfaite intégrité que rien ne pouvait ébranler. Rebelles à toute cassure, les Assassins semblaient les cariatides immuables de l'ordre ateva dont ils assuraient la permanence. Personne ne se posait la question de savoir si la cause servie était juste ; ils soutenaient et demeuraient. De là, sans doute, ce léger pouvoir de fascination exercé sur l'homme.

Les roues tressaillaient à tous les cahots de la piste. L'envol, par contraste, après une brève sensation d'affaissement, sembla une paisible apothéose. Virage sur l'aile. Sous le regard de Bren, les toits s'étendaient en pente raide. Les habitants de Shejidan, dont le sommeil venait d'être troublé, s'interrogeaient peut-être sur ce ballet aérien inhabituel à l'arrivée et au départ de la capitale.

La télévision, la radio avaient reçu pour consigne de ne pas semer la panique. Pourtant, les braves gens ne pouvaient manquer d'établir un lien entre cette agitation et la crise des relations entre l'île et le continent, entre l'opposition et lc aiji, tandis que le vaisseau, réfugié dans son lointain inaccessible, comptait les points.

L'avion se hissa au-dessus des nuages et ce fut un éblouissement : à l'est, le soleil se levait dans toute sa gloire, déversant sur l'horizon la splendeur de ses ors et de ses pourpres. La vue devait être encore plus impressionnante depuis les hublots situés de l'autre côté, avec les crêtes dentelées du Bergid enveloppées dans toutes les nuances de l'aube, mais le paidhi ne se sentait pas le courage de traverser l'allée. Il songeait à Hanks, sans parvenir à se convaincre tout à fait de son innocence, ni du fait qu'elle ne courait aucun danger puisque Tabini avait tout prévu et contrôlait la situation. On ne pouvait enlever, à l'intérieur même du Bu-javid, un hôte placé sous la protection des prétoriens du aiji sans porter atteinte à l'harmonie de l'Association. Une chose était certaine : sur l'ordre du aiji dont l'arrivée à Taiben n'était même pas encore une certitude, une puissance de feu considérable avait été accumulée en l'espace de quelques heures dans le pavillon de chasse désormais capable de soutenir un siège.

— Quelles nouvelles de l'adversaire ? s'impatienta le jeune homme. Sait-on au moins s'il a l'intention de s'opposer à l'atterrissage des émissaires de *Phœnix* ?

Banichi et Jago échangèrent un regard qui n'exprimait absolument rien.

— Les conservateurs sont favorables à toutes les initiatives susceptibles d'affaiblir l'autorité du aiji, dit la prétorienne. Un assaut donné contre Taiben n'est pas exclu.

— De quoi ont-ils peur, en réalité ? Tabini seul est-il visé ou bien s'agit-il d'empêcher toute prise de contact avec les humains venus du vaisseau et d'une manière générale de mettre un frein au rapprochement entre nos deux peuples ?

— Il est regrettable que le choix du vaisseau se soit porté sur un site aussi proche d'une agglomération acquise aux conspirateurs, prête à leur fournir le soutien logistique dont ils auraient besoin. Direiso et Tatiseigi sont tous deux établis non loin de là.

— En somme, tout autre point de chute aurait été préférable, s'étonna Bren. Dans ce cas, pourquoi Taiben figurait-il sur la liste ?

— Il n'y a pas que des inconvénients. Pour nous aussi, ce lieu présente une grande facilité d'accès et nous observerons leurs mouvements d'autant mieux que nous serons à proximité de leurs bases opérationnelles.

Le jeune homme les dévisagea tour à tour, devina de leur part une attente comme s'il lui appartenait, pour en apprendre davantage, de poser les bonnes questions.

— Y a-t-il d'autres raisons plus précises de craindre une initiative militaire de leur part ? murmura-t-il, estimant qu'un ignorant avait tout intérêt à rester dans le vague.

A nouveau, les yeux de Banichi croisèrent ceux de Jago.

— Nand'paidhi, Taiben est un domaine très ancien, implanté dans une région morcelée en fiefs qui entretiennent depuis toujours les uns avec les autres les relations les plus orageuses.

La Vallée du Padi, lieu de naissance de nombreux clans, autant dire le champ clos de féroces conflits, un lieu maudit de l'Histoire, tout imprégné du relent des vieilles inimitiés.

— Y a-t-il eu beaucoup de sang versé ?

Banichi ne put réprimer une moue agacée devant cette manie humaine de toujours simplifier à outrance.

— La question n'est pas là. A travers cette antique division du sol, vieille de plusieurs millénaires, s'est noué un lacis de rivalités entre seigneuries qui contrôlent aujourd'hui des associations puissantes, aux ramifications innombrables.

Le paidhi commençait à y voir plus clair.

— Autrement dit, si une rébellion éclatait à l'autre bout du continent, c'est ici, dans le voisinage de Taiben, parmi ces hauts lignages, qu'il faudrait chercher l'âme du complot ?

— Cinq domaines, dit Jago. Bien avant l'arrivée des humains, cinq grandes familles se partageaient la Vallée du Padi. De mémoire d'historien, tous les aijiin de la branche ragi sont issus de l'un ou l'autre de ces clans. L'Association dans son ensemble serait en peine de porter ses suffrages sur un candidat dont les ancêtres ne seraient pas natifs de la Vallée, comme ce fut le cas de tous les Ragi qui ont jamais exercé le pouvoir à Shejidan.

Le jeune homme acquiesça, songeur. Face à ce véritable pont aux ânes de l'histoire contemporaine ateva, il donna la réplique qui aurait été celle de tout étudiant de première année :

— Peut-être, mais cette dépendance vis-à-vis des

autres n'a pas empêché la dynastie ragi d'élaborer un Traité de paix avec les hommes, puis de prélever sur ses propriétés les terres côtières attribuées aux réfugiés venus de Mospheira. (Bren entrevoyait soudain d'autres explications, d'autres circonstances parmi lesquelles la complexité du processus électoral.) Autant dire que ce Traité est l'œuvre des Ragi, et d'eux seuls, conclut-il.

L'officier hocha la tête.

— Ils n'ont conservé que le domaine de Taiben sur la rivière Alujis, en raison de la relative proximité de Shejidan, mais pas seulement. D'autres solidarités justifiaient le maintien d'une présence dans la Vallée du Padi : celle des résidents, celle des chasseurs, des aristocrates, celle des propriétaires fonciers, enfin, dont le bien s'était transmis au fil des siècles.

— Le territoire Atigeini jouxte celui des Ragi, n'est-ce pas ?

— A vol d'oiseau, depuis leur résidence, ils peuvent être là en moins d'une demi-heure.

— Vous craignez qu'ils ne soient enfin décidés à passer à l'action ? L'opposition parlementaire ne leur suffirait plus ?

— Avant le coucher du soleil, nous devrions savoir à quoi nous en tenir au sujet des Atigeini. Tout dépend des ambitions du vieux Tatiseigi.

— Et de l'attitude d'Ilisidi, lui rappela Jago.

Bren la dévisagea avec une expression naïve, où se mêlaient la crainte et l'espoir.

— Où se trouve-t-elle en ce moment ? Quelles sont ses intentions ? Pourquoi voudrait-elle chasser son petit-fils de Shejidan ?

La prétorienne haussa les épaules.

— Elle s'était réfugiée à Taiben, où elle serait encore si Tabini ne l'en avait délogée hier soir. D'après ce que nous savons, elle a trouvé asile dans la montagne, à Masiri, où elle serait l'hôte de Tatiseigi en personne.

Bren en avait entendu suffisamment. Toute l'affaire prenait soudain pour lui une allure de désastre.

— Le aiji savait ce qu'il faisait en lui demandant de quitter Taiben, murmura Banichi. Il n'ignorait pas quelle serait l'étape suivante de la douairière.

— Il fera tout pour que le fragile équilibre de la paix soit maintenu dans la Vallée du Padi, renchérit Jago.

— Ne craint-il pas de provoquer ses ennemis ?

— Peut-être pense-t-il qu'il est de son intérêt de les rassembler sous le même toit.

La longue histoire des atevi se fermait sur lui comme un poing. Prisonnier de ce piège étouffant, il eut la vision d'une débâcle inévitable. Le paidhi n'avait jamais été que l'instrument d'une conspiration dont le dénouement approchait. Il n'avait rien trouvé de mieux à faire que d'insister auprès de *Phœnix* pour que le continent, et non Mospheira, eût le privilège d'accueillir les « parachutés ». Ceux-ci allaient se retrouver au milieu d'un sanglant règlement de comptes.

— Cette région fut le théâtre de guerres innombrables, dit Jago, et cependant on n'y trouve aucune forteresse dans le style de Malguri. Les Ragi poussaient l'orgueil jusqu'à mépriser la protection des murailles.

— Les dirigeants de l'Association se recrutaient infailliblement au sein des hautes familles, poursuivit Banichi. Taiben est le berceau de l'ascendance paternelle du aiji. La branche maternelle, dont les fondateurs sont antérieurs de deux générations, est issue des provinces orientales.

— Dont Malguri est précisément l'un des fiefs, précisa Jago. Pour réduire à quelques lignes de longs épisodes guerriers, disons que les seigneurs de Malguri ont scellé leur alliance avec les clans de la Vallée du Padi en offrant leur fille en mariage au grand-père de Tabini. Celui-ci, par conséquent, est le seul héritier des cinq familles originelles ayant échappé à la règle un peu étouffante de l'endogamie. Le fait de posséder ailleurs de solides liens de parenté constitue un avantage évident qui lui permet de se prévaloir d'autres solidarités.

Le paidhi restait songeur.

— En somme, si un nouveau rejeton de la Vallée du Padi tentait aujourd'hui de défier l'autorité de Tabini pour imposer la sienne, il ne pourrait guère compter sur le soutien des provinces du levant.

— Une seule personne pourrait prétendre faire l'unanimité, murmura Banichi.

— Ilisidi, n'est-ce pas ? Je le sais bien.

— Ilisidi n'a pu rassembler sur son nom et son programme les suffrages du hasdrawad. A tort ou à raison, il se méfiait et voyait en elle la candidate de l'aristocratie. Le tashrid n'aurait pas fait tant de manières et l'aurait envoyée à Shejidan sans hésiter. Malheureusement pour la douairière, seul le hasdrawad, la chambre haute, a le pouvoir de désigner le successeur du aiji. Cette réforme si importante est passée complètement inaperçue au milieu du tourbillon des débats dont l'enjeu n'était rien de moins que la négociation du Traité de paix et les conditions d'accueil des réfugiés en provenance de l'île. Trop occupés à se battre becs et ongles dans l'espoir d'obtenir des miettes du gâteau, les seigneurs n'ont pas vu venir le coup qui leur était assené dans l'ombre. Auparavant, le vote du hasdrawad se conformait aux instructions venues d'en haut.

— Tout a changé avec le décollage économique des régions, enchaîna Jago. Désormais, les représentants, devenus des agents financiers avec lesquels il fallait compter, avaient des intérêts spécifiques à défendre et refusaient de se laisser dicter d'autres lois susceptibles d'entraver l'essor des régions dont ils avaient la charge. Les seigneurs du Padi faisaient et défaisaient les aijiin, mais ce temps est bien révolu. De nos jours, ils ne peuvent prétendre construire sur leurs propres deniers une voie de raccordement de chemin de fer sans avoir obtenu un vote du hasdrawad et le permis de construire du ministère des transports et de l'aménagement du territoire. Le destin de la Vallée leur échappe.

Banichi fit entendre une sorte de hennissement hautain qui pouvait être interprété comme une marque d'humour ou de compassion.

La potion fut amère, pourtant elle ne suscita guère d'effervescence. Ces propriétaires fonciers tardivement reconvertis dans l'industrie de proximité ne furent pas longs à comprendre que Mospheira allait les faire entrer dans une seconde révolution technologique capable de leur assurer une puissance et des rendements supérieurs. Les hobereaux abandonnèrent sans trop de nostalgie le pouvoir politique puisque ce transfert en d'autres mains était justement conçu comme l'une des conditions préalables à la modernisation et son accompagnement logique.

Il ne s'agissait pas d'une simple leçon d'histoire à bâtons rompus, pour le plaisir de passer le temps de manière intelligente. Ses protecteurs lui donnaient un exposé chronologique de l'histoire récente, de façon à mettre en lumière les enjeux de la dernière crise, susceptible de déboucher sur un renversement d'alliance qui ferait basculer le rapport de force en faveur des conservateurs. A Mospheira se déroulait un processus identique, le changement opéré là-bas expliquant peut-être, par un effet mimétique, la renaissance d'appétits corporatistes au sein de l'Association.

— Le clan Atigeini... murmura Bren. Quel but poursuit le aiji en s'acoquinant avec eux ?

— C'est l'évidence : il espère sceller une alliance grâce à la naissance d'un héritier.

— Que lui apporterait cette alliance dont il ne puisse se passer, surtout en ce moment ?

— Elus avec les voix du hasdrawad, Tabini-aiji et ceux de son clan restent attachés au système démocratique. Mais les événements se précipitent et les caciques du tashrid, sans doute encouragés par Deana Hanks, estiment le moment propice pour tenter de rétablir leurs anciennes prérogatives. Ils n'y parviendront jamais par la voie légale. Reste la possibilité d'un coup d'Etat.

Toutes ces années, Bren Cameron avait été harcelé douloureusement par le fait que le monde ateva était inaccessible et l'excluait. Avait-il travaillé en pure perte ? Tabini était-il prêt à rétablir les anciens droits féodaux en échange du maintien de son pouvoir ?

— Le tashrid sera-t-il à nouveau maître du jeu ? fit-il à mi-voix.

— Personne ne le souhaite, mais telle est la tempête qui couve au sein de notre gouvernement et menace nos institutions. Certaines coïncidences sont troublantes. Comment ne pas remarquer la simultanéité entre le moment choisi par Damiri-daja, du clan Atigeini de la Vallée du Padi, pour apparaître au grand jour comme la fiancée du aiji, et d'autre part l'apparition du vaisseau et ton propre retour de Malguri, blessé, mais triomphant ?

Banichi n'aspirait pas encore à déchiffrer l'infinie syntaxe des constellations. En revanche, en qualité de membre d'honneur de la Guilde des Assassins, il n'avait pas son pareil pour démêler l'écheveau des intrigues et des ambitions qui poussaient les uns et les autres à engager la procédure du Défi.

— Mon retour, dis-tu, sain et sauf, mais *triomphant* ?

— Il est une chose que la dame a vite comprise, car elle n'est point sotte. L'apparition de cet astre d'un genre particulier représentait pour Tabini, à condition d'être habile, l'occasion de consolider son pouvoir, et non le contraire. La vieille ambition des Atigeini, celle d'entrer dans le Bu-javid par la grande porte, serait donc assouvie dans la chambre du aiji plus facilement que sur les champs de bataille. Un indice les a mis sur la voie : le fait que la douairière ait pris fait et cause pour toi, après mûre réflexion.

— Sans doute as-tu observé Damiri avec une attention toute particulière, pour parvenir à cette conclusion ?

Banichi lui fit l'aumône d'un sourire fugitif.

— Le paidhi qui sait garder sa lucidité en toutes circonstances a dû se demander maintes fois s'il y avait lieu de douter de leur attachement l'un pour l'autre. Certains domestiques, bien placés pour savoir, affirment qu'il y a entre eux... (l'officier joignit les doigts en signe d'harmonie)... des moments d'abandon sincère dans lesquels s'exprime leur satisfaction d'être ensemble. Pas de véritable dissimulation, par conséquent. Il n'empêche... Hormis ces parenthèses privilégiées, chacun reprend ses esprits et reste maître de ses intérêts. En t'offrant l'asile de la prestigieuse résidence Atigeini, Damiri a fait preuve d'orgueil, vis-à-vis du aiji, vis-à-vis des siens. Cette provocation avait valeur de test.

— Je comprends très bien. Le paidhi était l'appât dont la dame avait besoin pour marquer son esprit d'indépendance par rapport au aiji et du même coup mettre à l'épreuve l'audace de ses ennemis. N'était-ce pas mettre la barre un peu haut ?

— Un attentat réussi contre toi eût signifié un grave revers. Damiri a fait savoir avec éclat qu'elle prenait ses distances par rapport aux choix politiques de son clan. Tatiseigi, souviens-t'en, a toujours mis un point d'honneur à désavouer Tabini. Il en était de même de la génération précédente, et jusqu'aux aïeuls des deux familles qui faisaient profession de se haïr. Damiri, pour la première fois, propose de mettre un terme à ce jeu puéril, dangereux, ou plutôt d'en modifier les règles. Une alliance en bonne et due forme se dessine grâce à la future mère de l'héritier, avec en plus la possibilité de rompre la malédiction de la vallée du Padi et peut-être un moyen de jouer un vilain tour au aiji… avec l'assentiment du vieil oncle. A moins que Damiri n'envisage tout simplement d'écarter Tatiseigi et sa clique du pouvoir et de faire main basse sur le clan Atigeini.

Le jeune homme les dévisagea tout à tour.

— Voilà une version des événements à ne pas mettre dans toutes les oreilles ?

— Peu de gens connaissent les détails, mais tout le monde feint de savoir à quoi s'en tenir et des généralités s'échangent à mots couverts, comme autant de secrets. Le paidhi saisit-il la nuance ?

— Rien de plus facile.

— Ces heures mettent en péril l'unité de l'Association, reprit Banichi avec gravité. (Il alla quérir au fond d'une poche de sa vareuse un cylindre d'argent qu'il présenta au jeune homme.) Tabini a exprimé le désir que tu saches à quoi t'en tenir sur l'état d'esprit de nos voisins. Nous sommes chargés de te remettre ceci, que tu devras détruire, ainsi que la bande enregistrée qui accompagne le message.

Le sceau du aiji.

Bren ouvrit l'étui, se hâta de rompre le cachet, laissa son regard sauter l'interminable énoncé des qualités de l'expéditeur pour en arriver à l'essentiel :

Nous te recommandons la plus grande prudence. Evite de te soustraire, fût-ce pour un instant, à la surveillance de ton service de Sécurité ; nous avons tout lieu de craindre qu'il se prépare contre nous une action d'envergure.

Les déplacements de Deana Hanks ne nous sont pas connus dans leur précision, toutefois de bonne source nous croyons savoir qu'elle se trouve dans les environs de Taiben. Le petit nombre des conspirateurs résolus oblige ceux-ci à se regrouper dans leur région d'origine, accueillante et solidaire. Leurs partisans les plus circonspects hésiteraient sans doute à s'engager avant que le mouvement ne rencontre ses premiers succès.

Je ne serais guère surpris si à l'origine du complot se trouvaient certains seigneurs remarqués en compagnie de ta suppléante. Elle semble jouir d'une certaine liberté, comme te l'indiquera la copie d'un message destiné à Mospheira et que nous avons intercepté. Tâche de tirer ce galimatias au clair.

Jago avait apporté un petit magnétophone. La bande fut vite installée. Il espéra que le texte ne comportait aucune allusion à l'évolution des rapports entre *Phœnix* et le gouvernement insulaire, qu'il s'agissait exclusivement de l'humble cuisine terrestre dont le contenu serait en lui-même assez embarrassant.

Message chiffré, comme il fallait s'y attendre. Il essaya plusicurs systèmes de décodage sur son ordinateur ; à la huitième tentative, le déclic se produisit, le texte libéré se déroula sur l'écran.

Cameron est passé à l'ennemi. Il a menacé le vaisseau de confuses représailles de la part des atevi si les envoyés ne se posaient pas sur le territoire contrôlé par le aiji. Dans le même temps, il a exigé et obtenu de son maître que je sois placée en résidence surveillée, dans un isolement complet, coupée de tous. Avec le projet de me faire assassiner, selon certains informateurs de bonne foi. Pour comprendre les agissements de Cameron, il faut leur restituer leur juste place dans un programme ambitieux qui prévoit la transformation des structures administratives de l'Association vers un pouvoir centralisé avec prise de contrôle de toutes les sources d'énergie, gisements pétrolifères, barrages, centrales électriques ainsi que des moyens de transport et de communication, des secteurs miniers, industriels, des principaux ports et aéroports. Cette mise sous tutelle des richesses continentales n'a d'autre but que de saper la puissance des seigneurs provinciaux et des proprié-

taires fonciers en les privant de leurs principales sources de revenus, et de renflouer par la même occasion les caisses du pouvoir central en lui assurant le monopole de la production et du commerce extérieur.

Quelles qu'aient pu être ses réserves par ailleurs, Bren Cameron a soutenu cette politique de « nationalisation » des ressources ; il a lui-même recommandé par rapport à Mospheira l'adoption de la tactique du boycott. Aux dernières nouvelles, avec la bénédiction du aiji, il a effectué un déplacement très remarqué jusqu'à un lointain observatoire d'où il a rapporté une théorie sur le principe d'un univers « ondulatoire », prétendument basée sur les recherches d'un savant ateva mais dont je penserais volontiers qu'elle fut élaborée à partir d'une traduction non autorisée de travaux effectués par nos mathématiciens. Le but de l'opération étant d'ébranler les principes religieux de certains dirigeants du courant conservateur, ennemis jurés de Tabini — lequel, on le sait, ne s'embarrasse d'aucune doctrine philosophique.

Sans le dévouement, le courage de ces farouches opposants qui m'ont accueillie au péril de leur vie, je ne serais pas en mesure de vous faire parvenir ce message. A mon avis, il ne saurait être question de dissimuler la gravité de la situation à l'émissaire de Phœnix, *si toutefois elle arrive à Mospheira. Rien n'est moins sûr, au dire de mes informateurs. Le aiji pourrait décider de son élimination et mettre cet acte odieux sur le compte de ses adversaires, un excellent prétexte pour se débarrasser de ceux-ci. En toute légalité puisque ses partisans contrôlent la Guilde des Assassins. Sans doute en profiterait-il pour faire le ménage au sein de cette vénérable institution, satisfait seulement lorsque toute voix discordante aura été mise hors d'état de s'exprimer à travers tout le Territoire.*

Je presse le gouvernement de rappeler Cameron. Qu'on le prive de tous ses mandats, que tous ses codes lui soient retirés. Qu'il soit sommé, devant une commis-

sion disciplinaire, de s'expliquer sur des agissements si peu conformes aux intérêts de la communauté humaine.

N'omettez pas de rassurer ma famille sur mon sort. Pour l'instant, je suis en sécurité, grâce en soit rendue à ceux qui sont prêts à se battre pour rester libres.

Il ne poussa aucun juron ni ne frappa du poing sur la table. Son visage demeura impassible. Il avait en vain espéré voir surgir quelques barbarismes éclatants tels que *discontinuation, corrélationnellement, controlatéralité*... dont la présence incongrue, suivant une convention tacite, signalait la rédaction d'un message rédigé sous la contrainte. Hélas, ces indices rassurants ne figuraient nulle part dans le texte de Deana Hanks. Il s'agissait d'un réquisitoire impitoyable qui ne laissait guère de place au doute, à l'indulgence. Tout au plus voulait-on reconnaître à Bren Cameron une part d'inconscience, faisant de lui une sorte de pantin manipulé. Un tel aplomb dans l'imagination mensongère l'incita à se demander s'il y avait l'ombre d'une chance pour qu'elle eût raison et qu'il eût tort sur toute la ligne, depuis le début ? Tabini voulait-il mettre à profit la crise ouverte par l'arrivée de *Phœnix* pour faire table rase de son opposition, établir une dictature ?

Non, décidément, le aiji était d'une autre trempe. Il suffisait pour s'en convaincre d'évoquer la magnanimité dont il avait fait preuve envers les rebelles de Malguri, la douairière lui ayant donné l'assurance que tout était rentré dans l'ordre. Quant aux capacités d'intervention punitive de la Guilde, il en avait fait au cours de son mandat un usage si parcimonieux qu'il était presque impossible au paidhi d'en trouver la trace dans son souvenir. Il ne pouvait être coupable d'un tel machiavélisme, le aiji qui, pour avoir vraisemblablement trempé dans l'assassinat de son père, n'avait pu se résoudre à tourmenter sa grand-mère, pourtant mille fois suspecte à ses yeux, à juste titre.

Comment expliquer, s'il s'agissait d'un dictateur en puissance, le soutien dont il jouissait parmi les représentants de la chambre des communes? Elu par le hasdrawad — Banichi avait eu raison de rappeler l'importance de cette petite révolution du système électoral —, Tabini avait su rester populaire. C'était là, sans doute, la véritable raison de la stabilité de l'Association Occidentale. A Mospheira, les spécialistes en sciences sociales préféraient mettre en avant l'intégration économique du territoire sous la férule d'une administration dynamique, capable de pourvoir, grosso modo, à la satisfaction des besoins du plus grand nombre. L'affection des atevi pour le aiji s'en trouvait, certainement, encouragée.

Il avait conscience du regard attentif des deux prétoriens, assis en face de lui. Jago et Banichi semblaient tous deux dans l'expectative. Tout à coup, il comprit.

— Le message était codé, dit-il en s'adressant à l'officier supérieur. En aucun cas tu ne pouvais être en mesure de le déchiffrer.

Banichi confirma d'un battement de paupières peu compromettant. Il n'était pas question de se livrer avec le chef de la Sécurité au petit jeu des devinettes et des feintes. Il n'était qu'une seule manière d'apprendre la vérité: aller droit au but.

— Tu savais, par conséquent, de quoi il s'agissait: un message de Deana Hanks adressé à mon gouvernement. Tu n'ignores pas davantage où elle se trouve et tu as une petite idée de la propagande intensive à laquelle ses hôtes se sont livrés auprès d'elle.

Banichi acquiesça derechef.

— En deux mots, il y a peu de chose que nous ignorions concernant Deana Hanks et ses complices.

— Voilà pourquoi vous m'avez rafraîchi la mémoire au sujet de l'élection du aiji par les représentants.

— En effet, dit Jago. Tabini a insisté pour que vous n'oubliiez pas cet aspect de la lutte menée par certains clans contre lui.

— Autrement dit, une poignée de seigneurs chercheraient à reconquérir leurs droits aux dépens des communes ?

L'officier fit la moue, hésita.

— C'est une façon de présenter le problème. Si Hanks a choisi de s'exprimer ainsi dans un message adressé aux autorités de Mospheira, avec l'autorisation de ses ravisseurs, elle a dû au préalable convaincre ceux-ci qu'ils servaient à ses yeux une juste cause et qu'elle s'emploierait de son mieux à présenter l'opposition sous un jour favorable.

— Ma première impulsion était la bonne, fit Jago à mi-voix. J'aurais dû tuer cette femme, à la gare, alors qu'elle se donnait en spectacle. J'aurais ainsi épargné beaucoup d'ennuis à l'Association et au aiji.

Bren restait songeur.

— Je souhaiterais vous poser une question concernant Ilisidi. En ma présence, la douairière a toujours prétendu être attachée à la préservation de l'environnement et des traditions culturelles plutôt qu'à celle des privilèges de l'aristocratie...

— Sans doute, mais seul un seigneur dans toute sa puissance aura les moyens d'entretenir un domaine tel que Malguri, la forteresse, ses terres et les habitants dont il dépend pour sa survie et sur lesquels il lui appartient de veiller. Sans oublier la faune, la flore... A l'inverse, un grand féodal dispose aujourd'hui encore d'un droit de vie et de mort sur les bâtiments et les forêts dont il a hérité. Il peut tout détruire puisque tout lui appartient. Libre à lui de raser une citadelle vieille de plusieurs millénaires et de faire bétonner la forêt. Aucune association de citoyens ne pourra s'élever contre ces décisions scandaleuses, nul décret du hasdrawad ne peut exproprier un seigneur. Le tashrid seul peut opposer son veto, obtenu à la majorité de ses membres.

Bren se remémora l'aérodrome de Wigairiin, mitoyen de l'antique cité désaffectée, livrée aux outrages du temps. Pour construire la piste, on n'avait pas hésité à sacrifier des murailles du quatorzième siècle. Petite agglomération des confins de la province orientale, Wigairiin n'avait que faire de liaisons aériennes avec le reste du monde. Le seul avion, pour ainsi dire, à rouler sur cette piste était le jet personnel du seigneur local. Du moins ne pouvait-on lui adresser le reproche de flatter l'industrie du tourisme.

— Quand vous serez à Taiben, soyez très vigilant, dit Jago. Ne prenez aucun risque.

La prétorienne fixait sur lui un regard profond qui ne cédait pas, un regard qui excluait les mots vagues, les paroles de circonstance pour aller à l'essentiel. Ce regard si simple était d'une folle outrecuidance. Bren détourna le sien.

— Comparées à ces jeux de pouvoir et d'allégeance, les tractations électorales des politiciens de Mospheira semblent bien naïves, dit-il, et le paidhi n'est pas certain de s'y retrouver tout à fait. Dites-moi au moins ceci : comment Ilisidi pouvait-elle savoir, quelques heures après que j'eus moi-même appris la nouvelle, que ma fiancée était devenue l'épouse de quelqu'un d'autre, si ce n'est que l'une des servantes de Damiri l'avait mise au courant ? Mais pourquoi l'aïeule de Tabini et sa compagne feraient-elles cause commune ?

Ses vis-à-vis acquiescèrent à l'unisson, si graves que le jeune homme craignit un instant d'avoir commis un terrible impair.

— Tabini lui-même s'est posé cette question dont la pertinence éclate aujourd'hui, dit Banichi, quand on sait chez qui la douairière a trouvé asile. Le clan Atigeini.

— Le aiji s'est-il enquis de savoir la vérité auprès de Damiri ?

Question qui, formulée de la sorte, sentait son humanité à dix lieues. Bren eut le sentiment qu'il n'avait rien à gagner à se montrer trop candide.

— Il s'est enquis, confirma l'officier, par des voies détournées. Le mensonge ne nous est pas inconnu, nadi-ji. Certains d'entre nous sont passés maîtres dans l'art de la simulation. A tel point que leurs victimes s'estimant moralement offensées vont jusqu'à exiger des réparations officielles.

Il était cependant un point sur lequel le paidhi devait essayer d'obtenir une réponse franche.

— A votre avis, peut-on ou non se fier à la sincérité de Damiri ?

— On le peut, répliqua Banichi, tout en sachant que la dame a sans doute conservé avec son clan des liens plus étroits que ne le souhaiterait Tabini. Elle en a le droit, sans être pour autant malhonnête.

Le moutonnement illimité des arbres fut enfin rompu par la diagonale du chemin de fer reliant l'aéroport de Taiben à la localité, puis celle-ci au domaine du aiji. Aux deux extrémités de la ligne, une bifurcation.

Tandis que l'avion virait pour amorcer sa descente, on distinguait les embranchements ferroviaires qui desservaient hameaux ou demeures particulières. Ces dernières pouvant être de simples pavillons de chasse ou des propriétés ancestrales, semblables à celles que les Atigeini possédaient au cœur de la sapinière la plus touffue de la Vallée du Padi.

Le jeune homme se fit la réflexion saugrenue que si, une fois installés dans le train avec leur équipage, il leur prenait la fantaisie de se faire conduire, non pas à Taiben mais plus au nord, jusqu'au fief du redoutable Tatiseigi, ils trouveraient là-bas un accueil courtois, pimenté par l'humour d'Ilisidi, une table très convenable. Après quoi on les mettrait dans le train et celui-ci les déposerait chez le aiji à temps pour le repas du soir. Aucune inimitié ne pouvait aller à l'encontre des règles de l'hospitalité seigneuriale.

La voie prenait plaisir à serpenter au milieu des collines boisées. On ne se pressait pas pour arriver à Taiben et les passagers du tortillard avaient tout loisir de s'abandonner aux vagabondages de l'esprit.

La capsule était en route depuis longtemps, songeait le paidhi, peut-être même avait-elle fait son entrée dans l'atmosphère. Tout dépendait, bien sûr, de la distance à laquelle se trouvait la station — dont il n'avait qu'une idée approximative —, et de l'impulsion initiale donnée par le lanceur. Deana Hanks s'insinua dans ses pensées. Comment avait-il pu être assez naïf pour lui faire confiance, bon prince au point de solliciter son aide pour la rédaction d'un rapport, destiné de son point de vue à sceller leur réconciliation ?

En toute logique, afin qu'elle fût en mesure de constituer un dossier solide, puisant ses renseignements aux meilleures sources, il avait réclamé, obtenu la réouverture de sa ligne de téléphone. Liberté aussitôt mise à profit par l'incorrigible pour ourdir de nouvelles manigances qui avaient coûté la vie à deux prétoriens.

Force lui était de reconnaître qu'il s'était laissé berner, cruellement, totalement. Il avait sous-estimé sa suppléante, les liens de complicité noués avec l'opposition, la réalité d'une alliance objective formée avec les conservateurs de Mospheira. Blessé dans son orgueil, dans sa confiance, il éprouvait une colère noire contre ce misérable échantillon d'humanité, prêt à sacrifier deux siècles d'efforts couronnés de succès au nom d'une certaine idée de l'homme face à son destin spatial. A Banichi, il avait affirmé que l'irruption des ravisseurs dans le studio avait bouleversé Deana Hanks, qu'elle avait tenté d'alerter ses prétoriens ! C'était à lui, bien sûr, que l'on voulait donner le change.

Hanks n'avait pas senti passer le vent de l'Histoire, elle s'était trompée de camp en s'acoquinant avec les éléments les plus réactionnaires du tashrid. N'était-ce pas plutôt lui, Bren Cameron, qui s'était fourvoyé, comprenant trop tard qu'il offrait aux conservateurs des deux rives une occasion idéale de faire cause commune : il fallait faire échec à la rencontre entre *Phœnix* et les atevi. Tout de même, comment ces féodaux arrogants, tellement attachés à leurs privilèges, ne voyaient-ils pas que la stratégie préconisée par Hanks, renversement de l'ordre établi, rétablissement de la ségrégation dans toute sa rigueur, favorisait à terme les intérêts humains, au détriment de l'Association ? L'affaire de la vitesse superluminique avait failli coûter cher à la suppléante. D'un autre côté, il s'en était fallu de peu que cette fuite calculée n'ébranlât une province et ne fît basculer, par cupidité, une éminence de l'envergure de Geigi.

A Mospheira, historiens, anthropologues s'étaient penchés sur les modes de transmission du pouvoir au sein de l'Association Occidentale. A l'origine était la Vallée du Padi, soudée par ses clans. Aussi longtemps que les membres de cette association primitive, si puissante à l'origine, resteraient attachés à la Vallée, aussi longtemps qu'ils conserveraient leurs domaines ancestraux, même réduits comme l'était à présent celui des Ragi, solidarités et rivalités continueraient de s'exercer suivant les vieilles lois hiérarchiques et personne ne pourrait s'y soustraire. Les atevi comprenaient ces subtilités d'instinct, mais qu'en était-il des humains ?

Des ennemis irréductibles, songeait-il, tout en contemplant la longue perspective de la vallée, écrin de verdure exubérante où se nichait la coulée ocre des toits de Taiben. Quoi de plus paisible en apparence que cette petite agglomération forestière sur laquelle la nuit tombait doucement ? Tout le bonheur du monde semblait tenir dans ce crépuscule champêtre.

Allumé dans la nuit des temps, un feu couvait sous ce paysage assoupi, prêt à s'embraser à la moindre étincelle. Les humains n'avaient pas compris ce trait du caractère ateva, l'Association Occidentale entretenait avec ferveur le souvenir de ses conflits passés, elle ne ferait jamais table rase. Cette mémoire était sa force.

Gonflant son ego d'une victoire facile obtenue à force de promesses fallacieuses, Deana Hanks avait cru arriver à ses fins sans deviner l'envers du décor, où se cachaient les images peintes à coups de sang, guerres, rapines, assassinats... Sans mesurer l'irrésistible appétit de vengeance qui animait les seigneurs félons, la suppléante avait cru négocier avec un courant politique dont la cohérence aurait tenu à la solidarité économique de certains grands seigneurs engagés dans des activités complémentaires, soudés par les mêmes intérêts financiers.

Motivations pauvrement humaines, insuffisantes pour qui voulait maîtriser le phénomène ateva des intrigues et des conjurations. Deana avait une formation d'économiste, elle ne voyait pas plus loin que sa thèse de doctorat.

Aucun doute : toute révolution industrielle engendrait tôt ou tard les institutions sociales propres à favoriser son développement.

Sans s'embarrasser de nuances sémantiques, Deana avait pu affirmer devant un auditoire convaincu à l'avance de la nocivité du processus qu'il fallait mettre un terme au rapprochement entre les deux communautés. C'était cela, ou voir les atevi se transformer à brève échéance en une « sous-humanité ». Farouches partisans de la ségrégation, ses amis du petit parti de la Conservation de notre Héritage répugnaient eux aussi à l'uniformisation progressive des institutions et des mœurs. Les atevi devaient rester des partenaires commerciaux que l'on tenait à distance.

Comme au temps de Wilson, soucieux pourtant de faire évoluer cette situation, incapable de s'en donner les moyens.

21

Rassemblées sur la véranda de derrière, vaste structure en pierre, très rustique avec son auvent de rondins, les servantes formaient un groupe attentif et silencieux. A peine le train se fut-il arrêté qu'elles se précipitèrent, dans un élan soudain volubile, pour s'emparer des bagages tout en abreuvant le jeune homme de commentaires sur sa bonne mine et de remarques concernant son installation.

Soulagé de se trouver enfin dans ce lieu de villégiature luxueux qu'il connaissait bien pour y avoir effectué différents séjours très agréables en compagnie de Tabini, Bren s'attarda dans l'immense vestibule, assailli par l'odeur de l'encaustique et les effluves venus de l'âtre où se consumaient quelques briquettes de tourbe. Une attention de Gaimi et de Seraso, les régisseurs du domaine, logés à demeure en l'absence des maîtres.

Au-delà, sur la droite, se trouvait sa chambre, succinctement meublée du strict nécessaire en vue du travail et du repos : un grand lit, une bibliothèque, de profonds fauteuils, un bureau vaste et solide, en bois très sombre, exécuté par un ébéniste de la région.

Deux agents de la Sécurité l'informèrent que les chambres mitoyennes avaient été retenues pour l'accueil des visiteurs venus de l'espace. L'angoisse le rattrapa d'un seul coup à la pensée de ces pauvres gens, prisonniers de leur étroite capsule lancée en ce moment même dans sa chute vertigineuse. Comme on l'y invitait, il accepta d'inspecter les pièces en question, jumelles de la sienne, assura que tout était irréprochable. Une servante parmi les plus âgées entra, portant un somptueux bouquet de fleurs sauvages dont la composition rassemblait « les nombres et les couleurs les plus favorables », affirma-t-elle avant d'ajouter :

— La maison rassemble tous les chiffres d'or de la terre, comment pourraient-ils ne pas être en harmonie avec ceux du ciel ?

Le jeune homme lui sut gré, infiniment, de cette paisible conviction, comme si semblables enchantements avaient le pouvoir, en une heure aussi grave, de lui procurer un peu de réconfort.

— Nadin, c'est une idée merveilleuse, et je vous remercie d'avoir songé à fleurir leurs chambres.

Taiben s'étageait contre le flanc d'une colline trapue, couronnée de bois qui dégringolaient jusqu'à la propriété qu'ils serraient de près, au point que les ramures majestueuses se rejoignaient en voûte au-dessus de la grande véranda de façade. Au-delà commençait le domaine de la prairie que la lumière rasante du soir transformait en un tapis couleur de chaume. Au sud, le profil de l'horizon s'accidentait, cette ligne dentelée signalait la chaîne septentrionale non loin de laquelle devait en principe se poser le parachute.

Il avait effectué de longues randonnées à travers la plaine, toujours à la remorque de Tabini aux longues jambes dévoreuses de kilomètres. Le aiji l'avait conduit au pied de la montagne. Une fois là, sans trop d'égards pour son compagnon vite essoufflé, il avait attaqué le versant et Bren s'était essayé à le suivre en souvenir de ses escalades de jeunesse, si lointaines dans sa mémoire, si récentes en réalité, à peine plus de dix ans.

Aurait-il eu le choix dès maintenant qu'il eût été ravi de descendre les marches du porche et de partir droit devant lui parmi ces hautes herbes que le crépuscule roussissait. Paysage au calme trompeur, ces temps-ci, aussi dangereux que la zone interdite d'un champ de tir. On lui avait recommandé d'éviter toute imprudence, de ne s'éloigner sous aucun prétexte, de rester à portée de voix, de regard. Il n'appartenait pas au paidhi de passer pour un insensé aux yeux du personnel de la Sécurité en lui compliquant la tâche à plaisir. Docile, il retourna à l'intérieur. Installé devant la cheminée, il demanda du thé.

Banichi arriva peu après. Il avait revêtu un treillis de campagne dont les genoux gris de poussière retenaient encorc quelques gravillons. Il observa le jeune homme sans poser de questions et, voyant arriver le thé, en commanda pour lui-même.

— Une partie de fléchettes ? proposa-t-il ensuite.

L'engouement des atevi pour ce jeu importé de Mospheira était presque égal à celui qu'ils avaient d'emblée manifesté vis-à-vis de la télévision. Bren haussa les épaules, il avait l'habitude d'essuyer de cuisantes défaites. Non sans cruauté, Banichi insista pour proposer un handicap que Bren refusa avec indignation. L'ateva n'en recula pas moins de quelques pas.

— Normal, n'est-ce pas ? J'ai le bras plus long.

Ce fut un massacre, sur toute la ligne.

— La vérité, c'est que tu es incapable de ne pas tirer dans le mille, maugréa Bren.

Banichi ricana, son projectile suivant alla se loger dans le cercle extérieur de la cible.

— Que dis-tu de ça ? Personne n'est parfait.

Bren se concentra, il visa avec soin. La flèche manqua le centre d'un cheveu.

— Certains d'entre nous acceptent la défaite sans

jamais perdre la face, soupira-t-il. A ce sport, je crois être doué.

Son compagnon trouva la remarque plaisante. Il se laissa choir dans un fauteuil, jambes cavalièrement croisées sur l'accoudoir.

— Cesse donc de tourner et de virer ainsi. Repos, paidhi, nous sommes encore en vacances. Les mauvaises surprises viendront bien assez tôt.

Alors qu'il rêvait d'une promenade au clair de lune, Bren se laissa convaincre de s'asseoir, encore et toujours prisonnier de la volonté de ses hôtes. Peu après, plus par désœuvrement que par vraie fatigue, il s'assoupit.

— Il est épuisé, assura Banichi à l'intention de tous ceux qui entraient, servantes ou prétoriens. Soyez discrets.

Il ne pouvait feindre d'ignorer plus longtemps le piétinement et le murmure croissant qui avaient envahi la pièce. La voix de Banichi le décida à sortir pour de bon de sa somnolence. S'étant redressé, il passa longuement la main sur sa nuque endolorie et battit des paupières pour accommoder son regard sur le remue-ménage environnant. Ces préparatifs indiquaient l'arrivée imminente du aiji. Bren crut comprendre qu'Algini et Tano feraient partie de son escorte.

Cinq minutes plus tard, ils entraient dans le salon, lourdement chargés. En plus de leur paquetage, ils portaient deux valises de toile d'un bon poids qui semblaient contenir du matériel de surveillance électronique. La garde personnelle du aiji arriva peu après ; tous étaient en tenue de combat, casqués, mitraillette en bandoulière sur les gilets pare-balles.

Envahi par ces bruits de bottes, le salon avait définitivement perdu son aspect accueillant et chaleureux. Si Saidin, comme il était probable, avait introduit dans la place un membre de la Guilde lié par *man'chi* au clan Atigeini, il ne pouvait s'agir que d'une caméraste anonyme, semblable à ses compagnes aux semelles discrètes, rivalisant d'élégance et d'efficacité, au demeurant si promptes à échanger entre elles des messes basses.

Alors que Damiri, se remémora le jeune homme avec une brève surprise, était demeurée au Bu-javid. Aux dernières nouvelles elle s'y trouvait encore, à la merci d'une initiative imprévue au cas où les choses tourneraient mal à Taiben. Qu'adviendrait-il de la « fiancée » du aiji, si par exemple le clan Atigeini passait à l'offensive ? Les atevi dédaignaient la prise d'otages, mais chacun était capable d'évaluer avec précision les rapports de force, chacun savait à quoi s'exposait celui qui devenait trop vulnérable. Le palais pouvait devenir une souricière. Damiri en était consciente et se prêtait volontairement à ce jeu.

La diversité des prétendus courants associatifs, loin d'être arbitraire, correspondait à des intérêts, des ambitions nourris de longue date, fondés sur des alliances que les paidhiin successifs, tout en connaissant leur existence, avaient toujours sous-estimées. Cela au nom d'on ne savait quel rationalisme impénitent selon lequel les atevi, convaincus des bienfaits du progrès, tôt ou tard tourneraient le dos à des traditions d'un autre âge. A Malguri, Bren Cameron avait subi quelques expériences traumatisantes et ses yeux s'étaient dessillés. Les clés donnant accès à chaque culture comportent des dents qui lui sont propres. Chez les peuples, il en va de la vision de l'univers comme de l'organisation sociale. L'enjeu est grand, ainsi que le démontre la rivalité entre les systèmes : chacun d'eux doit transmettre une forme de maîtrise.

La vérité avait toujours été là, à portée de l'intelligence moyenne d'un humain curieux d'élucider certaines anomalies apparentes dans l'attribution des *man'chi*. Les universitaires de Mospheira s'enorgueillissaient de leurs archives généalogiques, scrupuleusement mises à jour. Il suffisait au paidhi de les consulter pour connaître les liens de parenté unissant Untel et Untel. Pas un mot en revanche sur ce phénomène dont il avait entendu parler pour la première fois dans la bouche de Banichi, la prise en compte suivant des modalités complexes du *man'chi* du conjoint ou de la conjointe, en fonction de son lieu d'origine.

Où se situait en réalité le véritable *man'chi* du serviteur, ou celui dont le premier ateva venu était redevable vis-à-vis de son voisin ? Cenedi n'avait pas eu besoin de se montrer plus explicite. Placé par les circonstances dans une situation qui, suivant des critères humains, aurait dû faire de lui l'obligé de Bren Cameron, il ne se considérait nullement comme le débiteur de ce dernier. Bren n'avait par conséquent aucune faveur à attendre et ne s'en formalisait pas. Banichi avait accueilli par des protestations indignées la déclaration du paidhi selon laquelle il se sentait lié à lui et à Jago par des liens de solidarité proches du *man'chi*.

A première vue, rien ne justifiait le mécontentement de l'officier, si ce n'était...

Il sentit le rouge de la confusion lui monter au front. Banichi avait ajouté, avec une conviction mêlée d'un peu de stupeur comme s'il lui semblait étrange d'avoir à mettre les points sur les *i*, « à moins que tu n'éprouves quelque attirance physique à mon endroit, ce qui n'est pas le cas ». Et de préciser aussitôt que la question pouvait se poser en des termes différents concernant Jago. En temps normal, le *man'chi* obéissait à un ordre hiérarchique que le jeune homme, dans sa candeur, avait prétendu inverser, comme s'il lui appartenait d'adhérer spontanément à l'association de son service de Sécurité.

Ses insinuations avaient mis l'officier dans l'embarras, d'autant que celui-ci, renseigné sur certaines ambiguïtés de langage et de comportement entre Jago et le paidhi, était fondé à se demander dans quels fantasmes ne tomberait pas un esprit humain perturbé.

Un jour, il avait eu le front de demander à Jago à quel *man'chi* elle était personnellement liée. Modérément offusquée, la prétorienne lui avait conseillé de se mêler de ses affaires. La politesse élémentaire interdisait de poser à un tiers une question fort indiscrète puisqu'elle engageait la dynamique intime de la vie de chacun.

Il en venait à se demander si les bénéficiaires de ces allégeances avaient bien conscience de ce qui leur était dû. Voilà sans doute pourquoi, outre les considérations de nature plus affectueuse et embarrassante, Banichi avait promptement décliné l'offre implicite faite par Bren Cameron. Nous n'avons que faire de ton *man'chi*, nand'paidhi.

Un ultime tourbillon de servantes s'abattit sur le salon, avec des fleurs et des plumeaux. On fit voltiger une poussière imaginaire, on reconstitua les bouquets. Tabini fit son entrée, le visage soucieux brusquement animé lorsqu'il aperçut le paidhi.

— Bren-ji ! Je te croyais en train de faire la sieste. Pas trop fatigant, ce voyage ?

— Excellent, aiji-ma. Aucune catastrophe, petite ou grande, n'est encore à signaler.

Il semblait judicieux de se retirer sur la pointe des pieds dans ses appartements, mais le aiji ne semblait pas disposé à de longues heures de solitude. Il proposa une partie de dés, où les humains se trouvaient à égalité de chance avec les atevi, contrairement aux fléchettes. Tabini fixa des enjeux dérisoires, quelques pennies le point, ainsi qu'un verre d'une substance grisante, servie à la discrétion du banquier, qui laisserait néanmoins au paidhi la jouissance de toutes ses facultés intellectuelles... La plupart des alcools atevi vous assommaient un homme en trois gorgées.

Tabini tenait la banque, aussi Bren n'avait-il aucune raison d'être inquiet. Eidi fut invité à se joindre à eux, puis deux jeunes femmes de chambre, celles-ci tout d'abord réticentes à l'idée de s'asseoir à la table du aiji. On leur enjoignit gentiment de cesser ces manières, il fallait être cinq et tous les agents de la Sécurité étaient occupés.

Ils prirent place, trois messieurs face à deux demoiselles qui n'en menaient pas large, craignant peut-être d'être amenées à parier au-delà de leurs possibilités financières. Cette modestie ne les empêcha nullement d'apprécier la liqueur fruitée que Tabini versait avec libéralité. Elles savaient garder la tête froide, tout en avançant hardiment des mises de quelques pennies. Le aiji et le paidhi furent battus l'un et l'autre, le premier parce qu'il avait l'esprit ailleurs, estima Bren, et lui-même car ce jeu si simple exigeait de savoir calculer très vite et très bien. Plus qu'à la partie elle-même, il s'intéressait à certains échanges de regards qui lui parurent significatifs entre Tabini et leurs partenaires. Il en conclut que le aiji connaissait l'identité des agents secrets de Saidin et n'avait pas invité ces jeunes femmes au hasard. L'espoir de pouvoir passer la soirée sans incident s'amenuisa.

Tabini, pourtant, que la présence des dames ne laissait jamais indifférent, se montrait d'une admirable courtoisie, en partie justifiée par le fait qu'elles appartenaient à la maison de Lady Damiri, dont il ne voulait pas donner l'impression de se méfier. En venant à Taiben en équipage si martial, peut-être avait-il espéré provoquer une initiative de la part de Tatiseigi. Le domaine Atigeini, après tout, se trouvait à une petite heure de train, distance encore raccourcie si l'on choisissait d'effectuer le trajet par la route, à l'aide des véhicules tout-terrain dont les gardes forestiers étaient équipés, ainsi, à n'en pas douter, que les patrouilleurs des grandes propriétés environnantes.

Tabini s'adossa enfin, d'un geste désinvolte montra la table :

— Daijiin, vous voilà maîtresses du terrain. L'enjeu est à vous, ainsi que la bouteille. Honneur aux vainqueurs ! Toutes mes félicitations à votre fief.

— Aiji-ma.

Et toutes deux de lui adresser un profond salut et de se lever. L'une d'elles avait évité son regard. Bren remarqua aussi le sourire fugitif de sa compagne. La cameriste adressait-elle un défi au aiji ou voulait-elle montrer qu'elle le comprenait à demi-mot ?

— Charmantes, murmura Tabini après qu'elles se furent éclipsées, emportant leurs trophées. Des yeux de lynx, un esprit prompt comme l'éclair, rien ne leur échappe. Celle qui était assise à gauche appartient à la Guilde, le savais-tu ?

Bren secoua la tête, l'air contrit.

— J'avais parié sur l'autre.

— Console-toi, ce n'est pas impossible. Il est des secrets que Naidiri lui-même hésite à me confier. Damiri, que j'ai interrogée au sujet des relations entre ses servantes et la Guilde, prétend ne pas être renseignée sur chacune d'elles. Mais les Assassins, c'est un fait notoire, sont organisés par équipes de deux, aussi peut-être ne t'es-tu pas trompé sur cette petite effrontée au sourire canaille. Si j'ai bien compris, tu ne te doutais de rien, concernant Saidin ?

Il eût été vain de nier, alors que Banichi s'était empressé de faire son rapport.

— Je suis mort de confusion, aiji-ma. En effet, je n'avais aucun soupçon.

— Un Assassin retiré depuis quelques années, mais dont on aurait tort de sous-estimer la force, à en croire Naidiri. Naturellement, je ne passerais pas mes nuits avec la belle dame que tu sais si je n'avais reçu certaines assurances : la fidélité de Saidin est désormais tout acquise à sa maîtresse.

Sujet épineux s'il en était. Bren respira à fond avant de poursuivre :

— Et Damiri, justement ? Jusqu'à quel point votre sécurité est-elle assurée ? En vérité, aiji-ma, votre sort m'importe beaucoup.

Tabini fit la moue, allongea ses jambes interminables, chevilles croisées.

— Il m'importe aussi et je sais prendre soin de ma personne. Tes craintes sont-elles justifiées par le souci que tu as de notre Association Occidentale, Bren-ji ? Ou redoutes-tu de ne plus être en mesure d'obéir aux directives de Mospheira, s'il m'arrivait malheur ?

— Au diable Mospheira ! grommela le paidhi. (Il enregistra le coup d'œil aigu de Tabini, enchaîna :) Aiji-ma, mon engagement auprès de vous m'a déjà coûté la confiance de plusieurs membres de mon gouvernement. Auprès de ceux-là, je suis perdu de réputation.

— Ainsi Hanks-paidhi était bien l'auteur de ce message codé. Un tissu de calomnies, j'imagine. Ecrites en toute liberté ?

— Hélas, rien ne permet d'affirmer qu'elle a rédigé ce texte sous la contrainte ; le ton en est très vindicatif à mon égard, mais vous n'êtes pas épargné. On vous accuse d'appropriation abusive du bien d'autrui, en un mot on vous accuse de vouloir mettre en coupe réglée l'économie du Territoire et d'établir une dictature.

Ces termes pesés, prononcés en toute connaissance de cause, mettaient sa suppléante en danger, le jeune homme en avait conscience.

— Je suis navré, reprit-il après un silence angoissant de la part du aiji. J'ai fait preuve, vis-à-vis de Deana Hanks, d'un aveuglement coupable. Ayant passé une grande partie de ma vie à tenter de déchiffrer les intentions des atevi, je n'ai pas su interpréter le comportement de ma propre collaboratrice, un être humain. Légèreté inqualifiable, j'en conviens. Je vous communiquerai une traduction du message.

D'un geste, Tabini indiqua que ce détail lui était indifférent.

— Rien ne presse, assura-t-il. Elle porte contre toi de graves accusations. Jusqu'à quel point son réquisitoire sera-t-il pris au sérieux à Mospheira ?

— Une demande d'explication officielle sera sans doute adressée au gouvernement. Selon l'évolution du rapport de force entre les différents courants, je serai ou ne serai pas en mesure de retourner dans l'île... sans courir le risque d'être arrêté au pied de ma passerelle, nous en sommes là.

Le paidhi hésita, l'espace d'une seconde. La fragilité de sa situation n'était plus un mystère pour Tabini. Autant dire la vérité.

— Il se pourrait, en effet, que je fasse figure d'accusé. Aussi longtemps que Hanks n'aura pas eu son rappel, cela voudra dire qu'elle bénéficie de soutiens solides dans l'entourage du Président.

Nouveau silence.

— Puis-je te poser une question personnelle ? demanda Tabini.

Le moyen de refuser ? Bren s'attendait au pire.

— Ta fiancée, paraît-il, est revenue sur ses engagements ?

— Vis-à-vis de moi ?

— Evidemment. De qui d'autre parlons-nous ?

— Je ne l'en blâme pas ; notre relation a trop longtemps reposé sur un malentendu. Elle a tenté, en vain, de me joindre pendant mon bref séjour à Mospheira.

— Aurait-elle subi des pressions politiques ?

— J'en doute. Sa désaffection est à mettre sur le compte de mes absences continuelles et de la crainte qu'il n'en soit toujours ainsi. On ne peut demeurer éternellement la fiancée du paidhi. Le rôle exige une abnégation inhumaine.

Tabini sourit faiblement, acquiesça.

— Elle n'aurait donc reçu aucune menace ?

— Il y a bien eu certains coups de fil, reconnut Bren dans un murmure plein de réticence.

Connaissant la paranoïa des atevi concernant tout ce qui touchait à la sécurité, il lui répugnait de donner trop de précisions.

— Elle ne bénéficie, disais-tu, d'aucune protection ?

— En effet, ce n'est pas dans nos habitudes.

— Celles-ci ne souffrent pas d'exceptions ?

— Aiji-ma, il est d'usage à Mospheira que les citoyens ordinaires se déplacent sans escorte ; de même leurs domiciles ne bénéficient-ils d'aucune mesure de surveillance particulière. Si l'on craint pour sa sécurité, on peut toujours faire appel à la police. Ces professionnels sont rarement disponibles, malheureusement.

— Ta famille n'est-elle pas en butte à des difficultés semblables ? reprit Tabini.

Le service des écoutes lui avait remis une transcription exhaustive. Une fois de plus se trouvait écornée la fable selon laquelle les atevi ne comprenaient rien, ou si peu, à la langue de Mospheira.

Le aiji décroisa les jambes, les croisa dans l'autre sens. Son regard parut s'assoupir sous les paupières fendues.

— En acceptant de prolonger le séjour de Hanks, nous avons pris des libertés avec les clauses du Traité concernant la présence humaine sur le continent. Un autre paidhi va bientôt nous tomber du ciel... Nous avons fait montre de bonne volonté. Les principes sont pour nous choses vivantes, susceptibles d'évoluer sous la pression des événements. Barb-daja ferait-elle la preuve d'une semblable liberté d'esprit en rompant son mariage récent pour te rejoindre à Shejidan ?

Bren resta sans voix. Des images d'une totale incongruité l'assaillirent pêle-mêle : Barb au Bu-javid !

— Il s'agit d'un cas de force majeure, enchaîna

Tabini, la sécurité d'une personne qui te reste chère, nous le savons, en dépit de votre différend. Pourquoi devrais-tu tolérer que des menaces pèsent ainsi sur les tiens ? Pour ma part, je suis disposé à accorder un visa ou deux afin que le paidhi et ses proches retrouvent leur tranquillité. Tu n'as qu'un mot à dire, Bren-ji.

Ce mot, justement, il ne pouvait se résoudre à le prononcer. Son cœur battait à coups précipités. Le défilement affolé des images s'était ralenti, il se figea sur un instantané de sa mère, face à une haie de prétoriens. Incompatibilité flagrante, Mme cameron n'y survivrait pas. Quant à Toby, Jill, les enfants... ils appartenaient à Mospheira, ils s'y cramponneraient aussi longtemps que la vie, pour eux, n'y serait pas devenue un enfer.

— Aiji-ma, votre offre est très généreuse et je vous suis infiniment reconnaissant. En ce qui concerne Barb...

En ce qui concernait la jeune femme, il ne pouvait en toute franchise se montrer aussi catégorique. Contrairement aux membres de sa famille dont la profonde insularité ne faisait aucun doute, Barb était capable de s'accoutumer. Il lui en coûterait d'autant moins que cet environnement social, dont les rituels exigeraient d'elle un effort d'adaptation, avait par ailleurs toutes les qualités requises pour la séduire : luxe, mondanités, souci constant du paraître... En toute justice, on pouvait lui reconnaître de grandes réserves de courage et d'ambition. La jeune femme s'acharnerait à apprendre le ragi s'il fallait en passer par là pour acquérir son autonomie aux yeux des atevi, cesser d'être la compagne du paidhi pour devenir Barb-daja, à part entière. Viendrait le moment, inévitablement où, descendue de son nuage, elle se heurterait aux limites imposées par un monde qui resterait en grande partie inabordable, insaisissable, et l'exclurait à jamais. Entrave constante à la liberté de mouvement, de pensée, d'expression. Une habitude à prendre à condition d'avoir, comme Bren Cameron et tous les paidhiin avant lui (comme Deana Hanks ?), des motivations intimes, impératives.

D'autres considérations, plus égoïstes, lui inspiraient une égale réserve. Il n'était plus question pour lui d'avoir des relations amoureuses avec Barb Letterman, une traîtresse qu'il n'était plus certain d'aimer. Du reste, peut-être était-ce un effet de la sombre atmosphère de veillée d'armes qui avait envahi Taiben, il n'était plus du tout certain d'avoir de l'affection pour quiconque. Cette longue relation à éclipses avait entretenu trop de vaines illusions sur sa capacité à mener de front vie sentimentale et vie professionnelle. Elle les laissait l'un et l'autre meurtris, désemparés.

— Que dis-tu de ma proposition ? demanda Tabini.

— Permettez-moi de ne pas donner une réponse immédiate au sujet de Barb et de peser le pour et le contre, dans son intérêt comme dans le mien.

— Permission accordée. Ta famille ?

Le jeune homme avait déjà évoqué, en termes circonspects, la solitude ombrageuse de sa mère, le soin jaloux avec lequel elle avait veillé à l'établissement du fils cadet, le seul qu'il lui restât.

— Elle est humaine, tellement humaine, aiji-ma, si vous saviez... Sujette à des accès de mélancolie, de bizarres sautes d'humeur.

— Maudits soient le diable et sa clique ! N'ai-je pas moi-même une grand-mère dotée d'un caractère à l'emporte-pièce ? Elles s'entendraient comme larrons en foire.

Bren imagina la scène, hésita entre le rire et les larmes.

— Hélas, murmura-t-il, au premier regard, elles deviendraient les meilleures ennemies du monde. Quant à Toby... privé de son parcours de golf hebdomadaire, il dépérirait à vue d'œil.

Tabini esquissa de la main un geste circulaire.

— La petite balle qu'il faut loger dans un trou ? Cet exercice est-il susceptible d'inspirer une véritable passion ?

— Moins celle du sport que du jeu, je le crains. Les paris sont élevés. De petites fortunes se font et se défont sur les greens.

— Dans ce cas...

Pour un ateva, voilà qui justifiait toutes les extravagances. Par la même occasion, Toby retrouvait sa considération dans l'esprit du aiji.

Naidiri choisit cet instant pour paraître. Il s'inclina, présenta une feuille de papier simplement roulée, scellée.

— Par prudence, il nous a semblé préférable de débarrasser le message de son cylindre, expliqua l'aide de camp. La sécurité passe avant les usages.

— Excellente initiative, approuva Tabini. (Ayant rompu le cachet, il parcourut les lignes à toute vitesse.) Ah, nand'paidhi, Geigi vous envoie ses sentiments les plus respectueux. La solution proposée pour résoudre le paradoxe de la vitesse superluminique fait l'admiration de ses mathématiciens, paraît-il, bien qu'ils ne soient pas encore capables d'en mesurer la portée considérable. Le seigneur Geigi sollicite la faveur de venir lui-même à Taiben afin de présenter au paidhi ses hommages et ses excuses. Il semble résolu à mettre sa menace à exécution.

— Que lui dirai-je, aiji-ma ? Cette situation est pour moi inédite.

— Que ce message de paix vous semble d'excellent augure pour l'avenir de vos relations. Vous vous ferez une joie, dès votre retour à Shejidan, d'entendre de sa bouche son interprétation personnelle du problème et ses commentaires sur les audaces de l'astronome. Naidi-ji, veuillez trousser quelques phrases autour de ces thèmes.

Et comme l'ordonnance s'éclipsait pour gagner le

local réservé au personnel, sur l'arrière du bâtiment, Tabini ajouta, avec une pointe d'envie dans la voix :

— Quel étrange pouvoir as-tu, Bren-ji, pour amener ainsi le terrible Geigi à trembler devant toi ?

Le aiji n'ignorait rien de la débâcle financière du seigneur, il savait très bien à quoi s'en tenir sur le compromis avantageux que la solution rapportée de l'observatoire représentait pour les Déterministes, et flattait son hôte. Celui-ci se fit très modeste :

— Tout le mérite en revient à nand'Grigiji. D'après Banichi, ses propres étudiants vont de surprise en surprise avec lui.

— Je le crois sans peine. Nous lui avons demandé de quelle manière nous pourrions le récompenser de ses travaux. Il s'est déclaré satisfait de son sort et, faussant compagnie à notre envoyé, s'en est allé faire la sieste. Les élèves, en revanche, se sont montrés plus explicites. Ils ont formulé le vœu ardent que le paidhi intercède auprès de l'université de Mospheira pour permettre l'instauration d'un dialogue permanent avec l'observatoire et le centre d'étude annexe.

Le jeune homme sentit naître en lui une sourde palpitation. Il sourit.

— Si cela était, mine de rien, quelle révolution !, murmura-t-il.

— En effet.

— Un accès informatique aux débats qui agitent les milieux atevi de la recherche spéculative ? Notre université ne refuserait pas. Même la commission infernale pourrait y trouver son compte.

L'un et l'autre gardèrent quelque temps le silence, chacun suivant le fil de pensées qui pour une fois empruntaient peut-être la même direction. Puis le paidhi fit entendre un ricanement désabusé.

— Oui, à condition que la situation évolue favorablement à Mospheira, et que les autorités veuillent bien me reconnaître à nouveau comme leur interlocuteur. Le vaisseau devrait aussi avoir un rôle considérable à jouer dans les échanges scientifiques.

— Notre humble projet de coopération bilatérale est donc remis en question ? Dommage.

— Pas si vite, aiji-ma. Me croyez-vous incapable de relever le défi ? Pour étroites qu'elles soient, je dispose de quelques marges de manœuvre dont je préfère garder le secret.

Tabini esquissa un sourire indulgent.

— Voici ce que je propose : un calme dîner en tête à tête. Nous échangerons quelques considérations amères sur l'égoïsme féminin, après quoi nous jouerons aux fléchettes puis nous prendrons place au coin du feu et deviserons plus gravement en buvant un alcool à réveiller les morts.

Il fut fait comme Tabini l'avait promis. Bren gagna trois parties de fléchettes sur dix et, comme toujours dans ces circonstances, se demanda s'il ne devait pas cette consolation à la courtoisie de l'adversaire.

— Nos visiteurs sont en route depuis longtemps, fit observer Bren lorsqu'ils se trouvèrent installés devant la cheminée, enveloppés dans l'arôme merveilleux de la tourbe.

Il ne manquait rien au programme concocté par le aiji, pas même le verre de liqueur, noire et menaçante comme un ciel d'orage, à laquelle le jeune homme décida de rester insensible.

— Ils ont dû respecter l'horaire prévu, sans quoi nous aurions été prévenus.

— Leur bravoure est au-dessus de tout éloge, rétorqua Tabini.

— Elle n'a d'égale que leur peur. Rien de plus normal quand on songe à l'âge et à la rusticité du moyen de transport utilisé. (Il poussa un soupir.) Le monde est en pleine mutation, aiji-ma. Mospheira est en train de découvrir une époque nouvelle, le continent suivra bientôt son exemple. J'ai une faveur à vous demander, celle de ne jamais laisser la sympathie que vous éprouvez pour moi influencer ou obscurcir votre jugement. On m'a dit que la douairière se trouvait ici la nuit dernière et qu'elle était à présent l'hôte du clan Atigeini. Voilà une démarche incompréhensible à mes yeux ; cependant, s'il m'était possible de prendre fait et cause...

Le silence de Tabini l'arrêta. Ce silence d'une qualité particulière qu'il savait interpréter comme une mise en garde. Le aiji contemplait le rougeoiement des briquettes dans le foyer.

— Peut-être suis-je dans l'erreur, enchaîna le paidhi, mais il m'a toujours semblé que votre aïeule, à l'écart des manigances des factions politiciennes, avait surtout à cœur de défendre les intérêts de la Commission pour la Préservation des sites et de l'environnement. Il m'étonnerait fort qu'elle fût partie prenante des événements de la nuit dernière.

— Il t'étonnerait fort ?

— Si Cenedi avait voulu me nuire, il aurait usé de moyens plus efficaces et plus subtils. D'ailleurs les Atigeini n'inviteraient pas sous leur toit une des commanditaires du mitraillage de la précieuse salle à manger. Si ces arguments vous semblent insuffisants, permettez-moi d'aborder la question sous un angle plus intuitif et de plaider la cause d'Ilisidi en mon nom personnel.

— La dernière fois que tu as sollicité mon indulgence en faveur d'un tiers, il s'agissait de Hanks-paidhi.

— Hélas.

— Rassure-toi, grand-mère n'a rien à craindre de moi.

— Et Malguri ?

— La forteresse restera telle qu'en elle-même, le symbole majestueux des privilèges aristocratiques d'un autre temps, que d'aucuns voudraient voir disparaître. Le domaine ne sera ni vendu ni livré à la spéculation immobilière.

— A mes yeux, Malguri représente quelque chose que tout le savoir contenu dans les bibliothèques humaines ne pourrait jamais remplacer.

Tabini ne trouva rien à répondre à cela. Il se renfrogna.

— Ton *man'chi,* Bren-ji, à qui appartient-il ?

— Je croyais qu'il s'agissait d'une question inconvenante que les atevi ne se posent jamais entre eux ?

— Privilège du aiji. Naturellement, tu n'es pas obligé de répondre.

Il en fut heureusement dispensé par l'irruption dans le salon d'un petit détachement de prétoriens.

— Aiji-ma, je vous demande pardon, dit le plus gradé.

Il remit un papier à Tabini. Celui-ci le lut vivement et fut en alerte à l'instant même.

— Ce bulletin a-t-il été mis en circulation ? demanda-t-il.

— C'est à craindre.

— Il est trop tard pour intervenir, il serait maladroit d'entraver sa diffusion, pesta le aiji à mi-voix. Tâchons de savoir qui est à l'origine de cette initiative. On ne me fera jamais croire que c'est là pure coïncidence.

Les soldats se retirèrent. Tabini faisait toujours grise mine.

— Des ennuis en perspective ? questionna le paidhi.

— Un détail empoisonnant, susceptible de provoquer une catastrophe. Le bulletin du comité de plaisance n'a rien trouvé de mieux que d'établir un lien entre notre présence à Taiben et l'atterrissage imminent des émissaires.

— Un comité de plaisance ?

— Chargé de l'accueil et de la répartition des mille touristes qui fréquentent régulièrement les hôtels et les campings de la région. Le bulletin est distribué gratuitement dans toutes les boutiques de subsistance.

— Pour la discrétion, tout semble perdu. Est-il encore temps d'établir un cordon sanitaire ?

— Es-tu devenu fou ? Pourquoi ne pas inviter tout le monde, avec famille, caméras, guides, circuit fléché ? s'emporta le aiji, furieux. L'ennemi, le vrai, se perdra dans cette affluence comme un poisson dans l'eau. Pas de doute, l'éditeur du bulletin savait très bien à quoi s'en tenir. Comment, dans ces conditions, assurer la sécurité des parachutés ? Sans oublier la foule des curieux, pour le cas où l'opposition serait résolue à jouer son va-tout dans une action violente ? J'imagine les titres du lendemain : le piège destiné aux envoyés de *Phœnix* se referme sur des dizaines de victimes innocentes.

Levé d'un bond, le aiji avait enfilé sa lourde veste de chasse.

— Bren, tu n'as rien de mieux à faire pour l'instant que d'aller te coucher. Tiens-toi prêt à répondre au téléphone au cas où l'arrivée des humains de l'espace serait retardée pour une raison ou pour une autre.

Quand la nouvelle se serait répandue parmi les touristes de la station, on pourrait compter sur eux pour se faire auprès de leurs familles, de leurs amis, les hérauts de cette information sensationnelle : il allait de nouveau pleuvoir des hommes. En petite quantité, cette fois, mais le miracle se produirait ici, non loin de Taiben, au point du jour.

Algini et Tano firent une brève apparition, pour annoncer qu'ils avaient pris contact avec les gardes forestiers, dont une unité réquisitionnait un train pour rejoindre la cité balnéaire. Une annonce serait faite par haut-parleurs. La zone située au sud de Taiben serait déclarée dangereuse et son accès rigoureusement interdit au public. Quiconque passerait outre à cet avertissement le ferait à ses risques et périls et s'attirerait la colère du aiji.

— Pour certains d'entre eux, l'avis arrivera trop tard, maugréa Bren. Ils sont déjà en route. Sait-on enfin qui est à l'origine de cette triste initiative ?

— La liste est déjà fort longue, soupira Algini, sans exclure les grands propriétaire des environs.

— Nand'paidhi... (Un membre de l'escorte du aiji venait d'entrer.) On vous demande au téléphone. Un humain.

Bren fut debout en un clin d'œil. Il se hâta de suivre le prétorien. L'appareil le plus proche se trouvait dans le bureau de Tabini.

— Ici Bren Cameron.

— *Jason Graham. La capsule dispose d'une fenêtre exiguë. Nous approchons...*

Coupures, parasites, la liaison était exécrable.

— *De votre côté, tout est-il en ordre ?*

— Ne vous faites aucun souci. Comment vous sentez-vous, l'un et l'autre ? La santé, le moral sont-ils solides ?

— *Excusez-moi, je n'ai pas compris un seul mot. Où êtes-vous ?*

— A cinquante kilomètres du site. Je serai là pour vous accueillir. M'entendez-vous ?

Une violente crépitation lui répondit.

— Je serai là ! répéta-t-il.

Le brouillage s'éclaircit.

— *A bientôt !* cria une voix ténue.

La communication se perdit dans un maelström vorace. Il raccrocha, à demi rassuré.

— Ils arriveront à l'heure prévue. Quand nous mettrons-nous en route, à votre avis ?

— *Nous ?* s'étonna Algini. Votre présence au sein de la délégation devant composer le comité d'accueil ne nous a pas été signalée, nand'paidhi.

Pourquoi fallait-il sans cesse se heurter à d'absurdes difficultés de dernière minute ? Il ne laissa rien paraître de son agacement.

— Où est Tabini ? Je dois lui parler sur-le-champ.

— Ne vous affolez pas, nand'paidhi, nous transmettrons votre requête.

— Pas d'intermédiaire. Je veux m'expliquer avec lui et personne d'autre.

Il y eut un silence, ponctué par l'imperceptible soupir du prétorien.

— Il sera fait comme vous le souhaitez, nand' paidhi.

Une partie du réseau de communication de Taiben fut ainsi sollicitée pour permettre au paidhi de s'adresser directement au aiji, au détriment de la sécurité, dans la mesure où la position de Tabini, peut-être absent de la propriété, serait du même coup signalée à certains qui n'étaient pas censés la connaître.

— Soyez discrets autant que possible, recommanda Bren, mais j'ai promis d'être là et j'y serai. Comment imaginer qu'ils puissent ne pas être accueillis par un être humain, capable de servir d'interprète ou de leur porter les premiers secours en cas de besoin ? L'atterrissage lui-même risque d'être mouvementé. Il n'est pas question, par rapport à ces gens qui ont pris le risque de venir jusqu'à nous, par rapport à *Phœnix*, par rapport à Mospheira, de commettre la moindre erreur.

De retour dans le vestibule, il arpenta fiévreusement les dalles de ses longues enjambées, tout en réfléchissant jusqu'à l'arrivée de Tano, ce dernier très essoufflé.

— Paidhi-ma, nous venons de recevoir la confirmation de Banichi. Vous nous accompagnez, départ prévu à deux heures du matin.

Il regagna sa chambre, congédia les servantes toujours disposées à se rendre utiles. Une fois seul, il installa sur le lit les effets dont il pensait avoir besoin dans le cadre d'une expédition nocturne de caractère « sportif ».

— Bren-ji ? On m'a dit que certaines dispositions ne vous convenaient pas ?

La voix de Jago. Très surpris, il fit volte-face, cramponné à la veste de cuir qu'il avait sélectionnée pour sa robustesse, se trouva en face de la prétorienne et ressentit un choc. Jago était devant lui, semblable à elle-même et cependant différente au point qu'il avait l'impression de la découvrir pour la première fois.

— C'est-à-dire... je désirais simplement que me soit communiquée l'heure précise de notre départ.

Génial interprète des subtilités de la diplomatie internationale, le paidhi éprouvait soudain quelques difficultés à s'exprimer...

— Mais Tano m'a renseigné, tout est en ordre.

Jago hocha la tête, silencieuse. Elle ne regardait rien ni personne en particulier, ses yeux étaient de la couleur des songes tandis qu'elle refermait la porte derrière elle, les excluant par ce simple geste du reste du monde. Bren se demanda jusqu'à quel point son visage trahissait le vent de panique qu'il sentait se lever en lui.

— Par ma faute, vous voici très mal à l'aise, dit-elle. Pardonnez-moi.

Il hésitait, incapable de proférer une parole dont il pût être certain qu'elle ne se retournerait pas contre lui, répugnant à faire un mouvement.

Jago se mura dans une courtoisie impavide.

— Je vous dérange, je le vois bien. Vous devez trouver mon intrusion fort indiscrète.

Elle fit mine de tourner les talons.

— Jago ? balbutia-t-il.

La prétorienne le fixa d'un regard limpide qui interrogeait. Les secondes qui suivirent furent presque paisibles. Ils se regardaient sans parler.

— Rien, dit-il enfin. Ou plutôt ceci : vous ne me

dérangez jamais, Jago. Vous ne serez jamais pour moi une source de gêne. A moins de considérer le fait que votre présence ne me laisse pas indifférent.

— Etes-vous furieux contre moi ?

Il secoua la tête avec véhémence, réaction incompréhensible pour une ateva.

— Non, précisa-t-il. Ce n'est certes pas de la colère que j'éprouve.

— Vous êtes troublé, cependant.

— Infiniment.

Jago se crut congédiée, elle inclina la tête avec raideur.

— Nous avions cru bien faire en prenant de vos nouvelles, murmura-t-elle sans se départir de cette intonation de triste neutralité qu'elle affectait dans les circonstances un peu délicates, si bien qu'elle donnait l'impression de s'adresser à la cantonade plutôt qu'à un interlocuteur précis. Nous étions dans l'erreur, c'est évident.

— Au contraire. Jago, vous me mettez au supplice. Comment vous exprimer... Soyez celle que vous avez toujours été. Pour quelque temps encore, Jago, je vous en prie. Si ce n'est pas trop vous demander, si vous n'y voyez pas d'offense.

— Non.

— Non, les choses ne sauraient être désormais telles qu'elles étaient ou bien, non, vous n'y voyez pas d'inconvénient ?

— Nand'paidhi, je ne ressens ni inconvénient ni offense. Comment pourrait-il en être autrement ?

— Puis-je au moins confesser mon attirance envers vous ?

Elle eut un bref éclat de rire, quelques notes convulsives lâchées sous l'effet de la surprise.

— Vous pouvez, nand'paidhi. Pourquoi devrais-je me formaliser que l'on éprouve à mon égard une attirance flatteuse ?

— Votre réponse, dans cette nouvelle perspective,

est-elle toujours *non* ? Ou m'est-il permis d'espérer qu'un jour, par la suite...

— Qu'en pensez-vous, nand'paidhi ?

Jago semblait sur le point de sourire, avant que ne s'interpose entre eux le bip du signal radio. Vivement, elle porta l'émetteur à son oreille, fronça les sourcils. Puis :

— Si vous souhaitez vous changer, nand'paidhi, c'est maintenant ou jamais. Nous partons dans un instant.

— Pour quelle destination ? L'aire d'atterrissage ? Où allons-nous ?

— Il nous est simplement demandé de nous rassembler devant la maison dans un délai raisonnable. Hâtez-vous, nand'paidhi. Aucun détail ne nous a été donné concernant le lieu où nous devions nous rendre.

Sur ces mots, elle se retira pour respecter les convenances, tandis que le jeune homme enfilait un chandail de grosse laine. La porte était à peine refermée qu'il troquait son pantalon d'intérieur contre un vêtement en velours côtelé, passait de grosses chaussettes de laine dans des godillots patinés par un long usage. Son manteau jeté sur l'épaule, il sortit précipitamment pour trouver la prétorienne qui l'attendait dans le couloir.

Ils atteignirent le grand vestibule où plusieurs représentants de la sécurité locale se dirigeaient vers les portes. Alarmées, perplexes, les caméristes de la maison Atigeini s'étaient rassemblées à l'écart.

— Tout le monde n'est pas concerné par ce départ, leur expliquait Banichi. Un abri est aménagé dans les caves de la maison, dont le personnel résident vous fournira les clés. Eteignez toutes les lumières, ôtez les fusibles. Le générateur de secours prendra le relais. Le moment venu, vous gagnerez l'abri dans le calme et la discipline. Attendez le signal pour déverrouiller la porte et remonter. N'ayez aucune inquiétude, le domaine reste sous bonne garde et vous serez en parfaite sécurité.

L'officier rejoignit les autres sur le porche. Au même instant un véhicule, tous phares éteints, apparut au détour de l'aile orientale du bâtiment. Bren le vit s'approcher avec appréhension. Le sang reflua de son visage lorsque Banichi lui glissa dans la poche un objet lourd.

— Avons-nous une radio ? demanda-t-il à mi-voix sur un ton précipité, un moyen de communication quelconque ? Il faut prévoir...

— Nous avons tout prévu, coupa l'officier.

Les atevi aux yeux de félidés avaient une vision nocturne plus fine que celle des hommes. Dans l'obscurité totale, Banichi sut à quel moment précis le véhicule arriverait à leur hauteur. Saisissant le paidhi par son bras fragile, il le guida pour descendre les marches du porche. Un prétorien avait ouvert la portière arrière. Jago s'engouffra la première, Bren fut invité à la suivre. Un troisième passager s'installa et fit claquer la portière. Bren reconnut Tano.

— Qu'est devenu Algini ? demanda-t-il aussitôt.

— Dans la seconde voiture, nand'paidhi, avec la radio.

Ils démarrèrent en trombe, s'engagèrent sur une route latérale qui dévalait à flanc de coteau, en réalité une méchante piste trouée d'ornières, traversée par le relief énorme des racines, si étroite que deux véhicules ne pouvaient s'y croiser sans se livrer à de pénibles manœuvres.

— Que se passe-t-il ?

Cramponné à la barre d'appui, le jeune homme interrogeait au hasard. Tano et Jago, mal informés, n'étaient peut-être pas en mesure de lui répondre. Banichi était assis à l'avant. Il se tourna, la tête instinctivement baissée en raison des branches qui labouraient le pare-brise.

— Quelqu'un a mis la presse locale au courant de

l'arrivée des émissaires du vaisseau. Des individus non identifiés se sont introduits dans les bois de la propriété. Comment savoir s'il s'agit de simples touristes poussés par la curiosité ou d'une intrusion plus menaçante ? Nous avons reçu l'ordre d'évacuer le paidhi, à tout hasard, par mesure de sécurité. La fuite, naturellement, a été organisée par nos adversaires.

— Ces aristocrates épris de liberté qui ont le courage d'héberger Deana Hanks ?

— Eux-mêmes. Ils ont le diable au corps, depuis quelque temps.

Le chauffeur, sans doute un garde forestier, connaissait bien la route et conduisait en virtuose, une exception chez les atevi.

— Oseront-ils lancer une offensive contre Taiben ? Ou contre la zone prévue pour l'atterrissage ? Savent-ils exactement où le parachute doit se poser ?

— Cette précision ne figure pas dans le communiqué publié par le bulletin de la société de plaisance, il est vrai. Raison de plus pour envisager le pire.

— Taiben perdra tout intérêt pour eux, quand ils sauront que nous n'y sommes plus, fit observer Bren.

— Les inconnus qui sont entrés dans le bois n'étaient pas motorisés, murmura Jago. Apprenant notre départ, s'ils décident de changer d'objectif, ils appelleront des voitures en renfort.

Une succession de terribles cahots les réduisit tous au silence : chacun ne songea plus qu'à trouver un point d'ancrage. Le calme revenu, Banichi se tourna de nouveau. Dans ses yeux passa un flamboiement fugitif lorsque s'y refléta la clarté des phares du second véhicule.

— Il n'y a pas lieu de s'inquiéter, nadi-ji, pas encore. En cas de besoin, nous savons où trouver refuge et personne ne viendra nous déloger.

Le paidhi ne pensait guère à sa propre sécurité. Il se remémorait les paroles angoissées de Jason Graham : *Pourvu qu'ils ne nous tirent pas dessus...*

— Cet engin, demain matin, descendra très lentement. S'ils disposent d'armes de longue portée, s'ils sont décidés à une guerre sans merci...

— Tabini lui-même ferait une meilleure cible, rétorqua l'officier. Ou toi, à la rigueur. Nous avons tenté de convaincre le aiji de rentrer à Shejidan. Il s'y refuse obstinément, pour différentes raisons, toutes honorables. Il a pris la même décision te concernant.

Le jeune homme entrevit alors la cause de leur départ en catastrophe. En ce moment même, d'autres véhicules parcouraient les routes secondaires du domaine ; vieille et simple tactique qui consistait à égarer l'ennemi, à lui faire perdre un temps précieux tandis qu'il se demanderait si celui que l'on cherchait, Tabini en l'occurrence, était demeuré dans la maison, s'il se trouvait avec ce groupe-ci ou avec celui-là.

Bren n'avait pas peur. Cette fuite ne ressemblait guère à l'autre, l'horrible fuite de Malguri, sous la menace des bombes.

Ils circulaient à bord de voitures découvertes, des jeeps d'aspect militaire, idéales pour cette course infernale en raison de leur solidité, de la remarquable adhérence des pneus. Elles n'en faisaient pas moins de leurs passagers de fort belles cibles, encore plus exposées lorsqu'ils auraient débouché dans l'immense prairie sans arbres et sans relief choisie pour recevoir le parachute. Vaste étendue bordée sur son axe nord-ouest/sud-est par une faille longue d'une centaine de kilomètres et dont le versant moucheté de profonds bosquets offrait mille possibilités d'embuscade.

Leur passage dans l'herbe laisserait un admirable sillage, parfaitement visible depuis le ciel. Aucun véhicule de l'un ou l'autre camp ne pouvait traverser la grande prairie sans que ses traces ne soient repérables depuis un petit appareil volant à basse altitude.

— Ce n'est pas maintenant qu'ils nous donneront la chasse, murmura Bren. A quoi bon ? Ils connaissent notre destination, tout au moins dans sa direction générale.

Son esprit, soudain, s'arrêta sur quelque chose de glacé, d'horrible :

— Mon ordinateur ! Oublié...

Banichi lui adressa, par-dessus son épaule, un sourire condescendant :

— A mes pieds, nand'paidhi. C'est notre travail, de penser à tout.

Réaction gamine ; il frissonna d'effroi rétrospectif. La voiture filait bon train sur une étroite bande herbue. Le vent cinglait la figure et l'on éprouvait avec satisfaction le contact d'une arme au fond de sa poche. Bren retrouva assez de lucidité pour réclamer un autre chargeur « pour le cas où je viendrais à vider le mien ».

A l'exception du chauffeur dont les mains étaient occupées, tout le monde s'offrit à le ravitailler. Bren empocha trois chargeurs sans sourciller et se fit la réflexion que les forces du aiji étaient en nombre suffisant pour lui permettre de livrer un assaut contre les positions de l'adversaire.

— Hanks doit être bien gardée dans quelque tanière des environs. Pourquoi ne pas leur donner une bonne raison de s'inquiéter ? Ils se sont introduits chez le aiji, n'est-ce pas ? Forçons leur territoire, allons récupérer ma suppléante.

Les ornières étaient de retour. Son intervention hardie, hachée par d'innombrables secousses, ne fit pas grande impression sur ses compagnons. Jago découvrit ses dents éblouissantes. Bren devina plus qu'il n'entendit son éclat de rire, emporté par le grondement du moteur, le staccato des branches.

— Excellente idée, nand'paidhi.

— Ainsi, vous y avez songé malgré tout.

— De même que les ravisseurs de Hanks. Dès que

l'alerte aura été donnée, la prisonnière complice sera transférée ailleurs. Ce jeu de cache-cache pourrait durer très longtemps.

— Dans ce cas, à quel manège nous livrons-nous depuis tout à l'heure ? Nous décrivons des cercles, dans l'espoir de leur donner le tournis ?

— Estimons-nous heureux d'atteindre ce simple résultat. Le long du parcours sont échelonnés plusieurs abris homologués. Nous ferons halte dans l'un d'eux avant de reprendre la route. L'avion de Tabini décollera d'ici peu, si ce n'est déjà fait. Accroître leur perplexité, c'est ce que nous voulons à tout prix. Que tous nos mouvements deviennent pour eux une source d'interrogation sans fin, voilà l'objectif poursuivi. Personne ne doit savoir où, exactement, les envoyés du vaisseau toucheront le sol de cette planète.

22

Etrange attente que celle qui accompagnait la découverte d'une bombe éventuelle par deux individus, Algini et Tano, très à leur affaire, assura-t-on au paidhi, équipés d'un matériel assez puissant pour détecter tout explosif que l'ennemi aurait pu dissimuler sur le seuil de l'abri, s'il avait été assez prompt pour s'aventurer en si peu de temps au cœur ce la réserve de Taiben.

Peu après, d'un double éclair de leur lampe de poche, les démineurs signalèrent que la voie était libre.

On descendit de voiture, on se fraya un chemin au milieu des broussailles qui masquaient, au fond d'une excavation, l'entrée du blockhaus. Ces casemates bétonnées à l'épreuve des tempêtes, dotées d'un confort relatif ainsi que Bren put en juger à la lueur avare de lampes qu'aucun générateur n'alimentait, avaient été creusées, aménagées par les aijiin successifs pour se garantir des caprices du temps. Pouvaient-elles offrir une protection aussi efficace contre les turbulences politiques ? Les orages fréquents dont la fureur se transformait parfois en tornade, les tempêtes de neige pendant la mauvaise saison, autant de raisons pour lesquelles les gardes forestiers faisaient un fréquent usage des abris, assez vastes pour accueillir une vingtaine d'entre eux, où les attendaient un lit, une douche, des vivres, une pharmacie de secours. Bren tenait peu de place. Ayant trouvé un coin tranquille contre une pile de couvertures, il y nicha son épaule endolorie et s'assoupit, l'espace de quelques instants.

Peu après, l'alarme était donnée, il se produisit un remue-ménage suffisant pour anéantir tout espoir de repos. Jetant autour de lui un regard papillotant, le jeune homme vit ses compagnons sur le pied de guerre et son cœur se serra. Jago le tranquillisa d'une amicale pression de la main.

— Le aiji, dit-elle, le aiji nous rend visite. Ne vous inquiétez pas, tâchez de vous rendormir.

Il n'en était plus question. Personne n'accueillait Tabini avec une tête dodelinante.

Assis très droit, très attentif, le paidhi souhaita comme tout le monde la bienvenue au aiji, bonjour ou bonsoir, on ne savait car les veilleuses rendaient l'heure incertaine. Son épaule l'élançait, il regretta de ne pas avoir songé à prendre sa propre trousse de médicaments.

— Bren-ji.

Tabini lui donna en passant une petite claque sur le dos, puis sans transition engagea un aparté avec les deux officiers, Naidiri et Banichi. Le aiji semblait préoccupé, pour tout dire angoissé, même si on ne devinait rien sur son visage, aussi impassible qu'à l'accoutumée. Bren décida d'interroger Jago à mi-voix, au diapason de cette scène pleine de chuchotements et de conciliabules.

— Est-il arrivé quelque chose de grave ?

La prétorienne semblait elle aussi désireuse de se renseigner. Elle se leva, s'approcha du groupe des comploteurs auprès desquels elle s'accroupit pour se joindre longuement à leurs délibérations.

Enfin, elle retourna auprès du paidhi.

— Certains éléments se sont infiltrés dans le domaine du aiji, dont nous avons toutes les raisons de penser qu'il ne s'agit nullement de touristes mais d'une opération de diversion organisée par l'ennemi pour dissimuler un mouvement vers le sud. En outre, des informations recueillies de différentes sources nous incitent à penser que la nouvelle du parachutage des émissaires ne constituait pas une surprise pour les adversaires du aiji. A moins d'envisager l'hypothèse d'une offensive dont le principe était acquis de longue date, bien avant l'intervention (mal intentionnée) de Deana Hanks, et qui trouve là l'occasion de se déclarer au grand jour.

— La situation est donc si inquiétante que nous devions nous attendre à un engagement ?

— Nous serions fous ne de pas envisager le pire. Le retour du vaisseau leur a fourni un premier prétexte qu'ils n'ont pas osé saisir dans la mesure où le aiji se trouvait alors au Bu-javid, forteresse imprenable, grouillante de prétoriens.

— Qu'en est-il aujourd'hui ? Tabini est peut-être à découvert, mais quelle surveillance féroce autour de lui !

— Une idée de génie, celle de jeter d'innocents touristes dans la mêlée. Lors du retour de *Phœnix*, il n'est apparu, dans le ciel de notre planète, rien de si spectaculaire susceptible de faire sortir les gens en foule de chez eux. Rien qu'une étoile de trop, pour ceux qui savaient où regarder. Un parachutage, un lâcher de corolles comme il s'en est produit il y a deux siècles, voilà une attraction pouvant donner de folles idées aux braves citoyens, violer la propriété privée d'autrui, par exemple, et, pourquoi pas ? se faufiler chez le aiji sans y avoir été invité. Ces audaces ne sont pas dans les habitudes des atevi ordinaires.

— A moins qu'un vaisseau armé de rayons désintégrateurs ne vienne à se poser sur la pelouse de Tabini. Ce serait alors que vos atevi si raisonnables joueraient des coudes pour être aux premières loges. Jago-ji, il se pourrait que vos congénères aient la tête plus fragile que vous ne pensez.

— Ils représentent le grand public, Bren-ji, ces téléspectateurs que vous avez su convaincre de la bonne foi de l'humanité, de ses excellentes dispositions à leur égard. Ils viendront, en toute confiance, à la rencontre des envoyés du vaisseau. Par amitié, pour leur souhaiter la bienvenue ? Pas réellement ; ils viendront comme des touristes se précipitent au-devant d'une attraction.

— Seigneur, s'il arrivait un malheur, un accident… quel échec pour nous, pour nos projets !

— Nous aurions souhaité avoir davantage de temps pour sillonner les collines méridionales et refouler les curieux qui se seraient dangereusement rapprochés du site. Banichi s'inquiète de savoir s'il est possible de retarder l'atterrissage de quelques heures.

Bren consulta sa montre, cligna des yeux et demanda le renfort de la lampe de poche de Jago pour déchiffrer le cadran.

— Le compte à rebours est commencé depuis longtemps. A condition de les joindre sur-le-champ, il reste peut-être une chance de ralentir leur chute ou de dévier leur trajectoire. Ils demanderont des explications, Jago. Les ayant obtenues, plus ou moins franches et complètes, ils décideront naturellement de se poser à Mospheira. D'ici peu, ils auront atteint le point de non-retour. Dès lors, la chute devient irréversible, ils ne sont plus en mesure de la contrôler.

Munie de ces précisions, la prétorienne s'en retourna parlementer avec Banichi et Naidiri. En dernier recours, ceux-ci sollicitèrent l'avis de Tabini.

Le aiji écouta tout, hocha plusieurs fois la tête, l'air maussade. Il revint auprès du paidhi, posa sur son épaule une main fraternelle.

— Voici où nous en sommes, Bren-ji. Des renforts seront ici dans peu de temps ; ils feront halte dans l'abri. De notre côté, nous allons reprendre la route en direction de l'aire d'atterrissage. Nous ferons un usage intensif de nos radios, dans l'espoir d'être pris pour une patrouille. Deux escouades vont ratisser les collines, avec pour mission de faire évacuer une zone sans rapport avec celle que nous avons choisie. Diversion, toujours. En ce qui nous concerne, nous allons droit au but. Rien ne doit empêcher cet homme et cette femme venus de si loin, dans des conditions si précaires, de trouver à leur arrivée le comité d'accueil auquel ils ont droit. Ce gilet pare-balles est sans doute un peu large ; je te conseille néanmoins de l'enfiler.

— Si cela est nécessaire, Tabini-ma, je veux bien me déguiser. On vous a informé, je pense, du ralentissement de la capsule dans la dernière partie de sa trajectoire. L'engin n'est pas blindé. Si solide soit-il, son métal ne résisterait pas à une rafale de mitraillette.

— Conscients de ce problème, nous avons prévu une couverture aérienne, à distance convenable. Nous garderons la capsule sous surveillance constante. (La bourrade amicale du aiji se voulait rassurante, il ne se déridait pas pour autant.) Nous avons localisé Deana Hanks, à la faveur de quelques indiscrétions captées par les écoutes téléphoniques. Rien de ce qui s'échange sur le réseau ne peut échapper au aiji, puisque je dispose d'un avantage considérable en ma qualité de directeur de la compagnie.

Bren s'était levé. Tano lui présenta le gilet pare-balles qu'il endossa. Il accepta même de coiffer un casque immense qui lui tomba sur les yeux. Grâce au rembourrage improvisé à l'aide d'une serviette pliée en quatre, le bord lui arriva au ras des sourcils. Tant bien que mal, il parviendrait à s'orienter. Afin de compléter son équipement de va-t'en-guerre, il enfila ses gants.

— Ils arrivent, annonça Algini, assis dans un coin, les écouteurs sur les oreilles.

Banichi avisa une prétorienne, lui tendit une cassette.

— La voix du aiji, la mienne, celle de Naidiri, dit-il. Cet enregistrement équivaut à plusieurs heures de présence dans cet abri.

— Entendu, Nichi-ji. Merci.

Nichi-ji ? Le paidhi dressa l'oreille, décocha un second coup d'œil sur la demoiselle dont la jovialité faisait plaisir à voir. Il enregistra le visage souriant, se promit de se renseigner plus tard, dans des circonstances plus favorables. Ramassant son ordinateur là où Banichi l'avait posé en entrant, contre la paroi à l'écart du mouvement, il se tint prêt à sortir en hâte quand les sentinelles donneraient le signal d'ouverture de la porte.

Son groupe venait en troisième position tandis que Tabini lui-même avait pris place dans la troisième voiture d'un convoi long de six véhicules. A deux reprises, ils firent halte, chaque fois dans les mêmes circonstances : un carrefour situé sous les arbres. L'espace de quelques instants, moteurs coupés, dans le plus grand silence, ils attendirent. Un événement quelconque, un signal peut-être. Tous les compagnons de Bren étaient aux aguets, attentifs aux murmures de la nuit, à l'inoffensif frôlement de la brise à travers le feuillage. D'une manière générale, Tano faisait grand usage de son émetteur sur lequel il transmettait les messages codés de Banichi à un correspondant inconnu. Pas plus l'officier que Jago n'intervenaient dans ces communications, observa le paidhi. Leurs voix devaient être trop faciles à identifier.

Il fut question de la section onze, puis Tano annonça une incursion dans la section vingt et une et la prise de celle-ci.

— Doucement, murmura le chauffeur alors que les voitures précédentes démarraient soudain.

Le véhicule de tête recula de quelques mètres et s'engagea sur une route de traverse, encore plus accidentée. Changement de direction, changement de plan ? s'interrogea le paidhi, très à l'étroit entre Jago et Tano.

Plus tard, après que Banichi et le chauffeur eurent échangé quelques menus propos, Bren se risqua à poser la seule question qui lui importait, calme en apparence, d'un calme qu'il était loin d'éprouver :

— Est-il toujours prévu d'aller vers le site ?

La détonation sourde, comme amortie par un silencieux, précéda de quelques secondes une déflagration cataclysmique. D'un même mouvement, ses voisins se couchèrent sur le paidhi, la route parut se soulever, la voiture soufflée capota, éjectant ses passagers qui s'éparpillèrent dans un enchevêtrement de corps gigotants et de broussailles sur lequel s'abattit une pluie de décombres, cailloux, mottes de terre, éclats de bois.

Poumons bloqués, tout son être pris de tremblements, Bren trouva la force de s'arc-bouter pour offrir une résistance à celui ou celle qui dans son effort pour se redresser pesait de tout son poids contre le petit protégé. Puis la voiture explosa, en quelques secondes se transforma en un brasier rugissant. Quelqu'un le saisit par les basques de son long gilet, tira et l'entraîna vers le bas de la colline. Au-dessus d'eux avait éclaté un feu nourri.

La perte du casque trop grand, mal assujetti, le laissait exposé à tous les coups du sort et balles perdues. Il lui appartenait désormais de rester en vie et de se faire le plus discret possible afin de ne pas gêner Jago et Tano, tous les deux rescapés de l'accident, avec lesquels il avait culbuté pêle-mêle et qui l'avaient ensuite mis à l'abri. Le feu s'était communiqué aux arbres voisins, dévorés en un clin d'œil. Tout le périmètre était un lieu éblouissant, rouge et tonitruant.

Un appel retentit, auquel Banichi — Dieu merci, l'officier était lui aussi sain et sauf — répondit que tout mouvement était impossible là où ils se trouvaient, que l'on ne tente surtout pas de les rejoindre, ils feraient l'impossible pour tenir par leurs propres moyens.

— Votre tête, nadi. Baissez-vous, je vous en prie.

Banichi venait d'arriver, une poigne solide s'abattit sur la nuque du paidhi. Une seconde détonation retentit là-haut, suivie d'une explosion tout aussi formidable que la précédente. Les décombres fusèrent en gerbe du cratère nouvellement formé.

— Des tirs de mortier, grommela Tano. Laissez-moi faire, je m'en occupe.

— Non! riposta Banichi. On y voit comme en plein jour, là-haut, et nous ne serions pas en mesure de te couvrir.

Un troisième obus provoqua un glissement de terrain. Jago hissa le paidhi tant bien que mal, le poussa dans une anfractuosité entre deux roches, où Tano vint se nicher à son tour. Banichi lâcha une rafale en direction du sommet.

Rien n'empêchait le jeune homme de participer au combat. On avait pris soin de lui fournir une arme et plusieurs chargeurs de rechange. Cela étant, il n'était pas du tout certain de connaître l'identité des assaillants, il ne savait pas exactement de quel côté venait l'attaque. Il sortit son automatique, s'assura qu'un chargeur était engagé, ôta la sûreté. Un nuage de poussière obscurcit la scène, il avait les yeux pleins de larmes et ne distinguait rien à plus de quelques mètres de distance.

Côte à côte, Jago et Tano avaient adopté la position du tireur couché. Ils canardaient à qui mieux mieux le haut de la colline, à l'aveuglette, semblait-il. Le paidhi ne demandait qu'à les imiter. Un rocher le gênait, sur lequel il voulut prendre appui. Tano le fit promptement redescendre, sans ménagement pour son orgueil ou ses membres endoloris.

— Si quelqu'un est à court de munitions, qu'il n'hésite pas à s'adresser à moi, murmura-t-il, un peu amer d'en être réduit à ce rôle modeste de ravitailleur.

L'obus suivant eut raison d'un arbre voisin dont la chute s'effectua dans un énorme fracas de branches, à deux pas du brasier. Le feuillage fut happé, transformé en torche vive. Banichi ainsi qu'un ateva que Bren identifia comme leur chauffeur les avaient à présent rejoints derrière le parapet formé par les rochers. Entre eux et l'adversaire déjà indistinct auparavant, sur lequel ils avaient tiré au jugé, s'interposait désormais un écran de lumière.

— Feu à volonté, ordonna Banichi. Nous n'avons pas le choix. La route est bloquée ; nos amis, là-haut, vont tenter de prendre l'obstacle à revers, en se faisant le plus petit possible. Paidhi, surveille la vallée, veux-tu ?

— Je ferai de mon mieux.

Bren pivota malaisément, gêné par ses douleurs nombreuses, l'étroitesse du lieu, la proximité de ses compagnons. S'il avait bien compris ce qui venait d'être dit, Tabini et les passagers des voitures de fin de peloton, tous gardes forestiers ou prétoriens, avaient l'intention de contourner le versant : les véhicules quitteraient la zone sinistrée en marche arrière, ils franchiraient le coude de la colline de la façon dont l'avaient sans doute fait les premières voitures.

Banichi et le chauffeur tiraient sans discontinuer. Bren crut que sa tête allait éclater sous l'effet d'un tel bruit. Jago et Tano se détournèrent, reportant leur attention sur l'amont. Adossé contre la paroi de l'abri de fortune, Bren fut pris de vertige. Le vent rabattait dans leur direction par courtes rafales une fumée qui piquait les yeux.

Du moins les tirs d'obus avaient-ils cessé. L'ennemi devait être à court de munitions, comme ils le seraient bientôt eux-mêmes, alors que la capsule d'un autre âge poursuivait sa chute inexorable, ayant atteint depuis quelques heures le point au-delà duquel tout changement de trajectoire devenait impossible.

Un coup d'œil sur sa montre lui rappela que le temps pressait. Ils se trouvaient encore très loin du lieu de l'atterrissage qu'ils n'étaient pas du tout certains d'atteindre à l'heure dite, en admettant que Tabini et son escouade fussent en mesure de les tirer d'affaire à brève échéance. Pour dire les choses franchement, connaissant l'obstination vindicative dont le aiji était capable, on pouvait se demander s'il n'avait pas décidé d'en finir une fois pour toutes, là-haut, avec les canailles qui se mettaient en travers de son chemin. Dans ce cas, comment être certain que l'Association Occidentale aurait encore un chef au lever du soleil, le territoire un gouvernement, l'humanité un interprète entre les deux émissaires de l'espace et trois cents millions d'atevi ?

— Un chargeur de rechange, nadi.

Jago parlait de son habituelle voix de sous-officier bien entraînée, habituée à garder son calme ou, mieux encore, habituée à ne rien ressentir.

Bren fourragea dans sa poche, offrit ce qu'elle demandait, sans cesser de braquer son automatique vers le bas de la colline et de presser la détente ici et là, sans conviction, d'une main incertaine. Il avait conscience de ne pas « surveiller la vallée » avec toute l'efficacité d'une vraie sentinelle.

— Il m'en reste un, pour qui le veut, sans compter celui qui est engagé dans mon arme.

Plus que le sentiment de danger imminent, de l'éventualité d'un dénouement tragique, c'étaient ce carrousel de détonations et d'explosions, la proximité angoissante de l'incendie qui le laissaient désemparé, à la merci des événements, prêt à abandonner son automatique à qui en ferait un meilleur usage.

— La prairie s'embrase à son tour, fit observer le garde forestier.

Bren tourna les yeux vers ce nouveau malheur et vit le feu progresser dans l'herbe sèche, l'herbe d'arrière-saison dont on pouvait admirer, depuis le porche de Taiben, toutes les nuances de l'or quand le couchant la touchait de son aile.

La prairie roulait ses vagues jusqu'à l'océan. La capsule allait s'abîmer dans cet enfer, des flammes de dix mètres de haut. Situé pour l'essentiel dans la partie inférieure de l'engin, de quel pouvoir serait le bouclier protecteur contre ce phénomène insatiable ?

Une fusillade nourrie éclata au-dessus d'eux, puis un cri fusa, un cri aigu, féroce, étrangement nasal, qui sonnait comme une charge des temps héroïques. Quiconque avait entendu au moins une fois dans sa vie un mecheita passer à l'attaque ne devait jamais oublier ces notes étranglées, rageuses, promesse de mort pour leur destinataire.

Par quel mystère se trouvaient donc là-haut des cavaliers chevauchant des mecheiti ?

— Regardez, l'incendie se propage, il va engloutir le bosquet, cria Bren. Avez-vous envie de griller vifs ? Prenons le large, vite, nous allons être encerclés.

La situation, sur la route, semblait avoir évolué. A travers les ronflements du brasier, les détonations avaient cessé de leur parvenir, remplacées par de violents éclats de voix. Les atevi parlaient aux atevi, même si ce dialogue prenait la forme de vociférations. Puis, faiblement, du fond de leur niche au milieu des éboulements, le paidhi et ses compagnons perçurent le message ténu que leur adressait un émetteur-radio :

Cessez le feu. Cessez le feu. Bleu, en contrebas.

— Gagné ! cria Banichi. Vous autres, restez embusqués. Je vais aux nouvelles.

— Vous n'allez nulle part, riposta Jago.

La seule fois, de mémoire de Bren Cameron, où elle osa se rebeller contre un ordre de son supérieur. D'autorité elle agrippa la manche de Banichi.

— Avec votre patte folle, vous n'y pensez pas ! Restez ici.

— C'est ce que nous verrons, grommela l'officier.

Il se libéra d'une brusque secousse, sans toutefois faire mine de vouloir s'extirper de l'abri. Le feu et le vent avaient pris possession du silence. Plus de rafales, plus de cris. La petite troupe rampa le long du versant suivant une trajectoire oblique, attentive aux murmures qui circulaient d'une radio à l'autre pour diriger les manœuvres d'encerclement de l'ennemi.

La voix de Jago, tout à coup :

— La douairière. Mais oui, aiji-ma, nous sommes tous sains et saufs. Nous obéissons à la consigne de cessez-le-feu.

Bren espérait que l'engagement ne s'était pas soldé par un carnage qui rendrait encore plus délicate la recherche d'une éventuelle conciliation. Il enregistra, parmi d'autres noms cités, celui de Dereiso, que Banichi lui avait présenté comme un fauteur de troubles en puissance ; ordre leur fut donné de ne plus bouger. Peu après se fit entendre un bruit de moteur, un petit avion de tourisme s'en vint rôder autour de la colline. Il est de notre côté, assura Tano, pour apaiser la nervosité du paidhi, incapable d'oublier le bombardement auquel il avait été soumis, en d'autres lieux, quelques semaines auparavant. Plusieurs véhicules descendirent du haut du versant. C'était la queue du convoi initial, conduite par Tabini, qui surgissait derrière les ruines carbonisées de leur propre véhicule.

Bientôt, sur fond de ciel incandescent, se profila sur la crête une apparition toute de ténèbres et de silence : un cavalier solitaire sur son mecheita. Il en arriva d'autres, en grand nombre, sans escorte prétorienne.

Des gardes forestiers, telle fut la première pensée de Bren, bien qu'il n'eût jamais entendu parler de la présence à Taiben d'une écurie de mecheiti. Ils n'en étaient pas moins là, une vingtaine, hautes silhouettes noires, apparition soudaine entre les arbres clairsemés du bosquet situé en altitude et que le feu avait épargné. Les véhicules libéraient leurs passagers, une escouade d'individus casqués, la silhouette épaissie de gilets pare-balles, parmi lesquels, il fallait l'espérer, devait se trouver Tabini.

Banichi se redressa, imité par Jago. Bren tendit la main en direction des arbustes abattus, tâtonna, trouva une prise solide et se hissa sur ses pieds au moment précis où il reconnaissait le plus chétif des cavaliers, l'un des rares à ne pas porter d'uniforme.

Ilisidi.

Il sut, par la même occasion, qui étaient ses compagnons. Cenedi, l'indispensable aide de camp, à la tête d'un détachement de « fiers cadets », ainsi que les appelait la douairière, toujours affectueuse envers les jeunes gens bien découplés. Destriers et montures de rechange, celles-ci au nombre de dix, pas moins, étaient caparaçonnés pour le combat, leurs défenses armées de métal féroce. A peine sortis du bois en ordre dispersé, les mecheiti se regroupaient, reformaient la horde primitive autour de la douairière montée sur le redoutable Babsidi.

Mais voici que venait d'apparaître un autre cavalier, un ateva d'allure massive, conduisant par la longe un mecheita monté par la dernière personne que le paidhi se serait attendu à rencontrer dans ces circonstances :

Deana Hanks.

Comme il interpellait la jeune femme, il identifia son geôlier, ateva sans sveltesse, sanglé dans un accoutrement qui était plutôt celui de l'élégant gentleman-farmer que du baroudeur.

Un civil de haut rang, un aristocrate depuis peu revenu dans le droit chemin.

Le seigneur Geigi considéra Bren bien en face.

— Nand'paidhi, quel soulagement de vous retrouver indemne !

— Je n'en doute pas, seigneur Geigi. Votre message m'a procuré une vive satisfaction. Hanks, vous voilà bien agitée. Auriez-vous quelques griefs à formuler ?

— Faites en sorte qu'ils me rendent la liberté, s'exclama-t-elle dans la langue insulaire. Qu'ils me fichent la paix, Bren, pour l'amour du ciel !

Les mains de la jeune femme étaient entravées par un lien fixé à l'anneau de selle.

— Nous verrons plus tard. Pour l'instant, madame Hanks, je vous recommande le plus grand silence.

Ils n'avaient plus rien à se dire. Bren se désintéressa de sa suppléante.

— Les voitures ne passeront pas, dit Tabini. Tout le versant sud sera bientôt la proie des flammes si les unités de sapeurs-pompiers ne maîtrisent pas l'incendie à bref délai. Grand-mère a eu l'heureuse idée de nous proposer un moyen de transport de substitution. N'est-il pas vrai, sidi-ji ?

— Rien n'est encore décidé, répliqua l'aïeule, sa voix sourde à peine audible au milieu des bruits de toute nature, le feu, les bêtes, le vent, le jeu du métal et du cuir des puissants harnachements.

L'hésitation d'Ilisidi n'était pas de pure forme, elle

avait sa tête des plus mauvais jours, celle dont le paidhi avait maintes fois fait l'expérience.

— Pourquoi voudrais-je vous rendre service, après que vous m'avez fait jeter hors de Taiben par vos gens ?

Les prétoriens du aiji et ceux de la douairière étaient en nombre égal. Tabini lui-même était armé, le canon de son fusil ostensiblement tourné vers le ciel.

— Toutes mes excuses, grand-mère. Le domaine devait être « libéré », la situation l'exigeait. Nous savions que vous ne seriez pas en peine pour trouver un voisin accueillant.

Ilisidi garda un silence maussade.

— Heure idéale pour une longue chevauchée, murmura-t-elle enfin. Mêlée à l'odeur de la poudre, la rosée du matin exhale un parfum incomparable.

L'échange aigre-doux pouvait à tout moment tourner à l'altercation familiale. Craignant un retard fatal, Bren prit le parti d'intervenir.

— Nadiin, je vous en prie, nous perdons un temps précieux. Le parachute a commencé sa descente finale, l'incendie s'étend à vive allure.

Un mecheita se fraya jusqu'au premier rang son chemin autoritaire et renâclant. Un de ses congénères le prit de travers et menaça de lui cisailler la croupe d'un coup de dents. Les cavaliers ajustèrent leurs rênes, à tout hasard.

Bren devina à quel instant précis la monture nouvelle venue jeta sur lui son dévolu. Il se garda lui-même de tout geste de reconnaissance, petite tape sur le nez si sensible et autres imprudences qui se seraient attiré une prompte et désagréable réaction. Il offrit tranquillement à l'inspection des naseaux fureteurs toute sa personne, à commencer par les poignets, aussi loin que l'on pouvait aller sous les gants.

Ainsi, Nokhada l'avait reconnu. Sans perdre de temps, elle endossait sa fonction de monture attitrée du paidhi. L'affection n'entrait pas en ligne de compte, seulement l'ambition, et le *man'chi*.

Ayant rassemblé les rênes dans une main, il tira d'un coup sec. Sur ce signal, la monture avança un antérieur. Le timide cavalier, cramponné de l'autre main à l'anneau de selle, put se hisser en dépit de tous les maux dont il était affligé, et n'eut que le temps de s'installer avant le rebond vertigineux, le choc éprouvé quand l'animal se redressa de toute sa hauteur.

Juché sur son mecheita, on se sentait pratiquement le maître du monde, on avait conscience de représenter une menace presque irrésistible pour ses ennemis. Bren dominait le versant incendié de la colline, il contemplait la grande prairie qui s'étendait au-delà et contre laquelle s'avançait la ligne de feu. Hanks sollicitait à nouveau son attention, exigeant d'être libérée.

— Nand'Geigi, fit-il d'une voix paisible, savez-vous ce qu'est devenu l'ordinateur de Hanks-paidhi ?

L'ateva posa la main contre la sacoche suspendue sur le côté de sa selle.

— En lieu sûr, comme vous voyez. L'importance de cette machine ne nous avait pas échappé.

— Merci, merci infiniment.

Sa reconnaissance était sincère, de même que son soulagement lorsqu'il aperçut Algini, le dernier de ses « proches » dont le sort fût encore incertain.

Ilisidi souriait, événement rarissime, signe évident d'autosatisfaction. Babsidi s'impatientait. Sa cavalière imprima une légère secousse sur la rêne gauche. La descente commença.

Tel cavalier, telle monture. Chez les mecheiti comme chez les atevi, l'ordre de préséance était sacré et Cenedi se trouva tout naturellement en seconde position, au grand dam de Nokhada, suivant l'ordre qui avait été établi à l'occasion de leurs somptueuses randonnées à travers les collines de Malguri. Ce fut bien pis lorsque Bren, d'un coup de talon imperceptible et tirant sur la bride, prétendit faire reculer son mecheita afin de céder la troisième place à Tabini.

Les mecheiti de l'équipe d'Ilisidi n'étaient pas disposés à se laisser imposer si facilement un bouleversement hiérarchique. A tout moment, les résistances peu à peu surmontées tandis que la horde se déployait dans son nouvel ordre de marche, pouvaient se transformer en violences.

Ils étaient en route depuis peu lorsque Cenedi vint chevaucher quelque temps de front avec Bren.

— Les auteurs de l'embuscade appartenaient au courant le plus dur de l'opposition, confia-t-il comme si le fait n'allait pas de soi. Ceux qui se sont rendus seront autorisés à regagner leurs domaines sans être inquiétés. Tabini s'y est engagé, ses gardes veilleront à ce qu'il en soit ainsi. Sidi-ji était sur la liste des suspects, nous ne l'ignorions pas.

— Pour ma part, je n'ai jamais douté que vous fussiez hors de cause, assura le jeune homme. Cette brutalité ne vous ressemblait pas, Cenedi-ji. Vous n'auriez jamais fracassé la collection de porcelaines.

— Le fameux vase aux lys dont Damiri-daja a dépêché un fragment à son oncle... Une grossière erreur de leur part. Cette démonstration de sauvagerie a définitivement fait basculer dans notre camp Tatiseigi, que nous avions à demi convaincu.

La monture de Cenedi donnait des signes de nervosité, pressée de reprendre sa juste place dans la colonne. L'attention de son cavalier était ailleurs, il regardait avec anxiété par-dessus son épaule.

— Le feu gagne, observa-t-il. Pourquoi les canadairs tardent-ils ? Si le vent tourne, tout est perdu.

Tout serait perdu, en effet, encore plus que ne l'imaginait Cenedi, songea Bren tout en priant le ciel pour que le vent, orienté à l'ouest depuis plusieurs heures, continuât de leur souffler en plein visage et de ralentir la progression de l'incendie.

La prairie, devant eux, déployait à perte de vue toutes les nuances du beige, du fauve, du blanc. Couleur de brume, à travers laquelle la procession se frayait un chemin régulier, résolu. Si l'on regardait derrière soi l'on voyait, au-delà de la ligne d'ombre des cavaliers, déferler une pâleur identique, en contraste saisissant avec l'est embrasé par un mur de flammes.

Banichi et Jago surgirent à ses côtés. Nokhada n'y voyait pas d'inconvénient, cette compagnie ne l'offusquait pas.

— Algini est sauf, leur dit-il aussitôt. Je l'ai vu.

— Ce n'est pas une grande nouvelle, nadi. Tano n'a jamais cessé de communiquer avec lui par radio.

Bren fut à peine surpris. Il avait toujours éprouvé quelque difficulté à distinguer, sur un poste émetteur, leurs voix les unes des autres. Jago lui tendit son ordinateur.

— Je ne sais s'il fonctionne encore, il a été touché.

Avec un peu d'optimisme, pourquoi ne pas envisager qu'il ait été conçu pour résister aux échauffourées entre atevi ? Bren fit passer la courroie en bandoulière sur son épaule valide.

— Geigi s'est approprié celui de Deana Hanks, dit-il. Si le mien est hors d'usage, je me paierai d'audace et lui demanderai de me prêter l'autre.

— Au point où il en est, le bonhomme n'a plus grand-chose à te refuser, approuva Banichi. Un de ses partisans savait où se cachait ta suppléante. Jouant sur la confiance dont il jouissait auprès des factieux, Geigi s'est contenté d'envoyer là-bas un détachement, avec l'ordre de lui ramener la prisonnière. L'opération s'est déroulée hier soir. Sa rapidité d'exécution doit beaucoup à la contribution d'un membre éminent de la Guilde.

— Qui cela ? s'enquit vivement le paidhi.

— Qui d'autre que Cenedi ? riposta Jago.

Bren commençait à s'égarer dans le chassé-croisé des alliances éphémères couvrant des visées divergentes.

— Ilisidi n'avait rien à se reprocher, protesta-t-il. Par égoïsme, par conviction, par esprit de solidarité familiale, quelles qu'aient été ses raisons, elle n'a jamais cessé de soutenir son petit-fils. La douairière est une Ragi, elle restera fidèle à son clan, n'est-il pas vrai ?

Jago tint à lui rappeler le principe suprême de toute négociation entre atevi.

— Les seigneurs n'ont de comptes à rendre à personne, ils ne sont liés par aucun *man' chi*. La douairière songe avant tout à ses propres intérêts, que des imbéciles ont menacés en poussant la provocation trop loin. La situation, estime-t-elle, n'est pas mûre pour une révolution de palais.

— Le vent est en train de changer, dit soudain Banichi. Ecoutez, regardez, il tourne à l'est.

L'officier avait raison. Les hautes herbes blanches, jusqu'à présent ployées en direction du feu, se tenaient immobiles.

Combien de temps, avant que tout ne soit ravagé ? murmura Bren. Il avait vu à la télévision plusieurs reportages sur des incendies de prairie. D'un seul claquement de gueule, le monstre dévorait plusieurs hectares. On eût dit qu'il tâtait le vent pour prendre sa direction. Il donnait l'impression de savoir où il allait.

Les canadairs restaient invisibles. Les véhicules qu'ils avaient abandonnés étaient tous équipés de puissants émetteurs, se rassura Bren. Sans doute les gardes forestiers avaient-ils alerté les pompiers depuis longtemps.

Hélas, les gardes étaient déjà tous sur les dents, accaparés par la surveillance des touristes curieux d'assister à l'arrivée des nouveaux humains tombés du ciel. Randonneurs, pique-niqueurs, sans le savoir, tout ce brave monde avait rendez-vous avec l'enfer.

Le rayonnement allait croissant, la température augmentait sensiblement. Le vent s'était orienté au sud-est. L'herbe s'inclinait dans l'autre sens, comme sous le passage d'une main invisible. L'âcre odeur de la fumée les enveloppa. Les mecheiti alarmés serraient le rang.

Ilisidi, cependant, avançait du même pas et nulle autre monture n'aurait osé forcer l'allure de Babsidi. A l'avant de la colonne, l'aïeule et le petit-fils réglaient leurs comptes et le malheur qui arrivait n'était pas, pas encore, au nombre de leurs préoccupations.

— Vous auriez pu me prévenir, disait Tabini. Vous auriez pu laisser un message.

— A qui croyez-vous avoir affaire ? répliqua Ilisidi. Du reste, je n'ai pas fait mystère de ma destination.

— Une maison où pour rien au monde je n'aurais souhaité retrouver ma grand-mère. Par tous les mauvais génies, vous avez le don de surgir aux pires endroits aux plus mauvais moments.

— Il s'en est fallu de si peu que je ne sois aiji en votre lieu et place, en avez-vous conscience ? Un peu d'encouragement de votre part eût évité certains désagréments. Au lieu de quoi vous me mettez à la porte de Taiben, en pleine nuit, sans me laisser le temps de me vêtir pour le voyage.

— Il s'en est fallu de peu que vous n'y perdiez la vie, grand-maman-ji ! Ces rebelles sont des têtes brûlées, ne pourriez-vous choisir vos amis avec plus de discernement ?

— Nadi, si vous me croyez assez naïve pour accepter de vous servir de doublure dans les scènes dangereuses, vous commettez une erreur grossière. J'ai d'autres ambitions. Vous m'avez envoyé Bren-ji dans ma retraite. Présent d'un certain prix, vous en conviendrez. Ce geste n'avait-il donc aucun sens ?

— Un pied dans chaque province ! N'avez-vous pas honte de cet opportunisme érigé en règle de conduite ?

— Je navigue au juger, comme il se doit. Peut-on prévoir l'heure où vacillera votre prestige ?

— Croyez-vous ces hobereaux gourmands plus attachés à votre personne qu'à la mienne ? Un seul objectif les anime, faire main basse sur l'Association, s'approprier pour leur compte un pouvoir dont vous n'êtes pas prête à leur céder une parcelle. A peine seriez-vous installée au Bu-javid qu'ils réclameraient leur part du butin.

— Contrairement à son petit-fils, l'aïeule n'est pas magnanime envers ses ennemis. Elle ne leur laisse jamais l'occasion de récidiver.

— Vraiment ? Comment se porte Tatiseigi, ces temps-ci ?

— Comme un charme, sans doute. Il doit être en train de prendre son petit-déjeuner, dans l'attente d'un appel téléphonique conciliant de la part d'un futur membre de la famille.

Tabini feignit la plus grande indignation.

— N'ai-je pas, le premier, proposé l'union honorable et pacifique de nos deux clans ?

— Tatiseigi est méfiant par nature, par obligation. Une décision si grave ne se prend pas à la légère.

Et ainsi de suite, tandis que le vent soufflait en rafales dans leur dos et que le ciel s'embrasait.

— Dieux tout-puissants ! s'exclama Tabini. Naidiri, pourquoi ces sacrés avions se font-ils attendre ? Appelez encore, voulez-vous ?

— Je viens de le faire. Ils embarquent les containers. Le décollage est prévu dans peu de temps.

— Regardez ! lança un des cavaliers de l'arrière-garde. Là-bas, qu'est-ce que c'est ?

De l'index pointé il montrait le ciel, au loin.

Les atevi avaient décidément la vue perçante. Bren

Cameron dut aiguiser son regard pour distinguer quelque chose.

Il fit s'arrêter Nokhada. Suivant son exemple, tout le convoi fit halte.

— Les voilà, dit-il, gagné par un curieux sentiment d'irréalité. Ils arrivent.

Le parachute était encore très haut, et très loin vers le sud, bien au-delà du point d'atterrissage prévu.

— Sur le trajet de l'incendie, fit observer Banichi, à une distance considérable ; toute la question est de savoir si nous pourrons gagner le feu de vitesse.

Il y avait lieu d'être pessimiste, en effet.

Le parachute était en vue, cependant, c'était là l'essentiel. Pour le reste, il descendait avec une infinie lenteur, qui leur laissait toutes les chances d'arriver à temps.

23

Il n'y avait pas d'autre cours d'eau à des lieues à la ronde, mais la capsule l'avait choisi pour cible et s'y trouvait immergée jusqu'à l'écoutille.

Drapée dans la toile bleu et rouge de sa coupole.

Pas un signe de vie alentour.

— Quel silence ! murmura Tabini. A ton avis, Bren-ji, peuvent-ils ouvrir de l'intérieur ?

— C'est vraisemblable.

La fumée, déjà, rendait l'air opaque et nauséabond. A l'est, l'horizon proche s'empanachait d'une nuée noire.

Les cavaliers firent halte sur la rive. Nokhada, les oreilles couchées, refusa d'aller plus avant, jusqu'au moment où Bren fit mine de mettre pied à terre.

Piquée dans son orgueil, la mecheita entra dans l'eau, s'y engagea sans hâte et avec répugnance.

Les prétoriens des premiers rangs dégainèrent.

— Tabini-ma, plaida le jeune homme. Banichi...

— Simple mesure de précaution, assura le aiji.

A son tour, Banichi fit avancer sa monture, elle pénétra jusqu'au poitrail dans l'eau limoneuse.

Les mecheiti pataugeaient dans un enchevêtrement de toile et de filins. Deux parachutes, et non un seul, s'étalaient autour de la capsule.

L'officier se pencha. Il assena son poing contre le panneau d'écoutille dont la partie inférieure était sous l'eau. Deux coups frappés du dedans lui répondirent.

La porte, par degrés imperceptibles, se descella.

— Pouvez-vous m'entendre ? cria Bren.

Pas encore, sans doute. Pas avant l'ouverture totale de la porte. Puis le panneau parut se replier, il bascula vers l'intérieur. Un tourbillon d'eau sombre s'engouffra.

On vit apparaître deux visages couverts de sueur. Rien de plus humain que l'expression angoissée de ces regards.

Les naseaux frémissants, Nokhada poussa la tête en direction de ces étranges créatures. Son cavalier prétendit l'en empêcher en raccourcissant la bride sur laquelle il tira très fort.

— Bonjour ! s'exclama-t-il, sans tenir compte des mugissements, renâclements, protestations véhémentes de la mecheita. Hâtez-vous de quitter la capsule.

— Ne l'écoutez pas, cria Deana Hanks depuis la rive. Il n'est pas une de ses paroles qui ne soit un mensonge.

— Je vous présente Deana Hanks, ma suppléante. Je suis Bren Cameron. Voici Banichi, chef du service de Sécurité.

De quoi ai-je l'air et que vont-ils penser ? se

demanda-t-il soudain. De quoi avons-nous l'air, débraillés, souillés par la suie, et ce ciel sombre qui sent le soufre...

Le niveau de l'eau montait à l'intérieur de la cabine. Déjà, le matériel arrimé était en partie recouvert, les visiteurs seraient bientôt immergés jusqu'à la taille. Ils risquèrent un coup d'œil à l'extérieur, contemplèrent avec effroi le paysage inquiétant qui s'offrait à eux, la horde des grands diables noirs, leurs formidables destriers caparaçonnés de métal, à l'arrière-plan le ciel de catastrophe où le vent charriait vers eux des bouffées de ténèbres.

Deux mecheiti attendaient encore leurs cavaliers.

— En dépit des apparences, tout est en ordre, assura le paidhi d'un ton encourageant. Les canadairs ne tarderont plus, l'incendie sera vite maîtrisé.

Il fit avancer Nokhada, tendit une main maculée de sang et de boue.

Son sourire était radieux.

— Soyez les bienvenus sur cette planète. Et faites-moi confiance, vous ne le regretterez pas.

Glossaire

Adjaiwaio — Communauté ateva, habitants d'une contrée reculée.

Agoi'ingai — Combinaison de nombres harmonieuse, porteuse de félicité.

Aiji — Seigneur d'une association.

Aijiia — Qui appartient, se rapporte au aiji.

Algini — Valet de chambre à la triste figure, agent de la sécurité.

Alujis — Nom d'une rivière dont le débit fait l'objet d'un litige entre la province dont Brominandi est le gouverneur et d'autres, situées en amont et en aval.

Association Ragi — Autre nom désignant l'Association Occidentale.

Ateva, pl. **atevi** — Nom de l'espèce intelligente peuplant la planète où les pionniers humains décident de s'installer.

Babsidi — Signifie « dangereuse ». Nom d'un mecheita.

Bague, chevalière — Sa fonction est ornementale et pratique : le chaton porte gravées les armoiries, initiales… que l'on apposera sur la cire du cachet pour authentifier un document.

Baji — Hasard.

Banichi Capitaine de la garde prétorienne du aiji de Shejidan, chef du service de sécurité.

Barjida Aiji de Shejidan pendant la Guerre de l'Arrivée.

Bergid Chaîne de montagnes dont le relief borne l'horizon de Shejidan.

Bihawa Tentation de mettre un nouveau venu à l'épreuve.

Biichi-gi De l'art d'être subtil dans l'élimination des obstacles.

Brominandi Gouverneur de province félon. Très prolixe, un raseur invétéré.

Dahemidei Hérétique, adepte du midei.

Dajoshu Cité d'origine de Banichi.

Didaini Province visible depuis les hauteurs de Malguri.

Dimagi Substance toxique, puissant alcaloïde.

Enregistrement d'un défi Procédure que doit suivre le plaignant décidé à recourir à l'assassinat pour régler un différend. La victime désignée est ainsi officiellement avertie.

Haronniin Systèmes qui ont trouvé leurs limites et nécessiteraient une mise à jour.

Hasdrawad Une des deux assemblées dans le régime politique ateva.

Hei Bien sûr.

Ilisidi Grand-mère de Tabini, sa rivale malheureuse à la fonction de aiji de Shejidan. Porte le titre de aiji.

Insheibi Indiscret, provocateur.

Jago	Agent de la sécurité.
-ji	Monsieur, mademoiselle, madame.
Kabiu	Edifiant, conforme à la tradition.
-ma	Honorable monsieur, madame.
Machimi	Drame historique dont la tradition est très ancienne. L'action violente (conquête militaire, trahison, vendetta) intègre de nombreux éléments comiques. Les téléspectateurs en sont très friands.
Maidingi	Nom d'une province, d'un lac et d'une cité.
Malguri	Nom du domaine d'Ilisidi, sur les rives du lac Maidingi.
Man'chi	Obligation de fidélité absoluc envers un chef ou une association.
Man'china	Déclinaison de man'chi.
Matiawa	Rejeton du mecheita d'Ilisidi.
Mecheita	Animal de selle.
Midarga	Stimulant alcaloïde contenu dans certains thés. Dangereux pour l'organisme humain.
Midedeni	Partisan de l'hérésie midei.
Midei	Doctrine contraire à l'orthodoxie associative.
Mishidi	Comportement maladroit à l'égard d'autrui.
Moni	Femme de chambre de Bren.
Mosphei'	Langage des hommes.
Mospheira	Ile, géopolitiquement dépendante de l'Association Occidentale. A donné son nom à la communauté humaine après qu'elle eut gagné le

	droit d'y vivre aux termes du Traité de paix.
Nadi	Monsieur, madame.
Nadi-ji	Très honoré(e) monsieur, madame.
Nai-aijiin	Marque du pluriel pour « gouverneur de province ».
Nai'am	Je suis.
Nai'danei	Vous êtes l'un et l'autre.
Nai-ji	Personne digne de respect.
Na'itada	Refus de se laisser émouvoir.
Naji	Chance.
Nand ; nandi	Honorable.
Nisebi	Province dans laquelle, contrairement à la tradition ragi, le commerce et la consommation de viande traitée sont licites.
Nokhada	« Ardente » : une mecheita.
O'oi-ana	Genre de lézard nocturne familier des plantes grimpantes.
Paidhi	Interprète.
Paidhi-ji	Monsieur l'Interprète.
Ragi	Tradition. Ensemble de doctrines et de pratiques auxquelles souscrit l'Association Occidentale placée sous l'autorité de Tabini. Le régime alimentaire recommande les fruits, les légumes et le gibier, à l'exclusion de toutes les autres viandes.
Révérence	Profonde, si l'on est en présence d'un haut dignitaire. Pieds joints, avec les mains sur les genoux.
Rubans	Les atavi s'en servent pour entourer messages, suppliques, placets, etc., et pour nouer leurs tresses. Les

	couleurs indiquent le rang social à l'intérieur de tel ou tel clan.
Shejidan	Capitale du territoire de l'Association ragi, siège du Bu-Javid, le palais gouvernemental.
Shigi	Localité à laquelle il est fait allusion dans un bulletin météorologique.
Somai	Ensemble.
Tabini	Aiji de l'Association ragi.
Tachi	Communauté pastorale, membre de l'Association ragi, installée sur l'île de Mospheira avant l'arrivée des hommes.
tadiiri	Sœur.
Tadiiri	La Sœur. Nom d'une forteresse détruite, non loin de Malguri.
Taigi	Ancienne cameriste de Bren.
Taimani	Une autre province, visible depuis les hauteurs de Malguri.
Talidi	Province natale de Banichi.
Tano	Valet de chambre, agent de la sécurité, collègue plus souriant d'Algini.
Tashrid	Chambre basse, dans le régime politique ateva.
Toby	Frère de Bren, demeuré à Mospheira.
Transmontane	Ambitieux projet autoroutier en altitude. Inachevé.
Valasi	Père de Tabini.
Vendetta	Instrument légal de régulation sociale soumis à une procédure sévère.

Weinathi Bridge	Pont citadin, lieu d'un terrible accident d'avion.
Wi'itkiti	Nom ateva de la dragonnette.
Wilson	Prédécesseur de Bren Cameron, du temps de Valasi.
Wingin	Agglomération dont il est fait mention dans un bulletin météorologique.

5171

Composition Interligne B-Liège
Achevé d'imprimer en Europe (France)
par Maury-Eurolivres - 45300 Manchecourt
le 26 février 1999.
Dépôt légal février 1999. ISBN 2-290-05171-3

Éditions J'ai lu
84, rue de Grenelle, 75007 Paris
Diffusion France et étranger : Flammarion